BEN KANE

Lionheart – Der Kreuzritter

Weitere Titel des Autors:

FORGOTTEN LEGION-CHRONICLES
Die Vergessene Legion
Der silberne Adler
Der blutige Weg

EAGLES OF ROME-REIHE
Kampf der Adler
Rache der Adler
Sturm der Adler

AUS DER REIHE UM FLAMININUS
Kampf der Imperien
Das letzte Schwert

AUS DER REIHE UM RICHARD LÖWENHERZ
Lionheart – Im Dienste des Löwen

Titel teilweise auch als Hörbuch erhältlich

Über den Autor:

Ben Kane wurde in Kenia geboren und wuchs in Irland auf, im Heimatland seiner Eltern. Bevor er sich ganz dem Schreiben widmete, arbeitete er als Tierarzt. Schon als Kind übte die Geschichte Roms eine große Faszination auf ihn aus, weshalb mit der Veröffentlichung seines Debüts *Die Vergessene Legion* ein lang gehegter Traum in Erfüllung ging. Mittlerweile ist Ben Kane Bestsellerautor und lebt mit seiner Familie in North Somerset, England. Nun wendet er sich mit dem englischen Mittelalter einer neuen Epoche zu.

BEN KANE

LIONHEART

DER KREUZRITTER

HISTORISCHER ROMAN

Aus dem Englischen von
Dietmar Schmidt

lübbe

Dieser Titel ist auch als E-Book erschienen.

Die Bastei Lübbe AG verfolgt eine nachhaltige Buchproduktion.
Wir verwenden Papiere aus nachhaltiger Forstwirtschaft und verzichten darauf, Bücher einzeln in Folie zu verpacken. Wir stellen unsere Bücher in Deutschland und Europa (EU) her und arbeiten mit den Druckereien kontinuierlich an einer positiven Ökobilanz.

MIX
Papier aus verantwortungsvollen Quellen
FSC® C014496

Vollständige Taschenbuchausgabe

Deutsche Erstausgabe

Titel der englischen Originalausgabe: »Crusader«
Originalverlag: Orion
First published in Great Britain in 2021 by Orion Fiction, an imprint of the Orion Publishing Group Ltd., an Hachette UK Company

Textredaktion: Rainer Delfs, Scheeßel
Einband/-Umschlagmotive: © Henry Steadman;
© shutterstock: Nejron Photo | ilolab
Umschlaggestaltung: Thomas Krämer
Satz: two-up, Düsseldorf
Gesetzt aus der Garamond
Druck und Verarbeitung: GGP Media GmbH, Pößneck
Printed in Germany
ISBN 978-3-404-18793-5

1 3 5 4 2

Sie finden uns im Internet unter luebbe.de
Bitte beachten Sie auch: lesejury.de

Für Ferdia und Pippa.
Ihr seid mein Ein und Alles.

PERSONENVERZEICHNIS

Historische Persönlichkeiten sind durch einen * gekennzeichnet.

Ferdia Ó Catháin/Rufus, ein irischer Edelmann aus Nord-Leinster.
Rhys, walisischer Waisenjunge
Robert FitzAldelm, Ritter, Bruder des verstorbenen Guy FitzAldelm

KÖNIGSHAUS VON ENGLAND
Henry II. FitzEmpress* (Heinrich II.), König von England, Herzog der Normandie und Graf von Anjou (verstorben)
Alienor (Eleonore) von Aquitanien*, seine Witwe
Henry (»Hal«, »der Junge König«)*, ältester Sohn Henrys II. (verstorben)
Richard*, König von England und zweiter Sohn von Henry II.
Geoffrey*, Graf der Bretagne und dritter Sohn Henrys II. (verstorben)
John*, Graf von Mortain, jüngster Sohn Henrys II., auch bekannt als »Lackland« (Johann Ohneland)
Joanna* (Johanna von England), Königin von Sizilien, Tochter Henrys II.

ENGLISCHER KÖNIGSHOF
Beatrice, Zofe Königin Alienors
André de Chauvigny*, Ritter und Cousin von König Richard
Baudouin de Béthune*, Ritter
William Longchamp*, Bischof von Ely, Richards Justiziar
Hugh de Puiset*, Bischof von Durham
Geoffrey*, unehelicher Sohn Henrys II., Erzbischof von York

William Marshal*, einer von Richards Justiziaren
Bardolph*, FitzPeter* und Bruyère*, ebenfalls Justiziar Richards
Philip, Richards Knappe und Freund von Rufus

Geistlichkeit

Erzbischof Walter von Rouen*, Erzbischof Gerard von Auxienne*, Bischof Hubert von Salisbury*, Bischof John von Evreux*, Bischof Nicholas von Le Mans*
Jean d'Alençon*, Erzdiakon von Lisieux, früherer Vizekanzler von England
Hugues de la Mare*, Schreiber
Ambroise*, Geistlicher und Verfasser der erhaltenen Chronik des Kreuzzugs *L'Estoire de la guerre sainte*
Prior Robert von Hereford*
Ralph Besace*, heilkundiger Geistlicher

Adel

Robert, Earl von Leicester*, Graf de Pol*, Graf Robert de Dreux*

Ritter

Robert de Turnham*, Geoffrey du Bois*, Pierre und Guillaume de Preaux*, John FitzLucas*, Bartholomew de Mortimer*, Ralph de Mauleon*, Henry Teuton*, Henry de Sacey*, William de l'Etang*, Gerard de Furnival*, Jacques d'Avesnes*, Matthew de Sauley*, Peter Tireproie*, de Roverei*, Richard Thorne
Guillaume de Caieux*, flämischer Ritter
Richard de Drune, Hugh de Neville*, Soldaten

Andere Figuren:

William*, König von Schottland
Philippe Capet* (Philipp II. August), König von Frankreich
Alys Capet*, Philippes Schwester, seit ihrer Kindheit mit Richard verlobt

Henri de Blois*, Graf der Champagne und Cousin sowohl Richards als auch Philippe Capets
Philippe*, Graf von Flandern
Guillaume des Barres*, ein berühmter französischer Ritter
Raymond*, Graf von Toulouse
Hugues*, Herzog von Burgund, Cousin des französischen Königs
Joffroi*, Graf von Perche
Pierre*, Graf von Nevers
Bischof von Beauvais*, Cousin des französischen Königs
Dreux de Mello*, Edelmann
Albéric Clément*, Ritter

Sizilien
Guillaume II. de Hauteville* (Wilhelm II. von Sizilien), König von Sizilien (verstorben)
Constance de Hauteville*, Guillaumes Tante und Erbin, verheiratet mit Heinrich VI. von Hohenstaufen*, römisch-deutscher König und Erbe des Kaisers des Heiligen Römischen Reiches, Friedrich Barbarossa*
Tancrède de Lecce* (Tankred von Lecce), illegitimer Cousin Guillaumes
Réginald de Muhec*, normannischer Adliger
Hugues de Lusignan*, Neffe von Guy, Geoffroy und Aimery
Jourdain du Pin*, Gouverneur von Messina
Margaritone (Margaritos von Brindisi)*, Admiral von Tancrèdes Flotte
Berengaria*, Tochter König Sanchos VI.* von Navarra, Richards Verlobte

Zypern
Isaakios Komnenos*, selbsternannter Kaiser von Zypern
Beatrice*, seine Tochter

Im Heiligen Land

Guy de Lusignan* (Guido von Lusignan), König von Jerusalem
Sibylle*, Königin von Jerusalem, Guys Gattin (verstorben)
Isabella von Jerusalem*, Sibylles Halbschwester
Onfroy de Toron*, ihr Ehemann
Conrad de Montferrat* (Konrad von Montferrat), in Italien geborener Herrscher von Tyrus, Cousin des französischen Königs Philippe
Geoffroy* und Aimery* de Lusignan, Guys Brüder
Robert de Sablé*, Großmeister des Templerordens
Garnier de Nablus*, Großmeister des Johanniterordens
Balian d'lbelin*, Herr von Nablus
Renaud von Sidon*
Leopold V. *, Herzog von Österreich
Joscius*, Erzbischof von Tyrus
Saladin*, Al-Malik al-Nasir Salah al-Dīn, Abu' al-Muzaff ar Yusuf ibn Ayyū, Sultan von Ägypten
Saphadin*, Al Malik al-'Āil, Saif al-Dī AbūBakr Ahmad ibn Ayyū, Bruder Saladins
Maschtub*, Saif al-Dīn 'Alī ibn Ahmad al-Mashtūb, muslimischer Befehlshaber in Akkon
Karakusch*, Bahā' al-Dīn al Asadī Qara-Qūsh, muslimischer Befehlshaber in Akkon
Renaud de Châtillon*, Edelmann (verstorben)
Abu al-Majd, muslimischer Jüngling in Akkon
William Borrel* und Baldwin Carew*, Johanniter
Ibn an-Nahlal*, Saladins Sekretär
Rashīd ed-Din Sīnān*, der Alte Mann vom Berge

PROLOG

Southampton, November 1189

Tiefe Dunkelheit hüllte das kleine Haus ein, in dessen einzigem Zimmer ich mit Rhys wartete, die Nerven zum Zerreißen gespannt. Schweigend standen wir neben den Angeln der wackligen Haustür an der Wand. Sobald unser Opfer sein Haus betrat, würde es uns erst bemerken, wenn es zu spät war. Den Dolch fest in der Faust, das Auge an einem Loch im Lehmflechtwerk, spähte ich auf die Gasse, atmete langsam und versuchte mich zu überzeugen, dass wir das Richtige taten.

Schon vor einiger Zeit hatte sich die Nacht über den ärmsten Teil der Stadt gelegt, die Sündenmeile. Draußen war nicht mehr viel los. Kurz nach unserer Ankunft hatte der Metzger ein Schwein geschlachtet. Beim schrillen Quieken des Tieres hatte ich die Zähne zusammengebissen, bis es vorüber war. Zwei Nachbarinnen hatten tratschend das Haus passiert, sonst niemand. Unbehagen ergriff mich. Ich konnte nicht sicher wissen, ob mein Opfer, ein Soldat mit schaufelförmigem Bart namens Henry, vor seiner Gattin ankommen würde. Nichts lag mir ferner, als eine Unschuldige in mein finsteres Vorhaben zu verwickeln.

Ich rang um Entschlossenheit. Wenn die Frau auftauchte, würden wir sie fesseln und knebeln, ihr eine Augenbinde anlegen und weiter auf ihren Gatten warten. Ich versuchte, jeden Gedanken an den Säugling, von dem mir berichtet worden war, zu verbannen.

Ich verlagerte das Gewicht und machte kreisende Bewegungen mit den Schultern, um einem Krampf entgegenzuwirken, der sich in meinen Muskeln ankündigte. Mein Blick schweifte durch den Raum. Der matte orangene Schimmer des glimmenden Herds offenbarte zwei Hocker, einen Tisch aus einem Brett auf Böcken, eine Kleidertruhe und in der Ecke ein Strohlager mit Decken. Der Hund, der an der Rückwand angeleint war, machte keinen Laut – er hatte das Brot hinuntergeschlungen, das ich für genau diese Eventualität mitgebracht hatte, und schien nun nichts mehr gegen unsere stille Gesellschaft einzuwenden zu haben.

Ich weiß nicht, wie lange wir so warteten. Mir wurde kalt. Mehr als einmal musste ich, leise wie eine Katze, auf und ab schreiten, damit mir das Blut nicht in den Adern stockte. Rhys rührte sich nicht. Dass er keine Statue war, verriet nur die Bewegung seiner Augen, die mir folgten. Ein treuer Kerl, dachte ich, und es wärmte mir das Herz, dass er mich bei diesem schwierigen Vorhaben unterstützte.

Endlich näherten sich Schritte dem Haus. Ich drückte mich an mein Guckloch. Schwach hoffte ich, sie würden weitergehen.

Sie blieben vor dem Haus stehen.

Ich stieß Rhys an.

Er nickte. Er stand der Tür näher und war aufmerksam und sprungbereit.

Der Haken klirrte, und ich spannte mich an. Mir war es nicht gelungen, ihn von innen in die Öse am Türpfosten zu stecken.

Ein Fluch. »Hat sie schon wieder die Tür offen gelassen.«

Knarrend öffnete sich die Tür nach innen. Der Hund jaulte und zerrte schwanzwedelnd an seiner Leine.

Eine Gestalt schob sich in Sicht. Einen Bart hatte er, aber die Form konnte ich bei dem schlechten Licht nicht erkennen. Rhys sprang vor, schlang dem Mann einen Arm um die rechte Schulter und packte mit der anderen Hand den rudernden linken Arm. Mit gezückter Klinge sprang ich nach vorn. Rhys verlor den Halt um den linken Arm, und ich bekam die Faust des Kerls ins Gesicht. Er traf mich am Jochbein, und Sterne tanzten durch mein Blickfeld. Ich taumelte.

Dem Himmel sei Dank, unser Opfer wehrte sich lautlos, statt

um Hilfe zu rufen. Während ich um meine Besinnung kämpfte, stürzten Rhys und er zu Boden, wo sie miteinander rangen. Ein verirrter Tritt traf den Topf, der an einer kurzen Kette über dem Feuer hing. Der Deckel flog herunter, prallte mit einem dumpfen Scheppern von der Wand ab, und heiße Suppe spritzte durch den Raum. Der Hund bellte.

Mein Kopf klärte sich, und ich trieb Henry die Faust in den Magen. Er riss den Mund auf wie ein Fisch im Netz und sackte in Rhys' Armen zusammen. Rasch schob Rhys ihm die Arme unter die Achseln und verschränkte seine Hände im Nacken des Kerls. Sich aus diesem Griff zu befreien war fast unmöglich, aber dennoch drückte ich dem Mann meine Dolchspitze unter das linke Auge. Seine Brust hob und senkte sich heftig, während er die Waffe anstarrte, dann mich und wieder die Klinge.

»Wenn du schreist, war es das Letzte, was du tust«, zischte ich.

Der Schaufelbart wippte auf und ab. Er nickte verängstigt.

»Du bist Henry, ein Soldat?«

Erneut bekundete er eine Bejahung.

»Kennst du mich?«, fuhr ich ihn an und hielt mein Gesicht direkt vor seine Nase.

Er schüttelte den Kopf, aber in seinen Augen hatte ich das Wiedererkennen zucken sehen. Er log.

»Vor einigen Monaten hast du mit Robert FitzAldelm gesprochen, einem Ritter.« Vor der Krönung war die königliche Gefolgschaft durch Southampton gekommen. Mein Erzfeind hatte den Aufenthalt gut genutzt. Sollte es in meinen Gedanken irgendwelchen Zweifel gegeben haben, wurden sie von der nackten Angst ausgeräumt, die ich Henry ansah. Er *war* der Mann, den ich suchte. Ich fuhr fort: »FitzAldelm erkundigte sich nach dem Tod seines Bruders, der vor sieben Jahren nicht weit von hier vor einer Schenke gestorben ist.«

In jener Nacht hatte ich Guy FitzAldelm getötet und mir die lebenslange Feindschaft seines Bruders Robert zugezogen. Ich war hier, um sicherzustellen, dass Henry, sein Zeuge, meine Stellung am königlichen Hof nicht bedrohen konnte.

Ich drückte ihm die Dolchspitze in die Haut. »Also?«

»Ich habe mit FitzAldelm gesprochen, jawohl, Messire.«

»Du behauptest, mich – *mich* – in der Nähe der fraglichen Schenke gesehen zu haben.«

»E-euch, Messire?« Er wich meinem Blick aus.

Ich packte ihn beim Kinn und zwang seinen Kopf nach oben. »So sagt FitzAldelm.«

Sein Blick zuckte zu mir und wieder weg. »Ich habe m-mich geirrt, Messire. Es ist lange her. Mein Gedächtnis ist nicht mehr, was es mal war.«

»Ich bin dir im Leben nicht begegnet, und das wirst du beschwören, wenn dich jemand fragt.«

»Mit Freuden, Messire«, versicherte er. »Mit Freuden.«

»Das soll der Lohn für dein Schweigen sein.« Ich löste den Geldbeutel, der seit London an meinem Gürtel hing, und ließ ihn vor seinen Augen baumeln. »Darin ist dein dreifacher Jahressold.«

Zum ersten Mal sah ich die Spur eines Lächelns. »Kein Wort soll mir über die Lippen kommen, Messire, ich schwöre es bei meiner Seele. Der Satan soll mich holen, wenn ich lüge.«

Der Augenblick war gekommen, der Augenblick, vor dem mir graute, seit ich entschieden hatte, den – von FitzAldelm abgesehen – einzigen Mitwisser zur Strecke zu bringen, der mein verborgenstes Geheimnis kannte oder mutmaßte. Dennoch zögerte ich und richtete meinen Blick auf Rhys. Mit finsterer, misstrauischer Miene sah er mich an, als wollte er sagen: *Ich glaube ihm kein Wort.* Ich wandte mich wieder Henry zu, der mich gewinnend anlächelte.

Ich dachte an FitzAldelm und seine sengende Bösartigkeit. Er würde nicht einfach hinnehmen, dass Henry seine Haltung geändert hatte. »Du hast Frau und Kind«, sagte ich und dankte Gott, dass sie nicht dabei waren.

Grenzenloser Schrecken trat in sein Gesicht. »Jawohl, Messire.

Der Junge ist erst drei Monate alt. Unser Erstgeborener. Sie sind zu Besuch bei ihrer Mutter.«

»Wo ist das?«

»Am anderen Ende der Stadt, Messire.«

»Wann kommen sie wieder?«

»Nicht vor morgen früh, Messire.«

Ich war über alle Maßen beruhigt. »Sind sie dir wichtig?«

»Jawohl, Messire.« Seine Stimme bebte. »Sie bedeuten mir alles. Bitte verletzt sie nicht, ich flehe Euch an!«

Empört begriff ich, dass er mich für fähig hielt, das Leben zweier Unschuldiger zu bedrohen. Ich gelangte zu einer raschen Entscheidung. »Ihnen soll kein Leid geschehen. Das schwöre ich bei Jesus Christus am Kreuze.«

Henry schluchzte vor Erleichterung auf.

Mein Dolch zertrennte Henrys Kehle von links nach rechts.

Seine Augen – vor Schock und Schmerz aufgerissen – suchten meinen Blick. Er konnte nicht sprechen. Ich auch nicht. Warmes Blut spritzte auf mich. Henry versuchte, um sich zu schlagen, aber Rhys hielt ihn fest. Das Leben wich aus ihm, und er sackte zusammen. Als Rhys ihn losließ, fiel er mit einem leisen Poltern zu Boden.

Als ahnte er das Schicksal seines Herrn, jaulte der Hund auf.

Rhys und ich starrten einander über Henrys Leiche hinweg an. Meine Hände zitterten. »Ich habe ihn umgebracht.«

»Das hast du.« Rhys klang nüchtern.

»Ich …« Ich sah auf meine rot befleckten Hände, mein blutgetränktes Hemd. Als ich mich mit dem Finger an der Wange berührte, war sie klebrig. Scham und Schuldbewusstsein befielen mich. »Was habe ich getan?«

»Messire.«

Noch nie hatte mich Rhys so angesprochen. Ich schaute ihm ins Gesicht und erschrak vor der rücksichtslosen Entschlossenheit, die ich dort entdeckte.

»FitzAldelm hätte Henrys Füße ins Feuer gesteckt, wenn er von seinem Wort abgerückt wäre, das weißt du. Henry hätte gesungen wie ein Vogel im Käfig.«

Niedergeschlagen nickte ich.

»Der Beutel Silber war eine Ablenkung. Nichts weiter.«

Ich hörte ihm zu wie ein Kind, das sich eine simple Sache erklären lassen muss.

»Ihn zu töten war die einzige Wahl, die uns blieb.«

Unwahr, dachte ich. Ich hätte nichts unternehmen können. FitzAldelms Versuch, meinen Namen mithilfe von Henrys Aussage zu beschmutzen, hätte scheitern können. Rhys wäre ein glaubhafter Zeuge gewesen, der meine Unschuld bekundete, er war zudem dem König bekannt. Henry hingegen war ein Niemand. Ein Niemand mit einer Frau und einem kleinen Sohn, schrie mich mein Gewissen an.

Von Rhys in die blutige Wirklichkeit zurückgeholt, tat ich, was er befahl. Die Tat sei geschehen, sagte er, und es nütze niemandem, wenn wir uns zu ihr bekannten.

Ich erhob keine Einwände, während wir die größten Blutlachen aufwischten und Henry in die Decke wickelten, die wir auf seinem Strohsack fanden. Dann folgte das Schlimmste, das Warten neben seinem erkaltenden Leichnam, bis wir uns auf die Gasse wagen konnten, ohne gesehen zu werden.

Von der Entsetzlichkeit wie betäubt, überließ ich weiterhin Rhys die Führung. Nie zuvor hatte ich einen Mann in einer Abfallgrube bestattet und war zurückgekehrt, in seiner Ersatzkleidung, um meine eigenen blutigen Sachen zu begraben. Niemals zuvor hatte ich den Hund eines Mannes gefüttert, den ich zuvor ermordet hatte. Ich stand in dem Häuschen und sah zu, wie das Tier einen Brocken Käse verschlang, der auf dem Tisch gelegen hatte.

»Wir müssen gehen.« Rhys, gelassener denn je, war neben mich getreten. »Bald wird es hell.« Er reichte mir meinen Mantel.

Immerhin ein kleiner Lichtblick, dachte ich. Wir hatten unsere Mäntel vor der Tat abgelegt und dadurch unabsichtlich dafür gesorgt, dass unsere Sachen von verräterischen Blutflecken verschont blieben. Ich schwang mir meinen Mantel über die Schultern.

Der Hund war mit dem Käse fertig und sah mich erwartungsvoll an.

Ich musste an Henrys Frau denken. Ihr Mann war tot, und bald würde sie hungern müssen. Mit einem leisen Klirren legte ich den Silberbeutel auf den Tisch. Wenn sie sparsam war, konnte sie länger als drei Jahre lang damit auskommen. Die Münzen würden ihr nicht den Mann zurückgeben, aber es war besser als nichts, versicherte ich mir.

Mit meiner Großzügigkeit minderte ich mein Schuldgefühl jedoch kein bisschen.

ERSTER TEIL

SEPTEMBER 1189 – JULI 1190

KAPITEL I

London

Richard sah von dem Dokumentenberg hoch, der vor ihm auf dem Tisch lag. Wie seine mächtige Gestalt auf dem Schemel kauerte, mutete unpassend an, und doch wirkte er in seinem dunkelroten Hemd, den feinen Beinlingen und den Lederstiefeln majestätisch. Schwaches Sonnenlicht fiel durch die Fenster und ließ seine rotgoldene Mähne leuchten. Er runzelte die Stirn. »Bei Gottes Beinen, Rufus, Ihr seht furchtbar aus! Seid Ihr krank?«

Ich zögerte. Seit Henrys Tod plagten mich Schuldgefühle. Nachdem wir den königlichen Auftrag in Southampton erfüllt hatten – wichtige Botschaften Richards an die Kapitäne seiner Schiffe zu überbringen, die dort lagen –, waren Rhys und ich zum Hof zurückgeritten. Nun sahen mich alle an: der König, William Marshal, einer seiner vertrauten Berater, der Justiziar William Longchamp, mein Feind FitzAldelm und mehrere Schreiber. Selbst die Pagen mit den Weinkaraffen an der Wand starrten.

»Mir geht es durchaus gut, Sire, ich danke Euch. Das Wetter taugt schlecht zum Reisen – ich habe mich erkältet.« Ich hustete, glaubhaft, wie ich hoffte.

Zufriedengestellt fragte Richard: »Ihr habt die Briefe übergeben?«

»Das habe ich, Sire, und ich bringe Euch die Antworten der Kapitäne.« Ich reichte die zusammengerollten Pergamente einem Pagen, der mit ihnen zum König eilte.

»Dann legt Euch ins Bett. Es geht nicht an, dass einer meiner besten Ritter krank ist.« Richards Sekretär hatte das erste Siegel gebrochen und entrollte den Brief schon, bereit, ihn dem König vorzulesen.

Seit seiner Krönung im September hatte er sich ausschließlich mit dem Sammeln von Mitteln für seinen lange geplanten Heerzug ins Heilige Land und dessen Planung befasst. Hinter vorgehaltener Hand munkelte man, dass alles im Königreich zum Verkauf stehe: Befugnisse, Grundherrschaften, Grafschaften, Sheriff-Bezirke, Burgen, Städte und Landsitze. Kein Tag verging, an dem sich nicht Barone und Bischöfe in seinem Palast versammelten, um zu bewahren, was sie schon hatten, oder ihre Stellung zu verbessern, indem sie sich neue Titel und Ländereien sicherten.

Dankbar, dass seine Aufmerksamkeit nicht mehr mir galt, murmelte ich meinen Dank und zog mich zurück.

FitzAldelm, jüngst von einem Treffen mit dem neuen Schottenkönig William zurückgekehrt, bedachte mich mit einem Ausdruck purer Tücke. Mein Hass flammte auf, aber nicht wie früher. Als Nächstes überwältigte mich das Schuldgefühl. Ein Mörder, dachte ich. Ich bin ein Mörder. Verdammt war ich zweifach, denn ich hegte nicht einmal den reuigen Wunsch, Henrys Ermordung ungeschehen zu machen, solange nur FitzAldelm keine Grundlage mehr besaß, mich anzuklagen, ich hätte seinen Bruder getötet.

Richard rief mir nach, ich solle mich so lange ausruhen, wie es nötig war.

Ich brauche kein Bett, sondern einen Priester, dachte ich. Meine Tat lastete jedoch so schwer auf meinem Gewissen, dass ich an eine Beichte nicht einmal denken konnte. Die Schuld war mein, und ich verdiente Strafe für das, was ich getan hatte. Eine Strafe, die ich im Stillen erdulden musste.

Im Gegensatz zu mir blieb Rhys von unseren Untaten unberührt, aber er wusste, wie es in mir aussah. Er brachte mich zu einer Taverne in der Sündenmeile, wo er einen Krug Wein nach dem anderen bestellte. Southampton wurde nicht erwähnt. Wir sprachen stattdessen von Outremer – dem Heiligen Land »über dem Meer« – und den Schlachten, die wir dort gewinnen würden.

Wir sangen unzüchtige Lieder, die ein Spielmann auf einer Quinterne begleitete. Sie hoben ein wenig meine Stimmung.

Als wir torkelnd zum Palast zurückkehrten, stützte Rhys mich mit seinem starken Arm. Ich erinnere mich nicht, dass er mich zu Bett gebracht hat, aber getan haben muss er es, denn dort kam ich am nächsten Tag mit pochendem Schädel wieder zu mir. Froh, nicht vor den König treten zu müssen – er hatte mir befohlen, gesund zu werden, und gesund war ich nicht –, blieb ich in den Federn und bemitleidete mich selbst. Am Ende ging Rhys die Geduld aus. Er stellte mir einen Nachttopf und einen Krug Wasser ans Bett und überließ mich meinem Elend. Ich fand weder die Kraft noch den Mut, ihn zurückzurufen, geschweige denn, einen Tadel auszusprechen.

Ich sank wieder in Schlaf, um von Henrys letzten Worten geplagt zu werden, die mir endlos durch den Kopf geisterten: *Sie bedeuten mir alles. Bitte verletzt sie nicht, ich flehe Euch an!* Wieder sah ich ihn in Rhys' festem Griff, und meine Klinge öffnete ihm die Kehle. Ich fuhr aus dem Schlaf hoch, der Magen drehte sich mir um. Ich stürzte nach dem Nachttopf und entleerte darin das Wasser, das ich unlängst getrunken hatte. Das Gesicht kalt vor Schweiß, Sabber an den Lippen, blieb ich verkrümmt über der Bettseite liegen. Mir war zu erbärmlich, um mich zu bewegen.

Nicht einmal die Schritte, die sich meinem Zimmer näherten, veranlassten mich, den Kopf zu heben. Das muss Rhys sein, dachte ich benommen, oder vielleicht Richard de Drune. Der Soldat war ein weiterer Kamerad und Freund. Er würde einen Scherz machen, und Philip ebenfalls, sollte er es sein, der eingetreten war. Philip diente dem König als Knappe, ganz wie ich früher, und er war mein engster Freund, dem ich mich in fast allem anvertraute. Ich fragte mich, ob ich ihm von Southampton erzählen konnte, aber als ich mir seinen Schock und seinen Abscheu vorstellte, entschied ich mich dagegen. Der Mord an Henry war ein finsteres Geheimnis, das nur mir gehörte – und Rhys.

»Wieder zu viel getrunken?« Ein leises Lachen.

Beatrice riskierte nicht oft, allein in mein Quartier zu kommen, denn wenn sie hier ohne Anstandsdame gesehen wurde, stand ihr Ruf auf dem Spiel. Überrascht hob ich den Kopf. »Madame.« Ich wischte mir den Mund ab und versuchte zu lächeln. »Einen Becher vielleicht, mehr nicht.«

Beatrice hatte kastanienbraunes Haar, eine üppige Figur und ein verschmitztes Lächeln. Sie war die Dienerin einer Hofdame Königin Alienors. Vor zwei Jahren hatte ich begonnen, um sie zu freien. Trotz der Zeiträume, in denen wir getrennt blieben, weil sie mit ihrer Herrin und ich mit dem König unterwegs war, hatten wir unsere Leidenschaft jedes Mal neu entfacht, wenn das Geschick uns wieder zusammenführte. Wir trafen uns heimlich in Ställen und gemieteten Zimmern über Schenken, und dort taten wir alles miteinander, nur lagen wir nicht als Mann und Frau zusammen. Diese letzte Bastion wollte Beatrice nicht aufgeben. »Sobald wir verheiratet sind, Rufus«, sagte sie gern. Dann suchte sie meinen Blick, und ich, Gott vergebe mir, murmelte ihr ins Ohr, dass wir, sobald wir Mann und Frau wären, endlich …

»Rufus?«

Ich hatte kein einziges Wort von dem aufgenommen, was sie sagte. »Madame?«

»Rufus!« Sie stampfte mit dem Fuß auf. Normalerweise fand ich das attraktiv, nun erschien es mir kratzbürstig. »Ihr seid wohl nicht imstande, über ernste Angelegenheiten zu sprechen.«

Ihr Ton erinnerte mich, dass wir in den zurückliegenden Monaten regelmäßig gestritten hatten. Sie war besessen vom Gedanken an die Heirat, und ich hatte mir jede erdenkliche Ausrede einfallen lassen, um der Verpflichtung auszuweichen, denn in meinem Kopf schallte unüberhörbar die schroffe Erkenntnis, dass sie nicht die richtige Frau für mich war.

Ich setzte mich auf und machte ein ernsthaftes Gesicht. »Das bin ich, Madame, ich bitte um Vergebung.«

Besänftigt sagte sie: »Ich sprach davon, dass Ihr bald aufbrecht. Ins Heilige Land.«

Zu meiner Erleichterung ließ die Übelkeit nach. »Spätestens im Frühjahr, aber vermutlich schneller.« Der König sprach davon, Philippe von Frankreich zu treffen, bevor das Jahr zu Ende ging, um mit ihm die Reisen nach Outremer, was jenseits des Meeres bedeutete, zu planen und sich um viele andere Dinge zu kümmern. Waren wir einmal in die Normandie aufgebrochen, war es unwahrscheinlich, dass wir vor der Reise ins Heilige Land nach England zurückkehrten. Dass Königinmutter Alienor sich uns anschloss, stand keineswegs fest.

»Ich würde Euch wenigstens ein Jahr lang nicht wiedersehen. Oder länger.« Ihre Stimme stockte, und das ging mir ans Herz.

»So ist es, Madame.«

»Für Verlobung und Hochzeit wäre noch Zeit.« Kokett fügte sie hinzu: »Als Mann und Frau könnten wir einander endlich *kennen.*«

»Das könnten wir …« Mit trüben Augen und pelziger Zunge musterte ich sie. So schön sie war, in ihrer Miene lag ein besitzergreifender Ausdruck, der mir nicht gefiel.

»Glaubt Ihr, der König würde kommen?«, fragte sie.

Mein Verstand war noch immer benebelt. »Kommen …«

»Auf unsere Hochzeit!«

Süßer Heiland, dachte ich. Schon zuvor hatte mich der Gedanke beschlichen, dass sie mein Verhältnis zum König und meine Stellung bei Hofe höher schätzte als das, was wir gemeinsam hatten. Ihre Frage bewies meine Vermutung. Mein bevorstehender Aufbruch ins Heilige Land bot mir eine Gelegenheit, unsere Tändelei zu beenden. Der Gedanke daran stach mir ins Herz, aber nicht aus Traurigkeit, sondern aus Erinnerung an Alienor, meine erste Liebe. Ihr hätte ich sofort die Ehe gelobt, ohne nachzudenken, und hätte sie nach meiner Rückkehr aus dem Heiligen Land zur Frau genommen. Leider bestand darauf keinerlei Hoffnung.

Vor Jahren hatte sie ihre Herrin, Richards Schwester Matilda, nach Deutschland begleitet, und Matildas Tod in diesem Jahr machte die ohnehin geringe Aussicht, sie jemals wiederzufinden, völlig zunichte.

»Sagt etwas!«

»Beatrice, ich …«

»*Wollt* Ihr mich etwa nicht heiraten?«

Ich ließ den Kopf hängen, und das war natürlich das Falscheste, was ich tun konnte.

»Nun?« Sie klang gereizt.

Selbst in meinen besten Stunden fiel es mir schwer, mit Beatrice – oder einer anderen Frau – umzugehen, wenn die Gefühle sie beherrschten. Mir dröhnte der Kopf wie eine Trommel, und meine Gedanken überschlugen sich auf der Suche nach einer guten Antwort. Sprach ich die Wahrheit, brach ich ihr das Herz. Auch wenn ich ein Mörder war, schreckte ich davor zurück und zog die sanfte Lüge vor. »Auf nichts könnte ich mehr hoffen, Liebste, aber es besteht durchaus die Möglichkeit, dass ich in der Schlacht falle.«

»Sagt nicht so etwas!« Sie setzte sich neben mich aufs Bett und nahm meine Hand. In ihren Augen standen Tränen.

»Es ist die Wahrheit, Madame.« Und die Wahrheit auszusprechen bestärkte mich in meinem Entschluss, unser Verhältnis zu lösen. Dieser Weg erschien mir vielversprechend. »Ich würde nicht wollen, dass Ihr wenige Monate nach unserer Hochzeit zur Witwe werdet.«

»Andere Ritter heiraten auch, bevor sie aufbrechen!«

Sie hatte recht. Ohne nachzudenken, hätte ich zwei benennen können. Lass es sie bitte akzeptieren, dachte ich. »Stehen sie dem König so nahe? Ihr wisst, was für ein Löwe er in der Schlacht ist, Beatrice. Wo immer der Kampf am dichtesten tobt, wird Richard sein, und das gilt auch für mich. Im Heiligen Land wird der Tod immer an meiner Seite reiten.«

Sie erbleichte. »Ihr macht mir Angst, Rufus. Ersehnt Ihr für Euch den Tod?«

Wie merkwürdig, wenn jemand, ohne es zu ahnen, den Finger fast auf die Wahrheit legt, so grausam sie auch sein mag. »Wenn der Tod mich findet, Madame, werde ich mich ihm stellen.« Nichts anderes habe ich verdient, dachte ich.

»Rufus!« Nun rannen ihr die Tränen über die geröteten Wangen.

»Am besten wäre es, getrennte Wege zu gehen.« Ich tätschelte ihr die Schulter, als sie zu schluchzen begann. Meine Unaufrichtigkeit war mir unangenehm. Ich hätte nicht dankbarer sein können, als de Drune hereinkam.

Beatrice rückte von mir ab. Sie fasste sich, bedachte mich mit einem giftigen Blick und murmelte etwas, dass ich ihre Zeit verschwendete, dann stapfte sie zur Tür.

De Drune stieß einen leisen Pfiff aus. Sein Gesicht war engelsgleich. »Habe ich Euch gestört?«

»In gewisser Weise.« Ich fühlte mich ausgelaugt, verbraucht.

Er reichte mir einen Weinschlauch. »Gegen den Kater.«

Ich stürzte ein gutes Viertel seines Inhalts hinunter, bevor er mich aufhielt. »Der war nicht billig«, beschwerte er sich. »Das ist kein englischer Essig, den man mit geschlossenen Augen und zusammengebissenen Zähnen trinken muss.«

»Ihr verdient, den ganzen Wein zu verlieren, dafür, dass Ihr derart hier hereingeplatzt seid«, knurrte ich in gespielter Verärgerung.

»Woher sollte ich wissen, dass Ihr Hoffnung hattet, das Tier mit den zwei Rücken zu spielen?« Wie Philip wusste auch de Drune von meinem Techtelmechtel mit Beatrice und meiner Erfolglosigkeit beim Überwinden der letzten Hürde.

Ich schnaubte.

»Wäre es dazu gekommen?«

Ich seufzte. »Nein.«

Er zog eine bedauernde Miene. »Was für eine Schande.«

»Eher nicht.« Meine Leidenschaft flaute schneller ab als der Kopfschmerz, und der gesunde Menschenverstand kehrte zurück.

»Inwiefern?«

»Hätte ich je mit ihr gelegen, hätte sie mich endgültig und für alle Zeiten in den Klauen.«

De Drune sah mich forschend an.

»Beatrice wollte, dass wir heiraten. Bevor wir ins Heilige Land ziehen.«

»Und Ihr seid nicht einverstanden.«

Ich schüttelte den Kopf so heftig, wie der Schmerz es zuließ. »Ich hatte es ihr gerade eröffnet, als Ihr hereingekommen seid.«

»Ein weiser Zug. Gott allein weiß, wie lange wir alle fortbleiben.«

»Wenn wir überhaupt zurückkommen.« Ich dachte an Henry und die Erleichterung, die der Tod für mich bedeutete.

Er runzelte die Stirn. »Beschreit es nicht. Ich jedenfalls habe keine andere Absicht, als aus dem Heiligen Land zurückzukehren. Als reicher Mann, wenn Gott es so will.«

Froh über die Ablenkung von meinen düsteren Gedanken fragte ich: »Was werdet Ihr tun?«

»Die Zeit wartet auf niemanden, heißt es.« Er sah mich an. »Ich beabsichtige, mich niederzulassen, vielleicht eine Schenke zu eröffnen.«

Ich grinste. »Mit Freibier für alte Kameraden?«

»Davon war keine Rede.«

Wir lachten, und er erhob keinen Einwand, als ich wieder nach dem Weinschlauch griff.

Wenn Beziehungen zu Frauen nur so einfach wären wie die zu Waffenbrüdern.

Während es auf Weihnachten zuging, setzte Richard seine Vorbereitungen geschwind fort. Immer wieder erstaunte mich sein Auge für die Einzelheiten. Er hatte im Kopf, wo wie viele Hufeisen bestellt worden waren: »Fünfzigtausend aus der Eisenhütte am Wald von Dean«, und wie viele Wagenräder ein anderer Baron versprochen hatte. Von grenzenloser Kraft erfüllt, schritt er auf und ab, wiederholte Listen aus dem Kopf: Zahlen, Namen von Schiffen, die Größe ihrer Besatzungen und die Vorräte, die sie benötigten, während seine Schreiber und Beamten verzweifelt in Schriftrollen und Pergamenten wühlten, um die Angaben zu bestätigen.

Stückchenweise konnte ich den Bedarf des bevorstehenden königlichen Heerzugs verstehen. Einhunderttausend Nägel hier. Zwanzig mal zwanzig Fässer Salzfleisch dort. Zwei Zelter und zwei Lasttiere aus jeder englischen Stadt und halb so viele von jedem Herrensitz. Ein Dutzend Ritter und zweihundert Bogenschützen samt zugehörigen Waffen und Rüstungen von diesem Baron, zehn Ritter und einhundertfünfzig Fußsoldaten von jenem. Eine Zahl blieb mir besonders lange im Gedächtnis: vierzehntausend Pfund Silber, mehr als das halbe jährliche Einkommen Englands, hatte Richard für seine Flotte aus einhundert Schiffen bezahlt. Diese Summe überstieg alle Vorstellungen, aber sie machte mir den Umfang des Unterfangens klar, an dem ich teilnahm, und erhöhte meinen – ohnedies starken – Glauben an unseren Erfolg.

Sein Heer auszurüsten war längst nicht die einzige Sorge Richards. Während seiner Abwesenheit musste das Königreich verwaltet werden. Seine Mutter, Königin Alienor, würde die Angelegenheit beaufsichtigen. Der König traf sich oft mit ihr, und sie nahm an vielen Unterredungen mit seinen Lords und Beratern teil. Wenn es nötig wurde, schaltete sie sich direkt ein – erst jüngst hatte sie verhindert, dass ein unerwünschter päpstlicher Legat ohne Erlaubnis des Königs von Dover auslief –, und sie fungierte als beruhigende Kraft im Hintergrund. Die Mehrheit der Arbeiten erledigten jedoch Richards zwei neue Justiziare. Richard hatte den langgedienten obersten Minister seines Vaters abgelöst und die eigene Autorität gefestigt, indem er Hugh de Puiset, langjähriger Bischof von Durham, und William Longchamp, den Bischof von Ely, zu Justiziaren ernannte.

Eines stürmischen Morgens, mehrere Tage, bevor wir in die Normandie aufbrechen sollten, leistete ich dem König Gesellschaft, der die beiden Justiziare zu sich bestellt hatte. Sie trafen fast gleichzeitig ein, und ihr Auftritt verhieß nichts Gutes. De Puiset, groß und schlank, wollte die Schwelle als Erster überqueren, doch Longchamp, der klein und stämmig war, ebenfalls. Einen Moment lang blockierten sie beide den Eingang und tauschten feindselige Seitenblicke, dann drängte sich Longchamp vor und überließ es de Puiset, ihm wütend hinterherzustarren.

»Seht sie Euch an. Wie zankende Kinder«, sagte Richard.

»Ich fühle mich an meine Brüder erinnert, Sire.« Mir schmerzte das Herz beim Gedanken an meine lange toten Verwandten. Ich sagte mir, dass Guy FitzAldelm, der Mann, der für ihren Tod verantwortlich war und den ich in Southampton getötet hatte, ebenfalls in seinem Grab verschimmelte.

Jetzt ist der falsche Moment, um zu brüten, ermahnte ich mich. Ich musterte die beiden Justiziare. De Puiset beeilte sich, Longchamp einzuholen, damit dieser nicht als Erster vor den König trat. »Sie haben nur wenig füreinander übrig.«

Richard seufzte. »Und doch sollen diese beiden gemeinsam das Reich regieren, solange ich im Heiligen Land bin.«

Ich gab keine Antwort. Mir gebührte es nicht, ein weitergehendes Urteil über Männer abzugeben, die in der Gunst des Königs höher standen als ich.

Richard würdigte die Verneigungen der beiden und wies auf die Schemel, die vor ihn gestellt worden waren. »Zur Sache, meine Herren Bischöfe«, sagte er.

Ich hörte mit mehr als gewöhnlichem Interesse zu. Ihr Gespräch drehte sich keineswegs um Fässer mit Nägeln und Hufeisen, sondern um des Königs Halbbruder Geoffrey und seinen jüngsten Bruder John, der zuvor unter dem Spottnamen »Ohneland« bekannt gewesen war, seit Richards Krönung aber den Titel des Grafen von Mortain in der Normandie trug.

Geoffrey, etwa fünf Jahre älter als Richard, war bis zum Ende seinem Vater Henry II. treu geblieben. Als illegitimer Sohn besaß er keinen Anspruch auf den Thron, und doch, fand ich, wäre es nicht verwunderlich gewesen, wenn Geoffrey Ziele gehabt hätte, die über seinen Stand hinausgingen. Hatte nicht Wilhelm der Eroberer sein Leben als Guillaume der Bastard begonnen?

Mit John war es etwas anderes. Als Richards einziger lebender Bruder stand er dem Thron am nächsten, ein gehässiger, unangenehmer Mensch, der ständig intrigierte und Männern ins Ohr raunte. Ich hatte ihn von dem Moment an verabscheut, als sich unsere Blicke zum ersten Mal kreuzten, und leider war diese Empfindung beiderseits.

Die Angelegenheit war allerdings nicht ganz so schwarz-weiß, wie ich sie sah. Richard war unverheiratet und hatte keine anerkannten Kinder. Für ihn war es vernünftig, Frieden zu John mit der öligen Zunge zu halten, aber wie bei Geoffrey reichte sein Vertrauen – und ganz gewiss meines – zu ihm nicht sehr weit.

Das Gespräch zog meine Aufmerksamkeit wieder auf sich.

»Es mag sein, dass Geoffrey niemals Priester werden wollte, Sire, aber er hat zugelassen, dass man ihn weihte«, sagte Longchamp.

»Unter lautstarkem Protest«, fügte de Puiset hinzu. »Ich glaube mich zu erinnern, wie er einmal sagte, er ziehe Pferde und Hunde den Büchern und Geistlichen jederzeit vor.«

Die Bemerkung amüsierte mich, denn ich empfand genauso.

»Ihr sprecht die Wahrheit«, sagte Richard mit einem gefährlichen Glitzern in den Augen. »Er setzte sich auch einmal den Deckel einer goldenen Schüssel auf den Kopf und fragte seine Freunde, ob ihm eine Krone nicht gut stünde. Es ist gut, dass Geoffrey nun Priester und Erzbischof ist.«

»Dennoch wäre es klug, in Betracht zu ziehen, ihn für die

Dauer Eurer Abwesenheit aus England zu verbannen, Sire«, sagte Longchamp.

»Und John? Wäre es richtig, ihm das Gleiche anzutun?«, wollte Richard wissen.

Die Justiziare tauschten einen Blick. Ich entnahm ihren Augen Vorsicht. Richard hatte schon davon gesprochen, auch John zu verbannen, aber seine Frage deutete darauf hin, dass er Zweifel hegte. Nur wenige Männer widersprachen jedoch gern dem König.

»Nun?« Richards Blick schweifte vom einem zum anderen.

»Haben Euch Zweifel beschlichen, Sire?« Geschickt richtete Longchamp die Frage zurück an den König. »Ich frage mich, ob Ihr mit Eurer Frau Mutter schon darüber gesprochen habt.«

»Das habe ich«, gab Richard zu.

De Puiset war ebenfalls von regem Geist. »Mich würde es nicht überraschen, Sire, wenn sie mit der Liebe einer Mutter fände, dass John eine zweite Chance erhalten sollte.«

Richard schnaubte. »Habt Ihr gelauscht?«

»Keineswegs, Sire.« De Puiset lachte höflich, aber er sah erfreut aus.

Longchamp wollte seinem Amtskollegen das Heft des Handelns nicht überlassen. »Vielleicht, Sire, sorgt sich die Königinmutter, was geschehen könnte, sollte Euch – was der Herr verhüten möge – in Outremer etwas zustoßen, und John weilte in der Normandie oder im Anjou statt in England. Ein leerer Thron wäre für viele Männer eine Verlockung.«

Richard lachte leise. »Bei Gottes Beinen, Ihr habt ebenfalls gelauscht! Ich sage Euch aber, auf diesem Heerzug wird mir nichts geschehen.«

Seine Überzeugung war ansteckend, dabei waren die Gefahren und Strapazen, die vor uns lagen, uns allen bewusst: Meeresstürme, Seuchen, Verwundung, Gefangenschaft, sogar Tod. Still bat ich Gott, seine Hand über meinen Herrn und König zu halten.

»Dennoch, Sire, ist es am besten, für alle Eventualitäten zu planen«, sagte de Puiset, und Longchamp bekundete murmelnd seine Zustimmung. De Puiset fuhr fort: »Und sollte Euch doch etwas Schlimmes widerfahren, Sire, wäre Prinz John vermutlich Euer Erbe.«

»Richtig.« Richard runzelte die Stirn. »Trotzdem hat er sich mein Vertrauen nicht verdient. Ich kann aber verstehen, weshalb einige es für weise halten, dass er nach England zurückkehrt, sobald ich aufbreche.«

De Puiset nickte, doch Longchamp blickte weniger zufrieden drein.

Er möchte nicht, dass seine Macht beschnitten wird, dachte ich.

»Ich werde jeden Eurer Wünsche beherzigen, Sire«, sagte Longchamp. »Was immer Ihr entscheidet, fürchtet nichts. Euer Königreich ist in guter Hut.«

»Das freut mich zu hören.« Richards Stimme troff vor Sarkasmus.

Longchamp schenkte ihm ein teigiges Lächeln. De Puisets Gesicht blieb ausdruckslos, aber bei dem Tadel waren seine Augen erfreut aufgeblitzt.

Schweigen setzte ein, das keiner der beiden Justiziare zu brechen entschied.

»Ich werde weiter darüber nachdenken«, erklärte Richard schließlich. »Die Zeit ist noch auf unserer Seite. Ihr dürft gehen.« Er warf einen Blick über die Schulter. »Rufus, lasst uns gemeinsam ausreiten. Mein Kopf ist voller Spinnweben. Nur durch frische Luft bekomme ich ihn wieder klar.«

»Sire.« Ich war erfreut. Ein Berg von Pergamenten harrte der Aufmerksamkeit des Königs, und die Warteschlange aus Adligen und Beamten vor der Audienzkammer zählte wenigstens zwanzig Köpfe. Trübselige Stunden lagen vor uns.

Wir verabschiedeten uns von den Justiziaren und machten uns

auf zum Stall. Unsere Destrier benötigten wir nicht, denn wir ritten ungepanzert, aber die Tiere mussten regelmäßig geritten werden. Den ganzen Winter über im Stall zu stehen tue keinem Pferd gut, erklärte Richard, und schon gar nicht den großartigen Tieren, auf denen wir in die Schlacht zogen. Ich nahm Pommers, und der König den Destrier, den er seit dem Tod seines geliebten Diablo ritt. Er war ein kräftiger, feuriger Brauner namens Tempest, der gern jeden biss, der in seine Nähe kam, sei es Mensch oder Tier.

Die Kapuzen unserer Mäntel über die Köpfe gezogen, trabten wir vom frostigen Burghof. Die Wolken unseres Atems zogen hinter uns her, während wir zum Fluss hinunterritten. Rhys und Philip ritten hinter uns auf Oxhead – meinem zweiten Schlachtross – und einem anderen Destrier des Königs. Fußgänger machten uns eilends den Weg frei, und mehr als ein Fluch gellte uns hinterher. Ich hoffte, dass Richard nichts davon hörte. Ich verspürte keine Lust, jemanden dafür zu bestrafen, dass er nicht wusste, wer da an ihm vorbeigeritten war. Er lachte jedoch auf, und ich bemerkte, dass er die allzu seltene Anonymität zutiefst genoss.

Wir ritten schweigend. Ich genoss, nicht sprechen zu müssen, solange der König in nachdenklicher Stimmung war und nichts sagte. Wir folgten dem Fluss dicht am Ufer, näherten uns den Stadtmauern und erreichten bald offenes Land. Wolken jagten über uns hinweg, nur hin und wieder erinnerte ein Aufblitzen von Blau daran, dass die Sonne irgendwo dort oben war. Rauch, der aus dem Dach eines Bauernhauses quoll, wurde weggerissen. Obwohl die Bäume braun und ohne Laub waren, die Hecken von einem gedämpften Grün und die Straße ein Meer aus Schlamm, lag eine Frische in der gelb getönten Winterluft. In der Ferne bellte ein Hund. Dohlen schnatterten und beschimpften einander in einem nahen Wäldchen, und ein Rotkehlchen beobachtete uns aus einem Christdornbusch, der voller Beeren hing. Ein Hase suchte sich einen Weg durch ein Stoppelfeld. Zwei rotwangige Jungen, die Reisig sammelten, winkten uns zu.

»Gut, einmal fern von allem zu sein, Rufus«, sagte Richard. »Ein Tag wie dieser ist Nahrung für die Seele.«

Ich sah ihn überrascht an, denn er wurde nicht sonderlich oft poetisch.

»Im Frühjahr und Sommer fällt es leicht, das Land zu lieben, wenn alles grün ist und blüht, aber auch der Winter hat seine Schönheit.«

»Die hat er, Sire. Ein klirrend kalter Tag wie heute macht die Regentage erträglicher.«

»Erinnert Euch gut daran, denn einen richtigen Winter werden wir so bald nicht mehr sehen, der Herr allein weiß, wie lange nicht.« Richards Stimmung war schon wieder ins Geschäftige umgeschwenkt. »Unser Ausritt muss leider kurz sein. Wenden wir uns dem Wald zu, ehe wir umkehren.«

Wir ritten weiter. Mein Blick kehrte zu dem Hasen zurück, der noch nicht den Rand des Ackers erreicht hatte. »Wenn der Wind nur ein bisschen nachließe, wäre es ein schöner Tag, um einen Falken auf das Tier loszulassen.«

Ein Lächeln. »Ihr werdet einer von uns, Rufus.«

Er hatte nicht beabsichtigt, mich aus der Fassung zu bringen, aber ich drückte mich im Sattel zurück. Mein erzwungener Abschied von Irland lag mehr als ein Jahrzehnt zurück. Ich träumte immer seltener von der Rückkehr. Ich hatte Herr von Cairlinn werden wollen, auf dem Land, das früher meiner Familie gehört hatte, aber dieser Wunsch pochte mir nicht mehr in den Adern wie einst. Ein anderes Schuldgefühl überkam mich. Wie ich lebte, ehrte ich weder Vater noch Mutter, die so heimtückisch ermordet worden waren.

»Ich sagte es nicht, um Euch zu schelten, Ferdia, sondern aus Zuneigung.«

»Jawohl, Sire.« Das ist noch nicht alles, dachte ich, denn er neigte dazu, mich nur dann mit meinem richtigen Namen anzusprechen, wenn er zu etwas Ernstem ausholte.

»Ihr seid mein Gefolgsmann, Ferdia, und Ihr habt auch das Kreuz genommen. Solange Ihr nicht ehrlos seid – und ich weiß, dass das nicht der Fall ist –, gibt es zurzeit keinen Weg für Euch zurück nach Irland.«

Von seinen Worten erschrocken, sah ich ihm in die Augen. »Ihr wusstet, dass ich an Cairlinn dachte, Sire?«

»Die meiste Zeit ist Euer Gesicht wie ein offenes Buch.« Er lachte sein ansteckendes Lachen aus tiefstem Herzen, das aus ihm hervorbrach, wenn er sehr belustigt war.

Ich bemerkte, dass sich meine Wangen röteten, als wäre ich noch immer ein törichter Junge. Ich hatte mich stets bemüht, Richard nachzueifern, der seine Gefühle meisterhaft zu verbergen wusste, aber es war offensichtlich, dass ich noch viel zu lernen hatte.

»Gott hat Euch erschaffen, wie Ihr seid, Ferdia. Das ist nichts Schlechtes.«

Dadurch hat Beatrice mich so mühelos durchschaut, dachte ich verzagt.

»Mein Bruder John, nun, er ist aus anderem Holz geschnitzt.« Richards Stimme hatte einen matten Tonfall angenommen. »Er hat mir ganz wie Ihr Gefolgschaft geschworen. Euch würde ich mein Leben anvertrauen, aber ihm …« Seine Stimme versiegte.

Ich hätte ihm nicht mehr zustimmen können. Für mich war Prinz John eine Schlange.

Der König sah mich fragend an.

Ich zögerte. Hin- und hergerissen, aber gezwungen, auf der Stelle eine Entscheidung zu treffen, schluckte ich meine Meinung hinunter. Meine Abneigung gegen John ist persönlicher Natur, sagte ich mir. Er hat mir nie irgendetwas getan. »Wenn Eure Frau Mutter ihm vertraut, Sire, solltet Ihr es vielleicht auch.«

»Ha! Ich weiß, dass auch *sie* John nicht vertraut, aber sie findet, er sollte eine zweite Chance erhalten. Mutterliebe, Ferdia. Nichts ist stärker und zuweilen blinder.«

Hätte der König eigene Kinder, dachte ich, wäre John ein geringeres Problem. Das Thema war heikel, denn Richard war seit vielen Jahren mit Philippe Capets Schwester Alys verlobt, schien aber nicht geneigt zu sein, das Verlöbnis je zu erfüllen. »Würdet Ihr heiraten, Sire, und hättet einen eigenen Nachkommen …«

»Bei Gottes Beinen, Ihr seid ja so schlimm wie meine Mutter!«, rief Richard, aber er lächelte dabei. »Doch freilich ist es wahr, ein König braucht eine Frau und, noch wichtiger, einen Erben. Zum Glück hege ich in dieser Hinsicht starke Hoffnungen. Eine Vereinbarung mit einem der nördlichen spanischen Königreiche würde zwei Fliegen mit einer Klappe schlagen, mir eine Frau liefern und mir im Süden einen Verbündeten gegen den Grafen von Toulouse schaffen. Wie ich höre, hat Sancho von Navarra eine Tochter im passenden Alter. Wir werden bald nach Süden reisen und uns mit ihm treffen. So Gott es will, bin ich mit seinem Kind verlobt, ehe wir uns wieder trennen.«

»Und Philippe, Sire?« Ich brauchte den Namen Alys nicht zu nennen.

Er sah mich verschmitzt an. »Mit ihm befasse ich mich, wenn der Heerzug im Gange ist und er keine Möglichkeit hat, sein Versprechen zurückzuziehen und wieder nach Hause zu reisen.«

»Er wird nicht erfreut sein, Sire.«

»Das wird er nicht, aber jeder Mann hat seinen Preis. Ich werde herausfinden müssen, was Philippes Preis ist.«

Ich entschied, dass meine Schwierigkeiten mit Beatrice eine Nichtigkeit waren, verglich ich sie mit den Sorgen des Königs.

»Da ist der Wald«, verkündete Richard. »Wir müssen umkehren.«

»Zu den Büchern und Schriftrollen«, sagte ich matt und wünschte, ich wäre schon in Outremer.

Er lachte leise. »Sie sind eine Plage, das ist wahr. Ich hätte nichts lieber getan, als sie liegen zu lassen und am Tag nach meiner Krönung ins Heilige Land aufzubrechen. Aber im Krieg ist sorgfältige Planung lebenswichtig, wie auch in allem anderen.«

»Lieber stürme ich allein mit der Lanze gegen eine ganze Schlachtreihe von Sarazenen, als dass ich mich mit den Pergamenthaufen auf Eurem Schreibpult befasste, Sire.«

»Mir geht es genauso.«

Ich grinste.

»Wenn der Tag kommt, uns den Türken zu stellen, und dieser Tag wird kommen, dann reiten wir zusammen gegen den Feind.«

Ich sonnte mich in der Gunst des Königs. Den Kopf voller ruhmreicher Schlachtenszenen, vergaß ich Beatrice, FitzAldelm und Henry.

Wichtig war allein der Krieg gegen die Sarazenen.

KAPITEL II

Nonancourt, Normandie, März 1190

Regenspritzer trafen mein Gesicht, als Philip und ich das untere Ende der Stufen erreichten, die zur Wohnhalle hinaufführten, und ich sah zum Himmel. Ich hatte entschieden, dass uns genug Zeit bliebe, um ohne Mantel die Küche zu erreichen. Jetzt war ich nicht mehr so sicher. Eine große schwarze Wolkenbank hing drohend über der Burg, Donner grollte. Von einem Jungen abgesehen, der eilig ein Pferd in den Stall zog, war der Burghof verlassen. Gesichter spähten aus der Schmiede und den anderen Werkstätten und warteten auf das Unwetter.

»Beeilen wir uns«, sagte ich.

Philip brauchte nicht angetrieben zu werden, denn wie ich trug er nur Hemd und Hose. Er lief los, und ich spürte die Herausforderung und rannte ihm hinterher. Binnen eines Herzschlags hatten wir uns in kleine Jungen verwandelt und maßen uns ungezügelt in einem Wettlauf. Dank seines Vorsprungs holte ich Philip nicht mehr ein, und er krähte vor Freude, als er die Küchentür als Erster erreichte. Ich war froh, gerade noch rechtzeitig in den Schutz des Vordachs zu gelangen, als der Himmel seine Schleusen öffnete.

»Du verbringst zu viel Zeit bei Tisch, Rufus, und nicht genug an der Stechpuppe«, sagte er und ging hinein.

Ich schubste ihn. »Du hast geschummelt! Wir sind nicht zugleich losgerannt.«

»Sehe ich da ein Bäuchlein?« Er stieß mir mit dem Finger in die Magengrube.

In der Tat war dort ein bisschen mehr Fleisch als früher. »Ertappt«, knurrte ich und schlang ihm einen Arm um den Hals. »Dir bin ich noch lange gewachsen, du Welpe!«

Lachend befreite er sich von meinem Griff. »Mit einem Schwert vielleicht. In einem Rennen niemals.«

Er hatte vermutlich recht, auch wenn ich es nicht gern zugab. Seit London hatte ich wenig Zeit für Leibesertüchtigung und Waffenübungen gefunden. Als Knappe hatte Philip größere Freiheit, um sich um seine Ausbildung zu kümmern, während ich als enger Gefährte des Königs vom ersten bis zum letzten Tageslicht bei Unterredungen beschäftigt war, Botschaften zu überbringen hatte und Beamten Anweisungen geben musste. Und das war noch nicht alles. Kaum jemals blieben wir irgendwo länger als eine Woche. Wenn ich morgens aufwachte, wusste ich oft nicht, wo ich mich befand. Unter gewöhnlichen Umständen wäre mir dieser beständige Wechsel schon bald zu viel geworden, aber die wachsende Erregung des Hofes über unseren Aufbruch ins Heilige Land war ansteckend.

Am elften Dezembertag hatten wir von Dover aus das Schmale Meer überquert. Weihnachten verbrachten wir bei Burun in der Normandie, eine angenehme Zeit, in der wir zu viel aßen und tranken. Einige Tage danach hatte es jedoch eine angespannte Unterredung mit Philippe Capet gegeben. Beide Könige hatten sich auf einen anhaltenden Frieden geeinigt, der herrschen sollte, solange sie fort waren. Keiner sollte das Territorium des anderen verletzen und jeder auch seine Barone dazu verpflichten. Richard hatte erneut sein Verlöbnis mit Alys bekräftigt, Philippes Schwester, und das erst Tage, nachdem er mir von seinen Plänen erzählte, die Tochter König Sanchos von Navarra zu ehelichen. Er wandelte auf Messers Schneide. Ein falscher Schritt, und der französische Monarch zog sich vielleicht aus dem Heerzug zurück und erklärte stattdessen Richard den Krieg. Richard schien jedoch überzeugt zu sein, dass sein Plan gelingen würde, und ich versicherte mir immer wieder, er wisse es am besten.

An Lichtmess waren wir südlich nach La Réole am Ufer der Garonne gezogen, wo Richard seinen Adligen in der Gascogne erneut den Gefolgschaftseid abnahm. Die geplanten Beratungen über die Absicht des Königs, Berengaria zu heiraten, die Tochter Sanchos VI. von Navarra, waren von Schneefall verhindert worden, der das Pyrenäengebirge unpassierbar machte, aber der Antrag war mit dem Schiff ausgesendet worden. Von La Réole waren wir nach Nonancourt geritten und dort vor zwei Tagen eingetroffen. Richard hatte einen großen Rat einberufen, zu dem seine Mutter Königin Alienor erscheinen sollte, seine Brüder Geoffrey und John, William Longchamp, Hugh de Puiset und eine Vielzahl anderer Bischöfe. Fast jeder war nun hier. Die Wohnhalle war zum Bersten gefüllt. Noch keine Stunde lag es zurück, dass ich die beiden Justiziare beobachtet hatte, wie sie sich stritten. Richards Bedenken, ihnen die Herrschaft über England anzuvertrauen, waren keineswegs verfehlt.

Wir schlängelten uns zwischen den Dienerinnen hindurch, die an den Spülbecken Töpfe und Pfannen schrubbten, und gingen zu den Backöfen. Hier waren wir wohlbekannt, denn wir kamen oft wegen frischen Brotes oder Kuchen. Ich hatte für ständiges Willkommen gesorgt, indem ich jedem Koch am Tag unserer Ankunft ein paar Silberpennys in die Hand gedrückt hatte. Wir erhielten Pasteten mit Huhn und Rosinen und zogen uns neben den Eingang zurück, um beim Essen in den Regen zu blicken.

Eine mit einer Kapuze verhüllte Gestalt stieg die Treppe herab. Auf der vorletzten Stufe riss ein Windstoß die Haube zurück und entblößte für einen Augenblick den kantigen Schädel FitzAldelms. Statt zur Küche zu gehen, schob er sich jedoch durch einen Eingang, der in den Keller unter der Wohnhalle führte. Dort wurden Wein, Lebensmittel und Material gelagert, außerdem gab es Zellen, die als Kerker dienten. Wie seltsam, dass FitzAldelm bei diesem Wetter den Donjon verließ und es riskierte, durchnässt zu werden. Jeder sonst hätte die innere Treppe in der Wohnhalle genommen. Ich erwähnte es Philip gegenüber, der mir zustimmte.

»Gehen wir und schauen nach«, schlug er vor.

Gerührt, denn FitzAldelm war nur sein Feind, weil er meiner war, fasste ich dankend nach seinem Oberarm. »Wenn er mich dort sieht, wüsste er, dass ich ihm nachspioniere.«

»Während ich als Knappe aus einer Vielzahl von Gründen dort sein könnte.« Philip zwinkerte, schob sich den letzten Bissen Pastete in den Mund und eilte in den Regen.

Lange dauerte es nicht, und der Wolkenbruch, der den Burghof in eine Pfützenlandschaft verwandelt hatte, war vorüber. Ich hielt mich dicht an der Mauer und erreichte die Treppe mit trockenen Füßen. An der nahen Abtei läuteten die Glocken zur Terz. Ich eilte hinauf, nahm zwei oder drei Stufen auf einmal. Ich hatte viel zu tun, bevor der von Richard einberufene Rat beginnen konnte, genug, um meine Gedanken von FitzAldelm und seinen Teufeleien abzulenken.

Die Wohnhalle war leer geräumt, alle Tische von Dienern an die Seitenwände gerückt worden. Nur noch eine lange Tafel stand im Zentrum des Saals. Kissen auf den Bänken bedeuteten, dass Angehörige des Königshauses und Bischöfe nicht auf hartem Holz zu sitzen brauchten. Frische Binsen, mit getrockneten Kräutern versetzt, bedeckten den Fliesenboden. Im großen Kamin loderte ein Feuer und hielt alle nahe Sitzenden angenehm warm, vielleicht sogar zu warm. Wer ferner saß, würde die Zugluft spüren. Der Wind ratterte an den geschlossenen Fensterläden, und jedes Mal, wenn die Tür am anderen Ende des Saals geöffnet wurde, traf uns ein Schwall kalter Luft.

Fast jeder war hier. Richards Platz war leer, denn er schritt auf und ab mit Henri de Blois, dem Grafen der Champagne, einem jungen Mann mit hellen Haaren, der in der merkwürdigen Position war, sowohl Richards als auch Philippe Capets Neffe zu sein. Liebenswert und lustig, wirkte er wie ein netter Kerl, und der König mochte ihn. Henri sollte in den nächsten Tagen ins

Heilige Land aufbrechen. Seine Aufgabe bestand darin, bei der Belagerung von Akkon zu helfen, der Küstenstadt, die vor fast drei Jahren an die Sarazenen verloren gegangen war. Wie beinahe alle christlichen Festungen war sie kurz nach der verlustreichen Schlacht bei den Hörnern von Hattin gefallen.

Auch für Richards Mutter und Alys, seine Verlobte, waren Plätze frei gehalten, gleich rechts vom König.

Unaufdringlich wartete Philip einige Schritte hinter ihnen. Neben den leeren Plätzen saß Geoffrey, der Halbbruder des Königs und Erzbischof von York. Er war in ein Gespräch mit den Herzögen von Norwich, Bath und Winchester vertieft und übersah angelegentlich Hugh de Puiset, den Bischof von Durham, der ihm gegenübersaß. Dieser wiederum gab vor, den Kanzler William Longchamp, Bischof von Ely und sein Mit-Justiziar, nicht zu sehen, der gleich neben Bischof Hubert von Salisbury saß und mit William Marshal und dessen Bruder John sprach.

Die Gegenwart so vieler hochrangiger Geistlicher rieb den Schorf von der schwärenden Wunde auf meiner Seele. Ich hatte erwogen, den Mord an Henry bei einem der Bischöfe zu beichten, den Gedanken aber rasch von mir gewiesen. Meine Bußfertigkeit mochte einen Kleriker überzeugen, aber Gott würde mich als Heuchler erkennen. Von meiner Erbärmlichkeit lenkte ich mich ab, indem ich erneut die Anwesenden musterte.

Den Sitz links von Richards Platz nahm Prinz John ein, sein Bruder und Graf von Mortain. John blieb für sich selbst und nippte oft aus seinem Becher, während sein Schlangenblick über die Versammelten glitt. Den Bischof neben ihm schien es nicht zu stören, nicht beachtet zu werden, stattdessen sprach er mit seinen Mitgeistlichen und den Baronen an der gegenüberliegenden Tischseite.

John erinnerte mich an FitzAldelm, und ich lenkte meinen Blick beiläufig auf meinen Erzfeind. Wie ich stand er mit Baudouin de Béthune, André de Chauvigny und einer Gruppe von

Hausrittern und Beamten hinter dem Platz des Königs, und das in gebührendem Abstand. Wir durften Zeuge der Beratung werden, aber nicht an ihr teilnehmen. FitzAldelm sprach mit Odo de Gunesse, einem seiner Kumpane in Richards Diensten. De Gunesse war charmant und ein guter Kämpfer, was erklärte, weshalb Richard ihn aufgenommen hatte, aber er war auch verschlagen wie ein Fuchs, und ich bezweifelte, dass der König diese Seite seiner Persönlichkeit je bemerkt hatte. Mir war sie nur bekannt, weil ich einmal belauscht hatte, wie FitzAldelm mit ihm sprach. Für mich bestand kein Zweifel, dass de Gunesse auch zu einem Mord fähig gewesen wäre.

Die Tür zum Privatgemach an der Stirnwand des Saals wurde geöffnet. Ein Vogt trat hindurch und rief mit lauter Stimme: »Königin Alienor!« Er kündete auch Alys an, Schwester von Philippe Capet.

Ihre Verlobung mit dem König wurde nicht erwähnt, eine Einzelheit, die mir auffiel. Bevor er Berengaria heiraten konnte, musste er das zwanzig Jahre bestehende Verlöbnis mit Alys lösen, eine dornige Angelegenheit, bei der Krieg mit Frankreich drohte. Diese rechtliche Zwickmühle, hatte ich Richard gegenüber de Chauvigny erwähnen hören, war der Grund, weshalb er so viele Bischöfe zu dem Rat geladen hatte. Um sein Dilemma zu lösen, musste jeder Aspekt dynastischer Heirat und die anwendbaren Bestimmungen des Kirchenrechts erörtert werden. »Sie bleiben am Tisch, bis ich bekomme, was ich will«, hatte der König erklärt. Alys' Gefühle erwähnte er nicht, aber ich wusste, dass sie nach ihrer Ankunft miteinander gesprochen hatten. Ich beneidete sie nicht um ihre Stellung als Bauer im Spiel zweier Könige.

Alle am Tisch erhoben sich. Richard eilte herbei, um seine Mutter zu ihrem Sitz zu geleiten. Alys, die schüchtern Alienor folgte, bedachte er mit einem leisen Gruß. Wir verneigten uns alle, als die Königin uns erreichte, in einem dunkelgrünen Kleid, die Frisur in ein zart gesponnenes goldenes Haarnetz gehüllt. Trotz ihres Alters war sie eine Schönheit, Gestalt gewordene Würde und Anmut, und sie lächelte, während der König ihr sorgsam das Sitzkissen zurechtrückte. Die gleiche Aufmerksamkeit schenkte er Alys, die hübsch, aber reserviert war in ihrem himmelblauen Kleid. Ich fragte mich, ob die Gerüchte stimmten, sie habe eine Affäre mit dem Vater des Königs gehabt, als Henry II. noch lebte.

Richard nahm selbst Platz und begann ohne Umschweife. Es gebe viel zu bereden, sagte er, aber zunächst würde er sich den dringlichsten Angelegenheiten zuwenden.

»Seit meiner Abreise aus England scheint es, dass meine Justiziare, selbst wenn sie einander nicht an die Kehle fuhren, doch zutiefst uneinig wären.« Er sah de Puiset an, dann Longchamp. Ersterer errötete, Letzterer jedoch wirkte ungerührt.

Er weiß, was bevorsteht, dachte ich. Richard hat es ihm gesagt.

»Was den einen von Euch erfreute, sagte man mir, erboste stets den anderen«, fuhr Richard fort.

De Puiset hüstelte. »Es ist richtig, wenn Ihr sagt, Sire, dass wir uns nicht in vielem einig waren.«

Richards Blick schwenkte zu Longchamp.

Glatt wie Öl sagte der Kanzler: »*Ich* war mit etlichen von de Puisets Plänen einverstanden, Sire, wohingegen er …« Als Richard die Hand hob, verstummte er.

»Mir fehlen Zeit und Geduld, auch nur einen von Euch anzuhören. Wenn die Dinge so stehen, obwohl ich nur das Schmale Meer überquere, graut mir bei dem Gedanken, was geschehen mag, sobald ich das Heilige Land erreiche. Von diesem Tag an soll die Regentschaft über mein Königreich zweigeteilt werden. Ihr, de Puiset, sollt Justiziar über die Lande nördlich des Humbers bis zur schottischen Grenze sein. Longchamp, Ihr sollt über den Rest Englands gebieten.«

Während Longchamp grinste wie eine Katze, der man eine Schüssel Sahne hinstellt, und seine Dankbarkeit bekundete, lief de Puiset tiefrot an. »Habe ich Euch missfallen, Sire, dass Ihr mich bestrafen wollt mit dieser Aufgabe?« Das letzte Wort ließ er klingen wie einen Kraftausdruck.

»Möchtet Ihr sagen, dass Ihr sie nicht wollt?«

Auf dem falschen Fuß erwischt, stammelte de Puiset: »N-nein, Sire!«

»Dann nehmt, was Euch gegeben wird, und seid dankbar.«

Machtlos angesichts königlicher Autorität murmelte de Puiset seinen Dank. Longchamp bedachte er mit einem mordlustigen Blick.

Des Kanzlers Stern setzte seinen Aufstieg fort, als Richard erklärte, dass an Papst Clemens Botschaften gesendet würden, in denen er gebeten wurde, Longchamp zum Legat von England und Schottland zu ernennen, der höchsten verfügbaren Kirchenstellung. Der König befahl Longchamp ferner, den Tower von London mit einem tiefen Burggraben zu umgeben, um seine Befestigung zu verstärken.

Die Aufmerksamkeit verlagerte sich zu Geoffrey, Richards Halbbruder, und der König gebärdete sich noch schroffer. Das überraschte mich nicht. Erst vor wenigen Monaten, am Vorabend unseres Aufbruchs von England, hatte er einen bitteren Disput zwischen Geoffrey, de Puiset und mehreren anderen Bischöfen und hohen Kirchenbeamten auflösen müssen. Seit Weihnachten setzte sich der Streit fort und erzürnte den König so sehr, dass er Geoffrey einige Ländereien entzogen hatte.

»Wenn es jetzt um das Geld geht, das ich dir schulde …«, setzte Geoffrey an.

»Darum geht es nicht«, schnitt Richard ihm das Wort ab. »Leider lässt es sich anders nicht sagen, Geoff. Ich möchte, dass du einen Eid auf die heiligen Evangelisten ablegst, für die nächsten drei Jahre keinen Fuß auf englischen Boden zu setzen, es sei denn mit meiner Erlaubnis.«

Geoffrey spie fast den Wein aus, den er im Mund hatte.

»Erfülle meinen Willen, Bruder. Ich lasse nicht mit mir reden.«

»Zu Befehl, Sire.« Geoffreys Stimme klang erstickt, sein Gesicht wirkte gequält, aber er wagte nicht, Protest zu erheben.

Richard beugte sich vor und sah seinen jüngeren Bruder an. »Du wirst den gleichen Eid ablegen.«

John zog ein gequältes Gesicht. »Ihr würdet mich für die ganze Zeit, die Ihr fort seid, in der Normandie oder dem Anjou festsetzen, Sire?«

»Allerdings.«

»Du ziehst in den Krieg, Bruder. Von Verwundung oder Tod in der Schlacht abgesehen riskierst du Meeresstürme, Seuchen im Lager und Gefangennahme durch den Feind.«

»Ich ziehe nicht einfach in den Krieg, ich beabsichtige, Jerusalem von den Sarazenen zu befreien«, schalt ihn Richard.

»Und alle hier hoffen und beten, dass du Erfolg hast.« John klang bemerkenswert aufrichtig. »Nichtsdestotrotz drohen dir erhebliche Gefahren. So Gott will, widerfährt dir keines dieser Missgeschicke, aber sollte es doch der Fall sein, brauchst du treue Diener in England, die dir den Thron sichern.«

»Und ich habe sie«, sagte Richard. »Longchamp, de Puiset, Marshal, Bardolph, FitzPeter und Bruyère.« Außer den beiden Justiziaren hatte er William Marshal und dessen drei Mitjustiziare genannt, von denen alle anwesend waren.

Johns Wangen nahmen einen Rosaton an. »Sie sind nicht von Eurem Fleisch und Blut, Sire!«

»Das sind sie nicht«, entgegnete Richard. »Unsere Frau Mutter, die Königin, aber schon. Sie wird in England bleiben.«

John war sprachlos, erlangte aber rasch die Fassung zurück. Er sah Alienor an. »Findet diese Entscheidung Eure Zustimmung, Mutter?«

Alienor wirkte unbehaglich und gab keine unmittelbare Antwort.

»Euer Schweigen deutet darauf hin, dass Ihr mit Richard nicht einer Meinung seid, Mama«, redete John ihr gut zu.

Richard runzelte die Stirn.

»Es ist richtig, ich habe Bedenken«, sagte Alienor. »Dein Bruder, der König, und ich haben darüber gesprochen. Wir werden weiterhin beraten, aber nun bitte ich dich, seinen Befehl zu befolgen und den Eid zu leisten.«

Johns Augen funkelten, aber er nickte. »Wie Ihr wünscht, Mama.« Er sah Richard an. »Ich werde Euch den Eid leisten.«

Richard wirkte zufriedengestellt.

Nun begann eine Diskussion des Kirchenrechts in Bezug auf das Verlöbnis des Königs mit Alys, Philippes Schwester. Von Anfang an war offenkundig, dass es darum ging, Richard – auf legalem Weg – aus seiner Verpflichtung zu lösen. Alys wirkte bedrückt. Der König besaß den Anstand, verlegen dreinzuschauen, als sie erwähnte, sich unwohl zu fühlen, und ihn um seine Erlaubnis bat, sich zurückzuziehen. Er gewährte ihre Bitte sofort. Alienor flüsterte Alys etwas ins Ohr, und als Alys sich erhob, gelang ihr ein gezwungenes Lächeln. Das arme Ding, dachte ich, als sie davonschlich.

Philip schenkte dem König Wein nach und begab sich danach zur Speisekammer am anderen Ende der Wohnhalle. Ermüdet von den leiernden Stimmen der Bischöfe, die einer nach dem anderen sprachen, folgte ich ihm still.

Unter dem missbilligenden Blick des Mundschenks, der die Speisekammer beaufsichtigte, nahm ich mir einen Becher aus Silber. Philip, der genau wusste, was ich wollte, schenkte mir aus dem Krug, den er nachgefüllt hatte, randvoll ein.

»Bei Gottes Zehen, ich sterbe vor Langweile, bevor der Tag zu Ende geht«, sagte ich und nahm einen Schluck.

Der Mundschenk schniefte. Ich sah ihn herausfordernd an, und er entdeckte ein plötzliches Interesse an der Arbeitsweise eines Küchenmädchens, das unweit von uns einen Besen über den Fußboden schob.

»Du kannst wenigstens etwas trinken«, sagte Philip. »Ich muss dabei nüchtern bleiben.«

»Mein Beileid.« Ich prostete ihm mit dem Becher zu.

Er verzog das Gesicht. »Spotte noch einmal, und du erfährst nie, welche Neuigkeiten ich habe.«

Sein Angebot, FitzAldelm zu bespitzeln, fiel mir wieder ein. Ich entfernte mich von dem Mundschenk und dem unglückseligen Küchenmädchen mit dem Besen, die gerade eine Standpauke erhielt. »Was hast du gesehen?«

Philip machte eine verschwörerische Miene. »Der Grund, aus dem FitzAldelm die Außentreppe nahm, war der, dass niemand anderer als Prinz John die Innentreppe herunterkam.«

»Sie wollten nicht zusammen gesehen werden!«

»Das war auch mein Eindruck.«

»Worüber haben sie gesprochen?«

»Das ist das Dumme daran. Ich folgte ihnen in den Weinkeller, aber ich kam nicht dicht genug an sie heran, um auch nur ein Wort zu verstehen.« Philip sah mich zerknirscht an. »Es tut mir leid, Rufus.«

Ich lächelte ihm dankend zu. »Entschuldige dich nicht – ich hätte es nicht besser vermocht.«

»Gut sieht das nicht aus. Warum sollten sie sich insgeheim treffen müssen?«

Philip hatte gewöhnlich ein vertrauensseliges Gemüt. Sein Argwohn bestärkte mich in meinen schlimmen Vermutungen. »Verrat«, sagte ich.

»Das glaubst du doch nicht wirklich?«

»Ein Mann wie FitzAldelm ist nur darauf aus, seine eigenen Schäfchen ins Trockene zu bringen. John ist genauso gestrickt. Erinnerst du dich, wie er ganz am Ende seinen sterbenden Vater im Stich gelassen hat, als Richards Sieg nicht mehr abzuwenden war?«

»Das war abscheulich.« Philip schüttelte den Kopf. »Wieso hat Richard überhaupt Johns Treuegelöbnis angenommen?«

»Er zeigt die gleiche Schwäche, die schon sein Vater hatte. Henry hat seinen Söhnen immer wieder vergeben – darunter auch

Richard –, wenn sie sich gegen ihn erhoben. John wieder in den Schoß der Familie aufzunehmen ist nichts anderes.«

»Glaubst du, der König wird John erlauben, nach England zu reisen?«

Ich dachte an Richards Gespräch mit de Puiset und Longchamp in London. An die Zuneigung, die er für seine Mutter empfand. An ihr Zögern, als John sie nach ihrer Meinung über den Bann fragte. »Ja«, sagte ich vorsichtig. »Das könnte geschehen.«

Wie es schien, würden die Hindernisse, die sich Richards Plänen, ins Heilige Land aufzubrechen, in den Weg stellten, niemals ein Ende nehmen.

Einige Tage später traf sich Richard erneut mit Philippe. Die Verpflichtungen beider Monarchen, das Reich des anderen nicht zu bedrohen, während sie im Heiligen Land weilten, wurden erneuert, und die Bischöfe schworen, jeden zu exkommunizieren, der die Vereinbarung brach. Beide Seiten erlitten Verzögerungen bei ihrem Aufbruch nach Outremer, und deshalb kam man überein, dass sich die Heere nicht am 1. April, sondern am Johannistag, dem 24. Juni, bei Vézelay treffen sollten.

Mit der Ankunft eines schlammbespritzten, erschöpften Kuriers nahm die Beratung der Könige ein unglückseliges und unvorhergesehenes Ende. Der Mann war, so schnell er konnte, vom französischen Hof herbeigeritten und brachte schreckliche Neuigkeiten. Königin Isabelle, Philippes Gemahlin, war im Kindbett gestorben, nachdem sie zwei Zwillingsknaben tot zur Welt gebracht hatte.

Der französische König brach auf, ohne sich auch nur zu verabschieden. Mit ernster Miene sah Richard ihm hinterher.

»Mein Freund ist er nicht, Rufus«, sagte er zu mir. »Aber solch eine Tragödie wünsche ich keinem Mann. Möge Gott über ihn wachen.«

Die sanfte Seite Richards bekamen nur wenige Menschen zu Gesicht, doch vorhanden war sie.

Nicht lange darauf wich das Mitgefühl des Königs dem Zorn. Wir ritten durch Maine, das Anjou und das Poitou in die Gascogne und zur Burg eines Barons, dessen Männer Pilger auf dem Weg nach Santiago de Compostela in Spanien überfallen und ausgeraubt hatten. Nach kurzer Belagerung stürmten wir die Festung und töteten jeden, der Widerstand leistete. Der Baron ergab sich bereitwillig und erwartete, dass ihm als Edelmann Schonung zuteilwürde.

Richard ließ ihn an den Zinnen seiner eigenen Burg hängen.

Nachdem der königlichen Gerechtigkeit Geltung verschafft worden war, nahmen wir unsere Reise nach Süden wieder auf. Wir waren noch keinen Tag geritten, als ein Bote uns einholte. So etwas kam oft genug vor. Da Richard stets in Bewegung war, mussten ihm wichtige Neuigkeiten überbracht werden. Da ich die meisten meiner Tage beim König verbrachte, erfuhr ich oft, was sie enthielten. Meist waren sie langweilig, Verwaltungsfragen wie die, welcher Baron welche Güter oder Wälder erhalten sollte, die Ernennung eines Bischofs oder Einzelheiten zur Bemannung der Schiffe, die uns ins Heilige Land bringen sollten.

Aber nicht an diesem Aprilabend.

Ein Brief von Königin Alienor traf ein, in dem sie ein brutales Massaker an Hunderten von Juden in York schilderte. Auch wenn die meisten Menschen sie nicht mochten – denn Juden hatten Jesus Christus ermordet –, war es eine schockierende Neuigkeit.

Richard war außer sich vor Wut und schimpfte über Longchamps Inkompetenz. »Er muss sich darum kümmern, mit aller Strenge! Ich kann nicht nach England zurückkehren, nicht jetzt!«

Ich schaute mich um. Männer sprachen mit gedämpfter Stimme, voll Furcht vor dem König, während ihnen das Gemetzel von York vor Augen stand. FitzAldelm war es, den ich nicht besonders leise flüstern hörte: »Umso trauriger, dass nicht jeder jüdische Blutsauger im Reich totgeschlagen worden ist.« Er blickte wütend drein, als de Gunesse etwas antwortete. Ich spitzte die

Ohren und konnte hören, wie de Gunesse sich wiederholte: »Eure Schulden.« FitzAldelm befahl ihm, den Mund zu halten. Ich verwahrte das Goldkörnchen des Wissens, das ich erlangt hatte, für später. FitzAldelm stand bei einem jüdischen Geldverleiher irgendwo in England in der Kreide.

Nachdem am nächsten Morgen ein ruhigerer Richard mehrere Briefe geschrieben hatte – an seine Mutter, an Longchamp, de Puiset und seine Seneschalle in Aquitanien –, brachen wir das Lager ab. Tagelang reisten wir weiter nach Süden, wo ich bisher nie gewesen war, bis an die steilen und schönen Pyrenäen. Die Hänge in der Heimat von Bären, Wölfen und Adlern waren dicht mit Bäumen bestanden. Sie reichten vom westlichen zum östlichen Meer und trennten Aquitanien und die Grafschaft Toulouse von den spanischen Königreichen.

In einem verschlafenen Nest an der Grenze zwischen der Gascogne und Navarra traf sich Richard mit König Sancho VI., einem kleinen Mann mit hagerem Gesicht und hervortretenden Augen.

»Schönheit ist nicht alles«, sagte ich leise zu Philip, aber wenn Berengaria nach ihrem Vater kam, drehten sich nur wenige Männer nach ihr um. Augenzwinkernd erklärte Philip, ein Mann betrachte nicht den Kamin, sondern nur das Feuer, das er schüre. Solange Berengaria Richard einen Sohn schenkte, fuhr er fort, wäre ihr Aussehen von untergeordneter Bedeutung. Gegen dieses Argument ließ sich unmöglich etwas einwenden. Liebe und Anziehung standen weit hinter den Bedürfnissen des Königreichs zurück.

Keiner von uns war bei den Gesprächen zwischen Richard und Sancho zugegen, die mehrere Tage anhielten. Der König von Navarra verhandelte hart, denn mehr als einmal hörte ich durch die geschlossenen Türen der Ratskammer den Ausruf: »Bei Gottes Beinen, wie viel?« Am Ende jedoch wurde die Abmachung geschlossen. Richard legte alles William Marshal dar, der bei uns war, und ich hörte jedes Wort.

Der König würde das Verlöbnis mit Alys aufheben, damit er und Berengaria heiraten konnten. Da Philippe Capet von den neuen Vereinbarungen noch nichts ahnte, konnte die Hochzeit nicht stattfinden, bevor die Monarchen ins Heilige Land aufbrachen. Da Richard vermutlich zwei Jahre lang fort sein würde, musste eine Lösung gefunden werden, und sie gestaltete sich wie folgt. Sancho und er hatten beschlossen, dass Alienor nach Navarra reisen sollte. Von dort würde das Paar, mit der Königin als Anstandsdame für Berengaria, nach Sizilien fahren, einem von Richards geplanten Haltepunkten auf der Reise nach Outremer, wo in Messina die Ehe geschlossen werden sollte.

Ich fragte mich, ob Beatrice ihre Herrin Alienor begleitete. Vielleicht begegnete ich ihr in Sizilien. Die Glut des Feuers sei erloschen, sagte ich mir. Jeder Versuch meinerseits, sie wieder zu entfachen, würde auf Abweisung stoßen.

Ich versuchte nicht, eine Frau zu finden, ich zog in den Krieg.

KAPITEL III

Chinon, Touraine, Juni 1190

Der Mittag war nicht fern, und das Land briet im Sommersonnenschein. Hoch am blauen Himmel hing ein Turmfalke und suchte auf den Feldern unter der Burg nach Beute.

Rhys und ich waren auf dem Burghof, der auf Befehl des Königs geräumt worden war. Statt der üblichen Scharen von Dienern, Soldaten, Pferden und Wagen waren Zielscheiben aus Stroh an der Wand des Donjons aufgestellt worden. Ihnen gegenüber stand ein Dutzend von Richards stämmigen pisanischen Armbrustschützen. Arrogant und ständig frotzelnd, hatten sie sich die Zeit bis zur Ankunft des Königs vertrieben, indem sie gegeneinander konkurrierten. Sie beachteten mich kaum, als ich mich ans Ende der Reihe stellte und Rhys, der vor mir in eine eigene Armbrust investiert hatte, das Gleiche tat.

Des Königs Geheimtreffen mit Sancho VI. lag über einen Monat zurück. Noch waren wir nicht ins Heilige Land gezogen, aber endlich war ich für meine aufs Übermaß strapazierte Geduld belohnt worden. In wenigen Tagen sollten sich Richards Truppen bei Vézelay sammeln. Dort würden wir wie geplant auf König Philippe treffen. Gemeinsam sollten die beiden Heere nach Lyon marschieren, die Rhône überqueren und sich danach wieder trennen. Der französische Monarch beabsichtigte, über Land nach Genua zu ziehen, während wir uns in Marseille einschiffen würden. In Sizilien wiedervereinigt, würde sich unsere Reise ins Heilige Land fortsetzen.

Ich konnte es nicht abwarten.

Tschik. Das Geräusch eines Armbrustabzugs klang unschuldig, aber mich durchfuhr dabei immer ein nervöser Kitzel. Der

Stahlbolzen durchschlug auf kurze Entfernung mit Leichtigkeit einen Ringpanzer. In Hemd und Hose, wie ich sie gerade trug, wäre mir der Tod sicher gewesen, wurde ich getroffen. Ich schaute von Rhys zur Zielscheibe, die etwa achtzig Schritte entfernt stand. Ein schwarzer Punkt in ihrem Zentrum bezeugte seinen Erfolg. »Nicht schlecht.«

Er ächzte. Rhys hatte bereits das Ende der Waffe am Bauch angesetzt und zog die Sehne zurück.

Ich zielte und schoss.

»Ha!«, rief Rhys. »Du hast beinahe die verdammte Scheibe verfehlt.«

»Wenn das ein Mann wäre, hätte ich ihn in die Schulter getroffen.«

»Meinen Feind habe ich in die Brust geschossen.« Seine Selbstgefälligkeit war nicht zu überhören.

Er war der bessere Schütze, das wussten wir beide. Die Benutzung der Armbrust war bei Rittern verpönt, und als Rhys vor einiger Zeit sein Interesse an der Waffe gezeigt hatte, schloss ich mich nicht an. Erst Richards jüngste Verlautbarung, dass die Armbrust im Heiligen Land eine Waffe für jeden sei, hatte alles verändert. Ich übte nun regelmäßig mit ihr.

»Schießen wir noch einmal.« Ich lud nach.

Mein zweiter Versuch lag besser im Ziel, genauso gut wie Rhys' Bolzen. Für den dritten galt das Gleiche, aber mein vierter Schuss verfehlte die Zielscheibe ganz. Rhys vermochte sein Frohlocken nicht zu verbergen, und ich sah ihn mürrisch an. So ging es immer: Gelegentlich traf ich so gut wie er, meistens aber nicht, und er gab sein Bestes, um nicht aufzutrumpfen. Nach außen hin gab ich mich unwillig und fluchte leise vor mich hin, aber innerlich war ich zufrieden. Ich konnte ihn im Nahkampf zu Pferd und zu Fuß jederzeit besiegen. Warum sollte er nicht auf anderem Gebiet besser sein als ich?

Trotz meines Gleichmuts lagen wir in einem nie erklärten

Wettstreit. Darin vertieft, bemerkten wir nicht, dass der König eintraf. Von aufgeregten Stimmen alarmiert, sah ich, wie er sich unter die Pisaner mischte. Er sprach passables Italienisch, lächelte und lachte, lobte hier die Armbrust eines Mannes, sah dort zu, wie ein anderer aufs Ziel schoss. Philip begleitete ihn und trug eine schwere Armbrust und ein Bündel Bolzen. Richards Cousin, André de Chauvigny, lud gerade die eigene Waffe und scherzte mit Baudouin de Béthune. Andere Ritter waren ebenfalls dort, Armbrüste in der Hand. FitzAldelm, der mich noch nicht entdeckt hatte, ließ sich über irgendein Thema aus.

»Die Damen sehen zu«, sagte Rhys.

Ich schaute hinter uns. Königin Alienor stand in einem der größeren Fenster der königlichen Gemächer. Eine ihrer Damen war neben ihr, und über deren Schulter hinweg erspähte ich Beatrice. Sie drehte den Kopf weg, bevor ich ihr zuwinken konnte. Ein Stich fuhr mir durchs Herz. Von einem kurzen, steifen Gespräch in Nonancourt abgesehen, hatten wir keinen Kontakt gehabt, während ich mit dem König Frankreich durchquerte, und seit Alienors Ankunft in Chinon hatten wir nur ein paar kühle Worte gewechselt. Wie man sich bettet, dachte ich, so liegt man.

Rhys' Blick hing an mir, aber ich sagte nichts, und zum Glück stellte er keine Fragen.

»Ich verstehe nicht, Sire, warum wir den Gebrauch von solch feigen Waffen erlernen sollen.« Die laute, näselnde Stimme gehörte de Gunesse.

»Feige? Inwiefern?«, fragte Richard.

»Die Armbrust tötet aus der Entfernung, Sire. Mit dem Schwert oder der Lanze ist sie nicht vergleichbar.« De Gunesse lachte in sich hinein und sah sich Zustimmung heischend um. Einige Ritter nickten. FitzAldelm sagte: »Ich gebe zu, ich bin der gleichen Ansicht, Sire. Armbrüste erscheinen mir nicht ritterlich.«

Das von einem Mann zu hören, der versucht hatte, mich zu ermorden, war lachhaft, aber ich beherrschte mich. Hielt ich mich lange genug zurück, vergaß FitzAldelm vielleicht seine Vorsicht und bot mir eine Gelegenheit, ihn als den treulosen Hundsfott zu entlarven, der er war.

»Ritterlich mag die Armbrust nicht sein, aber für einen Fußsoldaten, auf den ein Ritter in vollem Harnisch zuprescht, kann sie der Unterschied zwischen Leben und Tod sein«, sagte Richard. »In den Monaten und Jahren, die uns bevorstehen, mag es Zeiten geben, da wir nicht in die Schlacht reiten können. Soweit wir wissen, kommt die christliche Belagerung von Akkon – die im Gange ist, während ich hier spreche – nicht voran, bis unsere Flotte die Küste des Heiligen Landes erreicht, und falls dem so ist, werde ich nicht abwarten, bis die Mauern der Festung gefallen sind.« Er nahm seine Armbrust von Philip entgegen und schwenkte sie. »Das soll meine Waffe sein, genau wie sie es für die Poulains ist, die fränkischen Bewohner des Heiligen Landes. Wie wir die sarazenischen Heiden töten, ist ohne Bedeutung. Ein Weg in die Hölle ist so gut wie der andere!«

Lauter Jubel stieg auf. Geläutert nickte de Gunesse.

Richard spannte seine Armbrust und legte den Bolzen auf. Er hob sie an die rechte Schulter, zielte und schoss in einer Bewegung. Aller Blicke folgten dem Bolzen. Ein zweites Jubeln brach aus, als er die Mitte der Zielscheibe traf.

»Jeder von Euch sollte dazu in der Lage sein«, sagte der König. »Übt Euch!«

Die Ritter stellten sich auf. Jedem stand ein Pisaner zur Seite, der Anleitung und Rat anbot. Ich beschäftigte mich damit, auf unsere Zielscheibe zu schießen, Rhys ebenso. Hin und wieder erklang der Befehl, den Beschuss einzustellen, sodass er und die Pisaner die Bolzen zurückzuholen vermochten und die Übung weitergehen konnte.

Die Zeit verstrich. Die Sonne stieg am Himmel auf, und die Temperatur auf dem Burghof kletterte. Schweiß durchnässte mein Hemd. Ich merkte, wie es mir immer stärker im Gesicht brannte.

Ich dachte an die seltenen heißen Sommer in meiner Jugend, und wie rot meine Haut dann immer geworden war. In Outremer würde ich bei lebendigem Leib gesotten.

»Benutzen die Sarazenen auch Armbrüste?«, fragte Rhys.

»Nein, aber fast jeder Mann hat einen Bogen und reitet ein Pferd.«

Bei Richards Stimme drehten wir uns um. Ich verneigte mich, Rhys sank auf das Knie.

»Die Sarazenen haben keine Ritter wie wir«, fuhr der König fort. »Stattdessen haben sie Tausende berittener Soldaten, die Mamelucken genannt werden. Man sagt von ihnen, sie hätten vier Augen, zwei vorn und zwei hinten, so scharf sind ihre Sinne! Von Kindheit an werden sie im Reiten ausgebildet und sind Meister in allem, was mit der Reitkunst zusammenhängt. Sie widerstehen jedem Wetter und verschießen im Galopp ihre Pfeile in jede gewünschte Richtung.«

Alle hatten zu schießen aufgehört. An Königin Alienors starrer Haltung bemerkte ich, dass auch sie zuhörte. Richards farbige Schilderung hatte unsere Feinde zum Leben erweckt.

»Jeder Mameluck ist zugleich ein Hirte, Stallmeister, Rosshändler, Hufschmied und Reiter«, sagte der König. »Reiten kann er tagelang, er schläft im Sattel und wechselt im vollen Lauf das Pferd. Während seines Lebens verbringt er mehr Zeit im Sattel als mit den Füßen auf dem Boden. Das sind die Männer, die uns im Heiligen Land gegenüberstehen werden.«

Die Neugier befiel mich. »Woher wisst Ihr das alles, Sire?«

»Ein Mann namens al-Dschahiz schrieb diese Worte vor Jahrhunderten nieder. Arabisch kann ich nicht lesen, aber seine Schriften sind übersetzt worden.« Richard war nicht nur König und Kriegsherr, sondern auch sehr belesen mit breit gefächerten Interessen.

»Vor unserem Sturmangriff ergreifen sie gewiss die Flucht, Sire«, sagte ich.

Eine massierte Front von angreifenden Rittern war ein beängstigender Anblick und brachte den Boden zum Erbeben. Ich hatte es einmal gesehen, bei Châteauroux, und die Erinnerung war noch frisch. Es überraschte nicht, wenn Männer sagten, ein fränkischer Ritter könnte ein Loch in die Mauern von Jericho schlagen.

Eine Anzahl Stimmen pflichtete mir bei.

»Ja, so wie ein Stechfliegenschwarm vor dem geschwungenen Arm zurückweicht«, entgegnete der König. »Aber im nächsten Moment sausen sie wieder heran und stechen erneut zu. Die Mamelucken schießen, noch während sie fliehen. Ihre Pfeile können unsere Ringpanzer nicht durchschlagen, aber sie fällen damit unsere Pferde, und Ritter zu Fuß, von ihrem eigenen Heer getrennt, sind leichte Beute.«

»Wie bekämpfen wir sie am besten, Sire?«, fragte de Chauvigny.

Richard drehte den Kopf und bemerkte, dass jedermann an seinen Lippen hing. Er lachte. »Mit Disziplin.«

Wir starrten ihn an, ohne zu begreifen, und sein Lächeln wurde breiter. »Alles wird mit der Zeit klar werden, Messires. Vorerst aber übt Eure Treffkunst.«

Richard blieb mit Philip an meiner Seite, während das Zielschießen weiterging, und benutzte unsere Scheibe. Rhys' Fertigkeit war offensichtlich, und der König beglückwünschte ihn dafür. Rhys grinste, wie immer, wenn Richard ihn wahrnahm, und fühlte sich kühn genug, um zu fragen: »Sind die *Mamelucken* …«, sein mit breitem walisischen Akzent gesprochenes Französisch verstümmelte das Wort noch mehr, »… wirklich so gefährlich, Sire?«

Ich sah, wie Augenbrauen hochgezogen und Lippen gekrümmt wurden, weil er die Frechheit besaß, den König derart infrage zu stellen, aber Richard nahm die Menschen, wie sie waren, und er konnte Rhys leiden.

»Ja, Junge, es ist in der Tat schwer zu glauben, dass leicht bewaffnete Männer so tödlich sein können. Zu Anfang war ich geneigt, al-Dschahiz nicht zu glauben – er wäre nicht der erste Schriftsteller gewesen, der lügt –, doch dann dachte ich darüber nach, welche Länder die Sarazenen eingenommen haben. Das beschränkt sich nicht auf das Heilige Land.« Der König reichte seine Armbrust an Philip, damit er die Arme ausbreiten konnte. »In den letzten fünfhundert Jahren haben sie Ägypten, Syrien und Outremer erobert und sind tief in die Wüsten östlich davon vorgedrungen. Die Türkei unterliegt ihrer Herrschaft, Konstantinopel selbst wird von ihnen bedroht. Die Heere, mit denen sie diese gewaltigen Landstriche erobert haben, die in der Größe mit Europa vergleichbar sind, bestanden aus sehr wendigen bewaffneten türkischen Reitertruppen und den gefürchteten Mameluckenkriegern.«

Rhys runzelte die Stirn und schoss einen Bolzen auf die Zielscheibe ab.

Ich vermochte meine Zunge nicht zu hüten. »Können wir dann gewinnen, Sire? Ist es möglich, die Mamelucken zu schlagen?«

»Wenn Gott es will, ist es möglich, mit Disziplin, wie ich sagte. Auch mutige Herzen benötigen wir, und sorgsam durchdachte Pläne.« Richard zielte. Sein Bolzen schlug so dicht neben Rhys' Geschoss ein, dass man sie nicht auseinanderhalten konnte. Er stieß Rhys fest mit dem Ellbogen an. »Was sagst du dazu, Meisterknappe?«

»Sire.« Ohne ein weiteres Wort spannte Rhys die Armbrust, legte den Bolzen auf und schoss. Ein metallisches Klicken erreichte uns, als sein Bolzen die ersten beiden verschob und sich ins Stroh bohrte. Er grinste Richard an. »Nun Ihr, Sire.«

Die Augen des Königs funkelten. Er nahm einen Bolzen von Philip, lud und drückte fast sofort ab. Ein dumpfer Schlag, und die halb versenkten Bolzen verschoben sich wieder. Unfasslich, er hatte sie ebenfalls getroffen.

»Ein ausgezeichneter Schuss, Sire«, hörte ich FitzAldelm sagen.

Ich ignorierte meinen Widersacher und sah Rhys vielsagend an. Er bemerkte meinen Blick nicht und spannte bereits wieder seine Armbrust. Da ich nichts sagen konnte, ohne gehört zu werden, fluchte ich innerlich. Noch genoss Richard den Wettstreit, der sich entwickelt hatte, aber wenn Rhys siegte, könnte das vulkanische Temperament des Königs zum Vorschein kommen. Er mochte es nicht, geschlagen zu werden, egal wobei.

Rhys setzte einen weiteren Bolzen genau neben die anderen.

Richard ebenso.

Ich knirschte mit den Zähnen, als sie nachluden, und versuchte erneut, Rhys' Aufmerksamkeit zu erregen. Meine Bemühungen waren vergebens. Er hob die Armbrust. Ich wartete, bis sein Zeigefinger am Abzug weiß wurde. »Rhys!«, rief ich.

Genau rechtzeitig.

Sein Bolzen verfehlte die Zielscheibe komplett und schlug Steinsplitter aus der Wand dahinter. Er sah mich wütend an.

»Das war nicht ritterlich, Rufus.« Richard klang tadelnd. »Jeder würde schwören, dass Ihr dachtet, er könnte mich schlagen.«

»Ich wollte nur prüfen, was in ihm steckt, Sire«, log ich. »Während einer Schlacht gibt es viele Ablenkungen – Männer, die brüllen oder schreien, um nur zwei zu nennen.«

»Mich dünkt, das war nicht Euer wahrer Beweggrund«, erwiderte der König trocken, »aber ich erhalte den Anschein aufrecht. Ihr müsst das Gleiche bei mir tun wie bei eurem Knappen. Nicht beim kommenden Schuss, denn dann rechne ich damit, aber vielleicht beim nächsten oder übernächsten.« Über die Armbrust visierte er die Zielscheibe an.

Meine Befürchtungen legten sich. Richard setzte solches Zutrauen in seine Fertigkeiten, dass er keine Möglichkeit sah, gegen Rhys zu verlieren. Ich sah meinen Knappen an und hauchte ihm lautlos zu: *Du musst verlieren!*

Als er meine Eindringlichkeit bemerkte, drang ich endlich zu ihm durch. Noch immer lag ein störrischer Ausdruck in seinem

Gesicht. Ich wagte mich nicht darauf zu verlassen, dass er vorsätzlich mit geringerer Genauigkeit schießen würde. Ich sah mich zwischen den Hörnern des Dilemmas gefangen. Wenn ich Rhys »unabsichtlich« mit der Schulter anstieß, verstimmte ich Richard, aber blieb ich untätig, vertiefte sich womöglich die Verbissenheit, mit welcher der Wettstreit geführt wurde. Ich zögerte.

Des Königs Bolzen schlug ein wenig links vom Zentrum der Scheibe ein. Er gab einen verärgerten Laut von sich. »Nur zu, junger Rhys. Tu dein Schlimmstes.«

Zu meiner grenzenlosen Erleichterung kam John auf den Hof und verlangte lautstark, den König zu sprechen. Richard wandte den Kopf. Die Männer hörten auf zu brüllen und flüsterten untereinander. Nur selten kam es vor, dass der Graf von Mortain seinen Bruder in der Öffentlichkeit aufsuchte. Er wird nicht gekommen sein, um sich im Armbrustschießen zu üben, dachte ich. John teilte Richards Interesse an der Kriegführung nicht.

»Wo bist du, Bruder?«, rief John dreist und selbstsicher. Seit Richard sein Verbot, englischen Boden zu betreten, teilweise zurückgenommen hatte – zum Großteil wegen der Bemühungen Alienors –, benahm sich John, als könne er tun, was immer er wollte. Tatsächlich lag die Entscheidung, ob er nach England zurückkehren konnte oder nicht, nun in den Händen William Longchamps.

Eine Maske legte sich über Richards Gesicht. »Ein anderes Mal«, sagte er zu Rhys, der sich tief verbeugte, und ging fort. »Johnny! Kommst du, um dich mit mir an der Armbrust zu messen?«

John murmelte etwas, Richard lachte, und sie begannen ein Gespräch. Der Wettkampf war vorbei. Ich öffnete den Mund, um Rhys für seine Torheit auszuschelten, und machte einen Schritt auf ihn zu.

Ich hörte kaum das *Tschik*, aber ein Riese schlug mir gegen den Hinterkopf. Meine Knie gaben nach, ich taumelte. Rhys ergriff mich mit starker Hand, bevor ich fiel. Meine Sicht war verschwommen, alles drehte sich um mich wie ein Kreisel, und ich sah zu ihm hoch. Rhys' Gesicht war vor Wut verzerrt. »FitzAldelm, du Hund!«, schrie er.

»Gott vergib mir, es war ein Unfall!«

Ich kam wieder auf die Füße und stand auf. Von meinem Hinterkopf ging ein Schmerz aus, als hätten mich dort hundert Wespen auf einmal gestochen. Ich berührte die Stelle und bekam blutige Finger. Ohne ganz glauben zu können, was passiert war, sah ich mich um.

FitzAldelm stand zehn Schritte entfernt, eine Armbrust lag locker in seiner Hand. Erneut gab er laut eine überzeugende Entschuldigung ab, er habe Mühe mit einem klemmenden Abzug gehabt und nicht gesehen, wohin er die Waffe richtete. »Ich erbitte Eure Verzeihung, Messire«, sagte er zerknirscht zu mir. »Die Schuld liegt ganz auf meiner Seite.«

Unsere Blicke trafen sich. Er hatte wieder versucht, mich zu ermorden, und das vor den Augen des halben Hofes. Ich wusste es. Ihm war klar, dass ich Bescheid wusste. Das Zucken seiner Lippen verriet mir, dass es an mir lag, was als Nächstes geschah. Während meine Sicht sich klärte, schaute ich in die Gesichter der Umstehenden und hoffte – *betete* –, dass jemand FitzAldelms heimtückische Tat beobachtet habe. Meine Hoffnung war vergebens. Jeder erschien schockiert und besorgt, doch das war alles. Alienor stand nicht mehr am hohen Fenster, aber Beatrice schon. Mir war es eine flüchtige Genugtuung, dass sie bestürzt wirkte.

»Seid Ihr verletzt?«, fragte FitzAldelm.

Ich tastete erneut nach der Wunde gleich an meinem Haaransatz. Sie war gut drei Zoll lang und nicht tief, aber ich war dem Tod nur durch schieres Glück entronnen. Hätte ich nicht den Schritt auf Rhys zu gemacht, hätte ich auf den Fliesen des Burghofs in einer Blutlache mein Leben ausgehaucht.

Eisige Wut ergriff mich, dass FitzAldelm so kaltblütig sein

konnte. Ich war ernsthaft versucht, selbst die Armbrust zu heben, abzudrücken und sein verhasstes Gesicht in blutigen Matsch zu verwandeln. So verführerisch die Vorstellung auch war, ihn auf solche Weise niederzustrecken hätte mir nur eines eingebracht: eine Anklage als Mörder. Niemand außer Rhys wusste, dass FitzAldelm gerade mit Vorbedacht versucht hatte, mich zu töten – oder dass er bei Châteauroux das Gleiche schon einmal probiert hatte.

Darum lächelte ich, obwohl mir nicht danach war, und sagte: »Eine Belanglosigkeit. Für Anfänger sind solche Fehler nicht ungewöhnlich.« Meine Herablassung ließ den Hass in FitzAldelms Augen aufflackern, aber er unterlag ebenso wie ich dem Zwang der Situation und murmelte etwas davon, dass er mehr Übung brauche.

Als Richard die Unruhe bemerkte, kam er herüber. Ich gestattete FitzAldelm zu erklären, was geschehen war. Der König baute sich voll Abscheu vor ihm auf. »Mehr Umsicht, Robert! Ritter wie Rufus wachsen nicht auf Bäumen. Wüsste ich es nicht besser, würde ich euch für einen Assassinen halten, von Saladin entsandt, um mich eines guten Ritters zu berauben!«

Alle lachten, mich eingeschlossen, denn ohne es zu ahnen, hatte Richard die Wahrheit berührt. In Chinon gab es keine heimtückischen Meuchler aus den Bergen östlich des Heiligen Landes, aber FitzAldelm *hatte* versucht, mich zu ermorden. Ich sehnte mich danach, es Richard zu offenbaren, aber ich entschied mich zu schweigen. Trotz Rhys' Zeugenaussage konnten meine Anschuldigungen leicht falsch und unbegründet erscheinen. Wenn ich FitzAldelm anklagen wollte, brauchte ich unwiderlegbare Beweise.

Rhys platzte fast vor Wut, als er mich zum Arzt brachte. »Ich bringe ihn selbst um«, flüsterte er, kaum dass wir die Menge verlassen hatten. »Gott sei mein Zeuge, heute Nacht schlitze ich ihm die Kehle auf.«

Ich packte ihn beim Handgelenk. Er sah mich wütend an.

Leise, aber mit Heftigkeit sagte ich: »Du wirst nichts dergleichen tun.«

»Er hat versucht, dich umzubringen, Herr. Schon wieder!«

»Ja, das hat er. Und wenn du ihn tötest, was glaubst du, wen sie beschuldigen werden?«

Er schnaubte angeekelt. »Unternehmen wir denn nie was? Willst du nicht einfach vor ihm deine Kehle entblößen?«

»Du bist wütend, Rhys. Glaub mir, das bin ich auch. Er kommt damit nicht davon, das schwöre ich dir.«

»Wann werden wir handeln?«

»Ich will einen Zweikampf gegen ihn.«

Rhys sah mich an, als wäre ich verrückt geworden. »Warum dem Hund solchen Respekt erweisen? Er erweist dir kein bisschen Ehre.«

»Du weißt, wieso.« Ich zögerte. »Southampton.«

»Wenn das so ist, lass mich es tun«, flehte Rhys. »Nichts würde mir größere Freude machen.«

»Sein Leben gehört mir, nicht dir. Er hat dir Kopfnüsse gegeben, nicht nur einmal, und dich beleidigt, aber das ist es auch schon. Zwischen ihm und mir ist erheblich mehr vorgefallen.«

In Verlegenheit gebracht, weil ich recht hatte, fiel Rhys in ein mürrisches Schweigen. Ich war selbst nicht allzu zufrieden mit mir. Ich hatte von einem Duell gesprochen, aber der König sah es ganz und gar nicht gern, wenn die Ritter seines Hauses gegeneinander fochten. Sollte ich FitzAldelm bei solch einem Kampf töten, geriet meine mühevoll erarbeitete Stellung in Gefahr, und ich war nicht bereit, das in Erwägung zu ziehen. Mord schien der einzige Weg zu sein, der mir offenstand, aber beschämt und reuevoll vom Gedanken an Henry war ich nicht bereit, ihn einzuschlagen.

Meine Stimmung verdüsterte sich weiterhin, während Richard ein letztes Mal vor unserem Aufbruch Rat hielt. Mir war, als hätte er irgendwie meinen Wunsch durchschaut, FitzAldelm zu schaden.

»Jeder Mann, der auf der Reise ins Heilige Land einen anderen tötet«, verkündete der König, »soll an den Toten gebunden und auf See mit ihm über Bord geworfen werden. An Land sollen sie beide zusammen begraben werden. Wenn durch einen rechtmäßigen Zeugen bewiesen werden kann, dass ein Mann sein Messer gegen einen anderen gezückt hat, soll ihm die Hand abgeschlagen werden.«

Während Richard fortfuhr, die Strafen für andere Verbrechen aufzulisten, wandte ich mich Rhys zu, der hinter mir stand. »Er ist diese Strafen nicht wert«, flüsterte ich.

Rhys nickte mürrisch.

Eigenartigerweise empfand ich eine Art Erleichterung. Henry plagte mich bereits in der Nacht. Oft erwachte ich schweißgetränkt, seine letzten Atemzüge vor Augen, mit denen er für seine Frau und sein Kind bat, bevor ich ihm auf brutalste Weise das Leben raubte.

Sosehr ich FitzAldelm hasste, ich hatte nicht den Wunsch, dass er sich in meinen Albträumen zu Henry gesellte.

An einem wunderschönen Morgen brachen wir nach Vézelay auf. Der junge Himmel über Chinon war von einem strahlenden Blau. In der Luft lag trotz ihrer Kühle das Versprechen nahender Wärme, und sie trug von den Koppeln am anderen Flussufer den Duft von frischgemähtem Gras herbei. Auf einem nahen Bauernhof krähten zwei Hähne um die Wette.

Es kam nicht jeden Tag vor, dass ein König ins Heilige Land aufbrach, und jeder einzelne Burgbewohner war herbeigekommen, um uns zu verabschieden: Arbeiter und Stallknechte in graubraunen, fleckigen Hemden, Köche und Metzger, Tischler und Steinmetze, ihre Lehrbuben, Stoffhändler, Böttcher und Bogner, Waschfrauen mit rissigen Händen und Mägde in ihrer besten Kleidung.

Rotznäsige Kleinkinder beobachteten uns auf den Armen ihrer

Mütter, kleine Jungen hielten selbst gebastelte Spielzeugschwerter aus Stecken. Ich sah Schreiber mit tintenbefleckten Fingern und eine Gruppe von Mönchen mit Tonsur. Soldaten der Garnison, Reiter und Ritter hatten sich am Tor und auf den Wehrgängen darüber aufgereiht. Die Gesichter Letzterer zeigten eine Mischung von Groll, dass man sie zurückließ, und Erleichterung, dass sie nicht die gefährliche Reise auf sich nehmen mussten, zu der wir uns anschickten.

In prächtiger Kleidung stand die Königin neben John in der Tür zur Wohnhalle, umgeben von ihren Hofdamen. Viele hatten Tränen im Gesicht, denn ihre Ehegatten oder Geliebten zogen mit uns.

Beatrice war nicht zu sehen, und mich plagte ein schlechtes Gewissen, denn ich hatte mich nicht von ihr verabschiedet. Mein Verhalten war feige, das will ich zugeben, aber so war es leichter. Ich hoffte, dass sich etwaige Gefühle, die sie noch für mich hegte, mit der Zeit verflüchtigen würden.

Johns Gesicht war reglos. Vorhin hatte er Richard mit kühlem Respekt, der nichts über seine wahren Empfindungen verriet, Lebewohl gewünscht. Der König wiederum war schroff gewesen, hatte dem Bruder geraten, seine Pflicht zu erfüllen und das Königreich bis zu seiner Rückkehr sicher zu bewahren.

Während ich und der Rest seiner Hausritter warteten, sprach Richard mit seiner Mutter. Sie sahen einander heute nicht zum ersten Mal. Er hatte sich mit ihr eingeschlossen, während ich draußen vor der Tür wachte. Er war mit geröteten Wangen und Spuren von Feuchtigkeit in den Augenwinkeln herausgekommen, und ich gab mein Bestes, um es zu übersehen. Aus Alienors Kammer war ein leises Schluchzen gedrungen. Nun, eine Stunde später, hatten beide die Fassung wiedererlangt.

»Gottes Segen begleite Euch«, sagte Alienor.

Richard senkte das Kinn. »Und Euch ebenfalls, Mama.«

»Wir sehen uns bald wieder, in Messina.«

Mit neuem Respekt sah ich die Königin an. Richard hatte ihr die Bitte gewährt, König Sanchos Tochter Berengaria von Navarra nach Sizilien zu begleiten. Die Entfernung, die sie zurückzulegen hatte, war beträchtlich, und Alienor ging auf die siebzig zu. Gewiss, sie hatte bereits in Outremer geweilt, aber das lag mehr als vierzig Jahre zurück. Damals war sie noch eine junge Frau gewesen. Doch wirkte sie angesichts der Reise keineswegs entmutigt, sondern beflügelt, als freute sie sich geradezu darauf. Wenn alle Männer in Richards Heer so viel Rückgrat hätten wie sie, dachte ich, würde Jerusalem ohne lange Belagerung fallen.

»In Messina, Mama. Ich zähle die Tage bis zu unserem Wiedersehen.« Richard senkte den Kopf, nahm ihre Hand und küsste sie. Kurz tauschten sie einen Blick, dann kehrte der König zu seinem Pferd zurück, einem Runtzid, das Philip hielt. John gönnte er keinen Blick.

Ich schaute ihn an, aus den Augenwinkeln, und wünschte beinahe, ich hätte es unterlassen. Obwohl er das rundliche Gesicht zu einer ausdruckslosen Miene geglättet hatte, waren seine Augen – das Fenster zur Seele – so leblos und schwarz wie die einer Schlange. Falls er irgendwelche Zuneigung für seinen Bruder empfand, lag dieses Gefühl tiefer vergraben als eine Leiche auf dem Friedhof. Viel eher, dachte ich, war er innerlich über Richards Aufbruch froh.

Von seinem Platz neben dem Kopf meines Pferdes beobachtete auch Rhys ihn. »Wenn die Katze aus dem Haus ist, tanzen die Mäuse auf dem Tisch«, sagte er, als ich mich anschickte, in den Sattel zu steigen.

»Ich hoffe, du irrst dich«, entgegnete ich und streichelte dem Runtzid den Hals. »Nicht nur um des Königs willen, sondern auch unseretwegen. John ist nicht mein Freund.«

»Meiner auch nicht.« Rhys' Blick war reglos und hart, ganz wie vor einer Schlacht. Er stieg auf den Rücken seines Pferdes, das ungeduldig mit den Hufen scharrte.

Wie Philip hatte Rhys keinen besonderen Grund, den Grafen von Mortain nicht zu mögen, aber Loyalität bedeutete ihm alles. »Es ist gut, dich zur Seite zu haben«, sagte ich. »Du bist für mich wie ein jüngerer Bruder.«

»Und du, Herr, bist der ältere Bruder, den ich nie hatte.« Nur selten zeigte Rhys Gefühle, aber seine Stimme klang belegt.

»Und als Brüder wollen wir nun in den Krieg ziehen.«

Er schenkte mir ein grimmiges Lächeln voller Dankbarkeit.

Richard hob die Hand zum Gruß an Alienor, die daraufhin den Kopf neigte. John und er tauschten einen Blick, aber kein Wort wurde gesprochen. Mit dem lauten Ruf »Auf nach Vézelay!« ritt der König los zum Tor.

Wir folgten.

Ich bekam eine Gänsehaut, wie immer, wenn jemand mich anstarrte. Ich blickte über meine Schulter und erstarrte, denn es schien, als stierte John in meine Richtung. Dann aber erkannte ich, dass seine Aufmerksamkeit jemandem knapp hinter mir galt.

»Wo ist FitzAldelm?«, fragte ich leise Rhys.

Er hatte keine Mühe, es zu erkennen. »Zwei Reihen hinter dir.«

»Was macht er?«

»Er sieht zur Königin.« Rhys zögerte. »Oder John. Ich kann es nicht mit Bestimmtheit sagen.«

Es war der jüngere Bruder des Königs – ich wusste es instinktiv. Erinnerungen überkamen mich: FitzAldelm, der aus dem Hospital bei Bonsmoulins schlenderte, kurz darauf gefolgt von John; mehrere Gelegenheiten in den Monaten vor Richards Krönung, bei denen ich die beiden im Gespräch gesehen hatte; ihr Treffen im Weinkeller von Nonancourt.

Ich verfluchte mich. Mit meinen Pflichten im Dienst des Königs beschäftigt, hatte ich den Vorfällen, zwischen denen immer wieder Monate vergingen, wenig Beachtung geschenkt.

Nun jedoch summierten sie sich zu einer einfachen Rechnung.

John und FitzAldelm standen miteinander im Bund. Darauf hätte ich meine Seele verwettet.

Ohne eine Möglichkeit, es zu beweisen – mein Verdacht musste höchst unglaubwürdig erscheinen –, konnte ich nichts unternehmen.

Nichts, außer zu beobachten.

Zu warten.

Und mein Schwert geschärft zu halten.

Unser Heerlager bei Vézelay war gewaltig. Mit seinen Hunderten von Zelten ließ es das französische Lager winzig erscheinen. Wir trafen am zweiten Julitag ein, und viele von Philippes Baronen waren schon nach Outremer aufgebrochen.

Die beiden Könige waren aufgeräumter Stimmung, als sie sich trafen, tauschten den Friedenskuss und sprachen beschwingt über den bevorstehenden Heerzug gegen Saladin. Erneut schworen sie, Bundesgenossen zu sein, und gelobten, dass alles, was sie gemeinsam erbeuteten, gerecht geteilt werden sollte. Später hatte ich Anlass, mich dieser Übereinkunft zu erinnern. Auch kamen sie überein, dass derjenige, der Messina als Erster erreichte, auf den anderen warten sollte.

»Philippe sieht nicht aus wie ein König«, flüsterte Rhys. »Er ähnelt mehr einem Bauern.« Ganz wie viele andere Hausritter, französische Ritter und Adlige sahen wir zu, wie Richard und Philippe miteinander sprachen.

Ich schluckte ein Lachen hinunter. Rhys war nur schwer zu widersprechen, denn Philippe war kein stattlicher Mann. Er war gut gebaut, aber unansehnlich, und sein Schopf aus braunen Haaren wirkte stets ungekämmt. Er war außerdem auf einem Auge blind, und seine Kleidung, obschon teuer, war verknittert und voller Essensflecke.

»Die äußere Erscheinung trügt, Rhys«, sagte ich. »Er ist verschlagener, als du es dir auszumalen vermagst.«

»Vertraut ihm bloß nicht«, stimmte de Drune zu, der an meine Seite kam.

»Wo seid Ihr gewesen?«, fragte ich.

»Hier und dort.« De Drune zwinkerte mir zu.

»Wo?«, bohrte ich.

»Ich habe die französischen Zelte gezählt. Mit ein paar von ihren Armbrustschützen habe ich Wein getrunken. Und geredet.« De Drune wirkte sehr zufrieden mit sich selbst. »Selbst mit den Soldaten, die schon fort sind, ist Philippes Heer klein im Vergleich zu unserem. Wir haben – wie viele? Zehntausend Mann?«

»Mehr oder weniger.«

»Philippe hat weniger als die Hälfte davon.«

»Seid Ihr sicher?« Wir hatten Derartiges vermutet, aber es war immer gut, wenn eine Mutmaßung bestätigt wurde.

»Ich würde die Ehre meiner Gattin darauf verwetten, wenn ich verheiratet wäre.«

Ich rollte mit den Augen. »Welche Heimtücke Philippe auch immer plant, wenigstens wird er uns nicht durch schiere Übermacht bezwingen.«

»So weit wird es doch nicht kommen?«, warf Rhys ein. »Ich denke, wir wollen gemeinsam Jerusalem befreien.«

Ich lächelte. In vielerlei Hinsicht war Rhys noch immer ein Junge. »Im Heiligen Land wird er gegen uns nicht Gewalt anwenden, das ist richtig. Er wird aber stets den Vorteil gegenüber Richard suchen, nicht zuletzt in der Angelegenheit mit seiner Schwester Alys.« Ich fragte mich, wann der König diese heikle Frage zur Sprache bringen würde.

De Drune bot mir seinen Weinschlauch an. Ich zögerte, aber als ich überall ringsum Männer sah, die gemeinsam lachten und tranken, schob ich meine Bedenken beiseite und nahm einen Schluck.

Nach zwei Tagen bei Vézelay marschierten die vereinigten Heere von Richard und Philippe los und durchquerten auf dem Weg nach Süden Corbigny, Moulins und Bellevillesur-Saône.

Die Reise war angenehm. Sonnenschein, manchmal von Wolken getrübt, sorgte dafür, dass die Temperaturen angenehm blieben. Gelegentliche Schauer konnten uns die Stimmung nicht verderben. Ein anderer Grund, zufrieden und weniger auf der Hut zu sein, war FitzAldelms Abwesenheit. Weil er sich ausgezeichnet darauf verstand, Nachschub zu beschaffen, hatte der König ihn losgeschickt, um Nahrung für Mensch und Tier gleichermaßen beizubringen.

Bei Lyon, wo uns eine Brücke über den mächtigen Rhônefluss brachte, sah ich ihn am Kopf eines Wagenzugs wieder. Ein kleiner gefleckter Terrier rannte nah an sein Pferd und stürzte sich auf die Essensreste, die er ihm zuwarf. Weil er beschäftigt war, entdeckte er mich nicht. Mit Glück, dachte ich, begegnen wir uns für den Rest des Tages nicht mehr. Sobald er jedoch seine Pflichten vollendet hatte, würde er zu uns zurückkehren, und unsere schwelende Feindschaft würde sich fortsetzen.

Die Überquerung der Rhône gestaltete sich nicht ohne Zwischenfall, und das auf tragische Weise. Unter dem Gewicht von Männern und Pferden brach ein Abschnitt der Brücke zusammen. Durch Gottes Gnade ertranken nur zwei Männer. Zu meinem Bedauern war FitzAldelm nicht unter ihnen.

Ich rettete einen starken Ritter aus Romford aus dem Wasser, einen angenehmen Menschen namens Richard Thorne. Mehrere Pferde mussten getötet werden, weil sie sich die Beine gebrochen hatten, und unsere Reise wurde verzögert.

Nur ein Teil der englischen und französischen Truppen hatte den Fluss überquert, die Übrigen, Tausende an der Zahl, standen noch auf der anderen Seite. Der vierhundert Schritte messende breite Fluss erschien uns wie ein Sund von einem Mehrfachen an Breite.

Philippe war bestürzt und fassungslos über das, was sich zugetragen hatte, doch Richard stürzte sich auf die Herausforderung. Er befahl, beide Ufer nach Booten aller Art abzusuchen, Bäume zu fällen und Flöße zu bauen. Vor Sonnenuntergang des folgenden Tages verfügten wir über hundert Wasserfahrzeuge. Am Morgen danach ergriff der König das Kommando. Unter seinem Befehl wurden die größten Boote nacheinander in die Strömung gerudert und warfen den Anker aus, wobei sie zehn Schritt Abstand so gut einhielten, wie sie nur konnten. Die Anker bestanden entweder aus schweren Felsbrocken oder Weidenkörben voller Steine, und alle waren sie mit den Booten vertäut.

Wir erlitten weitere Unfälle. Männer gingen über Bord, Körbe zerbarsten, und gelegentlich kenterte ein Boot, aber dennoch ging die Arbeit voran. Am Nachmittag überspannte eine Reihe von Booten die Rhône in annähernd gerader Linie, von ihren Ankern an Ort und Stelle gehalten.

Unsere Zimmerleute hatten ebenfalls hart gearbeitet und Planken aus gefällten Bäumen hergestellt, die nun von Boot zu Boot verlegt und mit Seilen aneinandergebunden wurden. Ein Geländer gab es nicht, und die ganze Angelegenheit bewegte sich sanft im Strom, aber es war eine Straße. Mit großer Umsicht führten die ersten Männer kurz vor Sonnenuntergang ihre Pferde am Zaumzeug und überquerten den Fluss.

Von seinem Zelt aus sah Richard zu und strahlte von einem Ohr zum anderen. »Die Übrigen können am Morgen übersetzen, Rufus«, sagte er. »Drei Tage haben wir dann verloren, aber mehr auch nicht.«

Die Verzögerung erschien akzeptabel. Innerhalb der nächsten zwei Wochen könnten wir Segel setzen.

Alles verlief noch immer nach Plan.

ZWEITER TEIL

SEPTEMBER 1190 – JUNI 1191

KAPITEL IV

Süditalien, September 1190

Ich atmete tief durch und genoss die kühle Herbstluft. Nur mit Richard als Begleitung durchritt ich die dicht bewaldeten Hügel. Neun Tage südlich von Salerno zog sich eine schöne, wilde und abgelegene Landschaft hin, hier steil und dort voll sanfter Hügel. Bewohner gab es nur wenige. Am frühen Morgen hatten wir unsere Gefährten zurückgelassen und eine Reihe von Hirschen und Keilern entdeckt, sogar Bärenspuren. Hin und wieder erspähte ich durch die Lücken zwischen den Bäumen einen Falken hoch in der Luft.

Die Ungeduld, die ich seit Juli und unserem Einschiffen in Marseille empfunden hatte, verflüchtigte sich mit jeder verstreichenden Stunde mehr. Obwohl schon das halbe Heer unter Erzbischof Baldwin von Canterbury ins Heilige Land aufgebrochen war, während wir in Mäandern die italienische Halbinsel hinunterreisten, hatten wir Sizilien – einen echten Meilenstein – fast erreicht. Manchmal mit warmer Sonne im Gesicht, manchmal unter kühlem Baumschatten, ritt ich in gemächlichem Tempo an der Seite des Königs und hätte mir mehr nicht wünschen können. Decken und Proviantbeutel waren hinter unsere Sättel gebunden. Ich hatte auch ein kleines Zelt dabei für den Fall, dass wir kein Nachtquartier fanden. Banditen waren in dieser Gegend selten, und wir hatten Helme, Schwerter und Schilde zu unserem Schutz.

Zwei Tage sollte unsere Reise nach Bagnara dauern. Dort sollten wir die Flotte vorfinden und uns einschiffen. Philippe Capet weilte bereits in Messina. Er hatte das Bockspringen gewonnen, das wir längs der Küste gegen ihn gespielt hatten. Richards Schwester Joanna befand sich ebenfalls auf Sizilien. Wie er mir gegenüber nicht nur einmal erwähnt hatte, waren Joanna und er einander seit über vierzehn Jahren nicht mehr begegnet.

Ich musterte den König von der Seite. Mich schmerzte es, nicht nur Ringe unter seinen Augen zu sehen, sondern auch, wie viel Gewicht er während seiner kürzlich überstandenen Krankheit verloren hatte, einem Anfall von Viertagefieber. Er hatte jedoch Farbe in den Wangen, und seine Augen hatten ihr übliches Funkeln wiedererlangt.

Er bemerkte meinen Blick. »Heute ist ein fröhlicher Tag, Rufus! Sizilien wartet auf uns. Und Joanna.«

»Eure Schwester wurde mit König Guillaume von Sizilien verheiratet, richtig, Sire?«

»Das ist richtig, aber er starb einige Monate, bevor wir Segel setzten.«

Ich erinnerte mich an Richards Schock über die Neuigkeit, die ihn aus unbekanntem Grund erst in Marseille erreicht hatte.

»Leider hatten Guillaume und Joanna keine Kinder. Sein nächster Verwandter ist seine Tante Constance, aber die Sizilianer wollen sie nicht auf dem Thron. Sie ist mit Heinrich von Hohenstaufen verheiratet, dem Sohn und Erben des Kaisers Friedrich Barbarossa – ein Mann, der auf der Insel sehr verhasst ist. Nicht, dass Constance die Macht hätte übernehmen können, denn sie lebt in Deutschland.«

»Guillaumes Tod hat den Thron also reif zum Pflücken gemacht, Sire?«

»Ganz recht. Wie ich höre, hat vor einigen Wochen ein Cousin Guillaumes, Tancrède de Lecce, die Gelegenheit beim Schopf gepackt. Er ist ein Zwerg, unehelich geboren und zu allem Überfluss hässlich wie die Nacht, aber trotzdem sitzt er nun auf dem sizilischen Thron. Es heißt, er sieht aus wie ein Affe, der sich eine Krone aufgesetzt hat.«

»Beunruhigend, dass es seither keine Neuigkeiten von Eurer Schwester gegeben hat, Sire.«

Richards Kiefer mahlten. »Tancrède hält sie irgendwo gefangen, nehme ich an.«

»Sollte das der Fall sein, müssen wir sie befreien, Sire!«, rief ich aus.

»Das müssen wir in der Tat.« Ein grimmiges Lächeln. »Ich würde nicht in Tancrèdes kleinen Affenschuhen stecken wollen, wenn er Joanna auch nur ein Haar gekrümmt hat.«

»Wie stark sind seine Truppen, Sire?«

»Mit Gewissheit werden sie schwächer sein als die meinigen, aber Tancrède ist vielleicht nicht ohne Verbündete. Ich nehme an, dass er Philippe just in diesem Moment honigsüße Worte ins Ohr träufelt. Hader steht uns bevor.«

Seine Worte erschienen mir wahr. Der französische König, ein Liebhaber von Intrigen und Verschlagenheit, würde jedweden Vorteil erlangen wollen, der ihm aus der angehenden Feindschaft zwischen Richard und Tancrède entstehen mochte, während Letzterer überall Hilfe suchen würde, wo er sie finden konnte.

»Sollten wir dann nicht mit größerer Eile marschieren, Sire?«

»Heute und morgen sind für viele Monate die letzten Tage in Freiheit, Ferdia. Zwei Tage machen wenig aus. Sobald die Angelegenheiten in Sizilien beigelegt sind, werde ich heiraten. Danach fahren wir ins Heilige Land und schließen uns der Belagerung Akkons an. Dort stehen wir im Krieg, sobald unser Fuß das Ufer berührt. Zu Ende ist es nicht, bevor wir Jerusalem einnehmen, so Gott es will. Versteht Ihr nun meine Überlegungen?«

»So ist es, Sire.« Es steckt noch mehr dahinter, dachte ich, denn mir waren die kleinen roten Punkte auf seinen Wangen aufgefallen. Der König sammelte auch Kraft für die Konfrontation mit Tancrède.

Den Vormittag verbrachten wir in heiterer Stimmung, tauschten Jagdgeschichten aus, ließen Schlachten wieder aufleben und scherzten. Ich ließ mich sogar dazu verleiten, dem König von Beatrice zu erzählen und davon, wie ich die Sache beendet hatte.

So sei es besser, sagte er. »Im Krieg ist für Frauen kein Platz. Sie sind eine Ablenkung, Ferdia.«

Zum Teil erklärte das, weshalb er auf Bettgenossinnen verzichtete. Seit Marseille hatte es einige gegeben – vor allem Töchter von Gutsbesitzern, die uns aufgenommen hatten –, aber ab Pisa nicht mehr. In seiner Entschlossenheit war er unerschütterlich. »Wird Eure neue Königin im Anschluss an die Hochzeit nach Aquitanien oder in die Touraine reisen, Sire?«

»Das wäre mir am liebsten, aber Berengaria wird mich ins Heilige Land begleiten.« Ein frustriertes Bellen von einem Lachen. »Einen Erben zu zeugen ist von überragender Wichtigkeit, und das kann kaum geschehen, wenn sie in Chinon weilt und ich vor Akkon liege.«

Ich fragte mich, welche Aussicht sie auf Erfüllung mit ihrer Ehe hatten. Der Zweck ihres Bundes war es, Kinder zu bekommen, aber ohne Glück winkte ihnen ein Leben in Unzufriedenheit. Oder vielleicht auch nicht, überlegte ich, wenigstens nicht für Richard. Ich rief mir die grimmige Freude vor Augen, die in der Schlacht sein Gesicht verklärte, und entschied, dass sie seine wahre Leidenschaft sei. Daneben konnte die Liebe einer Frau nicht bestehen.

»Ich verhungere!«, rief der König aus. »Riecht Ihr auch das Brot?«

»Allerdings, Sire.« Mir knurrte ebenfalls der Magen.

Stunden waren verstrichen, seit wir die Abtei verlassen hatte, und nun ritten wir in ein Dorf. Hütten mit Strohdächern wurden von kleinen Beeten getrennt. In einem Bach zu unserer Linken standen Frauen im knietiefen Wasser und schlugen Kleidungsstücke auf die Felsen. Am Ufer hielt ein Mädchen ein Wickelkind in den Armen. Aus dem Dach einer Schmiede stieg Rauch zum Himmel auf. Ein Graubart saß in der Tür einer armseligen Hütte und betrachtete uns mit wässrigen Augen.

Von unseren Nasen zur Bäckerei geführt, einem freistehenden

Gebäude, das etwas größer war als die anderen, blieben wir stehen. Ich ging hinein – Richard trug nie Geld bei sich – und kaufte zwei noch warme Laibe. Mir lief das Wasser im Mund zusammen, während ich hinausging, und fand den König vor, wie er über die Straße starrte, falls man sie so nennen konnte.

»Was ist denn, Sire?«

»Ich höre in dem Haus dort einen Falken.«

Ich sah ihn fragend an.

»Knechten ist es nicht erlaubt, Falken zu besitzen – sie sind dem Adel vorbehalten.«

In England vielleicht, dachte ich, und in Aquitanien, aber wir sind hier in Italien.

Zu meiner Überraschung sprang Richard vom Pferd und warf mir die Zügel zu. »Es dauert nicht lange.«

Ohne auf meine Einwände zu achten, ging er schnurstracks auf das Haus zu, aus dem der durchdringende Schrei – gewiss von einem Sperber – gekommen war.

Voll Unbehagen, mit einem Arm die Brotlaibe an die Brust gedrückt, des Königs Zügel in der anderen Hand – mein eigenes Pferd stand ruhig da –, fragte ich mich, was ich tun sollte. Ging ich Richard nach, riskierte ich nicht nur seinen Zorn, sondern auch den Diebstahl unserer Rosse. Die widerwärtigen Burschen, die vor der Tür der Bäckerei herumlungerten, hätten nie gewagt, mich anzugreifen, denn ich war mit Schwert und Schild bewaffnet, aber wenn sich ihnen die Gelegenheit bot, würden sie sich gewiss mit zwei guten Pferden davonmachen.

Ich entschied, dem Befehl des Königs Folge zu leisten, hielt mich zurück und horchte auf das, was auf der anderen Straßenseite vorging. Der Brotduft stieg mir in die Nase und verwandelte meinen Hunger in eine rasende Bestie, doch ohne freie Hände konnte ich noch nicht einmal einen einzigen Bissen nehmen.

Einer der Jungen schlenderte in meine Richtung. Er sagte etwas in dem hiesigen Dialekt, der mir unverständlich war.

Ohne jeden Zweifel, dass er nichts Gutes im Schilde führte, sah ich ihn streng an. »Nix sprechen Italienisch«, erschöpfte ich mein Vokabular in jener Sprache.

Er sah mich schielend an. Die Zähne, die er noch hatte, waren braun und halb verfault. Wieder sagte er etwas, und in seiner Stimme lag ein quengelnder Unterton, der mir nicht gefiel.

Wieder versuchte ich es, diesmal auf Französisch. »Verstehst du mich?«

Er runzelte die Stirn, ein Ausdruck des Unverständnisses. Er sagte etwas zu seinen Kumpanen, die kicherten.

Ich bekam ein ungutes Gefühl und fühlte mich versucht, die Hand ans Schwert zu legen, sagte mir aber, dass ich übertrieb. Sie waren nur Bauern, die sich einen Spaß mit einem Fremden machten.

Richards Stimme erscholl laut und wütend auf der anderen Straßenseite.

Ein Mann schrie zurück. Eine Frau fiel keifend ein.

Richard brüllte. Der Sperber stieß einen durchdringenden Schrei aus.

Mehr Geschrei. Der Bursche verlor jedes Interesse an mir. Gemeinsam mit seinen drei Kumpanen überquerte er die Straße, um nachzusehen. Ich blieb allein zurück und fühlte mich zunehmend unwohler.

Ich konnte nicht ertragen, untätig herumzustehen. Ich ließ die Brote zu Boden fallen und ergriff die Zügel meines Pferdes. »Komm mit«, sagte ich und führte es zusammen mit Richards Runtzid von der Bäckerei weg.

Hinter der Hausecke spielte sich eine Situation ab, wie sie bizarrer nicht sein konnte. Vor der Hintertür des Hauses stand eine hölzerne Sitzstange. Darüber flatterte, von einer Leine an seinen Fesseln gehalten, ein wunderschöner Sperber. Neben der Sitzstange stand ein indignierter Richard, das blanke Schwert in der Faust. Ihm stand ein gedrungener Mann mittleren Alters mit rotem Gesicht gegenüber, der Hausherr vielleicht, und eine Frau mit zänkischen Zügen, vermutlich seine Frau. Nachbarn oder andere Dörfler standen ebenfalls dabei: ein rußgeschwärzter, muskelbepackter Mann, der wie der Schmied aussah, ein knochiger Junge in Lederschürze – sein Lehrbube –, dazu eine alte Frau in einem schmutzigen Kleid und die Halbwüchsigen, die mich vor der Bäckerei verhöhnt hatten.

Ich gestehe, dass ich zuerst mit offenem Mund dastand und nichts unternahm.

Richard griff nach dem Sperber, der seiner Hand auswich und wild nach seinem Handgelenk hackte. Richard fluchte. Auf Italienisch brüllte er so etwas wie: »Diesen Vogel *werde* ich an mich nehmen!«

Der gedrungene Mann schrie zurück – ich verstand nicht, was – und trat einen Schritt vor.

Richard bedrohte ihn mit dem Schwert.

Der Mann blieb stehen.

Ein Stein sauste durch die Luft und verfehlte knapp den Kopf des Königs.

Er war wie der Kiesel, der den Erdrutsch auslöst. Unvermittelt war die Luft voller Steine. Wie aus dem Nichts zogen die jungen Kerle Knüppel und drangen auf Richard ein.

Ich bemerkte einen Eisenring in der Mauer – in diesem Moment war mir, als habe Gott der Herr ihn dort eingehauen –, schlang die Zügel der Pferde hindurch und zog mein Schwert. Aus vollem Hals brüllend, stürzte ich mich ins Handgemenge.

Der gedrungene Mann hielt nun ein Messer in der Hand. Er sprang auf den König zu, der ihn leicht hätte niederhauen können, ihm aber nur mit der flachen Seite der Klinge gegen die Stirn schlug. Der gedrungene Mann ging besinnungslos zu Boden, und Richard holte wieder aus. Sein Schwert klirrte gegen die Hauswand. Funken sprühten, und die Klinge brach ab. Richard fluchte und stellte sich den anderen Angreifern, während ein neuer Steinhagel auf ihn niederging. Die mit den Knüppeln rückten vor, aber zwei andere drehten sich um, als sie meinen Ruf hörten.

»Dex aie!«, schrie ich und wusste, je lauter ich brüllte, desto eher entfachte ich Furcht in den Herzen der Dörfler. Ich wiederholte den Kriegsruf der englischen Könige, der »Gott sei mit uns« bedeutete. *»Dex aie!«*

Die beiden, die sich mir zugewandt hatten, nahmen die Beine in die Hand, und ich ließ sie entkommen.

Richard traf einen der Burschen mit einem Stein am Mund, und dessen Lippe platzte auf. Blut spritzte. Schreiend floh er. Einen anderen fällte der König mit einem kräftigen Fausthieb. Die anderen zogen sich zurück, mit einer Ausnahme: der Frau des gedrungenen Mannes. Beleidigungen kreischend, hämmerte sie mit ihren knochigen Fäusten auf Richard ein. Er stieß sie beiseite. Vor Wut quiekend, packte sie einen dreibeinigen Schemel und stürzte sich wieder auf ihn. Der König entriss ihr das Möbelstück und schleuderte es ins Haus. Sie eilte hinterher, um es zurückzuholen. Ohne Unterlass keifte sie in dem örtlichen Dialekt.

Ich hastete an seine Seite. »Seid Ihr verletzt, Sire?«

»Nur mein Stolz.« Er sah wieder den Sperber an, der immer noch über der Sitzstange flatterte.

Ein Stein pfiff an meinem Kopf vorbei. Ich schaute, woher er gekommen war. Die Burschen hatten sich zu einem kleinen Schuppen dem Haus gegenüber zurückgezogen und stachelten sich gegenseitig an. Wieder kam ein Stein geflogen. Ich duckte mich. Ich konnte Leute sehen, die aus anderen Hütten hersahen. Am Rand eines Gemüsebeets redeten zwei Männer miteinander. Von der Straße schallten erhobene Stimmen.

»Am besten gehen wir, Sire«, sagte ich.

Richard sah den Sperber an, dann mich. Er fluchte. »Der Vogel dürfte nicht hier sein.«

»In Italien, Sire, kann das Gesetz anders lauten. Der gedrungene Mann glaubt offensichtlich, dass Ihr versucht, ihm sein Eigentum zu rauben. Und die übrigen Bauern auch.« Wir duckten uns beide, um neuen Steinen auszuweichen, die herbeiflogen. Einer der Jungen hatte sich mit einer Steinschleuder bewaffnet. Ihr Geschoss konnte töten. »Wie sähe es aus, Sire, wenn Ihr hier getötet werdet und niemals das Heilige Land erreicht?«, fragte ich. »Ich *bestehe* darauf, dass wir gehen – *jetzt.*«

Der Blick seiner tiefblauen Augen, der die meisten Männer erschreckt hätte, durchbohrte mich.

Irgendwie gelang es mir, nicht wegzusehen.

Ich konnte es nicht fassen, aber er lachte. »Nun gut, Ferdia von Cairlinn. Es sei, wie Ihr sagt.«

Ein Stein traf mich gegen die Rippen, als wir zu den Pferden rannten. Gott sei Dank war er nicht mit der Schleuder geworfen, aber er brannte trotzdem wie ein Hornissenstich. Wir sprangen in den Sattel und folgten im leichten Galopp der Straße. Hinter uns blieb eine Flut von wütenden Dörflern zurück. Mir blieb keine Zeit, bedauernd auf die Brotlaibe zu schauen, die ich gekauft hatte und die nun von zwei ausgemergelten Straßenkötern zerfetzt wurden, dann waren wir fort.

Wütende Rufe folgten uns auf der Straße. Ich sah zurück. Die Frau mit dem zänkischen Gesicht schwenkte drohend den Schemel nach uns und brüllte etwas Unverständliches. Mir entfuhr ein leises Lachen.

»Bei Gottes Beinen!« Richards tiefes Lachen dröhnte durch die Luft.

Die Schleusen öffneten sich. Sturmböen der Heiterkeit packten uns, und wir mussten die Pferde auf Schritttempo zurücknehmen. Wir lachten, bis uns die Seiten schmerzten und Tränen die Wangen hinabliefen. Richard sagte immer wieder: »Die Xanthippe mit dem Schemel!«, und ich prustete los. Jedes Mal, wenn ich vom Brot sprach, das die Hunde verschlangen, johlte er vor Vergnügen.

Unsere Ausgelassenheit hielt noch lange an, nachdem das Dorf in der Ferne verschwunden war.

Immer wieder schmetterten die Trompeten, ohrenbetäubende Fanfaren, die weit über das Wasser zu uns herandrangen. So sollte es auch sein.

Zwei Tage waren seit dem Zwischenfall mit dem Sperber vergangen. Wir waren südlich von Bagnara, wo Richard und ich uns der Flotte wieder angeschlossen hatten, Teil eines mächtigen Schiffsverbands, der die schmale Straße von Messina zwischen Italien und der Insel Sizilien füllte.

Ich befand mich mit dem König an Bord des Führungsschiffes, der größten Galeere, einem schlanken Fahrzeug mit einem einzelnen Mast. Ein Stück achtern von uns fuhren links und rechts ein Dutzend gleichartiger, bunt bemalter Schiffe mit glänzenden Schilden, die an ihren Seiten hingen. An jedem Mast flatterten Wimpel und Standarten. Hinter den Galeeren folgten zu Dutzenden die Transportschiffe, dickbäuchige Dromonen und Leichter.

Wieder erklangen die Trompeten und gaben den Befehl des Königs weiter. Wellen schäumten von unserem Bug auf, als die Ruderer die Riemen stärker durchs Wasser zogen und das Schiff auf Messina zutrieben. Wir hatten es nicht mehr weit, und Richard wünschte einen glorreichen Einzug.

Wir hatten den dreiundzwanzigsten Septembertag im Jahr des Herrn 1190. Wir näherten uns dem ersten wichtigen Zwischenhalt unserer Reise. Weil wir auf Alienor und Berengaria warten mussten, war es gut möglich, dass uns nichts anderes übrig blieb, als auf Sizilien zu überwintern. Das war ärgerlich, doch weder der König noch sonst jemand konnte irgendetwas daran ändern.

»Ein schöner Tag, um in eine Stadt zu kommen!«, sagte Rhys. Er stand neben mir an der Reling. Er war nicht gerade ein Freund von Seereisen, aber die heutigen ruhigen Bedingungen und die

Großartigkeit dessen, was vor uns lag, hatten ihn in gute Laune versetzt.

Ich sah zurück auf die Flotte und lachte. »Das ist er wahrhaftig.«

»Ich habe gehört, Philippe ist mit nur einem Schiff nach Messina gekommen«, sagte Rhys.

»Ich habe das Gleiche vernommen.«

»Aber er ist auch ein König. Wünscht er denn nicht, wie ein König zu erscheinen?«

»Vielleicht wollte er Tancrède nicht überstrahlen, der gerade erst den Thron bestiegen hat.« Ich wiederholte nur, was ich von de Béthune gehört hatte.

»Unser Herr macht sich darum keine Gedanken.«

»Wahrhaft nicht.« Wir schauten zu der Plattform am Bug, auf der der König stand. Von Kopf bis Fuß in glitzernden Ringpanzer gehüllt, ein weißes Kreuz auf dem Surcot, trug er einen roten Dreiecksschild mit seinem einzelnen angevinischen Löwen. Ein goldener Reif bändigte seine rötlich blonde Haarmähne. Er war der Kriegerkönig in Vollendung.

Er macht sich auch keinerlei Gedanken, was Philippe denkt, entschied ich. Mir schien es denkbar, dass Richard sogar die Absicht verfolgte, den französischen König zu verärgern, denn Philippe würde in jedem Fall unseren großen Auftritt mit ansehen. Tancrède würde natürlich davon hören, aber er befand sich in Palermo.

In Wahrheit waren der Pomp und die Zeremonie unnötig, und besonnenere Köpfe wie André de Chauvigny hatten für ein stilleres Ende unsere Reise plädiert. Es hatte keinen Sinn, Philippe oder die ansässige Bevölkerung zu kränken. Tancrède wusste bereits, dass Richards Streitmacht weitaus größer war als sein Heer.

»Weshalb es ihm unter die Nase reiben, Sire?«, hatte de Chauvigny gefragt und all unseren Bedenken eine Stimme verliehen.

Der König hatte nichts davon hören wollen.

Gewöhnlich enthielt ich mich jeder Kritik an Richard, aber es ließ sich kaum bestreiten, dass gelegentlich sein Stolz die Oberhand gewann. Ich hoffte nur, dass er diese Neigung in Sizilien nicht bereuen würde.

KAPITEL V

Messina, Sizilien

Bei Einbruch der Nacht waren wir im Haus von Reginald de Muhec einquartiert, einem ansässigen normannischen Adligen. De Muhec war am Kai gewesen, um Richard zu empfangen. Sein Haus am Rand von Messina hatte einen zentralen Innenhof mit Mosaikboden, Kletterpflanzen an Rankgittern und plätschernde Brunnen und wirkte reicher als viele Burgen in England. Über die Mauern hinweg sah ich Palmen und eine Kirche, die einst eine Moschee gewesen war, was nur die Fremdheit unserer Umgebung unterstrich.

De Muhec hatte Richard eingeladen, so lange zu bleiben, wie er wünschte, und sich diplomatisch zurückgezogen, nachdem wir ein köstliches Mahl miteinander verzehrt hatten. Abgeschlossen wurde das Bankett mit Platten voller exotischer Melonen, Feigen und Granatäpfeln, die von Mandeln und Haselnüssen mit Zuckerguss umgeben waren.

Rhys, der ein Leckermaul war, glaubte sich gestorben und zum Himmel aufgefahren, als die nur halb geleerten Platten von den Dienern abgeräumt wurden und in seine Reichweite gelangten. Die Wangen schon dick von all dem Zeug, das er in sich hineingestopft hatte, belud er sich einen Teller bis zum Überquellen. Amüsiert beobachtete ich, wie er den dunkelhäutigen Dienern in die Küche folgte. Ich fand es seltsam, Sarazenen als Domestiken zu sehen und nicht als Feinde, doch in Sizilien war es normal. Hier lebte Sarazene neben Normanne und Grieche.

Richard hatte seinen Ringpanzer abgelegt. In Hemd und Hose gekleidet wie wir Übrigen, saß er am Tisch, vor sich einen Kelch mit Wein. Er war nachdenklicher Stimmung, die zuversichtliche, aufgeschlossene Art bei unserer Ankunft war dahin, nun, da er nicht mehr vor der Öffentlichkeit stand.

Ich war bei ihm, und auch de Béthune, de Chauvigny, FitzAldelm und eine Handvoll anderer Ritter in Richards Gunst. Garnier de Nablus, Großmeister des Johanniterordens, saß neben dem jüngst ernannten Robert de Sablé, seinem Pendant im Templerorden. De Nablus war ein bisschen weniger grimmig als de Sablé, aber der Unterschied fiel sehr gering aus. Überraschen konnte mich ihr Gebaren allerdings nicht. Beide waren Männer, die ihr Leben nicht nur Gott gewidmet hatten, sondern auch dem Krieg und der Verteidigung der christlichen Reiche von Outremer.

Erzbischof Walter von Rouen und Erzbischof Gerard von Auxienne waren ebenfalls zugegen. Walter war so rund und rotwangig wie ein Apfel, aber hinter seinem liebenswürdigen Äußeren lauerte ein scharfer Verstand. Gerard war dünn wie eine Bohnenstange, ein ernster Mann, der nicht trank. Beide Kleriker waren dem König zutiefst ergeben, was erklärte, weshalb sie in seiner Gesellschaft blieben, nachdem andere Geistliche sich in ihre anderswo gelegenen Quartiere begeben hatten.

FitzAldelm beschwerte sich bei de Chauvigny über sein Zimmer, das ihm nicht groß genug dünkte. De Chauvigny, ein entspannter Mensch, der klaglos auch auf dem Boden übernachtet hätte, würdigte ihn kaum einer Antwort. FitzAldelm wandte seine Aufmerksamkeit dem König zu. »Ich finde noch immer, es ist nicht richtig, dass Ihr hier unterkommt, Sire, während Philippe sich im Königspalast mitten in der Stadt breitmacht.«

»Wenn sein Versuch aufzubrechen nicht auf ganzer Linie gescheitert wäre, hätte ich Anspruch auf den Palast erhoben«, sagte der König mit einem Lächeln.

Er bezog sich auf Philippes launenhafte Entscheidung, gleich nachdem er sich mit Richard am Kai getroffen hatte, die Segel nach Outremer zu setzen. Durch eine seltsame Wendung des

Schicksals schlug der Wind um, als Philippes Schiffe ausliefen, und unterband ihr Vorankommen. Eine schmachvolle Rückkehr in den Hafen war die Folge gewesen. Unsere Matrosen hatten frohlockt und gepfiffen und gejohlt, als die französischen Schiffe wieder festmachten.

Richard war höchst belustigt gewesen und hatte Philippe zugerufen, Gott wolle offenbar nicht, dass sie sich trennten. Ohne Antwort war der französische König die Seebrücke entlanggestürmt. Auch wir hatten nicht verweilt. Die Einheimischen, zunächst gebannt von unserer Flotte und dann den großen Schlachtrossen, die ausgeschifft wurden, waren unruhig geworden über die Anzahl von Soldaten, die von Bord gingen. Das war kein Wunder, denn wir sahen aus wie Invasoren.

Meine Aufmerksamkeit kehrte zur Tafel zurück, wo FitzAldelm das Thema einfach nicht ruhen lassen konnte. »Dennoch, Sire«, sagte er, »welches Recht hat Philippe auf einen Palast, wenn Ihr, unser König, keinen habt?«

»Er war zuerst hier.« De Chauvigny, seiner Stellung sicher und vermutlich unwirsch, weil er FitzAldelms wahren Grund für seine Beschwerden kannte, blinzelte Richard zu.

Alles lachte, außer FitzAldelm.

»Ihr sprecht die Wahrheit, Cousin«, sagte der König. »Ich weiß Eure Indignation zu schätzen, Robert«, fuhr er an FitzAldelm gewandt fort, »aber richtig oder falsch fällt in diesem Moment nicht ins Gewicht. Von Philippe zu verlangen, dass er umzieht, wäre eine schwere Beleidigung, zumal er mir angeboten hat, bei ihm im Palast zu wohnen.« Er wies in die Runde. »Erfüllt dies Haus Eure Ansprüche nicht?«

»Es ist mehr als angemessen, Sire.« Nun konnte FitzAldelm seine Unzufriedenheit nicht mehr aussprechen.

»Wird meine Schwester in solchem Luxus festgehalten, frage ich mich«, brummte Richard.

»Solange der Affe Tancrède kein völliger Dummkopf ist, Sire, wird man sich gut um Königin Joanna kümmern«, sagte de Nablus.

»Und er wird sie eilends zu Euch schicken, Sire«, fügte ich hinzu.

Die Botschaft des Königs, die binnen einer Stunde nach unserer Landung an Tancrède in Palermo entsendet worden war, machte seine Position deutlich. Joanna war sofort an ihn zu übergeben, mitsamt ihrem beträchtlichen Wittum, ihrem Erbteil, oder Tancrède musste die Folgen seiner Weigerung erdulden. Da sich Richards Heer bereits ausschiffte, brauchte der König nicht deutlicher zu werden.

Richard trommelte mit den Fingern auf dem Tisch. »Das sollte er lieber tun, oder bei Gott, ich schlage ihm persönlich den Kopf von den Schultern.«

»Lasst uns hoffen, dass dies nicht nötig sein wird, Sire«, sagte Erzbischof Walter.

Richard grunzte, aber er entschuldigte sich nicht.

»Habt Ihr über die Versorgung Eurer Männer nachgedacht, Sire?«, fuhr Walter fort.

»Zunächst können die Händler vor Ort liefern, was wir bei ihnen bestellen. Sollten wir länger bleiben müssen, sind Vorkehrungen nötig. Großbestellungen von Wein und Korn auf den Gütern und in den Ortschaften auf der ganzen Insel und so weiter.«

»Soldaten sind grob und neigen zu betrunkenem und lüsternem Betragen, Sire«, sagte Erzbischof Gerard. »Die einheimischen Christinnen müssen befürchten, auf der Straße belästigt zu werden.«

»Sollte das geschehen«, sagte der König, »kommt es nicht daher, dass unsere Männer sie verführen, sondern dass sie ihre Gatten ärgern wollen.«

In das leise Gelächter sagte der Erzbischof: »Bei Tausenden von Soldaten in Messina ist es unmöglich, Sire, dass kein Verbrechen begangen wird.«

Er sprach die Wahrheit, und das wussten wir alle.

»Strikte Befehle wurden erteilt, den Frieden zu wahren. Jedes Verbrechen wird streng bestraft«, sagte Richard. »Mehr kann ich kaum tun, außer meine Männer in Käfige zu sperren.«

Gerard nickte. »Wir werden jeden ermutigen, täglich die Messe zu besuchen.«

Ich stellte mir de Drunes Reaktion auf diesen Vorschlag vor und verbarg mein Lächeln hinter meinem Becher. Wie die meisten Soldaten im Heer betrank er sich gerade zur Besinnungslosigkeit, was sich jeden Abend wiederholen würde, bis ihm das Geld ausging. Morgens fand man ihn nicht in einer Kirche vor, sondern schnarchend auf seinem Strohsack. Ich hatte große Hoffnung, bald mitzufeiern.

Staatsangelegenheiten nahmen jeden wachen Moment Richards in Anspruch – Unterredungen mit König Philippe und König Tancrède und so weiter –, aber mit etwas Glück müsste ich nicht dabei sein. De Drunes Einladung, die beste Taverne von Messina zu finden und leerzusaufen, reizte mich durchaus. Rhys würde sich nicht fernhalten, und wenn ich Philip von seinen Pflichten loseisen konnte, käme er auch gern mit. Ich wollte auch Richard Thorne fragen. Seit er beinahe in der Rhône ertrunken war, hatten wir rasch Freundschaft geschlossen.

Meine Gelegenheit kam nicht so schnell, wie ich hoffte. Zwei Tage nach unserer Ankunft in Messina hielt der König Rat mit Philippe. Der Anschein musste gewahrt bleiben, was bedeutete, dass Richard seine besten Ritter als Leibwache wollte. Während de Drune mit dem glücklichen Rhys – ich hatte ihm die Erlaubnis gegeben – durch die Tavernen zog, musste ich dem König Gesellschaft leisten. Die Beratungen gingen nie lange, Gott sei Dank, aber beunruhigenderweise herrschte stets schlechte Stimmung, und Philippe befleißigte sich spitzer Bemerkungen gegen Richard. Der König revanchierte sich seinerseits mit bissigen Kommentaren. Für unsere Zeit im Heiligen Land ließ das nichts Gutes hoffen.

Das Gebaren des Königs sah Richard nicht ähnlich. Gewöhnlich war er das Sinnbild der Selbstbeherrschung, wenn ein offizieller Anlass sie ihm abverlangte. Sein Unmut rührte, wie er selbst zugab, zum Teil daher, dass er sich nicht mit Philippe auf ein Datum zur Abreise einigen konnte. Philippe verdrehte diesen Umstand und deutete subtil an, dass Richards Eifer für den Heerzug schwinde. Der König konnte wenig einwenden, denn er wartete immerhin darauf, dass Berengaria in Begleitung seiner Mutter Alienor in Messina eintraf – eine Ankunft, von deren Bevorstehen der französische König nichts ahnte. Dieser Wendung der Ereignisse mussten wir noch begegnen, allerdings wusste niemand so recht, wie.

Am fünften Morgen, dem achtundzwanzigsten Septembertag, erhielten wir die Nachricht, das Schiff mit Richards Schwester Joanna an Bord werde bald anlegen. Kaum hörte es der König, war er wie ausgewechselt. Er strahlte von einem Ohr zum anderen und sprang von der Frühstückstafel auf. Ich raffte ein letztes Stück Marzipantorte an mich und folgte ihm. Als mich im Hof ein defekter Zügel aufhielt, scheuchte ich einen Rhys mit Ringen unter den roten Augen, einen neuen zu holen. Richard jedoch war nicht bereit, auf irgendjemanden zu warten. Er schrie, dass er nach vierzehn Jahren keinen weiteren Augenblick zaudern werde, und ritt mit de Béthune, de Chauvigny und einer Handvoll anderer davon. FitzAldelm, Fluch über sein Haupt, gehörte zu ihnen.

Ich schritt ungeduldig auf und ab, während ich auf Rhys wartete, vom fiebrigen Wunsch erfüllt, Joanna zu erblicken. Obschon Witwe, war sie erst vierundzwanzig, und nach allem, was man hörte, von großer Schönheit.

»Fertig, Herr.« Trotz des Schweißes in seinem blassen Gesicht grinste Rhys. »Ich habe einen Zügel von Usama geborgt.« Er hatte sich schnell mit einem der Stallknechte angefreundet, einem freundlichen Sarazenen, der Latein und ein bisschen Französisch sprach.

»Dann komm schon«, drängte ich und schwang mich in den Sattel. »Der König ist schon auf halbem Weg zum Hafen, wenn nicht weiter.«

Wir preschten zum Haupttor hinaus und auf die Landstraße, die zu einer der Hauptstraßen Messinas führte. Ich kannte die Stadt schon ganz gut, oder wenigstens kam es mir so vor. Die ehemalige Moschee und jetzige Kirche, die mir am ersten Tag aufgefallen war, stand gleich neben unserem Quartier. Auf ihrer anderen Seite war ein kleines Benediktinerkloster. Gegenüber waren große Anwesen mit Höfen ähnlich dem Haus de Muhecs. Ein Ochsenkarren rumpelte vorbei, schwer beladen mit Holzplanken. Als ich eine Kreuzung erreichte, sah ich zwei Frauen, die aus einem Haus kamen. Sie rückten ihre Schleier zurecht, und ich dachte kurz, wie schwierig es hier war, eine Christin von einer Sarazenin zu unterscheiden. Die hiesigen Normannen hatten viele Gebräuche der Sarazenen angenommen, des Volkes, das Sizilien bei ihrer Invasion vor anderthalb Jahrhunderten beherrscht hatte.

Wir ließen das Wohnviertel hinter uns und gelangten in ein gewerbliches. Auf der Straße drängten sich Fußgänger, und unser Ritt verlangsamte sich zum Schritttempo. Von Richard und seiner Gruppe war weit und breit nichts zu sehen, und der Versuch, mit Gewalt durch die Menge zu preschen, versprach wenig Aussicht auf Erfolg. Die meisten Menschen ringsum gehörten zur griechisch-sarazenisch gemischten Mehrheit der Bevölkerung von Messina – wir nannten sie recht despektierlich »Grifonen«, was »Geier« bedeutete –, dazu gab es einige reine Sarazenen jeder Hautfarbe: Dunkelbraun, Hellbraun und tiefstes Schwarz. Von Letzteren hatte ich gehört, sie stammten aus Äthiopien und dem Sudan, Lande weit südlich von Ägypten. Juden gab es auch mit ihren Käppchen und Schläfenlocken, die vor ihren Ohren hinunterbaumelten, dazu Armenier mit eigenartigen spitzen Hüten.

Jedes Haus beherbergte irgendein Geschäft. Ballen Baumwolle wurden von einem Karren geladen und nach drinnen getragen. Woanders trällerten kleine Singvögel in Käfigen. Ein Silberschmied klopfte mit einem feinen Hammer auf einen kleinen Tischamboss. Zuckerrohr – das ich hier zum ersten Mal zu Gesicht bekommen hatte – stand gebündelt an der Wand eines anderen Ladens, während Säcke mit Kristallzucker jeden Zoll des Bodens bedeckten. Obsthändler riefen durcheinander und priesen an ihren kleinen Ständen frischgepressten Saft vom Granatapfel und der Orange an. Zwei Jungen trieben Schafe in eine Gasse. Ich spähte hinein. Ein Gatter erwartete sie, und, dem Geruch nach Blut und Kot zu urteilen, das Messer des Schlachters.

Ein verlockendes Aroma von warmem, frischem Brot verdrängte ein Stück die Straße entlang den Gestank der Schlachtbank. Ich erkannte eine Bäckerei, in der ich schon gekauft hatte, und weil ich noch hungrig war, als wir sie erreichten, sagte ich zu Rhys: »Einige Augenblicke machen keinen Unterschied. Warte hier auf mich.«

Noch unter den Nachwirkungen der vergangenen Nacht schien er dankbar im Sattel zusammenzusacken, eine Hand schlaff an meinen Zügeln.

Hitze schlug mir entgegen, als ich mich der Bäckerei näherte, einem kleinen Gebäude mit einem Tresen, der sich über die ganze Breite des Eingangs zog. Brotlaibe und verschiedenes Backwerk und Pasteten waren im Angebot. An der hinteren Wand standen zwei gewölbte Ziegelöfen, in deren offenen Mäulern ich glühende Holzkohle sah. Arbeiter mit langen Schiebern standen daneben und schauten hin und wieder hinein, damit nichts anbrannte.

Ich lächelte der Besitzerin zu, einer atemberaubenden Grifonenfrau mit langen schwarzen Haaren, und wies auf die mittelgroßen Brotlaibe, die ich schon an den vergangenen Tagen genossen hatte. Mein Griechisch war noch so gut wie nicht existent, daher hielt ich zwei Finger hoch: einen für mich, einen für Rhys.

Das letzte Mal hatte sie schon mit schroffen Worten in ihrer Sprache geantwortet, heute war sie noch unfreundlicher. Ich schenkte ihr ein höfliches Lächeln und reichte ihr vier Trifollaros, die Kupferstücke, die in Sizilien die kleinste Münze waren.

Sie schüttelte ärgerlich den Kopf und hob eine Hand, alle Finger abgespreizt, und dazu den Daumen der anderen.

»Sechs Trifollaros?«, rief ich. »Gestern kosteten sie noch zwei das Stück, und jetzt sind es drei?«

Sie hielt meinem Blick stand. In ihren Augen war Furcht zu erkennen, aber auch Hartnäckigkeit.

Ich suchte in meinem Geldbeutel und knallte ein halbes Dutzend Kupfermünzen auf die Theke. »Es werden Männer kommen, die darüber unzufriedener sind als ich«, sagte ich.

Zur Antwort erhielt ich eine finstere Miene.

Rhys war nicht überrascht, als ich ihm mein Erlebnis berichtete, und entgegnete, dass auch der Preis für Wein seit unserer Ankunft steil angestiegen sei. »Die Einheimischen mögen uns nicht«, sagte er. »Stinkende Hunde nennen sie uns.«

»Darin ist etwas Wahres«, entgegnete ich mit leisem Lachen. »Die meisten Männer lieben das Waschen nicht besonders, während die Geier und die Normannen jede Gelegenheit zum Baden zu nutzen scheinen. Selbst die gottlosen Sarazenen tun es, wie man so hört.«

»Langschwänze sind wir alle für sie«, sagte Rhys düster. »Teufel.«

Diese Beleidigung gefiel mir nicht, genauso wenig das Gerücht über einen Armbrustschützen, das Rhys mir erzählte. Der Mann sei ermordet und sein Leichnam in die Latrinen geworfen worden. »Zum König ist von diesem Verbrechen noch kein Wort vorgedrungen«, sagte ich darauf, »und das veranlasst mich zu glauben, dass es eine Lüge ist.«

Rhys nickte, aber die Blicke, mit denen er jeden auf unserem Weg bedachte, waren alles andere als freundlich.

Während wir uns dem Hafen näherten, schenkte ich meiner Umgebung größere Beachtung. Vielleicht bildete ich es mir nur ein, aber die Stimmung wirkte feindseliger als zuvor. Ich sah weniger Lächeln, hörte keine Schankwirte, die Soldaten in ihre Tavernen riefen und ihnen eine Kostprobe ihrer Weine anboten. Als ich jedoch Schiffe am Kai entdeckte, an denen Tancrèdes Farben flatterten, verflüchtigten sich meine Sorgen wie Nebel unter der Morgensonne.

Joanna war eingetroffen.

Sie war ganz genau so wunderschön, wie man sie beschrieb. Für eine Frau war sie groß, stattlich, hatte rotblonde Haare wie ihr Bruder und war hinreißend. Sie lachte hell, freute sich offenkundig, mit Richard wiedervereint zu sein, und hatte eine melodische, liebreizende Stimme. Ich war gebannt, aber ich wurde ihr nicht vorgestellt, genauso wenig wie die anderen. Der König war ganz damit beschäftigt, sich wieder mit der Schwester bekanntzumachen, von der er vor so langer Zeit getrennt worden war.

»Du warst noch ein Kind, als ich dich zum letzten Mal sah, Mädchen«, sagte er strahlend. »Heute bist du Venus, die den Erdkreis besucht!«

Joanna tat sein Kompliment ab und errötete, aber ich sah, dass sie entzückt war.

Auf dem ganzen Rückweg zu de Muhecs Haus hörte sie nicht auf zu reden. Richard lehnte sich vom Pferd hinab, und sie sah von der Sänfte hoch, die er für sie beschafft hatte.

Ich kostete jeden Blick aus, den ich auf sie werfen durfte.

Philippe war ebenfalls versessen, Joanna kennenzulernen. Gleich am nächsten Tag besuchte er uns. Zu meiner großen Verärgerung war er höchst beeindruckt von Richards Schwester, und sie schien an dem Gespräch mit ihm interessiert zu sein. Ich war erleichtert zu hören, wie Richard ihr nach Philippes Weggang sagte, es stehe völlig außer Frage, dass er sie heirate, und noch mehr gefielen mir ihre Worte, als sie ein Gesicht zog und fragte: »Süßer Jesus,

Bruder, *ihn* heiraten? Eher trete ich in einen Konvent ein.« Als sie seine Verwunderung bemerkte, lachte sie klingelnd. »Mein Lachen und mein Lächeln waren gespielt, um deinen Zwecken zu nützen.«

Richard schaute sie erstaunt an.

Ach, die Schliche der Frauen. Auch ich hatte Joanna als aufrichtig eingeschätzt. Vorsichtig hielt ich mich zurück, während die Hausritter untereinander wetteiferten, um mit ihr zu sprechen. Sie schien auch ihre Gesellschaft zu genießen, was ebenfalls gespielt sein konnte, mich aber in unerklärliche Eifersucht trieb. Verwirrt über meine aufwallenden Gefühle, war ich froh, als Richard mich am nächsten Tag wieder mit nach Bagnara und dem befestigten Kloster nahm, von dem aus wir uns vorbereitet hatten, nach Sizilien überzusetzen.

Der König hatte es vorübergehend besetzt – die Proteste des vorstehenden Mönchs stießen auf taube Ohren – und erließ den Befehl, für ein halbes Dutzend Ritter und fünfzig Soldaten Quartiere vorzubereiten.

Meine Freude, mich Joannas Reizen entziehen zu können, wich der Bestürzung, als ich erfuhr, dass Bagnara ihre neue Residenz sein sollte. Das Gefühl zu haben, nicht mit ihr reden zu können, war unerträglich, aber sie gar nicht mehr zu sehen war noch schlimmer. Voller Angst, dass Richard meine Empfindungen erraten und darüber erzürnt sein könnte, oder gar amüsiert, setzte ich eine Maske auf, wie ich es bislang kaum je geschafft hatte. In guter Stimmung über das Erreichte ahnte er nichts von meinem inneren Aufruhr, als wir am Abend des letzten Septembertages nach Messina zurückkehrten.

Am folgenden Tag wurde Joanna zu ihrem großen Missvergnügen mit ihren Hofdamen nach Bagnara gebracht. Richard ging auf ihre Einwände nicht ein. »Es ist zu deiner Sicherheit, Mädchen«, sagte er. Als sie fragte, was er damit sagen wolle, erwähnte der König die Spannungen, die sich zwischen seinen Soldaten und Seeleuten und der ansässigen Bevölkerung bildeten.

»Es wird doch nicht zu Kämpfen kommen?«, fragte Joanna entsetzt.

»Das hoffe ich nicht, aber ich muss planen, als wäre es so.« Richard küsste sie zum Abschied und versicherte ihr, dass ihr Aufenthalt in Bagnara nicht lange währen würde.

Selbstsüchtig hoffte ich, dass er recht hätte. Ich hatte entschieden, dass ich bei der nächsten sich bietenden Gelegenheit versuchen würde, mit ihr zu sprechen. Der Gedanke daran war beinahe so Furcht einflößend wie verlockend.

Am 2. Oktober nahmen wir ein griechisches Kloster ein, das auf einer Insel in der Straße von Messina zwischen Sizilien und Italien lag. Richards Misstrauen den Einheimischen gegenüber war so sehr angewachsen, dass er einen sicheren Ort suchte, um Rüstzeug und Belagerungswaffen zu lagern sowie Pferde unterzustellen. Wie es für Mönche typisch war, leisteten sie keinen Widerstand gegen ihre Vertreibung, aber sie verübelten es uns zutiefst. Die Nachricht, was wir getan hatten, verbreitete sich von dem Augenblick an, in dem sie Messina erreichten. An diesem Abend rotteten sich auf den Straßen die Mengen zusammen, und der König erachtete es als klug, den Eingang zum Hause de Muhecs verrammeln zu lassen. Als die Nacht anbrach, sahen wir einige kühnere Grifonen auf den Wehrgängen der Stadt, wo sie Wein tranken und Beleidigungen zu unserem Hauptlager hinüberbrüllten. Schlimmer würde es nicht werden, wenn Gott so wollte, versicherte ich Rhys, aber in meinem Bauch hatte ich ein ungutes Gefühl.

Am nächsten Morgen gingen wir nach dem Frühstück in den Hof, wie es zur Gewohnheit der Hausritter geworden war. Auf See und während des Marsches durch Italien hatten wir wenig Gelegenheit gefunden, uns im Schwertkampf zu üben, doch nun blieb uns Zeit genug. Richards Vorschlag, dass die Ritter täglich miteinander üben sollten, traf allerseits auf Zustimmung.

So kam es, dass etwa ein Dutzend von uns voll für den Kampf gerüstet waren und aufeinander eindroschen, als eine blutige Gestalt den Weg entlanggerannt kam, der zum Tor führte, einen Wächter auf den Fersen. Zu meiner Überraschung erkannte ich die hochgewachsene Gestalt Richard Thornes.

»Ich muss den König sprechen!«, schrie er.

Richard, der gleich in der Nähe war, hörte ihn und senkte die Klinge. »Wer naht?«

Thorne beugte das Knie, und seine mittellangen braunen Haare fielen ihm dabei ins Gesicht. »Richard Thorne, Sire, aus Romford.«

»Erhebt Euch, Mann«, sagte der König ungeduldig. »Was ist die Neuigkeit?«

Es sprudelte aus ihm heraus. Thorne hatte beim Eingang zum Heerlager gestanden und beobachtet, wie sich ein Bogenschütze bei einer Griechin bitter über den Preis des Brotes beschwerte, das sie verkaufte. Das Dreifache dessen, was er vor nicht einmal einer Woche gewesen sei, hatte er seinen Kameraden zugerufen. Wütend hatte die Frau eine Kreischtirade begonnen. Lange dauerte es nicht, und die anderen Standbesitzer, allesamt Geier, griffen ihn an. Als seine Kameraden ihn in Sicherheit gezerrt hatten, blutete der Bogenschütze, hatte blaue Flecken, und ihm fehlten ganze Haarbüschel.

»Es konnte nicht ausbleiben, Sire, dass seine Freunde sich nicht zurückhielten«, fuhr Thorne fort. »Sie gaben es ihnen mit Faust und Stiefel, was die Grifonen zu noch größerer Gewalt anstachelte. Messer wurden gezogen, Knüppel erhoben, und die Soldaten mussten sich mit noch größerem Nachdruck verteidigen. In diesem Moment wird Blut vergossen. Ich fürchte, die Gewalt wird sich ausbreiten. Meuten von Grifonen kommen von der Stadt zum Lager, und sogar ein paar Sarazenen.« Er zeigte auf die Platzwunden in seinem Gesicht. »Ich hatte Glück, halbwegs unbeschadet durchzukommen.«

»Bei Gottes Beinen!«, brüllte Richard. »Ich werde diesen diebischen Geiern und Feinden Christi eine Lektion erteilen! Alles folgt mir!«

Wir eilten los, um unsere übrige Ausrüstung zu holen.

KAPITEL VI

So schnell wir konnten, machten wir uns zum Abmarsch bereit. So benommen er war, Thorne bestand darauf, mitzukommen. Einen Gambeson und einen Schild trieben wir für ihn auf, dazu einen alten Topfhelm mit Rostflecken. Wir hatten auch ein überzähliges Pferd, sodass wir mit vierzehn Rittern losritten, den König eingeschlossen, und genauso viele Knappen folgten uns. Letztere ritten nicht oft in den Kampf, aber uns fehlte die Zeit, mehr Ritter zusammenzuziehen.

Wütende Grifonen füllten die Straßen, aber vor unserem Ansturm zerstoben sie wie Mäuse vor einer Katze. Auf dem Ritt von de Muhecs Haus zur Stadt brauchte nicht einer von uns sein Schwert zu erheben. Wurfgeschosse flogen uns zahlreich hinterher, sobald wir vorübergeritten waren, aber ernsthaft verletzt wurde niemand. Zu meinem Entzücken gehörte FitzAldelm zu den wenigen Opfern. Er hatte es versäumt, einen Helm aufzusetzen, und ein schartiges Stück Dachziegel riss ihm eine hübsche Wunde in die Wange. Er blutete wie ein angestochenes Schwein.

Es dauerte ein wenig, bis wir den Pöbel vor dem Heerlager durchbrochen hatten, aber schon bald rannten die Geier um ihr Leben. Wir donnerten hinterher, die Straße hinunter, die zum größten Stadttor führte. Die Grifonen zerstreuten sich zwar in die Gassen und Karrwege, doch eigentlich war unsere Zahl im Vergleich mit der fliehenden Menge gering. Die Stoßkraft aber lag ganz bei uns, weil wir zu Pferd waren. In der Christenheit kann es kaum einen Mann geben, dessen Inhalt seiner Eingeweide nicht zu Wasser wird, wenn er sich unbewaffnet und zu Fuß einem Reiterangriff gegenübersieht. Sollte es ihn doch geben, muss ihm der Verstand im Schädel geronnen sein.

»Nur mit der flachen Klinge!«, brüllte Richard immer wieder. Er hatte es bewerkstelligt, sich eine kräftige Keule zu beschaffen. Damit schlug er freigiebig und unbekümmert auf Schädel, Schultern, Arme und Brüste.

Meine anfängliche Begeisterung war mittlerweile verflogen. Ich verspürte keinen Wunsch, gegen unbewaffnete Städter zu kämpfen. Meine Auffassung änderte sich bald, als eine schlaksige Gestalt schreiend aus einer Gasse auf mich zustürmte, in der Hand eine dicke Holzlatte. Zu meinem Glück reagierte ich rechtzeitig, zügelte mein Pferd, drehte es auf der Stelle und preschte auf ihn zu. Entsetzt wich er zur Seite aus, und ich streckte ihn mit einem so harten Treffer der flachen Schwertklinge zu Boden, dass er sich mehrmals überschlug. Gleich darauf musste ich Rhys beistehen, der von drei Jugendlichen angegangen wurde. Danach schlug ich nach jedem Grifonen oder Sarazenen, der in meine Reichweite kam.

Wir galoppierten die Straße entlang. Bald legte sich jeder Widerstand. Der Pöbel verzog sich. Die wenigen, die noch vor uns waren, flohen in blindem Entsetzen. Ich zügelte mein Pferd, als wir uns dem Tor näherten. Auf den Wehrgängen stand eine Mischung aus Soldaten und gewöhnlichen Stadtbewohnern.

»Sire!«, rief ich. »Wenn sie auf der Mauer sind, dann bemannen sie gewiss auch das Tor!«

Richards Blick folgte meinem ausgestreckten Arm. »Da habt Ihr recht, glaube ich. Halt!«, rief er den wenigen Reitern zu, die vor uns waren.

Drei Knappen und zwei Ritter hörten ihn nicht. Die Schwerter erhoben, von Kampfeslust beherrscht, galoppierten sie durch das Torhaus in die Stadt.

Im nächsten Moment bewegten sich die Torflügel mit lautem Knarren und Ächzen. Ein gewaltiger Knall und das Poltern, mit dem ein Torbalken in seine Halterungen fiel, verkündeten jedem, dass der Weg versperrt war.

»Dieses Höllengezücht!«, brüllte Richard und ritt näher.

Ein Auge auf den Wehrgängen, sollte jemand auf den König schießen wollen, sah ich mich um. Von FitzAldelm war nichts zu sehen, und Hoffnung regte sich in meiner Brust. Und tatsächlich, als durchgezählt wurde, erwies sich, dass mein Feind einer der beiden Ritter war, die so töricht in die Stadt geprescht waren. Der andere war Peter Tireproie, ein erregbarer Mensch, der mit de Béthune befreundet war. Ihre Knappen und noch ein Dritter – zum Glück nicht Rhys – waren ihnen gefolgt. Nach dem Gebrüll und Waffengeklirr auf der anderen Seite zu urteilen, verkauften sie ihre Haut teuer.

Die Lage war jedoch übel, das wussten wir. Lange konnten sich fünf gerüstete Männer eine große Menschenmenge nicht vom Leib halten. Richard ergriff die Initiative und machte irgendwie einen Hauptmann der Wache auf sich aufmerksam. Er verkündete, dass für jeden seiner Männer, der getötet wurde, zehn Bürger der Stadt am Galgen büßen würden, und zog sich zurück. Ein Schwall von Beleidigungen folgte – auf Französisch hörte ich: »Verpiss dich, du Langschwanzkönig!« –, aber der Hauptmann verschwand außer Sicht, und kurze Zeit darauf ließ der Kampflärm nach und verstummte ganz. Hufe klapperten über Kopfsteine, was uns verriet, dass unsere Kameraden davonritten, mit Glück an ein Ziel, wo sie in Sicherheit waren.

Wütend über die Schmähungen, die ihm an den Kopf geworfen worden waren, aber mit der Einsicht, dass wir nichts weiter unternehmen konnten, führte Richard uns wieder die Straße hinunter.

Ich betete wie seit Monaten nicht mehr. Lass FitzAldelm eine tödliche Wunde erleiden, flehte ich innerlich. Dass meine Bitte eine Sünde darstellte, war mir gleichgültig. Wenn ich ihn nicht fällen durfte, tat Gott es vielleicht.

Leider muss ich sagen, dass mein Wunsch nicht erhört wurde. Einige Stunden später wurde FitzAldelm, Tireproie und den Knappen gestattet, die Stadt zu verlassen. Sie fanden uns auf de Muhecs Anwesen, wohin wir uns zurückgezogen hatten.

Noch immer streiften Aufrührer durch die Außenbezirke, aber der König war zu dem Urteil gelangt, es wäre am besten, wenn wir die Gemüter sich über Nacht beruhigen ließen. Seine Entscheidung, Joanna nach Bagnara zu schicken, die mir in meiner Qual nicht gefallen hatte, erschien nun recht klug.

Tireproie besaß den Anstand, sich zerknirscht über seine Flucht zu zeigen, aber FitzAldelm erging sich über die feigen Grifonen, die vor fünf Mann davonliefen. Zuerst bemerkte er nicht die Blicke und das Gemurmel rings um die Tafel.

Ich sah Richard an, dem ein schmales Lächeln den Mund umspielte. Er sagte kein Wort. Ich auch nicht.

De Chauvigny war es, der FitzAldelms Traum zerschmetterte. »Nun kommt schon, Robert«, sagte er. »Habt Ihr etwa nicht gehört, was der König dem Hauptmann der Wache androhte?«

FitzAldelm, der noch immer damit prahlte, wie viele Aufrührer vor seinem Schwert geflohen waren, hielt inne. Sein Blick zuckte zu Richard und wieder zu de Chauvigny. »Der König?«

»Er hat dem Hauptmann gesagt, dass für jeden toten Ritter oder Knappen zehn Stadtbewohner hingerichtet würden. Kein Zweifel, dass Ihr Euch tapfer schlugt, aber seine Drohung war der Grund, weshalb der Pöbel sich verzog.«

Ringsum gab es unterdrücktes Kichern. Ich gab mir keine Mühe, meine Belustigung zu verbergen.

FitzAldelms eine Wange lief vor Verlegenheit rot an – die andere Hälfte seines Gesichts war von einem Verband bedeckt –, und er bedachte mich mit einem mörderischen Blick.

Ich prostete ihm mit meinem Becher zu.

Am nächsten Morgen berief Richard einen Rat ein, um zu versuchen, den Frieden zu sichern. Er befahl Tancrèdes Beamte aus der Stadt zu sich und lud auch König Philippe ein. So viele hohe Tiere sollten teilnehmen, dass nur der Innenhof von de Muhecs Haus genügend Platz bot. Tische wurden so aufgestellt, dass sie drei Seiten eines Quadrats bildeten, und der König und seine Gefolgsleute belegten die Mitte. Philippe und seine Gefolgsleute saßen rechts von ihm, ein Ehrenplatz, während sich die sizilische Abordnung mit den unbedeutenden Sitzen auf der linken Seite begnügen musste.

Philippe traf vor Tancrèdes Männern ein. Ich kannte einige seiner Leute – Herzog Hugues von Burgund, Graf Joffroi von Perche und Graf Pierre von Nevers –, aber de Béthune musste mir verraten, wer die Bischöfe von Chartres und Langres waren. Sie hielten sich abseits und unternahmen keinerlei Anstalten, mit Richards Abordnung zu sprechen. Erzbischof Walter brach das Eis, indem er mit Erzbischof Gerard hinüberging.

Ein steifes Gespräch begann. Die französischen Barone bemühten sich nicht, ihrem Beispiel nachzueifern, und wir ebenfalls nicht. Verbündete waren wir, keine Freunde.

Richard begrüßte Philippe, der ohne Hast auf ihn zuschritt. Die Könige tauschten den Friedenskuss, aber in ihren Gesichtern war nur wenig Herzlichkeit zu erkennen. Philippe nahm durchaus höflich den Wein an, den Richard ihm anbot, und stimmte zu, dass eine Wiederholung der Ausschreitungen des gestrigen Tages verhindert werden musste.

Je früher der Frieden wiederhergestellt wird, dachte ich, desto eher kann Joanna zurückkehren. Seltsamerweise flößte mir diese Aussicht größere Furcht ein als die drohenden Unruhen. Auf das Kämpfen verstand ich mich, aber in der Kunst der Minne war ich ein schlechter Schüler.

»Den Siziliern ist nicht zu trauen, Monseigneur«, sagte Richard. »Aus verlässlichen Quellen weiß ich, dass du Pin und Margaritone zum Aufruhr angestiftet haben.« Jourdain du Pin war der Gouverneur von Messina, und Margaritone der Admiral von Tancrèdes Flotte.

»Davon habe ich nichts gehört, Monseigneur«, entgegnete Philippe kühl. »Der Aufruhr entstand um einen Laib Brot, dachte ich.«

Richard kniff die Lippen zusammen. »Das war der auslösende Funke.«

Philippe gab keine Antwort.

»Am besten wäre es, wenn wir diesen Grifonen und Sarazenen eine vereinigte Front zeigen würden«, erklärte Richard. »Werdet Ihr mich unterstützen, Monseigneur?«

»Bevor Ihr mit Eurem Heer eingetroffen seid, gab es keinen Streit«, sagte Philippe. »Wie ich es sehe, begannen die Streitigkeiten mit Euren Männern und ihrem ungebührlichen Benehmen.«

»Wer ist hier der Feind – ich oder die Sizilier?«

»Das Gleiche könnte ich Eure Soldaten fragen, Monseigneur. Ich dachte, wir reisten, um gegen die Sarazenen zu kämpfen, und nicht gegen die Einwohner von Messina.«

»So einfach verhält es sich nicht, und das wisst Ihr!«, fuhr Richard auf. »Ich wünsche ebenfalls, so früh wie möglich das Heilige Land zu erreichen.«

Philippe zog eine Braue hoch, aber jegliches weitere Gespräch wurde unterbunden, weil die Sizilier eintrafen. Du Pin, ein hochmütiger Mann mit teigigem Gesicht, führte die Abordnung an. Er schien eng mit Margaritone befreundet zu sein, einem Mann mit dickem Wanst und Goldringen an jedem Finger. Drei Erzbischöfe begleiteten sie, dazu eine Reihe von anderen, deren Namen mir einzuprägen ich nicht einmal versuchte.

Viel Verneigen und Gescharre folgte, als die Sizilier den beiden Königen ihren Respekt erwiesen. Jeder nahm seinen Platz ein, und die Knappen und Diener schenkten Wein ein. Richard erhob den Becher auf den Frieden, was gut aufgenommen wurde. Man machte ihm Komplimente für den Wein. Er hörte allerdings im Gegensatz zu mir nicht, wie ein französischer Adliger murmelte, welch großes Glück es doch sei, dass das dargebotene Getränk nicht aus England stamme.

Die Gespräche fanden zum Großteil auf Französisch statt, aber einige sizilische Normannen sprachen nur Latein, und ein Dolmetscher wurde gebracht. Ich hatte wenig Interesse an den Verhandlungen, und bald schon schweifte meine Aufmerksamkeit ab. Vor allem dachte ich an Joanna. Seit ihrem Aufbruch nach Bagnara ging sie mir nicht mehr aus dem Kopf. Ich war töricht, von ihr auch nur zu träumen, aber ich konnte nicht anders. In allen Einzelheiten hatte ich sie mir eingeprägt. Ihre langen Haare und wie sie ihr herzförmiges Gesicht umgaben. Ihre Haut, die so weich aussah und die zu streicheln ich mich sehnte. Ihre Figur, unter den Konturen ihres Kleides verborgen und doch so augenfällig.

Ich riss den Kopf herum, als laut an die Vordertür gepocht wurde. Nicht als Einziger legte ich die Hand an den Schwertgriff.

Ein keuchender Bote wurde hereingeführt, ein Reiter, den sein Serjeant aus dem Lager geschickt hatte – das von beiden Seiten durch Grifonen angegriffen werde.

Richard dankte dem Mann und befahl, sich um ihn zu kümmern. Stirnrunzelnd wandte er sich an die Versammelten. Die Zeit dränge. Wenn sie nicht rasch handelten – bei diesen Worten sah er du Pin und Margaritone bedeutsam an –, würde es Menschenleben kosten. Philippe enthielt sich eines Kommentars.

Die Gespräche gingen weiter, und Fortschritt wurde erzielt. Du Pin räumte ein, dass es eine gute Idee sei, festzusetzen, wie viel Brot, Wein und andere Grundnahrungsmittel kosten durften. Er willigte jedoch nicht in die Preise ein, die Richard vorschwebten, und ein Streitgespräch begann. Unsere Zeit wäre weitaus besser genutzt gewesen, unseren Heerzug im Heiligen Land zu planen, fand ich, statt mit diesen tückischen Geiern um Geld zu streiten.

Mitten in diese aufgeheizte Stimmung kam ein zweiter Bote.

Die Ausschreitungen hatten sich verstärkt, und Vorstöße in das englische Heerlager hätten die Männer des Königs gezwungen, beträchtlich viel Boden aufzugeben. Nur Erzbischof Walter brachte Richard davon ab, vom Tisch aufzustehen. Der Geistliche flehte ihn an, einen Weg zu finden, um die Gewalt friedlich beizulegen.

Mit zusammengebissenen Zähnen setzte Richard sich wieder hin. Erneut sagte und tat König Philippe nichts.

Ich war ebenfalls ruhelos. Durch das Gemurmel der Gespräche hörte ich Rufe und Schreie, die der Wind aus unserem Heerlager herantrug. Ich winkte Rhys, der zu mir eilte.

»Blutvergießen steht bevor«, flüsterte ich ihm ins Ohr. »Mach mein Zeug bereit, und Pommers auch. Richte Philip aus, er soll das Gleiche für den König tun. Nein, gib besser allen Knappen Bescheid.«

Rhys nickte grimmig und schlüpfte davon.

Er war nicht lange fort, als ein dritter Bote eintrat. Dieser Mann war aschfahl und trug eine frische Messerwunde am linken Arm. »Hugues de Lusignans Haus wird angegriffen, Sire, aber das ist noch nicht das Schlimmste«, sagte er, während sein Blut auf den Mosaikfußboden tropfte. »Sowohl in der Stadt als auch außerhalb werden wir getötet, Sire.«

Richard war auf den Beinen, bevor dem Boten auf eine Bank geholfen worden war. »Ihr«, sagte er zu du Pin mit einer Stimme so hart wie Granit, »werdet gehen und versuchen, diesen Irrsinn zu stoppen. Sprecht mit Eurem Volk. Erteilt der Stadtwache Befehle. Tut, was immer Ihr tun müsst!«

Du Pins Blick zuckte zu Margaritone, welcher nickte, und kehrte nervös zum König zurück. »Das machen wir, Sire. Und Ihr?«

»Ich werde tun, was ich kann«, sagte Richard. Sein Blick strich über die zuschauenden Ritter. »Zu den Waffen, Messires! Unsere Männer benötigen uns.« Er schaute zu Philippe. »Werdet Ihr uns helfen, Monseigneur?«

»Ich werde an dieser Gewalt nicht teilnehmen«, sagte Philippe. »Meine Männer und ich haben mit dem Volk von Messina keinen Streit.«

Richard starrte ihn an. Seine linke Wange zuckte, ein Zeichen für pure Wut, wie ich wusste. Mehr gab er jedoch nicht preis, stand auf und schritt ohne ein weiteres Wort vom Tisch weg.

Ich schaute zurück. Philippe sah ihm nach, einen berechnenden Ausdruck im Gesicht.

Nachdem wir die Grifonen von dem Haus vertrieben hatten, in dem Hugues de Lusignan einquartiert war, schlossen er und acht seiner Ritter sich uns an. Rhys und die anderen Knappen waren nicht bei uns. Weil sie keine Rüstung besaßen, wären sie zu leichte Beute gewesen. Einschließlich des Königs zählten wir nun einundzwanzig Ritter und brachen zum Lager auf. Unsere Streitmacht war nicht groß, aber Ritter in voller Rüstung waren für Stadtvolk, das keine anderen Waffen führte als Knüppel und Steine, ein furchterregender Gegner.

Als wir eintrafen, hatte sich die Lage beruhigt. Die Offiziere hatten endlich Befehl gegeben, so viel Gewalt anzuwenden wie nötig. Nicht alle Aufrührer waren geflohen. Eine starke Meute drang weiter auf das Lager ein, das nur von einem flachen Graben geschützt wurde. Auf der Innenseite sahen wir zahlreiche Leichen, von denen wir viele an ihrer Kleidung als unsere Soldaten erkannten.

Kalte Wut wallte in mir auf. Ein paar Männer hatten sich schlecht benommen, das mussten wir eingestehen, aber soweit ich wusste, war kein Einheimischer ermordet worden.

Richard war ähnlicher Stimmung. »Seht Ihr diese Leichen?«, rief er. »Das ist das Werk der Geier!«

Ein wütendes Brüllen antwortete auf seine Worte. Meine Stimme fiel mit ein.

Der König stellte uns in einer Schlachtlinie auf, die zwei Reiter tief war, und führte einen Sturmangriff gegen den Rand des Lagers. Ich ritt in der vorderen Reihe, nicht weit vom König, und fand es beglückend. Unbesiegbar fühlte ich mich, die Lanze im rechten Arm eingelegt, den Schild am linken, die Sicht durch den Helmschlitz eingeengt, zwischen den Beinen Pommers' gewaltige Masse.

Unsere Pferde beschleunigten zu vollem Galopp. Die Erde bebte. Innerhalb des Lagers jubelten die Männer.

Wir wiederholten Richards Ruf: »Dex aie!«

Die Grifonen brachen ihren Ansturm ab und ergriffen die Flucht.

Wie rachsüchtige Dämonen ritten wir sie nieder. Unsere Lanzen durchbohrten sie mit der Gewalt von Rammböcken. Mühelos trennten unsere Schwerter Köpfe und Arme ab.

Als das Areal vor dem Lager vom Feind befreit worden war, befahl Richard uns, anzuhalten. Kein einziger Ritter war gefallen, nur einer leicht verwundet. Als der König fragte, ob wir willens wären, die Stadt einzunehmen, antworteten wir mit zustimmendem Gebrüll.

Wir ruhten uns eine kurze Weile aus, während er zu den Hauptleuten seiner Fußsoldaten ging und ihnen Befehle erteilte. Der Hauptangriff, sagte er nach seiner Rückkehr, würde an dem Tor erfolgen, wo FitzAldelm am Vortag in die Falle gegangen war. Wir hingegen würden einen Überraschungsangriff durchführen.

»Wo, Sire?«, fragte FitzAldelm und sprach die Frage aus, die jedem durch den Kopf ging, nur mir und Rhys nicht. Am vorigen Tag hatte der König uns auf einem heimlichen Erkundungsritt um die Stadtmauern geführt. Wir hatten einen abgelegenen Turm mit einem Ausfalltor entdeckt, der uns einen möglichen Weg in die Stadt bot.

»Folgt mir, und Ihr sollt es sehen.« Ein kurzes Lächeln hellte Richards grimmige Miene auf.

Wir kehrten zu de Muhecs Haus zurück, um unsere Pferde

unterzustellen und so viele Äxte einzusammeln, wie wir finden konnten. Nachdem wir die Tiere in die Obhut der Knappen gegeben hatten – Rhys war untröstlich, schon wieder zurückgelassen zu werden –, folgten wir dem König hinaus auf die Straße. Er führte uns im Bogen in enge Gassen und wieder heraus, und mied die Hauptstraßen. Hunde bellten wütend in den Häusern, gelegentlich spähte ein verängstigtes Gesicht aus einer Tür, aber niemand vertrat uns den Weg. Wir kamen gut voran. Hier, dicht an der Stadtmauer, gab es keine Aufrührer.

Richard blieb im Schatten einer kleinen Kirche stehen, hinter welcher der Stadtgraben lag. Er befahl uns, einer nach dem anderen um die Ecke zu sehen, damit die Verteidiger uns nicht entdeckten, und legte uns seinen Plan dar.

»Habt Ihr das Tor in dem nächststehenden Turm gesehen?«

Alle nickten. Ein natürlicher Felsvorsprung war in die Mauer eingearbeitet worden. Rechts von uns stiegen die Mauern darüber an zu einem starken Turm und fielen auf der anderen Seite wieder ab. Der Vorsprung bestand nicht nur aus Fels. Am unteren Ende, dem Graben gegenüber, war ein steiler Geröllhang.

Das Ausfalltor beweise, sagte Richard, dass man auf dem Hang sicher absteigen könne. Wir würden prüfen, ob dort auch der Aufstieg gelang. Sein Blick, wild und eifrig, strich über unsere Gesichter. »Seid Ihr mit mir?«

Ich sagte mir, dass die Wächter auf dem Turm uns nicht sehen würden, und murmelte mit den anderen meine Zustimmung.

Richard vergeudete keine Zeit und führte uns ins Freie. Wir bewegten uns so schnell, wie behelmte Männer in vollem Ringpanzer, beladen mit Schilden, Äxten und Schwertern in langen Scheiden, nur können. Auf unserer Seite des Grabens war das Glück uns hold. Aufgrund von Vernachlässigung waren seine Wände zum Teil abgestürzt. Als wir sicher den tiefsten Punkt erreicht hatten, ohne dass etwas vermuten ließ, wir könnten entdeckt sein, hängten wir uns die Schilde über den Rücken und machten uns daran, die andere Wand hochzuklettern. Sie war steil und zwang uns, unsere Hände zu benutzen und bei jedem Schritt nach einem sicheren Halt zu suchen. Richard führte uns, natürlich, und die vier Männer mit den Äxten kamen als Nächste. Ich gehörte zu ihnen, dazu de Chauvigny, de Béthune und FitzAldelm.

Von der Anstrengung rann mir der Schweiß unter der Polsterkappe hervor ins Gesicht und brannte in meinen Augen. Lautlos fluchte ich vor mich hin und versuchte, ihn wegzublinzeln. Immer wieder verdrehte ich den Hals und schaute nach oben. Meist sah ich nur die Sohlen unter FitzAldelms Stiefeln und die Lawine aus Staub und Steinchen, die er auf mich hinunterregnen ließ, aber manchmal erhaschte ich einen Blick auf den Turm, der nun vom blauen Himmel umrahmt wurde. Noch immer war kein Alarm zu hören, und ich wagte schon zu hoffen, dass wir das Ausfalltor unbemerkt erreichten.

Etwa dreißig Fuß Wand blieben noch zu erklimmen, als ein vorstehender Stein unter dem Gewicht des Königs nachgab. Gott sei Dank rutschte er nicht kopfüber in den Graben zurück, aber weder den Aufprall des Steins noch das Rasseln des losgerissenen Gerölls konnte jemand überhören.

Wir erstarrten.

Vom Haupttor her erreichten uns Waffengeklirr und Gebrüll aus Männerkehlen.

Vielleicht haben sie es nicht gehört, dachte ich.

Ein Kopf erschien am oberen Rand des Turms. Er gehörte einem jungen Mann, der kaum alt genug war, um sich rasieren zu müssen. Entsetzen trat in sein Gesicht, und er bellte etwas auf Latein.

»Rasch!«, brüllte Richard mit einer Stimme, die von seinem Helm gedämpft wurde. »Bewegt Euch!«

Ich wagte nicht, wieder hochzuschauen. Zu leicht konnte es geschehen, dass ein Armbrustbolzen durch den Sehschlitz meines Helms schlug. Wie ein Besessener kletterte ich das letzte Stück hoch, überholte FitzAldelm und erreichte den Fuß des Turms zugleich mit dem König.

Er zeigte auf die Tür. »Schlagt sie ein!«

Ich legte den Schild auf den Boden und machte mich entschlossen ans Werk. De Béthune schloss sich mir ein. Ganz natürlich entstand ein Rhythmus, bei dem wir uns mit den Schlägen abwechselten. Das Tor erbebte unter unseren Anstrengungen, Splitter und kleine Holzstücke umschwirrten uns. Das Tor war jedoch recht stabil, wie es bei seiner gefährdeten Lage auch nicht anders zu erwarten war. Immer wieder holten wir mit den Äxten aus. Die Anstrengung – wir waren in vollem Harnisch und trugen Helme – war gewaltig. Nach vierzig Schlägen kam es mir vor, als wollte mein Herz platzen. Richard merkte, dass unsere Kräfte nachließen, und befahl uns, zurückzutreten. Ausnahmsweise räumte ich gern für FitzAldelm das Feld. De Chauvigny stellte sich an de Béthunes Platz.

Schwer atmend nahm ich meinen Schild auf. Von unseren beiden Axtmännern und Richard abgesehen, hielt jeder von uns ihn über den Kopf. Armbrustbolzen regneten auf uns herab, so schnell, wie die Männer hoch oben nachladen konnten. Eine gute Anzahl schlug dicht beim König in den Boden. Ich riskierte einen Blick nach oben, und meine Vermutung erwies sich als korrekt. Vier Armbrustschützen waren sichtbar, und wenigstens zwei zielten auf Richard. Sein rotes Wappen, dachte ich. Sie erkannten vielleicht nicht, wer genau er war, aber es verriet ihn als Anführer. Ich stürzte vor, wütend, dass nicht schon längst jemand gehandelt hatte.

»Sire!«, rief ich.

Richards Helm wandte sich mir zu. Durch den Schlitz betrachteten mich seine blauen Augen. »Ja?«

»Ihr müsst Euch schützen, Sire.« Ich nestelte an seinem Rücken und versuchte den Schild nach vorn zu drehen, der noch immer an seinem Riemen hing.

»Lasst das, Rufus. Wir sind nicht mehr lange hier.«

Er ist verflucht eigensinnig, dachte ich und hob meinen Schild über seinen Kopf.

Wieder sah er mich an. »Rufus! Ihr werdet noch getroffen!«

»Besser ich werde verwundet als Ihr, Sire.« Trotz meines tapferen Gebarens hatte ich einen Geschmack nach Galle im Mund. Einen Herzschlag zuvor hatte ich gespürt, wie ein Bolzen zu meinen Füßen einschlug. Ringpanzer hin oder her, die Entfernung zur Turmspitze lag weit innerhalb der tödlichen Reichweite.

»Was seid Ihr für ein hartnäckiger Ire!«, rief Richard, nahm aber seinen Schild vom Rücken, hob ihn und gestattete mir, mich wieder zu schützen.

Mit einem dumpfen Schlag bohrte sich ein Armbrustbolzen mit solcher Kraft in den Schild des Königs, dass die Spitze und der halbe Schaft das Holz durchdrangen.

Er bellte vor Belustigung.

Richard hat vor nichts Angst, dachte ich und lachte ebenfalls.

Unter FitzAldelms und de Chauvignys Hieben war der Torflügel zersplittert. Eine lange, gezackte Öffnung zog sich nun von der Oberkante bis zur unteren Angel. Sie ermüdeten allerdings, und de Béthune und ich lösten sie wieder ab. Wir konzentrierten uns auf das untere Ende des Risses – erreichten wir die Angel, fiel der Torflügel nach innen. Mit neuer Kraft ließen wir die Äxte ins Holz beißen. Die Planken knarrten. Richard feuerte uns an.

Ein Hammerschlag traf von oben meinen Helm. Ich taumelte, und funkensprühend traf meine Axt die Wand. Mir klingelten die Ohren, Sterne trudelten durch mein Blickfeld. Eine starke Hand packte mich beim rechten Oberarm und stützte mich, bis ich wieder von allein stehen konnte.

»Rufus?« Der König klang besorgt.

Ich sog Luft ein und stieß sie wieder aus. »Ich bin unverletzt, Sire.«

Er zog mich zur Seite und hieß de Chauvigny mit seiner Axt

zuhauen. Beide zum Teil von seinem Schild geschützt, sah Richard mich forschend an. »Wirklich?«

Unwillig, Schwäche einzugestehen, hatte ich schon früher gelogen, aber jetzt konnte ich mich wieder konzentrieren. Mir war nicht mehr, als stünde ich an Deck eines Schiffes, das vom Sturm hin und her geworfen wurde. »Mein Helm hat das Schlimmste abgehalten, Sire.«

Er richtete sich auf und sah auf meinen Scheitel. »Bei Gott, Ihr habt recht. Ich schwöre, die Delle ist einen halben Zoll tief.«

»Sire!« FitzAldelm klang aufgeregt. »Jeden Moment gibt der Torflügel nach!«

»Wir haben Arbeit vor uns, Rufus«, sagte Richard, reichte mir meinen Schild und wies den Rest an, sich bereitzuhalten. »Tretet beiseite«, befahl er de Béthune und FitzAldelm.

Der schmale Eingang ließ nur einen Mann auf einmal passieren. Ich nahm meinen Platz hinter dem König ein und sah an ihm vorbei auf die zersplitterten Planken. Ein kräftiger Tritt, und wir wären hindurch.

Das Schwert in der Faust, hob Richard den rechten Fuß.

Eine entsetzliche Vorahnung ergriff von mir Besitz. Ich ließ das Schwert fallen, packte den König bei der Schulter und zerrte ihn zurück und zur Seite.

Tschik. Ein schwarzer Schemen durchfuhr die Luft an der Stelle, wo er gestanden hatte, vorbei an uns beiden. Ich hörte ein ersticktes Ächzen. Pierre Tireproie, der aus irgendeinem Wahnsinn seine Helmbrünne nicht geschlossen hatte, stürzte leblos zu Boden, einen Bolzen in der Kehle.

Arme Seele, dachte ich und wünschte, es hätte de Gunesse getroffen, den Nächsten in der Reihe.

Richard spannte sich an, bereit, erneut in den Turm durchzubrechen. Wir hatten ein wenig Zeit, während der Armbrustschütze nachlud.

»Sie könnten zu zweit sein, Sire!«, rief ich.

Ein Nicken – er hatte mich gehört. Statt seines Fußes benutzte er den Schild, um die zerhauene Tür einzuschlagen.

Tschik. Krachend durchschlug ein Bolzen den Schild des Königs und prallte von seinen Rippen ab, aber Richard war hindurch und stürzte sich auf die beiden Soldaten auf der anderen Seite. Beide versuchten panisch, ihre Waffe nachzuladen. Ein heftiger Abwärtshieb von Richards Schwert spaltete Helm und Schädel des ersten Soldaten, und ich, der hinter ihm hineinstürmte, trieb meine Klinge bis zum Heft in die Brust des anderen.

Sonst war niemand in der kleinen Torkammer mit dem Fußboden aus Lehm. Wir waren in der Burg.

Richard schlug mir auf den Oberarm, seine Art, mir für die Rettung seines Lebens zu danken. Ich grinste unter meinem Helm erfreut wie ein Hund über einen fleischigen Knochen. Ich fragte ihn, ob er verletzt sei, und er lachte wieder, sagte, dass der Bolzen sein Panzerhemd nicht durchschlagen habe. Wir wischten das Blut von unseren Schwertern, schoben sie in die Scheide und hängten uns die Schilde wieder über den Rücken. Um die Holzleiter zu ersteigen, die hoch in den Turm führte, brauchte ein Mann beide Hände. Mit einiger Besorgnis starrte ich auf das Rechteck aus Tageslicht zwanzig Fuß über unseren Köpfen. Nach allem, was wir wussten, erwarteten uns dort weitere Armbrustschützen. Dass der König die Spitze einnahm, war Wahnsinn.

»Ich sollte zuerst gehen, Sire«, sagte ich.

Richard lachte leise. »Ihr wollt mir wohl den Ruhm streitig machen?«

»Nein, Sire«, antwortete ich, und es war mir ernst.

»Die Gefahr gehört mir.« Richard legte die Hand auf die erste Sprosse.

Ich, der ich seit Monaten meine Gebete vernachlässigt hatte, sandte eine dringliche Bitte gen Himmel, als er hochstieg: *O Herr, lass dies nicht die Stunde seines Todes sein.*

FitzAldelm, der sich nach uns in die Kammer gedrängt hatte,

wollte ihm folgen, aber ich schob ihn aus dem Weg. An dem Hass in seinen Augen konnte man ablesen, dass er mich am liebsten ermordet hätte, während ich hochstieg. Aber andere waren zugegen, und er konnte nichts tun, als unter mir seinen Platz auf der Leiter einzunehmen.

Ich vergaß FitzAldelm sofort wieder, so groß war meine Furcht, dass der König niedergeschossen wurde, bevor er in die Kammer gelangte, die über uns lag. Gott sei Dank erreichte er sie unbeschadet. Wenige Herzschläge später war ich an der Öffnung. Ich schob Kopf und Schultern hindurch und legte die Hände zu beiden Seiten flach auf den Bohlenfußboden, um mich hochzustemmen, als ich eine Hand an meinem Helm spürte.

»Bleibt, wo Ihr seid!«, zischte Richard.

Ich gehorchte auf der Stelle. Mein Sehschlitz war auf gleicher Höhe mit dem Fußboden. Alles, was ich sehen konnte, waren Richards Stiefel – er kauerte über mir – und ein paar Fuß entfernt eine nackte Steinmauer. Dennoch drehte sich mir der Magen um. Der Tod war ganz in der Nähe.

Eine Armbrust klickte. Mit einem dumpfen Schlag wurde Richards Schild getroffen.

Ein zweiter Bolzen bohrte sich neben seinem Fuß in die Bohle.

»Klettert, während sie nachladen!«, befahl der König.

Ich eilte hoch, so schnell ich konnte. Erst als ich meinen Schild über dem Kopf hatte, wagte ich, Richard anzusehen, der sich auf die gleiche Weise schützte.

»Wartet, Robert!«, rief er in das Loch im Boden. Zu mir sagte er: »Schützt ihn.«

So abscheulich der Befehl war, dem König konnte ich mich nicht widersetzen. Den Schild über dem Kopf, kauerte ich über FitzAldelms Helm, der gerade erschienen war.

»Zwei Männer sind auf dem Dach geblieben. Sie sind es, die nun auf uns zielen«, erklärte der König. »Wir können sie nicht erreichen, und das ist auch nicht unsere Absicht. Sobald sie wieder geschossen haben, werden Ihr und ich durch die Tür dort gehen. Ich vermute, sie führt auf die Wehrgänge. FitzAldelm kann den nächsten Mann schützen, der das Gleiche für den Nachfolgenden tut, und so weiter. Es dauert nicht lange, und unser ganzer Trupp hat dieses Stockwerk erreicht. Alle unversehrt, so Gott will.«

Die Armbrustschützen drückten ab. Ein Bolzen traf meinen Schild, durchschlug ihn fast ganz und prellte mir durch den Panzerhandschuh die Finger. Der andere prallte von der Seite meines Helms ab, traf meine Schulter und fiel zu Boden. Wieder klingelte es in meinem Kopf, und ich war froh, Richard folgen und FitzAldelm der Gnade der feindlichen Armbrüste zu überlassen. Mit Glück, dachte ich, findet einer eine Schwachstelle in seiner Brünne.

Die Tür öffnete sich zu einer kleinen, leeren Vorkammer, bei der es sich um einen Wachraum mit Kamin, Tisch und Hocker handelte. Richard stapfte zu der Tür in der gegenüberliegenden Wand, öffnete sie einen Spalt weit und spähte hinaus.

»Gute Neuigkeiten, Rufus«, sagte er. »Keine zehn Schritte entfernt führt eine Treppe zur Straße hinunter.«

»Feindliche Soldaten, Sire?«

»Ein paar, aber sie sind ein Stück weit entfernt und scheinen recht beschäftigt.« Er lachte leise.

Das war genau das, was ich hören wollte. Der Sturm auf das Haupttor lenkte in der Tat von uns ab.

Lange dauerte es nicht, und der Rest des Trupps schloss sich uns an. Leider hatten wir einen weiteren Mann, Matthew de Sauley, an die Armbrustschützen auf dem Turmdach verloren. Wir waren alle wütend. Ein Ritter sprach sich dafür aus, den Holzboden in Brand zu setzen. Er würde den Turm in eine Flammenhölle verwandeln, sagte er, eine gerechte Strafe für die Geier, die zwei Ritter des Königs erschossen hatten. Richard übersah FitzAldelms zustimmendes Nicken – ich nicht – und schnitt dem Mann wild das Wort ab. Er sagte, auf diese Weise töteten nur Feiglinge.

»Wichtigere Dinge sind zu tun«, fügte er hinzu.

Richard erteilte knappe Anweisungen. Wir sollten dicht beisammenbleiben, nur kämpfen, um uns den Weg nach vorn zu bahnen, zum Haupttor, und keine Anstrengung scheuen, um es zu öffnen. Dann führte er uns durch die Tür.

Ohne Zwischenfall erreichten wir das untere Ende der Treppe und fanden uns auf einer schmalen Kopfsteinstraße wieder. Keine Menschenseele war zu sehen. Häuser standen auf der einen Seite, auf der anderen erhob sich die Stadtmauer mit ihrem Wehrgang. Von ihm drohte uns die größte Gefahr. Jeder Armbrustschütze oder Bogenschütze dort konnte uns ungehindert beschießen.

Als umsichtiger Befehlshaber bemerkte es auch Richard. Er hielt sich am Fuß der Mauer und ließ uns einer hinter dem anderen folgen. Auf diese Weise blieben wir gut eine Viertelmeile ungesehen. Als wir uns einer Kreuzung mit einer Hauptstraße näherten, die nach links führte, ins Innere der Stadt, gab Richard den Versuch auf, sich zu verbergen. Er erteilte den Befehl, eine Linie auf ganzer Breite der Straße zu bilden.

Der offene Platz vor uns war voller Zivilisten und Soldaten der Garnison. Köpfe drehten sich in unsere Richtung. Waffen schwenkten zu uns herum. Jemand forderte uns auf, uns zu ergeben.

Richard rannte los und führte uns direkt gegen sie.

Ein Regen aus Armbrustbolzen und Pfeilen ging auf uns nieder – der Feind auf den Mauern hatte uns entdeckt. Steinbrocken, Mauersteine und Stücke von Dachziegeln wurden von den Dächern und aus den Fenstern auf uns geschleudert. Wir konnten nichts anderes tun, als weiterzustürmen und zu hoffen, dass niemand uns traf.

»De Roverei ist am Boden!«, rief jemand hinter mir.

Ich lief langsamer. De Roverei war ein Freund, ein liebenswerter Kerl mit einer feinen Zunge für Wein.

»Weiter!«, rief eine andere Stimme. »Er ist tot!«

Diese verfluchten Geier, dachte ich und konnte es kaum erwarten, das Schwert zu schwingen.

Die Gelegenheit dazu erhielt ich schon bald. Die Menge eilte vor, um sich uns als gewaltige Welle entgegenzustellen. Richard hielt nicht einmal einen Wimpernschlag lang inne, und wir auch nicht. In Trauer um unsere toten Gefährten hackten wir uns einen blutigen Weg durch die Meute hindurch. Ich schnitt einem Mann, der einen Knüppel schwang, den Arm auf, und während er noch sein Entsetzen hinausschrie, schleuderte ich ihn mit dem Schild zurück gegen einen Kameraden. Torkelnd, den Blick auf mich fixiert, riss er den Mund auf, als meine Schwertspitze ihm in die Augenhöhle drang. Die Grifonen dahinter hatten genug gesehen. Sie machten kehrt und drängten sich zwischen ihren Kameraden hindurch. Damit entfachten sie Furcht, und einige der nächsten Männer gerieten ins Wanken.

Ein kurzes Stück entfernt wütete Richard wie der leibhaftige Schnitter. In einem roten Springbrunnen sprang einem Geier der Kopf von den Schultern. Ein anderer starrte benommen auf die Stelle, wo einmal seine Hand gewesen war. Der König erschlug einen Dritten und einen Vierten. Die vor ihm standen, hatten genug. Vor uns war es genauso. In kürzester Zeit leerte sich die Straße von den Feinden, die uns allein ließen mit den Verwundeten, den Toten und den Sterbenden.

Die Armbrustschützen und die Männer in den umliegenden Gebäuden nahmen den Beschuss wieder auf. Wir schützten uns mit unseren Schilden und rückten weiter auf das Haupttor vor. Die Gefahr ließ nicht nach. Pfeile und Armbrustbolzen summten und pfiffen, versenkten sich dumpf in Schilde oder schlugen auf den Kopfsteinen Funken. Mehrere von uns wurden getroffen, aber die Ringpanzer verhüteten ernsthafte Verwundungen. Aus einem Fenster im ersten Obergeschoss flog ein Tisch und landete mit einem lauten Krachen auf der Straße, nachdem er FitzAldelm knapp verfehlt hatte. Während er noch die Faust nach dem höhnisch lachenden Übeltäter schüttelte, flog ein Schemel mit der Sitzfläche voran auf ihn zu. Das Geschoss streifte ihn, und er musste beiseitespringen, damit ihn nicht ein weiterer Hocker traf. De Béthune rutschte auf dem Inhalt eines Nachttopfs, ebenfalls aus einem hohen Fenster gekippt, aus und landete auf dem Hintern. Er war Gefolgsmann von Richards Vater Henry II. gewesen und davor von Richards älterem Bruder, dem Jungen König, und war ein besonnener Mann mit einem sardonischen Humor. Jetzt allerdings lachte er nicht.

Ich andererseits gluckste so heftig, dass ich ihm nicht aufhelfen konnte.

»Ihr haltet das für lustig?«, fuhr er mich aus seinem Helm an.

»Es tut mir leid …« Ich verstummte, weil mir vor Heiterkeit die Stimme versagte. Ich beherrschte mich, streckte die Hand vor und sagte: »Ich erbitte Eure Verzeihung.«

De Béthune knurrte etwas Obszönes, aber er hob den Arm und ließ sich aufhelfen.

Im nächsten Moment trat ich auf Gott allein weiß welche Ekligkeit und verlor selbst den Boden unter den Füßen. Ich schlug hin, landete wie er mit dem Hintern in der Bescherung.

De Béthune lachte lauter, als ich ihn je lachen gehört hatte.

Mir blieb nichts anderes übrig, als einzufallen.

»Wenn Ihr so weit seid, wir hätten noch eine Aufgabe zu verrichten, Messires.« Der König war jedoch amüsiert und beteiligte sich an den Scherzen, die unausweichlich auf unsere Kosten gerissen wurden.

Auch ein zweiter Zusammenstoß mit einer noch größeren Menge kurz vor dem Haupttor ging gut für uns aus. Ich hege keinen Zweifel, dass sich das Getöse unserer Männer auf der anderen Seite der Tore günstig für uns auswirkte. Der König selbst hob mit meiner und FitzAldelms Hilfe den schweren Torbalken aus den Halterungen und trug ihn zur Seite. Die meisten der brüllenden Soldaten, die vorüberstürmten, sahen Richard nicht einmal. Bellend wie Schweißhunde, die einem Hirsch dicht auf den Fersen sind, stürmten sie in die Stadt. Die Grifonen blieben nicht stehen, um zu kämpfen. Sie flohen, rannten sich in ihrer Panik gegenseitig um und drangen sogar auf unseren Trupp ein. Gnade wurde nicht gewehrt. Schwerter hoben und senkten sich. Grifonen starben.

»Wie das Korn unter der Sense«, sagte Richard. Er machte keinerlei Anstalten, um einzuschreiten.

Die Geier haben es selbst über sich gebracht, dachte ich. Zugleich wandte ich mich von dem Gemetzel ab und versuchte mir einen ähnlichen Sieg über unsere wirklichen Feinde vorzustellen, über die Mamelucken in Saladins Heer.

KAPITEL VII

Schon bald scherzten die Männer, dass der König Messina in kürzerer Zeit erobert hatte, als ein Priester brauchte, um die Matutin zu beten. Selbst wenn es nicht ganz der Wahrheit entsprach, war der Angriff mit bemerkenswerter Geschwindigkeit vonstattengegangen. Dank starker Befestigungen und unzureichender Wurfmaschinen konnten sich Belagerungen monatelang hinziehen. Heute war der Widerstand zusammengebrochen, ehe der Nachmittag dem Abend wich.

Der Schaden war nicht auf die Stadt beschränkt. Einige von Richards Soldaten hatten im Hafen gewütet und die sizilische Flotte in Brand gesteckt. Messina selbst wäre vielleicht ein Raub der Flammen geworden, hätte der König es nicht unterbunden. Die Soldaten hatten es nicht gewagt, sich Richards Befehlen zu widersetzen – in seinem Ringpanzer mit blutbespritztem Surcot bot der König einen Furcht einflößenden Anblick –, und sich ins Heerlager zurückgezogen. Kaum einer von ihnen war nüchtern, die meisten ächzten unter der Last ihrer Beute. Ich sah Männer mit Weinfässern, Fleischkeulen, dicken Mehlsäcken, Tuchballen, Silbergeschirr. Von einem betrunkenen Reiter gejagt, flatterten Hühner laut gackernd in einer Gasse umher. Zwei Bogenschützen torkelten vorbei, kaum fähig, den zusammengerollten Teppich zu bewältigen, der doppelt so lang war wie ein Ochsenkarren.

Als die Sonne zum westlichen Horizont sank, ein flammender Ball in Orange, stand ich mit Richard auf dem Wehrgang über dem Haupttor und sah zu, wie die Banner, die die königlichen und aquitanischen Farben trugen, dort festgemacht wurden. Tancrèdes Wappen war auf die Straße geworfen worden, wo die Reiter sich daran die Stiefel abwischten und lachten. Alte Wut regte sich in mir, und ich fragte mich, ob die Soldaten, die FitzAldelms Bruder Guy angeführt hatte, ähnliche Dinge verübt hatten, während Cairlinn, die Burg meiner Familie, niederbrannte. Ich gestattete mir nicht, darüber zu brüten. Irland war eine halbe Welt entfernt, und Jerusalem musste eingenommen werden.

»Ein guter Tag, Rufus.« Richard stützte die Ellbogen auf die Brustwehr. »Messina gehört mir.«

»Wie es sein sollte, Sire.« Begonnen hatte der König den Kampf nicht, aber beendet und ein umfassendes Massaker verhindert.

»Seht.« Richard wies mit dem Kinn.

Vor dem Tor entdeckte ich zwei Soldaten, die uns beobachteten. Auf beiden Schilden prangte die Lilie.

»Franzosen«, sagte ich.

»Sie spionieren für Philippe.« Ein wölfisches Grinsen trat in Richards Gesicht. »Ob ihm wohl gefällt, was ich hier getan habe, frage ich mich.«

Eine Stunde verstrich. Wir hatten uns gewaschen und umgekleidet und befanden uns im Innenhof von de Muhecs Haus, unserem bevorzugten Sammelplatz. Die Männer verglichen Wunden und Prellungen vom Kampf. Richard kämmte sich vor einem Silberspiegel den Bart. Wein wurde getrunken, gescherzt und gelacht. Zu meiner Erbitterung war dauernd die Rede von Nachttöpfen. Den Aussagen der meisten zufolge würden mein Haubert und de Béthunes Ringpanzer nie wieder so riechen wie vorher.

Rhys war bereits schwer bei der Arbeit und schrubbte meine Rüstung in einem Fass mit Sand und Wasser. Er war nicht zufrieden mit mir, und ich konnte es ihm nicht verübeln. Ein halbes Dutzend Silberpennys werden seine Stimmung bessern, dachte ich und hoffte zugleich, dass seine Anstrengungen von Erfolg gekrönt wären.

Eine Faust hämmerte gegen die Haustür, laut und gebieterisch.

Wir schauten auf den König, der befohlen hatte, niemanden vorzulassen, es sei denn auf seine ausdrückliche Erlaubnis. Als er hörte, dass der Bote von Philippe kam, befahl Richard, ihn fortzuschicken.

Voll Unbehagen sah ich de Béthune an und las von seinen Augen die gleiche Empfindung ab. Keiner von uns mochte Philippe, aber er war unser Verbündeter. Mit Vorbedacht ein Zerwürfnis voranzutreiben nützte niemandem und brachte uns unserem Ziel, der Rückeroberung Jerusalems, nicht näher.

Wir sagten allerdings nichts zu Richard. Er war noch immer in Kampfeslaune.

Nicht lange danach klopfte es wieder.

Ein Wachtposten eilte herein. »Ich wurde gebeten, Sire, Euch mitzuteilen, dass Herzog Hugues von Burgund dort draußen ist. Er sagt, er wird nicht gehen, ehe Ihr miteinander gesprochen habt.«

Der König grinste mich verschwörerisch an, als wollte er sagen: *Was habe ich dir gesagt?* »Er soll hereinkommen«, sagte er.

Herzog Hugues war uns allen wohlbekannt, ganz besonders Richard. Er neigte dazu, bei jeder Gelegenheit in Aquitanien einzufallen, und hatte sich zuvor bereits mit dem Jungen König und dem unangenehmen Raymond von Toulouse verbündet.

Hugues hatte Hängebacken und ein pompöses Gebaren und folgte schnaufend dem Gang.

Als der Soldat ihn ankündigte, schob er sich an ihm vorbei zu Richard. »Sire.« Er beugte das Knie, aber es berührte nicht den Boden.

»Es ist spät für Besuche, Herzog Hugues«, sagte Richard.

»Ja, nun, der erste Bote konnte seinen Brief nicht übergeben, Sire.«

»Wie ich sagte, ist es spät für solche Dinge.« Richards Gesicht blieb ungerührt. »Ist etwas vorgefallen?«

»Ich komme von König Philippe, Sire.«

»Ach, wirklich?« Richard klang überrascht. »Was ist so wichtig, dass es nicht bis zu unserer Beratung morgen warten kann?«

Hugues' Teint verdunkelte sich. »Eure Banner, Sire«, stieß er hervor. »Sie wehen über dem Haupttor der Stadt, aber vom Banner *meines* Herrn ist nichts zu sehen.«

Richard sah ihn verblüfft an. »In der heutigen Beratung legte Philippe großen Wert auf seine Weigerung, sich einzumischen. Nicht ein einziger seiner Soldaten half uns, den Aufruhr niederzuschlagen. Gerüchteweise heißt es sogar, seine Männer hätten heute meine Schiffe daran gehindert, in den Hafen einzulaufen.«

»Daran ist kein Wort wahr, Sire.«

»Ich habe weder die Zeit noch die Absicht, darüber zu streiten. Ich erkenne aber auch keinen Grund, weshalb Philippes Banner dort oben hängen sollten.«

»Aber er ist vor den Augen Gottes und der Menschen Euer Herr, Sire.« Hugues meinte damit das Lehnsverhältnis, durch das Richard seine Gebiete auf dem Festland – die Normandie, die Bretagne, Aquitanien und den Rest – von Philippe erhalten hatte. Dabei handelte es sich um einen rein rechtlichen Standpunkt. Richard war bei Weitem mächtiger als der französische König.

»Das ist er, und ich liebe und verehre ihn dafür.« Richard klang aufrichtig, aber jeder Anwesende wusste, dass er log.

»Wenn Ihr den höheren Rang des Königs respektiert, Sire, sollten seine Banner die Euren auf den Zinnen ersetzen.«

»Er weigerte sich, am Kampf teilzunehmen. Auch versagte er den Normannen seinen Schutz, obwohl sie ihn darum anflehten. Und jetzt erhebt er Anspruch auf die Beute?«

Tonlos sagte Hugues: »König Philippe ersucht Euch, es sofort ausführen zu lassen.«

»Allein der Gedanke ist absurd.« Richards Tonfall war scharf geworden. »Messina gehört mir. Mir, hört Ihr mich?«

Hugues erbebte vor dem Biss in des Königs Stimme, aber er war noch nicht ganz fertig. »Bei Vézelay, Sire, habt Ihr und König

Philippe geschworen, dass alle Eroberungen gleichmäßig aufgeteilt werden.«

»Alle gemeinsamen Eroberungen.«

»*Alle* Eroberungen, Sire.«

Richard hob den Arm. »Ihr könnt Euch meinetwegen den Kopf an der Wand dort einschlagen. Meine Banner bleiben, wo sie sind. Allein. Nun, sofern Ihr nicht noch etwas zu sagen habt …«

Unzufrieden, aber machtlos murmelte Hugues einen Abschied und eilte davon.

»Ah, ich möchte eine Fliege an der Wand sein, wenn Philippe das hört.« Richard machte keine Anstrengung, die Stimme zu senken.

Ich liebte und verehrte den König, aber bei Anlässen wie diesem neigte er zu überbordendem Hochmut. Ich sah de Béthune an, dass er meine Bedenken teilte, und wegen de Chauvignys verschlossenem Gesicht vermutete ich, dass er der gleichen Ansicht war. Die beiden verstanden sich jedoch besser darauf, ihre Gefühle zu verbergen. Kaum schaute Richard in meine Richtung, war ich verraten. Er winkte mich mit gekrümmtem Finger heran.

Widerstrebend überquerte ich das Mosaik. »Sire?«

»Ihr findet, ich verhalte mich unklug.« Sein Ton war unverkennbar feindselig.

Ich schäumte innerlich. Sollte ich auf ewig verflucht sein, dass meine Empfindungen so offensichtlich waren? Ich suchte verzweifelt nach einer überzeugenden Antwort. »So ist es nicht, Sire.«

Er schnaubte. »Bei Herzog Hugues' Aufbruch saht Ihr höchst unzufrieden aus.«

»Er war Euch gegenüber unhöflich, Sire.« Ich wich dem eigentlichen Thema aus. »Das gefiel mir nicht.«

»Haltet Ihr mich für einen Jüngling, der noch nicht trocken hinter den Ohren ist? Das war doch nicht alles.«

»König Philippe ist im Unrecht, Sire.«

»Allerdings. Ob er mein Lehnsherr ist oder nicht, er besitzt kein Recht zu verlangen, dass seine Banner anstelle meiner Banner gehisst werden.«

»Das hat er nicht, Sire«, stimmte ich ihm zu.

»Aber?«, fragte Richard herausfordernd.

»Philippe ist Euer Verbündeter, Sire.«

»Bei Gottes Beinen!« Aufgebracht, wie er war, begann Richard eine Tirade gegen den französischen König. Seine Weigerung zu helfen, den Aufruhr niederzuschlagen. Wie lange er schon Ränke gegen Richard schmiedete. Gut denkbar, dass er sich auf Sizilien mit Tancrède verschworen hatte. Philippe sei ein Halunke und Betrüger, erklärte der König, der selbst mit dem Teufel einen Handel schließen würde, wenn er es für vorteilhaft hielt.

»Er ist alles, was Ihr sagt, Sire, aber ...« Ich verstummte und ließ die Andeutung stehen, dass Philippe und Richard Verbündete waren, die sich Treue geschworen hatten.

»Der Schurke hat keinerlei Anrecht auf den Reichtum von Messina!« Der König erging sich in einer zweiten Tirade, aber diese war nicht so lang. Sein rasch entflammender Zorn verebbte, wie es üblich war – und wie ich gehofft hatte.

Aus dem Minarett einer nahen Moschee ertönte der gespenstische Ruf des Muezzins zum Gebet. *»Hai ala-as-salah! Allahu-akbar! La ilaha illa'allah!«*

Richards Miene wurde nachdenklich. »Die Männer in Outremer, die diesem Ruf folgen, sind unsere wahren Feinde.«

»Das sind sie, Sire«, sagte ich ermutigt, »und wir benötigen unsere ganze Kraft, um sie zu besiegen.«

Ein amüsiertes Schnauben.

Ich sah ihn an.

»Die Aussicht auf einen Sieg über Saladin ist größer mit Philippes Heer an der Seite meiner Armee«, erklärte der König.

Endlich kommt er zu Besinnung, dachte ich erleichtert. Und gewiss, seine üble Laune verflüchtigte sich und wich einer gelösteren Stimmung.

»Ich war zornig auf Philippe – und bin es immer noch –, aber das ist kein Grund, ihn wie einen Knecht zu behandeln«, sagte Richard. »In der Tat hat er das Recht, die Hälfte dessen zu verlangen, was wir diesem Äffchen Tancrède für Messina abpressen können. Ich werde es ihm am Morgen sagen. Nur zweifle ich, dass Philippe sich damit zufriedengibt – er ist zu stolz und eigensinnig. Der Augenschein ist alles für ihn.«

»Er wird weiterhin grollen, dass seine Standarten nicht über dem Haupttor flattern, Sire«, stimmte ich zu. »Wenn es eine Möglichkeit gibt, seinem Stolz zu schmeicheln, ohne ihm die Befriedigung zu gönnen, dass seine Banner neben Euren wehen …«

Nach kurzer Überlegung funkelten Richards Augen vor Entzücken. »Ich werde den Templern und Johannitern Nachricht senden. Bis eine Einigung mit Tancrède erzielt wird, soll die Verwaltung von Messina in den Händen der Orden liegen, und allein ihre Banner sollen auf den Mauern wehen. Dagegen kann Philippe nichts einzuwenden haben.«

Beim Rat am nächsten Tag akzeptierte der französische König Richards Angebot, wenn auch sehr steif. Dennoch wurde die Abmachung getroffen, und sie tauschten den Friedenskuss. Die Ritterorden waren mehr als erfreut, die Herrschaft über die Stadt zu erhalten.

»Sie ergreifen jede Gelegenheit, Geld einzunehmen«, sagte Richard zu mir. »Das Heilige Land leert ihre Kassen in Windeseile. Die fränkische Bevölkerung dort schrumpft seit Generationen zusammen, müsst Ihr wissen, und die Templer und Johanniter mussten eine immer weiter wachsende Rolle in der Verteidigung des Königreichs einnehmen.«

»Ihre Soldaten werden einen wichtigen Teil des Heeres stellen, nicht wahr, Sire?« Als der König nickte, fragte ich weiter: »Wird de Nablus Euch auf dem Schlachtfeld gehorchen, Sire?« De Sablé würde es tun, so viel wusste ich, denn er hatte seine Stellung Richards Einfluss und seinen Spenden an den Orden zu verdanken. Mit de Nablus verhielt es sich anders. Der Großmeister der Johanniter war kein unreifer Jüngling, der sich leicht führen ließ.

Richard lächelte. »Ich denke, das wird er.«

»Ihr *wünschtet*, dass die Orden ihre Standarten auf die Wälle stellen, Sire.« Ich grinste. »Damit ständen sie in Eurer Schuld.«

»Ihr durchschaut meine Absichten, Rufus«, sagte er verschlagen.

Ich warf einen Seitenblick auf den französischen König. Ihm merkte ich einen schwelenden Groll an, obschon er mit den Bedingungen einverstanden gewesen war. Kaum vorzustellen, dass Richards nächste Absichten ihn zufriedener stimmen sollten. Als Erstes sollten aus den wichtigsten Familien Messinas Geiseln genommen werden und für das Wohlverhalten der Stadtbewohner bürgen. Sie würden in unserem Lager festgehalten werden. Zweitens wurde ein großer Turm auf einem Hügel errichtet, der die Stadt überblickte, ein Ort, von dem unsere Soldaten Messina bewachen konnten. Eine noch öffentlichere Erklärung für Richards Dominanz ließ sich nur schwer vorstellen. Ich sagte mir, dass die Reichtümer, die Philippe versprochen worden waren, ihn zufriedenstellen würden und er keinen großen Wert auf solche Einzelheiten legen würde, aber meine Sorgen blieben bestehen.

Dem Namen nach war er Verbündeter, aber er wirkte mehr wie ein Feind.

Am folgenden Tag, dem 6. Oktober, traf Tancrèdes Antwort auf Richards Forderungen ein. Der König war sehr zufrieden, unternahm aber keine Anstalten, Philippe über den Inhalt des Briefes in Kenntnis zu setzen, oder auch nur einen von uns. Vielmehr brach er nach Bagnara auf und nahm nur wenige Männer und Pferde mit. Ich gehörte dazu, ebenso Rhys und Philip.

FitzAldelm war zu meiner Genugtuung nicht dabei. Der

Schnitt in seiner Wange hatte sich entzündet, und auf Anweisung des Arztes lag er im Bett. Leider muss ich sagen, dass seine Krankheit nicht lebensbedrohlich war. Sein Terrier P'tit – was »klein« bedeutete – blieb Tag und Nacht an seinem Lager, eine Eigenschaft, die ich trotz meines Hasses auf den Besitzer des Tieres herzerwärmend fand. Philips Vermutung hatte sich als richtig erwiesen: P'tit war ein liebes Tier, neigte aber zu unaufhörlichem Kläffen, wenn es etwas erregte.

Als wir durch den Torbogen ins Kloster bei Bagnara ritten, war ich bis zum Zerreißen angespannt über die Aussicht, Joanna wiederzusehen. Rhys, Philip und die anderen Knappen blieben zurück und kümmerten sich um die Pferde, während de Chauvigny, de Béthune und ich Richard zur Unterkunft des Abts folgten, den edelsten Räumen im Kloster.

Der König nahm den Gruß der Reiter vor der Tür entgegen und befahl ihnen, auf ihrem Posten zu bleiben. »Ich bin hier, um meine Schwester zu überraschen«, sagte er mit einem Grinsen zu mir.

»Sie wird sich freuen, Sire.« Ich hoffte, Joanna würde sich auch freuen, mich zu sehen.

Wir schlichen unbemerkt hinein. Das Knarren der Tür ging in der leisen Musik unter, die drinnen gespielt wurde. Zwei Dienerinnen, die am Eingang bereitstanden, sahen Richard aus weit aufgerissenen Augen an, doch er hob einen Finger an die Lippen, während sie noch niederknieten.

»Wartet hier«, flüsterte er uns zu.

Joanna war mit ihren Hofdamen am anderen Ende des Raums. Einige saßen auf den Fensterbänken, andere nahe bei der Harfnerin. Die meisten stickten, aber zwei spielten Schach. Joanna hörte Richard nicht, bis er fast vor ihr stand, und sie sprang mit einem frohen Jauchzen auf. Unbeachtet fiel ihre Stickerei auf den binsenbestreuten Boden.

»Richard!« Sie schlang die Arme um ihn.

»Ah, es ist schön, dich wiederzusehen, Mädchen.« Er zog sie an sich.

»Du hast dein Kommen nicht angekündigt.« Mit besorgter Miene trat Joanna zurück. »Ich vermute, du bringst schlechte Nachrichten. Wir haben gestern den Rauch gesehen – ist Messina gebrandschatzt worden? Wurden viele Menschen getötet?«

»Sorge dich nicht«, sagte Richard sanft. »Ich bringe ausgezeichnete Neuigkeiten.«

Ihr Gesicht hellte sich auf. »Bist du allein gekommen?« Als sie uns erblickte, schalt sie ihn. »Denkst du so gering von deinen Rittern, dass du sie wie unwillkommene Gäste an der Tür stehen lässt?«

Richard winkte uns, und wir durchquerten den Raum, um Joanna zu grüßen. Sie war eine himmlische Erscheinung mit goldenen Haaren in einem blassblauen Kleid und weichen Lederschuhen. Beide knieten wir nieder.

»Erhebt Euch, erhebt Euch«, sagte Joanna freundlich. »Ihr müsst durstig sein nach eurer Reise.«

Richard zog eine Braue hoch. »Messina ist nur einen kurzen Weg entfernt.«

»Das macht es noch schlimmer, dass du mich nie besuchst!« Höchst undamenhaft versetzte sie ihm einen Ellbogenstoß in die Rippen.

Um eine Antwort verlegen, sagte Richard: »Mädchen, ich war beschäftigt.«

So erlebte man den König wahrlich nur selten, und ich tauschte einen amüsierten Blick mit de Béthune. Ihr kecker Geist machte Joanna nur umso anziehender.

Süßer Wein wurde gereicht, dazu Gebäck. Wir griffen zu, nur Richard zeigte kein Interesse, so sehr brannten ihm seine Neuigkeiten auf der Zunge. Doch Joanna wollte nichts hören.

»Zuerst berichtest du mir, was in Messina geschehen ist.«

Sie lauschte andächtig, während ihr Bruder ihr die Einnahme

der Stadt schilderte. Richard spielte seine eigene Rolle herunter – wie es seine Gewohnheit war –, erwähnte aber, wie ich ihn aus der Flugbahn eines Armbrustbolzens zog.

»Musst du solche Risiken eingehen?«, fragte Joanna.

Richard zuckte mit den Schultern, und sie machte missbilligend: »Tss!« Ihre blauen Augen – sie waren von der gleichen intensiven Färbung wie bei ihrem Bruder – richteten sich auf mich. »Wie mir scheint, stehe ich in Eurer Schuld, Sir Rufus, weil ihr dafür gesorgt habt, dass ich noch einen Bruder habe.«

Himmlischer Jesus, war sie begehrenswert. Meine Wangen wurden warm. »Der König hat nicht lange danach das Gleiche für mich getan, Madame.«

»Davon müsst Ihr mir später erzählen.« Ein strahlendes Lächeln.

Mein Herz machte einen Satz. »Es wäre mir eine Ehre, Madame.«

Richard schloss die Erzählung ab, indem er voll Freude von seinem Turm erzählte, der Messina überblickte und *Mategrifon* genannt wurde, was *Grifonenzwinger* bedeutete.

»So darfst du ihn nicht nennen, Bruder!«, protestierte Joanna. »Nicht alle Sizilier sind rebellisch oder boshaft. Viele sind gute Menschen – ich habe hier viele Jahre gelebt, vergiss das nicht.«

»Ich weiß, Mädchen, aber die Unzufriedenen unter ihnen haben meinen Männern schwere Übeltaten zugefügt. Eine Botschaft ist nötig, und der Turm liefert sie in gutem Stil. Ich habe keinerlei Absicht, weitere Grifonen zu töten, es sei denn, ich wäre dazu gezwungen. Aber sollten sie sich erneut erheben, dann, bei Gott, nehme ich die ganze Insel ein.«

Richard musste ihr noch ein wenig länger versichern, dass der Frieden wiederhergestellt sei, aber am Ende schien Joanna zufrieden zu sein. »Jetzt kannst du mir sagen, was dich so erregt hat«, sagte sie mit Grübchen in den Wangen.

Richard lachte, und ich riss die Augen von ihr los und tauschte erneut einen Blick mit de Béthune. Es war überraschend und amüsant, mit anzusehen, wie sich der König so bereitwillig ihrem Befehl fügte.

»Ich habe Frieden mit Tancrède geschlossen«, sagte Richard.

»Wenn der kleinere Hund einen Funken Verstand hat, überlässt er den Knochen dem größeren.«

Des Königs Lippen zuckten. »Das ist nicht alles. Als Tancrède dich freiließ, sandte er dein Wittum nicht.«

»Er ist ein geiziger Mann.«

»Das bezweifle ich nicht. Seit den Geschehnissen in Messina betrachtet er es jedoch als angemessen, seine Ansicht neu zu überdenken. Würden zwanzigtausend Unzen Gold dir gefallen?«

»Zwanzigtausend?« Joanna klatschte in die Hände. »O glücklicher Tag! Das hast du gut gemacht, Bruder.«

»Er wird unverzüglich zahlen, aber das ist noch nicht alles«, fuhr Richard fort. »Ich habe ihm weitere zwanzigtausend Unzen abgeluchst.«

»Doch nicht das Erbe, das Guillaume unserem Herrn Vater hinterließ?«

»Genau das. Ich fand, Münzgeld reiche aus als Ersatz für einen Tisch aus purem Gold und einen Seidenpavillon, der zweihundert Männern Platz bietet.«

Verdutzt schaute ich de Béthune an, der mir leise erklärte, dass Joannas verstorbener Gemahl Guillaume lange geplant habe, seinem Schwiegervater ein großzügiges Vermächtnis zu hinterlassen, um ihm bei seinem Vorhaben, Jerusalem zu befreien, zu helfen.

»Hat Tancrède nicht angeführt, dass das Vermächtnis verfallen sei, weil Papa vor Guillaume gestorben ist?«, fragte Joanna.

»Das hat er«, antwortete Richard.

»Du hast ihn gezwungen, es dennoch auszuzahlen?«

»Das habe ich nicht. Ich deutete nur an, Tancrède solle besser zahlen, falls er König von Sizilien bleiben möchte.« Richard lächelte raubtierhaft.

Ihr melodisches Lachen erfüllte den Raum. »Eine Wahl hat er nicht gerade gehabt, Bruder.«

»Ich habe ihm das Abkommen versüßt, indem ich ihn zu meinem Verbündeten machte. Es ist gut möglich, dass wir auf Sizilien überwintern müssen – es erscheint mir kaum möglich, dass Berengaria vor Anbruch des neuen Jahres eintrifft –, und auf diese Weise wird das Leben erheblich leichter sein. Hätte ich Tancrède gedemütigt, wäre er zu Philippe ins Bett gestiegen. Geheime Gespräche hatten die beiden bereits geführt, wenn ich meinen Spionen glauben darf. Damit ist es nun vorbei.«

»Tancrède gibt dir das Gold. Was erhält er dafür?«

»Eine seiner Töchter wird meinen Erben heiraten, wenn sie in dem Alter ist.«

»John ist bereits verheiratet.«

»Von ihm spreche ich nicht.«

»Von wem dann?«, fragte sie erstaunt.

»Ach, Mädchen, ich vergaß, wie weit weg von zu Hause du hier bist. John ist nicht über den Weg zu trauen.«

Joanna runzelte die Stirn. »Ich erinnere mich an ihn als einen süßen, pausbäckigen Engel.«

Ich verbarg meine Belustigung, doch Richard schnaubte.

»Vielleicht war er das vor langer Zeit, aber er ist es schon längst nicht mehr, dieser Schnösel. Aus diesem Grund und vielen anderen ist er nicht mein Erbe – das fällt an Arthur von der Bretagne.«

»Bruder Geoffreys Sohn?« Als Richard nickte, fuhr Joanna fort: »Er kann doch höchstens zwei oder drei Jahre alt sein.«

»Drei.«

»Ein Kleinkind. John wird nicht sehr froh über deine Entscheidung sein. Er ist ein erwachsener Mann.«

»Er wurde ausreichend entschädigt, bevor ich aufbrach. Vier Grafschaften und mehr gab ich ihm. Aber genug von John.«

Sie nickte. »Es ist offensichtlich, wie Tancrède von einer Heiratsallianz profitiert. Mit dir als seinem Schild hat er von der Familie Hohenstaufen und ihren Ränken auf der Insel wenig zu befürchten. Was bringt das Abkommen dir ein?«

»Abgesehen von zwanzigtausend Unzen Gold?«

Sie verzog das Gesicht. »Vergiss nicht, dass dein Tun den deutschen Kaiser verärgern wird. Constance *ist* die rechtmäßige Erbin des Throns.«

So seltsam es erschien, Joanna besaß keinen Rechtsanspruch auf Sizilien.

»Mir ist gleichgültig, was Barbarossa denkt. Ich bezweifle, dass er sich viele Gedanken um mich macht. Falls es Zwist zwischen uns gibt, können wir ihn im Outremer beilegen.« Friedrich Barbarossa befand sich bereits auf der Reise ins Heilige Land.

»Dennoch ist Tancrèdes Tochter keine passende Gemahlin für deinen Erben, Richard.«

»Solche Ehen kommen nur selten zustande, und Arthur ist erst drei. Außerdem heirate ich bald selbst. Wenn Gott will, habe ich einen eigenen Sohn, bevor das nächste Jahr zu Ende geht.«

»Diesem Tag sehe ich freudig entgegen.« Trotz ihrer Worte lag eine Traurigkeit in Joannas Gesicht.

Richard berührte sie am Arm. »Du hättest dir Kinder gewünscht.«

Sie nickte. »Guillaume und ich waren glücklich miteinander. Es ist grausam, dass ich weder Söhne noch Töchter habe, die mich an ihn erinnern.«

»Grausam in der Tat, aber dir bleibt noch Zeit.«

»Verheirate mich nicht gleich wieder!« Zum ersten Mal wirkte ihre Zuversicht zerbrechlich. »Wir haben uns vierzehn Jahre lang nicht gesehen, Richard. Ich könnte es nicht ertragen, wenn wir so bald schon wieder getrennt wären.«

»Sorge dich nicht, Mädchen«, beruhigte sie der König. »Berengaria wird mit mir reisen, aber mich wird oft der Kampf gegen Saladin in Anspruch nehmen. Mir ist der Gedanke gekommen, dass ihr euch gegenseitig Gesellschaft leisten könntet. Natürlich nur, wenn es dir recht wäre.«

»Um mehr könnte ich nicht bitten.« In Joannas Augen standen Tränen der Freude.

»Dann sind wir uns einig«, sagte Richard zufrieden.

Der König bemerkte mein Entzücken nicht, de Béthune schon. »Seid vorsichtig, Rufus«, flüsterte er mir ins Ohr. »Sie ist die Schwester unseres Königs.«

Ich sah ihn erschrocken an. »Ist es so offensichtlich?«

»Der König hat es nur deshalb nicht bemerkt, weil er nur Augen für Joanna hat. Sosehr er Euch mag, er wäre nicht sonderlich erfreut festzustellen, dass Ihr Gefühle für seine Schwester hegt.«

Ich nickte und glättete mein Gesicht so gut zu einer Maske, wie ich nur konnte. Mein Vorsatz, sie zu ignorieren, hielt jedoch nicht lange an.

Bald darauf musste sich Richard um eine dringende Nachricht aus Messina kümmern. Er erbat die Entschuldigung seiner Schwester und begab sich mit de Béthune in einen Nebenraum. Fast allein mit Joanna – ihre Damen blieben leider in der Nähe –, empfand ich ein Hochgefühl und war zugleich um Worte verlegen.

Sie machte es mir leicht, bat mich, ihr den Angriff auf den Turm aus meiner Sicht zu schildern. Wir gingen hinaus in den Garten, die Blicke der Hofdamen im Rücken. Eine hatte sich erboten, uns zu begleiten, doch Joanna winkte ab. Ich frohlockte. De Béthunes Warnung war schon vergessen. Ein Wandelgang mit Säulen umlief auf allen vier Seiten den Garten aus Kräuterbeeten und Obstbäumen mit einem Brunnen in der Mitte.

Ich begann, indem ich Richards Voraussicht erwähnte, den Turm zu erkunden, bevor es überhaupt erforderlich war.

»Seit seiner Kindheit ist er ein Taktiker«, sagte Joanna.

Ich wollte nicht prahlerisch klingen und überging die ersten Augenblicke unseres Eindringens in den Turm. Sie unterbrach mich lächelnd und befahl mir, die ganze Geschichte zu erzählen, nicht nur einen Teil davon. Ein wenig verlegen gehorchte ich.

»Ihr habt ihm das Leben gerettet?«

»Das würde ich nicht sagen, Madame. Ich habe verhindert, dass ein Armbrustbolzen ihn traf.«

»Ihr treibt ein Spiel mit mir! Auf diese Entfernung war es sehr gut möglich, dass er Richard getötet hätte.«

Ich räumte ein, dass sie recht hatte, und sie schalt mich sanft.

»Fahrt fort.«

Meine Beschreibung, wie der König mich mit seinem Leib deckte, während ich durch die Falltür stieg, brachte sie zum Lachen. Das Gleiche galt für den Moment, als de Béthune und ich mit unseren Ärschen in Pisse und Scheiße landeten – allerdings drückte ich mich anders aus.

»Ihr seid eine Schar von Brüdern«, sagte sie, als ich fertig war. »Ihr, der König und die anderen Hausritter.«

»Das sind wir, Madame«, gab ich ihr bewegt recht. Außer FitzAldelm und de Gunesse, dachte ich.

»Wie lange dient Ihr meinem Bruder schon?«

»Elf Jahre, Madame.«

»Eine lange Zeit. Wie alt seid Ihr, darf ich das fragen?«

»Dreißig, Madame, seit August.« Ich zögerte und fragte: »Und Ihr?«

»Vierundzwanzig.« Sie sah mich von der Seite an. »Seid Ihr verheiratet, Sir Rufus?«

»Nein, Madame. Ich bin der richtigen Dame noch nicht begegnet.«

»Und woher wisst Ihr es, wenn es geschieht?« In ihren Augen lag ein herausfordernder, aber spielerischer Ausdruck.

Ich fand es schwer, ihrem Blick standzuhalten. Sie war mir so nahe – nur eine Armeslänge entfernt –, und wir sprachen von Liebe und Verlangen. »Wenn ich ehrlich sein soll, Madame, ich bin mir nicht sicher.«

Sie lachte. »Soweit es Frauen betrifft, führt Tatenlosigkeit immer zum Scheitern.«

»Vielleicht, Madame, aber es ist die sicherere Möglichkeit.« Ich stellte mir meine Demütigung vor, sollte ich versuchen, ihre Hand zu nehmen, und sie wiese mich ab.

»Auf dem Schlachtfeld geht Ihr Wagnisse ein, Sir Rufus.«

Ich sah sie verdutzt an. »Ja, Madame. Im Krieg muss man das.«

»In der Minne ist es genauso.«

Ich sagte mir, dass ich mir nur einbildete, wie ihr eine Spur von Röte in die Wangen stieg. Unser Gespräch wurde von Richard unterbrochen, der vollendet hatte, was zu tun gewesen war. Laut beschuldigte er mich, ihm die Schwester geraubt zu haben. Natürlich scherzte er nur, aber ich war dankbar, als seine Aufmerksamkeit nicht auf mir verweilte.

De Béthunes Rat kreiste mir durch den Kopf, aber ich schenkte ihm keinerlei Beachtung. Ich vermochte an nichts anderes als an Joanna zu denken und an unser nächstes Wiedersehen.

KAPITEL VIII

Messina, Dezember 1190

Mein Ringpanzer klirrte, als ich die Füße hob und senkte, um das Blut in Fluss zu bringen. Wir hatten frühen Morgen, und der Korridor mit dem Fliesenboden in de Muhecs Haus war eiskalt.

»Sind Eure Zehen schon taub?«, flüsterte de Béthune, der auf der anderen Seite des Kapelleneingangs stand. »Meine sind es.«

»Der König muss halb erfroren sein«, antwortete ich.

»Möglich, aber er ist Gott näher als wir.«

Unser Blick fiel auf die Tür. Richard lag dahinter vor dem Altar, nackt wie an dem Tag seiner Geburt. Er war kurz zuvor eingetreten, um Buße für seine Sünden zu leisten. Wir standen Wache und hatten Befehl, nur Geistliche eintreten zu lassen.

De Béthune hatte mir eben von Richards Bruder, dem Jungen König, erzählt, der vor Jahren auf ähnliche Weise gebüßt habe. Es war ein extremer Weg, um Vergebung zu erflehen, und keiner, bei dem ich mir den König hätte vorstellen können. Andererseits, sagte ich mir, hätte ich niemals erwartet, dass er sich in einem Ausmaß unzüchtig benahm, wie er es seit der Einnahme von Messina an den Tag gelegt hatte. Richard mochte Wein, und wenn die Richtige seinen Blick auf sich zog, auch Frauen. Aber hier war es anders. Abend für Abend Trinkexzesse, und er hatte sich eine schöne halbsarazenische Dienstmagd genommen, mit der er manchmal tagelang in seiner Schlafkammer blieb.

Am vorigen Nachmittag hatte sich die Sache zugespitzt. Der König hatte erklärt, dass er einen klaren Kopf brauche, und befahl, dass er und ich zusammen ausritten. Froh über den kleinen Rückfall in die Normalität und die Aussicht, vielleicht einen Besuch bei Joanna vorzuschlagen – ich hatte sie seit Wochen nicht gesehen –, befahl ich Rhys und Philip, die Pferde zu satteln.

Die Sarazenin wurde zur Vordertür hinauskomplementiert, während wir auf die Straße ritten. Ihr Gesicht war tränenüberströmt, und als sie Richard erblickte, rief sie seinen Namen.

Mit gequälter Miene hatte er sie näher kommen lassen. Selbst von Kummer überwältigt sah sie umwerfend aus. Sie wechselten einige Worte. Sie streckte die Hand aus, die er unbeholfen tätschelte, dann murmelte er einen Abschied und trieb sein Pferd an. Sie lief ihm einen, zwei Schritte hinterher, dann blieb sie stehen. Tränen liefen ihr übers Gesicht.

»Kommt, Rufus.« Richard sprach mit gebieterischer Stimme.

Ich gehorchte. Wir ritten Seite an Seite, und die Grifonen beeilten sich, uns den Weg freizumachen.

Der König hatte kein Wort gesprochen.

Ich kehrte in die Gegenwart zurück und warf de Béthune einen Blick zu. »Was glaubt Ihr, weshalb hat er die Halbsarazenin weggeschickt? Weil er heiraten wird?«

»Das wäre meine Vermutung.«

»Und dennoch ist es durchaus normal, dass Könige sich Mätressen halten, während sie verheiratet sind.«

»Richard ist nicht so, Rufus. Bedenkt, wie er zum Leben steht, zur Führerschaft, zur Politik und zum Krieg. Er stürzt sich kopfüber hinein und versucht, stets der Erste zu sein, der Beste.« De Béthune senkte die Stimme. »Eine Dienstmagd zu pflügen ist kaum, was ein gottesfürchtiger Mann, geschweige denn ein König, tun *sollte.*«

»Uns Ritter seines Hauses kümmert es nicht«, wisperte ich nachdrücklich. »Und ich würde hundert Silberpennys darauf setzen, dass es seinen Soldaten gleichgültig wäre, wenn sie es wüssten.«

»Dennoch. Gestern blickte Richard in den Spiegel seiner Seele, und was er dort sah, gefiel ihm nicht.«

Das war es, dachte ich, denn unvermittelt fiel mir die Begegnung des Königs mit einer Grifonenfrau am Vortag ein. Sie entdeckte Richard, als wir uns dem Haupttor der Stadt näherten. Sie eilte herbei und klammerte sich an sein Bein, weinte und jammerte in schlechtem Französisch. Der König stieß sie nicht von sich, sondern hörte ihr zu. Gemeinsam reimten wir uns zusammen, dass ihr einziger Sohn todkrank war.

»Wir folgten ihr zu ihm«, berichtete ich de Béthune. »Der arme Kerl lag in ihrem Haus, einen groben Verband um den Kopf. Seine Augen waren offen, aber sie stierten ins Nichts. Er sah mehr wie ein Leichnam aus denn wie ein Junge, und doch lebte er noch. Eine Nachbarin kam, die besseres Französisch sprach. Sie konnte uns sagen, dass der Junge – erst dreizehn – auf der Straße war, als unser Angriff erfolgte, und nicht wegkonnte. Einer unserer Soldaten traf ihn mit dem Streitkolben am Kopf. Er wurde als tot zurückgelassen, aber seine Mutter fand ihn und trug ihn nach Hause. Dort hatte er seitdem gelegen, reagierte weder auf Sicht noch Geräusch, gefangen irgendwo zwischen Leben und Tod.«

»Gnädiger Heiland.« De Béthune zeigte eine entsetzte Miene. »Was hat der König unternommen?«

»Er war betroffen. Er bat die Frau um Vergebung, dass ein unschuldiges Kind solch eine schreckliche Wunde erleiden musste, und versprach, seine Ärzte zu entsenden, damit sie schauen konnten, ob etwas zu machen war. Als wir zurückkehrten, ließ er der Frau auch einen Beutel Gold schicken, aber aller Reichtum der Christenheit könnte den Jungen nicht heilen. Der König muss das gewusst haben.«

»Gewiss war es ihm klar – auch, dass der Junge nicht das einzige unschuldige Opfer der Kämpfe gewesen sein kann.«

»Nun verstehe ich, weshalb er dort drin ist.« Ich sollte ebenfalls in der Kapelle sein, dachte ich, als meine eigene schwarze Schuld ihre Krallen in mich schlug. Richard hatte gesündigt, indem er außereheliche Unzucht trieb, aber er hatte keinem Soldaten befohlen, dem Jungen den Schädel zu brechen. Ich andererseits hatte Henry kaltblütig ermordet. Mein Frevel wog weitaus schwerer.

Weiche Schuhe am anderen Ende des Gangs.

»Die Bischöfe kommen«, zischte de Béthune.

Wir strafften den Rücken und blickten reglos nach vorn, Wachen auf ihrem Posten.

Sie kamen alle: Walter von Rouen, Gerard von Auxienne, Jean vom Evreux und ein halbes Dutzend anderer. Hohe Gottesmänner, die Zeuge werden sollten, wie der König seine Sünden beichtete. Bei ihnen war ein sanftmütiger, aber angenehmer Priester namens Ambroise. Er diente Gerard als Schreiber und war stets mit Feder und Pergament beschäftigt.

Ich zog die Tür weit auf, und einer nach dem anderen gingen sie hinein. Als ich sie hinter ihnen schloss, erhaschte ich einen Blick auf den König, der mit dem Gesicht am Boden vor dem Altar lag. Scham erfüllte mich, ihn so zu sehen, und ich wandte die Augen von ihm ab.

Zeit verstrich. Ich wurde der Stimmen gewahr, die im Chor beteten, dass Richard sprach und die Bischöfe antworteten. Die einzelnen Worte konnte ich nicht verstehen, und darüber war ich froh. Was der König sagte, sollte zwischen ihm und Gott bleiben. Die Geistlichen waren lediglich ein Werkzeug des Göttlichen.

Mein Gewissen plagte mich. Ich hätte ebenfalls in der Kapelle auf dem Boden liegen und um Vergebung beten müssen. Immer wieder sah ich Henrys ängstliches Gesicht, hörte sein Flehen um Gnade. Nichts, was er tat, konnte verhindern, dass mein Dolch seine Kehle durchtrennte. Fast spürte ich sein warmes Blut auf meinen Fingern, mit Sicherheit spürte ich den leisen Aufprall, mit dem er auf dem Boden zusammenbrach.

Vage wurde ich gewahr, wie de Béthune die Tür öffnete und die Bischöfe einer nach dem anderen wieder hervorkamen. Ich blinzelte und kehrte in den Korridor zurück. Der König verließ die Kapelle, wieder bekleidet. Er ging mit Erzbischof Gerard, in ein leises Gespräch vertieft. Richards Haltung war voll Zuversicht, seine Gebärden lebhaft. Er war wiederhergestellt. Ich freute mich für ihn.

»Seid Ihr wohlauf, Messire Rufus?« Erzbischof Walters Stimme drang an meine Ohren.

Ich fuhr zusammen. Walter betrachtete mich mit freundlicher Miene.

Ich konnte nur stammeln: »W-wieso, jawohl, mein Herr Bischof.«

»Ihr seid blass wie ein Leichentuch.« Sein Blick bohrte sich in meine Augen, und mit leiser Stimme fragte er: »Liegt dir etwas auf der Seele, mein Sohn?«

Entwaffnet von seinem Scharfsinn, nickte ich.

»Wie viel Zeit ist seit deiner letzten Beichte verstrichen?«

Ich hatte nicht den Mut zu lügen. »Anderthalb Jahre, Herr Erzbischof, wenn nicht länger.«

Ein leichtes Einatmen. »Tritt in die Kapelle, wenn du möchtest.«

Einen Erzbischof konnte ich genauso wenig abweisen wie den König selbst.

Der kurze Gang zum Altar kam mir so verhängnisvoll vor wie der Gang zum Schafott. Mein Mund war trocken, mein Herz hämmerte.

Walter drehte sich zu mir um. »Knie nieder.«

Ich gehorchte und beugte das Haupt. »Segne mich, Vater, denn ich habe gesündigt«, flüsterte ich. Die Worte kamen mir ungewollt über die Lippen. »Ich habe zuletzt vor vielen Monaten gebeichtet.«

»Welche Sünden möchtest du bereuen, mein Sohn?«

Ich starrte in den Abgrund, aber selbst jetzt brauchte ich mein Verbrechen nicht zuzugeben.

Walter war ein kluger Mann. Er sagte nichts, und das Schweigen schwoll an.

»Ich habe gelogen.« Ich nannte eine Reihe von lässlichen Sünden, wie Jünglinge sie begehen. Ich verstummte.

»Gibt es noch etwas?«

Ich wankte. »Niemand wird erfahren, was ich Euch sage, Herr Erzbischof?«

»Nur Gott.«

Ich konnte die Schuld nicht länger ertragen. »Ich habe einen Mann getötet«, flüsterte ich.

»Getötet?« Walter konnte seinen Schock nicht ganz verhehlen. »In einem Kampf?«

»Kaltblütig ermordet.« Ich wollte es erklären, aber die Zunge klebte mir am Gaumen fest. Hier ging es nicht um das Warum meiner schändlichen Tat, sondern nur um das, was ich verübt hatte.

»Und bereust du diese Todsünde?«

Weil ich wusste, dass ein Zögern einen Mangel an Überzeugung verraten würde, und weil ich nicht bereit war, mein Gewissen noch mehr zu erkunden, sagte ich bestimmt: »Von ganzem Herzen bereue ich.«

Schweigen.

Er glaubt mir nicht, dachte ich entsetzt.

Nach einer Ewigkeit, wie es schien, ergriff Walter das Wort. »Deine Buße soll Folgendes sein. Einmal im Jahr, für den Rest deines Lebens, wirst du für eine Messe zahlen, in der die Seele des toten Mannes gepriesen wird. Du musst außerdem ein tapferer Soldat im Dienste des Kreuzes bleiben. Keine Anstrengung darf dir zu viel sein, und du darfst keinerlei Zurückhaltung üben – auch wenn der Preis dafür dein eigenes Leben ist.«

»Das schwöre ich«, sagte ich, und es war mir ernst.

Walter schien mit meiner Antwort zufrieden zu sein. *»Dominus noster Jesus Christus te absolvat«*, stimmte er an und redete mehrere Sätze weiter. Endlich kam die vertraute Wendung: *»Ego te absolvo a peccatis tuis in nomine Patris, et Filii et Spiritus Sancti. Amen.«*

»Amen.« Obwohl ich nur den Schluss verstand – ich spreche dich los von deinen Sünden im Namen des Vaters und des Sohnes und des Heiligen Geistes –, wirkten sie wie Balsam auf meine gequälte Seele. Ich sackte zusammen und ließ die Schultern hängen. Tränen der Erleichterung brannten mir in den Augen.

»Erhebe dich, mein Sohn«, sagte Walter.

Auf zittrigen Beinen gehorchte ich.

Der Erzbischof schenkte mir ein Lächeln mit zusammengepressten Lippen. »Dir ist vergeben worden, mein Sohn, aber Gott sieht dich.«

»Mein Herr Erzbischof.« Voll Unbehagen wartete ich.

»Er wird im Heiligen Land viel von dir erwarten. Wo immer der Feind am dichtesten steht, wo immer die Gefahr am größten ist, dort will der Herr dich sehen.«

»Jawohl, mein Herr Erzbischof.« Damit konnte ich leben. Krieg und Schlacht waren das, was ich kannte. Durch sie konnte ich göttliche Erlösung erlangen. Wenn der Tod mich dabei traf, so sollte es sein.

In mein anscheinend günstiges Geschick kroch eine unangenehme Feststellung. Sosehr ich es auch abzustreiten versuchte, ich bedauerte meine Tat nicht *vollkommen*. Henry leben zu lassen hätte auf immer meinen Platz im Hause Richards und meine Freundschaft mit dem König bedroht. Diese Folgen hinzunehmen war ich nicht bereit gewesen – und war es nach wie vor nicht.

Es tut mir leid, dass Henry tot ist. Ich habe gebeichtet, sagte ich mir, und mir wurde vergeben. Im Heiligen Land entrichte ich meine Buße in Blut. Das wird genug sein.

Hoffte ich.

Zwei Monate verstrichen. Das Jahr unseres Herrn 1190 wich dem Jahr 1191. Mein Schuldgefühl verschwand nicht, aber es ließ nach. Das Leben wurde wieder erträglich, und nachts konnte ich schlafen. Hin und wieder nagte die Schuld an mir, doch dann sagte ich mir, dass meine Sünden mit Sarazenenblut abgewaschen würden. Ich würde in der Grabeskirche von Jerusalem zu Gott beten, der heiligsten Stätte auf Erden, und mir würde noch einmal vergeben.

Die Lage in England blieb unbeständig. Im Dezember hatte Richard eine Botschaft an Longchamp gesandt und ihn informiert, dass Arthur sein Erbe sein sollte. Sein Bruder John brach daraufhin seinen Eid und überquerte das Schmale Meer. Longchamp verzagte vor der Herausforderung aus dem Königshaus und unternahm nichts, um John zur Rückkehr in die Normandie zu bewegen. Mit der Verschlagenheit eines Fuchses hatte John das Schweigen Longchamps ausgenutzt und behauptet, dass es einer Aufhebung des Befehls gleichkomme, der ihm den Aufenthalt in England verbot. Wie Richard wütend bemerkte, flüsterte John vermutlich in diesem Moment jedem Baron und jedem Prälaten, der ihn anzuhören bereit war, süße Worte ins Ohr. Ohne die Möglichkeit, in sein Reich zurückzukehren, plante der König, Erzbischof Walter von Rouen als Justiziar in die Heimat zu entsenden. Er sollte die Macht besitzen, Longchamp zu überstimmen und, wenn nötig, zu entlassen. »Mehr als das kann ich nicht tun«, sagte Richard entmutigt zu mir.

Am Morgen von Mariä Lichtmess, dem zweiten Tag im Februar, überquerte ich den Innenhof von de Muhecs Haus und sah zum Himmel hoch. Er war von einem strahlenden Blau, wie es hierzulande stets der Fall zu sein schien. Die Temperatur war angenehm, meinen Mantel brauchte ich nicht. Von Aquitanien zu dieser Jahreszeit schienen mich Welten zu trennen, ganz zu schweigen von Irland. Mir gefiel das Klima, und das sprach ich auch oft aus. De Muhec lachte, als er es mich zum ersten Mal sagen hörte, und erklärte, dass ich noch keinen sizilischen Sommer erlebt habe. Bis diese Jahreszeit komme, hatte ich ohne nachzudenken entgegnet, sei ich bereits im Heiligen Land. Dort sei es noch heißer, sagte de Muhec darauf lachend, und voller Sarazenen, die mir ans Leder wollten.

Das Gleiche hätte man von den Geiern behaupten können, aber zum Glück herrschte seit den Aufständen im Oktober Frieden. Sehr gut war es gewesen, den Preis für zwei Grundnahrungsmittel einzufrieren, für Brot und für Wein. Der Befehl des Königs, dass alle Waren und Besitztümer, die von seinen Männern geplündert worden waren, zurückgegeben werden mussten, war auch sehr gut aufgenommen worden. Preistreiberei und Wucher waren unterbunden, und Richards Soldaten und Matrosen standen unter dem Befehl, einen strengen Verhaltenskodex einzuhalten. Was die Grifonen betraf, nun, sie hatten gelernt, sich im Zaum zu halten und mit bewaffneten Fremden in ihrer Mitte zu leben.

Trotzdem sind die Einheimischen froh, wenn wir ihrer Insel den Rücken kehren, dachte ich, und wir werden sie auch nicht vermissen. Nach fast einem halben Jahr auf Sizilien konnte ich unseren Aufbruch kaum erwarten.

Jedem Mann im Heer erging es genauso. Zu Weihnachten war die Unzufriedenheit im Lager so groß gewesen, dass der König es für angebracht hielt, nicht nur seinen Rittern reiche Geschenke zu machen, sondern auch den einfachen Soldaten. Durch diese kluge Geste war die Verdrossenheit auf ein Maß abgesunken, das sich handhaben ließ, eine Situation, die mit etwas Glück anhielt, bis Alienor endlich mit Berengaria eintraf.

Nachdem ich mein Frühstück verspeist hatte, suchte ich nach Rhys. Es wurde Zeit, dass ich mir den neuen Schwertgürtel kaufte, den ich mir versprochen hatte, und er hatte von einem ausgezeichneten Riemer in irgendeiner Seitenstraße erzählt. Ich schlug den Weg zu den Stallungen und Werkstätten ein, wo ich ihn am ehesten finden würde, und wurde von Richard in den Hof zurückgerufen. Hinter mir hörte ich einen Hund kläffen. Er klang wie P'tit, aber ich achtete nicht darauf.

Der König stapfte auf und ab, die Hände auf dem Rücken verschränkt. Ein Bote stand bei ihm und erwartete weitere Anweisungen. Ich entdeckte ein Schriftstück, das Richard in der Hand hielt.

»Sire?«

»Gute Nachrichten, Rufus. Meine Mutter und Berengaria sind sicher in Neapel gelandet, Gott sei gepriesen. Innerhalb eines Monats sollten sie hier eintreffen.«

»Das ist frohe Kunde, Sire.« Ich grinste und malte mir die Hochzeitsfeier mit der strahlenden Joanna aus. Ich könnte Gelegenheit erhalten, mit ihr zu sprechen. Meine Stimmung hob sich noch mehr, denn mit der Ankunft der Frauen rückte unser Aufbruch ins Heilige Land näher.

»Ich muss mit Philippe sprechen, und zwar bald. Von Berengarias Ankunft muss er aus meinem Mund erfahren, sonst riskiere ich, dass jemand anderer es ihm zuträgt.«

Der französische König ahnte noch immer nichts von der bevorstehenden Vermählung. Richard hatte viel davon gesprochen, sein Verlöbnis mit Alys, Philippes Schwester, zu lösen, es aber nicht getan. Ich hatte den Verdacht, dass er der Frage auswich.

»Wenn nur die Hälfte der Geschichten über Tancrède wahr sind, Sire, würde ich ihm zutrauen, dass er es Philippe sagt.«

»Durch einen glücklichen Zufall«, sagte Richard, »hat Philippe mich heute Nachmittag zu einem Ausritt eingeladen, zusammen mit einigen Gefährten. Ich werde ein wenig Abgeschiedenheit benötigen – dafür werdet Ihr sorgen, Rufus.«

»Sehr wohl, Sire.«

Ein Posten verkündete die Ankunft der Quartiermeister des Heeres. »Die Pflicht ruft«, sagte der König. »Unterrichtet Philip, dass wir ausreiten. Sagt ihm, den braunen Runtzid soll er satteln, nicht den schwarzen.«

»Jawohl, Sire.« Erneut ging ich zum Stall. Noch war Zeit für den Besuch beim Riemer, bevor wir aufbrachen.

P'tit bellte noch immer, was merkwürdig war. Die Hündin entfernte sich gewöhnlich nicht weit von FitzAldelm.

Meine Neugierde war geweckt. Als ich aus dem Gang zwischen dem Hauptgebäude und den Ställen hervortrat, wurde mir klar, dass das Bellen aus der Heuscheune kam. Stimmen mischten sich darin. Sie jagt Ratten, dachte ich, und FitzAldelm ist bei ihr. Mit ein bisschen Glück beißt ihm eine in den Fuß.

Ich entdeckte Usama, den Stallknecht, der mit Rhys befreundet war und sich vor den Ställen herumdrückte. Kaum sah er mich, kam er hergelaufen, das normalerweise gutmütige Gesicht vor Sorge verkniffen.

»Was ist los, Usama?«

Er zeigte auf die Scheune. »Rhys ist da drin, Herr, mit de Drune«, sagte er in seinem Französisch mit dem starken Akzent. »Sie haben gewürfelt.«

»Und FitzAldelm ist mit seinem Hund hineingegangen?«

Er nickte heftig. »P'tit hat eine Ratte über den Hof gejagt, Herr, und er ist hinter ihr her.«

Sorge packte mich. »Und de Gunesse?«

Ein unbehagliches Nicken. »Er ist da auch drin.«

Ich fluchte und rannte los. Wenn Rhys und de Drune um Geld würfelten, war es keine große Sache. Niemand im königlichen Haushalt beachtete den königlichen Erlass, der das Glücksspiel verbot, es sei denn, ein Hofbeamter war dabei. FitzAldelm und de Gunesse würden die Sache jedoch erheblich kleingeistiger behandeln.

Drinnen sah ich keine Spur von P'tit, aber ich hörte gedämpftes Bellen. Sie wird irgendwo hinter dem Heu sein, dachte ich.

FitzAldelm und de Gunesse standen mit dem Rücken zu mir. Rhys und de Drune knieten vor ihnen am unteren Ende einer Leiter, die auf den Heuboden führte. Die beiden haben dort oben gewürfelt, sagte ich mir, und wurden entdeckt, bevor sie sich verbergen konnten. Belustigung überfiel mich. Nicht zum ersten Mal waren FitzAldelm, Rhys und ich in einem Heuschober, auch wenn mein Feind davon nichts ahnte.

FitzAldelm trat vor, und ich sah mit Entsetzen die kurze Pferdepeitsche in seiner Hand. Er holte mit dem rechten Arm aus, und ich brüllte: »Halt!«

Der Hieb fiel nicht. FitzAldelm drehte sich um. Verächtlich verzog er seinen kleinen Mund. »Ah, Rufus. Ich fragte mich schon, wo Ihr bleibt.«

»Was in Gottes Namen tut Ihr da?«, rief ich und trat vor, bis mich nur ein geringer Abstand von ihm trennte. Hinter FitzAldelm konnte ich Rhys sehen, der vor Wut fast platzte. De Drune zeigte eine stoische Miene, das Gesicht eines Mannes, der erduldet, woran er nichts ändern kann. Beiden waren die Hände vor dem Bauch gefesselt.

»Einen Vorgeschmack auf die Strafe vollziehen, die sie erwartet, nichts weiter.« FitzAldelm grinste. »Seht Ihr, ich habe die Buben erwischt, wie sie würfelten. Morgen wird der erste von drei aufeinanderfolgenden Tagen sein, an denen sie nackt den Gassenlauf durch die Armee ablegen müssen. Was freue ich mich auf den Anblick.«

Ich schob mich wortlos vorbei und löste Rhys mit meinem Dolch die Fesseln.

»Diese Männer sind meine Gefangenen!«, herrschte FitzAldelm mich an.

Ich achtete nicht auf ihn. Ich wollte gerade de Drune befreien, aber mit einem Zucken seiner Augen warnte er mich.

Rasch nahm ich den Dolch in die linke Hand. Als de Gunesse mich auf derselben Seite an der Schulter packte, wand ich mich heftig herum und befreite mich aus seinem Griff. Luft pfiff ihm aus dem Mund, als ich ihm die rechte Faust in den Magen rammte. Er ging zu Boden wie ein Ochse, dem der Schlachter den Dorn ins Gehirn hämmert. Ich sah über seine liegende Gestalt hinweg zu FitzAldelm und forderte ihn mit Blicken auf, nur zu kommen. An meiner Seite spürte ich Rhys, streitlustig wie ein Hund in einer Kampfgrube. Zum ersten Mal seit Vézelay scherten mich die Folgen nicht. Ich werde ihn ausweiden, dachte ich. Ausweiden und zusehen, wie der Bastard an der eiternden Bauchentzündung stirbt, die darauf folgt.

FitzAldelm sah mir meine Absicht an und rührte sich keinen Zoll. »Das wird der König erfahren!« Seine Stimme war fast so schrill wie die einer Frau, eine Mischung aus Empörung und Angst.

»Auch ich werde mit Richard sprechen«, sagte ich mit ruhiger Stimme, »und ihm berichten, wie mein Knappe und ein treuer Reiter sich bei einem ruhigen Würfelspiel vergnügten, das ich ihnen erlaubt hatte. Ich hatte ihnen zugesehen, aber der Ruf der Natur zwang mich, hinauszugehen. Bei meiner Rückkehr fand ich Euch und de Gunesse vor, wie ihr sie prügeln wolltet.«

»Lügner! Wir sind hier einige Zeit gewesen, und von Euch war keine Spur zu sehen.«

»Ich sage die Wahrheit«, log ich ungeniert, »und das werde ich vor dem König beschwören.«

»Es stünde das Wort zweier gegürteter Ritter gegen das eines einzelnen«, stieß FitzAldelm hervor. Er sah de Gunesse an, der sich wieder rührte. »De Gunesse wird meine Aussage Wort für Wort bestätigen.«

»Und Rhys und de Drune werden meine bestätigen. Das macht drei gegen zwei.«

FitzAldelm stieß einen verächtlichen Laut aus. »Das Wort gemeiner Soldaten zählt nichts gegen das eines Edelmanns. Die beiden werden bestraft, und Ihr auch, weil Ihr einen anderen Ritter angegriffen habt.«

»Wir werden sehen, wem Richard glaubt.« Ich hoffte, dass ich zuversichtlicher klang, als ich mich fühlte.

»Zwei gegen einen«, wiederholte FitzAldelm mit Frohlocken im Gesicht.

»Was höre ich da? Zwei gegen einen?«, rief eine Stimme.

Herein kam André de Chauvigny, der Cousin des Königs. Sein

Blick wanderte über uns hinweg: de Gunesse halb bewusstlos am Boden, de Drune noch immer auf den Knien mit gebundenen Händen, Rhys neben mir und ich mit blanker Klinge in der Hand vor FitzAldelm. P'tits gedämpftes Kläffen riss nicht ab.

»Das ist eine eigenartige Szene, so viel steht fest«, sagte de Chauvigny. »Ist alles recht, Rufus?«

»FitzAldelm bezichtigt mich der Lüge. Er behauptet, ich hätte meinen Knappen Rhys und diesem Reiter nicht die Erlaubnis gewährt, auf dem Heuboden zu würfeln.«

De Chauvigny machte ein erstauntes Gesicht. »Und doch hörte ich es Euch vor gar nicht langer Zeit sagen.«

FitzAldelm bemerkte meine Überraschung – ich weiß es, weil in seinen Augen unverhohlene Wut aufblitzte. Er sah de Chauvigny an, der den Blick mit ungerührter Miene erwiderte, und wandte sich mir wieder zu.

»Nun?«, fragte ich FitzAldelm. »Kann dieser erbärmliche kleine Zwischenfall vergessen werden, oder sollen wir damit vor den König treten?«

»Reden wir nicht mehr davon«, antwortete er, und jedes einzelne Wort klang, als würde es ihm mit der Zange aus dem Maul gerissen.

Mit einem höflichen Nicken zu FitzAldelm und dem Versprechen an mich, dass wir später reden würden, verließ de Chauvigny uns.

»Gut.« Ich wies hinter meinen Feind. »Ihr solltet Euch um P'tit kümmern. Sie hinkt.«

Sein Terrierweibchen war endlich aus dem Halbdunkel im hinteren Teil der Scheune hervorgekommen. Ihr Maul war blutig, sie hatte Bisswunden auf ihren Vorderbeinen, aber sie wedelte mit dem Schwanz, als sie ihren Herrn sah. FitzAldelm nahm sie so sanft wie ein Neugeborenes auf und flüsterte ihr ins Ohr, während er den Schuppen verließ. De Gunesse lag noch immer vor meinen Füßen.

»P'tit geht von einer toten Ratte zu einer lebendigen«, murrte Rhys.

»Behalt solche Gedanken für dich«, warnte ich ihn.

Mit dem Mund bildete er lautlos die Worte: *Eines Tages bringe ich ihn um.*

De Drune hatte es gesehen. »Ich helfe dir.« Er hielt mir die Handgelenke hin, damit ich seine Fesseln durchschneiden konnte.

»Nein«, sagte ich mit Nachdruck und fügte hinzu, flüsternd, falls de Gunesse zuhörte, »das ist meine Aufgabe. Rhys?«

Er sah mir widerwillig in die Augen. »Ich habe verstanden.«

»Das will ich hoffen.«

Unser Ausritt an jenem Nachmittag erwies sich aus mehr als einem Grund als erinnernswert. Im Zentrum stand eigenartigerweise weder Richards Verlöbnis mit Alys noch seine Absicht, Berengaria zu ehelichen, sondern ein spontanes Turnier zwischen uns und den Franzosen. Dass es dazu kam, ist Guillaume des Barres zu verdanken, einem der berühmtesten Ritter von Frankreich. Er hatte eine breite Brust und einen unmodischen langen Bart, und ich hatte ihn als höflichen, amüsanten Menschen kennengelernt. Als er einen Bauern auf der Straße entdeckte, der den Karren voller Zuckerrohr hatte, schlug des Barres lachend vor, dass wir es in einem Wettstreit gegeneinander als Lanzen benutzen sollten.

Monate der Untätigkeit hatten zur Folge, dass wir uns auf den Gedanken stürzten, und bevor Richard oder Philippe etwas einwenden konnten, hatten sich die beiden Gruppen, Franzosen und Engländer, bewaffnet und stellten sich gegeneinander auf.

Erwähnenswert ist, dass Richard und des Barres eine Vorgeschichte hatten. Der Franzose hatte den König bei Châteauroux überwunden, dem schrecklichen Ort, an dem ich Liath Macha verlor, mein tapferes Pferd. Er war auch einmal von Richard gefangen genommen worden und hatte sein Wort gegeben, nicht zu fliehen. Als sich ihm die Gelegenheit aber bot, war des Barres auf einem gestohlenen Pferd entkommen. Der König hegte seitdem einen Groll gegen ihn, und als sich der Franzose bei seinen Gefährten einreihte, schloss sich Richard uns rasch an.

Zu unserem Erstaunen misslang dem König nicht nur wiederholt, des Barres vom Pferd zu stoßen, er hätte beinahe selbst wegen eines losen Sattelgurts den Halt verloren. Rasend vor Wut verfluchte er den Franzosen und befahl ihn vom Feld. Hinterher hatte er in unmissverständlichen Worten von Philippe verlangt, des Barres nach Frankreich zurückzuschicken.

Nach diesem öffentlichen Wortwechsel erschien es unmöglich, dass Richard von Philippe die Erlaubnis erhielt, sein Verlöbnis mit Alys aufzuheben. Das Thema hatte nicht die geringste Aussicht, angesprochen zu werden.

Untereinander raunten wir Ritter, dass Berengarias Ankunft und die königliche Hochzeit die Lage nur weiter verschlimmern würden, wenn dieses Hindernis nicht vorher beseitigt werden konnte. Philippe würde nicht in der Gesellschaft eines Mannes ins Heilige Land ziehen, der seine Schwester so beleidigt hatte, und Richard konnte nicht allein seinem Reich fernbleiben. War Philippe wieder in Frankreich, schwebten Richards Ländereien in Gisors und im Vexin, um nur zwei zu nennen, in großer Gefahr, besetzt zu werden.

Wurde keine Einigung erzielt, waren unsere Aussichten, jemals das Heilige Land zu erreichen, geschweige denn, Jerusalem einzunehmen, denkbar gering.

KAPITEL IX

Nahezu ein Monat verstrich, und wir hatten Sizilien noch immer nicht verlassen. Joanna hatte ich nur selten zu Gesicht bekommen, und aus Gründen, die unklar blieben, verzögerte sich die Ankunft von Königin Alienor und Prinzessin Berengaria. König Richard und Philippe hatten sich mehrmals getroffen und waren meist in Bitterkeit geschieden. Die Zukunft unseres kühnen Vorhabens blieb fraglich.

Eines Abends kam es am Hafen zu Handgreiflichkeiten zwischen Banden aus pisanischen und genuesischen Matrosen und Besatzungsmitgliedern englischer Schiffe. Allgemein wurde anerkannt, dass die Italiener die Händel begonnen hatten. Die Unruhen breiteten sich so sehr aus, dass Richard sie nicht vor dem folgenden Morgen niederwerfen konnte, und nötig war dazu eine starke Streitmacht von Kriegern zu Pferd. Dutzende von Männern auf beiden Seiten wurden getötet, eine unselige Vergeudung, wie Richard die pisanischen und genuesischen Kapitäne anbrüllte. Der König erlegte den zerknirschten Schiffsführern eine hohe Geldstrafe auf, verlangte, dass ein Dutzend Rädelsführer unter den Matrosen vor Gericht gestellt und gehängt würde, und entließ die Kapitäne.

»Bei Gottes Beinen.« Er schlug mit der Faust auf den Tisch. »Ich habe nicht das Kreuz genommen, um gegen Christen zu kämpfen!«

»Wir empfinden alle wie Ihr, Sire«, sagte ich. Auf die schlecht bewaffneten Pisaner und Genueser loszugehen hatte uns keine Freude bereitet.

»Es wäre besser, wenn wir sogleich ins Heilige Land aufbrächen, aber ich muss auf meine Mutter und die Prinzessin Berengaria warten. Ich weiß nicht, welches Spiel Tancrède treibt, dass er ihre Ankunft derart verzögert. Verflucht soll er sein!«

Richard bezog sich auf eine Nachricht, die ihm kurz zuvor überbracht worden war, von einem anderen Philippe, dem Grafen von Flandern. Wir waren ihm bei Châteauroux bereits begegnet, als der französische König und Richards Vater beinahe gegeneinander in den Krieg gezogen wären.

Graf Philippe zufolge hatten Alienor und Berengaria Neapel erreicht, von wo es nur eine kurze Reise nach Messina war. Von Tancrèdes Beamten beschieden, dass es an Bord der Schiffe, die sie abholen sollten, zu wenig Platz gebe, waren sie auf dem Landweg nach Brindisi gereist, wo sie seither weilten. Da er seine eigene Reise ins Heilige Land nicht verzögern wollte, war Philippe direkt nach Sizilien gekommen und hatte zuerst Richard aufgesucht, denn sein Verhältnis zu seinem Namensvetter König Philippe von Frankreich war schlecht.

»Was werdet Ihr tun, Sire?«, fragte ich.

»Mich mit Tancrède treffen, ihm falls nötig an den dürren Hals fahren und die Wahrheit aus ihm herausquetschen. Mich würde es nicht überraschen, wenn Philippe die Hand im Spiel hätte. Er ist nicht zufrieden, solange er nicht im Kochtopf rührt. Aber das Spiel können zwei spielen. Ich kann noch immer die Sache mit Alys zu meinem Vorteil nutzen.«

Wie er das erreichen wollte, konnte ich mir nicht vorstellen.

Für mich war das Verlöbnis des Königs nur ein weiterer Grund, weshalb das französische Kontingent niemals ins Heilige Land aufbrechen würde.

Noch ein Grund mehr, weshalb sich die Einnahme von Jerusalem als unmöglich erweisen würde.

Eine Woche darauf nahm Richard mich nach Catania mit, einer Stadt südlich von Messina, wo er sich mit Tancrède traf. Unsere

Gruppe bestand aus Erzbischof Walter, de Béthune, de Chauvigny und Philippe, dem Grafen von Flandern. Der König von Sizilien war so missgestalt, wie die Geschichten über ihn behaupteten. Er war klein, mit kurzen Beinen und Gesichtszügen, die ein Betrunkener aus Lehm geformt haben könnte, aber nichtsdestoweniger besaß er eine selbstsichere Art.

Mit großer Höflichkeit hieß er Richard willkommen und beugte sogar vor ihm das Knie. Seine Berater taten es ihm mit nervösen Mienen gleich: du Pin, Margaritone und mehrere Bischöfe. Tancrèdes kalkulierter Schachzug trug sofort Früchte: Richard verbeugte sich ebenfalls tief. Vor dem Treffen hatte er sich verhalten, als ziehe er in die Schlacht, doch nun gebärdete er sich ruhiger. Seine Miene war einmal mehr unergründlich, eine diplomatische Maske.

Nachdem der Höflichkeit Genüge getan worden war, verlangte Richard eine Erklärung. »Meiner Mutter hätte erlaubt werden sollen, nach Messina zu fahren. Ihr Gefolge ist nicht groß. Die Schiffe, die ich entsendet habe, bieten mehr als ausreichenden Platz.« Von Berengaria sagte er kein Wort, ohne Zweifel, damit Tancrède nicht Philippe von ihrer bevorstehenden Ankunft informieren konnte.

»Königin Alienor ist in einem gesegneten Alter«, wich Tancrède der Frage aus. »Ihre Gründe, Euch zu treffen, müssen wahrhaft drängend sein.«

»Umso mehr Grund für sie, direkt zu mir zu kommen«, versetzte der König. »Wieso habt Ihr sie davon abgehalten?«

»Wie mir berichtet wurde, hat sie ihre Reise in Lodi unterbrochen«, sagte Tancrède, ohne auf Richards Frage einzugehen. »Und dort hat sie Heinrich von Hohenstaufen getroffen.«

»Eine flüchtige Begegnung. Heinrich war auf dem Weg nach Rom, wo er zum Kaiser des Heiligen Römischen Reiches gekrönt werden soll.«

Sein Aufstieg auf den Thron erfolgte wegen des Todes seines

Vaters. Friedrich Barbarossa war auf dem Weg zum Heiligen Land in Kleinasien ertrunken.

»Ihr erwähnt gar nicht Constance, Heinrichs Frau. Sie begleitet ihn«, sagte Tancrède lauernd.

»Was hat sie mit alldem zu tun?«

Tancrède gab einen leisen Laut der Überraschung von sich. »Sie ist, oder war, Guillaumes Tante, wie Ihr wisst.« Er meinte den verstorbenen sizilischen König, Joannas Gemahl. »Einige sagen, dass sie und Heinrich, und nicht ich, Sizilien regieren sollten. Von Rom nach Neapel ist es nicht weit, und von dort ist Messina nahe.«

Richard winkte ab. »Ich habe nicht den Wunsch, mich mit Heinrich zu verbünden. Außerdem haben wir, Ihr und ich, bereits eine Vereinbarung.«

Tancrède konnte genauso wenig von dem Thema lassen wie der Hund vom Knochen. »Das macht mich umso neugieriger, weshalb sich Eure Frau Mutter mit Heinrich treffen sollte. Er ist kein Freund von mir, doch Ihr könnt nicht das Gleiche behaupten. Wolltet Ihr nicht einmal eine seiner Töchter zur Frau nehmen?«

»Das ist ein halbes Leben her. Eurem Verdacht liegt eine seltsame Folgerichtigkeit zugrunde, aber keine Wahrheit.«

»Das sagt Ihr. Nach allem, was ich weiß, beabsichtigt Heinrich, gen Süden zu marschieren und nach Sizilien überzusetzen. Vereinen Ihr und er die Kräfte, hättet Ihr wenig Mühe, Euch meiner zu entledigen.«

»Dazu bräuchte ich keine Hilfe, sollte ich es wollen.« Trotz der Drohung blieb Richards Tonfall gleichmütig.

»Das ist wohl wahr«, räumte Tancrède ein.

»Seit wir unsere Vereinbarung getroffen haben …«

»Eine Vereinbarung, die wir trafen, nachdem Ihr Messina im Sturm genommen und mir vierzigtausend Unzen Gold abgepresst hattet?«

»Geld, das rechtmäßig mir und meiner Schwester gehörte!«

Tancrèdes Lippen zuckten, aber er bestritt es nicht.

»Habe ich seit dieser Zeit etwas getan, was Euch auf den Gedanken bringen könnte, unser Bund sei nicht aufrichtig? Meine Soldaten haben die Güter, die sie raubten, zurückgegeben. Ihnen ist weder gestattet, zu spielen, noch exzessiv zu trinken. Für Wein und Brot sind die Preise festgelegt. Als die Pisaner und Genueser sich erhoben, habe ich die Unruhe rasch niedergeschlagen. In Messina ist die meiste Zeit Frieden gewesen.«

Ein kurzes Schweigen. »Ihr sprecht wahr.«

»Mitten im Winter ein Treffen zwischen meiner Mutter und Heinrich in einer abgelegenen Ortschaft wie Lodi einzurichten ist so gut wie unmöglich. Ihre Begegnung war von nichts anderem als dem Zufall verursacht.« In herausforderndem Ton fuhr Richard fort: »Ich vermute, dass Philippe Capet den Samen Eurer Besorgnis ausgesät hat.«

Ich sah, wie du Pin einen Blick mit Margaritone tauschte, und dachte: Der König hat ins Schwarze getroffen.

»Nun?«, fragte Richard.

Tancrède hüstelte. »Philippe sagt, Eurem Wort sei nicht zu trauen. Er glaubt, dass Ihr und Heinrich im Bunde steht.«

»Philippe ist ein Lügner, ein Intrigant erster Güte. Ich andererseits bin ein einfacher Mann, der freiheraus sagt, was er denkt.«

»Ihr seid auch ein Kämpfer und habt gute Gründe, Heinrichs und Constances Thronanspruch für berechtigt zu halten.«

Ich fand, Tancrède setzte einiges aufs Spiel, indem er so offen sprach, aber sein Kniff wirkte.

Richard lachte leise. »Nur zu wahr, aber Ihr und ich, wir haben Frieden geschlossen. Wir haben uns Freundschaft geschworen. Ihr solltet wissen, dass mich mein Wort bindet, habe ich es einmal gegeben.«

Sie maßen einander mit Blicken. Mir kam es vor, als würde sich Tancrèdes Miene entspannen, aber sicher sein konnte ich mir nicht.

Richard tat den ersten Schritt. »Würdet Ihr gern den wahren Grund für die Reise meiner Mutter erfahren?«

»Ich habe mehr als ein Gerücht vernommen …«

»Ihr sollt die Wahrheit hören.« Der König erhob sich von seinem Stuhl. »Gehen wir ein Stück miteinander, Ihr und ich.«

»Er wird ihm von Berengaria erzählen«, wisperte ich de Béthune zu. »Das sollte ihn überzeugen, dass hinter dem, was in Lodi geschah, nichts weiter steckt.«

Und so kam es. Tancrède schenkte Richard Glauben, nachdem der vertrauenswürdige Philippe von Flandern dessen Schilderung der Ereignisse bestätigt hatte. Von den Bischöfen beider Seiten bezeugt, erneuerten sie ihre Bundeseide. Königin Alienor und Berengaria konnten unverzüglich aus Brindisi nach Messina abreisen. Der König schenkte Tancrède ein wertvolles Schwert, von dem es hieß, es habe dem legendären König Artus gehört. Im Gegenzug überließ der sizilische Monarch Richard fünfzehn Galeeren und vier große Frachtschiffe. Eine seltsame Freundschaft entsprang zwischen beiden, dem kleinwüchsigen, animalischen Tancrède und dem langgliedrigen, wehrhaften Richard, und wir verbrachten fünf Tage in Catania statt der beabsichtigten zwei.

Die ausgezeichnete Stimmung des Königs besserte sich noch mehr durch Tancrèdes Abschiedsgeschenk, einen Brief Philippes, den er im vergangenen Oktober erhalten hatte. Darin schrieb der französische König viel über Richards Arglist und bot Tancrède an, gemeinsam mit Letzterem gegen Ersteren zu kämpfen.

»Jetzt habe ich den französischen Hund, Rufus.« Richards Augen tanzten. »Jetzt habe ich ihn in der Ecke.«

Wir verließen Catania, bevor Philippe eintraf, eine bedachte Brüskierung, die den französischen König vor der nächsten Begegnung mit Richard verärgern sollte. Diese fand mehrere Tage später in Messina statt, nachdem Philippe genügend Zeit hatte, um, wie unser König es ausdrückte, »im eigenen Saft zu schmoren«.

Obwohl er dringend mit Philippe sprechen musste, ließ Richard den französischen König den ersten Zug machen. Als ein Brief eintraf, in dem Philippe um eine Unterredung ersuchte, antwortete er nicht. Erst als ein zweites Sendschreiben in schärferem Ton eintraf, stimmte er einem Treffen zu.

Am Ende war es recht einfach. Philippe plusterte sich auf und drohte, beschuldigte Richard, ihn zu meiden wie einen Aussätzigen. Die Nachricht von Berengarias bevorstehender Ankunft hatte ihn endlich erreicht, und er warf dem König vor, das Versprechen seiner Vermählung mit Alys brechen zu wollen.

Ruhig wie ein Mühlteich an einem windlosen Tag schob Richard das Pergament zu ihm, das er von Tancrède erhalten hatte.

Zeugen gab es zuhauf: mich, de Béthune, de Chauvigny, Philippe von Flandern und auf König Philippes Seite Herzog Hugues von Burgund und etliche andere Barone und Bischöfe. Dennoch hätte man eine Nadel fallen hören können, während der französische Monarch den Brief las.

Als er es hinter sich hatte, war sein Gesicht merklich erbleicht. Er hob den Blick und sah Richard in die Augen.

»Nun?«, fragte der König.

»Das ist ganz eindeutig eine Fälschung.«

»Tancrède behauptet etwas anderes.«

»Das sähe ihm ähnlich.«

»Welchen Grund sollte er haben, einen Keil zwischen uns zu treiben?«

»Er ist ein uneheliches Geschöpf, angetrieben von niedrigen Instinkten. Ohne Zweifel hofft er, damit seine eigene Position zu stärken.«

Richard schnaubte. »Der Brief bewirkt nichts dergleichen für ihn. Er entlarvt aber Euch als einen unaufrichtigen Heimtücker.«

Missbilligendes Zischen stieg von Philippes Gefolgsleuten auf.

Der französische König erhob sich zu voller Größe, die nicht sonderlich beeindruckend war. »Wenn Tancrède ihn nicht geschrieben hat, so ließet vielleicht Ihr ihn schreiben – um die Ausflucht zu erhalten, die Ihr Euch seit vielen Jahren wünscht.«

»Wofür denn das?« Butter wäre in Richards Mund nicht geschmolzen.

»Das wisst Ihr sehr gut!« Philippe hob die Stimme. »Um Eure Verlobung mit meiner geliebten Schwester Alys zu lösen.«

Geliebte Schwester, dachte ich. Du Heuchler. Wie oft hast du dir die Mühe gemacht, sie zu besuchen, wenn du an Richards Hof weiltest?

»Tancrède schwor vor Gott, dass der Brief echt ist, und ich habe ihm geglaubt.« Richard sah Philippe von Flandern an. »Was sagt Ihr dazu, Messire?«

Der französische König und sein Graf starrten einander an. Abneigung schwelte zwischen ihnen – ein Blinder hätte es bemerkt.

»Wie kommt es, dass Ihr hier seid?«, fuhr Philippe Capet ihn an.

»Ich unterbrach meine Reise nach Sizilien in Rom, Sire. Nachdem ich zufällig Königin Alienor begegnete, reiste ich eine Zeit lang mit ihr, denn wir hatten denselben Weg. Als Tancrèdes Beamte sie nach Brindisi umlenkten, entschied ich mich, direkt nach Messina zu fahren. Dort traf ich König Richard, der mich bat, ihn zu der Unterredung mit Tancrède zu begleiten.«

»Besser wäre es gewesen, Eurem eigenen König Loyalität zu zeigen, statt dem von England«, sagte Philippe bissig.

»Wie dem auch sei, Sire, ich ging nach Catania. Ich war Zeuge, wie Tancrède das Pergament an Richard weitergab und erklärte, wie es in seinen Besitz gelangt war. Ich würde das auch auf eine heilige Reliquie schwören.«

»Das beweist trotzdem nicht, dass der Brief echt ist«, entgegnete Philippe. »Ich sage, es ist eine List, um Euch, Richard, eine Rechtfertigung zu liefern, Eure Verlobung zu lösen.«

»Ihr habt immerhin in einer Hinsicht recht«, sagte der König. »Ich habe nicht die Absicht, Alys zu heiraten.«

»Ich habe es gewusst!«, schrie Philippe.

»Der Grund ist aber nicht Euer Versuch, mich mit Tancrède zu hintergehen.«

Philippes Augen füllten sich mit Argwohn. »Wie könnt Ihr Euch sonst rechtfertigen?«

»Ich werde nicht die Hure eines anderen zur Frau nehmen.«

Zuerst herrschte gelähmtes Schweigen, dann redeten alle zugleich. Jeder Franzose zumindest. Richard stand mit verschränkten Armen da, mit regloser Miene, und sein Blick lastete schwer auf Philippe.

»Ihr wagt es, meine Schwester derart zu beleidigen?« Speichel befleckte Philippes Lippen.

»Ich sage nichts anderes als die Wahrheit. Jeder Mann in diesem Raum weiß davon.« Richard lachte bellend. »Jeder Mann in Aquitanien, der Normandie, der Bretagne, dem Anjou und in Frankreich weiß es auch! Zuerst war Rosamund de Clifford meines Herrn Vaters Bettgespielin, danach Alys. Manche sagen, sie gebar ihm sogar ein Kind, auch wenn ich dafür keinen Beweis habe. Vielleicht könnt Ihr mich erleuchten.«

Mehr schockiertes Gemurmel bei den Franzosen.

»Das sind monströse Bezichtigungen!« Philippe durchquerte den Raum zu Richard. »Ihr lügt!«

»Sagt das noch einmal«, knirschte König Richard, »und Ihr werdet es bereuen.«

»Messires, ich bitte Euch.« Philippe von Flandern eilte herbei und trennte sanft die beiden Männer. »Zu Gewalt darf es doch nicht führen.«

Richard lächelte boshaft. »Denn wir wissen, wie es dann endet.«

Philippe Capet schniefte. »Die Ehre meiner Schwester ist über jeden Zweifel erhaben.«

»Es gibt zahlreiche Männer, die meinen Vorwurf bezeugen können«, verkündete Richard laut. »Einer von ihnen steht vor mir.«

Der französische König sah Philippe von Flandern schockiert an. »Ihr?«

»Jawohl, Sire. Ich kann nicht lügen. Was Richard über seinen Vater und Alys sagt, entspricht der Wahrheit.«

»Er ist nur einer ihrer Buhlen«, sagte Richard. »Es gibt viel mehr.«

Vollkommenes Schweigen trat ein.

Zu meiner Überraschung erlangte der französische König als Erster die Fassung zurück. »Nun gut. Ihr und meine Schwester werdet nicht heiraten.«

Richard war ein wenig verblüfft. »Ihr willigt ein?«

»Das tue ich. Sie muss allerdings entschädigt werden.«

»Natürlich. Hattet Ihr einen Preis im Sinn?«

»Zehntausend Mark.«

Richard zuckte nicht mit der Wimper. »Das ist angemessen.«

Von einem Moment zum anderen verflüchtigte sich die Anspannung im Raum. Unglaublich, dachte ich, dass eine Verwicklung, die seit Jahren geschwärt hatte wie ein nicht aufgestochenes Geschwür, so verhältnismäßig einfach beigelegt werden konnte. Der französische König hatte wegen der Ehre seiner Schwester viel Geschrei angestimmt, aber am Ende hatte auch sie ihren Preis.

Als wäre er erleichtert über die Mühelosigkeit, mit der die ausweglose Situation bereinigt worden war, wurde Philippe geradezu überschwänglich. Er schlug einen frischen Freundschaftspakt vor, um öffentlich ihren Bund zu beschwören und klarzumachen, dass Richard die Freiheit besaß, zu heiraten, wen immer er wollte. In diesem anscheinend freundschaftlichen Geist legten die beiden Monarchen auch ihre Gebietsstreitigkeiten sowohl über das immer schwierige Gisors und den Vexin bei als auch über andere Territorien. Als Philippe kühn vorschlug, dass des Barres sich den übrigen Franzosen wieder anschließen und mit ihnen ins Heilige Land ziehen sollte, stimmte Richard unter der Bedingung zu, dass der bekannte Ritter ihm niemals nahe käme.

»Soll Philippe ruhig glauben, er habe etwas gewonnen«, wisperte ich de Béthune zu.

»Ja, aber glücklich ist der Franzose nicht«, kam die Antwort. »Achtet auf sein Gesicht, wenn er glaubt, niemand sieht hin.«

Die Unterredung ging ihrem Ende entgegen. Richard und Philippe hatten den Friedenskuss getauscht. Der König sprach mit Erzbischof Walter, während Philippe sich in eine Gruppe seiner Gefolgsleute zurückgezogen hatte. Ich behielt ihn verstohlen im Auge, und es dauerte nicht lange, bis er einen Blick auf Richard abschoss.

Ich sah keinerlei guten Willen, nur Wut und Demütigung.

Philippe, erkannte ich, durfte man niemals trauen, und das brachte mich zu meiner nüchternen Erkenntnis zurück.

Trotz des jüngst beschlossenen Waffenstillstands stand die Zukunft des gemeinsamen Vorhabens beider Könige im Heiligen Land nach wie vor auf Messers Schneide.

KAPITEL X

Wenige Tage später, am 30. März, erhärtete sich mein Verdacht. Nur Stunden, bevor Königin Alienor und Prinzessin Berengaria die Stadt Reggio erreichen sollten, lief Philippe aus. Sorglos unternahm Richard keinen Versuch, ihn aufzuhalten. Er stand auf dem Deck seiner Galeere – wir hatten Philippe auf den ersten Meilen begleitet – und schaute der französischen Flotte hinterher, die sich langsam nach Süden entfernte. Zu mir sagte er: »Ich hätte das Gleiche getan.«

Mit dem Gedanken an Philippes boshaften Blick antwortete ich darauf: »Er wird nicht vergessen, Sire, ganz gleich, was er sagte.«

Meine Bemerkung wurde mit einem Lachen abgetan, und der König erklärte, Philippe könne tun, was ihm beliebe.

Der König hatte jedes Recht, zuversichtlich zu sein, aber ich hielt es für unklug, Philippe völlig zu ignorieren. Sein Versuch, einen Bund mit Tancrède einzugehen, war nur der letzte Streich in einer langen Abfolge von Hinterhältigkeiten, und das wusste Richard. Er war jedoch bester Laune und redete von nichts anderem als seiner Mutter und Berengaria. Folglich hielt ich den Mund.

Als Nächstes wandten wir uns nach Reggio und trafen mit Alienor und Berengaria zusammen. Ich fieberte genauso wie alle anderen dem Augenblick entgegen, in dem ich des Königs Braut zum ersten Mal sah. Sie sollte uns ins Heilige Land begleiten, und, so sagte Richard, Joanna ebenfalls.

Letzteres war die bessere Nachricht, und als ich mich de Béthune anvertraute, putzte er mich gnadenlos dafür herunter.

Alienor und Berengaria warteten in der Zitadelle von Reggio, wo der ansässige Baron sie willkommen geheißen hatte. Aufgeregt wie ein kleiner Junge eilte Richard über die Planke, kaum dass sie ausgelegt war. Er war reich gekleidet, in ein purpurnes Hemd und braune Beinlinge. Ein verzierter Dolch hing an seinem Gürtel. Richard war einen halben Kopf größer als die meisten anderen und machte mit seiner rotgoldenen Haarmähne, die ihn aus den schwarzhaarigen Italienern herausstechen ließ, eine gute Figur.

Am Tor der Zitadelle empfing ihn der Vogt, aber der König bewegte sich so rasch, dass der füllige kleine Kerl beinahe rennen musste, um Schritt zu halten. Schnaufend kündigte er unser Erscheinen in der Tür der Wohnhalle an, trat zurück und beobachtete Richard, wie er auf die Damen zuging, die am anderen Ende auf den Fensterbänken saßen.

Ich erkannte seine Mutter, und mein Blick schweifte über die Übrigen, neugierig auf Berengaria. Sie musste die schlanke junge Frau mit der fahlen Haut und den langen schwarzen Haarflechten sein, die dem König entgegensah, entschied ich. In ihrem blauen Wollkleid schaute sie durchaus hübsch aus. Nicht mit Joanna zu vergleichen, dachte ich.

Alienor erhob sich, der Inbegriff von Haltung und königlicher Schönheit. Freude trat in ihr Gesicht, konnte aber die Erschöpfung nicht ganz auslöschen. »Richard, du bist gekommen.«

»Mama!« Richard kniete nieder, nahm sie bei den Händen und küsste beide. »Welche Freude, Euch zu sehen.«

»Erhebe dich. Du bist der König.« Alienor strahlte ihn an.

Wieder küsste Richard ihre Hände und stand auf. Sein Blick wechselte zu dem schlanken Mädchen mit den langen Zöpfen. Er betrachtete sie von oben bis unten, abschätzend, bis die meisten Frauen errötet wären und weggeschaut hätten. Berengaria jedoch begegnete seiner Musterung mit einem festen Blick.

»Richard«, tadelte Alienor ihn. »Sie ist kein Pferd.«

»Nein, das ist sie nicht.« Der König lächelte. »Verzeiht mir, Madame.«

»Ich habe nichts zu verzeihen, Sire«, antwortete Berengaria auf Französisch mit Akzent. »Ihr wart neugierig auf mich – so wie ich auf Euch.«

»Und, was denkt Ihr?«, fragte Richard mit schalkhafter Miene.

»Ihr seid so stattlich, wie man sagt.«

Er lachte erfreut, beugte sich vor, ergriff ihre beringte Hand und küsste den Rücken. »Und Ihr, Madame, seid schöner als jedes Mädchen, das ich seit Langem erblicken durfte.«

Bei seiner Antwort blühte Berengaria auf. Wie ich feststellen sollte, neigte sie zum Ernst, aber ihr Lächeln konnte ein ganzes Zimmer erhellen.

Wir verweilten nicht in Reggio, sondern liefen sofort aus. Unser Ziel war Bagnara, wo Joanna noch residierte. Dort beobachtete ich ein weiteres freudenvolles Wiedersehen, das von Mutter und Tochter. Tränen wurden vergossen, sogar Richard tupfte sich einmal den Augenwinkel ab.

Während Alienor und Joanna einander die Geschehnisse der vergangenen vierzehn Jahre berichteten, gingen Richard und Berengaria in dem Garten spazieren, durch den ich mit Joanna geschlendert war. Die Hausritter, die zugegen waren, de Béthune, de Chauvigny, FitzAldelm und ich, kehrten in den vorderen Hof zurück, wo unsere Pferde in der Obhut von Rhys, Philip und den anderen Knappen zurückgeblieben waren.

»Sie ist beherzt, was gut ist«, sagte ich.

»Jawohl«, stimmte de Chauvigny zu. »Richard ist eine Naturgewalt. Er braucht eine starke Frau.«

»Er scheint von ihr bezaubert zu sein, und sie von ihm«, fügte de Béthune hinzu. »Das verheißt viel.«

»Soll sie dem König einen Sohn schenken, und alles ist gut«, sagte FitzAldelm.

Wir wandten uns den Vorbereitungen für unseren Aufbruch zu, mit denen es gut voranging. Richard und Berengarias lang erwartete Hochzeit konnte noch nicht stattfinden, weil die Fastenzeit noch nicht vorüber war, und daher wollten wir auslaufen, sobald die Schiffe beladen waren und die Kapitäne das Wetter für günstig hielten.

Nach so langer Zeit erschien das Heilige Land fast in Reichweite.

Wir schrieben den 10. April, den Mittwoch in der Karwoche, bevor alles bereit war. Königin Alienor war eine Woche zuvor aufgebrochen, nachdem sie nur drei Tage in Gesellschaft Richards und Joannas verbracht hatte. Die Trennung von Mutter und Sohn war noch gefühlsbetonter als zu Nonancourt im Vorjahr, denn beide wussten nicht, ob sie einander je wiedersehen würden.

Erzbischof Walter war mit Alienor abgereist, doch am letzten Morgen hatte er mich zur Seite genommen und davor gewarnt, meine Buße zu vergessen. Mehrere Nächte danach hatten mich Träume von Henry geplagt.

Der König beaufsichtigte persönlich den Abschluss des Einschiffens. Die Reittiere der Ritter, sowohl Runtzide als auch Destrier, hatten wir bis zuletzt an Land gelassen. Trotz ihrer Ausbildung behagte ihnen die Enge auf einer Seereise nicht. Nachdem die Pferde an Bord gelockt worden waren, kam jedes an einen Standplatz und wurde am Kopf angebunden. Eine Leinwandschlinge unter dem Bauch verhinderte, dass sie umstürzten, wenn das Meer rau wurde. Richard brachte Tempest persönlich an Bord, was mir die Gelegenheit schenkte, Pommers die Laufplanke hinaufzuführen. Ich ließ ihn ungern allein, aber Rhys hatte sich freiwillig gemeldet, bei den Tieren zu bleiben und alle meine Pferde zu versorgen, daher machte ich mir nicht allzu große Sorgen.

Ich sah auch, wie die letzten Dromonen beladen wurden. Sie waren bis zum Bersten voller Versorgungsgüter: Fässer mit Wasser, mit gesalzenem Rind- und Schweinefleisch, Mehlsäcke, Salz, Nüsse, Trockenobst und Wein. Dazu kamen Krüge mit Honig und Medizin, Decken und Zelte. Segeltuch, Riemen, Taue und

Ersatzriemen wurden gebracht. Tausende von Armbrustbolzen und Pfeilen kamen in die Schiffe, dazu zusätzliche Bogenstäbe und Armbrüste. Die Steine für die Belagerungsmaschinen dienten als Ballast, während die großen Waffen zerlegt unter Deck verstaut wurden. Selbst der Turm von Mategrifon war auseinandergenommen worden, um transportiert werden zu können.

Die Bewohner Messinas bejubelten unseren Aufbruch. Nicht wenige verfluchten uns vermutlich auch, aber wir konnten sie nicht hören, und es scherte uns nicht. Auf Nimmerwiedersehen, wie mein Vater gern gesagt hatte. Nach Süden liefen wir aus der Stadt aus, den Wind im Rücken, während Richards rot-goldene Banner an den Mastspitzen knallten. Die Straße von Messina wurde breiter, und Sizilien und Italien wichen zu den Seiten weg.

»Ein großartiger Anblick«, lobte Richard, der von unserer Galeere nach achtern blickte, als wir die hohe See erreicht hatten.

Den ganzen Horizont sprenkelten Schiffe. Aus über zweihundert Fahrzeugen bestand die Flotte. Drei Viertel davon waren Dromonen und große Frachter, dickbauchige Bestien, die sich im Wasser wiegten, der Rest schnelle Galeeren mit bunt bemalten Schilden an den Seiten und Wimpeln am Mast. Sie waren die Wachhunde, die die Herde vor den Wölfen schützen sollten.

»Das ist wahrhaftig ein großartiger Anblick, Sire.« Ich hielt nach der Dromone Ausschau, mit der Berengaria und Joanna fuhren, aber ich fand sie nicht. Zu meiner Enttäuschung hatte Richard es für sicherer für sie erachtet, auf einem langsameren, behäbigeren Schiff zu reisen als an Bord unserer schlanken Galeere.

»Das größte Heer, das ein englischer König je zusammengezogen hat. Siebzehntausend Soldaten und Seeleute. Ich schwöre, noch nie ist die Sonne über solch einer großen Flotte aufgegangen.«

Die Zahl war schwindelerregend. Ich dachte an Cairlinn und die sechzig Krieger, die mein Vater hatte herbeirufen können.

»So Gott will, ist es genug.«

Die Art, in der Richard die Worte sprach, veranlassten mich, ihn anzusehen. Er war der entschlussfreudigste Mensch, den ich kannte, und handelte schnell. Jetzt aber wirkte er still und nachdenklich.

»Betrübt Euch etwas, Sire?«

Unmittelbar vor unserem Aufbruch war ein Bote aus dem Heiligen Land eingetroffen und hatte Nachricht von den verzweifelten Nöten der Belagerer Akkons gebracht.

Er sah mich an. »Das ist kaum glaubhaft, oder? Männer schlagen sich um das Fleisch verendender Pferde und fressen sie auf bis auf die Eingeweide.«

Ich schüttelte den Kopf und versuchte mir vorzustellen, so hungrig zu sein, dass ich Gras aß.

»Für die armen Kerle können wir nichts tun, außer, so schnell wie möglich dort hinzugelangen. Ich wünschte, wir wären früher ausgelaufen, aber die Verzögerung ließ sich nicht ändern.«

»Und Philippe, Sire, bereitet er Euch Sorgen?«

Er lächelte. »Nein, nicht dieser Ränkeschmied.«

»Saladin und seine Mamelucken?«

»Vor ihnen habe ich Respekt, aber auch vor dem Land.«

»Die Sonne und die Hitze, Sire?« Mir graute vor den sengenden Temperaturen.

»Vor ihnen, ja, und vor dem Mangel an Wasser. Die Küste entlangzumarschieren wird uns auf die Probe stellen, aber Jerusalem zu erreichen wird unsere schwierigste Aufgabe sein.« Er fiel in ein nachdenkliches Schweigen, das ich, ebenfalls besorgt, nicht zu stören entschied.

Unsere Hoffnung, dass die Reise schnell und ohne Zwischenfall verliefe, erwies sich als zu optimistisch. Am zweiten Tag gerieten wir in eine Flaute, am dritten, dem Karfreitag, traf uns ein Sturm. Die Flottenformation wurde zerrissen, die Schiffe getrennt. Gewaltige Brecher überschütteten uns, und das unaufhörliche Ächzen der Rumpfplanken war beängstigend. In meinem ganzen Leben habe ich mich nicht so oft übergeben. Später erfuhr ich, dass die Seeleute uns mehrmals der Gnade der Wellen überlassen mussten. Gott und allen Heiligen sei gedankt, dass wir nicht kenterten. Jedes Mal, wenn sich die Wellen glätteten, drehten wir bei und gestatteten den Schiffen, die zurückgefallen waren, zu uns aufzuschließen.

Ein wenig gutes Wetter erlaubte uns schließlich, am Abend des siebzehnten Apriltags vor Kreta vor Anker zu gehen. Die Dunkelheit machte es unmöglich zu wissen, wie viel von der Flotte in die geschützte Bucht gefunden hatte. Unsere größte Sorge war die Dromone mit Berengaria und Joanna an Bord, die zuletzt vor drei Tagen gesichtet worden war. Richard war außer sich, auch wenn er es gut verbarg, und erklärte, dass morgen ein neuer Tag sei. Auch mich verzehrte die Sorge, und ich schlief furchtbar, obwohl ich bis auf die Knochen müde war.

Bei Morgengrauen stand ich auf und schritt an Deck auf und ab. Mein Magen war noch angegriffen, aber ich zählte die Schiffe, die bei uns geblieben waren. Wenig mehr als zwanzig sah ich, und unter ihnen war keine einzige Dromone.

Das Unbehagen, das mich die ganze Nacht geplagt hatte, kehrte mit Macht zurück. Als ein grinsender Rhys erschien und einen ohne Zweifel gestohlenen Laib fast frischen Brotes schwenkte, winkte ich ihn weg. Schon beim schieren Anblick drehte sich mir der Magen um.

Ich blieb an der Reling stehen, zählte die ankernden Schiffe immer wieder durch und versicherte mir, dass das Schiff mit Berengaria und Joanna an Bord entweder weit an Kreta vorbeigetragen worden oder ganz vom Kurs abgekommen war. Sie würden schon kommen, wenn nicht mit den beiden Galeeren, die ich am Horizont entdeckte, dann mit den anderen Versprengten, die uns während des Tages erreichen würden.

Das geschah nicht, und ich bangte immer mehr. Auch Richard

war besorgt, entschied aber, dass wir nicht harren oder die vermissten Schiffe suchen durften. »Wir könnten wochenlang auf dem Meer kreuzen, ohne sie zu finden«, sagte er mit finsterer Miene zu mir. »Sie stoßen bei Rhodos zu uns, und wenn nicht, dann bei Zypern.«

Er befahl, eine Botschaft ins Heilige Land zu senden, damit die Christen vor Akkon wussten, dass wir uns verspäteten. Nachdem er dies getan hatte, fiel der König in ein grimmiges Schweigen, das nur wenige zu stören wagten. Fragen beantwortete er einsilbig mit Ja oder Nein, und Männer nannten ihn deshalb hinter vorgehaltener Hand wieder bei seinem alten Spitznamen »Oc e non«.

Wir verbrachten einen schwierigen Tag mit schweren Wellen und starken Winden, aber wir erreichten Rhodos. In den kurzen Zeiten ruhiger See betete ich für Joanna und auch für Berengaria. Rhys, den das stürmende Meer nicht beeinträchtigte und der wusste, wie rastlos ich war, verbrachte seine Zeit damit, Ausschau nach ihrer Dromone zu halten.

Sie war nicht bei den Schiffen, die vor uns den vereinbarten Ankerplatz erreichten, aber dort lag ein gutes Geschwader von über vierzig Schiffen.

Ohne der spiegelhellen, glatten See und dem strahlenden Sonnenschein einen Blick zu gönnen, kämpfte ich gegen tiefe Schwermut. Die düstere Möglichkeit, die ich mich während der ganzen Sturmfahrt geweigert hatte zu erwägen, drängte sich in den Vordergrund meiner Gedanken. Berengarias und Joannas Schiff konnte gesunken sein und sie in einen furchtbaren nassen Tod gezogen haben. Ich sagte mir, dass Gott nicht so grausam sein konnte, Richard die Verlobte zu rauben, ehe sie vermählt worden waren, und seine geliebte Schwester schon gar nicht.

Ich hatte natürlich meinen eigenen Grund zu wünschen, dass Joanna noch lebte, einen selbstsüchtigen, aber kostbaren Grund. Die Einzelheiten unseres Gesprächs im Kloster bei Bagnara lebten in meiner Erinnerung fort. Ich konnte mir die Farbe ihrer Wangen vorstellen, als sie mich sanft verspottete, was mein Verhältnis zu Frauen und zur Minne betraf. Obwohl ich zuvor oder seither nicht viel Zeit in ihrer Gesellschaft verbracht hatte, waren meine Gefühle für sie stark geworden.

Dass sie tot sein könnte, erschien mir als ein allzu herbes Schicksal für eine solch anbetungswürdige Frau.

Hoffnung kam aus einer unerwarteten Richtung, weil Rhys von Land zurückkehrte. Er hatte einer Gruppe angehört, die ausgesandt worden war, um unsere Wasservorräte aufzufüllen. Scharfäugige Einheimische hatten eine Anzahl von Schiffen beobachtet, die vor einigen Tagen vom Sturm an der Insel vorbeigetrieben worden waren. Wir konnten keinesfalls wissen, ob Joannas und Berengarias Dromone unter ihnen gewesen war, doch wie Richard sagte, denkbar war es durchaus.

Ich wollte sofort Segel setzen, und ich nahm an, dass es dem König genauso erging. Auf die Sicherheit seiner Männer bedacht – die Seeleute waren von der anstrengenden Fahrt erschöpft –, befahl er, mehrere Tage vor Anker auszuruhen.

In der folgenden Nacht ereilte uns ein Schicksalsschlag, als ihn das Viertagefieber erneut niederstreckte und eine zusätzliche Verzögerung von zehn Tagen verursachte. Meine Sorge um Richard begrub meine Furcht um Joanna, und ich wich kaum von seiner Bettstatt, während er darniederlag. Beunruhigenderweise schienen die Mittel des Arztes, die eklig rochen und noch ekliger schmeckten, seinen Zustand in keiner Weise zu verbessern. Richard war jedoch ein kräftiger Mann. Die Krankheit ließ nach, und er erholte sich.

Am ersten Maitag liefen wir endlich ostwärts nach Zypern aus. Richard hatte noch eingefallene Wangen, aber er verhielt sich wie ein kleiner Junge, der auf den Jahrmarkt darf, so aufgeregt war er.

»Wenn wir Berengaria und Joanna finden«, verkündete er, »werden sie uns fragen, was uns so lange aufgehalten hat.«

Ich lachte und versicherte mir, dass sie in der Tat unbeschadet überlebt hätten.

Nicht lange nach der Dämmerung des 6. Mai erspähte der Ausguck mit seinen scharfen Augen die Küste von Zypern. Sein Ruf holte Richard auf die Plattform am Bug, wo ich bereits stand und hoffte, die Dromone mit Joanna und Berengaria an Bord zu erspähen.

Der König war in bester Stimmung. Wir begannen zu reden, und er erwähnte das Frachtschiff, dem wir am Tag zuvor begegnet waren und das Neuigkeiten aus dem Heiligen Land gebracht hatte. Philippe Capet hatte Akkon am 20. April erreicht. Seitdem hatten seine Männer Belagerungsmaschinen gebaut und die Gräben vor den Stadtmauern mit Erde gefüllt. Obwohl es Rückschläge gegeben hatte, setzte er seine Angriffe fort.

Richard lachte. »Saladin kommt nicht zur Ruhe. Und so Gott es will, werden wir auf Zypern nur so lange aufgehalten, wie es braucht, um zu heiraten.« Er zwinkerte mir zu.

Seine Zuversicht, dass Berengaria und Joanna unversehrt waren, wirkte ansteckend, und ich grinste zurück, während mir eine überirdische Erscheinung seiner atemberaubend schönen Schwester vor Augen stand.

»Hätten wir es im Heiligen Land nur mit den Sarazenen zu tun und niemand anderem«, sagte Richard.

»Es ist empörend, wie Philippe sich hinter Conrad de Montferrat gestellt hat, Sire.« Auch diese Neuigkeit hatte uns mit dem Frachtschiff erreicht.

Conrad de Montferrat war ein italienischer Adliger, der auf den Thron von Jerusalem schielte. Er beherrschte die Küstenstadt Tyrus – die einzige, die in christlicher Hand verblieben war – und hatte sich Philippe genähert, um seine Aussichten auf den Thron des Königreichs von Jerusalem zu verbessern.

»Was haltet Ihr von Conrad, Sire?«

»Er ist der stärkere Kandidat, das lässt sich nicht bestreiten.« Guy de Lusignan, der gegenwärtige König – dank Saladin ein Herrscher über nichts –, hatte seinen einzigen echten Anspruch auf den Thron verloren, als im vergangenen Herbst eine Seuche seine Gattin Sibylle und ihre beiden kleinen Kinder dahinraffte. Richard verstummte. Offenbar focht er einen innerlichen Kampf, denn Guy war sein Vasall.

Wie in Sizilien, dachte ich, könnte uns die Politik im Heiligen Land genau solche Sorgen bereiten wie die Sarazenen. Und nicht nur dort.

»Mehr Unbill erwartet uns«, sagte Richard düster mit einem Nicken zu der felsigen Küste von Zypern, die nun am Horizont erschien. »Wenn auch nur ein Bruchteil der Gerüchte über ihren Herrscher Isaakios Komnenos, der sich selbst zum Kaiser ernannt hat, wahr sind, ist er von höchst unerquicklichem Charakter. Und wenn Berengaria und Joanna seine Küste erreicht haben …« Er hielt inne, bevor er hinzufügte: »Gott sei ihm gnädig, wenn er ihnen auch nur ein Haar gekrümmt hat.«

Ich murmelte zustimmend. Meine Angst um seine Schwester wallte wieder auf. Ich war dankbar, als mich Richards lauter Ruf ablenkte.

»Seht dort! Schiffe vor Anker!«

Mein Blick folgte seinem ausgestreckten Arm, und ich fragte: »Sind es unsere, Sire?« Sie waren zu weit entfernt, als dass ich mir ihrer Identität sicher sein konnte.

»Wenn Gott es so will, sind sie es.«

Von launenhaftem Wind gebeutelt, konnten wir uns mehr als eine Stunde lang nicht den Schiffen nähern. In dieser sich dahinschleppenden Zeit erreichte unsere Aufregung, unser Nervenfieber, wie ich zugeben muss, einen neuen Höhepunkt.

Richard schritt das Deck auf und ab wie ein Besessener, versprach zum Dank für das Leben seiner Braut und seiner Schwester, der Kirche feierliche Messen und goldene Kelche zu stiften. Ich versuchte meine Ungeduld zu verbergen, indem ich mit de Drune und Philip würfelte. Dass ich zehn Silberpennys an Ersteren verlor, war mir gleich, denn meine Hoffnung, dass sich die Schiffe als unsrige erwiesen, wurde zur Wirklichkeit. Unter den Dromonen, fünf Stück waren es, befand sich das Schiff, das Berengaria und Joanna an Bord genommen hatte. Ob sie noch dort waren, stand noch nicht fest, aber nach den Wochen der Ungewissheit über ihr Schicksal erschien seine Gegenwart als günstiges Zeichen.

Kaum hatte unser Anker den Meeresboden berührt, ließ Richard uns hinüberrudern. Als er die Frauen an Deck erspähte, wie sie uns beobachteten, rief er einen lauten, fröhlichen Gruß. Ich hob die Hand, mehr hätte ein gewöhnlicher Ritter nicht getan, und grinste, bis mir das Gesicht schmerzte. Sie winkten zurück und erwiderten den Gruß, woraufhin der König mich bei der Schulter packte. Sein Gesicht strahlte vor Glückseligkeit. »Sie leben, Rufus! Sie sind am Leben!«

Ich nickte, während ich Gott stumm dankte und betete, dass Joanna mich bemerkte. Dass meine Hoffnung, ihre Zuneigung zu gewinnen, nicht völlige Narretei wäre.

Zu meiner Freude trafen sich unsere Blicke, als ich nach dem König die Strickleiter hinaufgeklettert war und über die Reling stieg. Ein Funke sprang zwischen uns über, oder ich glaubte es wenigstens, und mein Herz sang vor Freude. Im nächsten Moment warf sie sich Richard in die Arme und vergrub ihren Kopf an seiner Schulter.

»Du bist unverletzt.« Ihr stockte die Stimme.

»Das bin ich.« Er drückte sie fest. »Bei Gottes Beinen, Schwester, was bin ich froh, dich zu sehen.«

»Und ich dich, Bruder.« Sie lachte und weinte zur selben Zeit. »Deinem Schiff ist nichts zugestoßen, Gott sei gepriesen.«

»Und deinem auch nicht«, sagte er mit Nachdruck.

Er stellte sie wieder auf die Füße und küsste ihr die Wange. Richard wandte sich Berengaria zu, die ein paar Schritte entfernt wartete, und verbeugte sich. »Madame, allen Heiligen sei gedankt, dass Ihr unbeschadet seid.«

Berengaria trat einen Schritt näher. »Ich kann das Gleiche über Euch sagen, Sire. Nach dem schlimmen Wetter, das uns traf, haben wir uns große Sorgen gemacht. Aber Ihr seid nicht ganz Ihr selbst – seid Ihr krank gewesen?«

»Ein Anfall von Fieber, weiter nichts. Ich bin schon auf dem Weg der Besserung, dank des Arztes und Rufus, der Tag und Nacht nicht von meinem Bett gewichen ist.«

Berengaria sah mich dankbar an, und Joanna ebenfalls. Ich lief vor Verlegenheit und Entzücken tiefrot an.

Die Prinzessin streckte die Hände vor, und Richard küsste sie. Sie traten dichter aneinander heran. Dabei versuchte ich, Joanna nicht anzustarren, und scheiterte kläglich. Sie bemerkte meinen Blick. »Sir Rufus.«

»Madame.« Ich beugte das Knie.

»Ach, was für ein schöner Tag.« Sie winkte mich näher.

Mit pochendem Herzen trat ich vor sie. »Ich habe um Eure Sicherheit gebetet, Madame.«

»Und um die der Prinzessin Berengaria doch auch, hoffe ich?«

Entsetzt stammelte ich: »A-aber selbstverständlich, Madame.«

Ich verfluchte mein Erröten, denn mein Gesicht wurde wieder heiß. So sehr um Worte verlegen wie noch nie, starrte ich sie an. Bei Jesus Christus, sie war eine Göttin. Haarsträhnen hatten sich aus ihrem goldenen Haarnetz gelöst, sie wehten zu beiden Seiten ihres Gesichts im Wind. Auf der Reise hatte sie Sonne abbekommen. Ihre Haut war von einem verlockenden Gold. Unter ihrem Kleid zeichnete sich die Wölbung ihrer Brüste ab. »Sir Rufus, Ihr starrt mich an.«

Ich brachte meine Zunge in Bewegung. »Ich bitte um Verzeihung, Madame. Ich konnte nicht anders.«

Wieder wölbte sie die Augenbraue. »Wie kann das sein?«

Lieber hätte ich mich hundert Feinden gestellt, als diese

Frage zu beantworten, doch von ihren blauen Augen aufgespießt, konnte ich nicht lügen. »Weil Ihr die schönste Frau seid, die ich jemals erblickt habe.«

»Ich könnte schwören, Sir Rufus, dass Ihr versucht, mich zu betören.«

Ich sog ihr warmes Lächeln ein und antwortete heiser: »Ich spreche nur die Wahrheit aus, Madame.«

Ihre Lippen zuckten. Sie war erfreut. »Kommt, erzählt mir von Eurer Reise.«

»Da gibt es nicht viel zu berichten, Madame, nur von zwei Stürmen und viel Übelkeit. Ich bin kein Seefahrer.«

»Ich auch nicht.« Ihre Aufmerksamkeit schweifte zum Strand, wo in der Ferne die Häuser und der Hafen von Limassol sichtbar waren. »Es war hart, so nahe zu sein und doch das Schiff nicht verlassen zu können.«

»Wegen Kaiser Isaakios?«, rief ich.

»Allerdings, diesem bösen Geschöpf.«

Sie berichtete, was ihnen widerfahren war. Drei Schiffe waren bei ihrer Ankunft gesunken, weil die tückischen Wellen sie auf die Felsen geworfen hatten. Eine Anzahl von Seeleuten und Passagieren war ertrunken, darunter des Königs Vizekanzler Henry Malchiel, aber die Mehrheit war unbeschadet ans Ufer gelangt, wo sie umgehend von Isaakios' Soldaten gefangen genommen wurden.

»Mit meinem Segen schickten die Kapitäne vor zwei Tagen einen starken Trupp an Land. Die Soldaten stürmten die Zitadelle und befreiten unsere Männer aus der Gefangenschaft. Es wurde grimmig gekämpft – sie waren zahlenmäßig weit unterlegen –, aber sie erreichten ohne große Verluste die Schiffe, Gott sei Dank. Seitdem versucht Isaakios, Berengaria und mich ans Ufer zu locken. Er schickt uns Brot und Fleisch und den besten zyprischen Wein und verspricht, dass wir behandelt werden, wie es unserer Stellung gebührt.«

»Ihr habt ihm nicht geglaubt, hoffe ich?«

Ein entschiedenes Kopfschütteln. »Kein Wort.«

»Das ist gut, Madame.« Ich sagte mir, dass meine Befürchtungen, was Zypern anging, gerechtfertigt waren. »Auf Kreta haben wir viel von Isaakios' Schandtaten gehört. Den Thron scheint er an sich gebracht zu haben, indem er vorgab, von Konstantinopel ernannt worden zu sein. Er ist ein doppelzüngiger Lügner, der Christen hasst. Einige sagen sogar, er stehe mit Saladin im Bunde und ihr Pakt sei durch Blut besiegelt worden.« Ich zog ein Gesicht. »Mein Herz frohlockt, dass Ihr seinen Annäherungen widerstanden habt.«

»Wie das meine, dass ich meinen Bruder hier habe.« Sie sah mich unter den Wimpern hinweg an. »Und Euch.«

Ich schwöre, ich wuchs einen Fuß in die Höhe.

Richard beendete unser Rendezvous. Nachdem er sich Berengarias Schilderung der Begebenheiten angehört hatte, wollte er den Bericht seiner Schwester hören. Als Nächstes beriet er sich mit dem Schiffskapitän und dem Ritter, der den Befehl über die Leibwache der Damen hatte.

»Isaakios hat sich wie ein Schurke benommen, das steht fest«, verkündete der König hinterher. »Trotzdem bleibt er der Herrscher Zyperns. Höflichkeit ist nach wie vor angebracht.« Er befahl de Chauvigny an Land, um den Kaiser aufzusuchen. »Erweist ihm jeden Respekt. Ersucht höflich, alle unsere Männer, die noch gefangen gehalten werden, freizulassen und zu befehlen, dass das Hab und Gut, das seine Leute aus den Schiffswracks geborgen haben, zurückgegeben oder mit Münzen bezahlt wird.«

Richard sandte auch eine Nachricht an die ganze Flotte. Jeder Ritter, jeder Soldat und Armbrustschütze sollte sich kampfbereit machen. Alle Beiboote der Schiffe waren klarzumachen.

Ich suchte den Blick des Königs. »Ihr glaubt, Isaakios wird sich weigern, Sire?«

»Schaut auf den Strand.«

Mit zusammengekniffenen Augen sah ich an den fünf zyprischen Galeeren, die zwischen uns und dem Land lagen, vorbei und entdeckte etwas, das wie eine eilends errichtete Schanze aussah, die über den Sand lief. Mir dämmerte die Erkenntnis. »Er hat sich bereits entschieden zu kämpfen.«

»Ganz recht.« Trotz der Gefahren einer Landung vor einer verteidigten Stellung klang Richard erfreut.

Ich muss gestehen, auch mein Blut erhitzte sich.

KAPITEL XI

De Chauvigny blieb nicht lange fort. Sein grimmiges Gebaren, als er das oberste Ende der Strickleiter erreichte, sprach Bände.

Richard schritt zu ihm. »Isaakios hat abgelehnt?«

»Schlimmer als das, Sire. Er hat mich auf Griechisch beschimpft – ich habe ihn nicht verstanden, und der Dolmetscher wollte es nicht übersetzen. Dann sagte er: ›Der König von England ist für mich ein Nichts‹, und befahl mir zu gehen.«

Am Hals des Königs pochte eine Ader.

Ich machte mich darauf gefasst, dass er vor Wut platzte.

Doch stattdessen brüllte er: »Zu den Waffen!«

Trompeten schmetterten. Männer beeilten sich, ihre Rüstung anzulegen. Rhys war auf dem Transportschiff, deshalb ging es bei mir langsamer als gewöhnlich. Die Lederriemen am Knie, die das Gewicht der Ringelbeinlinge verteilten, waren das kleinste Problem, aber die Riemen, die das Gleiche an den Handgelenken übernahmen, erforderten zwei Hände. Ich sah mich nach jemandem um, der mir helfen konnte.

Richard bemerkte es. »Robert, wollt Ihr bitte Rufus helfen?« Der Zwist zwischen mir und FitzAldelm konnte ihm unmöglich entgangen sein. Meistens beachtete er ihn nicht, aber bei manchen Gelegenheiten, so wie dieser, versuchte er uns zusammenzubringen.

FitzAldelm konnte dem König keine Bitte abschlagen. Mürrisch bedeutete er mir, den Arm vorzustrecken. Richard sah zu, daher gehorchte auch ich. FitzAldelm nahm den Lederriemen aus meiner anderen Hand und band ihn ums Handgelenk, aber fester als üblich.

Ich ballte die Hand und bewegte sie nach links und rechts. »Lockert ihn.«

Mit höhnischer Miene befolgte er meinen Wunsch und machte an der anderen Hand das Gleiche.

Ich bedankte mich nicht.

Er suchte meinen Blick. In seinen Augen lag keinerlei Freundlichkeit. »Das sind wacklige Boote, in die wir steigen. Passt auf, dass Ihr nicht ins Wasser fallt. So viel Ringpanzer würde auch einen guten Schwimmer wie Euch in die Tiefe ziehen.«

In meiner Brust flammte die Weißglut auf, zu der er mich schon so oft getrieben hatte. »Versucht es, FitzAldelm, und ich schwöre vor Gott und allen Heiligen, ich nehme Euch mit auf den Meeresgrund.«

Er zuckte ein wenig zurück, und obwohl er eine Entgegnung murmelte, wussten wir beide, dass ich gesiegt hatte. Er machte keine Anstalten, ins Boot des Königs zu steigen, in dem ich mit Richard, de Béthune, de Chauvigny und einem halben Dutzend Armbrustschützen saß, sondern kletterte in das zweite Fahrzeug.

Unser Plan sei einfach, rief der König. Wir würden zuerst zu den zyprischen Schiffen fahren und Armbrustsalven auf sie hinabregnen lassen. Danach würden wir das Gleiche am Strand wiederholen. Der Befehl wurde von Mannschaft zu Mannschaft weitergereicht. Über uns hing eine nervöse, aber aufgeregte Stimmung.

Ich hielt den Plan für Wahnsinn. Eine zusammengewürfelte Streitmacht in einer Flotte aus Ruderbooten, mehr waren wir nicht, und griffen ein Heer von überlegener Stärke an. Doch beschwingt von Richards Zuversicht schob ich meine Bedenken beiseite.

Nur zwei Armbrustschützen konnten gleichzeitig am Bug stehen, daher schossen sie, während die anderen vier nachluden. Auf diese Weise, erklärten sie dem König, könnten sie den Feind kontinuierlich mit Beschuss belegen. Er antwortete mit ermutigenden Worten und sagte, er baue darauf, dass sie uns ans Ufer brachten.

Die Armbrustschützen nickten eifrig. Zu den Ruderern sagte der König mehr oder weniger das Gleiche, und sie reagierten mit ähnlicher Begeisterung. Seine Fähigkeit, einfache Männer zu inspirieren, wenn ihre Welt kurz vor dem Absturz in blutiges Chaos stand, war in höchstem Maße bemerkenswert.

Von Rechts wegen hätten unsere Feinde unseren Angriff mühelos zurückschlagen müssen, und doch überwältigten wir die Geier auf den feindlichen Schiffen mit einer Armbrustbolzensalve nach der anderen. Binnen hundert Herzschlägen hatten die meisten ihren Posten verlassen. Als Nächstes hörten wir Gebrüll und Schreie, gefolgt von Platschen. Sie gaben die Galeeren einfach auf und sprangen ins Wasser.

Nun teilte Richard unsere Streitmacht und befahl einigen Männern, die feindlichen Schiffe aufzubringen, während er mit den übrigen ans Ufer fuhr. Was uns dort erwartete, war wahrhaft einschüchternd.

Limassol war geräumt worden, wie es schien, um den wackligen, windschiefen Wall zu errichten, der sich eine halbe Meile lang über den Strand erstreckte. Fässer und Kisten waren in Reihen gestapelt, Türblätter dagegen gestützt. Fenster waren mitsamt Rahmen und Läden aus den Hausmauern gerissen und zur Verstärkung der Schanze benutzt worden. Umgedrehte Galeeren, Bänke, Truhen und Planken waren zusammengezimmert worden, die Lücken mit Schilden geschlossen. Das Ergebnis wirkte bizarr.

Dutzende von Reitern ritten vor dem Wall hin und her. Banner und Wimpel flatterten an ihren Speerspitzen. Sie waren reich gekleidet und saßen auf guten Tieren. Als ich einen entdeckte, dessen Helm ein goldener Reif umspannte, machte ich den König auf ihn aufmerksam und meinte, es könnte Isaakios sein.

Richard stimmte mir zu. »Ich hoffe, er hat den Mut, sich zum Kampf zu stellen!«, rief er. »Ich werde ihn auf ein passendes Maß stutzen.«

Fast war es, als hätte Isaakios ihn gehört. Als wir näher kamen und unsere Armbrustschützen die Bolzen fliegen ließen, galoppierten die Reiter außer Reichweite und zogen sich hinter den Wall zurück. Den Kampf überließen sie den Hunderten von Grifonen, die das eigentümliche Schanzwerk bemannten. Mit Speeren bewaffnet, mit Äxten und Hämmern, jaulten sie uns wie Hunde an, als unsere Boote ins seichte Wasser gelangten.

Auf Richards Befehl hin sprangen unsere Armbrustschützen über die Bordwand. Das Kommando wurde nach links und rechts weitergegeben, und bald wimmelte es am Strand von Gruppen, die zu zweit und zu dritt vorrückten. Sie schossen, reichten die Waffen an die Männer hinter sich weiter, empfingen eine frisch geladene Armbrust und schossen – und dann wiederholten sie es. Bis wir Ritter an Land gewatet waren, hatten sie die Oberseite der Barrikade freigemacht. Von Bolzen gespickte Leichen lagen schlaff über Fässern und Planken, Schmerzensschreie und ängstliche Rufe gellten durch die Luft. Unsere Männer heulten zur Antwort, sie witterten schon den Sieg.

»Vorwärts!« An seinem Helm mit dem roten Schmuck und seiner massigen Gestalt erkennbar, stürmte Richard voran.

Langsam und unbeholfen erkletterten wir die Schanze. Wenn Geier uns erwartet hätten, wären wir abgeschlachtet worden. Die meisten von ihnen flohen aber schon, wie wir sahen, als wir die Wallkrone erreichten. Hunderte von anderen wimmelten umher, halfen den Verwundeten, zeigten entsetzt auf uns, brüllten voller Schrecken.

Richard sprang in den Sand, ein Sturz, der tiefer war als ein Mann hoch. Zu seinem Glück landete er auf den Füßen. Ein Grifone stellte sich ihm entgegen, ein hünenhafter Mann in einem Lederschurz mit einem Schmiedehammer. Bei seinen Muskeln hätte er Richard mit einem Hieb den Schädel im Helm zerschmettert.

Der Schmied schlug seitwärts. Sein Hammer verschwamm zu einem tödlichen Schemen mit einem Kopf aus Eisen.

Ich war kurz wie gelähmt vor Angst, er könnte den König töten.

Richard duckte sich tiefer, als es ihm hätte möglich sein dürfen.

Der Hammer pfiff über seinen Kopf hinweg.

Richard richtete sich auf, schnell wie ein Löwe, und durchbohrte den Schmied wie einen Kapaun mit einem Röstspieß. Mit einer roten Fontäne fuhr seine Schwertspitze aus dem Rücken des Mannes. Richard hob den Fuß und schob den sterbenden Feind von seinem Stahl. Der Schmied brach mit schlaffen Gliedern und weit aufgerissenem Mund zusammen.

Ich traute kaum meinen Augen. Gott liebt die Wagemutigen, dachte ich, und die, die an der Spitze führen, wenn sie für die Sache des Herrn streiten.

Der König hob seinen Schild mit dem angevinischen Löwen und das blutige Schwert hoch und brüllte: »Dex aie!«

Es war, als wäre das Wolfsrudel gerufen worden. Hinab sprangen wir, Ritter, Knappen, Armbrustschützen, und brüllten aus vollem Hals die Männer an, die es gewagt hatten, sich uns zu widersetzen.

Die Geier machten kehrt und rannten um ihr Leben.

Und wie eine Meute rasender Bestien setzten wir ihnen nach.

Dutzende Grifonen fielen unseren Klingen und Armbrüsten zum Opfer. Von Panik erfüllt, flohen sie auf die Felder und in das Waldland, die Limassol umgeben, und überließen uns die Stadt. Bevor wir ihre Mauern erreichten, fand Richard eine alte Mähre mit einem abgewetzten Sattel, an dem eine Tasche hing und dünne Seilschlaufen als Steigbügel. Er sprang dem Tier auf den Rücken und hetzte allein – ohne auf meine Rufe zu achten – einer Gruppe Reiter hinterher, die er entdeckt hatte. Bald darauf kehrte er zurück und lachte so heftig, dass er Mühe hatte, sich im Sattel zu halten.

»Was lacht Ihr, Sire?«

»Ich habe Isaakios eingeholt!«

»Ihn allein, Sire?«

»Nein, sein Haushalt war bei ihm.«

Ich schloss die Augen und versuchte mir nicht vorzustellen, was hätte geschehen können, wenn der König allein gegen Gott weiß wie viele Feinde focht. »Habt Ihr mit ihm gesprochen, Sire?«

»Und ob! ›Kaiser, komm tjosten!‹, habe ich gerufen, aber er gab keine Antwort, sondern floh, so schnell er konnte.« Richard wies zu den Hügeln nördlich von uns. »Dorthin ist er geritten, auf dem schönsten Hengst, den ich seit vielen Jahren gesehen habe. Schnell wie der Wind war das Tier. Dies heruntergekommene Geschöpf hatte keinerlei Aussicht, ihn einzuholen.«

Ich schüttelte den Kopf, amüsiert und verzagt zugleich. »Sire, es war nicht klug, auf eigene Faust davonzureiten, ohne jeden Schutz. Ihr hättet erschlagen werden können.«

Dröhnendes Gelächter drang aus seinem Helm. »Aber das wurde ich nicht, Rufus. Wurde ich nicht! Gott lächelte über mir.«

Was konnte ich anderes tun, als zu nicken und zuzustimmen. Wahrlich, es schien, der Himmel schützte das Leben des Königs.

Am nächsten Tag hatte ich Anlass, das Gleiche erneut zu denken. Weil wir weitere Kämpfe erwarteten, hatten wir in der Nacht die Pferde an Land gebracht. Nach einem ganzen Monat auf See waren die armen Tiere steif und lahm und benommen, aber die Knappen führten sie stundenlang am Strand auf und ab, fütterten sie mit dem besten Heu und gaben ihnen etwas Hafer. Bei Morgengrauen des folgenden Tages waren sie schon wieder erholt. Obwohl sie mehr Erholung hätten brauchen können, war Richard nicht in Stimmung für Verzögerungen. In einem Ölberg nicht weit von uns war eine Gruppe Grifonen entdeckt worden.

Fünfzig von uns einschließlich des Königs ritten den Angriff. Ich sage Angriff, obschon die feindlichen Reiter nicht einmal den

Versuch unternahmen, uns standzuhalten, und sich stattdessen Hals über Kopf nach Norden zurückzogen. Wir jagten ihnen vorsichtig hinterher, denn wir mussten unsere Destrier noch schonen. Nach einer Meile war offensichtlich, dass die Geier auf ein großes Lager zustrebten, das von de Drune und einigen anderen Kundschaftern bereits entdeckt worden war. Die chaotische, ausgedehnte Ansammlung von Zelten und Wagen besaß keinerlei Schutz, nicht einmal einen Graben. Richard ließ uns einige Hundert Schritte davor anhalten.

Die Reiter, die wir verfolgt hatten, erreichten die eigenen Linien. Auch sie wurden langsamer. Männer drehten sich im Sattel um und riefen Beleidigungen in unsere Richtung. Sonnenlicht blitzte auf Helmen und Speerspitzen beiderseits von ihnen – zahlreiche Soldaten waren bewaffnet und beobachteten uns. Sie klapperten mit den Schilden und brüllten, aber sie griffen nicht an.

»Soll ich einen Boten aussenden, der die Reiter holt, Sire?«, fragte ich.

»Nicht nötig.«

Erstaunt fragte ich: »Sollen wir sie einfach gewähren lassen, Sire?«

»Nichts weniger als das.« Er lachte verschmitzt. »Wir greifen das Lager an.«

Er scherzte nicht. Ein Blick auf de Béthune und de Chauvigny verriet mir, dass sie genauso überrascht waren wie ich. De Béthune zuckte mit den Schultern, als wolle er sagen: *Wer sind wir, ihm zu widersprechen?*, und ich lachte leise. Am Vortag war es meist genauso gegangen.

Ambroise der Sekretär war bei uns – er folgte dem König oft –, und genauso einer seiner Gefährten, ein bewaffneter Schreiber mit schmalem Gesicht, der Hugues de la Mare hieß. Er wählte diesen Moment, um Eindruck zu machen, und sagte: »Es wäre klug, sich zurückzuziehen, mein Herr König. Sie sind zu viele.«

Richard war sehr erheitert und zwinkerte ihm zu. »Haltet

Euch an Eure Schriften, Herr Schreiber, und überlasst das Kämpfen uns.«

Während sich de la Mare mit schamgerötetem Gesicht zurückzog, ließ der König uns eine Linie bilden.

Im Lager mussten zweitausend Geier sein, in der Hauptsache Fußvolk, aber mehrere Hundert waren Reiter. Obwohl wir alle schwer gepanzert waren, mit Helmen, Brünnen und Ringbeinlingen, zählten wir fünfzig. Fünfzig.

Die Grifonen, die uns beobachteten, machten sich keine Vorstellung, was ihnen bevorstand. Selbstsicher schlugen sie weiterhin mit den Speerschäften auf ihre Schilde und riefen Schmähungen.

Wir legten die Lanzen an. Unsere Destrier stampften mit den Hufen. Wir waren bereit. Der König stand im Zentrum.

»Den ganzen Winter haben wir geschmaust. Zu viel getrunken und gespielt!«, rief Richard.

»Das Tier mit den zwei Rücken gemacht«, erwiderte eine Stimme vom Ende der Linie.

Die Spitze richtete sich gegen Richard, spielte auf die Halbsarazenin an, die er beschlafen hatte, aber der König lachte nur. »Jetzt wird es Zeit, die Spinnweben wegzuwischen. Dex aie!« Er gab seinem Pferd die Sporen und schoss voran, uns allen voraus.

Einen Herzschlag Verzögerung, dann waren wir hinter ihm. Fast Knie an Knie, die Lanzen mit scharfen Spitzen vor uns in einer Linie, donnerten die Hufe unserer Destrier über den weichen Boden.

Die Geier reagierten nicht sofort.

Ein Viertel der Entfernung legten wir zurück.

Ein Warnruf. Ein Mann wies auf uns. Sein Gefährte riss den Mund auf und rief etwas zur Antwort. Einige Köpfe wurden gedreht.

Wir waren ein Drittel der Entfernung geritten.

Ich machte die ersten Gesichter aus. Sie zeigten Lähmung, Entsetzen oder eine Mischung von beidem. Fußsoldaten schlurften mit starrem Blick zurück, wie eine Menschenmenge von einem brennenden Haus zurückweicht. Die Reiter waren nach wie vor unentschlossen, vielleicht überlegten sie, ob sie einen Gegenangriff beginnen sollten.

Noch hundertfünfzig Schritte.

Wir waren in vollem Galopp. Der Boden unter uns verschwamm. Pommers und ich waren eins, eine fest gefügte Kampfeinheit, die nichts aufhalten konnte. Meine Welt war zusammengeschrumpft. Alles war überdeutlich. Mein Atem, der heiß gegen die Innenseite des Helms keuchte. Die Lanze, unter dem rechten Arm verkeilt. Der Schild schwer an meinem linken Arm, mein Griff um die Zügel. Meine Schenkel, die fest pressten, meine Fersen, tief in die Steigbügel gedrückt. Mein Sichtfeld, vom schmalen Schlitz begrenzt, und der Grifone mit dem vergoldeten Helm, den ich mir zum Ziel gewählt hatte.

Lange, bevor wir den Feind erreichten, verloren unsere Gegner den Mut und flohen. Mit der Gewalt eines schweren Erdrutsches prallten wir gegen den Rest. Pferde stürzten um sich tretend zu Boden. Männer starben. Jedes Überbleibsel einer Formation wurde zersprengt. Wir ritten zwischen die Zelte der Geier, gepanzerte Dämonen, die unterschiedslos Fleisch und Spannseile zertrennten. Wir brachen nur ein kurzes Stück in ihr Lager ein, und eine allgemeine Flucht war im Gang.

Wir hatten trotz äußerst schlechter Aussichten einen überwältigenden Sieg errungen.

Alles war Richard zu verdanken.

Ich hatte schon früher gehört, wie der Name Löwenherz verwendet wurde, aber nicht oft. Nach diesem Tag bei Limassol jedoch sprachen gewöhnliche Soldaten ihn jedes Mal so an, wenn sie ihn erblickten.

In den Tagen, die darauf folgten, kam es zu keinen weiteren Kämpfen. Richard ließ Berengaria und Joanna an Land setzen und im schönsten Gebäude von Limassol unterbringen, einem Palast, der Isaakios gehört hatte. Nachdem der Kaiser geflohen war und sein Heer sich in alle Windrichtungen zerstreut hatte, erhielt der König Gelegenheit, sich in Gesellschaft seiner Verlobten und seiner Schwester zu erholen. Auch ich war im Palast einquartiert, was bedeutete, dass ich, solange der König die Prinzessin Berengaria besuchte, versuchen konnte, mit Joanna zu reden. Beim ersten Mal war ich scheu wie ein einjähriges Hengstfohlen. Das warme Lächeln, mit dem sie mich begrüßte, war zwar ermutigend, aber meinen Mut stärkte es kaum.

Um sie zu sehen, gab ich vor, eine Nachricht von Richard zu bringen – eine Lüge, die ich eingestand, kaum dass ihre Hofdamen außer Hörweite waren. Sie schürzte die Lippen, was nur meinen Wunsch vertiefte, sie zu küssen. »Schande über Euch, Sir Rufus. So verhält sich doch kein Ritter.«

Aus Sorge, sie könnte ihre Schelte ernst meinen, stieß ich die Wahrheit hervor. »Mir fiel nichts anderes ein, Madame. Täuschung fällt mir nicht leicht.«

»Ach, kommt.« Sie klang skeptisch, sogar ein wenig spöttelnd. »Ein Mann Eures Ruhmes und Eures Formats muss doch schon Feinsliebchen gehabt haben, die er ihren Anstandsdamen entlocken musste?«

»Weit weniger, als Ihr vielleicht glauben möchtet, Madame«, antwortete ich mit Nachdruck.

»In diesem Fall werdet Ihr diese Kunst erlernen müssen.«

Ich flehte stumm, dass sie damit meinte, was ich glaubte. »Madame?«

Sie sah mich unter ihren Wimpern hinweg an. »Selbst ein treuer Hausritter des Königs braucht einen guten Grund, allein in meiner Gesellschaft zu sein.«

Mein Herz machte einen Satz. Sie wollte mich *wirklich* sehen. »Ich werde mein Bestes geben, Madame.« Erneut das Lächeln, das meine Knie zu Brei werden ließ.

»Erzählt mir von Richards jüngsten Taten. Er ist kaum auf das eingegangen, was geschah, als Ihr landetet. Als ich ihn fragte, wie er Isaakios und seine Grifonen zweimal in die Flucht geschlagen habe, obwohl er so unglaublich in der Unterzahl war, lachte er nur und sagte etwas von einer Schindmähre, die man gegen ein Rennpferd antreten lässt.«

Froh gehorchte ich. Bei der Geschichte vom Schmied und seinem Hammer riss Joana die Augen weit auf – ich musste kurz wegsehen, um nicht den Faden zu verlieren –, und sie lachte, als sie hörte, wie Richard auf einem alten Klepper mit Steigbügeln aus Seilen Isaakios gehetzt hatte.

»Bei Jesus Christus, wie gern hätte ich ihm dabei zugeschaut. ›Kaiser, komm tjosten!‹ Hat er das wirklich gesagt?«

»Der König persönlich hat es mir so erzählt, Madame.«

Ein zärtlicher Ausdruck trat in ihr Gesicht. »So war er schon als Junge. Er machte sich über das Ernste lustig. Es gehörte zu den Dingen, für die ich ihn so liebhatte. Wenn Mama und Papa zankten, was oft geschah, erfand er die abstrusesten Gründe, weshalb sie stritten: alberne, komische Dinge, über die ich kichern musste und unsere Nöte vergaß. Erst als ich älter war, wurde mir klar, dass er das alles nur erfand, um mich von Missklang und Zwist abzulenken.«

»Er wollte Euch beschützen, Madame.«

»Mein einziger Bruder, der das tat«, sagte sie leise. »Gerechterweise war Johnny noch zu klein, aber Hal und Geoffrey hatten nie Zeit für mich. Hal war besessen von seinen Turnieren, und Geoffrey interessierte sich nie für irgendetwas, wovon er nicht sogleich profitierte.« Sie unternahm sichtlich die Anstrengung, sich zu fassen, und fragte: »Was ist mit Eurer Familie, Sir Rufus?«

»Nennt mich Rufus, Madame, ich bitte Euch, oder Ferdia, wenn Ihr wünscht.«

Sie neigte auf reizvolle Weise das Haupt. »Ferdia?«

»Jawohl, Madame. Das ist ein alter irischer Name.«

»Verzeiht, ich hätte daran denken müssen. Richard hat mir erzählt, dass Ihr aus Irland stammt.«

Ich erzählte aus meiner Kindheit, von sonnigen Nachmittagen, an denen ich den Sliabh Feá erklomm – ich lachte über ihren ersten Versuch, den Namen auszusprechen, und schaffte es schließlich, sie dazu zu bringen, »Schlie-af Fay« zu sagen und »Kär-lünn« für meinen Geburtsort. Ich erzählte von stürmischen Nächten am Feuer, wo ich die Legenden aus alter Zeit hörte. »Meinem Vater zufolge waren meine Brüder und ich wie drei Wolfsjungen, die immer spielten, sich balgten oder Unsinn trieben.«

»Sind sie noch in Irland?«

»In gewisser Weise, Madame.« Als ich ihren fragenden Blick sah, fügte ich hinzu: »Sie sind tot. Meine Eltern auch.«

»Sie alle?«

Ich nickte.

Sie schlug die Hand vor den Mund. »Rufus, das tut mir so leid.«

»Der Herr hat's gegeben, der Herr hat's genommen.« Ich verabscheute mich für meine abgedroschenen Worte. Meine Brüder haben keinen Pardon erhalten, wollte ich hinzufügen, und meine Mutter und mein Vater wurden ermordet. FitzAldelms Bruder war der Übeltäter.

»Ich möchte nicht in Euch dringen – ich merke Euch an, dass Ihr noch um sie trauert.«

»Gewiss. Lasst uns von Fröhlicherem sprechen.« Ich war erleichtert, dass ich nicht mehr über meine Familie erklären oder gar lügen musste.

»Wenn Ihr Ire seid, wie kommt es da, dass Ihr meinem Bruder dient? Meines Wissens gelangte er nie nach Irland.«

Bereitwillig schilderte ich ihr, wie ich mit Rhys von Striguil nach Southampton gereist war, auch wenn ich ihr einen anderen Grund nannte, nämlich, in Richards Dienste treten zu wollen. Weil ich nicht prahlerisch erscheinen wollte, ging ich schnell über den Überfall der Räuber auf Rhys und mich hinweg und schmückte Richards Einmischung aus. »Er hat uns beiden das Leben gerettet, Madame. Das werde ich niemals vergessen.«

»Und danach machte er Euch zu seinem Knappen?«

»Jawohl, Madame. Wir überquerten bald danach das Schmale Meer …«

»Wartet.«

»Madame?«

Ein winziges Fältchen zeigte sich auf ihrer Stirn. »Mein Bruder hätte Euch nie einfach so in Dienst genommen. Er tat es nicht, weil er Euch das Leben gerettet hatte.«

Meine Augen mieden ihren Blick.

»Rufus? Ferdia?«

Ich sah sie wieder an. »Madame?«

»Ziert Euch nicht so. Wieso hat Richard es getan? Erzählt es.«

Ich konnte mich nicht weigern und erzählte alles. Die Gestalt, die mit dem Bogen auf Richards Rücken zielte. Wie ich ihn zu Boden warf. Der Stein, den Rhys schleuderte, und mein hektischer Bogenschuss, der genauer getroffen hatte, als es mir vorher oder seitdem je gelungen war.

»Ihr habt *ihm* das Leben gerettet«, murmelte sie.

»Das habe ich, Madame«, räumte ich widerstrebend ein.

»Ihr und er scheinen es sich zur Gewohnheit zu machen, wenn man bedenkt, was sich jüngst in Messina ereignet hat. Wechselt Ihr Euch ab?«

Meine Lippen zuckten.

Sie lächelte.

Ich erinnere mich nicht, wer von uns zuerst lachte, aber im nächsten Augenblick kicherten wir beide wie kleine Kinder.

Von ihren Damen kamen Blicke, sowohl neugierig als auch missbilligend. Joanna beachtete sie nicht, also tat ich es ihr gleich.

Als wir uns wieder beruhigt hatten, sagte Joanna voller Wärme: »Ich danke Euch.«

»Wofür, Madame?«

»Ich sorge mich um den König. Er scheint sich in jede gefährliche Lage zu stürzen, die sich ihm bietet. Wenn wir das Heilige Land erreichen, wird er jeden Tag sein Leben riskieren, oder ich bin nicht seine Schwester. Zu wissen, dass er Euch an seiner Seite hat …« Ihr versagte die Stimme.

Ich konnte mich gerade noch beherrschen, nicht die Hand auszustrecken und sie zu berühren.

Sie starrte mir ins Gesicht. »Ich bin froh, dass Ihr bei ihm sein werdet.«

»Bis zu meinem letzten Atemzug bin ich sein Mann«, schwor ich.

Eine Träne lief ihr die Wange hinunter. Sie streckte die Hand vor, ergriff die meine und drückte sie.

Ich hätte sterben können, so glücklich war ich.

»Dazu wird es nicht kommen, Madame. Alles wird gut«, sagte ich voll Zuversicht. »Die Sarazenen mögen tapfer sein, aber unserem Heer können sie nicht standhalten. Mich würde es nicht überraschen, wenn wir die Weihnachtszeit in Jerusalem feiern.«

Ihr Gesicht erhellte sich. Sie begann von Spaziergängen im Garten von Gethsemane und Gebeten in der Grabeskirche zu schwärmen.

Ich genoss unsere Nähe – uns trennten kaum zwei Fuß – und sog sie in mich ein.

Als sie fertig war, kehrte ihre Aufmerksamkeit zu mir zurück. »Ferdia, Ihr starrt mich ja wieder an!«

»Ich kann nichts dagegen tun«, sagte ich unbeholfen.

Sie seufzte leise. »Was soll ich mit Euch anstellen?«

Küss mich, dachte ich.

Sie entwand mir ihre Hand und hob sie an meine Wange. Unter der flüchtigen Berührung liefen mir Schauer über die Haut. »Wir können nie verheiratet sein, wie Ihr wisst«, sagte sie. »Richard wird für mich am Ende einen neuen Gemahl finden.«

Das Herz wurde mir schwer, und ich platzte heraus: »Das ändert nichts an meinen Gefühlen.«

Sie öffnete die Lippen. In ihrer Miene stand eine Weichheit, wie ich sie nie zuvor gesehen hatte, und auf ihren Wangen war mehr Farbe. »Ihr sagt, Ihr könntet nicht mit Frauen umgehen, Ferdia. Ich nenne Euch einen Lügner.«

In diesem Augenblick hielt mich nur das Wissen, dass ihre Damen uns beobachteten, davon ab, sie in meine Arme zu schließen.

»Ihr geht nun besser. Richard wird mich besuchen, nachdem er bei Berengaria war. So lieb er Euch hat, er könnte wenig erfreut sein, Euch hier vorzufinden, zumal Ihr unter falschem Vorwand gekommen seid.«

Ihr Lächeln zeigte mir, dass es ihr nichts ausmachte, aber Grauen erfüllte mich beim Gedanken an die Reaktion des Königs. Ich verbeugte mich tief und konnte ihr dabei rasch einen Kuss auf den Handrücken hauchen – sie lächelte noch, als ich mich aufrichtete. Ich wünschte ihr Lebewohl.

»Ich werde es einrichten, dass ich ausreite, um das Land zu besichtigen«, sagte sie. »Richard wird mir einige Ritter zu meinem Schutz mitgeben. Seht zu, dass Ihr unter ihnen seid.«

»Jawohl, Madame.« Ich grinste wie ein Narr.

KAPITEL XII

Zu meiner großen Enttäuschung überwältigten uns die Ereignisse, bevor Joanna ihren Streifzug durch Zypern planen konnte. Gleich am nächsten Tag traf ein Bote ein, als ich mich gerade mit Richard auf dem gepflasterten Palasthof im Schwertkampf übte. Der König hielt inne, und wir traten auf die Seite. Die anderen Ritter hatten nichts bemerkt und schlugen weiter aufeinander ein.

Der Bote, ein Soldat aus der Wachmannschaft am Hafen, meldete Richard seine Neuigkeiten. Drei Schiffe seien gerade in den Hafen eingelaufen, und an Bord eines davon weile kein Geringerer als Guy de Lusignan, der König von Jerusalem.

Bei diesen Worten ging ein erregtes Raunen über den Hof.

»Es wird mit Conrad de Montferrat zu tun haben.« Richard bedeutete mir, ihn wieder anzugreifen. Auf die bevorstehende Ankunft ging er mit keinem Wort ein.

Wir übten uns noch immer, als Guy eintraf. Wir tauschten weiterhin Hiebe, umkreisten uns mit vorsichtigen Schritten und suchten nach einer Schwachstelle in der Abwehr des anderen. Als die Männer die Gruppe bemerkten, die im Eingang zum Hof standen, hielten sie mit dem Kampf inne.

»Er ist hier, Sire«, sagte ich und wich dabei einem Schwerthieb von der Seite aus.

Richard senkte den Arm. Groß und breit, wie er war, mit schweißverklebten Haaren und einem sich sträubenden Bart, zeigten sich unter dem glänzenden Panzerhemd seine kräftigen Muskeln. Er hielt ein rasiermesserscharfes Schwert und einen rot bemalten Dreieckschild, den ein goldener Löwe schmückte. Um diesen Anblick zu bieten, hat er die Rüstung noch nicht abgelegt, begriff ich.

Er wollte, dass Guy ihn so sah.

Der König winkte de Drune näher, einen der Wachtposten, die unsere Besucher hereingeführt hatten.

»Drei von ihnen ähneln sich wie Brüder, Sire«, sagte ich leise, als die Gruppe näher kam.

»Das sind sie auch. Guy, Geoffroy und Aimery.« Seine Lippen zuckten. »Ironisch, nicht wahr?«

Ich nickte.

Die de Lusignans waren Vasallen Richards in seiner Eigenschaft als Herzog von Aquitanien, aber seit über zwanzig Jahren ein Stachel im Fleisch seiner Familie. Die Brüder hatten mehrfach gegen Henry II. rebelliert. Keinem von ihnen war zu trauen, und doch kamen sie zu uns, näherten sich mit bescheidener Miene. Sie waren in Begleitung anderer, aber ich kannte niemanden von ihnen.

Richards Maske, das Gesicht, das er bei ernsten Gesprächen aufsetzte, schob sich an seinen Platz. Er sah zu, wie de Drune, einige Schritt weiter vorn, das Knie beugte.

»König Guy von Jerusalem kommt zu Euch, Sire, und mit ihm seine Brüder Geoffroy und Aimery de Lusignan, die Edlen Onfroy de Toron, Raymond de Tripoli und Bohémond d'Antioche, dazu Leon, Bruder des Fürsten von Armenien.« De Drune verbeugte sich und trat zur Seite.

Die Neuankömmlinge sanken alle auf ein Knie – sogar Guy. Er war ein stattlicher Mann mit dichten hellen Haaren, der Selbstsicherheit ausstrahlte, und glich Geoffroy wie ein Ei dem anderen – bis auf ihren Altersunterschied hätten sie Zwillinge sein können. Bei Aimery trat das gemeinsame Blut etwas weniger offensichtlich zutage, aber unleugbar war es ebenfalls vorhanden. Onfroy war ein dürrer Jüngling mit fahlem Gesicht, dessen trauriger Blick auf Richard haftete. Wie die Übrigen waren Raymond und Bohémond nach der Mode des Heiligen Landes glattrasiert. Das Gleiche galt für Leon, einen jungen Mann mit scharfen Gesichtszügen, dessen Schwert so kunstvoll verziert war, dass ich annahm, es sei noch nie benutzt worden.

»Ich heiße Euch willkommen, Messires«, sagte Richard. »Ich hätte nicht erwartet, Euch zu begegnen, bevor wir Akkon erreichen.«

»Die Notwendigkeit treibt uns an, Sire«, sagte Guy. Er wies auf Richards Schwert und Schild. »Ihr habt Euch geübt?«

»Gewiss. Unsere Vorbereitung auf den Kampf gegen Saladin. Eure Ankunft veranlasst mich zu der Frage, ob weitere Schlachten bevorstehen, und nicht gegen die Türken.«

»Ich – wir – sind gekommen, um vor Euch den Lehnseid abzulegen, Sire«, sagte Guy.

Seine Brüder und Gefährten machten zustimmende Laute.

»Das hättet Ihr doch auch vor Akkon tun können. Das hätte Euch eine Reise erspart.«

Guy sah Geoffrey an, welcher nickte. Sein Blick kehrte zu Richard zurück. »Ich bin hier, um Eure Unterstützung zu erbitten, Sire.«

»Gegen Conrad?« Guys Gesicht verriet Überraschung, und Richard fuhr fort: »Uns haben einige Nachrichten aus dem Heiligen Land erreicht. Eure Frau Gemahlin Sibylla ist im Herbst verstorben, Gott habe sie selig, und seither versucht Conrad de Montferrat, den Thron an sich zu bringen. Er ist mit Sibyllas Schwester Isabella verheiratet, was ihm wohl einen gewissen Anspruch verleiht.«

»Es war gegen ihren Willen, Sire«, warf Onfroy de Toron erregt mit rauer Stimme ein. »Sie ist noch immer meine Gemahlin, denn wir sind nie geschieden worden. Die Ehe mit Conrad de Montferrat ist ungültig. Sie wäre zudem bigamisch, denn Conrad ist bereits verheiratet, zweimal, und inzestuös, denn sein Bruder war einmal mit Isabellas Schwester verheiratet.«

Richard schenkte Onfroy einen mitfühlenden Blick, murmelte aber: »Besitz ist neun Zehntel des Rechtsanspruchs.« Er fuhr fort: »Ich habe erfahren, dass Philippe Capet sich nach seiner Ankunft vor Akkon mit Conrad verbündet hat, was Euch in eine gefährliche Lage bringt.«

»Ihr seid allsehend, Sire.« Guy senkte das Kinn.

»Und Eure Brüder, sind sie ebenfalls bereit zu schwören, dass sie mir dienen?« Richard sah weder Aimery noch Geoffroy an, die dennoch unbehaglich mit den Füßen scharrten.

»Das sind sie, Sire.« Guy bedachte die beiden mit einem Blick von der Seite.

»Ich würde Euch unsterbliche Treue schwören, Sire, wenn Ihr bereit wäret, sie anzunehmen«, sagte Geoffroy. Aimery wiederholte seine Worte. Man musste es ihnen lassen, sie klangen aufrichtig.

»In Anbetracht der Vorgeschichte unserer Familien würden mir die meisten raten, solche Versprechen mit großer Vorsicht zu betrachten«, sagte der König.

Amüsiert sah ich zu, wie Guy und Geoffroy mit Unterstützung Aimerys und der anderen den König priesen und an ihn appellierten. Im Gegensatz zu mir wussten sie nicht, dass er mit ihnen spielte. Trotz ihrer Unzuverlässigkeit waren Richard die Bande zwischen Lehnsherr und Vasall sehr wichtig. Und da seine Beziehungen zu Philippe so unbeständig waren, hatte er keinerlei Grund, sich ebenfalls hinter Conrad zu stellen.

Schon bald war die Angelegenheit bereinigt. Auf den Knien schworen Geoffroy, Aimery und die anderen dem König den Lehnseid. Einhundertsechzig Ritter waren mit ihnen gekommen, die das Gleiche tun würden. Im Gegenzug versprach Richard, alles in seiner Macht Stehende zu tun, um dafür zu sorgen, dass Guy erneut als König von Jerusalem anerkannt wurde.

Nachdem die Formalitäten erledigt waren, schenkte Richard mit einem Lächeln dem mittellosen Guy zweitausend Mark, dazu zwanzig Kelche aus seinem Schatz, von denen zwei aus Gold bestanden.

Dann lud er alle zu seiner Hochzeit am nächsten Tag ein.

Richard nahm Berengaria an einem Sonntag, dem 12. Mai des Jahres unseres Herrn 1191, zur Frau. Die Zeremonie fand in der größten Kirche von Limassol statt. Selbst eine Maus hätte darin kaum noch Platz gefunden, so gedrängt ging es zu. Meine Stellung im Haushalt bedingte jedoch, dass ich weit vorn stand, mit Blick auf den König und seine Braut, als sie von Nicholas, dem Bischof von Le Mans, vermählt wurden.

Ich jedoch hatte nur Augen für Joanna, die ganz in meiner Nähe stand. Ich bemerkte, wie sie ein- oder zweimal in meine Richtung schaute. Sie gab durch nichts zu erkennen, dass sie mich gesehen hatte, aber mein Herz machte einen Satz.

De Béthune stieß mir in die Rippen. Er sah mich warnend an.

»Stiert nicht so«, zischte er. »Möchtet Ihr, dass jemand Euch sieht – FitzAldelm zum Beispiel?«

Zur Besinnung gebracht – mein Feind stand ein kleines Stück hinter mir –, nickte ich dankend.

»Wenn Ihr so weitermachen müsst, dann seid vorsichtiger. Einem kleinen Vöglein fiele es doch allzu leicht, Richard etwas ins Ohr zu flüstern.«

Ich nickte abermals, dankbar, solch einen Freund zu haben.

Nachdem die Ehe geschlossen war, fand eine zweite Zeremonie statt. Berengaria wurde von Jean, Bischof von Evreux, zur Königin von England gekrönt. Richard beschenkte sie mit einer großzügigen Brautgabe, die volle Rechte am ganzen Land in der Gascogne südlich der Garonne umfasste. Auf diese Ländereien, die an der Grenze zum Königreich ihres Vaters verliefen, hatte sich Richard in den Verhandlungen mit Sancho geeinigt.

Danach begannen die Feierlichkeiten. Jeder Koch im Umkreis von fünfzig Meilen war herbeigerufen worden, um das üppige

Festmahl zu bereiten, das uns im großen Saal des Palasts erwartete. Der Abend war lang, voller Musik und Fröhlichkeit, und ihn krönte ein heimlicher Augenblick mit Joanna. Als sie ging, um dem Ruf der Natur zu folgen, folgte ich ihr. Der Abtritterker wurde durch einen kurzen Korridor erreicht, der ihn mit dem Saal verband. Beiläufig trat ich kurz nach ihr herein und fand eine ihrer Damen vor, die vor der Tür Wache hielt.

Ich zögerte. Vernünftig wäre es gewesen, mich zurückzuziehen. Ich setzte alles aufs Spiel, indem ich weiterging.

Ich dachte an den Ausritt aufs Land, von dem Joanna gesprochen hatte. So angenehm er sein würde, ich hätte keinerlei Gelegenheit erhalten, mit ihr allein zu sprechen.

Ich entschied mich für einen Kopfsprung ins kalte Wasser und sagte zu der Hofdame: »Ich bin Rufus, ein Ritter des Königs. Die Königin hat darum gebeten, mich zu sprechen.«

Das sonst so hübsche Gesicht war verkniffen vor Missbilligung. »Hier?«

»Richtig. Mit Eurer Erlaubnis.« Mit einer entschlossenen Bewegung schob ich sie zur Seite und betrat den Korridor. Ohne auf die erstickte Aufforderung der Hofdame zu achten, ich möge augenblicklich stehen bleiben, ging ich die zehn Schritt bis zur Tür des Abtritts. Nun verließ mich mein Mut, denn es gab keine höfliche Möglichkeit, Joannas Sitzung zu unterbrechen. Doch das Glück war mir hold. Der Riegel wurde gehoben, die Angel knarrten, und das Herz pochte mir bis zum Hals.

Joannas Hofdame war hinter mir und verlangte wütend flüsternd, dass ich mich zurückzog.

Joanna öffnete die Tür und sah mich.

»Vergebt mir, Madame. Ich muss Euch sprechen.«

Meine Worte hingen in der Luft. Unsere Blicke trafen sich. Ich konnte die Hofdame hinter mir nicht mehr hören.

»Wartet dort hinten.« Joanna wies in den Korridor. »Lasst niemanden herein.«

Mit einem erstaunten und nicht ganz erbauten Nicken gehorchte die Hofdame.

Joanna nahm meine Hand, führte mich in den von Kerzen erhellten Abtritt und schloss die Tür. »Das ist kein Ort, um eine Königin zu sprechen«, sagte sie, aber sie lächelte.

Ich gab ihr keine Antwort, ich starrte sie nur an.

»Was ist?« Ihre Stimme klang rau.

»Ihr seid ein Engel, der auf die Erde herabstieg, ich schwöre es.«

Als sie den Mund öffnete, um zu antworten, trat ich vor und küsste sie. Sie belohnte meine Leidenschaft, indem sie meinen Kuss wild erwiderte, und ich schloss sie in die Arme.

Viel zu bald löste sie sich von mir. »Ich muss zurück in den Saal.«

Ich küsste sie noch einmal, und sie wand die Finger in meine Haare, um mich an sich zu drücken. Ich hätte ewig so bleiben können.

Erneut zog sie sich zurück. »Rufus.« Ihre Stimme war ein wenig atemlos.

Ich starrte ihr in die Augen und nahm meine Lippen von ihren. Ich riskierte, sie mit Vornamen anzusprechen. »Joanna?«

»Jemand wird bemerken, wie lange ich fort bin. Wir dürfen nicht entdeckt werden, schon gar nicht hier.«

Kalte Vernunft gewann die Oberhand. »Natürlich.«

Sie rückte den Ausschnitt ihres Kleides zurecht und legte eine Hand auf den Riegel. »Zählt bis hundert, ehe Ihr mir folgt.«

»Das werde ich.« Ich streckte den Kopf vor für einen weiteren Kuss, den ich auch erhielt.

»Ich gehe jetzt, Ferdia.« Sie schaute mich so verträumt an, dass mir die Knie zitterten, und öffnete die Tür.

»Wann kann ich Euch wiedersehen?«

»Das weiß ich nicht.« Sie trat in den Korridor.

Mir wurde das Herz schwer. Ich spähte um den Türrahmen

in dem verzweifelten Wunsch, dass unsere Begegnung nicht so enden möge.

Sie sah zurück. »Ich finde eine Möglichkeit.«

Jesus Christus, in diesem Augenblick hätte ich gegen jeden Mann in Saladins Heer kämpfen und mit dem Sieg rechnen können.

Wie es schien, war der Konflikt mit Isaakios beigelegt. Bald nach den tagelangen Hochzeitsfeierlichkeiten bat der Kaiser um eine Audienz bei Richard, und mit Garnier de Nablus, dem Großmeister des Johanniterordens, als Vermittler trafen sie sich in einem Garten aus Feigenbäumen zwischen dem Strand und der Straße nach Limassol. Keine Forderung des Königs war Isaakios zu viel. Er schwor, mit dem König ins Heilige Land zu ziehen und fünfhundert Ritter zu stellen. Als Zeichen seiner Aufrichtigkeit sollten die Burgen Zyperns von englischen Truppen besetzt werden. Außerdem würde er dreitausendfünfhundert Mark an Richard zahlen. Isaakios erklärte sich sogar bereit, die Hand seiner Tochter Beatrice dem zu geben, wen immer der König als geeignet erachtete. Trotz des hohen Preises wirkte Isaakios, ein Mann mit schmalem Gesicht und langer Nase, fröhlich und zufrieden. Er tauschte den Friedenskuss mit dem König und nahm das Angebot an, mit ihm zu speisen. Zelte wurden aufgestellt, Wagen trafen ein, die Köche und alles brachten, was nötig war, um ein Bankett auszurichten.

Sämtliche Zusagen waren jedoch eine List. In der Schwärze der Nacht schlichen sich Isaakios und sein Gefolge zu ihren Pferden und flohen. Erst am Morgen wurde die Täuschung entdeckt. Richard war nicht im Mindesten verärgert, sondern in Hochstimmung.

»Indem er seinen Eid bricht, spielt mir der Narr in die Hände«, erklärte er beim üppigen Resteessen zum Frühstück. »Jetzt habe ich eine Rechtfertigung, die ganze Insel einzunehmen.«

Einige Tage später eroberten wir die Stadt Famagusta, achtzig Meilen die gewundene Küstenlinie entlang entfernt. Tatsächlich trafen wir auf keinerlei Widerstand. Die Stadt war menschenleer bis auf ein paar Greise und jene, die zu schwach oder unwillens waren zu fliehen. Isaakios war auf seinem schnellen Pferd Fauvel längst verschwunden. Nikosia, tief landeinwärts gelegen, war unser nächstes Ziel. Wir hielten gerade lange genug an, um genügend Vorräte für den langen Marsch in der Hitze zu kaufen.

In der willkommenen Kühle des frühen Abends am zweiten Tag schlug Rhys vor, dass wir uns auf die Hafenmauer setzten und angelten, wie wir es in Messina getan hatten. Da ich keine Möglichkeit hatte, Joanna zu sehen – sie war oft mit Berengaria hinter verschlossenen Türen –, willigte ich ein. De Drune kam mit uns. Wir hatten vielleicht ein halbes Dutzend Fische aus dem Wasser gezogen und labten uns an einem Schlauch mit Wein, als zwei Schiffe von Osten her einfuhren. Rhys, der mit Adleraugen gesegnet war, entdeckte die Lilienwimpel an ihren Masten als Erster.

»Sie werden von Philippe kommen.« Ich zog meine Schnur ein. »Gehen wir zum Steg und empfangen sie.«

Meine Ahnung erwies sich als korrekt. An Bord des führenden Fahrzeugs waren Gesandte von Philippe Capet: der Bischof von Beauvais und ein stiernackiger Adliger namens Dreux de Mello. Sie waren wenig erfreut, an der Laufplanke von drei Anglern begrüßt zu werden, auch wenn diese Französisch sprachen. Ich hatte von dem Bischof gehört: Er war ein Cousin Philippe Capets und ein korruptes Schwein. Niemand anderer als er hatte die rechtswidrige Ehe zwischen Conrad de Montferrat und der unglücklichen Isabella, der Gattin von Onfroy de Torons, geschlossen. Der Bischof war untersetzt und hatte ein rundes Gesicht. Er beäugte Rhys, der im warmen Sonnenschein mit nackter Brust ging, mit überfreundlichen Blicken. Rhys, der für solche Aufmerksamkeiten blind war, bemerkte es nicht einmal. Ich schickte ihn los,

Pferde für die französischen Gesandten zu holen, und de Drune, um dem König die unerwarteten Besucher zu melden.

Ich hegte keinen Wunsch, mit dem arschliebenden, gesetzesbrechenden Bischof zu sprechen, aber ich war gespannt auf die Lage vor Akkon. Ich sollte enttäuscht werden. Entweder hatte de Mello nicht verstanden, dass ich ein Ritter Richards war, oder er hielt sich für etwas Besseres. Vielleicht ist es auch beides, dachte ich, als ein zweiter Versuch, ihn ins Gespräch zu ziehen, jämmerlich scheiterte. Ungehobelter französischer Schwanz, dachte ich und richtete meine Gedanken auf Joanna.

Rhys kam mit Philip zurück, der zwei zusätzliche Pferde führte. Das beste der vier Tiere war mein Runtzid. De Mello ging direkt darauf zu. Mir bereitete es ein außerordentliches Vergnügen, ihm zu sagen, dass das Pferd mein Eigentum sei und er jedes der anderen reiten könne, das ihm gefalle. Auf dem ganzen Weg zur Festung, in der sich der König aufhielt, war sein Gesicht so sauer wie geronnene Milch, aber mich scherte es nicht. Sie brachten Neuigkeiten, die Richard verärgern würden, dessen war ich mir sicher, und daher hielt ich es nicht für notwendig, höflich zu sein.

Als wir in der Wohnhalle ankamen, ließ der Vogt uns warten. Das musste schierer Vorsatz sein. Der König brauchte nie lange, um sich anzukleiden.

Als Richard erschien, stand fest, dass er sich Mühe gegeben hatte, eindrucksvoll zu wirken. Über einem Hemd aus roséfarbenem Samt trug er einen Mantel, verziert mit kleinen Halbmonden aus massivem Silber, welche weißlich schimmerten, und vielen glänzenden Kügelchen wie goldene Sonnen, die dazwischen verteilt waren. An seinem mit Kreuzen besetzten Gürtel hing ein Schwert mit goldenem Heft in einer Scheide aus gehämmertem Silber. Seine Mähne bedeckte eine scharlachrote Mütze, die mit Goldfäden in den Umrissen von Vögeln und Sagentieren bestickt war, und als Symbol seines Amtes hielt er einen Stab aus Elfenbein. Sein Anblick war großartig und eine Freude für die Augen.

Ich stellte die französischen Gesandten vor und trat beiseite. Richard nickte mir dankend zu. Als FitzAldelm es sah, zog er eine finstere Miene. Ich zwinkerte ihm zu, woraufhin sich sein Gesicht noch mehr verdüsterte.

Beide Männer knieten nieder, der Bischof mit heftigem Keuchen, und stellten sich vor.

»Philippe schickt Euch«, sagte Richard.

»So ist es, Sire. Er sendet Euch liebevolle Grüße.« Der Bischof lächelte ölig. Ich mochte ihn noch weniger.

»Welche Botschaft überbringt Ihr mir von ihm?«, fragte Richard.

»Er hat zahlreiche Belagerungsmaschinen gebaut, Sire, und die Bastionen von Akkon tagelang beschossen, was großen Schaden verursacht hat.«

»Und eine Bresche – hat er eine Bresche geschlagen?« Richards Gesicht war hell vor Spannung. »Hat er Sturmangriffe geführt?«

»An mehreren Stellen an den Mauern wäre ein Angriff möglich, Sire, aber der König hat seinen Männern den Vorstoß noch nicht befohlen. Er wartet auf Euch.«

»Immer noch?«, rief Richard. »Das hörte ich schon vor Wochen! Was tut denn Philippe von morgens bis abends – sitzt er auf seinen Händen?«

Der Bischof schürzte die Lippen, de Mellos Gesicht lief tiefrot an. Sie tauschten einen Blick, und der Bischof sagte: »Der König verlangt, dass Ihr das Griechische Meer nach Akkon so schnell überquert, wie Ihr könnt, Sire, damit Ihr zusammen mit ihm den entscheidenden Angriff auf die Stadt führen könnt.«

»Verlangt?« Richard sprach leise, aber seine Stimme durchschnitt den Raum wie eine Klinge.

Der Bischof zog am Kragen seines Hemdes, als wäre er von einem Moment zum anderen zu eng geworden. »Jawohl, Sire, so hat er sich ausgedrückt. Er will, dass Ihr Eure Flotte bereitmacht und binnen einer Woche ausläuft.«

»Früher, wenn möglich, Sire«, fügte de Mello nervös hinzu.

»Welch unerhörte Frechheit«, sagte Richard und fuhr in schneidendem Ton fort: »Wäre da sonst noch etwas?«

Der Bischof hüstelte und sah überallhin, nur nicht zu Richard. De Mello zeigte größeren Mut. Er schöpfte Atem und antwortete: »Der König sagt, Ihr missachtet das wichtige Vorhaben, Saladin zu besiegen und Jerusalem zurückzuerobern. Ihr verfolgt hier unschuldige Christen, während Ihr eigentlich die Sarazenen im Heiligen Land angreifen solltet.«

Ein schockiertes Schweigen senkte sich herab.

An Richards Kehle pochte die Ader, die seine reinste Wut anzeigte. Ohne den Blick von de Mello zu nehmen, hob er eine Braue, als wollte er fragen: *Seid Ihr nun fertig?*

»Ihr erscheint so mutig, sagt der König, Sire, aber wenn es darum geht, die Sarazenen anzugreifen, seid Ihr ein Feigling«, sprach de Mello geradezu flüsternd zu Ende.

Ich war nicht der Einzige, der vor Überraschung und Zorn keuchte.

Richard platzte vor Wut. Die Beschimpfungen, die er dem Bischof und de Mello an den Kopf warf, hätten die Haare eines Heiligen weiß werden lassen. Er brüllte und drohte ihnen mit seinem Stab, bis ich schon glaubte, der fahlgesichtige Bischof würde ohnmächtig. De Mello ertrug Richards Zorn ein wenig besser, aber auch in seinem Gesicht stand die nackte Angst.

»Sagt Eurem Herrn *Philippe*, nicht für die Hälfte aller Schätze Russlands würde ich Zypern verlassen, ehe ich bereit bin. Wenn ich die Insel erobert, seine beiden Häfen eingenommen und alles Korn und allen Wein erhalten habe, die für die Eroberung des Heiligen Landes nötig sind, dann und nur dann komme ich nach Akkon«, sagte der König. »Habe ich mich klar genug ausgedrückt?«

Der Bischof und de Mello murmelten inbrünstig Zustimmung.

»Dann verschwindet, bevor ich vergesse, dass Ihr Gesandte seid.« Richard ließ die Hand auf das goldene Heft seines Schwertes fallen.

Niemals hat sich ein dicker Mann so schnell bewegt wie der Bischof von Beauvais an diesem Tag. De Mello folgte nur einen Schritt hinter ihm.

»Wie gut, dass Philippe nicht hier ist«, knurrte der König. »Ich könnte für meine Taten nicht verantwortlich gemacht werden.«

Dass Richard so empfand, war ganz natürlich, aber seine Wut vergrößerte meine Befürchtung, dass unser Krieg gegen Saladin zum Scheitern verurteilt war, bevor er überhaupt begann.

KAPITEL XIII

Fünfzehn Tage später war die ganze Insel Zypern in Richards Hand. Der harte, kurze Feldzug wäre schneller zu Ende gewesen, hätte nicht ein Anfall von Krankheit – wieder das verfluchte Viertagefieber – den König in Nikosia niedergeworfen. Er hatte seine Streitmacht in drei Teile geteilt, von denen er einen selbst führte und die anderen dem Befehl von Guy de Lusignan und einem älteren Ritter namens Robert de Turnham unterstellte. Die Küstenstädte hatten kampflos kapituliert und Isaakios' zahlreiche Bergfestungen trotz ihrer Unzugänglichkeit ebenfalls vor Richard die Waffen gestreckt.

Isaakios erwies sich nicht als tapferer Anführer. Nach nur einem fehlgeschlagenen Angriff aus dem Hinterhalt hatte er sich auf Fauvel nach Osten zurückgezogen und zuletzt in einem Kloster verkrochen. Nach seiner Kapitulation war er höflich behandelt worden. Mit seinem sardonischen Humor hatte Richard Isaakios' Bitte erfüllt, nicht in Eisen gelegt zu werden, und befohlen, für den ehemaligen Kaiser Handschellen aus Gold anfertigen zu lassen. Isaakios' Tochter Beatrice, ein Mädchen von dreizehn Jahren, wurde ebenfalls gefangen genommen und in Berengarias und Joannas Obhut übergeben.

Die Feindseligkeiten hörten auf, und der König ließ in jeder Ortschaft und jeder Burg der Insel Aufstellungen anfertigen. Alles, was von Wert war, sollte für seinen Vorstoß ins Heilige Land beschlagnahmt werden. Bei dem Reichtum, der uns zufloss, erschien es uns, als wäre Zypern so begütert wie die Lande, die von dem legendären König Krösus beherrscht worden waren.

Schatzkammern in Kantara und Kyrenia brachten uns goldene

Becher und Teller ein, Tabletts und Töpfe, Kessel und große Fässer aus Silber. In den Festungen Dieu d'Amour und Buffavento gab es goldene Sättel, Zäume und Sporen, alle prächtig mit kostbaren Edelsteinen besetzt. Wir fanden Kleider aus scharlachrotem Tuch und Seide aus dem Orient, und das war längst nicht alles. Die Kornspeicher quollen über mit Weizen und Gerste, und in den Lagerhäusern der Kaufleute stapelten sich die Weinfässer bis unter die Decken. Die Grifonen wurden auch persönlich besteuert, und jeder Mann musste mehr als die Hälfte seines Besitzes abgeben.

Die gewaltigen Mengen an Gold und Silber interessierten den König nur insofern, als dass er damit den Krieg in Outremer bezahlen konnte. Weit mehr Vergnügen bereitete ihm Fauvel, Isaakios' flinkfüßiger Hengst, der schon bald zu Richards liebstem Reittier wurde. Manchmal schien er mehr Zeit mit Fauvel zu verbringen als mit Berengaria.

Ich gebe zu, dass ich ein wenig Eifersucht empfand, dass der König bei der Freiheit, die er genoss, seine Zeit nicht seiner Geliebten widmete, während ich, der ich darauf brannte, Joanna zu sehen, nur gelegentlich einen flüchtigen Moment in ihrer Gesellschaft verbringen durfte.

Machtlos, die Lage zu ändern, stürzte ich mich auf die Vorbereitungen unserer Reise.

Der Morgen des 6. Juni gab Anlass zu großer Freude. Erst am Vortag waren wir von Zypern ausgelaufen, und schon jetzt war die Küste des Heiligen Landes in Sicht. Rhys stand neben mir an Deck, Aufregung im schmalen Gesicht. Vierundzwanzig Schiffe begleiteten uns, aber bei dem guten Wetter konnte der Rest der Flotte nicht weit hinter uns sein. Wir landeten an der Johanniterburg von Margat, gut hundertfünfzig Meilen nördlich von Akkon. Dort übergab der König einen kleinlauten Isaakios, noch immer in goldenen und silbernen Ketten, in die Obhut des Befehlshabers der Garnison mit dem Befehl, ihn niemals wieder freizulassen.

Nach einer ruhigen Nacht vor Anker fuhren wir am nächsten Morgen nach Süden los, passierten kleine Ortschaften, verschiedene Festungen und einen großen Turm bei Gibelet. Zu wissen, dass kaum eine noch in christlicher Hand war, wirkte ernüchternd auf uns. Die große Inselburg Tyrus, die Conrad de Montferrat treu war, verweigerte uns nicht nur die Aufnahme, sondern sogar frisches Wasser.

Richard zeigte den Männern, die auf den Mauerkronen standen, keinerlei Regung, aber kaum hatten wir wieder das offene Meer erreicht, platzte seine Wut heraus. Er schritt das Deck ab und beschimpfte Conrad und Philippe als treulose Hundsfotte – denn der französische König müsse seine Hände im Spiel haben, brüllte er. Verräterische Höllenbrut seien beide, vom gleichen liederlichen Weibsstück könnten sie geworfen worden sein.

Jeder machte einen Bogen um ihn. Besser war es, sich von Blitz und Donner fernzuhalten und auf besseres Wetter zu warten.

Heute aber machte Richards schlechte Stimmung keinerlei Anstalten, sich aufzuhellen. Er schnauzte Philip an, als er ihm einen Becher anbot, er ohrfeigte einen Matrosen mit gebrochener Nase, als er ihm zu nahe kam, der Kapitän wurde zusammengestaucht, und das ohne jeden Anlass. Als ich versuchte, ihn in ein Gespräch zu ziehen, winkte er schroff ab. FitzAldelm brachte P'tit zum Bug, wo der König stand, aber selbst diese List verfing nicht. Richard tätschelte die Hündin einmal und starrte wieder aufs Meer.

Es ging auf Mittag zu – die Sonne stand hoch am Himmel, und das Meer funkelte wie gehämmertes Silber –, als der König einen Ruf ausstieß. »Ein Schiff!«

Mit einem halben Dutzend anderer eilte ich zum Bug. Ich erreichte den König als Erster. »Wo, Sire?«

Er zeigte nach links, zur bewaldeten Küste.

Da entdeckte ich es. Der Dreimaster war groß und vielleicht eine Meile entfernt. »Ist es mit Christen oder Heiden bemannt, Sire?«, fragte ich eifrig.

»Das werden wir bald sehen.«

Richard rief nach dem Kapitän und befahl eine Kursänderung. Das andere Schiff fuhr in die gleiche Richtung wie wir, und unter normalen Umständen hätte es seine große Segelfläche genutzt, um uns mit Leichtigkeit davonzueilen, aber der Wind ging schwach, sodass wir allmählich die Distanz zu ihm verkürzten. Das Schiff war prächtig mit seinem rot gestrichenen Rumpf. Um zu verhindern, dass Brandpfeile seine Beplankung entzündeten, hing feuchter grüner Filz auf der uns zugewandten Seite über die Reling. An Deck drängten sich Bewaffnete. Ein schlichter Kauffahrer war das nicht.

Ein schnelleres Fahrzeug als das unsere wurde vorgeschickt, sich dem Schiff zu nähern, um nach seiner Gefolgschaft und seinem Ziel zu fragen.

Die Nachricht kam zurück, dass es ein genuesisches Schiff war und Akkon zum Ziel hatte.

Richard wirkte enttäuscht. »Ich hatte gehofft, heute noch etwas zu erleben«, sagte er.

Ich bemerkte den Matrosen mit der gebrochenen Nase, den er geschlagen hatte, wie er die Leiter vom Deck hochstieg. Ich machte eine Bewegung mit dem Kinn, damit er verschwinde, aber er achtete nicht auf mich. Dann hast du es dir selbst zuzuschreiben, dachte ich.

»Sire«, flüsterte der Matrose.

Richard hörte ihn nicht.

»Sire«, sagte der Matrose lauter.

Der König sah sich um und blickte ihn finster an.

Erstaunlicherweise ließ sich der Matrose nicht abschrecken. »Sire, ich lasse mich hängen oder erschlagen, wenn das kein türkisches Schiff ist.«

Richards Blick schweifte von dem Matrosen zu dem Dreimaster, der Kurs hinaus aufs Meer nahm, und wieder zu ihm.

»Bist du dir sicher?«

»Jawohl, Sire. Ich habe in Baruth schon gesehen, wie es beladen wurde. Sie entfernen sich jetzt schon schnell. Sendet ihnen vielleicht eine andere Galeere hinterher, deren Ruderer ihm kein einziges Grußwort schenken. Dann werden wir sehen, was ihre Absichten und ihr Glaube wirklich sind.«

Der König schien von der Ernsthaftigkeit des Matrosen überzeugt und erteilte den Befehl.

Wir sahen mit wachsender Erwartung zu, wie eine der flinken Galeeren vorstieß. Kaum war sie in Reichweite des fremden Dreimasters gelangt, als ein dichter Pfeilhagel auf das Fahrzeug niederging. Schmerzensschreie gellten über die Wellen. Mehr Pfeile flogen. Auf dem feindlichen Deck sah ich Gestalten, die ein langes Rohr zum Heck schafften. Ich wusste nicht, worum es sich handelte, aber der König fluchte laut.

»Es dient zum Ausstoßen von Griechischem Feuer!«, brüllte Richard. »Das sind Sarazenen, kein Zweifel!«

Er hatte bereits allen Kämpfern befohlen, sich zu bewaffnen. Nun ließ er die Trompeter zum Angriff blasen.

Die Ruderer krümmten den Rücken wie seit dem Aufbruch von Messina nicht mehr. Auf beiden Seiten hielten die anderen Galeeren Schritt. Jeder wollte der Erste im Kampf sein. Der Kapitän schritt auf und ab und brüllte ermunternde Worte. Unser Bug durchschnitt das Wasser, hoch stob die Gischt auf. Glitzernde Meerwassertröpfchen fielen auf uns wie belebender Regen.

Unser Angriff erwies sich nicht als einfach. Die Sarazenen waren zahlreich, und so mächtig waren ihre Bogen, dass unsere Schiffe viele Tote und Verwundete zu beklagen hatten. Schwalle aus bläulich-grauem Griechischen Feuer – das einen furchtbaren Donner verursachte – drohten jedes Schiff in Brand zu setzen, das in Reichweite kam. Der König ließ sich davon nicht abhalten, mehrere Versuche zu unternehmen, aber unsere Bemühungen scheiterten. Wir verloren zehn Männer und hatten doppelt so viele Verwundete, und wären Philip und ich mit unseren Schilden nicht dicht bei Richard geblieben, hätte die Geschichte sogar noch tragischer enden können. Immer wieder musste ich Pfeile aus meinem Schild ziehen, und Philip erging es genauso.

Richard lachte, als wir ihm unsere stachligen Schilde zeigten. Seine schlechte Laune war fort, er war in fröhlicher, kampfeslustiger Stimmung. Dem Matrosen mit der gebrochenen Nase war ein Goldstück zur Belohnung versprochen worden, und grinsend war er an seine Arbeit gegangen. »Bei Gottes Beinen, ich würde so gern zu den Heiden aufschließen«, sagte der König, »aber ich werde das Leben meiner Männer nicht aufs Spiel setzen. Wir müssen die Teufel rammen.«

Der Befehl wurde von Galeere zu Galeere gerufen, und auf einen Trompetenstoß von unserem Schiff pullten vier von uns aus unterschiedlichen Richtungen dichter heran. Aus der Nähe konnten wir sehen, dass das Deck mit Fässern und Säcken beladen war, ohne Zweifel für die notleidenden Verteidiger Akkons bestimmt. Trotzig bis zuletzt, schossen die Bogenschützen immer wieder. Die Sarazenenbesatzung bestrich das Deck einer Galeere mit Griechischem Feuer, aber das Unaufhaltsame abwenden konnte sie nicht.

Der Stoß, mit dem wir gegen die Bordwand prallten, war furchterregend. Holz kreischte, brach und splitterte. Schreie erfüllten die Luft. Das harmlos klingende, aber tödliche *Tschik, Tschik* der Armbrüste. Pfeile surrten vorbei, bohrten sich ins Deck, in Schilde, ins Fleisch von Männern. Der erstickende Gestank von Griechischem Feuer schnürte mir die Kehle zu. Klaffende Löcher wurden in der Seite des feindlichen Schiffes sichtbar, als unsere Ruderer zurücksetzten und der gierigen See gestatteten einzuströmen. Bevor wir hundert Schritte entfernt waren, legte sich unser Opfer schon schwer auf die Seite. Einige Männer rannten in blinder Panik hin und her, andere sprangen über Bord. Das Feuerrohr war fallen gelassen worden, ringsum brannten Klumpen aus Griechischem Feuer auf dem Deck. Einige Bogenschützen, gleichgültig gegenüber dem eigenen Tod, der bald zu ihnen käme, schossen noch immer auf uns. Ihre Treffsicherheit, die so tödlich gewesen war, hatten sie eingebüßt. Pfeile platschten in die Wellen oder schlugen dumpf in die Bordwand ein.

Magere fünfunddreißig Überlebende – darunter viele hochrangige Offiziere – wurden auf Richards Befehl aus dem Wasser gezogen. Er verhörte sie und erteilte zu meiner Überraschung den Befehl, sie gut zu behandeln.

Beschwingt von unserem ersten Sieg über die Sarazenen fuhren wir weiter nach Akkon.

Als der Nachmittag kam, füllte ein willkommener Nordwind unsere Segel und trieb uns die Küste entlang. Der König, der seinen Aussichtspunkt auf der Bugplattform nie verlassen hatte, entdeckte unser Ziel als Erster.

Auch ich sog den Anblick in mich auf. Akkon war nicht groß, aber es hatte beeindruckende Verteidigungsanlagen, und seine Standhaftigkeit ließ unser großes Vorhaben zum ersten Mal wirklich erscheinen. Das christliche Feldlager war ebenfalls zu sehen. Es wirkte großartig und absurd mutig, wie es sich an die Landseite der Mauern mit den muslimischen Verteidigern auf einer und Saladins Heer auf der anderen Seite klammerte. Jenseits des Lagers unserer Leute war das Land bis hinauf in die nahen Hügel von den Zelten der Feinde bedeckt.

»Nun begreife ich die Geografie und die Belagerung«, sagte der König. »Akkon wurde auf einem Felsvorsprung errichtet, der ins Meer ragt, und ist von dreieckiger Form. Die ganze Landseite entlang, dort seht Ihr ihren Anfang, verläuft eine Doppelmauer mit einem tiefen Graben. Gegen die Mauern wurden die meisten Angriffe geführt. Während wir nach Süden fahren, werden die beiden anderen Seiten der Stadt sichtbar, die Seebollwerke. Hohe Mauern und das Wasser selbst beschützen sie dort vor einem Angriff.«

Wir fuhren weiter, und die Hafeneinfahrt kam in Sicht. Masten waren zu Dutzenden über dem Becken zu sehen. Eine gemauerte Mole schützte es, und auf dem felsigen Ende davon stand ein gedrungener Turm, eine Wehranlage mit dem hässlichen Namen Turm der Fliegen. Von der Basis des Bollwerks lief unter Wasser eine massive dicke Kette zur anderen Seite der Hafeneinfahrt und verwehrte Schiffen die Durchfahrt.

Ich war froh, dass wir nicht versuchen mussten, den Turm einzunehmen. Richard hatte uns von der katastrophalen Anstrengung berichtet, ihn im vergangenen September zu erobern.

Unser Kommen war bemerkt worden. Auf den Wehrgängen reihte sich ein Kopf an den anderen. Einige übereifrige Bogenschützen schossen auf uns, aber ihre Pfeile klatschten weit vor unseren Schiffen ins Wasser. Gefährlicher für uns waren die Bemühungen der Artilleristen innerhalb der Stadt. Sie schleuderten Felsbrocken in unsere Richtung. Zum Glück traf keiner davon eines unserer Schiffe.

Am Sandstrand südlich von Akkon drängten sich die Menschen, als unsere Schiffe ins seichte Wasser kamen und die Anker geworfen wurden. Standarten flatterten, Trompeten schmetterten. Glocken läuteten, Flöten erklangen. Reiter zogen auf und ab und winkten. Gestalten sangen und tanzten vor Aufregung.

Richard wirkte zufrieden, aber sein Gesicht verdüsterte sich, als ich auf die Fleur-de-Lys von Philippe Capet deutete. »Ich werde lächeln und liebenswert sein müssen«, sagte der König.

»Er auch, Sire«, gab ich zurück.

Das entlockte ihm ein Lachen. »Wahrlich! Er wird es genauso verabscheuen wie ich. Dennoch muss es um der Einigkeit willen getan werden. Die *Poulains*, die Franken, deren Heimat das Heilige Land ist, haben mit Conrad und Guy genügend Verdruss. Ich will zum Unmut nicht noch beitragen.«

Richard blieb seinem Wort treu und begrüßte Philippe wie einen verlorenen Bruder. Auch der französische König spielte seine Rolle gut. Nachdem der Friedenskuss getauscht war, ging es auf eine kurze Parade am Strand entlang, damit die versammelten

Scharen von Fußsoldaten, Reitern, Rittern und bunt zusammengewürfelten Stadtbewohnern jubeln konnten. Seite an Seite ritten die beiden Monarchen zum Hauptlager, das auf Le Toron lag, einem niedrigen Hügel im Osten der Stadt.

Ich blieb zurück, um das Entladen unseres Schiffes zu beaufsichtigen und zu verhindern, dass unsere Ausrüstung, unsere Waffen und unsere Vorräte geplündert wurden. Unsere Ankunft hatten sie laut bejubelt, aber die zerlumpten Menschen mit ihren schmalen Gesichtern, die an unserem Landeplatz herumlungerten, hätten alles gestohlen, was nicht festgebunden und bewacht war.

Obwohl der Abend nahte und ich nichts zu tun hatte, als auf der Stelle zu stehen, ließ sich das brutale Klima nicht ignorieren. Die Luft war schwül und feucht und zu dick zum Atmen. Das Meer war körperwarm gewesen, als wir an Land wateten, und der Sand, auf dem wir standen, war so heiß, dass jeder Schritt schmerzte. Wolken von Fliegen umschwärmten uns, setzten sich auf Augen, Lippen, Wangen, jede bloße Hautstelle. Ein furchtbarer Gestank hing in der Luft. In ihm stellte ich Kot und Urin fest – sowohl menschlich als auch von Tieren –, den typischen Geruch von Pferden und Maultieren und einen unverkennbaren Hauch von verwesendem Fleisch.

Rhys schien es nicht zu kümmern. Glücklich wie ein Kind mit einem ganzen Teller voller Marzipanleckereien starrte er mit großen Augen um sich. Als der Wind den klagenden Ruf zum Gebet von den Moscheen in Akkon zu uns trug, rief er aus: »Endlich sind wir in Outremer!«

Ich lächelte. In der Tat kam es einem vor wie ein historischer Augenblick in unserem Leben.

So Gott will, betete ich, würde sich unsere Zeit im Heiligen Land als fruchtbar erweisen.

DRITTER TEIL

JUNI – AUGUST 1191

KAPITEL XIV

Am nächsten Morgen erwachte ich überhitzt und mit leichten Kopfschmerzen.

Still dankte ich dem Umstand, dass ich mich nicht bis zur Besinnungslosigkeit betrunken hatte wie de Drune und Richard Thorne. Ich öffnete mühsam die Augen und schaute zum Zeltdach hinauf, durch das bereits drückende Wärme drang. Ich richtete mich auf einen Ellbogen auf und griff nach meinem ledernen Wasserschlauch. Mir kam das Gelage am Vorabend wieder in den Sinn. Der Wirrwarr aus Musik, Tanz und Trinken, erhellt von Lagerfeuern und Fackeln, war bis spät in die Nacht gegangen.

Ich hatte es nicht lange im Hauptlager ausgehalten. Die armen Seelen dort waren zusammengepfercht wie Ratten in einer Kloake. Die Abwässer rannen in Kanälen zwischen ihren erbärmlichen Zelten hindurch. Stattdessen hatte ich die Feierlichkeiten von der Stelle beobachtet, wo das Zelt des Königs und seiner engsten Getreuen aufgeschlagen worden war. Nicht weit von Philippe Capets Lager und von einem eigenen, rasch errichteten Palisadenwall umgeben, befand es sich dicht an dem doppelten Graben, der uns vor Saladins Heer schützte.

»Rufus?« Als ich die Stimme des Königs hörte, sprang ich von meinem Strohsack auf. Rhys, der auf einer Decke zu meinen Füßen geschlafen hatte, erwachte ebenfalls.

»Sire?« Ich band die Zeltklappe auf und blickte hinaus.

Vor mir stand der König, begleitet von Philip. Jeder trug ein Schwert am Gürtel und auf der anderen Seite einen Köcher voller Armbrustbolzen. In Richards Gesicht stand eine aufgeregte Miene.

»Holt Eure Waffe, Rufus. Ihr auch«, sagte er zu Rhys. »Wir wollen mal schauen, ob sich meine Treffsicherheit seit Nonancourt verbessert hat.«

Wir verschwanden eilig im Zelt. Als ich es kurz darauf wieder verließ, stellte ich fest, dass die Sonne noch nicht über den Hügeln im Osten stand, wo Saladins Heer an einer Stätte mit dem unaussprechlichen Namen Tell al-Ayyadiyya lag. »Was plant Ihr, Sire?«

»Ich habe vor, die Verteidigungsanlagen auszuspähen.«

Überraschen konnte er mich damit nicht, aber ich war leicht besorgt. »Nur wir vier, Sire?«

Er grinste bejahend, und ehe ich Bedenken vorbringen konnte, sagte er: »Die Sarazenen schlafen wie jeder andere auch, Rufus. Vor dem ersten Ruf des Muezzins sind wir wieder zurück.«

Einwände zu erheben wäre genauso nützlich gewesen, wie den Kopf gegen den Turm der Fliegen zu schlagen, also fügte ich mich und nickte. Bevor wir zehn Fuß weit gekommen waren, schickte ich Rhys zurück, damit er schnell zwei Dreieckschilde holte, die wir uns dann auf den Rücken hängten. Was immer uns erwartete, der König musste geschützt werden. Ich schalt Philip, nicht wenigstens einen mitgebracht zu haben, aber er entgegnete, Richard habe es ihm verboten.

»Alle seine Schilde zeigen den angevinischen Löwen«, sagte er. »Ein besseres Ziel für einen sarazenischen Bogenschützen vermag ich mir nicht vorzustellen.«

Ich verfluchte meine eigene Dummheit. Ohne den König um Erlaubnis zu fragen, sandte ich Rhys auf eine weitere eilige Mission. De Drune und Richard Thorne, beide mit aufgedunsenen Gesichtern von zu viel Wein und zu wenig Schlaf, holten uns ein, bevor wir weit vordringen konnten. Außer ihren Armbrüsten führten sie Schilde mit. Ich hoffte, dass sich vier Schilde als ausreichend für sechs Männer erweisen würden.

Wir passierten die überrascht aussehenden Wächter am Tor unseres Palisadenwalls – Richard befahl ihnen, niemandem gegenüber zu erwähnen, dass wir hier entlanggegangen waren – und gelangten in das eigentliche Lager. Wir stapften zwischen den Zelten hindurch und achteten darauf, nicht in die widerlichen Haufen zu treten, die einen großen Teil des Bodens verschmutzten. Überall waren Spuren der Feierlichkeiten des vergangenen Abends zu sehen. Schlafende lagen halb in den Zelten, halb davor auf der nackten Erde und versperrten uns den Weg. Männer ruhten schnarchend auf dem Rücken. Viele hielten noch einen Weinschlauch oder einen Becher in der Hand. Magere Köter und Schweine stöberten nach Essensresten. Ein einsames Huhn pickte in der Erde.

Richard schlug die südöstliche Richtung ein. Als wir den Rand des Lagers erreichten, der dem Meer am nächsten lag, rührte sich dort keine Menschenseele, und er hieß uns, die Waffen zu laden. Wir kamen an einer Reihe flammengeschwärzter Katapulte vorbei und erreichten das Ende der Stadtmauer, die bis an den Wasserrand reichte. Weit links sahen wir Schiffsmasten im Hafen.

Der König hielt fünfzig Schritte vor den eindrucksvollen Mauern und einem mächtigen Bollwerk mit einem Tor, das aus der Mauer vorragte. Obwohl keine feindlichen Posten in Sicht waren, gefiel es mir nicht. Wir standen in deckungslosem Gelände und weit innerhalb der Reichweite einer Armbrust oder eines Bogens.

Richard schien es nicht zu bemerken. »Seht Ihr?« Er deutete nach vorn. »Der Graben ist tiefer, als ich groß bin.«

Wir schritten nach Norden, der König voran. Türme waren häufig in der Mauer, manchmal nur hundert Schritte auseinander, und der Graben hatte steile Wände. Verkohlte Balken verrieten, wo versucht worden war, eine Brücke über den Graben zu schlagen, damit die Angreifer die Mauer erreichen konnten, nur damit die Sarazenen Griechisches Feuer darauf gossen und alles niederbrannten. Überall kündeten Pockennarben in den Mauern und gelegentlich sogar eingestürzte Abschnitte von den Erfolgen der christlichen Belagerungsmaschinen.

»Haltet ein!« Der König erstarrte. Wir blieben stehen.

Ein Kopf – helmlos – erschien zwischen den Zinnen uns gegenüber. Wir sahen ihn von der Seite. Der Mann hatte innegehalten, um etwas zu tun, und blickte nicht in unsere Richtung. Er brauchte aber nur den Kopf zu drehen und würde uns entdecken.

Richard hob die Armbrust und zielte.

Ich hielt den Atem an und bereitete mich vor, meinen Schild vom Rücken zu nehmen und mich vor den König zu stellen. Die Gefahr für uns war gering, aber bei einem Fehlschuss richtete jeder Wächter in hundert Schritten Umkreis seinen Bogen auf uns. Selbst wenn Richard traf, bestand die Möglichkeit, dass der zusammenbrechende Tote bemerkt und Alarm geschlagen wurde.

Tschik.

Als schwarzer Schemen raste des Königs Bolzen in geradem Flug auf sein Ziel zu.

Der Kopf des Wächters wurde vom Einschlag zur Seite gerissen, und er verschwand außer Sicht.

»Ein guter Schuss, Sire«, flüsterte Rhys.

»Das Lob aus dem Mund des Lobenswerten ist wahrhaft kostbar.« Richard lud nach.

Rhys neigte erfreut den Kopf.

Die Armbrüste schussbereit, hielten wir nach jedem Anzeichen für den Feind auf den Wehrgängen Ausschau. Nach einer Weile stand fest, dass das Schicksal des Opfers unseres Königs unbemerkt geblieben war, und wir nahmen unseren Erkundungsgang die Mauer entlang wieder auf. Der Boden unter unseren Füßen musste einmal Ackerland gewesen sein, aber er war längst aufgerissen von den grimmigen Kämpfen, die auf ihm hin und her gewogt waren.

Wir suchten uns einen Weg durch zerbrochene Waffen und weggeworfene Ausrüstungsstücke und umgingen niedergebrannte Belagerungsmaschinen. Ich entdeckte das Skelett eines geschlachteten Pferdes und dachte mit Grauen an die furchtbaren Erzählungen von der Hungersnot des zurückliegenden Herbstes.

»Dort ist der Turm der Verdammnis«, sagte der König leise.

Wir näherten uns einer hohen Bastion auf einem vorspringenden Abschnitt an der Nordostecke der Stadtmauer. Seinen Mauern und dem Dach war beträchtlicher Schaden zugefügt worden, aber er war noch nicht zusammengebrochen. Die Belagerungsmaschinen – zum großen Teil französisch –, die ihn so oft beschossen hatten, standen zweihundert Schritte zurück nahe an den christlichen Gräben. Wer immer dort Wache stand, musste schlafen, denn unsere Ankunft löste weder einen Alarm noch einen Ruf zu den Waffen aus.

»Es heißt, dass in alter Zeit die dreißig Silberlinge, die an Judas den Verräter gezahlt wurden, in diesem Turm geprägt worden sind«, sagte Richard. »Vermutlich nur wieder ein Ammenmärchen.«

Wir bekreuzigten uns dennoch und musterten sodann den Turm der Verdammnis. Er war im rechten Winkel in die Mauer gesetzt, galt als schwächster Punkt der Verteidigungsanlagen und hatte im Zentrum etlicher Angriffe durch Guy de Lusignan und, in jüngerer Zeit, Philippe gestanden. Obwohl einige beinahe erfolgreich gewesen waren, hatte niemand den Durchbruch erzielt, was in der Hauptsache an der wilden Beharrlichkeit der Sarazenen lag. Ein anderer Grund bestand darin, wie Richard mit Genugtuung erklärte, dass die französischen Steinschleudern mit Muskelkraft arbeiteten, während seine Belagerungsmaschinen Gegengewichte benutzten.

»Meine Trebuchets sind doppelt so stark wie irgendein Katapult der Franzosen, und das gilt auch für ihren *Malvoisin*, den Bösen Nachbarn.« Er wies auf die berühmte Waffe, ein mächtiges Gebilde so groß wie vier Ochsenkarren. »Sind meine Belagerungsmaschinen erst hier, werden wir die Mauern bald in Trümmer gelegt haben.«

Wir setzten unsere Erkundung fort. Die Trümmer, die nach Philippes fehlgeschlagenen Sturmangriffen zurückgeblieben waren, lagen zumeist im Graben, der aufgefüllt worden war, damit seine Männer an den Fuß der Mauern gelangen konnten. Auf Dutzende Schritte in beiden Richtungen war er voller angesengter, geschwärzter Holzbalken und ungleichmäßiger Steinhaufen. Ihn zu überqueren erschien wie eine tödliche Gefahr, und das schon, ohne dass Sarazenen auf mich schossen.

Das Haupttor der Stadt lag in dem Mauerabschnitt, der vom Turm der Verdammnis nach Westen zum Meer verlief. Starke Türme und ein honigwabenartiges Gewirr aus Gräben davor hatte zur Folge, dass der gesamte Abschnitt unverwundbar war. Richard gab unsere Erkundung in dieser Richtung auf, bevor wir zweihundert Schritte weit gekommen waren.

Die Mühelosigkeit, mit der wir unsere Mission abschlossen, führte zu einer entspannteren Stimmung in unserer Gruppe. De Drune und Thorne erzählten Philip und Rhys leise von ihren Großtaten in der zurückliegenden Nacht. Richard war tief in Gedanken. Ohne Zweifel plante er seine Taktik für die kommenden Tage. Ich ergab mich angenehmen Tagträumen von Joanna. Alle von uns schenkten den Wehrgängen weniger Beachtung, als ratsam war.

Der Armbrustbolzen kam aus dem Nichts. Gott sei es gedankt, er bohrte sich in den Boden, aber fast hätte er einen von Richards Füßen durchschlagen. Hastig, falls es mehr als einen Schützen geben sollte, ließ ich meine Waffe fallen und rannte auf ihn zu, den Schild erhoben. »Obacht, Sire!«

Zu meiner Erleichterung hatte uns nur ein Posten entdeckt, und er musste für einen weiteren Schuss erst seine Waffe spannen. Trotzdem befanden wir uns in großer Gefahr. Der Posten brüllte nach seinen Kameraden. Mit unseren vier Schilden schützten wir den König, während wir uns in würdeloser Eile vor unserem Angreifer zurückzogen.

Wir konnten ihn sehen, einen dunkelhaarigen Mann mit einem spitzen Bart. Sein zweiter Bolzen glitt von meinem Schild ab.

Wir zogen uns weiter zurück, und bald waren wir weiter entfernt, als ein Armbrustbolzen flog. Mit einem flauen Gefühl hastete ich zurück und holte meine Armbrust. Der Türke schoss und verfehlte mich. Eindeutig erzürnt, rief er Beleidigungen in seiner Sprache und dann, zu meinem Erstaunen, in schlechtem Französisch.

»Feiglinge! Kommt zurück und kämpft!«

Rhys hob die Waffe, zielte und schoss, alles in einer geschmeidigen Bewegung. Der Bolzen surrte wenige Zoll über den Kopf des Türken hinweg. Rhys bedeutete Philip, seinen Schild aufzuheben, und rannte zurück in Richtung Mauer, während er seine Armbrust wieder spannte.

»Rhys!«, zischte ich.

Er achtete nicht darauf.

Du Narr, dachte ich. Der Türke zielte mit der Armbrust auf ihn, und Rhys trug nur sein Hemd und hatte keinen Schild.

Der König hielt inne. Was Rhys tat, war genau die Art irrsinniger Tapferkeit, die er liebte.

Der Türke schoss auf Rhys und verfehlte ihn nur um eine Daumenbreite.

Rhys hatte nachgeladen und erwiderte den Schuss. Der Bolzen schlug Splitter aus dem Stein neben der linken Hand des Türken, die er gerade auf die Brustwehr gelegt hatte.

»Du schießt gut«, rief der Türke in schlechtem Französisch und kletterte auf etwas, sodass sein gesamter Oberkörper zu erkennen war. »Lass uns ein Spiel machen. Ich schieße, und du stehst still, weichst nicht irgendwohin aus. Wenn ich dich verfehle, halte ich für dich still, bewege mich nicht. Das schwöre ich bei Allah, dem Großen und Gnädigen.«

»Die Sonne hat seinen Verstand ausgedörrt«, sagte ich. »Rhys!«

Erneut beachtete mich mein Knappe nicht.

»Also gut«, sagte er und trat zehn Schritte näher.

De Drune stieß einen entsetzlichen, blasphemischen Fluch aus. Thorne begann zu beten.

Köpfe erschienen auf anderen Zinnen. Der Lärm hatte weitere Verteidiger angelockt. Ich sorgte mich, dass die Teufelsmeute auf Rhys schießen würde, aber der Türke schrie etwas in seiner eigenen Sprache, und das schien sie für den Augenblick innehalten zu lassen.

Ich hielt den Atem an, als der Türke schoss, und dankte Gott, als der Bolzen nur an der Schulter von Rhys' Hemd zupfte, aber keinen weiteren Schaden verursachte.

Rhys hob die Armbrust, zielte und drückte ab.

Es war schwierig zu erkennen, aber ich entschied, dass den vorüberfliegenden Bolzen und das linke Ohr des Türken nicht mehr als ein Fingerbreit getrennt hatte.

Rhys sah mit finsterer Miene zu uns zurück.

»Das ist ein Narrenspiel. Komm hierher zu uns«, knurrte de Drune.

Rhys beachtete ihn nicht.

Richard sagte kein Wort.

Ich wollte rufen, Rhys zum Rückzug drängen, aber ich hielt mich zurück. Das war sein Schicksal.

»Ich bin wieder an der Reihe«, sagte Rhys' Feind grinsend.

»Richtig.«

Der Türke hatte keine Eile. »Wie heißt du? Aus welchem Land kommst du?«

»Rhys nennen sie mich. Ich bin aus Wales.«

»Nie gehört von diesem *Wales*. Regnet es da auch so oft, so wie in Frankreich, nach allem, was man hört?«

Rhys lachte leise. »Es regnet fast jeden Tag. Wie ist dein Name?«

»Grair.«

»Tu dein Bestes, Grair«, sagte Rhys mutig, aber seine Stimme wankte leicht. Trotzdem stellte er sich gerade hin.

Der Türke zielte.

Furcht verknotete mir den Magen. Ich konnte es nicht ertragen, länger zuzusehen, und schloss die Augen.

Tschik.

Ich spürte weder Luftzug, noch hörte ich einen Einschlag in Fleisch oder Erde.

Ich sah auf. Der Türke kämpfte fluchend mit seiner Armbrust.

»Die Sehne hat sich vorzeitig von der Halterung gelöst, Sire!«, rief ich dem König erfreut zu. So etwas kam manchmal vor.

»Gott wacht über uns.« Richard war schadenfroh.

»Jetzt schieße ich. Steh still!«, rief Rhys.

»Meine Sehne ist abgerutscht«, erwiderte Grair. »Lass mich wieder spannen, und danach lasse ich dich zweimal schießen.«

Nein, wollte ich schreien. Richard sah unzufrieden drein, sagte aber nichts. De Drune und Philip erbleichten.

»Aber gewiss«, sagte Rhys.

Er ist ein toter Mann, dachte ich. Noch einmal schießt der Türke nicht daneben.

Grair zog an der Sehne seiner Waffe und brachte sie hinter die Halterung.

Ruhig und gemessen zielte Rhys und schoss.

Der Bolzen drang dem Türken tief in die Brust. Ohne auch nur aufzuschreien, taumelte er zurück, und einen Herzschlag später hörte ich, wie er auf dem Boden aufprallte.

»Du hast deine Vereinbarung mit mir nicht eingehalten, Grair!«, rief Rhys, als sich auf den Wehrgängen empörtes Geschrei erhob. »Dann tue ich es auch nicht, im Namen des heiligen Dionysus von Paris.« Er wandte sich um und floh.

Pfeile und Bolzen zischten durch die Luft. Grairs Kameraden wollten Rache.

Jesus Christus sei Dank, sie alle verfehlten ihn.

Als Rhys uns erreichte, drückte ich ihm fest die Schulter.

Er nickte nur.

»Das war mehr als nur ein Wettstreit und kein Fehler.« Richard wirkte sehr zufrieden.

»Ihr zürnt mir nicht, Sire, dass ich schoss, statt ihn zuerst noch einmal auf mich schießen zu lassen?« Rhys wirkte ein wenig besorgt.

»Beim Höllenfeuer, nein! Dass ihm die Sehne abrutschte, war nicht Eure Schuld. Ihr wart an der Reihe.«

Rhys strahlte noch breiter, als der König ihm zur Belohnung einen Beutel Silber versprach.

Wir kehrten zu unserem Lager auf Le Toron zurück, dem Hügel im Osten der Stadt. Trotz unserer gehobenen Stimmung waren wir sorgsam darauf bedacht, außerhalb der Reichweite der zahlreichen feindlichen Bogen- und Armbrustschützen zu bleiben, die uns nun nicht mehr aus den Augen ließen.

Bei der ersten Gelegenheit, die sich mir bot, zischte ich Rhys ins Ohr: »Was hat dich dazu getrieben?«

Er sah mich kleinlaut an. »Ich wollte dem König zeigen, dass ich noch immer so gut schieße wie er, oder besser. Hätte ich Grairs Herausforderung abgelehnt, hätte ich wie ein Feigling dagestanden. Ich musste sie annehmen. Ich gestehe dir aber, dass ich noch nie in meinem Leben so kurz davor war, mir ins Hemd zu scheißen.«

»Da warst du nicht der Einzige«, entgegnete ich.

Ein bisschen gezwungen lachten wir beide.

Unsere Ankunft hatte Philippe neuen Mut geschenkt. Obwohl unsere Belagerungsmaschinen uns noch nicht erreicht hatten – eine Flaute hielt die Schiffe, die sie trugen, in Tyrus fest –, bestand er auf einem Großangriff an diesem Morgen, dem 9. Juni. Richard war wütend, konnte den französischen König aber nicht aufhalten.

Statt sich dem Sturmlauf anzuschließen, der nach heftigem Beschuss durch die Belagerungsmaschinen am Turm der Verdammnis erfolgen sollte, teilten wir unsere Kräfte, um die französischen Flanken zu schützen und die Gräben vor den Hügeln mit Saladins Lager zu verteidigen, drei Meilen entfernt.

Um sich mit den vorherigen Schlachten vertraut zu machen, beriet sich Richard eine Stunde lang mit Philippe, Guy de Lusignan und einer Reihe anderer Veteranen der Belagerung. Er weigerte sich, Conrad de Montferrat anzuhören, dessen Männer uns die Einfahrt nach Tyrus verwehrt hatten. Hinterher berichtete uns der König, was er erfahren hatte. Jedes Mal, wenn die Christen einen Sturmangriff begannen, entzündete die Garnison in Akkon Feuer und schlug Trommeln, Schellenreife und sogar Kupferkessel, um Saladin zu alarmieren. Dadurch musste jeder Angriff an zwei Fronten geführt werden – an den Stadtmauern und am Rand unseres Heerlagers.

Wir nahmen Aufstellung, und als die Sarazenen auf die Signale aus Akkon reagierten und als gewaltige Flutwellen aus Reitern auf uns zustürmten, hielten wir ihnen stand. Tödliche Salven unserer Armbrüste mähten die verhassten Feinde in Scharen nieder. Ich wünschte, ich könnte das Gleiche über die Anstrengungen der Franzosen berichten.

Während einer Kampfpause ritt Richard zu ihnen, um zu schauen, wie sie vorankamen. Mit grimmigem Gesicht kehrte er zurück und erzählte von Chaos. Schwarze Pfeilwolken töteten die Franzosen zu Dutzenden, und Griechisches Feuer verbrannte Männer und Belagerungsmaschinen gleichermaßen. Nur dem Heldenmut von Recken wie Guy de Lusignans Bruder Geoffroy war zu verdanken, dass unsere einstweiligen Verbündeten nicht allesamt niedergemacht wurden.

Die Schlacht endete, kurz nachdem die angeschlagenen Franzosen nichts mehr einstecken konnten. Wir jedoch hatten Saladins Truppen schon vor einer Weile gezwungen, sich von den Flanken und Gräben zurückzuziehen. Nach einem Gegenangriff schien ihnen nicht zumute zu sein. In dieser Nacht war unsere Moral auf dem Höhepunkt. Zwar hatten wir Akkons Mauern noch nicht durchbrochen, aber unsere Verluste waren leicht gewesen, und der Feind hatte sich an uns die Zähne ausgebissen.

Am folgenden Tag empfing Richard Abordnungen des pisanischen und des genuesischen Kontingents im Lager. Jeder Gruppe widmete er eine kurze Zeit und entließ sie mit freundlichen Worten.

»Wie rasch sie Philippe im Stich lassen«, sagte er zu mir. »Aber guten Glaubens kann ich nur die Dienste der Pisaner annehmen.«

»Die Genueser können kaum Philippe und Conrad *und* zugleich Euch dienen, Sire«, stimmte ich zu.

Er schnaubte. »Den Genuesern mit ihren gierigen Fingern sieht es ähnlich, es trotzdem zu versuchen. Sie geben vor, zu unserer Sache zu stehen, aber die Gedanken eines Kaufmanns drehen sich immer ums Geld. Die Pisaner sind nicht anders, nur dass sie die Klugheit besitzen, abzuwarten und mir Gefolgschaft zu schwören.«

Am Tag darauf erreichte Philippes Launenhaftigkeit einen neuen Höhepunkt. Wütend über seine Artilleristen – sie hatten um höheren Sold gebeten, obwohl es ihnen nicht gelungen war, die Stadtmauern zu durchbrechen –, entließ er die meisten aus seinen Diensten. Als die Sarazenen sahen, dass die französischen Belagerungsmaschinen unbewacht waren, unternahmen sie einen Vorstoß und zerstörten sie. Selbst der wundervoll benannte *Malvoisin* überlebte nicht.

Unverzüglich nahm Richard die französischen Artilleristen in seinen Sold und vollendete Philippes Demütigung, indem er jedem Ritter im Lager, von denen viele keinen Lehnsherrn hatten, vier Bezants genannte Goldmünzen im Monat bot, wenn er in seine Dienste trat. Philippe hatte nur drei bezahlt.

Am selben Tag, dem 10. Juni, wurde unser Turm Mategrifon von den Schiffen geladen und nicht weit vom Turm der Verdammnis zusammengesetzt. Die Dromonen ankerten Gott sei Dank vor der Küste, und bald wurden unsere Katapulte und Trebuchets aufgebaut. Große Mengen der Feuersteinbrocken, die auf Sizilien gebrochen wurden, lagen neben ihnen aufgestapelt.

Richard sprach mit den Führern unter seinen neuen Artilleristen und beaufsichtigte die Platzierung seiner Belagerungsmaschinen unweit vom Mategrifon. Ich war auch dort, zusammen mit Rhys und Philip.

Kaum war eine neue Waffe fertig, ließ der König einen Testschuss schleudern. Der Anblick war aufregend, selbst dann, wenn sie zu hoch flogen und in der Stadt einschlugen, oder zu tief lagen und gegen die unverwundbar dicken Mauersockel prallten. Der Wurfwinkel wurde korrigiert, oder die Entfernung der Waffe von den Mauern, und erneut geschossen.

Jedes Mal, sobald die Steine im Ziel lagen, Zinnen zerschmetterten oder Türken von dieser Welt nahmen, erhob sich großer Jubel aus der Zuschauermenge. Hunderte von Christen, Zivilisten, Soldaten und Geistlichen waren aus dem Lager gekommen. Richards Anwesenheit und die Macht seiner Belagerungsmaschinen sorgten dafür, dass sich eine allgemeine Heiterkeit herabsenkte, trotz der sengenden goldenen Scheibe, die gnadenlos am wolkenlosen Himmel brannte.

Ein ramponiertes Katapult namens »Gottes eigene Schleuder«, gebaut von Geld, das die einfachen Soldaten gesammelt hatten, wurde von wenigstens dreißig Mann in eine Stellung neben eine der Waffen des Königs gebracht. Ein lächelnder Richard stimmte einer Vorführung seiner Schussfähigkeiten zu und wurde begeistert bejubelt, als er selbst einen Steinbrocken fliegen ließ.

Selbst als ein Bote die Neuigkeit brachte, dass die Schiffe mit Berengaria und Joanna an Bord gesichtet worden seien, machte er keine Anstalten, aufzubrechen. Isaakios Komnenos' Tochter Beatrice begleitete sie.

Begierig, des Königs Schwester zu sehen, aber unfähig, Protest zu erheben, wurde ich immer unruhiger, je mehr sich die Sonne der westlichen See zuneigte und das Land in einem orangeroten Glühen badete, das mich gegen meinen Willen an Blut erinnerte. Immer wieder schleuderten die Belagerungsmaschinen. Der Turm der Verdammnis hatte sein Dach eingebüßt, und ein ansehnlicher Mauerabschnitt in der Nähe war eingestürzt. Unsere Bemühungen mussten dort konzentriert werden, befahl Richard. »Lasst noch zehn Fuß fallen, und wir können angreifen«, verkündete er begeistert.

Von meinem Ringpanzer beschwert, war mir furchtbar heiß und mein Mund so trocken wie kalte Asche. Ich hatte einige Zeit gedacht, dass es dem König nicht besser ergehen könne, aber er wies jeden meiner Vorschläge ab, dass wir die Artilleristen ihre Arbeit allein tun lassen sollten. Philip hatte ebenfalls Schwierigkeiten, ihn nur dazu zu bewegen, einen Schluck Wasser zu trinken, weil Richard seinen Schlauch ständig den einfachen Soldaten anbot.

Als wir zwischen den beiden Katapulten hindurchgingen und kurz allein waren, konnte ich ihn wenigstens überreden, etwas von meinem Wasser zu nehmen. Er hob den Schlauch hoch über den Kopf und trank wie ein Besessener.

Hinterher schmatzte er mit den Lippen. »Warm, nach Schmiere und Leder stinkend – und trotzdem schmeckte es wie Nektar. Ich danke Euch, Rufus.«

Ich nahm den viel leichter gewordenen Schlauch zurück. »Was mein ist, ist Euer, Sire.«

Er lächelte. »Stets treu, Rufus.«

Das Herz ging mir auf.

Unvermittelt schwankte er und wäre fast gestürzt.

Ich packte Richard beim Arm und stützte ihn. »Seid Ihr wohlauf, Sire?«

Er wischte sich die Stirn, und seine Handfläche glänzte vom Schweiß. »Ich verbrenne innerlich«, sagte er.

Nein, bitte nicht, dachte ich. Nicht wieder das Quartanfieber.

KAPITEL XV

Wie jeden Morgen weckte mich die Hitze. Mit schläfrigem Kopf und ausgedörrter Kehle rollte ich mich herum und schlug die Augen auf. Im Zelt herrschte Halbdunkel. Die Sonne war noch nicht aufgegangen. Ich lag auf einer Decke nicht weit von Richards Bett entfernt. Philip, die treue Seele, schlummerte zu seinen Füßen. Ich erinnerte mich nicht daran, wann ich eingeschlafen war, nur daran, dass ich bis spät in die Nacht beim König gewacht und mich um ihn gekümmert hatte. Philip und die anderen Knappen mussten mich zu Bett gebracht haben.

Ich war höchst erschöpft gewesen. Zwölf Tage lag es zurück, dass Richard erkrankte, und ich war in dieser Zeit fast immer wach gewesen. Wir hatten kurze Phasen erlebt, in denen er ansprechbar war, doch insgesamt hatte sich sein Zustand rapide verschlechtert, und jeder sorgte sich.

Noch bestürzender – und etwas, das ich nur flüsternd mit Rhys und Philip zu erörtern wagte – war die entsetzlich hohe Sterberate unter den Christen hier. Dutzende hoher Adliger waren während der Belagerung am Fieber gestorben, darunter unser Erzbischof Baldwin von Canterbury. Seit unserer Ankunft war der Graf von Flandern, der Richard in Messina gegen Philippe Capet beigestanden hatte, ebenfalls aufs Siechenbett geworfen worden. Ich war kein Arzt, kein Heiler, aber entschlossen, den König nicht zu verlassen, bis er sich erholte.

Auf Zehenspitzen trat ich an Richards Bettstatt. Er schlief mit leicht geöffnetem Mund. Ich bemerkte Haarsträhnen, die auf seinem Kissen lagen, und kahle Stellen auf der Kopfhaut. Trotz der Hitze im Zelt waren sein Gesicht und seine Lippen blass. Arnaldia, so nannte der Arzt und Priester Ralph Besace das Gebrechen. Das seltene Fieber hatte den König mit hoher Temperatur niedergeworfen und ließ sein Haar ausfallen. Einige seiner Fingernägel waren ebenfalls locker. Mich schmerzte es tief, den großen Krieger derart in die Knie gezwungen zu erleben, und ich wünschte, ich könnte den Platz mit ihm tauschen.

Mein Fuß stieß gegen eines der Gefäße an Richards Bett, Flaschen, die das allgegenwärtige Oxymel enthielten, dazu Zypergras, Schwarze Nieswurz und Akelei.

Der König rührte sich.

Ich erstarrte und verwünschte meine Ungeschicklichkeit.

Richard richtete den Blick auf mich. »Rufus?«

»Ich bin hier, Sire.« Erleichterung erfüllte mich, dass er ohne Fieber erwacht war. Oh, lass ihn über den Berg sein, betete ich still.

»Welcher Tag ist heute?«

»Der zweiundzwanzigste im Juni, Sire, glaube ich.«

»Jesus Christus. Der letzte, an den ich mich erinnere, war der achtzehnte. Vier weitere Tage, die ich verloren habe. Aber Ihr seht erschöpft aus, Rufus. Ich habe Euch befohlen, Ihr sollt Euch nachts in Euer eigenes Bett legen.«

»Das habe ich auch, Sire, manchmal.«

Richard schenkte mir einen wissenden, aber dankbaren Blick.

Philip regte sich und rappelte sich auf. Mir lächelte er flüchtig zu und fragte den König, ob er etwas benötige. Richard winkte ab. »Kümmert Euch um Euch selbst, Philip. Rufus ist ja bei mir.«

Philip verschwand, ohne Zweifel, um seine Blase zu leeren.

Richard richtete sich in eine sitzende Haltung auf. »Ihr müsst ausruhen, Rufus. Ich möchte nicht, dass Ihr ebenfalls krank werdet.«

»Wie es mir geht, ist gleichgültig, Sire.«

Seine blauen Augen, schärfer denn je in seinem blassen Gesicht, fixierten mich. »Das mag sein, aber *mich* schert es, und ich bin Euer König.«

Rührung übermannte mich, und ich neigte den Kopf. »Sire.«

»Bevor Ihr geht, habt Ihr noch genügend Kraft, um mir zu berichten, was vorgefallen ist, während ich bettlägerig war?«

Ich grinste. »Selbstverständlich, Sire.« Ich zog mir einen Schemel heran und hockte mich neben den König. »Philippe leidet ebenfalls an Arnaldia.«

Ein kehliges Lachen. »Wie schlimm?«

»Sein Zustand ist nicht so ernst, wie der Eure es war, Sire, muss ich zu meinem Bedauern sagen.«

»Er ist seit dem achtzehnten unpässlich, nehme ich an, als sein Heer zum letzten Mal die Stadt angriff?« Richard war erbittert gewesen, als er von Philippes Anstrengungen hörte, auch wenn sie auf erbärmliche Fehlschläge hinausliefen.

»So ist es, Sire.«

»Hat er noch mehr Briefe zur Aufteilung der Beute gesandt?«

Die Beute war ein weiterer Streitpunkt. Von seinem Krankenbett aus hatte Philippe einen Brief geschickt, in dem er die Hälfte der Reichtümer verlangte, die Richard auf Zypern erlangt hatte. Der König hatte entgegnet, dass ihre Vereinbarung nur das Heilige Land betreffe, und falls es anders sei, solle Philippe ihm die Hälfte des Artois abtreten, der Ländereien, die durch den plötzlichen Tod Philippes, des Grafen von Flandern, an ihn gefallen waren.

»Das hat er nicht, Sire.«

Ein Schnauben.

»Er hat allerdings noch einen Angriff geplant, Sire.«

»Genug von Capet. Ist mein Turm schon errichtet? Wie geht es mit den neuen Mangonels voran?« Noch weitere Fragen sprudelten aus ihm hervor.

Froh über seine Kraft, die weitgehend wiederhergestellt erschien, und die Farbe, die ihm in die Wangen getreten war, antwortete ich, so schnell ich konnte.

»Der Turm ist bereit, Sire, und von oben bis unten in essiggetränktes Leder gehüllt, damit er den Brandpfeilen der Türken besser widersteht. Er wartet nur auf Euren Befehl, eingesetzt zu werden. Die Mangonels haben in den vergangenen Tagen die Stadt unter Beschuss gehalten. Das größere von beiden ist so stark, dass es einen Steinblock bis in die Metzgergasse schleudern kann, die auf Akkons Seeseite liegt.«

»Ihn gegen die Mauern einzusetzen wäre besser. Die Menschen innerhalb der Mauern mögen gottlose Heiden sein, aber dennoch handelt es sich um Zivilisten.«

»In der Tat, Sire. Dieser Schuss war auch verirrt. Die Artilleristen haben einen Steinhagel auf den Turm der Verdammnis abregnen lassen und ihm große Schäden zugefügt. Ein Schuss am gestrigen Tag tötete ein Dutzend Männer, heißt es, und hat zwei Zinnen des Wehrgangs weggefegt. Andere Mauerteile im selben Abschnitt wurden ebenfalls geschwächt. Philippe hat zumindest in einer Hinsicht recht: Die Zeit ist reif für einen weiteren Angriff.«

Richard verzog das Gesicht. »Ich muss aus diesem verfluchten Bett raus.«

»Einige Tage Ruhe wären anzuraten, Sire«, sagte ich sanft. »Ihr dürft Euch nicht überanstrengen, sagt der Arzt, sonst droht ein Rückfall.«

Ungeduldig schnalzte er mit der Zunge. »Dann lasse ich mich auf einer Sänfte zum Turm der Verdammnis tragen.«

Ich überlegte, ob ich versuchen sollte, ihn von dieser Idee abzubringen, und verwarf es als vergeblich.

»Und die Sarazenen? Haben sie einen Gegenangriff begonnen?«

»Das haben sie, Sire, aber Gott sei Dank mit wenig Erfolg.« Ich berichtete vom Vorstoß am gestrigen Tag, der in die Flucht geschlagen worden war, nur nicht sein Anführer, ein Emir in kostbarer Rüstung. »Tapfer stürmte er allein weiter, mit der Absicht, eines unserer Katapulte mit Griechischem Feuer in Brand zu setzen, das er in einer Tonflasche bei sich führte. FitzAldelm hat ihn niedergestreckt, Sire.«

»Gut gemacht! Hat der Emir überlebt und ist gefangen genommen worden?«

»Nein, Sire. FitzAldelm hat ihm die Flasche entrissen und sie in seine Leisten entleert.«

Schock trat dem König ins Gesicht. »Er hat was getan?«

»Er hat sein Gemächt in Brand gesetzt, Sire.« Mir klangen noch die erbärmlichen Schreie des Emirs in den Ohren, ebenso das Wutgebrüll seiner Männer, die erfolglos versucht hatten, zu ihm zu gelangen.

Richard machte eine finstere Miene. »Das ist höchst unritterlich. Selbst Sarazenen verdienen keine solche Behandlung.«

Ich nickte. Mir tat es um den Türken leid, aber ich war froh, dass FitzAldelms boshafte Art dem König endlich offenbar wurde. Möge er sich weiterhin derart benehmen, betete ich.

Stimmen erhoben sich außerhalb des Zelts, und Richard seufzte. »Das ist Ralph Besace, oder ich weiß gar nichts mehr. Er ist hier, um an mir herumzustochern und mir sein neuestes Gebräu einzuflößen. Geht, Rufus, und findet etwas Ruhe. Wir sprechen uns später wieder.«

Ich warf Rhys den Granatapfel zu, den ich aus Richards Zelt mitgenommen hatte. Er war groß wie zwei meiner Fäuste und stammte aus einem Obstkorb, den Saladin geschickt hatte, als er von Richards Erkrankung hörte. Ich bat meinen Knappen, die Frucht zum Verzehr vorzubereiten. Rhys rollte mit den Augen. Die Kerne vom saftigen weißen Fleisch zu trennen war mühselig, aber als ich ihm sagte, er könne die Hälfte abhaben, besserte sich seine Stimmung schlagartig. Die rote Frucht war schon auf Sizilien zu unserem Lieblingsobst geworden, und sie hier ebenfalls zu finden bedeutete eine angenehme Überraschung.

»Wie geht es dem König?«, fragte Rhys.

»Besser. Er möchte den Angriff führen.«

»Geht es ihm dazu gut genug?«

»Noch nicht, aber er redet davon, unsere Stellungen mit einer Sänfte zu besuchen.«

Rhys lächelte. »Stell dir vor, Philippe täte das Gleiche.«

»Er rührt sich kaum aus dem Bett«, sagte ich verächtlich und ging weiter.

»Wohin willst du?«, fragte Rhys, während er sein Messer in den Granatapfel drückte.

Ich hielt ein Bündel Lumpen hoch. »Tun, was jeder Mensch tun muss.«

»Pass auf dich auf.«

Ich nickte. Im Moment hatte nur der König eine private Latrinengrube. Eine weitere wurde gerade für die Hausritter gegraben, war aber noch nicht fertig. Bis dahin saßen wir im selben Boot wie jeder andere im Heer und sogar im Lager. Die folgenreicheren Rufe der Natur mussten gleich hinter dem Verteidigungsgraben erledigt werden, der uns von Saladins Heer trennte. Natürlich verspürten viele Männer keine Lust, so weit zu gehen oder sich in Gefahr zu bringen, daher waren die Zwischenräume zwischen den Zelten der gemeinen Soldaten ein Teppich aus Kot. Außerhalb des Grabens war es unmöglich, einen sauberen Fleck Erde zu finden, und es war würdelos, seinen Hintern zu entblößen, wenn andere zuschauten. Ich hatte entdeckt, dass umso weniger Leute dort waren, je früher ich ging. Die Logik legte auch nahe, dass die Sarazenen es vermieden, so früh in der Nähe zu sein.

Ich durchquerte das Durcheinander des christlichen Lagers mit ihren von der Sonne gebleichten Zelten, schiefen Hütten aus geborstenen Balken und schwer behängten Wäscheleinen. Ein Köter knurrte mich an – viele von den Streunern waren wild –, und ich deutete ein Bücken an, als wollte ich einen Stein aufheben. Mit eingeklemmtem Schwanz flitzte er davon. Ich erreichte die letzten Zelte und überquerte die freie Fläche vor dem Graben.

Eigentlich sollte er fünfzig Schritte breit sein, um Soldaten zu erlauben, sich bei einem Überfall zu sammeln, aber oft erreichte er nur die Hälfte. Nach zwei Jahren Belagerung war er mit unbrauchbarer Ausrüstung und anderem Abfall angefüllt, ganz zu schweigen von Exkrementen aller Art.

Erfreut, dass ich niemanden in der Nähe sah und die andere Seite des Grabens ebenfalls menschenleer war, stieg ich vorsichtig den Erdhang hinunter. Er war flach genug, dass ein Mann stehend an den Grund gelangen konnte. Dort musste er achtgeben, wohin er den Fuß setzte. Einige Soldaten entleerten hier ihre Därme, und auch Tierkadaver waren nicht selten. Auf der anderen Seite hochzusteigen erforderte mehr Klettern, und man musste sich mit beiden Händen festhalten. Die Lumpen in den Gürtel gesteckt, von meinen schmerzenden Eingeweiden zur Eile getrieben, stieg ich so schnell hoch, wie ich konnte.

Oben war kein einziger feindlicher Reiter zu sehen. Ich sah mich nach einem sauberen Stück Erde um: leichter gesagt als getan. Nah am Graben war der Boden übersät mit menschlichen Kothaufen. Vorsichtig suchte ich mir einen Weg nach Osten, den Blick immer nach unten gerichtet. Ungefähr hundert Schritte weit musste ich gehen, so weit wie noch nie. Unsere Soldaten hatten das Ausmaß des Heerlagers mehr als vervierfacht, und ringsum sah ich eine der Folge davon.

Ich löste meinen Gürtel, zog die Beinlinge und die Bruoch herunter und hockte mich hin – nicht Saladins Heer zugewandt, sondern unserem Lager. Die Türken, drei Meilen entfernt, konnten nicht erkennen, was bei mir hinten rauskam. Drehte ich mich andersherum, konnte jeder in der Nähe mir zusehen.

Das Geschehen nahm seinen Lauf. In meinen Eingeweiden war längst nicht alles in Ordnung. Ich litt Gott sei Dank nicht an Durchfall, aber seit unserer Ankunft bereitete etwas im Essen oder im Wasser meinen Eingeweiden Kummer. Ich schloss die Augen und hoffte, dass heute keine weiteren Latrinengänge nötig wären.

Stimmen drangen von der anderen Seite des Grabens heran. Ich achtete nicht auf sie. Meine Därme entleerten sich, Fürze brachen hervor, und ich wünschte mir nur, allein und ungestört zu sein.

Das Gespräch mir gegenüber verstummte. »Seht!«, schrie ein Mann.

Bitte lass ihn nicht auf mich zeigen, dachte ich. Bei den gemeinen Soldaten war es verbreitet, dass sie sich über Kameraden lustig machten, die die Latrine benutzten. Rhys war dabei schon von de Drune verspottet worden und plante, sich bei erster Gelegenheit zu rächen.

»Der Sarazene erschien wie aus dem Nichts«, sagte der Mann.

Ich hörte ihn kaum. Ein Krampfanfall hatte die untere Hälfte meines Bauchs ergriffen, und ich musste mich mit der flachen Hand am Boden abstützen, sonst wäre ich umgefallen. Noch mehr Flüssigkeit spritzte aus mir heraus. Ich stöhnte.

»O Gott, er hat den Ritter gesehen.«

»Selbst ein Sarazene würde niemanden angreifen, der gerade scheißt«, sagte eine zweite Stimme.

»Nein? Sieh doch, wie er dem Pferd die Sporen gibt! He, Herr Ritter!«

Irgendwoher wusste ich, dass er mich meinte. Ich starrte über den Graben. Vier Soldaten, die ich nicht kannte, schwenkten die Arme.

»Ein Türke reitet auf Euch zu, Messire!«, brüllte einer. »Seht hinter Euch!«

Ich riss den Kopf herum, und in mir loderte die Angst auf. Vielleicht eine Viertelmeile entfernt preschte ein sarazenischer Reiter in vollem Galopp heran. Die metallene Spitze auf seinem tuchumwickelten Helm blitzte in der Sonne, und in die rechte Armbeuge hatte er einen Speer eingelegt. Woher er gekommen war, wusste ich nicht zu sagen, aber mit Gewissheit war ich sein Ziel. Niemand sonst befand sich auf dieser Seite des Grabens.

Ich war noch nicht fertig, aber zu verweilen hieße, den Tod zu riskieren. Ich konnte nicht genau sagen, ob mir genügend blieb, um mich in Sicherheit zu bringen. Ich verfluchte mein Pech, meine Waffenlosigkeit und die Diarrhö, zog Bruoch und Beinlinge hoch, schnürte meinen Gürtel zu und lief los. Das Häufchen kostbarer Lumpen ließ ich unbenutzt zurück.

»Rennt, Messire, rennt, rennt!«, riefen die Soldaten und winkten mich näher.

Hufschlag donnerte hinter mir. Wie nahe er war, konnte ich nicht sagen, aber allzu weit entfernt klang er nicht.

Meine Eingeweide grollten. Ich musste mich unbedingt wieder hinhocken, aber das war unmöglich. Ich drückte die Arschbacken so fest zusammen, wie ich konnte, und floh.

Die Schreie der Soldaten wurden drängender. »Rennt, Messire!«

Lieber Herr Jesus, dachte ich. Wenn ich im Heiligen Land sterben soll, dann doch bitte mit dem Schwert in der Hand und an des Königs Seite, aber doch nicht, während ich mit Scheiße am Arsch wegrenne wie ein Feigling.

Ich spürte Erschütterungen der Erde unter meinen Füßen.

»Er hat Euch fast eingeholt, Messire!«

Der Graben war noch dreißig Schritte entfernt. Ich blickte über meine Schulter. Der Sarazene war schon so nahe, dass ich seine Hand sehen konnte, die sich um den Speerschaft geschlossen hatte, und das Rosa in den geblähten Nüstern seines Pferdes. Die Panik drohte mich zu übermannen. Ich hatte keinerlei Aussicht, in Sicherheit zu gelangen, ehe ich aufgespießt wurde wie ein fliehendes Kaninchen.

Ich hielt stolpernd an.

Ein Heulen erschallte und verknotete mir meine ohnehin schon flüssigen Gedärme schmerzhaft aufs Neue.

Ich drehte mich um.

Die Lippen des Türken entblößten triumphierend seine Zähne. Die Speerspitze war ein silbriger Schemen, der genau auf mein Herz zielte.

Mit zitternden Gliedern wartete ich. Wartete, bis er so nahe war, dass ich die Schweißperlen auf seinen Wangen zählen konnte, dann warf ich mich zur Seite.

Pferd und Reiter preschten vorbei, der tödliche Speerstoß fuhr in dünne Luft.

Die Soldaten jubelten.

Ich landete hart, mit einer Hand in einem Klumpen Kot. Die andere, Gott sei Dank, berührte einen Stein. Er war nicht groß, aber er füllte meine Handfläche, und ein zweiter lag daneben. Ich nahm einen in jede Faust und sprang auf, während der Sarazene noch sein Pferd zügelte. Das Tier fuhr auf einem Huf herum – selbst in meiner tiefen Angst bewunderte ich noch die Reitkunst unserer Feinde –, und er stürmte wieder auf mich los.

Ich hatte weder Zeit zum Denken noch zum Zielen. Ich holte nur mit dem rechten Arm aus und warf einen der Steine. Er knallte dem Türken gegen die Stirn, gleich unter dem Rand seines Helms. Er verdrehte die Augen, dass das Weiße sichtbar wurde, und der Speer, der mich ins Jenseits hatte senden sollen, entfiel seinen kraftlosen Fingern. Er sank in den Sattel zurück, schwankte wie ein Betrunkener und verlor die Gewalt über sein Ross. Im nächsten Moment fiel er herunter, das Pferd wurde langsamer, und ich konnte die losen Zügel ergreifen, als es an mir vorbeilief.

»Ganz ruhig«, sagte ich und hoffte, dass mein sanfter Ton meinen Mangel an arabischen Befehlen ausgleichen würde. »Ruhig.«

Schnaubend und scheu zog das Pferd mich für ein kurzes Stück mit, bevor es mir gelang, es zu beruhigen. Ein schönes Tier war es, ein feinknochiger grauer Araber mit einer langen, welligen Mähne und muskulösem Hinterleib.

Mir fiel sein Herr ein, und mein Blick richtete sich auf die

Stelle, wo er aufgeschlagen war. Aufatmend sah ich, dass er noch immer reglos dort lag.

Vorsichtig für den Fall, dass er sich totstellte, nahm ich noch einen Stein auf und führte das Pferd zu ihm. Der Türke rührte sich nicht, auch nicht, als ich ihn trat. Ich ging zu seinem Speer, hob ihn auf und bezeugte damit den Soldaten die Ehre, die auf der Stelle tanzten und jubelten.

Bewaffnet fühlte ich mich sicher genug, um wieder auf meinen Feind zuzutreten, aber meine Vorsicht erwies sich als unbegründet. Er war tot, unverletzt bis auf eine deutliche Einbuchtung an seiner Stirn. Ich sagte mir, dass ihm entweder mein Stein den Schädel eingeschlagen oder er sich beim Aufprall das Genick gebrochen haben musste. Ich hatte nicht nur überlebt, sondern auch den Türken erschlagen, der mich beim Stuhlgang ermorden wollte.

Ich richtete mich auf. Zwischen meinen Arschbacken spürte ich unangenehme Klebrigkeit, aber ich hielt die Zügel eines prächtigen Pferdes, das nun mir gehörte, und in meinen Ohren klang der Beifall. Ich gelangte zu dem Schluss, dass es ohne Zweifel das bizarrste Erlebnis meines bisherigen Lebens gewesen sei.

Rhys musste so heftig über meine Geschichte lachen, dass ich schon glaubte, er würde platzen. De Drune brüllte vor Heiterkeit. Thorne, der gekommen war, um mit uns zu frühstücken, erstickte fast an einem Stück Brot, so belustigt war er.

Das Ausmaß ihres Frohsinns ärgert mich ein wenig. »Ich hätte sterben können«, beklagte ich mich.

Damit veranlasste ich sie, nur umso lauter zu lachen.

Ich gab es auf und fiel in ihr Lachen ein.

Als ich zu Richards Zelt zurückkehrte, hatte ich so viel Spott erdulden müssen, dass ich beschloss, dem König zu erzählen, was mir zugestoßen war. Gelächter war gut für die Seele, hieß es. Das konnte nur zu seiner Genesung beitragen.

Segeltuchbahnen waren an den Seiten des königlichen Zelts gehoben worden, doch bei der herrschenden Windstille machte das kaum einen Unterschied. Als ich hineinging, kam es mir vor, als stiege ich in einen Backofen.

Ich bahnte mir den Weg zu seinem Krankenlager und dankte Gott für die Diener, die bei Richard standen und ihm mit langen Dattelzweigen Luft zufächelten.

Er war nicht allein. Ralph Besace sammelte gerade seine Instrumente ein, und Philip verriet mir, dass der Arzt den morgendlichen Aderlass verschoben hatte. »Irgendwas von einer besseren Zeit, um die giftigen Säfte auszuleiten«, flüsterte er. Ich nickte wissend, obwohl ich nichts von Medizin verstand.

Richard war blasser denn je. Sein linker Arm ruhte noch auf einem Kissen. Ein Knappe kniete am Bett und drückte eine Linnenkompresse auf die Stelle, wo Besace die Basilarvene des Königs aufgetrennt hatte.

Ich trat näher. Sorge nagte an meinem Magen.

Richard hob flatternd die Lider, und er erblickte mich. Ich empfing ein mattes Lächeln. »Rufus.«

»Sire.« Ich beugte das Knie und entschied, dass es für meine Geschichte der falsche Zeitpunkt sei.

Der König fasste sich allerdings bald wieder. Er verkündete, dass er hungrig sei – was seit dem Ausbruch der Krankheit nicht mehr vorgekommen war –, und gestattete mir, ihn mit zwei Pflaumen zu füttern. Daraufhin fragte er mich, wie der heutige Angriff liefe, und runzelte die Stirn, als ich zugab, noch nicht an den Mauern gewesen zu sein. Unweigerlich musste ich berichten, was mir zugestoßen war. Richard hörte mir gespannt zu und fixierte dabei mein Gesicht. Immer wieder entschlüpften ihm Gluckser, und am Ende kicherte er haltlos.

Meine Wangen waren gerötet vor Verlegenheit, und ich sonnte mich im Vergnügen des Königs. Wie gut, dass Ralph Besace gegangen war. Ohne Zweifel hätte er Richard als zu schwach erklärt für derartige Aufregungen. Meiner Ansicht nach tat meine Geschichte ihm jedoch gut.

»Bei Gottes Beinen.« Der König wischte sich Lachtränen ab. »Ich hätte hundert Bezants dafür gezahlt, Euch in diesem Zustand gegen den Türken kämpfen zu sehen. Nein, fünfhundert! Was muss das für ein Anblick gewesen sein!«

Ich wollte gerade erwidern, dass meine Würde es nicht überlebt hätte, wenn mein König mich in dieser grässlichen Lage beobachtet hätte, als eine vertraute Stimme fragte: »Von welchem Anblick sprecht Ihr, Gemahl, dass er solch ein Vermögen wert wäre?«

Mein Herz machte einen Satz. Wo Berengaria weilte, waren Beatrice und Joanna nicht fern. Letztere hatte mich auch gesehen. Während ein erfreuter Richard seine Frau zu sich winkte, erhob ich mich und ging aufs Knie. »Madame. Madame.« Ich richtete mich auf und trat zur Seite, damit sie sich dem König nähern konnten, doch vermutlich hatte ich nicht so viel Platz gemacht, wie ich annahm. So dicht neben Joanna zu stehen war nicht das Gleiche, wie sie in die Arme zu schließen, aber besser als nichts.

Berengaria nickte mir freundlich zu. Wir hatten nicht viel miteinander gesprochen, aber ich hatte den Eindruck, sie schätzte mich, weil ich ein Favorit des Königs war.

»Messire Rufus.« Joanna schenkte mir ein wundervolles Lächeln, und ihre Augen tanzten. Wie immer war sie das Sinnbild der Lieblichkeit, eine Rose neben dem Gänseblümchen Berengaria, und verleitete mich, vor Begierde zu zittern.

Während die beiden Frauen mit Richard sprachen, entschloss ich mich, Joanna wiederzusehen. Weil ich beschäftigt gewesen war, erst mit dem Ausschiffen und Ordnen des Heeres, danach mit den Angriffen auf Akkon und schließlich der Krankheit des Königs, war ich ihr nur in Richards Zelt begegnet und hatte nicht mit ihr sprechen können.

»Mein Herz erfreut es, Euch in guter Verfassung zu sehen, Richard.« Berengarias Stimme war rau vor Rührung.

»Ihr seid auf dem Weg der Besserung, Gott sei gedankt«, fügte Joanna nicht minder inbrünstig hinzu.

»Ich habe dem Herrn zu danken«, stimmte der König zu. »Aber ich schulde auch viel der Pflege durch Ralph Besace, und Philip hier, und Rufus.«

Die Anerkennung ließ Philip strahlen, und als der Blick der Damen wieder auf mich fiel, lächelte ich – zu Joanna eigentlich nur, nicht zu Berengaria.

Zu meinem Entsetzen fragte die Königin erneut, welcher Anblick Richard denn fünfhundert Bezants wert sei. Der König lachte leise und gab keine Antwort.

Die Neugierde der Frauen kennt keine Grenzen. Sie schmollte, strich seinen Arm und wiederholte die Frage.

Richard gab nach. »Rufus wurde heute Morgen auf freiem Feld von einem Sarazenen überrascht. Von Rechts wegen müsste er jetzt tot sein, denn der Türke war bewaffnet und zu Pferd, und Rufus nicht. Durch ein Wunder hat Rufus nicht nur überlebt, sondern auch den Sarazenen erschlagen und sein Ross als Beute genommen.«

»Das klingt unglaublich. Was habt Ihr dort getan, Messire Rufus?«, fragte Joanna.

Wie betäubt blickte ich erst Richard an, dessen Gesicht eine *Gib-nicht-mir-die-Schuld*-Miene zeigte, dann Joanna. Ihre Lippen zuckten, und mir wurde klar, dass sie erraten hatte, was ich dort vorhatte.

Berengaria war etwas unschuldiger und ahnte nichts. »Nun, Messire Rufus?«

Ich möchte wetten, mein Gesicht nahm das dunkle Rot meiner Haare an. Ich hüstelte. »Ich folgte dem Ruf der Natur, Madame.«

Immerhin liefen Berengarias Wagen rosa an.

»Die Einzelheiten dürft Ihr uns ersparen«, sagte Joanna schalkhaft.

Richard lachte, zog Berengaria an sich und flüsterte ihr ins Ohr. Begreifen trat in ihre Augen, und sie nickte.

Ich erzählte die Geschichte, so gut ich konnte, indem ich Einzelheiten wie das Hochziehen von Bruoch und Beinlingen wegließ. Die beiden Frauen lauschten auf jedes Wort. Ich wollte nicht arrogant erscheinen und ging über meinen Steinwurf rasch hinweg. Ich behauptete, der sarazenische Reiter müsse beim Sturz vom Pferd gestorben sein.

»Hört nicht auf ihn«, sagte Richard. »Mit der Armbrust ist Rufus ein Meisterschütze. Mit einem Stein kann er genauso gut umgehen, daran kann kein Zweifel bestehen. Der Türke hatte nie eine Aussicht auf den Sieg.«

Ich murmelte, die Sache sei weit knapper gewesen, als der König behauptete.

»Eine bemerkenswerte Geschichte«, sagte die Königin.

Mit noch geröteten Wangen verbeugte ich mich dankend.

Joannas anerkennender Blick haftete an mir. Ich sonnte mich darin. Für einen Blinden wäre es offensichtlich gewesen, aber nachdem wir so lange auf die Gesellschaft des anderen hatten verzichten müssen, waren wir in diesem Augenblick nicht imstande, unser gegenseitiges Verlangen zu verbergen.

Ich war froh, dass der König nichts gesehen hatte. Zum Glück war seine Aufmerksamkeit von Berengaria vereinnahmt, die auf der Matratze saß und leise mit ihm sprach. Sie steckten die Köpfe zusammen und küssten sich.

Mein Kopf füllte sich mit der Vorstellung, mit Joanna das Gleiche zu tun. Ich blinzelte und sah sie an. Wie es schien, dachte sie ebenfalls das Gleiche wie ich, denn mit den Lippen bildete sie lautlos die Worte: *Komm heute Nacht in mein Zelt.*

Wann?, entgegnete ich stumm.

So rasch nach der Matutin, wie du kannst.

Ich nickte. Mein Blut pochte vor Aufregung, Luft und Nervosität.

Ich bemerkte nicht, dass FitzAldelm, der gekommen war, um mit dem König zu sprechen, mich beobachtete.

KAPITEL XVI

Ohne Kirchenglocken, auf die ich mich verlassen konnte, hatte ich die Tageszeit so gut eingeschätzt, wie das Sinken der Sonne und die Rufe der Muezzins in Akkon es mir erlaubten. Ungeduldig wollte ich losgehen, sobald völlige Dunkelheit herrschte, aber ich zwang mich, bis nach dem Abendessen zu warten und eine Weile mit de Drune, Rhys und Thorne zu würfeln. Ich trank einen Becher Wein, aber als sie sich nachschenkten, lehnte ich ab und klagte über leichte Kopfschmerzen.

»Das sieht Euch nicht ähnlich.« Mit Sorge in den blaugrauen Augen fragte mich Thorne, ob ich ein Fieber ausbrütete. »Ich hoffe, es ist nicht Arnaldia.«

Ich tat seine Befürchtungen ab und sagte, es sei wohl eher ein Sonnenstich, mehr nicht. Ich legte mich auf meinen Strohsack und tat, als würde ich dösen.

Klackernd landeten Würfel auf dem Spielbrett. Meine Freunde sprachen leise und lachten hin und wieder.

Trotz meiner größten Anstrengungen, wach zu bleiben, schloss mich irgendwann der Schlaf in seine tröstenden Arme.

Einige Zeit später fuhr ich hoch. Schweiß bedeckte meine Stirn und jeden anderen meiner Körperteile. Ich setzte mich auf, rieb mir die Augen und fragte mich, welche Stunde es sein mochte. Alle Fackeln waren gelöscht. Im Zelt herrschte pechschwarze Finsternis. De Drune und Thorne schnarchten neben dem Würfeltisch auf dem Boden. Rhys war an seinem üblichen Platz am Fuß meines Bettes.

Ich taste nach meiner Kleidung und weckte irgendwie weder

ihn noch jemand anderen auf. An der Tür stellte ich fest, dass mein Dolch noch immer neben meinem Strohsack lag. Unentschlossenheit plagte mich. Unbewaffnet umherzugehen war fast so schlimm wie nackt zu sein. Kehrte ich zurück, lief ich Gefahr, Rhys zu wecken, der einen leichten Schlaf hatte. Ich bräuchte keine Waffe, versicherte ich mir, und schlüpfte in die Nacht.

Ein schmaler Mond stand hoch am Himmel und verriet mir, dass die Matutin vermutlich schon lange vorüber war. Vielleicht ist es zu spät, dachte ich mit einem Anflug von Entsetzen. Joanna konnte sich missachtet fühlen und wütend auf mich sein. Ich stählte meinen Mut. Ich musste es versuchen.

Eine Eule schrie in der Ferne. Instinktiv erstarrte ich. Kein Alarmruf folgte. Ich hörte keine Bewegung in der Nähe. Der Vogel ruft nur, sagte ich mir. Von der Sorge getrieben, unsere Verabredung versäumt zu haben, eilte ich weiter auf das Zelt zu, das Joanna sich mit Beatrice und der Königin teilte. Letztere war aus dem königlichen Zelt ausgezogen, als Richard so schwer erkrankte.

Die Posten, die vor dem Zelt der Damen Wache standen, dösten neben dem Eingang. Ich umging sie in einem Bogen und gelangte, ohne angehalten zu werden, an die lange Seite der Unterkunft. Neue Besorgnis nagte an mir. Ich war noch nie darin gewesen. Ich wusste nicht, wo Joanna schlief, und dumm, wie ich war, hatte ich nicht danach gefragt. Irrtümlich in die Schlafkammer der Königin treten wollte ich auf keinen Fall. Wer so etwas tat, riskierte seinen Kopf.

Ein gelber Schimmer durch einen Abschnitt der Leinwand flößte mir plötzliche Hoffnung ein. Ich blieb stehen, drückte das Ohr an den Stoff und lauschte. Ich hörte nichts. Kein Stimmengemurmel, kein Schnarchen, nicht einmal Atmen. Ich zögerte. Eine brennende Fackel musste nicht bedeuten, dass auf der anderen Seite der Zeltbahn Joannas Nachtlager war. Das Licht konnte auch im Quartier einer Dienerin brennen, einer Dienerin, die schreien würde, wenn um Mitternacht jemand eindrang.

Unser Plan ist Irrsinn, dachte ich, voller unwägbarer Risiken. Wir waren töricht gewesen, ihn auch nur zu erwägen. Am klügsten wäre es, wenn ich ging, woher ich gekommen war.

Eine Frau wie Joanna durfte jedoch nicht verschmäht werden. Wenn wir das nächste Mal sprachen, würde sie mir vermutlich befehlen, nicht mehr in ihre Nähe zu kommen. Ich holte tief Luft und kratzte an der Leinwand. »Joanna?«, flüsterte ich.

Stille.

Ich wollte verzagen.

Aber ich versuchte es wieder. »Joanna?«

Eine kurze Verzögerung, dann hörte ich, wie jemand sich rührte.

Mein Herz machte einen schmerzhaften Sprung. Hatte ich gerade Berengaria geweckt oder vielleicht die junge Beatrice oder eine Dienerin? Jede von ihnen würde schreien. Ich quälte mich voller Angst, unsicher, ob ich es noch einmal versuchen sollte.

»Rufus?«

»Joanna!«, antwortete ich erfreut.

Mit einem letzten Blick nach Wächtern beeilte ich mich, unter der Zeltbahn hindurchzukriechen und bei ihr zu sein.

Sie trug ein blaues Kleid, keinen Schmuck, und hatte die Haare gelöst. Dem Abdruck auf einer Wange nach musste sie geschlafen und auf jener Seite gelegen haben. Ich hatte sie nie schöner gesehen und sagte es ihr auch.

»Es wäre undamenhaft, Euch nach solch einem schönen Kompliment zu schelten, Rufus, aber was glaubt Ihr, welche Stunde wir haben?« Trotz ihrer Worte erhob sie sich und kam mir mit ausgestreckten Armen entgegen.

»Ich kann mich nicht genügend entschuldigen, Madame.« Ich nahm sie bei den Händen. »Trotz aller meiner Anstrengungen übermannte mich der Schlaf.«

Sie kam in meine Arme. Sie sah mir in die Augen und sagte kehlig: »Das wirst du wiedergutmachen müssen.«

Ich starrte sie an. Ihre Schönheit war überwältigend. In meinem ganzen Leben war ich noch nicht so glücklich gewesen. Nichts, niemand hätte mich von dem Flecken fortbewegen können, an dem ich stand. Nicht Richard. Nicht einmal Gott der Herr selbst.

»Ich werde mein Bestes tun«, flüsterte ich und beugte mich vor, um meinen Mund auf ihre Lippen zu legen.

In der Kühle vor der Morgendämmerung weckten mich ihre sanften Küsse. »Mein Herz sehnt sich danach, dass du bleibst, Rufus«, flüsterte sie mir ins Ohr, »aber das darfst du nicht.«

Ich zog sie an mich, und sie reagierte mit der gleichen Leidenschaft, die schon vorher die meine erwidert hatte. Ich nahm eine ihrer Brüste in die Hand und legte ein Bein über ihre. Sie löste sich lächelnd von mir. »Nein, Rufus. Die Zeit ist nicht auf unserer Seite. Meine Damen erwachen bald. Die Gelegenheit, sie einzuweihen, wird schon kommen, aber jetzt noch nicht.«

»Weise Worte«, gab ich widerstrebend zu. Wir waren leise geblieben, während wir uns liebten, aber damit wir auch nur die geringste Aussicht hatten, unsere Liaison geheim zu halten, brauchten wir Hilfe. Zuzulassen, dass ihre Damen sahen, wie wir im Morgengrauen aus demselben Bett stiegen, war nicht der richtige Weg, sie zu erhalten.

Zur Antwort küsste sie mich noch einmal.

Himmel, wie schwer es mir fiel, mich von ihr zu lösen. Mir gelang es allerdings, wobei viele süße Worte gewispert wurden und ich ihr das Versprechen abrang, dass wir uns bei der ersten Gelegenheit wiedersehen würden.

Als ich Joannas Zelt sicher verlassen hatte, stahl ich mich in Richtung meiner eigenen Unterkunft davon. Ich war entsetzt, P'tit, den Terrier zu erblicken, bevor ich hundert Schritte weit gekommen war, und im nächsten Moment ihren Herrn, FitzAldelm. Er bedachte mich mit einem wissenden Blick. »Gut geschlafen?«

Seine Stichelei ließ mein Herz rasen wie eine Maus, die von der Katze in die Enge getrieben wurde. Er hatte nicht gesehen, wie ich unter der Leinwandbahn aus dem Zelt der Königin gekommen war, darauf hätte ich mein Leben verwettet. Er war nur misstrauisch, weil ich in der Nähe ihres Zelts war. Aber auch Richards Zelt lag hinter mir, erinnerte ich mich. Ich konnte auch dort gewesen sein.

»Nein, leider nicht«, log ich. »Ich bin stundenlang durchs Lager gewandert.«

»Ich verstehe.« Sein Blick verriet seinen Unglauben. »Vielleicht habt Ihr dem König Gesellschaft geleistet.«

Froh, dass mir diese Rettungsleine zugeworfen wurde, stürzte ich mich darauf, ohne nachzudenken. »Das habe ich«, sagte ich, und Entsetzen erfüllte mich, noch bevor mir die Worte über die Lippen gekommen waren.

»Das ist edel. Ich sollte das Gleiche tun. Wenn ich ihn sehe, werde ich ihn fragen, ob ich mich auch nachts zu ihm setzen soll, so wie Ihr.«

Zu spät erkannte ich die Falle, in die ich getreten war. Ich musste mich herauswinden. »Ich blieb nur kurz. Der König wusste nicht, dass ich dort war. Er hat fest geschlafen.« Verärgerung funkelte in FitzAldelms Augen auf, bevor er sie verbergen konnte. Mein Verdacht war richtig. Er hatte gehofft, dass der König, ohne es zu wissen, meine Täuschung offenbaren würde.

Ich murmelte etwas über meine Pflichten, tätschelte P'tit und verabschiedete mich. Als ich einen Blick über die Schulter zurückwarf, sah ich, dass er mir hinterherstarrte. Entschlossen, nichts dem Zufall zu überlassen, kehrte ich bei der ersten Gelegenheit um und ging auf einem anderen Weg zum Zelt des Königs. Zu meiner gewaltigen Erleichterung entdeckte ich keine Spur von FitzAldelm. Der König schlief noch, also schnappte ich mir Philip und ließ ihn schwören, dass er sagte, ich hätte in den zurückliegenden Stunden Zeit an der Seite des Königs verbracht, sollte mein Feind sich danach erkundigen. Er versprach es, ohne Fragen zu stellen, auch wenn ich ihm seine Neugierde ansah. Ich würde es ihm sagen, nahm ich mir vor, aber jetzt noch nicht.

Als Nächstes wandten sich meine Gedanken den vier Wächtern zu. Falls FitzAldelm mit ihnen sprach, war es um mich geschehen.

Als ich aus dem Zelt kam, stellte ich fest, dass ihre Ablösung schon gekommen war. Die Soldaten, die jetzt dienstfrei hatten, gingen bereits gähnend weg. Eine Frage, die ich den neuen Posten rasch stellte, wurde damit beantwortet, dass die beiden Wachtrupps aus unterschiedlichen Einheiten waren. Meine gute Stimmung kehrte zurück. Selbst wenn mein Feind so misstrauisch gewesen wäre, die Wächter der Nachtschicht zu befragen, die Gelegenheit dazu war verstrichen.

Mit knurrendem Magen machte ich mich auf die Suche nach Rhys, der vermutlich schon auf den Beinen war und Frühstück zubereitete. Was ich ihm sagen sollte, falls er mich fragte, wo ich gewesen sei? Da war ich mir noch unsicher. Irgendwann musste ich ihn zwar auch ins Vertrauen ziehen, aber ich wollte mein Zusammensein mit Joanna so lange wie möglich geheim halten – es sollte mein kostbarster Schatz bleiben. Ein Anflug von Schlaflosigkeit, dessentwegen ich um Mitternacht herumgewandert war, sollte erst einmal als Erklärung ausreichen, sagte ich mir. Rhys hatte keinen Grund, etwas anderes zu vermuten. Ich beschloss außerdem, ihn zu bitten, FitzAldelm im Auge zu behalten, wenn er es konnte.

Drei Tage später wurde Guy de Lusignan von seinem Bruder Geoffroy zum König von Jerusalem ausgerufen. Conrad de Montferrat, dessen Stellung seit dem Zwischenfall um die genuesische und pisanische Gefolgschaft unsicher gewesen war, floh unverzüglich in seine Festung Tyrus.

»Welch eine Erlösung«, sagte Richard, als er davon hörte.

Eine Woche und mehr verstrich, und mit jedem Tag wurde der

König kräftiger. Ich ließ Messen lesen, denn der Allmächtige sollte unbedingt erfahren, wie dankbar ich für seine jüngste Gnade war.

Unsere Belagerungsmaschinen beschossen weiterhin die Mauern von Akkon, und gelegentlich kam es zu einem Scharmützel mit den Türken, aber kein Großangriff fand statt. Jeden Tag ritten Patrouillen aus, aber so viele Ritter wollten daran teilnehmen, dass ich nur hin und wieder das Lager verlassen konnte.

Richards Ritter übten sich in den Waffen, das Gleiche galt für Rhys, de Drune und Thorne. Philip schloss sich uns an, wann immer er konnte. Wir tjostierten auf der freien Fläche zwischen Saladins und unserem Lager, oft von feindlichen Gruppen beobachtet. Gelegentlich bejubelten sie unsere Anstrengungen, und wir winkten zum Dank. Seltsam war es, von Feinden solche Anerkennung zu erhalten, aber ich verspürte dabei einen merkwürdigen Respekt.

Übten wir nicht, spielten wir Schach oder würfelten, aber auch das konnte man nicht allzu oft spielen, ohne irgendwann das Interesse zu verlieren. Die täglichen Messen in dem Zelt, das als Kirche diente, wurden auch rasch langweilig. Ich hoffte von ganzem Herzen, Jerusalem zu befreien, damit mir der Mord an Henry vergeben wurde, aber eine Stunde Latein – von dem ich kaum ein Wort verstand – am Sonntag genügte mir.

Die Hauptsache an jedem Tag war mein Besuch beim König. Dank des Stroms von Besuchern, der nicht abreißen wollte, hatten wir jedoch kaum einen Augenblick für uns allein. Ich lernte, mich damit zufriedenzugeben.

Der Rest jedes glutheißen Tages schleppte sich dahin. Ich lag schwitzend in meinem Zelt und sehnte mich nach dem Sonnenuntergang. Richard ging stets früh zu Bett, was zur Folge hatte, dass meine Abende mir gehörten. Ich badete mich, zog eine andere Hose und ein anderes Hemd an und teilte eine Mahlzeit mit Thorne, de Béthune und de Chauvigny, danach entschuldigte ich mich und legte mich hin. Wieder musste ich ungeduldig warten, bis es spät genug war für meine nächtliche Begegnung mit Joanna. Seit der blonden Schönheit Alienor war ich keiner Frau mehr derart verfallen gewesen. An Joanna dachte ich in jedem wachen Augenblick, und ich träumte auch von ihr.

Den Ruf der Muezzins am späten Abend zur Zeitmessung zu benutzen erschien mir blasphemisch, war aber höchst praktisch. Kaum ertönte in Akkon der klagende Ruf, brach ich auf. Ihr Zelt zu erreichen war nun leichter, denn sie hatte sich beschwert, dass die vorbeigehenden Wächter ihr den Schlaf raubten. Nun kamen sie nur noch einmal in der Stunde und schenkten uns weit mehr Abgeschiedenheit.

Sobald ich hereinkam, gab es wenig Einleitung. Wir rissen uns gegenseitig die Kleider vom Leib – in dieser Hinsicht war sie wahrhaft gebieterisch – und stolperten in ihr Bett. Es ging uns nicht nur um die Vereinigung. Stunden verbrachten wir auch in leidenschaftlicher Umarmung, sprachen und lachten leise miteinander. Wir hatten viel gemeinsam. Wir hatten Familie und Tiere lieb, wir hatten einen ähnlichen Humor, wir genossen gutes Essen und guten Wein. Unsere Gefühle füreinander vertieften sich rasch. Wir nannten einander »mein Herz« und welkten dahin, wenn wir nicht zusammen waren.

Rhys wurde bald misstrauisch, was meine nächtlichen Abwesenheiten betraf. Am dritten Abend drohte er, mir zu folgen und sich zu vergewissern, dass ich in Sicherheit war. Ein wenig erleichtert weihte ich ihn in das Geheimnis ein. Zuerst konnte er es nicht fassen, dann war er glücklich. Ich ließ ihn Verschwiegenheit schwören und berichtete von meiner unerfreulichen Begegnung mit FitzAldelm nicht weit von Joannas Zelt entfernt. Als ich die Mordlust in Rhys' Augen sah, erinnerte ich ihn rasch an seinen Eid, meinen Feind in Ruhe zu lassen. Ich wollte nicht, dass irgendetwas meine Stelldicheins mit Joanna störte.

Mein Hass auf FitzAldelm brannte natürlich weiterhin, war aber stark von meiner Leidenschaft gedämpft. Wenn ich gegen ihn vorging, rief ich mir ins Gedächtnis, riskierte ich alles: Bestrafung durch den König, weil ich einen anderen Ritter verletzt hätte, und ewige Verdammnis für einen weiteren Mord. Daher nahm ich den leichten Weg und begrub meine Fehde vorerst.

Ich begann sogar davon zu träumen, um Joanna zu freien, damit wir Mann und Frau werden konnten. Ich war so kühn, es eines Nachts zur Sprache zu bringen. Traurigkeit trat ihr ins Gesicht. Sie brachte mich zum Schweigen, indem sie mir einen Finger auf die Lippen legte, und flüsterte, ich möge das Schöne, was wir hätten, nicht zerstören. Niedergeschmettert nickte ich und brachte ein Lächeln zustande, während ich meinen Herzenswunsch in einer dunklen Ecke meines Geistes begrub. Sirene, die sie war, führte mich Joanna darauf in den Himmel und zurück, und als wir danach atemlos nebeneinanderlagen, hatte ich beinahe vergessen, wonach ich gefragt hatte.

Beinahe.

In der Nacht des dritten Julitags wäre meine Abwesenheit bemerkt worden, hätte ich mich mit meinem Aufbruch zu Joanna nicht verspätet.

Saladin, der listige Fuchs, befahl einen Überraschungsangriff auf unser Lager. Statt heimlich zu meiner Geliebten zu schleichen, musste ich mich wappnen und in den Kampf eingreifen. Der Angriff der Türken fiel jedoch halbherzig aus, fast als wären sie nur gekommen, weil ihr Sultan es ihnen befahl. Wir trieben sie in Richtung ihres eigenen Lagers zurück, und sie erlitten schwere Verluste.

Erschöpft legte ich hinterher in meinem Zelt nur meine Rüstung ab und ging zu Joanna, um mich für den Bruch der Verabredung zu entschuldigen. Sie war bezaubert von meiner Ergebenheit, und so schweißgebadet, wie ich war, küsste sie mich zärtlich und befahl mir, mein eigenes Bett aufzusuchen, damit ich den Schlaf bekam, den ich brauchte.

In der folgenden Nacht besuchte ich sie aus Sorge, dass die Sarazenen wieder angriffen, ebenfalls nicht. Ich schaffte es, sie vorher über meine Absicht zu unterrichten, was mich erleichterte.

Eine Erleichterung war auch der Umstand, dass wir in der Nacht keine Spur von einem Sarazenen sahen. Sie hatten ihre Lektion gelernt.

Was an dem Abend geschah, war die unerwartete Ankunft einer Abordnung aus Akkon. Niemand Geringeres als die Befehlshaber der Garnison kamen, um mit den beiden Königen zu verhandeln. Sie hießen Maschtub und Karakusch – jedenfalls sprachen wir ihre unmöglich zu artikulierenden Namen so aus – und boten die Kapitulation an, solange sie die Stadt mit allen Waffen und aller Ausrüstung verlassen durften. Philippe war mit dem Ersuchen einverstanden, aber Richard wies es rundheraus zurück und erklärte, die Türken würden die Stadt leerer zurücklassen als das Haus eines Bettlers.

Die enttäuschten sarazenischen Emire kehrten mit leeren Händen nach Akkon zurück, die beiden Könige gingen im Streit auseinander.

Richard scherte es schon nicht mehr.

»Philippe ist ein Narr. Die Garnison ist bereits in die Knie gezwungen«, verkündete er. »Wir haben es nicht nötig, ihre Bitten zu erfüllen. Noch einen oder zwei Tage, und die Stadt gehört uns. Philippe jedoch wird alles tun, um einem Kampf aus dem Weg zu gehen – selbst wenn er siegt!«

Mit der Ankündigung, dass wir am kommenden Tag die Stadt angreifen würden, sofern er sich am Morgen weiterhin besser fühlte, legte sich der König schlafen.

Früh am fünften Julitag aß ich vor meinem Zelt Brot mit Honig. Letzterer war ein Wunder, das Rhys bei einem verwegenen türkischen Händler kaufte, der sich mit seinen frischen Waren in unser Lager wagte. Ich aß ihn jeden Tag.

Bei meiner dritten Scheibe bemerkte ich einen Pagen, der auf mich zurannte. Wie erhofft brachte er den Befehl, sofort zu Richard zu kommen.

»Der König ist auf«, sagte der rotwangige Junge fröhlich. »Er wird einen Sturmangriff befehlen.«

Erleichtert weckte ich de Drune mit einem Tritt und sagte ihm, er möge seinen Kopf in ein Wasserbecken tauchen und sich bereitmachen, dann wappnete ich mich selbst. Die Armbrüste in der Hand, gingen wir drei – Rhys ließ sich nicht zurückhalten, so froh war er über die Genesung des Königs – zu Richards Zelt. Mein Blick streifte Joannas Zelt, als wir vorüberschritten, aber meine Hoffnung, sie zu sehen, war vergeblich. Sie weilte auch nicht bei Richard.

Des Königs Zelt war voller Männer und erfüllt von aufgeregtem Gespräch. Ich sah de Chauvigny, de Béthune, die Großmeister der Ritterorden, Guy de Lusignan und seine Brüder, die übliche Schar Bischöfe und ein Dutzend Hauptleute und Beamte. Von FitzAldelm entdeckte ich nichts und nahm an, dass er sich um Nachschub kümmerte, denn das war sein Spezialgebiet.

Der König saß angekleidet aufrecht im Bett. Sein Haar war zwar dünner geworden, aber er hatte mehr Farbe in den Wangen als am Vortag, und seine Augen hatten ihr gewohntes Funkeln wiedererlangt. Als er mich sah, winkte er mich näher.

»Ihr seht kräftig aus, Sire. Ich habe Gerüchte über einen neuen Angriff gehört.«

»Die Ohren haben Euch nicht getäuscht, Rufus.« Er grinste. »So Gott will, fällt heute ein Turm, vielleicht zwei, und womöglich sogar ganz Akkon.« Er sah meinen Blick – es war keine halbe Meile bis zu dem Abschnitt der Verteidigungsanlagen, vor denen unsere Katapulte standen. »Habt keine Furcht. Ich habe aus einer seidenen Daunendecke eine Sänfte fertigen lassen. So unköniglich es sein mag, sich in die Schlacht tragen zu lassen, habe ich keinen anderen Wunsch, als auf dem Felde zu sein.«

Mein Herz schwoll an vor Stolz.

Die Soldaten waren ebenfalls überglücklich, ihn zu sehen. Applaus wurde laut, als er das Zelt verließ. Männer eilten, um sich an den Rändern des Weges aufzustellen, auf dem er vorbeigetragen wurde, während ich und ein Dutzend weitere Hausritter zu beiden Seiten gingen. Rufe erschollen: »Der König! Der König ist da!« und »Richard, Cœur de Lion!«.

Eine laute Stimme in der Menge verkündete: »Der tapferste aller Könige ist nun da, der beste Krieger der Christenheit. Lasst uns jetzt Gottes Willen verrichten!«

Ich jubelte selbst, als ich diese Worte hörte.

»Rufus.«

Ich trat näher an die Sänfte, damit ich den König in dem Lärm hören konnte. »Sire?«

»Ich werde neue Boten an Saladin entsenden. Akkon wird bald fallen, und er weiß es. Ein Waffenstillstand mit ihm könnte sehr nützlich sein. Ich hatte im Sinn, André und Baudouin wieder damit zu betrauen. Schließt Ihr Euch ihnen an?«

»Es wäre mir eine Ehre, Sire«, sagte ich. Begeisterung erfüllte mich angesichts der Aussicht, auf den legendären Sultan zu treffen, dem Guy de Lusignan bei Hattin unterlegen war.

Während der König krank darniederlag, hatte es halbherzige Verhandlungen gegeben, die vornehmlich von de Chauvigny und de Béthune betrieben worden waren, aber sie hatten zu kaum etwas geführt. Trotz anfänglicher Höflichkeiten – Saladin hatte frisches Obst und sogar Schüsseln voll Schnee aus den hohen Bergen im Nordosten geschickt, und dafür war ein kriegsgefangener Sarazene freigelassen worden – hatte er sich geweigert, Richard von Angesicht zu Angesicht zu treffen. Könige, die einander begegnet seien, hatte er geschrieben, könnten danach nicht gegeneinander kämpfen. Richard hatte darüber geflucht und war ins Fieber gefallen.

»Ich entscheide noch, wann Ihr geht«, sagte der König. »Schauen wir zuerst, was wir heute gegen die Türken erreichen.«

Mir gefiel nicht, wie sich das anhörte.

Unser Marsch blieb nicht unbemerkt. Jemand musste auch den angevinischen Löwen auf einem Schild bemerkt haben, oder sogar den König auf der seidenen Daunendecke. Wir waren vernünftigerweise außerhalb der Armbrustreichweite, aber das hielt die Türken nicht davon ab, aufs Geratewohl auf unseren Teil der Kolonne zu schießen, während wir zu unserem Ziel unterwegs waren. Als die Bolzen von Steinen abprallten oder sich harmlos in die Erde bohrten, lachte Richard. »Ach, es ist schön, wieder mittendrin zu sein.«

Seine Männer griffen einen Abschnitt der Mauern nahe der Stelle an, wo der Turm der Verdammnis gestanden hatte, bis die Franzosen ihn vor einigen Tagen zerstörten. Auf Richards Befehl hin war eine *Cercleia* gebaut worden, eine Flechtwand aus Holz und Eisen, die Schutz bot, wenn man sich den Mauern näherte. Ihr Vorbild war die Cercleia, die Philippe hatte bauen lassen, aber Richards Exemplar war größer und widerstandsfähiger. Philippes Cercleia war kurz nach dem erfolgreichen Angriff auf den Turm der Verdammnis von den Türken mit Griechischem Feuer niedergebrannt worden, doch das hielt Richard nicht davon ab, die seine bis auf hundert Schritte an die Mauern heranbringen zu lassen, weit näher, als es mir recht war. Nicht nur einmal hatte ich gesehen, wie Griechisches Feuer diese Entfernung überwand. Ich flüsterte ein Stoßgebet und versicherte mir, dass ich Zeit hätte, Richard wegzutragen, sollten Tontöpfe von den Zinnen geschleudert werden, und dass kein feindlicher Armbrustschütze den König mit einem Glückstreffer fällen würde.

Die Hauptleute erstatteten Bericht. Zuerst meldeten die Serjeants, die den Befehl über die Sappeure hatten, dass Stollen bis unter den Turm gegraben worden seien, weiter als bei den Versuchen der Franzosen. Sobald der Befehl erteilt wurde, konnten sie die Holzstützen in den Stollen in Brand setzen, was diese zum Einsturz brachte, und damit auch, wie wir alle hofften, den Turm.

Auf diese angenehme Neuigkeit folgten weitere von den Hauptleuten der Belagerungsmaschinen. Ein großer Mauerabschnitt gleich neben dem besagtem Turm stehe kurz vor dem Einsturz. »Ein Wort, Sire«, versprachen sie, »und wir beschießen diese Mauern ein letztes Mal.«

Bester Stimmung erteilte Richard beiden Truppen den Befehl zur Ausführung.

Die Belagerungsmaschinen schossen sofort los. Ihre ersten Steine brachen Stücke aus den Wehrgängen der Mauerkrone und schickten wenigstens einen Türken in die Hölle. Davon angespornt, verdoppelten die Bedienungsmannschaften ihre Anstrengungen.

Der König nahm seine Armbrust und wandte sich an die Ritter seines Gefolges. »Ein Wettstreit, Messires. Zehn Goldbezants für den, der die meisten Türken niederstreckt, solange wir hier sind. Ein Treffer muss nicht tödlich sein, aber ein Kamerad muss ihn bezeugen. Sollen wir beginnen?«

Ein Grollen eifriger Zustimmung antwortete ihm, und wir nahmen unsere Waffen.

Rhys war zu seinem Entzücken der Erste, der einen Feind traf. Sein Schuss lag sicherer im Ziel denn je. Der Bolzen durchschlug den spitzen Helm eines Türken und tötete den Mann, bevor dieser wusste, wie ihm geschah.

»Wie ich sehe, muss ich mich anstrengen«, sagte der König und versprach Rhys einen Bezant als Belohnung.

Ich ließ mir Zeit beim Spannen meiner Waffe. Ich wollte, dass als Nächster der König einen Sarazenen traf. Ich hatte den Verdacht, andere taten es mir gleich. Eine große Anzahl von Bolzen gelangte nicht einmal in die Nähe der Feinde. Zum Glück war der König so sehr vertieft, dass er es nicht bemerkte. Wenige Augenblicke nach Rhys' Erfolg verletzte er einen Sarazenen an der Schulter.

»Ein Treffer, Sire!«, rief ich und schoss auf einen Mann, der durch eine Schießscharte blickte. Mein Bolzen ließ Steinsplitter in alle Richtungen stieben, und mein Opfer schrie auf, als sie sich ihm ins Gesicht bohrten.

»Der zählt aber nicht!« Der König drohte mir mit dem Finger. »Er wurde zwar verletzt, jedoch nicht durch Euren Bolzen.«

»Wie Ihr es sagt, Sire.« Mir war es gleich, ich war nur froh, dass Richards Vitalität und seine Freude am Wettstreit zurückgekehrt waren.

Rhys tötete einen weiteren Türken, de Béthune und de Drune fanden ihre ersten Opfer. Richard Thorne, der sich uns angeschlossen hatte, durchbohrte einem Mann die Hand und nagelte sie an dessen Armbrust.

Donnerschläge vom Turm unterbrachen unseren Wettstreit. Wir alle sahen hin, als Staub in gewaltigen Wolken aufstieg und Stein kreischte, ein entsetzliches Geräusch, das mir in den Ohren schmerzte. Die Türken in dem Bauwerk schrien, als es wankte, kippte und dann Stein für Stein in den Graben stürzte.

Unsere Soldaten jubelten und brüllten wie die Irren.

Richard machte ein finsteres Gesicht. »Verflucht sei der Anblick. Der Turm ist halb eingestürzt, aber die Mauer steht noch.«

Er hatte recht. Vom Turm war nur noch der untere Teil übrig. Er war zwar kein hohes, starkes Bollwerk mehr, aber verschanzen konnte man sich dort noch. Die Mauer daneben, die nach rechts zu den Ruinen des Turms der Verdammnis verlief und danach zum Haupttor, wirkte noch unbeschädigt. Das fiel nicht weiter ins Gewicht, denn nicht dieser Abschnitt stand im Mittelpunkt unserer Anstrengungen, aber die Wehrmauer zu seiner Linken, welche von den Katapulten beschossen worden war, hatte nicht wie erhofft nachgegeben.

»Noch ist nicht alles verloren, Sire.« Ich deutete hinüber. Ein großer diagonaler Riss lief von rechts nach links, von den Wehrgängen hinunter bis an den Graben. Er war wenigstens fünfzig Schritte lang. »Auf den Riss sollten die Katapulte zielen, dann entsteht rasch eine Bresche.«

Er knurrte zustimmend und schickte Philip mit neuen Befehlen zu den Hauptleuten der Belagerungsmaschinen.

Während wir warteten, tranken wir Wein und schossen auf die Türken. Ich traf eine Art Offizier in einem brünierten Schuppenpanzer, und der König fällte einen türkischen Bogenschützen. Männer eilten dem Offizier zu Hilfe, den ich getroffen hatte, und duckten sich nicht tief genug hinter den Schießscharten. Richard tötete zwei von ihnen, Rhys und Thorne jeweils einen anderen.

Unsere Katapulte ließen Kugeln aus sizilianischem Feuerstein auf den beschädigten Mauerabschnitt niederregnen. Neun Treffer, und er stürzte immer noch nicht in den Graben.

Richard stieß einen Laut der Unmut aus. »Es ist, als würde die Mauer von einem bösen Zauber beschützt!«

Erneut war nicht genug von den Befestigungen eingebrochen. Zwar war eine Bresche entstanden, aber der Haufen aus Schutt und scharfkantigem Stein, den die Männer erklimmen mussten, um in die Festung zu gelangen, war steil und gefährlich.

Richard rief einem seiner Trompeter etwas zu.

Der Mann stieg auf die Überreste eines Belagerungsturms, den die Türken niedergebrannt hatten, eine Position, auf der er sich in Höhe eines zweistöckigen Hauses befand. Ein kurzer Stoß aus seinem Instrument weckte jedermanns Aufmerksamkeit. Die Katapulte stellten den Beschuss ein. Hundert und mehr Schritte zu unserer Linken und Rechten erstarrten die Männer und lauschten.

»Hört! Für jeden großen Stein, der von der Mauer weggetragen wird, zahlt König Richard einen Goldbezant. Von der Mauer, hört ihr, nicht vom Graben. Einen Bezant für jeden großen Stein. Fangt an!«

Kurz hing Unglaube über den Soldaten, dann legte ein walisischer Soldat seine Armbrust ab. Mit einem lauten Ruf an Christus, ihn zu beschützen, lief er auf den Graben zu. Die Türken auf den Wehrgängen reagierten zuerst nicht auf ihn. Vermutlich glaubten sie, er habe den Verstand verloren. Der Soldat erreichte den Boden des Grabens, kletterte bis zum Fuß der Mauer hinauf und ergriff einen losen Steinblock. Ein lautes Knirschen war jedes Mal zu hören, wenn er daran zog. Staub stieg in die warme Luft auf. Er fluchte und schimpfte, aber nach kurzem Bemühen riss er den Stein los. Er drehte den Kopf und heischte nach Zustimmung.

Richard klatschte in die Hände und nickte anerkennend.

Wie ein entfesselter Bach, nachdem das Stauwehr der Mühle geöffnet wurde, strömten seine Soldaten mit erhobenen Schilden zum Graben. Dank des Beschusses der Belagerungsmaschinen waren die Türken noch völlig durcheinander. Die wenigen Männer, die auf den Wehrgängen standen, begannen zu schießen, aber sie vermochten die Flut der Feinde nicht aufzuhalten, die sich in den Graben stürzten und auf der anderen Seite die Steine aus dem großen Riss hebelten. Ihren hektischen Schüssen zufolge konnte es jedoch nicht lange dauern, bevor Verstärkung eintraf.

Richard lächelte und gratulierte dem strahlenden Soldaten, der als Erster hinübergegangen war. Er befahl dem Schreiber Hugues de la Mare, eine Namensliste zu führen, in der die Anzahl der Steine verzeichnet stand, die sie zurückgebracht hatten. Erfreut eilte der Mann davon, um einen zweiten Stein zu holen.

Der Steinhaufen vor der Cercleia wuchs dem König nicht schnell genug. Schon bald musste der Trompeter verkünden, dass jeder herbeigebrachte Stein mit drei Bezants vergolten werden sollte. Die Soldaten jubelten, und einige Zivilisten, die sich jeden Angriff ansahen, beteiligten sich, obwohl sie keine Schilde hatten. Die Aufgabe indes wurde gefährlich. Auf den Zinnen drängten sich türkische Bogenschützen und Armbrustschützen, die so schnell schossen, wie sie ihre Waffen spannen konnten. Steine und Tonscherben wurden heruntergeworfen. Ich sah sogar einen alten Tisch über die Mauer fallen. Dieses Sperrfeuer konnte die Anstrengungen unserer Soldaten jedoch nicht verlangsamen, geschweige denn aufhalten. Männer schlossen sich zusammen. Einige standen mit erhobenen Schilden und schützten die, die

Steine aus der Mauer brachen. Die Zivilisten wimmelten umher und gerieten in den Weg, viele wurden von den Türken niedergestreckt. Der König und wir aus seinem Gefolge taten unser Bestes, um sie zu schützen, und töteten und verwundeten ständig Türken mit unseren Bolzen.

Unsere Verluste stiegen unweigerlich an, und das nicht nur unter den goldgierigen unbewaffneten Leuten. Richard erhöhte die Belohnung auf vier Bezants, was seine Männer eine Weile neu antrieb, doch dann zwangen die Türken mit einem starken Ausfall durch die Bresche und die Schutthalde hinunter jeden Soldaten dort zum Kampf um sein Leben. Die Unbewaffneten wurden entweder niedergemetzelt oder flohen. Einige trugen noch immer Mauersteine.

»Wer ist dieser Türke dort?« Richard spannte seine Armbrust, aber mit einer Kopfbewegung wies er auf die Zinnen. »Jene Gestalt in Ringpanzer mit rot-blauem Surcot? Die Rüstung, die er trägt, ist christlich, Gott sei mein Zeuge.«

»Sie gehörte Albéric Clément, Sire, einem tapferen französischen Ritter«, sagte Philip. Auf den fragenden Blick des Königs hin fuhr er fort: »Gestern Abend habe ich mit einem von König Philippes Knappen gesprochen. Clément focht beim letzten französischen Angriff. So sicher war er seiner Sache, dass er seinen Kameraden sagte, er werde an jenem Tag Akkon betreten oder sterben. Wie es sich fügte, Sire, trat beides ein. Er hat als Erster die Wälle erklommen und einen Abschnitt der Wehrgänge eingenommen. Alles hätte gut ausgehen können, aber so viele Männer wollten gleichzeitig seine Leiter hochsteigen, dass sie unter ihrem Gewicht zusammenbrach und sie in den Graben schleuderte.«

Richards Gesicht wurde ernst. »Clément blieb allein auf der Mauer zurück?«

»Ganz recht, Sire. Die Türken verspotteten und verhöhnten die Toten und Verletzten im Graben und warfen sich auf ihn. Er hat eine stattliche Anzahl getötet oder verwundet, aber am Ende wurde er niedergestreckt. Philippe ließ den Angriff auf der Stelle abbrechen, damit seine Männer den Gefallenen betrauern konnten.«

»So steht dort also der Hund, der Cléments Leichnam gefleddert hat«, sagte Richard. »Horcht. Er verspottet uns.«

Durch den Tumult hörte ich den Türken brüllen und auf die Männer zeigen, die sich von der Mauer entfernten.

Rhys wollte die Armbrust anlegen, doch ich sah ihn kopfschüttelnd an. Er begriff und trat zurück.

Richard hob die Waffe und zielte sorgfältig. *Tschik* machte der Abzug.

Ich hielt den Atem an.

Der Bolzen des Königs summte, während er flog, durchbohrte Surcot und Panzerhemd und ließ den höhnenden Türken für immer verstummen.

Unsere Männer jubelten, aber der Feind war erbost über den dramatischen Verlust ihres Kameraden. In noch größerer Zahl quollen sie aus der Bresche. Der König, der nur ungefähr fünfhundert Soldaten mitgebracht hatte, sah sich gezwungen, fast jeden Mann nach vorn zu beordern, einschließlich der Knappen. Nur die Armbrustschützen, deren Bolzen so wichtig für unsere Absichten waren, und wir Ritter, Leibwache des Königs, wurden zurückbehalten. Der Kampf wurde wild, wogte den zerklüfteten Überrest der Mauer hinauf und wieder herunter. Nach und nach jedoch bildeten unsere Soldaten einen soliden Schildwall und trieben die Türken zurück. Die Kampflinie näherte sich der Bresche.

In Sorge um Philip und meine anderen Freunde und begierig, an dem großen Sieg mitzuwirken, scharrte ich ungeduldig mit den Füßen, aber von überragender Bedeutung war, dass der König unversehrt blieb. Ich musste mich mit meiner Armbrust begnügen. Zweimal schoss ich Männer nieder, die Philip bedrängten – das würde ich ihm unter die Nase reiben, nahm ich mir schadenfroh vor.

Alles ging zum Teufel, als ein fahrbares Katapult unmittelbar über dem dichtesten Kampfgetümmel in der Bresche erschien. Im nächsten Moment entdeckte ich ein zweites.

»Sie werden Griechisches Feuer einsetzen, Sire!«, rief ich.

»Verdammt seien die Heiden!«, brüllte er. »Die Türken standen kurz vor der Flucht. Hätte ich nur tausend Mann hier, würde Akkon fallen!«

Er befahl, zum Rückzug zu blasen. Glücklicherweise hatten auch Richards Soldaten die Katapulte entdeckt und wussten, was ihnen blühte. Nicht alle konnten sich jedoch rechtzeitig zurückziehen. Schon stiegen die vertrauten Tontöpfe in die Luft, und ihre Feuerschweife und ihr Brüllen warnten unmissverständlich vor dem, was sie enthielten. Wo sie aufprallten, zerbarsten sie als gewaltige Feuerbälle. Ein Dutzend Männer fanden ihr Ende als lebendige Fackeln, und doppelt so viele erlitten bei der Flucht Hals über Kopf üble Verbrennungen. Der Gestank versengten Fleisches stieg auf. Die Türken brüllten wilde Kriegsschreie und schlugen Trommeln und Zimbeln. Weitere Tontöpfe flogen, und bald war der Boden des Grabens ein einziges Feuermeer, ein furchterregender Anblick.

Ich dankte Gott, dass Philip, de Drune und Thorne unversehrt entkommen waren.

Dennoch war es ein enttäuschendes Ende für einen Angriff, der ein Wendepunkt der Belagerung hätte sein können. Akkon blieb in feindlicher Hand, was eine weitere Verzögerung für unser eigentliches Ziel bedeutete, den Marsch auf Jerusalem und die Befreiung der Heiligen Stadt von den Heiden.

KAPITEL XVII

Am folgenden Morgen teilte ich Rhys und de Drune mit, dass ich der Abordnung zu Saladins Lager angehören würde. Beide verlangten sie, mich begleiten zu dürfen, und waren zutiefst entrüstet, als sie erfuhren, dass die Gruppe nur dreiköpfig sein sollte. »Der König hat so entschieden«, sagte ich und verabscheute, wie pompös es klang. »De Chauvigny hat die Führung, und de Béthune und ich dienen zu seinem Schutz.«

»So viel Schutz zwei Männer gegen Tausende von Türken eben bieten können«, versetzte de Drune unwirsch.

»Wäre es anders, wenn Rhys und Ihr auch dabei wäret?«, gab ich zurück.

Er verfiel in mürrisches Schweigen. Rhys brummte, es sei nicht gerecht. Er könne ja mitkommen, ohne dass der König je davon erfuhr.

Vermutlich hatte er recht. Ich schwankte. De Béthune und vermutlich auch de Chauvigny könnte ich auf meine Seite ziehen. Ich sah de Drune an, dessen Miene sich schon aufgehellt hatte. Das besiegelte meine Entscheidung. Wenn ich Rhys gestattete mitzukommen, musste auch de Drune uns begleiten.

»Ich werde euch alles berichten, was ich gesehen habe«, versprach ich.

Rhys sah mich finster an, und ich tat, als hätte ich es nicht bemerkt.

»Wenn mein Knappe bei mir so einen Ton anschlüge, würde ich ihm den Rücken blutig peitschen«, sagte eine altbekannte Stimme.

»Da hege ich keinen Zweifel, FitzAldelm. Fest steht aber auch, dass Euer Knappe Euch hasst«, entgegnete ich. »Während meiner trotz seiner verdrossenen Laune alles für mich tun würde. Ich weiß, was mir lieber ist.«

FitzAldelm schnaubte verächtlich, aber ausnahmsweise erwiderte er nichts.

»Seid Ihr gekommen, um mit meinen Leuten zu würfeln?«, stichelte ich weiter. »Ich würde de Drune bitten, gnädig mit Euch zu sein.«

Er verzog die Lippen. »Nicht deshalb bin ich hier.«

Der Teufel ergriff von mir Besitz. »Wollt Ihr mir gratulieren, dass ich vom König ausgewählt wurde, um mit Saladin zu sprechen?«

»Richard hat de Chauvigny zu seinem Botschafter gemacht, nicht Euch!«

»Mag sein, aber ich werde anwesend sein. Ich werde beitragen, was nötig ist, während Ihr ...« Ich hielt inne, um die Wirkung zu verstärken. »Was werdet Ihr tun? Korn einkaufen?«

FitzAldelms Lippen wurden weiß.

Wir funkelten einander an. Die Narben unserer Feindschaft waren frisch aufgekratzt.

»Während Ihr fort seid, besuche ich vielleicht Joanna.«

Seine Spitze unterlief meine Deckung mit der Mühelosigkeit des Dolchs, den ein Meuchelmörder führt. So beiläufig ich konnte, fragte ich: »Des Königs Schwester?«

»In diesem Lager gibt es nur eine Joanna.«

»Ich vermag mir nicht vorzustellen, wozu Ihr sie aufsuchen wolltet, FitzAldelm. Sie wird die Gesellschaft von Schlangen kaum schätzen.«

Erneut schnaubte er. »Du bist ganz schön groß und hochmütig geworden, du irischer Hundesohn. Würde Joanna noch so viel von dir halten, wenn sie von der armseligen Hütte mit dem Strohdach wüsste, unter dem du aufgewachsen bist? Dein abtrünniger Vater war jeden Tag schon am Morgen betrunken, während du dich mit deinen Brüdern im Dreck am Boden bei den Hunden gesuhlt hast.«

Mir gelang es, meine Wut zu beherrschen. Ich schickte Rhys und de Drune fort. Kaum waren wir allein, sagte ich: »Sagt Euren Spruch und geht.«

»Ich weiß, was Ihr getrieben habt«, sagte er in hämischem Ton.

Ich bewahrte ein steinhartes Gesicht. »Den König besuchen, an den Angriffen teilnehmen und in den Waffen üben?«

Ein höhnisches Lachen. »Natürlich nicht. Ich meine Eure Stelldicheins mit Joanna. Beinahe jede Nacht. Ihr seid wirklich ein verliebtes Paar.«

Ich wies zum Himmel. »Es heißt, die Sonne hier kann einem Mann den Verstand herauskochen. Ihr seid der lebende Beweis.«

»Was wird Richard sagen, wenn er herausfindet, dass Ihr seine Schwester pflügt?«

Ich hatte mich für diese Beleidigung gewappnet, aber trotzdem traf sie mich tief. Mir gelang ein verächtliches Lachen. »Verpisst Euch mit Eurem Lug und Trug. Ich habe Wichtigeres zu tun.«

»Ihr streitet also ab, dass Ihr wiederholt wie ein Dieb zu Joanna ins Zelt gekrochen seid? Nur dass Ihr nicht auf Münzen aus wart, sondern Mösen.« Er kicherte.

Roter Nebel senkte sich über mich. Mir verschwamm die Sicht, und dennoch hatte meine Hand keine Mühe, das Heft meines Schwertes zu finden. Ich bringe ihn um, dachte ich. Ich schlitze ihm den Bauch auf und weide ihn aus. Dann, während er heult und sich die Gedärme hält, flüstere ich ihm ins Ohr, dass ich in Southampton seinen Bruder getötet habe. Erst danach schneide ich ihm die Kehle von einem Ohr zum anderen durch. Ich sah sein entsetztes Gesicht vor mir, hatte den kupfrigen Geruch von Blut in der Nase, spürte, wie sein Fleisch sich unter meiner Klinge teilte.

Eine Hand packte mich bei der Schulter. »Herr.«

Ich drehte den Kopf. »Rhys«, krächzte ich.

»Er ist es nicht wert, Herr.« Er hatte von Weitem gesehen, dass ich die Beherrschung verlor, und war eingeschritten. Er flüsterte mir ins Ohr: »FitzAldelm kann Euch nicht gesehen haben, denn ich habe sein Zelt die meisten Nächte hindurch beobachtet, und er hat es nie verlassen.«

Ich nickte ihm zu und zügelte mich mit höchster Anstrengung. Zu FitzAldelm sagte ich kühl: »Das sind Lügen ohne jede Grundlage. Ihr habt keinen Beweis für Eure Verleumdungen.«

Er grinste tückisch. »Da irrt Ihr Euch. Einer meiner Gefolgsleute wird unter Eid beschwören, dass er bei zahlreichen Gelegenheiten gesehen hat, wie Ihr spätnachts ihr Zelt betreten habt.«

»Einer Eurer Gefolgsleute?«

»Ja, ein Soldat.« Er tappte geradewegs in meine Falle.

Wie ein Ertrinkender stürzte ich mich auf die Planke, die in Reichweite trieb. »Seid Ihr bereit, FitzAldelm, mit solch unheilvollen Beschuldigungen vor den König zu treten, wenn sie sich nur auf das Wort eines gemeinen Soldaten gründen? Ich werde sofort beschwören, dass er lügt. Ich hege keinerlei Zweifel, dass Joanna gleiches Zeugnis ablegen wird. Schauen wir, was Richard dazu sagt.«

Er gab keine Antwort, und ich setzte nach. »Denkt gut nach, bevor Ihr handelt. Stellt Euch vor, wie wütend Richard wäre, wenn die Reputation seiner Schwester – der Königin von Sizilien – derart in den Dreck gezogen wird.«

FitzAldelm zögerte. Er hatte vorschnell gehandelt, und er wusste es. Wer eine haltlose Anschuldigung dieser Schwere machte, weckte Richards Zorn genauso sicher wie der Übeltäter, der seine Schwester in irgendeiner Form entehrte.

Er stapfte davon, den Rücken steif vor Wut und Frustration.

»Hast du etwas davon gehört?« Mich entsetzte der Gedanke, Rhys könnte den Schmutz vernommen haben, den FitzAldelm über Joanna ausgegossen hatte.

»Genug, um zu wissen, worum es geht, und wenig mehr.« Wenn er sich dazu entschied, konnte Rhys so diplomatisch sein wie der Gesandte eines Königs.

Ich sah meinem Feind finster hinterher. Auch wenn ich als Sieger erschien, FitzAldelm hatte einen tödlichen Schlag gelandet. Er hatte Freunde und Kumpane, die Ritter waren. Von nun an stünden Männer wie de Gunesse nachts Wache an Joannas Zelt. Wenn ich meine Geliebte weiterhin aufsuchte, geriet alles in Gefahr. Das Wort von, sagen wir, zwei oder drei Rittern gegen meines würde dem Ruf der Königin nicht wiedergutzumachenden Schaden zufügen, selbst wenn keine Behauptung je bewiesen werden konnte. Das durfte ich nicht zulassen. Was mich betraf, mir graute vor dem Gedanken, was aus meiner Freundschaft zu Richard wurde, geschweige denn aus meiner Stellung in seinem Hause. Selbst wenn ich für das, was ich getan hatte, der Hinrichtung entging, riskierte ich doch zumindest Ungnade. Wurde ich als Hausritter entlassen, verlor ich alles, was ich mir in mehr als einem Jahrzehnt erarbeitet hatte. Herr von Cairlinn konnte ich dann niemals werden.

»Sag ein Wort, und ich bringe ihn um. Es wäre mir ein Vergnügen«, murmelte Rhys. »De Drune hilft mir.«

Gott vergebe mir, ich geriet in Versuchung. Wenn die beiden ihre Arbeit gut machten, würde der Mord an meinem Feind niemals aufgeklärt werden. Selbst wenn sie ertappt wurden, hieß es noch lange nicht, dass man mich der Anstiftung beschuldigen würde. Verglichen mit den Schrecken, zu denen es kommen konnte, sollte die Schwester des Königs bloßgestellt werden, erschienen mir beide Möglichkeiten bei Weitem günstiger.

»Also?«, fragte Rhys.

So dumm und störrisch es auch war, und obwohl ich meine Affäre mit Joanna aufs Spiel setzte, entschied ich, dass ich die Tötung meines ältesten Feindes nicht delegieren wollte, nicht einmal an Rhys. »Es muss eine andere Möglichkeit geben.«

»Wir standen schon so oft an dieser Wegscheide, und nie haben wir sie gesehen.«

Er hatte recht, aber ich entschied, dass es keinen Grund gab, etwas zu überstürzen, bei dem es kein Zurück gab. Im Augenblick durfte ich, so schmerzlich es war, Joanna nicht mehr treffen. FitzAldelm erhielt dann keine weiteren Beweise, während ich mir eine Atempause verschaffte.

Ich stellte mir vor, wie de Gunesse in der Nähe von Joannas Zelt lauerte, und Rhys, der dasselbe an FitzAldelms Zelt tat. Da ist sie, dachte ich, gleich vor meiner Nase – ein möglicher Ausweg aus meiner Zwangslage.

»Ich habe eine Idee«, sagte ich zu Rhys. »Du musst deine Bemühungen verdoppeln. De Drune wird dir helfen. FitzAldelm muss Tag und Nacht beobachtet werden. Er wird nicht mehr so schnell zum König laufen, wenn ich beweisen kann, dass er Umgang mit Philippe Capet pflegt.«

»Aber was, wenn das gar nicht so ist?«

»Dann«, antwortete ich grimmig, »sprechen wir noch einmal über dein Angebot von vorhin.«

In der Kühle des frühen Morgens bereiteten wir drei uns vor, ins Lager unserer Feinde zu reiten, de Chauvigny, de Béthune und ich. Wir hatten außerdem einen hochrangigen sarazenischen Kriegsgefangenen dabei, den wir Saladin zum Geschenk machen wollten. Vielleicht bedeutete es eine Herausforderung des Schicksals, aber ich entschied mich, meinen neuen Araber zu satteln, der dem Türken gehört hatte, welcher versucht hatte, mich zu töten, während ich meinen Darm entleerte. Als de Béthune das Pferd erkannte, schalt er mich einen Narren.

»Das wird schon gut gehen«, sagte ich schroff und hoffte, es wäre wahr.

Er schüttelte den Kopf und murmelte etwas von dickköpfigen Iren.

Ich zahlte es ihm in gleicher Münze zurück und war froh, als er antwortete. Solches Geplänkel lenkte meine Gedanken von der Gefahr ab, die FitzAldelm darstellte.

Anderthalb Meilen von unseren Linien entfernt waren wir auf halbem Weg zwischen den Lagern der beiden Heere. Weiter war ich bei unseren Vorstößen noch nie gekommen, und mein Magen zog sich zusammen. Wir trugen den weißen Stab und die weiße Standarte der Sendboten, aber das bedeutete nicht, dass wir sicher waren.

Sarazenische Reitertrupps näherten sich uns und folgten uns dann. Die Reiter trugen schwere Ringpanzer und lange Speere, die unseren Lanzen ähnelten, aber wir sahen auch Mamelucken, die berittenen Bogenschützen, von denen wir so viel gehört hatten. Letztere wirkten nicht sonderlich Furcht einflößend, aber ich wusste es besser, als dass ich ihrem Ruf nicht geglaubt hätte. Es war sehr wohl möglich, dass unter ihnen einige der Männer waren, die Guy de Lusignans Truppen bei Hattin abgeschlachtet hatten und von denen Richard in einem anderen Leben bei Chinon gesprochen hatte.

Niemand griff an oder forderte uns auch nur heraus. Stattdessen begleiteten die Sarazenen uns auf beiden Seiten in Richtung ihrer Linien.

»Eine Ehrenwache«, rief de Chauvigny. »Das ist recht ungewöhnlich.«

Das feindliche Lager war gewaltig und systematisch angelegt, wahrhaft beeindruckend. Hier musste es wenigstens so viele Männer wie in unserem gesamten Heer geben, wenn nicht mehr. Ordentliche Reihen aus Hunderten von Lederzelten zogen sich in die Ferne. Soldaten faulenzten davor, ganz wie bei uns, reparierten Ausrüstung, redeten und lachten. Ein bemerkenswerter Unterschied zwischen unserem und diesem Lager war die Abwesenheit von Huren. Ich entdeckte zahlreiche Kochfeuer, Stellen, wo die Soldaten essen konnten – weit mehr als wir hatten –, und Reihen aus mit Ton ausgekleideten Löchern, die, wie de Béthune mir erklärte, mit heißem Badewasser gefüllt werden konnten. Auf Le Toron hatte man von so etwas noch nie gehört.

De Chauvigny zügelte sein Pferd. Als er meinen neugierigen Blick bemerkte, sagte er, bald komme jemand, um uns zu begrüßen.

»Und zu Saladin zu bringen?«, fragte ich gespannt.

»Er lässt sich nicht jedes Mal herab, uns zu empfangen. Oft fällt es an seinen Bruder al-Adil, Saif al-Din.« Die fremden Wörter klangen seltsam von de Chauvignys Lippen. »Al-Adil – wir nennen ihn Saphadin – ist eine höchst interessante Person.«

Ich verbarg meine Enttäuschung und hoffte, dass es heute anders wäre.

De Chauvignys Ahnung erwies sich jedoch als richtig. Saphadin war es, der uns mit einem Dolmetscher und zwanzig hochgewachsenen, prächtig gekleideten Kriegern mit langen Speeren empfing. Ein bärtiger Mann mit Hakennase, dunkler Haut und freundlicher Miene umschloss die Hände de Chauvignys und de Béthunes und begrüßte den Gefangenen mit offensichtlicher Freude. Nachdem er mir vorgestellt worden war, sprach er mich auf Französisch an, verständlich trotz seines Akzents. »Rufus werdet Ihr genannt?«

»Jawohl, obwohl mein Geburtsname Ferdia ist.«

Sein Französisch war nicht gut genug, um ein Gespräch zu führen. Der Dolmetscher übersetzte, hörte sich Saphadins Antwort an und sagte: »Ferdia. Das klingt nicht englisch, nicht einmal französisch.«

»Ich bin Ire.« Als der Dolmetscher es übersetzt hatte, runzelte Saphadin die Stirn, und ich erläuterte kurz, wo Irland lag, und erwähnte seine belastete Beziehung zu England.

Seine nächste Frage war unvermeidlich. »Wie kommt es, dass ein Ire für Malik Rik kämpft?« Malik Rik war der Name, den die Sarazenen Richard gegeben hatten.

Eine gute Frage, dachte ich. Mein Dienst für den König kam mir so normal vor, dass ich kaum je darüber nachdachte, aber wenn ich gefragt wurde, konnte ich mich nach wie vor unwohl fühlen.

»Fragt das Gleiche die Sudanesen, die ich hier sehe«, antwortete ich und wies auf eine Gruppe von Männern mit kohlschwarzen Gesichtern und roten Kopfbedeckungen, die uns beobachteten.

Saphadin schien meine Antwort sehr zu erheitern. Er sagte etwas zu dem Dolmetscher, und dieser sprach: »Sie dienen, weil ihr Gebieter, der über Ägypten herrscht, sie dazu zwingt. Ist es bei Euch genauso?«

Ich stutzte. »Das ist es nicht. Ich diene dem König aus freien Stücken.«

Saphadins helle Vogelaugen hafteten an mir, während der Dolmetscher seine Arbeit verrichtete. Seine Antwort bestand aus einer einfachen Frage, die mir auch meine Familie gestellt hätte, wäre sie hier gewesen. »Warum?«

»Wir sind Waffenbrüder«, sagte ich knapp. »Versteht Ihr das?«

Der Dolmetscher tat seine Arbeit. Saphadins Antwort war prompt. »Aber ja. Malik Rik ist ein geborener Krieger. Auch Ihr erweckt diesen Eindruck. Wenn Gott uns die Zeit gewährt, würde ich gern die Geschichte Eurer Freundschaft hören.«

Besänftigt nickte ich. »Es wäre mir eine Freude, sie zu erzählen.«

Saphadin wandte sich de Chauvigny zu und fragte über den Dolmetscher: »Seid Ihr gekommen, um mich um mehr Geflügel zu bitten, damit Ihr Eure schlechten Falken füttern könnt?«

De Chauvigny lachte. »Heute nicht.«

Ich kannte die Geschichte. Bei den ersten Verhandlungsversuchen hatte Richard, um einen guten Eindruck bestrebt, um Geflügel gebeten, mit dem er seine Falken füttern wollte, die durch unsere Reise geschwächt waren. Sobald seine Falken sich erholt hätten, sagte der König, wolle er sie Saladin schenken. Verschlagen hatte Saladin erwidert, dass Geflügel eine gute Nahrung für die Kranken sei, und das war Richards eigentlicher Grund gewesen, nach ihnen zu fragen.

Während wir ins Lager geführt wurden, ging das Geplänkel weiter.

Ich ritt mit de Béthune hinter den anderen und konnte den Feind in seiner eigenen Umgebung studieren. Zu meiner Erheiterung war ich Gegenstand ähnlicher Neugier vonseiten der Türken. Beleidigungen oder Hohnrufe hörte ich nicht, aber die Männer deuteten und redeten.

»Ich möchte wissen, was sie über uns sagen«, meinte ich zu de Béthune.

Er lachte leise. »Wir sind offensichtlich schlecht frisierte, bartlose Teufel, die sich nie waschen.«

Ich sah, dass er nicht scherzte. »Wirklich?«

»So sagt es Saphadin. Einige von uns können ein Stück Seife von einem Stein unterscheiden, räumt er ein, aber nicht viele.«

»Dagegen lässt sich kaum etwas anführen.« Ich dachte an den Geruch in de Drunes Zelt – oder dem jedes anderen Mannes –, der mir jedes Mal den Atem raubte, wenn ich den Kopf hineinsteckte. »Was sonst sagt dieses verfluchte Volk über uns?«

»Wir sind verdorben und unrein, weil wir Schweinefleisch essen …« De Béthune senkte die Stimme und fügte hinzu: »Und weil wir nicht beschnitten sind und uns nach dem Verkehr nicht waschen.«

Mir entfuhr ein Ausruf der Überraschung, Belustigung und nicht zuletzt Verlegenheit. »Das hat er Euch gesagt?«

»Das hat er.«

»Ein Wunder, dass er sich herablässt, mit uns zu reden.«

»Er kann über unsere Unterschiede hinwegsehen, sagt er. Saphadin ist ein gebildeter Mann, kein Fanatiker mit Schaum vor dem Mund. Er trinkt zum Beispiel gern Wein, der den Sarazenen verboten ist.« Augenzwinkernd klopfte er auf den Schlauch an seinem Sattel. »Der ist für ihn.«

»Und was ist mit Saladin? Mag er Wein ebenfalls?«

De Béthune schüttelte den Kopf. »Ihr könntet keinen Menschen treffen, der nüchterner wäre, oder rücksichtsloser. Er ist höflich, ein echter Herr, aber Ihr werdet schon sehen.«

Saladins Zelt war weit größer als Richards. Von massigen, mit Speeren bewaffneten Kriegern in polierten Helmen bewacht, war es ein wahrhafter Palast aus gewobenem Tuch. Wir wurden nicht entwaffnet, aber zehn Wächter schlossen uns ein, während wir in einen großen, rechteckigen Empfang geführt wurden. Meine Aufregung wuchs.

Ich wusste zwar von de Chauvigny und de Béthune, dass Saladin nicht so hochgewachsen war wie Richard, aber mich überraschte dennoch, wie klein und unscheinbar er wirkte. Recht stämmig gebaut, hatte er ein rotes Gesicht mit kurzen Haaren und ergrauendem Bart, und auf einem Auge schien er blind zu sein. Mit dem anderen beobachtete er uns, als wir eintraten, und es blieb auf uns gerichtet, während wir auf ein Dutzend Schritte an ihn herantraten und Saphadin uns mit lauter Stimme vorstellte.

Saladin hatte ein weißes Gewand mit langen Ärmeln an, das an der Taille gegürtet war, ganz wie es die Sarazenen trugen, nur dass seines mit Gold bestickt war. An seiner Seite hing ein gekrümmtes Schwert in einer schlichten Lederscheide. Ein Turban aus feiner weißer Wolle saß auf seinem Kopf, und an den Füßen hatte er Stiefel aus weichem Leder.

Wenig überraschend hatte unser Gastgeber seinen eigenen Dolmetscher, einen Mann mittleren Alters mit freundlichem Gesicht. Saladin hieß uns willkommen, und während dieser überschwänglichen Ansprache nannte der Dolmetscher jeden Titel und jede Ehrung, die sein Herr besaß, bis mir schwindlig wurde.

Al-Malik al-Nasir Salah ad-Din, Abu' al-Muzaffar Yusuf ibn Ayyub. Kein Wunder, dass die Christen ihn nur Saladin nennen, dachte ich.

Saladin neigte den Kopf, als wir uns vor ihm verbeugt hatten. Nach einem kurzen Gespräch mit unserem Gastgeber wurde der Gefangene aus dem Raum geführt. Diener reichten uns Becher mit einem köstlichen, sprudelnden süßen Getränk. Ich hatte Sorbet schon auf Sizilien getrunken und schlürfte es anerkennend.

Saphadin war an die Seite seines Bruders getreten und murmelte ihm ins Ohr. Saladin richtete den Blick auf mich und sprach mich an.

»Ihr seid ebenfalls ein Hausritter des Malik Rik?«, fragte der Dolmetscher.

»Ich habe diese Ehre«, antwortete ich stolz.

Saladin wandte sich wieder de Chauvigny zu, der mit glatter Zunge wie ein Advokat für die freundliche Begrüßung dankte und höflich Richards Empfehlungen aussprach. Saladin erkundigte sich nach der Gesundheit des Königs und schien aufrichtig erfreut zu sein, von seiner Genesung zu hören. Er schnippte mit den Fingern, und Eimer mit Eis und Platten voller Obst – Granatäpfel, Feigen und Pflaumen – wurden aus den Tiefen des Zelts herangeschafft. Sie, so erfuhren wir, seien für Richard, damit seine Krankheit nicht wieder auftrat.

Mehr Dank und Komplimente wurden ausgetauscht. Was man über die Sarazenen sagt, ist wahr, dachte ich. Diplomatie ist ein Tanz mit ganz eigenem Takt und Musik. Ich war froh, dass de Chauvigny unsere Abordnung anführte und nicht ich. Allerdings dauerte es nicht lange, und er lenkte das Gespräch auf Akkon.

»Die Garnison ist tapfer – nie hat es tapferere Soldaten gegeben als sie, die Zierde ihres Landes –, aber sie sind hungrig und erschöpft. Die Stadt wird fallen. Es bleibt abzuwarten, wann das geschieht, aber es kann nur noch eine Frage von Tagen sein.« De Chauvigny hielt inne und fügte hinzu: »All das ist Euch natürlich bekannt. Von den Boten, die von der Stadt wegschwimmen oder auf kleinen Fahrzeugen in die Bucht hinausfahren, nehmen wir einige gefangen, aber nicht alle. Wir sehen auch die Tauben fliegen.«

Als es übersetzt war, sprach Saphadin zu seinem Dolmetscher.

»Ihr kümmert Euch besser um Eure Falken als König Philippe«, sagte der Mann. »Das ist gut.«

»Wir tun unser Bestes.« De Chauvigny verbeugte sich lächelnd.

De Béthune und ich waren ebenfalls belustigt. Vor unserer Ankunft hatte Philippe seinen kostbaren weißen Falken unweit der Mauern Akkons auf die Jagd geschickt. Statt zum Falkner zurückzukehren, war das Tier davongeflogen und auf einem Hausdach in der Stadt gelandet, wo der Feind es geborgen hatte. Philippe musste sich noch immer um die Übergabe des Vogels kümmern, und wie es hieß, war er darüber höchst ungehalten.

Saladin hatte keine Miene verzogen, während der Dolmetscher sein Werk verrichtete, aber ganz gewiss wirkte sein Gesicht aufmerksamer, als de Chauvigny erneut sprach.

»Maschtub und Karakusch bieten die Kapitulation an. Sie sorgen sich, dass jeder innerhalb der Mauern abgeschlachtet wird, sollte Akkon im Sturm genommen werden«, sagte de Chauvigny.

Wieder die kurze Verzögerung, bis seine Worte übersetzt waren. Es war interessant zu hören, wie die Namen der Befehlshaber von Akkon korrekt ausgesprochen wurden. Ich versuchte sie im Kopf nachzusprechen und scheiterte erneut. Maschtub und Karakusch kamen mir leichter über die Zunge.

Der Dolmetscher horchte auf Saladin und antwortete: »Vielleicht empfinden die Befehlshaber zu Recht Angst.«

Die Worte hingen in der Luft. De Chauvigny raunte de Béthune etwas zu.

Ich gelangte zu dem Schluss, Saladin sei ein kluger Unterhändler. In den zurückliegenden hundert Jahren war Jerusalem zweimal gefallen. Beim ersten Mal hatte es sich den fränkischen

Armeen unter der Führung Godefroy de Bouillons ergeben, beim zweiten Mal, vor vier Jahren erst, Saladins Truppen. Einen schrofferen Gegensatz zwischen den beiden Schlachten konnte es nicht geben.

Während die Christen eine Gewaltorgie begonnen und unterschiedslos nicht nur Muslime und Juden, sondern auch ihre Glaubensgenossen niedergemetzelt hatten, war die Stadt friedlich an Saladin gefallen, und er hatte Tausenden ihrer Einwohner gestattet, sich die Freiheit durch ein Lösegeld zu erkaufen.

»Weder mein König noch die Franzosen haben Verlangen nach solchem Blutvergießen«, sagte de Chauvigny. »Und das trotz der Behandlung, die ihnen nach Hattin widerfahren ist.« Er meinte damit die Hunderte von Templern und Johannitern, die hingerichtet worden waren, und griff indirekt Saladin an, der mit eigener Hand Renaud de Châtillon enthauptet hatte.

Wieder folgte Schweigen. Die herzliche Stimmung verflog.

Endlich wies Saladin auf seine Geschenke und ergriff das Wort.

»Es wird heißer. Der Schnee schmilzt, wenn er nicht bald zu Malik Rik gebracht wird.«

»Das ist wahr«, sagte de Chauvigny, »und es wäre unritterlich, wenn meine Nachlässigkeit daran schuld wäre. Möchtet Ihr unsere Bedingungen hören?«

Der Dolmetscher mit dem freundlichen Gesicht übersetzte. Saladin nickte.

Wieder ließ die Anspannung nach. Manchmal, entschied ich, war es einfacher, ein Hindernis zu umgehen, als zu versuchen, es zu beseitigen.

»Sie sind wie folgt«, sagte de Chauvigny. »Für das Leben jedes Sarazenen innerhalb Akkons wird garantiert, sobald fünfzehnhundert christliche Gefangene und zusätzlich zweihundert namentlich genannte freigelassen werden. Die Summe von zweihunderttausend Dinar wird an die Könige gezahlt, und das Bruchstück des Wahren Kreuzes Christi wird ebenfalls zurückgegeben. Zusätzlich werden die Männer der Stadt christlich getauft. Ein Zeitraum von vierzig Tagen wird bewilligt, um diese Bedingungen zu erfüllen. Bis dahin verbleiben die Bewohner Akkons in unserem Gewahrsam.«

Ich nahm den Blick nicht von Saladin, während der Dolmetscher ihm die Bedingungen vortrug. Er war genauso sehr Politiker wie Richard, denn kein Muskel in seinem Gesicht zuckte, aber ich glaubte zu bemerken, wie er sich leicht versteifte.

»Haben Saif al-Di Ali ibn Ahmad al-Mashtub und Baha' al-Din al Asadi Qara-Qush diesen Bedingungen zugestimmt?«, lautete seine Frage. Damit meinte er Maschtub und Karakusch.

»Das haben sie«, antwortete de Chauvigny.

Saladin antwortete nicht sofort, was verständlich war. Das Schicksal Akkons mochte besiegelt sein, aber die Bedingungen waren exorbitant.

Er wird sie nicht ablehnen, dachte ich. Ein derart humaner Mensch kann nicht Tausende seiner Leute dem sicheren Tod preisgeben.

Nach einer Weile ergriff Saladin erneut das Wort.

»Malik Riks Worte müssen überdacht werden, wie sie es verdienen«, sagte der Dolmetscher. »Die Antwort meines Herrn wird Eurem König übermittelt.«

De Chauvigny wirkte ein wenig verärgert. »Wann?«

»Zu gegebener Zeit«, lautete die undurchschaubare Entgegnung.

De Chauvigny tauschte einen Blick mit de Béthune. Er wollte erneut das Wort ergreifen, aber Saladin winkte zum Zeichen, dass unsere Audienz vorüber war, den Wächtern knapp zu, drehte sich um und verschwand.

Mit einem gezwungenen Lächeln, das die Beziehungen freundlich halten sollte, eilte Saphadin herbei. »Ich werde Euch an den Rand des Lagers begleiten«, verkündete er über seinen Dolmetscher.

»Wird Saladin etwa Richards Bedingungen ablehnen?«, fragte ich die anderen leise.

»Ich sehe keine Möglichkeit, wie er das könnte«, antwortete de Chauvigny, aber er wirkte dabei besorgt.

»Möchtet Ihr darauf wetten?«, versetzte de Béthune.

KAPITEL XVIII

Richard nahm Saladins unverbindliche Antwort mit Gleichmut auf. An Akkons Schicksal ändere sie kein bisschen, verkündete er. Saladin würde einlenken – welche andere Möglichkeit bleibe ihm? Wie sich zeigte, zögerte der Sultan das Unvermeidliche eine ganze Woche lang hinaus. Während dieser Woche gelang es den Verteidigern, heldenhaft einen weiteren Sturmangriff nicht nur Philippes, sondern auch Richards abzuwehren.

Am elften Julitag jedoch baten Maschtub und Karakusch darum, kapitulieren zu dürfen. Conrad de Montferrat, den die Neuigkeiten eilends aus Tyrus hergelockt hatten, war es gelungen, sich von den Verteidigern eine große Summe für seine späte Einmischung in die Verhandlungen versprechen zu lassen.

Am 12. Juli wehten Richards und Philippes Banner auf Akkons Zinnen. In die Ecke gedrängt, stimmte Saladin den Bedingungen zu, die seine Gefolgsleute in der Stadt angenommen hatten. Die Zukunft unseres Heerzugs erschien in leuchtenden Farben.

Die Belagerung war vorüber, aber ich fand mich in einem eigenen Kampfgetümmel wieder. Soweit ich wusste, hatte FitzAldelm nichts unternommen, was mich erleichterte, aber seit ich mit der Abordnung fortgeritten war, hatte ich keine Gelegenheit gefunden, mit Joanna unter vier Augen zu sprechen. Vielleicht hätte ich de Béthune bitten sollen, ihr eine Botschaft zu überbringen. Mit seinem höfischen Gebaren hätte er die Lage klarstellen können, aber dickköpfig bis zum Letzten, wie ich war, wollte ich ihn nicht in die Angelegenheit hineinziehen. Stattdessen hatte Rhys ihr an dem Tag, an dem ich Saladin kennenlernte, eine kurze Nachricht zugespielt. Darin erklärte ich, dass unser Geheimnis in Gefahr sei, aufgedeckt zu werden, und bis sich das änderte, müssten wir abwarten. Ein Treffen erwähnte ich nicht. Mir war klar, dass Kürze und Vagheit meiner Nachricht – ganz zu schweigen von ihrer Emotionslosigkeit – Joanna verletzen und verärgern könnten, aber ich hielt es für unumgänglich, so undeutlich zu bleiben, wie es nur ging.

Mich verlangte ganz verzweifelt nach einem Gespräch mit ihr, aber jeder meiner Versuche wurde vereitelt. Stets war Berengaria bei ihr, und oft auch Isaakios' Tochter Beatrice. Wie es schien, litt die Königin unter großem Heimweh – Richard vertraute es mir eines Tages an – und erbat morgens, mittags und abends Joannas Gesellschaft. Beatrice musste auch oft getröstet werden. »Mir wird die eigene Ehefrau entzogen, ob es mir gefällt oder nicht«, hatte er im Scherz gemurrt. In Wahrheit schien es ihn nicht sonderlich zu stören.

Wie ich zu Rhys sagte, hatte der König schon viele Jahre vor Berengaria den Krieg geheiratet. Er stürzte sich auf die gewaltige Aufgabe, sich um Akkon und den Marsch nach Süden zu kümmern. Für mich reichte das jedoch nicht. Ich sehnte mich danach, Joanna zu sprechen.

Eine Gelegenheit fiel mir endlich am 21. Juli vor die Füße, und das auf höchst unerwartete Weise. Richard, der in Akkon endlich alles eingerichtet hatte, wie er es wünschte, brachte Berengaria, Joanna und Beatrice in der Zitadelle unter. Die Ritter und Soldaten, die innerhalb der Stadtmauern einquartiert werden sollten, hatten ebenfalls unser Lager zu verlassen. Als der König sich ankleidete, bevor wir die Damen von Le Toron zur Stadt geleiteten, scherzte er, dass Philippe in Messina das beste Quartier bewohnt habe. Nun aber müsse er sich mit dem Palast der Templer begnügen.

»Nicht, dass er lange hierbleibt«, fügte er hinzu.

»Ihr glaubt also dem Gerücht, dass Philippe bald aufbrechen wird, Sire?«, fragte ich.

»Kein Rauch ohne Feuer, Rufus. Philippe ist nie mit dem

Herzen bei unserem Unterfangen gewesen – das hat er erst vor drei Tagen zugegeben. Sobald sich ein Vorwand ergibt, unter dem er sich zurückziehen kann, wird er die Gelegenheit mit beiden Händen ergreifen.« Richard begann auf und ab zu schreiten und zwang Philip, der ihn gerade mit dem Schwert gürtete, hinter ihm herzuhuschen.

»Und die Gefahr für Eure Lande, Sire, wie Gisors und den Vexin?«

»Ins Schwarze getroffen.« Der König klang aufgebracht. »Ich werde Outremer *keinesfalls* verlassen, solange meine Aufgabe noch nicht einmal zur Hälfte erfüllt ist, doch Philippes Rückkehr nach Frankreich gibt wahrlich Anlass zur Sorge. Ich kann jedoch wenig mehr von ihm verlangen als einen Freundschaftseid. Ich werde auch Nachricht in die Normandie, nach Gisors und ins Vexin senden, dass meine Vasallen dort ständig auf der Hut vor französischer Hinterlist sein müssen.«

Wir drehten den Kopf, als vor dem Zelt Stimmen laut wurden. Ein Mann verlangte brüllend Einlass, die Wächter protestierten.

»Was erfordert nun wieder meine Aufmerksamkeit?«, rief der König. »Berengaria wartet.«

»Ich gehe und schaue nach, Sire.« Ich eilte weg.

Kurz vor dem Eingang traf ich auf einen Wächter, der zum König wollte. Rasch erläuterte er, was vorging, und ich folgte ihm nach draußen. Dort fand ich einen kleinen Mann mit rotem Gesicht in einem pflaumenblauen Hemd vor, dessen Leibesmitte ein verzierter, juwelenbesetzter Gürtel umschlang. Er stach dem Anführer der Wache mit dem Finger gegen die Brust und wiederholte auf Französisch mit deutschem Akzent: »Ich will Richard sprechen! Sofort!«

»Herzog Leopold«, sagte ich laut und verbeugte mich. »Welch ein Vergnügen.«

Er starrte mich ohne ein Zeichen des Wiedererkennens an. »Ihr seid?«

Ich verbarg meinen Ärger. »Rufus O'Kane, ein Ritter in König Richards Haushalt«. Zwar hatte man uns einander nicht offiziell vorgestellt, aber wir waren uns mehrmals begegnet. Ich traf eine Entscheidung aus dem Moment heraus. »Erlaubt mir, Euch zum König zu geleiten.« Ich nickte dem Wächter kurz zu, und er trat beiseite.

Ohne ein Dankeswort stapfte Leopold an ihm vorbei.

Ich beschleunigte den Schritt, um vor ihm zu bleiben. »Darf ich fragen, weshalb Ihr den König sprechen wollt?«

Eine finstere Miene. »Dürft Ihr nicht.«

Meine Verärgerung und meine Neugier nahmen zu. Leopold V. von Österreich hatte Akkon mit seinem kleinen Gefolge einige Monate vor uns erreicht. Weil sowohl Friedrich Barbarossa als auch dessen Sohn Friedrich verstorben waren, war er de facto der Anführer des deutschen Kontingents im christlichen Heer. Diese Stellung klang großartiger, als sie es war, denn durch die Zersplitterung von Barbarossas Heerschar waren nur sehr wenige Deutsche nach Akkon gekommen. Mehr als einmal hatte ich den Scherz gehört, dass Leopold trotz seiner Familienbande – er war sowohl mit den Hohenstaufen als auch den Komnenen von Konstantinopel verwandt – nur über eine Sandburg gebot und nicht viel mehr. Richard jedoch hatte ihm große Höflichkeit erwiesen, indem er ihn empfing und ihm sogar, so raunte man, Geld borgte, damit er seine Gefolgsleute bezahlen konnte. Im Gegenzug hatte Leopold nichts weiter getan, als sich hochmütig zu geben und zu beschweren, wenn er nicht zu den Beratungen zwischen Richard und Philippe eingeladen wurde.

Unmittelbar vor dem Privatgemach des Königs sagte ich: »Wenn Ihr hier bitte warten wollt.«

Leopolds Röte vertiefte sich. Er setzte zu einer Erwiderung an.

»Der König wird angekleidet, Herzog Leopold«, sagte ich. *»Ihr werdet hier warten.«*

Er nickte verärgert.

Ich ging hinein. Philip wischte eingebildete Staubflöckchen von Richards Hemd aus roséfarbenem Samt, dem gleichen, den er auf Sizilien getragen hatte. Als Nächstes ergriff der Knappe den königlichen Mantel, der mit kleinen Halbmonden und goldenen Sonnenkugeln verziert war, und legte ihn dem König über die Schultern.

»Ihr seht prachtvoll aus, Sire«, sagte ich.

Richard sah mich zufrieden an. »Wer war es?«

Ich trat näher und antwortete mit leiser Stimme: »Herzog Leopold von Österreich, Sire. Er kommt allein und besteht darauf, Euch zu sprechen, aber er wollte mir nicht sagen, weshalb.«

»Ich kenne seine Gründe.« Die Miene des Königs verriet grimmige Heiterkeit. »Herzog Leopold!«, rief er. »Tretet ein!«

Herein stapfte der Herzog, die Brust heraus wie ein Kampfhahn. Nur flüchtig beugte er das Knie, gerade um die Form zu wahren, und damit vergrößerte er meine Abneigung gegen ihn noch mehr. »Sire.«

»Welchem Umstand verdanke ich das Vergnügen?«, fragte Richard.

»Meine Banner, Sire …« Kurz war Leopold vor Entrüstung um Worte verlegen. Er riss sich zusammen und schrie: »Eure Soldaten haben sie in den Graben geworfen und, als wäre das nicht schlimm genug, in den Schmutz getrampelt!«

Ich sah von einem zum anderen und dachte: Dieser Narr kann doch seine Banner nicht neben die des Königs und Philippes von Frankreich aufgestellt haben?

»Das weiß ich«, sagte Richard.

Leopolds Gesicht wurde noch purpurner. »Ich bin der Befehlshaber der Deutschen vor Akkon, Sire. Meine Standarten sollten gezeigt werden, damit jeder sie sehen kann. Das muss ein Fehler sein!«

»Es ist kein Fehler. Ich selbst erteilte den Befehl, sie herunterzureißen.«

Leopolds Augen traten vor Unglaube hervor. »Ihr, Sire? Wieso? Ich habe ein Anrecht auf einen Teil der Beute.«

»Nein. Die Beute aus der Stadt wird zwischen mir und Philippe Capet aufgeteilt.«

»Aber ich bin seit dem Frühjahr hier, Sire.« Leopolds Ton war schrill und durchdringend geworden. »Sollen ich und jene, die noch länger hier sind, Jahre in einigen Fällen, nichts erhalten für die Schlachten, die wir geführt, und die Entbehrungen, die wir gelitten haben? Entbehrungen, die wir, muss ich Euch daran erinnern, im Namen der Mutter Kirche auf uns nahmen?«

»Es waren aber meine Katapulte und die des französischen Königs, mit denen wir die Türken in die Knie gezwungen haben, nicht Eure!«, brüllte Richard. »Habt Ihr überhaupt eine einzige Belagerungsmaschine, die Euch gehört?«

Sprachlos schüttelte Leopold den Kopf.

»Ich nehme mir, was mir zusteht, und Philippe nimmt sich das Seinige. Gebt Euch damit zufrieden oder verschwindet.« Richard überragte Leopold und maß ihn mit seinem eisigsten Blick.

»Das ist nicht gerecht!«, protestierte der Herzog. »Ich fühle mich an die Art erinnert, wie Ihr erst kürzlich meinen Cousin Isaakios Komnenos behandelt habt.«

»Die tückische Schlange verdiente alles, was ihm widerfahren ist.« Richard war aufrichtig verärgert. »Jetzt hütet Eure Zunge, sonst lasse ich Euch ebenfalls in silberne Ketten legen.«

»Das würdet Ihr nicht wagen!«

»Lasst es nicht darauf ankommen!«

Ich stellte mich an Leopolds Seite. »Mit Eurer Erlaubnis«, sagte ich bestimmt.

Glühend vor Zorn und doch klug genug, um nichts weiter zu sagen, ließ er sich von mir aus dem Gemach des Königs führen. Währenddessen murmelte er auf Deutsch vor sich hin. Ich verstand kein einziges Wort, aber es war klar, dass Richard sich einen Feind fürs Leben geschaffen hatte.

Als ich zum König zurückkehrte, fiel es mir schwer, nicht ein wenig Mitgefühl für den Herzog zu empfinden, so hochfahrend und aufgeblasen er auch war, und für die Hunderte von Adligen, Ritter und gewöhnlichen Leuten, die hier gekämpft und geblutet hatten, lange bevor Richards Galeeren am Horizont aufgetaucht waren. Aus ganz Europa waren sie gekommen, um dem Waffenruf der Kirche zu folgen, und ich fand, dass sie eine Entschädigung verdient hatten. Ich merkte es dem König gegenüber an, aber er war nach wie vor aufgebracht, streitlustig und gierte geradezu nach einem Wortgefecht.

»Stellt Ihr Euch etwa auf seine Seite, Rufus?«, donnerte er. »Die Seite eines wichtigtuerischen österreichischen Niemands?«

»Ich stehe immer auf Eurer Seite, Sire«, sagte ich gelassen. »Leopold hatte kein Recht, seine Standarte aufzustellen …«

Brüllend unterbrach mich Richard: »Ach, hatte er nicht? Bei Gott, wie freundlich von Euch, das einzuräumen!«

Er wird auf die Stimme der Vernunft hören, sagte ich mir. »Denkt einmal nicht an Leopold, Sire. Stellt Euch vor, Ihr wärt ein Ritter aus Italien, sagen wir, der hier zwei Jahre lang tapfer gekämpft hat. Jetzt ist die Stadt gefallen: Solltet Ihr da nicht eine Belohnung erhalten?«

Richard atmete durch die Nase ein und ein, wie ein Mann es tut, wenn er sich beruhigen will. »Ich sehe, worauf Ihr hinauswollt, Rufus, aber wenn jeder Glücksritter mit leerem Geldbeutel seine Hand in den Topf steckte, bliebe für Philippe und mich nichts mehr übrig. Ich kann auch niemanden bevorzugen, indem ich einem aufgeplusterten Gimpel wie Leopold einen Anteil gebe und anderen nicht. Deshalb müssen sie alle leer ausgehen.«

Ich begriff Richards Standpunkt, obwohl er gewaltig ungerecht war. Wenn ich, einer seiner treuesten Leute, schon dieser Ansicht war, was sollten dann die denken, denen die Belohnung vorenthalten wurde? Der König stieß einem beträchtlichen Teil der Heerschar, die er gegen Jerusalem führen wollte, vor den Kopf, und am schlimmsten traf es Herzog Leopold. Ich seufzte. Ein wichtigtuerischer Niemand aus Österreich und aufgeplusterter Gimpel mochte er sein, aber er konnte sich dennoch als gefährlicher Feind erweisen. Richards Meinung vermochte ich indes nicht zu ändern, und es wäre töricht gewesen, auch nur den Versuch zu wagen.

Da wir losgingen, um Berengaria und Joanna abzuholen, zürnte mir der König und ignorierte mich, aber bald kehrte seine gute Laune zurück. Als fegte ein frischer Wind die Gewitterwolken vom Himmel, wich seine finstere Miene einem Ausdruck von Glück und Zufriedenheit. Sobald er wieder zu mir sprach, wäre unsere Meinungsverschiedenheit vergessen. So war es stets mit Richard.

Berengaria befand sich in Hochstimmung. Sie machte großes Aufheben um ihr Wiedersehen mit dem König und ihren Einzug in die Stadt. Sie schnäbelte und gurrte, wie ich es von ihr kaum je erlebt hatte, und schmiegte sich an Richard. Er schien ihre Aufmerksamkeit zu genießen und war abgelenkt, was mir gestattete, mein Pferd näher zu Joanna zu lenken. Ihre Damen, die hinter ihr gingen, waren beschäftigt, nicht die Aufmerksamkeiten der berittenen Soldaten zu bemerken, die den Abschluss bildeten.

Sie sah mich tadelnd an, als ich näher kam. »Rufus.« Sie klang sehr kühl.

Mir schmerzte das Herz. »Madame.«

»Geht es Euch gut?«

Ich wollte schon bejahen, doch stattdessen stieß ich hervor: »Das nicht, Madame, wenn ich ehrlich sein soll.«

Sie zog eine Braue hoch, eine betörende Angewohnheit, die meine Muskeln in Gelee verwandelte. »Seid Ihr in den letzten Kämpfen verwundet worden? Ich wüsste nichts davon, denn ich habe Euch kaum zu Gesicht bekommen.«

Ein kurzes Stück vor uns beugte sich Richard noch immer zu Berengaria, die ihm ins Ohr flüsterte. Ich blickte rasch hinter mich und vergewisserte mich davon, dass keine ihrer Damen uns hören konnte. »Madame, jede Stunde jedes einzelnen Tages seit unserer letzten gemeinsamen Nacht hat mich mehr geschmerzt als eine Pfeilwunde.«

Ihr Blick bohrte sich in mich, aber sie sagte kein Wort.

Ich wollte unbedingt, dass sie mir glaubte, und legte rasch dar, was sich mit FitzAldelm ereignet hatte. Zum Schluss sagte ich: »Ihr kennt ihn nicht, wie ich ihn kenne, Madame. Schon lange ist er mein Feind. Er ist ein Mann ohne Gewissen und würde freudig Euren guten Namen in den Schmutz ziehen, wenn er mir damit schaden kann. Das durfte ich nicht riskieren, noch durfte ich Euch in Gefahr bringen, indem ich es in meinem Brief näher erklärte. Sosehr ich es auch versuchte, ich konnte in den Tagen seither nicht einmal einen einzigen Augenblick mit Euch allein verbringen. Ich bitte Euch zutiefst um Verzeihung für den Schmerz, den ich Euch vielleicht zugefügt habe. Ich habe in guter Absicht gehandelt und wollte nur Euch und uns schützen. Jetzt mit Euch reden zu können …« Ich hielt inne, weil sich mir die Kehle zuschnürte, und fuhr fort: »Es bedeutet mir alles.«

»Rufus.« Sie streckte die Hand vor und berührte mich am Arm, eine knappe Geste, die mehr sagte als tausend Worte.

»Madame«, sagte ich mit belegter Stimme.

»Ich wusste, dass etwas Ernsthaftes vorgefallen sein musste. Ihr habt das Richtige getan.«

»Vergebt Ihr mir?«

»Ich habe Euch nichts zu vergeben, Rufus.«

Mir ging das Herz über vor Entzücken.

»Dieser FitzAldelm – Robert, so heißt er wohl?«

Ich nickte.

»Kann man seinetwegen nichts unternehmen?« Sie klang verärgert.

»Er steht hoch in der Gunst des Königs, Madame.« Ich wollte erwähnen, wie er versucht hatte, mich bei Chinon und Châteauroux zu ermorden, und auch meinen schon lange gehegten Verdacht aussprechen, was seine Loyalität anging, aber ich unterließ es. Wenn Joanna, zu meinen Gunsten empört, etwas zu Richard sagte, fiel es auf mich zurück. Ich brauchte *Beweise.* »Ich habe mir in den vergangenen Jahren das Hirn zermartert, aber nur mit geringem Erfolg.«

»Wir werden gemeinsam Gelegenheiten suchen, Ihr und ich.«

»Eine Lösung gibt es.« Ich fühlte mich so unsicher wie ein Mann auf einem gefrorenen Teich, der spürt, wie unter seinem Gewicht das Eis knackt.

»Sagt es mir.«

Ich wankte, zögerte, solch eine arglistige Möglichkeit vor ihr auszusprechen.

»Rufus?«

Ihr gebieterischer Ton war nicht zu überhören.

»Er könnte entfernt werden«, murmelte ich und sagte mir dabei – ohne es zu glauben –, dass ich keine Schuld empfinden würde, sollte ich FitzAldelm kaltblütig ermorden.

»Mit entfernt meint Ihr getötet?«

Ich gab keine Antwort.

»Sprecht.« Stahl lag nun in ihrer Stimme.

Ich dachte: Sie ist ganz gewiss Richards Schwester. Unwillens, mich laut noch weiter zu verdammen, nickte ich.

Sie sah mich missbilligend an. »Ich bin überrascht, um nicht zu sagen enttäuscht, so etwas von Euch zu hören. Solch eine Tat wäre Eurer nicht würdig, Rufus. Sie wäre unritterlich, feige sogar.«

Getroffen hätte ich fast hervorgestoßen, dass FitzAldelm bereits versucht hatte, mich zu töten, zweimal, aber aus Furcht, sie könnte glauben, ich hätte die Anschläge nur erfunden, um meine böse Absicht zu rechtfertigen, schluckte ich die Worte hinunter. »Er ist selbst kein strahlendes Beispiel von Rittertum.«

»Seine Absichten sind niedrig und unfreundlich, aber mit Mord nicht zu vergleichen.«

Wenn du wüsstest, dachte ich. Wäre ich in Chinon nicht einen Schritt auf Rhys zugegangen, hätte FitzAldelms Armbrustbolzen mir den Schädel zerschmettert.

»Versprecht mir, Rufus, dass Ihr ihm nichts antun werdet.«

»Madame, er ist ein boshaftes Geschöpf«, wandte ich ein. »Ihr wisst vieles nicht über ihn …«

»Rufus, bitte.« Sie nahm meine Hand. »Ich möchte nicht, dass Ihr Euch auf diese Weise entehrt. Wir werden eine Möglichkeit finden, mit ihm fertigzuwerden.«

Ich konnte dem bittenden Ausdruck ihrer Augen nicht widerstehen, ihrer schieren Nähe, die ich so liebte und begehrte. »So sei es.«

»Versprecht es«, sagte sie leise.

Im Widerstreit mit mir selbst, dass ich zu wenig offenbart hatte oder auch zu viel, und noch immer besorgt wegen des Schadens, den FitzAldelm anrichten könnte, aber erleichtert, die Bürde abzuwerfen, die die Schuld an seiner Ermordung darstellte, folgte ich ihrem Wunsch.

Sie bezauberte mich mit ihrem Lächeln. »Vorerst aber sollte ein Hindernis, das sich nicht entfernen lässt, umgangen werden.«

Ich sah sie verwirrt an. »Madame?«

»Die Stadt, Rufus.« Sie wies auf die schmale Straße, die hinter dem großen Torbogen weiterführte, den wir gleich durchreiten würden. »Wenn es unmöglich ist, sich ungefährdet in meinem oder Eurem Quartier zu treffen, dann müssen wir einen anderen geeigneten Ort finden.«

Ich begriff. Entzücken füllte mein Herz.

Akkon war die erste Stadt im Heiligen Land, die ich zu Gesicht bekam. Mit ihren Flachdachhäusern, die ganz aus Stein bestanden, erinnerte sie an Messina, war aber weitaus kompakter. Überall gab es Märkte, Garküchen und Geschäfte jeder Art und Klasse. Auch Badehäuser gab es reichlich. Die Fleischläden oder Bordelle, für die sie berühmt war, hatten bereits wieder geöffnet, und nach der Anzahl von Soldaten vor dem am besten besuchten Bordell zu urteilen gingen die Geschäfte sehr gut.

Die Anstehenden zu ignorieren war unmöglich, und als wir eine besonders lange Warteschlange und ein Fenster passierten, in dem eine junge Frau mit goldenen Ohrringen und silbernen Fußkettchen in einem durchscheinenden, hauchdünnen Gewand stand, äffte ich den König nach. Er hatte gerade etwas Komisches zu Berengaria gesagt, denn sie kicherte hinter vorgehaltener Hand. Ich sagte scherzhaft zu Joanna, der lange Zölibat der Soldaten sei unfreiwillig gewesen und die Schlange das Ergebnis.

Statt höflich zu lächeln, erwiderte sie mit ruhiger Stimme, ihre Enthaltsamkeit in jüngster Zeit sei ebenfalls unfreiwilliger Natur.

Wie meine Wangen erröteten. Wie mein Verlangen anschwoll.

»Ich sehe, wie Ihr im Sattel umherrutscht, Rufus«, sagte sie mit belegter Stimme.

»Was würde ich darum geben, Euch für mich zu haben, allein«, murmelte ich.

»Die Vorstellung erfüllt mich mit Wonne. Lasst uns zusehen, dass es bis dahin nicht allzu lange dauert.«

Angenehme Fantasien schossen mir durch den Kopf, während wir zur Zitadelle ritten, die in Akkons Nordmauer eingelassen war.

Um sie zu erreichen, durchquerten wir einen Torbogen und gelangten in einen prächtigen offenen Hof, der mit Marmor gepflastert und von Obstbäumen umgeben war. Dort stiegen wir ab. Unsere Runtzide wurden von Philip und Rhys mit der Hilfe einheimischer Reitknechte in die nahen Ställe gebracht.

Ich schaute mich um, sah Steinbänke, die zum Ausruhen einluden, Singvogelkäfige und sprudelnde Springbrunnen. Berengaria und Joanna waren bezaubert, das Gleiche galt für Beatrice. Nachdem sie wochenlang unter primitiven Bedingungen unter einem Dach aus Segeltuch gewohnt hatten, war das kein Wunder.

Die große viereckige Zitadelle stand am Ende des Hofes. Ihre eisenverstärkten Tore erreichte man über eine Treppe. Ein zweiter offener Hof lag ein kurzes Stück zur Linken. Er wurde von den Rittern der Garnison benutzt, um ihre Pferde zu schulen. Sie ritten sogar die Rampe zur nächsten Ebene hinauf, erzählte Richard uns beeindruckt.

»Möchtet Ihr es versuchen, Rufus?«, fragte er mich. Von seiner üblen Laune war keine Spur mehr übrig.

»Das werde ich, wenn Ihr es tut, Sire«, antwortete ich grinsend.

Während Berengaria und Joanna lächelnd zusahen, gaben wir uns darauf die Hand.

Ich wäre gern bei ihnen geblieben, aber nachdem kein Geleit mehr nötig war, wurde auch meine Anwesenheit nicht mehr benötigt. Richard begab sich mit Berengaria und Joanna auf die Suche nach ihren Quartieren, und eine Dienerin führte Beatrice zu ihrem Raum. Mit einem Blick versprach ich Joanna ein baldiges Wiedersehen, wünschte einen guten Tag und machte mich auf die Suche nach Rhys. Die Stallungen waren so weitläufig wie der Rest der Zitadelle. Ich bemerkte mit Anerkennung den Wassertrog im Hof, der durch ein Rohr gespeist wurde.

Ich begegnete Philip, der das Pferd des Königs in der Obhut eines Stallburschen gelassen hatte und zur Zitadelle eilte. Wir versprachen uns, bei erster Gelegenheit einen Krug Wein zu teilen. Rhys striegelte Pommers, auf dem er in die Stadt geritten war. Ich übernahm und sagte ihm, er möge sich ein wenig ausruhen. Dazu brauchte er keine Ermutigung und zückte aus dem Nichts einen kleinen Haufen der grünlich-gelben Früchte, die hier als Paradiesfeigen bekannt waren. Er bot mir eine an. Ich schüttelte ablehnend den Kopf.

»Woher haben sie ihren Namen?«, fragte ich und entwirrte einen Knoten im Schweif des Runtzids. »Gelb, mit weichem Fleisch und gekrümmt – sie gleichen keiner Feige, die ich jemals gesehen habe.«

Rhys machte eine obszöne Gebärde. »Weißt du, wie die Männer sie nennen?«

»Sarazenenschwänze.« Ich lachte leise. »Das ist auch passender.«

Wir scherzten und lachten noch eine Weile, bis eine Frau in einem Kapuzenmantel auf uns zutrat. Wegen ihres dunkelblauen Kleides, den schlichten Lederschuhen und dem Weidenkorb an ihrem Arm hielt ich sie für eine Dienerin der Königin oder Joannas, aber weil ihr Gesicht verdeckt war, konnte ich nicht sicher sein.

Ich begrüßte sie höflich. »Kann ich Euch zu Diensten sein, Madame?«

Sie kam sehr nahe. »Königin Joanna hat mir befohlen, in die Stadt zu gehen. Sie benötigt verschiedene Dinge. Begleitet Ihr mich, werter Herr?«

Einen Moment lang muss ich wie ein verblüffter Fisch ausgesehen haben. Rhys las ich die gleiche Fassungslosigkeit am Gesicht ab, denn die Stimme der Frau gehörte Joanna. Ich fasste mich, so rasch ich konnte, und antwortete: »Es wäre mir eine Ehre, Madame. Rhys soll uns begleiten. Er kennt sich in Akkon bereits gut aus.«

Joanna dankte uns, und ohne dass auch nur eine Seele uns einen zweiten Blick schenkte, überquerten wir den baumgesäumten Hof zum Haupttor. Rhys ging ein kleines Stück voraus und schenkte uns dadurch diskret ein wenig Freiheit.

»Das ist höchst riskant, Madame«, flüsterte ich. »Der König …«

»Richard ist mit der Königin im Bett. Aus dieser Richtung haben wir in den nächsten Stunden nichts zu befürchten.«

»Eure Damen …«

»Sind mir treu. Keine wird auch nur ein Wort sagen.«

Obwohl ich innerlich frohlockte, sie an meiner Seite zu haben, nagte die Sorge an mir. »Madame, FitzAldelm könnte uns sehen.«

»Ich habe mich bei Richard erkundigt. Er und seine Männer sind im Hafen und beaufsichtigen das Löschen einer Ladung Korn aus Sizilien. Das Schiff ist heute Morgen eingelaufen. Auch das wird einige Stunden beanspruchen. Eure Proteste, Messire Rufus, erwecken in mir den Eindruck, dass Ihr meine Gesellschaft nicht erwünscht.«

»Nichts könnte weiter von der Wahrheit entfernt sein, Madame«, protestierte ich. Als ich den Ausdruck ihrer Augen sah, sagte ich: »Ihr spielt mit mir.«

Ihr Lächeln ließ Schmetterlinge in meinem Magen tanzen. »Wir müssen nur an den Torwächtern vorbei, und niemand wird uns kennen.«

Erstaunt begriff ich, dass sie alles bedacht hatte. Nun, man sagt immerhin, dass Frauen verschlagener seien als Männer. Ich war ihr gegenüber hilflos. Nun, nicht ganz. Ich pfiff nach Rhys und befahl ihm, die Reiter am Tor abzulenken. Er gehorchte mit einer unerschütterlichen Ruhe und gestattete uns, unentdeckt an ihnen vorüberzugehen. Zum Glück gab es keine Spur von FitzAldelm, de Gunesse oder irgendwelchen anderen seiner Kumpane.

Ein kurzes Stück die Straße hinunter führte Joanna uns in eine Gasse. Dort tauschte sie ihren Kapuzenmantel gegen einen Schleier, wie ihn die einheimischen Frauen trugen, egal ob Sarazenin oder Christin. »So falle ich weniger auf«, sagte sie.

Ich lüftete den Schleier, nahm ihr Gesicht zwischen die Hände und küsste sie.

Wir umarmten uns und wären lange so stehen geblieben, wäre es nach meinem Willen gegangen.

Sie schob mich sanft weg. »Aber Messire. Begegnet Ihr Dienerinnen immer mit solcher Kühnheit?«

»Nur der, die ich liebe.« Ich zog sie wieder an mich.

Viel eher, als mir recht war, löste sie sich wieder von mir. »Ich hätte gern mehr Abgeschiedenheit, Rufus. Kennt Ihr einen Ort, wo wir allein sein können?«

Das war nicht der Fall, aber ich rief den verlegenen Rhys in die Gasse und erklärte, er sei schon oft in Akkon gewesen, seit die Stadt gefallen war. Ich führte nicht weiter aus, dass er mit de Drune und Philip gezecht hatte, wann immer er seinen Pflichten entkommen konnte.

»Kennst du eine gute Herberge?«, fragte ich ihn. »Aber ein sauberes Haus.«

»Folge mir, Herr. Madame«, fügte er mit einem raschen, respektvollen Senken des Hauptes hinzu.

Kurze Zeit später, nachdem er uns in das Genueserviertel mit seiner überdachten Hauptstraße geführt hatte, ließ Rhys uns vor der Auslage eines Parfümmischers allein und eilte in eine Herberge. Der Mittag war vorüber, aber das gewölbte Dach, das sich vom einen Rand der breiten Straße zum anderen spannte, hielt die schlimmste Sonnenhitze ab. Ein leichter Seewind strich durch die Pfosten über uns und verdünnte den Duft nach Parfüm und Seife, backendem Brot, Kräutern und Gewürzen aus den vielen Läden.

Rhys kehrte zurück und winkte uns. Er brachte uns über den großen Platz des Viertels mit seinen Palästen, dem befestigten Turm und der Kirche St. Laurentius, betrat eine Seitengasse und bedeutete uns, ihm zu einer hölzernen Treppe zu folgen. Über diese Stufen erhielt man ungesehen Zugang zu den Zimmern über dem Schankraum der Herberge. Drinnen verlief ein kurzer Gang mit zwei Türen auf jeder Seite. Rhys blieb vor der zweiten Tür rechts stehen. »Hier, Herr.« Mit einem weiteren respektvollen Neigen des Kopfes ging er davon. Auf der obersten Stufe sagte er noch: »Ich halte draußen Wache.«

Zu meiner Erleichterung zeigte sich Joanna in keiner Weise verlegen über Rhys' Beteiligung.

Ich öffnete die Tür. Wir traten ein. Die Kammer war schlicht, aber sauber. Der Boden war mit frischen Binsen und Kräutern bestreut. Das einzige Mobiliar war ein Bett mit hölzernem Rahmen und einer Truhe am Fußende. Fenster mit geschlossenen Läden ließen Licht und frische Luft herein, schenkten uns aber Zurückgezogenheit.

»Ich bin noch nie in einer Herberge gewesen«, sagte Joanna.

»Gefällt es Euch, Madame?«, fragte ich. Unvermittelt war ich befangen wegen der einfachen Umgebung.

Sie schlang mir die Arme um die Hüften und sah mir ins Gesicht. »Es ist perfekt, Ferdia. Vergeude nicht noch mehr Zeit und bring mich ins Bett.«

Ich gehorchte.

KAPITEL XIX

Zwei Tage verstrichen, und im Gedächtnis geblieben ist mir nur meine Verabredung mit Joanna am Nachmittag des 22. Juli. Ihre List, sich als Dienstmagd verkleidet aus der Zitadelle zu stehlen, war vielleicht ein wenig erniedrigend, aber sehr wirksam. Niemand außer ihren Damen bemerkte etwas.

Berengaria hatte Joannas Bitte, einen Mittagsschlaf halten zu dürfen, stattgegeben, und der König war beschäftigter denn je. Er organisierte das Heer für den bevorstehenden Marsch nach Süden. FitzAldelm musste annehmen, dass Joanna außer meiner Reichweite war, und konnte nicht überwachen, was in der Zitadelle vorging. Er schien seine Bespitzelung aufgegeben zu haben.

Ich verbrachte himmlische Stunden mit ihr, Gott vergebe mir die Blasphemie. Am folgenden Tag, dem 23. Juli, konnte ich an wenig mehr denken als an unser Wiedersehen.

Früh am Morgen dieses Tages, bevor die Hitze zu stark wurde, war ich mit dem König und einem Dutzend anderer Hausritter, darunter de Chauvigny, de Béthune, FitzAldelm und de Gunesse auf dem Ritterhof, wie wir ihn nannten. Guy de Lusignan war mit seinen Brüdern Geoffroy und Aimery ebenfalls anwesend. Berengaria sah mit Joanna und Beatrice von einem Balkon aus zu. Ich warf ihr regelmäßig verstohlene Blicke zu und hoffte, dass meine Feinde es nicht bemerkten.

In voller Rüstung saßen wir auf unseren Destriern. Abwechselnd ritten wir polternd die Treppe hinauf und wieder hinab, die ich am Tag unserer Ankunft gesehen hatte. Zuerst kam es mir bizarr vor. Pommers hatte zu Anfang gescheut, genau wie die anderen Schlachtrosse, aber nach ein wenig gutem Zureden bewältigte er die Stufen. Mit wachsender Zuversicht konnte ich bald im kurzen Galopp zur nächsten Etage hinaufreiten. Der König raste im Sturmlauf auf Fauvel die Treppe hoch. Obwohl ich Joanna gern beeindruckt hätte, war ich doch kein so großer Wagehals wie er. Ich hoffte, sie dachte deshalb von mir nicht geringer.

Als der König zum zweiten Mal in vollem Tempo die Treppe hinabpreschte, rutschte mir das Herz in die Hose, aber ich jubelte mit allen anderen. Ich sage allen anderen, aber Berengaria fiel nicht in den Applaus ein. Das Gesicht vor Angst verspannt, sprach sie mit Joanna. Ich fragte mich, was sie später zu Richard sagen würde. Natürlich würde es nur wenig bewirken. Er war stets sein eigener Herr, und als er von seinem Destrier stieg und den Helm abnahm, strahlte er von einem Ohr zum anderen.

»Bei Gottes Beinen, fühlt sich das gut an!«, sagte er zu mir. »Stünde doch eine Reihe von Sarazenen da unten. Sie wären auseinandergespritzt wie Spatzen vor der Katze.«

»Daran zweifle ich nicht, Sire. Findet Ihr nicht, dass es ein bisschen zu gefährlich war, so schnell herunterzukommen? Wenn Fauvel ausgeglitten wäre …«

Er winkte ab. »Ist er aber nicht. Hört auf, mich zu hätscheln, Rufus! Philip, Wein!«

Als Philip randvolle Becher brachte, lehnte ich ab. Bei meinem Treffen mit Joanna wollte ich klar im Kopf sein.

Im nächsten Moment zog ein Soldat – niemand anderer als de Drune – unsere Aufmerksamkeit auf sich, indem er Henri de Blois ankündigte, den Grafen der Champagne. Im März vergangenen Jahres war ich ihm bei Nonancourt begegnet. Den liebenswürdigen jungen Mann, den Richard sehr gernhatte, verpflichtete die Ehre, viel Zeit am Hofe Philippes zu verbringen, seit der französische König eingetroffen war, aber er besuchte uns oft. Er war ein tapferer Mann, der zwölf Monate vor Akkon ausgeharrt und zahlreiche Angriffe auf die Stadt angeführt hatte.

Richard winkte Henri lächelnd näher, während er auf den Hof

trat. »Habt Ihr die Treppe gesehen, Neffe? Sie wurde eigens gebaut, damit Ritter ihre Pferde darauf ausbilden. Möchtet Ihr es versuchen? Ihr dürft meinen Destrier benutzen.«

»Ich würde sehr gern den Versuch wagen, aber ein anderes Mal, Onkel.« Henri verbeugte sich. »Ich bringe ernste Neuigkeiten.«

»Sprecht«, befahl der König. Der aufgeräumte Ausdruck war von seinem Gesicht gewichen.

»Philippe hat entschieden, nach Frankreich zurückzukehren.«

Entrüstung. Schwerter wurden in der Luft geschwenkt. Ritter brüllten. Funken stoben, als die unruhigen Pferde auf den Pflastersteinen stampften. Über uns hatte Berengaria die Hand vor den Mund geschlagen. Beatrice schien Joanna zu bitten, sie möge ihr erklären, was gerade vorgehe.

Richard blieb gelassener als die meisten. »Das ist eine unwillkommene Neuigkeit, aber nicht gänzlich überraschend. Fahrt bitte fort.«

»Der König sagt, dass der Eid, den er abgelegt hat, als er das Kreuz nahm, durch die Einnahme Akkons erfüllt sei, Sire.«

»Hat er Jerusalem vergessen, die Heiligste Stadt, die nach wie vor von den Sarazenen gehalten wird?«

»Vor seinen Edelleuten und Vasallen hat er Jerusalem nicht erwähnt, Sire.«

»Weil es seinen Absichten nicht dient«, versetzte der König beißend. »Hat er noch etwas gesagt?«

»Seine Ärzte haben ihm empfohlen, Outremer aus gesundheitlichen Gründen zu verlassen. Er sei schon einmal krank gewesen, sagt Philippe, und die Fieber, die in unserem Lager umgehen, schert es nicht, wen sie niederstrecken.«

»Und dennoch stehe ich hier, der ich dem Tod näher war als er, während er beschließt, sich davonzuschleichen wie ein geprügelter Hund, der um sein Leben fürchtet«, knurrte Richard. »Die Empfehlung seiner Ärzte stimmt mich auch misstrauisch. Einhundert Bezants, dass sie sagen, was immer er will.«

Henri trat unbehaglich von einem Fuß auf den anderen.

Als der König es sah, sagte er: »Verzeiht mir, Neffe. Ihr seid nur der Bote. Ich bin Euch dankbar. Sagt, was ist mit Eurem Schwur? Gebt auch Ihr die Hoffnung auf, Jerusalem zurückzuerobern?«

»Nein, Sire.« Henri richtete sich auf. »Wenn Philippe ausläuft, werde ich nicht bei ihm sein.«

Richard nickte zufrieden. »Erzählt mir von Hugues von Burgund, von diesem Schurken des Barres und den anderen – bleiben auch sie ihrem Eid treu?«

»Graf Pierre von Nevers ist der einzige Baron, der sagt, dass er Philippe begleiten wird. Alle anderen planen, beim Heer zu bleiben, das von Herzog Hugues angeführt werden soll.« Henris Stolz auf seine Landsleute war offensichtlich.

»Ha!«, rief Richard. »Ein vernichtenderes Urteil über Capets Verhalten als Mann könnte ich mir nicht wünschen.«

Ich stimmte von ganzem Herzen zu. Als ich de Béthune anblickte, der in der Nähe stand, sah ich, dass er der gleichen Ansicht war. FitzAldelm zeigte eine berechnende Miene, und ich fragte mich, welche Ränke er nun plante.

»Hat Philippe nicht geschwankt, als es deutlich wurde?«, fragte der König.

»Er war nicht erfreut, Sire. Ich würde sogar sagen, er war wütend, aber sie ließen sich nicht beirren. Er konnte nichts tun.«

»Vermutlich wird meine Ansicht keinen Unterschied ausmachen, aber ich kann es nicht einfach durchgehen lassen.« Richard küsste sich auf die Hand und hauchte den Kuss Berengaria zu. »Ich bin bald wieder da.«

Ich sah zu Joanna und betete, dass der König recht behielt. So wichtig unser Vorhaben auch war, meine Verabredung mit ihr bedeutete mir mehr.

»Bereit, dem Löwen in seiner Höhle entgegenzutreten, Rufus?« Mit der gepanzerten Faust schlug er mir auf die Schulter. Trotz des Schutzes durch meine eigene Rüstung tat es weh.

Zu versuchen, den König umzustimmen, war sinnlos. Ich dachte an seine früheren Streitigkeiten mit Philippe und in jüngster Zeit mit Leopold von Österreich, daher nickte ich und lächelte.

Auf dem kurzen Ritt zum Palast der Templer erzählte mir Richard von dessen unterirdischen Stallungen. »Heute ist kein passender Tag, um eine Besichtigung zu erbitten, wie schade. Das Gleiche gilt für den Templertunnel, der vom Palast zum Hafen führt.« Der unterirdische Gang gestattete den Templern, zu kommen und zu gehen, wie es ihnen gefiel, und den regelmäßigen Streitigkeiten zwischen Pisanern und Genuesern aus dem Weg zu gehen.

Die Serjeants am Hauptquartier der Templer waren nicht allein. Auch französische Soldaten wachten vor dem Palast. Alle wirkten überrascht, als der englische König in vollem Harnisch eintraf, Graf Henri und ein Dutzend Ritter im Gefolge. Niemand verwehrte uns allerdings den Zutritt. Einer eilte voraus, um uns Philippe zu melden, denn Richard weigerte sich, am Tor zu warten.

Der König ging voran. Das Klirren unserer ringgepanzerten Füße auf dem Boden und das Rasseln unserer Harnische hallte von den Wänden wider. Fackellicht spiegelte sich auf den brünierten Helmen, die wir unter dem Arm trugen. Einen martialischeren Auftritt konnte ich mir nicht vorstellen, es sei denn, wir wären mit blanker Klinge hineingestürmt. Erneut fragte ich mich, ob wir ein wenig unbesonnen handelten, aber bei Christus und allen Heiligen, es war aufregend.

Ich sah zu den anderen zurück, und zwischen den begeisterten Mienen fiel mir auf, dass Missmut FitzAldelms Gesicht bewölkte. Als er meinen Blick bemerkte, erstarrte es sofort zu einer Maske. Ich hatte keine Zeit, genauer über seine seltsame Reaktion nachzudenken, denn wir näherten uns dem Refektorium.

Philippe und seine Gefolgsleute speisten zu Mittag. Als unser Auftritt bemerkt wurde, senkte sich betroffenes Schweigen über den Saal – der Soldat, der vorangelaufen war, war nur einen Moment vor uns eingetroffen. Zwei Wachen an der Tür gehorchten Richards barschem Befehl, ihn zum König zu bringen. Der Klang unserer schweren Schritte hallte vom Gewölbedach des Refektoriums wider. Alle Aufmerksamkeit galt uns.

Während sich die Wächter beeilten, vor ihm zu bleiben, marschierte Richard direkt auf den französischen König zu. Ich erkannte Conrad de Montferrat gleich neben ihm, den dicken Bischof von Beauvais, der Rhys bei Famagusta beäugt hatte, und Dreux de Mello, seinen Gefährten bei der verunglückten Gesandtschaft.

Philippe rekelte sich auf einer Liege, wie es Sitte der Poulains war. In der teigigen weißen Hand hielt er eine geröstete Hühnerkeule. Fett glänzte auf seinen Wangen, auf dem dunkelblauen Hemd waren Krümel. Sein Haar war zerzaust wie immer, und er ähnelte einem König so wenig wie nur vorstellbar. Das änderte sich erst, wenn man ihm in die Augen sah, die kalt und verschlagen blickten.

Er legte die Keule sorgsam ab und sagte nichts, während Richard auf ihn zutrat.

»Bequem habt Ihr es, wie ich sehe«, sagte der König.

»Wir haben die übliche Stunde für das Mittagessen«, entgegnete Philippe. »Habt Ihr gekämpft? Ich glaubte, die Sarazenen hätten die Stadt übergeben.« Seine Lippen zuckten, und von einigen war leises Kichern zu hören.

»Meine Ritter und ich üben uns gern für die Schlachten, die noch bevorstehen. Die Tore Jerusalems öffnen sich nicht von allein. Nicht, dass Ihr dort sein werdet, um es zu sehen.« Der König wies auf den Grafen der Champagne, der neben ihn getreten war. »Mein Neffe Henri sagt mir, dass Ihr in aller Hast in Eure Lande zurückkehren wollt, weil Eure Ärzte sich um Eure Gesundheit sorgen. Und hier finde ich Euch vor, wie Ihr Euch mit fettigem Essen und Wein vollstopft – wahrlich ein Invalide.«

Seine kühne, unhöfliche Aussage entlockte den Gästen erschrockenes Keuchen. Conrad spannte sich an. Von allen Anwesenden war er es, den die Entscheidung des französischen Königs am meisten betraf. Seines wichtigsten Unterstützers beraubt, hätte er nur geringe Aussichten, Guy de Lusignan den Thron abzunehmen, nicht zuletzt, weil Richard diesem den Rücken stärkte.

Philippe tupfte sich die Lippen mit einer Serviette ab. »Welch bäuerisches Gebaren. Man könnte es für verzeihlich halten, wenn ein Mann, der Euch nicht kennt, glauben würde, Ihr wäret in einem Stall geboren worden und nicht in einem Palast.«

»Da schimpft ein Esel das andere Langohr! Bei Tisch zeigt Ihr die Manieren eines ungehobelten Ackerknechts. Ich bin aber nicht hier, um Euch mit Schimpfwörtern zu belegen, sondern um aus Eurem eigenen Mund zu hören, dass Ihr wirklich beabsichtigt, den heiligen Eid zu brechen, den Ihr geschworen habt, nämlich Jerusalem Saladins Hand zu entreißen.«

»Unsere Heere haben Akkon erobert – mein Werk hier ist getan.« Philippes Blick zuckte an Richard vorbei, und ich fragte mich, ob es möglich war, dass er FitzAldelm anblickte.

»Das ist nicht der Schwur, den Ihr geleistet habt! Erst wenn die Heilige Stadt wieder in christlicher Hand ist, wird er erfüllt sein.«

»Meine Ärzte bestehen darauf.« Offenbar erkannte Philippe, wie jämmerlich er klang, und fuhr fort: »Mein Erbe ist ein kränklicher vierjähriger Knabe. Sollte mir hier etwas zustoßen – ich brauche nicht auszusprechen, was dann aus Frankreich würde.«

»Ich kenne Eure Not nur allzu gut. Auch mein möglicher Nachfolger ist ein kleiner Junge. Meine Entschlossenheit schwächt das jedoch nicht. Ich frage Euch erneut, was ist mit Eurem Eid, den Ihr vor Gott abgelegt habt: dass Ihr Jerusalem von den Sarazenen zurückerobern werdet?«

»Sprecht mir nicht von heiligen Eiden.« Philippe war zornig geworden.

»Warum sollte ich nicht?«

»Ihr seid es, der gelobt hat, meine Schwester Alys zu heiraten, doch dann habt Ihr sie zwanzig Jahre lang hingehalten und am Ende nicht einmal Euer Versprechen erfüllt. Stattdessen vermähltet Ihr Euch mit der Tochter eines emporgekommenen kleinen spanischen Monarchen – und das, obwohl Ihr die Schwester des Königs von Frankreich zur Frau hättet nehmen können!«

»Wegen dieser Sache sind wir vor Monaten schon zu einer einvernehmlichen Einigung gekommen. Ihr wart mit der Entschädigung, die ich Euch zahlte, sehr zufrieden, wie ich mich gut erinnere.« Richards Ton war eiskalt geworden. »Aber wenn Ihr wünscht, es wieder hervorzukramen ...« Er wies auf die gebannt zuschauenden Gesichter. »Ich kann Euch noch einmal den Grund darlegen, aus dem ich mich weigerte, Eure Schwester zu ehelichen. Soll ich fortfahren?«

Die Spannung im Refektorium war schneidend wie eine Messerklinge. Jeder Mann im Saal wusste von Alys' Liaison mit König Henry, Richards Vater, aber die Einzelheiten öffentlich noch einmal auszusprechen hätte Philippe zutiefst gedemütigt – nicht zuletzt, weil die überwiegende Mehrheit der Anwesenden vorhatte, sich seinem Vorbild nicht anzuschließen, sondern zurückzubleiben und den Krieg fortzusetzen.

Philippes Blicke hätten töten können. »Ich sehe keine Notwendigkeit, davon zu sprechen.«

Richard krümmte die Lippen.

Wäre es ein Kampf, dachte ich, hätte er gerade dem König Frankreichs das Schwert aus der Hand geschlagen. Doch Philippe war noch nicht am Ende.

»Ich bleibe unter einer Bedingung in Outremer«, sagte er.

»Und die wäre?«

»Bevor wir Frankreich verließen, haben wir beide einen Eid geschworen, die Beute dieses Unterfangens gleich aufzuteilen. In Messina haben wir den Schwur erneuert. Übergebt mir die Hälfte der Reichtümer von Zypern, und ich bleibe.«

»Dieser Zwist ist nichts Neues. Ihr habt mir von Eurem Krankenbett in dieser Sache geschrieben. Meine Antwort an Euch ist heute dieselbe wie damals. Ich werde Euch die Hälfte der Einkünfte aus Zypern übergeben, aber im Gegenzug erhalte ich die Hälfte von Philippe von Flanderns Gebiet, dem Artois.« Mit dem nur kurz zurückliegenden Tod des Grafen waren seine Ländereien an die französische Krone zurückgefallen. »Was sagt Ihr? Zypern brüderlich zwischen uns aufgeteilt, und das Artois ebenfalls?«

Totenstille trat ein. Das Refektorium erschien wie ein Schlachtfeld, auf dem die feindlichen Parteien innehielten, um Atem zu schöpfen, bevor sie sich zum letzten Waffengang aufeinanderstürzten.

Mein Blick wechselte von Richards steinernem Gesicht zu Philippe, auf dessen wabbeligen Wangen sich rote Nadelstiche zeigten, und wieder zurück.

Richard setzte zum Todesstoß an. »Ohne Zweifel würden Eure Herren und Ritter, die nun zusehen, es vorziehen, wenn Ihr im Heiligen Land bliebet. Ihr Herzenswunsch wäre es, dass Ihr sie zum Sieg über die Sarazenen führt. Wollt Ihr es nicht doch tun und unsterblichen Ruhm erlangen?«

In die Ecke gedrängt, aller Augen auf sich, konnte Philippe nicht schweigen. Mit zusammengebissenen Zähnen knirschte er: »Ihr bekommt *nicht* das halbe Artois.«

»Das ist doch gewiss ein geringer Preis für den Ruhm, durch die Tore Jerusalems zu reiten und in der Grabeskirche Gott zu danken und den Allmächtigen zu preisen!«

»Hinaus!«, schrie Philippe.

Der Coup de Grace war erfolgt, und Philippe hatte dem Gnadenstoß durch nichts entgehen können.

Richard wandte sich den anderen Gästen zu, den Großen Frankreichs. »Mir ist bewusst, dass die meisten von Euch wünschen, die heiligen Schwüre einzuhalten, die Ihr abgelegt habt, als Ihr das Kreuz nahmt.« Er wartete.

»Ich bleibe«, sagte Graf Henri laut. Jemand nickte zustimmend. Noch jemand. Eine Stimme sagte leise: »Ja.« Ein zweiter Mann, ein dritter ergriff das Wort. Noch mehr Edle nickten.

Philippes Lippen bewegten sich ohne einen Laut. Er war zornig und machtlos.

»Nach Jerusalem!«, rief Richard.

Wieder setzte das Schweigen ein, und mein Herz zuckte nervös.

»Jerusalem!« Der Ruf stieg hoch an die Gewölbedecke.

Ich atmete wieder, voll Begeisterung. Richard hatte nicht nur gewonnen. In Begriffen des Kampfes hatte er Philippe vernichtet, und nach dem Ausdruck von dessen Augen zu urteilen würde der französische König diesen Moment niemals vergessen – oder verzeihen.

Noch als wir das Refektorium verließen, empfand ich die schleichende Sorge, dass Richard sich abermals einen lebenslangen Feind geschaffen hätte. Ich sah in sein entspanntes, lächelndes Gesicht. Er scherzte und lachte mit de Chauvigny und de Béthune.

Falls mein Herr es wusste, entschied ich, war es ihm gleich.

Ob die Demütigung, die er Philippe zugefügt hatte, in der Zukunft auf ihn zurückfiel, blieb abzuwarten.

Joanna war versessen darauf, alles über die Konfrontation mit Philippe zu erfahren. Sie wehrte meine Küsse ab, bis ich jede Einzelheit berichtet hatte.

»Wieso kann Richard seine Arroganz nicht zügeln?«, rief sie am Ende. »Es bestand keine Notwendigkeit, Philippe derart zu erniedrigen. Verabscheuen kann er ihn ja, aber Philippe ist doch auch ein König. Und er befindet sich, genau wie Leopold, auf dem Weg nach Hause. Mein Bruder könnte dies noch bereuen.«

»Leopold ist eine Blase voll heißer Luft«, sagte ich, aber ich empfand Unruhe wegen der Sorge, die ihre Bemerkung wiedererweckt hatte.

»Vielleicht, aber Philippe ist ein ganz anderer Mensch. Warum sich ihn zum Todfeind machen, wenn dazu überhaupt keine Notwendigkeit besteht?«

Mir fiel es schwer, ihr zu widersprechen. Ein Gedanke kam mir in den Sinn. »Er wird mir nicht zuhören, aber du hättest größere Aussichten. Kannst du mit ihm reden?«

Sie schnaubte sehr undamenhaft. »Er wird meinen Rat nicht annehmen, Ferdia. Ich bin ja nur eine Frau.«

»Du bist weit mehr als nur eine Frau.« Ich zog sie an mich. Sie wehrte sich diesmal nicht.

Mit Reden verschwendeten wir nun keine Zeit mehr.

Als Rhys in meine Kammer in der Zitadelle kam, hatten wir frühen Abend. Erst kurz zuvor war ich aus der Herberge zurückgekehrt. In meiner verträumten Stimmung, im Kopf nur das, was ich mit ihr und was sie mit mir getan hatte, traf mich seine Eile unvorbereitet. Ohne auch nur anzuklopfen, stürmte er herein.

»Ich bringe Neuigkeiten.«

Ich sah ihn verdutzt an. »Über den König und Philippe?«

Er sah mich vernichtend an, was er sich bei keinem anderen Ritter hätte erlauben können. »Ich rede von FitzAldelm.«

Ein wenig Vernunft kehrte in meinen liebessatten Kopf zurück. Mein Feind hatte es zwar aufgegeben, mein Kommen und Gehen zu überwachen, aber trotzdem ließ ich ihn von Rhys beobachten, wann immer dessen Pflichten es ihm erlaubten. Widerstrebend verbannte ich Joanna aus meinem Kopf. »Erzähl.«

»Ich war gerade unten am Hafen und habe mit ein paar Einheimischen über die besten Angelplätze gesprochen, so gut es eben ging, da hörte ich eine bekannte Stimme. Zum Glück stand ich mit dem Gesicht zum Wasser und nicht zur Stadt. Ich schaute vorsichtig über meine Schulter und entdeckte FitzAldelm und de Gunesse.«

Rhys genoss nun meine volle Aufmerksamkeit.

»Sie trugen Mantel und Kapuze, trotz der brütenden Hitze, aber FitzAldelm würde ich überall an seinem Gang erkennen, und de Gunesse an seinem Näseln.«

»Wohin sind sie gegangen?«, fragte ich aufgeregt. »Doch nicht in den Templertunnel?«

»Oh doch. FitzAldelm hat zuerst einem Templerposten ein paar Silbermünzen in die Hand gedrückt, dann sprach er rasch mit einem Franzosen, der gekommen war. Die drei verschwanden dann schneller in den Gang, als du das Vaterunser beten kannst.«

War es möglich, dass Richard meinen alten Feind ausgesandt hatte, um mit Philippe zu reden? Augenblicklich verwarf ich den Gedanken. Zwar war es durchaus möglich, dass der König FitzAldelm mit solch einer Aufgabe betraute, aber dass er so kurz nach den heutigen Vorfällen Frieden mit dem französischen Monarchen suchte, war kaum anzunehmen. Eine andere Möglichkeit war, dass sie mit Robert de Sablé sprechen wollten, dem Großmeister des Templerordens, aber das erschien genauso weit hergeholt. De Sablé verdankte Richard seine Stellung, er war zutiefst loyal.

»Sie werden zu Philippe gegangen sein, um mit ihm zu sprechen«, sagte ich. »Ein anderer Grund, den unterirdischen Gang zu benutzen, will mir nicht einfallen.«

Rhys nickte grimmig. »Bedauerst du jetzt, dass du mein Angebot abgeschlagen hast, ihm ein Messer zwischen die Rippen zu stoßen?«

»Ein wenig.« Ich lachte leise, reumütig.

Rhys zeigte mir die Miene, die für ein Lächeln herhalten musste, wenn er aufgebracht war. Wer sie nicht kannte, dem hätte vor ihm gegraut. »Bevor er nicht tot ist, wird er dir keine Ruhe lassen. Wir wissen jetzt, dass er ein Verräter ist, warum also handeln wir nicht? De Gunesse kann mit ihm sterben für das, was er in Messina getan hat.«

De Gunesse wäre wahrhaft kein Verlust, dachte ich. Bei meinem nächsten Herzschlag wünschte ich, ich hätte Joanna nicht geschworen, dass ich FitzAldelm nicht anrühren würde.

»Mit de Drunes Hilfe lässt es sich leicht machen.« Rhys' Stimme war voller Hoffnung.

Ich war zutiefst versucht, mehr als ich es gewesen war, seit ich in Messina bei Erzbischof Walter gebeichtet hatte. Dass ich mich selbst beteiligte, war nicht erforderlich. Rhys und de Drune konnten FitzAldelm und de Gunesse beseitigen, wenn sie die beiden nacheinander angingen.

Er sah, dass ich schwankte. »Sag nur ein Wort …«

Ich dachte an Joanna und stellte mir vor, wie sie mich befragte, nachdem FitzAldelm verschwunden wäre. Ich war selbst unter günstigsten Umständen kein guter Lügner, und sie durchschaute mich wie niemand sonst. Lange würde es nicht dauern, bis sie mir die Wahrheit entlockt hätte. Dass die Klinge von jemand anderem geführt wurde, von Rhys, wäre keine Entschuldigung. Ich seufzte. »Nein.«

»Warum nicht?«

Ich schwankte, aber nicht lange. Rhys verdiente eine aufrichtige Antwort. »Ich habe vor Joanna zugegeben, dass ich daran gedacht habe, ihn umzubringen. Sie rang mir das Versprechen ab, dass ich ihm nichts antue.« Rhys wollte etwas einwenden, aber ich fuhr ihm über den Mund. »Ich weiß, was du sagen willst, aber wenn du ihn mit de Drune beseitigst, läuft es auf das Gleiche hinaus.«

»Hast du ihr nicht erzählt, was er bei Châteauroux versucht hat? Oder von Chinon und der Armbrust?« Rhys' Stimme war schrill vor Wut.

Ich berichtete, wie ich zu lange davon geschwiegen hatte. »Sie hätte glauben können, ich hätte es mir ausgedacht, als Vorwand, um ihn umzubringen.«

Rhys fluchte. »Da hast du eine schöne Bescherung angerichtet, Rufus.«

Ich überging seine Respektlosigkeit – in gewisser Weise verdiente ich sie – und versuchte es anders. »Genug von Mord. Wir müssen herausfinden, ob FitzAldelm wirklich mit Philippe im Bund steht, und um es vor den König zu bringen, brauchen wir Beweise. Zu beobachten, wie er in den Templertunnel geht, reicht nicht aus.«

»Wie sollen wir so einen Beweis denn finden?«, schrie Rhys. »Ich bin doch keine Spinne, dass ich in den Raum krabbeln könnte, wo er sich mit Philippe trifft, und sie belausche! Und du auch nicht.«

»Das ist leider wahr, aber es ist unsere Pflicht, herauszufinden, was wir können, und unsere Fehde mit FitzAldelm hintanzustellen.«

Rhys war eindeutig anderer Ansicht, aber er nickte und versprach, die Dinge nicht selbst in die Hand zu nehmen. Vielmehr würde er sich de Drunes Hilfe versichern und sich umso größere Mühe geben, um herauszufinden, was FitzAldelm vorhatte.

In dieser Hinsicht schien wenig Hoffnung zu bestehen, aber ich hatte mich entschieden. Lieber versuchte ich es und scheiterte, als dass ich vor Joanna als kaltblütiger Mörder dastand.

KAPITEL XX

Drei Tage darauf, am 26. Juli, stand ich in der Wohnhalle der Zitadelle. Der Saal war überfüllt. Niemand wollte es versäumen. Mehr als ein Mann hatte sich von Siechbett erhoben, um Zeuge des Rates zu werden, den Richard einberufen hatte. Sein Zweck war es, festzulegen, ob Guy de Lusignan König von Jerusalem bleiben oder durch den weltgewandten Intriganten Conrad de Montferrat ersetzt werden sollte.

Seit der Konfrontation mit Philippe hatten sowohl Conrad als auch Guy ihr Anliegen Richard vorgetragen. Bei beiden Unterredungen war ich zugegen gewesen. So ungern ich es auch eingestand, Conrad, ein kleiner, stämmiger Mann mit langen Haaren und einem sauber gestutzten Bart, hatte bei Weitem die besseren Argumente angeführt. Der Herrscher von Tyrus war weit charismatischer als der wohlmeinende und liebenswerte, aber erfolglose Guy. Am wichtigsten von allem war wohl, dass nicht Conrad das christliche Heer kommandiert hatte, das vor vier Jahren bei Hattin massakriert worden war, sondern Guy. Niemand bei klarem Verstand wollte solch einem Anführer folgen, so hatte Conrad es zungenfertig ausgedrückt. Mit Guy in einer Führungsrolle, war er fortgefahren, würden die Poulains weiterhin in zerstrittene Parteien gespalten bleiben, statt einig gegen ihren gemeinsamen Feind zu kämpfen, die Sarazenen.

Richard war von Conrads Argumenten beeindruckt gewesen. Noch Stunden nach ihrem Treffen rang er mit sich, wie ich es bei ihm nur selten erlebt hatte, hin- und hergerissen zwischen seinem Wunsch, sein Bestes für die Zukunft des Heiligen Landes zu tun, und seiner Loyalität zu einem Vasallen, der ihm Treue geschworen hatte. Am Ende hatte er sich für Guy entschieden, doch da jeder mitbestimmen sollte, hatte er den Rat einberufen, damit die Angelegenheit ein für alle Mal beschlossen werden konnte.

Die verschiedenen Parteien mischten sich ein wenig, als sie eintraten, trennten sich dann jedoch wieder wie Öl vom Wasser und nahmen auf unterschiedlichen Abschnitten der ordentlich aufgestellten Gelagebänke Platz. Links am Ende der Halle war eine Fläche frei gelassen worden, von der das Publikum angesprochen würde.

Philippe Capet stand dort mit zerzausten Haaren und unordentlicher Kleidung. Bei ihm waren Herzog Hugues von Burgund, Graf Pierre von Nevers, der Bischof von Beauvais, Dreux de Mello und Dutzend andere, deren Gesichter ich kannte. Onfroy de Toron saß mit den anderen Poulains zusammen, darunter Balian d'Ibelin und Joscius, dem Erzbischof von Tyrus. Conrad de Montferrat murmelte beiden ins Ohr, denn sie waren die ranghöchsten unter seinen Verbündeten.

Mir fiel Onfroys kummervolle Miene auf und sagte mir, dass sie nicht nur von Conrads Gegenwart herrührte, des Mannes, der ihm die Frau geraubt hatte, sondern auch von dem Wissen, dass angesichts der Zukunft des Königreichs Jerusalem eine rechtswidrige Eheschließung ignoriert werden konnte. Kurz gesagt, Onfroys und Isabellas Glück zählte nichts. Kein Wunder, dass es ihm erbärmlich ging.

Richards gesamter Hof war zugegen: die Barone, die Bischöfe und die Hausritter, darunter auch FitzAldelm und ich. Die Großmeister Robert de Sablé und Garnier de Nablus saßen nebeneinander in Hemden, die die Insignien ihrer Orden schmückten, dazu zwanzig ihrer Marschälle. Sie waren ein Sinnbild grimmiger Bereitschaft. Geringere Männer, Soldaten und Dienstboten, drängten sich im hinteren Teil des Saals, wo man nur stehen konnte. Ich bildete mir ein, ich hätte Joanna und eine ihrer Damen entdeckt, die sich mit übergezogenen Kapuzen hinter eine

Säule drückten, was mir ein Lächeln entlockte. Am Vortag hatte sie mir in unmissverständlichen Worten dargelegt, was sie davon hielt, nicht eingeladen worden zu sein.

Unter Joscius' Vorsitz begann die Zusammenkunft. Guy de Lusignan erhielt als Erster das Wort. Obwohl er nicht über Conrads Überzeugungsgabe verfügte, war er ein leidenschaftlicher Redner. Mit bloßliegendem Gefühl erzählte er von seiner Hochzeit mit Sibylla, ihrer Thronbesteigung und der Geburt ihrer Töchter. Über die Einzelheiten der Schlacht von Hattin ging er hinweg und berichtete von seiner Freilassung durch Saladin und sogar den Eid, mit dem er geschworen hatte, nie wieder gegen die Sarazenen zu kämpfen. »Ein Eid gegenüber der heidnischen, schwarzhäutigen Brut ist überhaupt kein Eid«, sagte er zu lauten Beifallsbekundungen. Er fuhr fort und schilderte detailliert, wie er in Tyrus keinerlei Beistand erhalten habe. Er warf dabei einen strengen Blick auf Conrad, der ihn ostentativ ignorierte. Daraufhin sei er nach Süden marschiert, um Akkon zu bedrängen, und gegen alle Aussichten sei es ihm gelungen, die Stadt mehr als zwei Jahre lang zu belagern.

»Meine Frau und meine Töchter sind tot, Gott erbarme sich ihrer Seelen, aber ich habe nichts getan, womit ich verdiene, meinen Thron zu verlieren«, rief Guy, vom Gefühl überwältigt. »Erkennt mich als Monarchen an, und ich werde mein Leben dem Dienst am Königreich widmen.«

Ich musterte die Zuhörer. Seine Worte wurden gut aufgenommen. Die Männer zeigten wohlwollende Mienen. Man nickte einander zu. Ich wusste bereits, dass Richard vorhatte, Guy zu unterstützen. Wie es nun schien, waren auch andere dazu bereit.

Conrad de Montferrat war bereits aufgestanden und wartete. In Rot und Gelb gekleidet, trug er Schuhe mit aufgebogenen Spitzen im orientalischen Stil und stank nach Parfüm. Er war mehr Poulain als Franzose. Kaum hatte Erzbischof Joscius Guy gedankt und Conrad vorgestellt, als dieser seine Ansprache begann.

»Ihr habt bereits gehört, wie Guy sich selbst für ungeeignet erklärt hat, Messires.« Als der Saal von überraschten Ausrufen – und Guys lautstarkem Protest – widerhallte, hob Conrad die Hände, damit Ruhe einkehre. »König Guy, der er damals war, befehligte das Heer, das bei den Hörnern von Hattin verloren ging. Unter seinem Kommando wurde die Blüte von Outremer entweder getötet oder geriet in Gefangenschaft. Ich wünschte, die Grausamkeit der verfluchten Heiden hätte dort geendet. Nach der Schlacht wurde der Herr von Kerak, Renaud de Châtillon, von Saladin persönlich feige ermordet. Hunderte von Templern und Johannitern wurden ebenfalls abgeschlachtet.«

Die wütenden Rufe, die seine Worte begleiteten, steigerten sich zu einem Aufschrei, und Conrad lächelte. Als sich der Tumult gelegt hatte, fuhr er fort: »Ohne Guys katastrophale Führung wäre es niemals zur Tragödie von Hattin gekommen. Jerusalem befände sich noch immer in christlicher Hand! Wen wundert es da, dass er sich während seiner Ansprache nicht herabließ, auf Hattin einzugehen.«

Guy schäumte vor Wut, konnte seinem Rivalen aber nicht den Mund verbieten und hörte sich mit uns Übrigen an, wie Conrad Tyrus davor bewahrt hatte, an die Türken zu fallen, und wie er es seitdem tapfer beschützte. Da er nun mit Isabella, der Schwester der verstorbenen Königin Sibylla, verheiratet sei, sei er der eindeutige und naheliegende Thronerbe. Zum Meister der Bühne fehlte nur noch, dass Conrad sich vor seinem Publikum verbeugte, nachdem er seine Ansprache abgeschlossen hatte.

Joscius forderte sodann beide Kandidaten auf, zu schwören, dass sie sich an die Entscheidung der Könige und Edelleute halten würden. Guy und Conrad leisteten dem beiden Folge.

Nun war es die Zeit für die Könige, Herren und Prälaten, ihre Entscheidung zu treffen. Alle anderen mussten die Wohnhalle verlassen.

Beim Gedanken an Joanna befiel mich der Leichtsinn. De Béthune, de Chauvigny und Thorne unterhielten sich so angeregt, als sie hinausgingen, dass nicht auffiel, als ich mich von ihnen trennte. Wo ich glaubte, Joanna entdeckt zu haben, fand ich niemanden. Ich eilte durch die Menge und hielt nach allen mit bedecktem Kopf Ausschau. Ich hatte Glück.

Mir fielen zwei in Mänteln gekleidete Gestalten ins Auge, die durch die Türen schritten. Ich lief hinter ihnen her und schob mich mit vielen Bitten um Verzeihung an Männern vorbei.

Gewiss, die Frauen in den Mänteln gingen nach links zu der Treppe, die hinauf zu den königlichen Gemächern führte. Ich fluchte, denn ich glaubte schon, ich würde sie nicht mehr einholen, als eine Schar Priester ihnen den Weg versperrte und ich zu ihnen aufschließen konnte. Ich erreichte vor ihnen das untere Ende der Treppe, bückte mich dort, als wollte ich einen Schnürsenkel binden, und richtete mich auf, als sie hinaufgingen.

Joanna war schön wie auf einem Bild. Sie öffnete und schloss den Mund. »Messire Rufus!«, brachte sie hervor.

Ihre Dame, eine von denen, die ich vom Sehen her kannte, schürzte missbilligend die Lippen über das öffentliche Zusammentreffen.

Ich beugte das Knie. »Welch eine Überraschung und Freude, Euch hier zu sehen, Madame. Ich dachte, nur Männer dürften zu der Debatte erscheinen. Hat der König …«

Farbe stieg ihr in die Wangen. »Richard wäre froh gewesen, hätte er gewusst, dass ich dort war.«

»Daran hege ich keinen Zweifel, Madame«, sagte ich, obwohl ich mir keineswegs sicher war, dass sie die Wahrheit sprach. »Werdet Ihr zur Entscheidung zurückkehren?«

Sie sah mich herausfordernd an. »Das hatte ich beabsichtigt.«

Ich lächelte. »Vielleicht können wir uns weiter unterhalten, Madame.«

Als Joanna an mir vorbeiging, flüsterte ich ihr ins Ohr: »Können wir uns später treffen?«

Sie warf mir einen verlangenden Blick zu, den ich gut kannte, und hauchte: »Anders würde ich es nicht wollen.«

Ich malte mir schon unser Schäferstündchen aus und sah ihr nach, wie sie davonging. Ich wollte mich de Béthune und den anderen wieder anschließen, drehte mich um – und stieß fast mit FitzAldelm zusammen.

Sein Gesicht mit den hohen Jochbeinen zeigte einen triumphierenden Ausdruck. »Tändelt Ihr mit Eurer Buhle?«

»Ich weiß nicht einmal im Entferntesten, wovon Ihr redet«, sagte ich und wollte mich an ihm vorbeischieben.

Er verstellte mir den Weg. »Das glaube ich aber doch.«

Furcht wallte in mir auf.

»Ich werde mit dem König sprechen«, sagte FitzAldelm mit boshafter Wonne. »Ich könnte mir vorstellen, dass er Euch bald rufen lässt, und was dann folgt, wird nicht schön sein.«

Ich schlug alle Vorsicht in den Wind. »Und ich werde ihm unmittelbar darauf von Euren geheimen Treffen mit Philippe berichten.«

Er fuhr zurück wie ein Hund, an dessen Leine gerissen wird. *»Was?«*

»Ihr habt mich gehört«, sagte ich verächtlich. »Schleicht Euch in den Templertunnel, Ihr und de Gunesse, wie zwei Spione. Welchen Verrat plant Ihr?«

»Ihr könnt nicht gesehen haben, wie ich durch den Stollen ging!«

»Aber ein Soldat hat es beobachtet. Dem König wird es wenig gefallen, dass Ihr insgeheim das Quartier des französischen Königs aufsucht. Welchen Grund könntet Ihr dafür haben außer Verrat?«

»Die Aussage eines Soldaten ist nichts gegen mein Wort«, stieß er hervor.

Er hatte recht. Ich wusste es. Er wusste es.

Ganz verzweifelt wollte ich mein Verhältnis mit Joanna retten, und mir fiel nur eine Lösung ein. Ich fixierte FitzAldelm mit meinem Blick. »Wir sind in der gleichen Lage, Ihr und ich.«

Er verzog höhnisch den Mund. »Inwiefern denn das?«

»Keiner von uns wünscht, dass der König etwas erfährt. In meinem Fall sind es meine Angelegenheiten mit Königin Joanna, in Eurem die Schleicherei, um mit Philippe Capet unter eine Decke zu kriechen. Schwört auf eine heilige Reliquie, dass Ihr den Mund halten werdet. Das schließt de Gunesse und Euren Soldaten mit ein. Dann werde ich gleichziehen.«

»Abgemacht.« Seine Antwort kam unverzüglich und bewies seine Schuld.

Ich hielt an der unwirklichen Hoffnung fest, dass ich Richard nicht verriet, als ich FitzAldelm die Hand schüttelte. Wir vereinbarten, uns später in einer nahen Kirche zu treffen, um unsere Eide auf den Beinknochen eines hiesigen Heiligen abzulegen, und gingen unserer Wege.

Ich fand ein stilles Plätzchen im Schatten der Bäume auf dem Hof und überdachte dort, was ich getan hatte. Wellen des Gefühls durchliefen mich: Erleichterung, dass meine Affäre mit Joanna vor dem König verborgen blieb, nackte Angst, dass FitzAldelms zwielichtige Umtriebe mit Philippe Richard in irgendeiner Weise schaden könnten. Bald stellte sich auch Schuldgefühl ein. Was war mein Ruf im Vergleich zum Leben des Königs, wenn die Gefahr bestand, dass es zu einem Anschlag auf ihn kommen konnte? Nichts. Ich rang mit dem Zwiespalt und wünschte, ich hätte nicht so rasch in ein Abkommen mit FitzAldelm eingewilligt. Dann beschloss ich, dass Rhys ihn weiter beobachten sollte. Sollten wir unwiderlegbare Beweise erhalten und die Angelegenheit sich zuspitzen, würde ich zu Richard gehen, auch wenn dies hieß, dass meine Affäre mit Joanna ans Licht kam.

Ich fühlte mich jedoch weiter unsicher und zum ersten Mal, seit ich in den Dienst des Königs getreten war, illoyal. Eine dunkle Stimmung erfasste mich.

De Béthune fand mich nicht lange danach.

»Da seid Ihr ja, Rufus. Habt Ihr Euch versteckt?«

Ich schützte Kopfschmerzen vor, die Folge von zu viel Wein am Abend davor. Wir hatten ihn nicht gemeinsam verbracht, daher wurde meine Lüge nicht infrage gestellt.

»Weiß man schon, wann die Debatte endet?«, fragte ich.

»Sie sind zu einer Entscheidung gelangt – deshalb suche ich Euch. Beeilt Euch, sonst verpassen wir die Verkündung.«

Gegen meinen Willen stieg Begeisterung in mir auf, und ich folgte ihm. Wir trafen de Chauvigny am Eingang der Wohnhalle und gingen gemeinsam hinein.

Die Menge war noch größer geworden. Männer standen dicht gedrängt. Wiederholt mussten wir unsere Ellbogen einsetzen und de Chauvigny erwähnen, dass er ein Cousin des Königs sei, damit wir die Bänke erreichen konnten. Dort hatten wir eine bessere Aussicht, Zeuge zu werden, wie Geschichte gemacht wurde.

Erzbischof Joscius sprach mit Richard. Ich sah den König mit zufriedener Miene nicken.

»Guy wird König bleiben«, raunte ich de Béthune zu.

Er sah ebenfalls hin. »Ich glaube, Ihr habt recht.«

Völlige Stille setzte ein, als Joscius vortrat. Ich schaute zu Guy, dessen Gesicht von Sorge verzerrt war. Conrad stellte andererseits gelassenes Selbstvertrauen zur Schau. Ich fragte mich, wie er reagieren würde, wenn sich meine Ahnung als richtig erwies.

»Wisset, dass die Könige, Edlen und Prälaten zu einer Entscheidung gelangt sind.« Joscius hielt inne, und die gespannte Erwartung stieg sogar noch weiter an.

»Conrad de Montferrat!«, rief eine Stimme.

Joscius sah funkelnd auf und wartete, bis wieder Stille herrschte. »Wir haben entschieden, dass Guy de Lusignan bis ans Ende seiner Tage König von Jerusalem sein soll. Falls er sich eine Frau nimmt und Söhne oder Töchter mit ihr hat, sollen diese keinen Anspruch auf die Thronfolge des Königreichs haben. Sollten

Conrad und seine Frau Isabelle Guy überleben, werden sie ihm auf dem Thron nachfolgen, und ihre Erben werden ebenso das Zepter führen und die gleichen Erbrechte haben.«

»Das ist keine Gerechtigkeit!«, rief Guy.

Conrad war genauso unzufrieden. »Ich bin der Ältere. Es ist äußerst ungerecht, dass ich Guy erst nachfolgen soll, wenn er stirbt. Bis dahin wird es kein Königreich Jerusalem mehr geben!«

Beide Seiten verlegten sich auf Zank und Beschimpfungen. Die Ordnung wurde nach einer Weile wiederhergestellt, indem Joscius die Wächter das Ende ihrer Speerschäfte auf den Boden knallen ließ. Mit sauren Gesichtern und noch immer murmelnd verstummten Conrad, Guy und ihre Anhänger.

»Dies ist die Entscheidung beider Könige sowie der Edlen und Prälaten, die sich heute hier versammelt haben. Ich erinnere Euch, Ihr Herren …«, Joscius sah Guy und Conrad betont an, »… dass Ihr vor weniger als einer Stunde beide einen heiligen Eid geleistet habt, Euch dem Urteil des Rates zu unterwerfen.«

Langsam verebbten das Streiten und die Entrüstung.

Joscius führte weitere Einzelheiten aus. Die Einkünfte aus dem Königreich sollten fortan in gleicher Höhe auf Guy und Conrad aufgeteilt werden. In Anerkennung seiner Verteidigung von Tyrus wurde Conrad als sein Herrscher bestätigt. Er erhielt zudem die Städte Sidon und Baruth. Alle drei unterstanden der Herrschaft des Königs von Jerusalem. Guys Bruder Geoffroy, dessen Tapferkeit bei den Angriffen auf Akkon allgemein anerkannt wurde, erhielt die Städte Joppa und Caesarea unter den gleichen Bedingungen wie Conrad.

Der Erzbischof tupfte sich die schweißnasse Stirn mit einem Tuch ab und trat von der Redefläche weg. Aufgeregtes Gemurmel erhob sich, als die Zuhörer aus der Feierlichkeit des Moments entlassen wurden. Guy und Conrad zogen sich sofort zurück, Ersterer mit seinen Brüdern, Letzterer mit Balian d'Ibelin. Ein bedrückt wirkender Onfroy de Toron wurde allein zurückgelassen, eine einsame Gestalt, dessen rechtmäßige Beschwerde nicht einmal angesprochen worden war.

Die Entscheidung des Rates kam nicht unerwartet, aber mir schuf sie ein unangenehmes Gefühl im Magen, und das bemerkte ich gegenüber de Béthune.

Seine Antwort fiel kurz und bündig aus. »Guy ist der König, daran lässt sich nach einer derart öffentlichen Verlautbarung nichts mehr deuteln.«

Ich dachte an Conrads Beredsamkeit und die Beharrlichkeit, die er bei der Einnahme und Verteidigung von Tyrus bewiesen hatte, an Guy, dessen Raison d'Être, die Belagerung von Akkon, nun zu Ende war. »Ich wäre überrascht, wenn Conrad nicht versuchen würde, die Entscheidung im Nachhinein ändern zu lassen«, sagte ich.

»Es sähe ihm nicht ähnlich, wenn er die Niederlage hinnähme«, sagte Richard, der unvermittelt neben mir stand.

»Falls Conrad erneut Anspruch auf den Thron erheben sollte, Sire, werdet Ihr dann Guy weiterhin unterstützen?«, fragte ich.

»Die Poulains haben ihn als ihren König akzeptiert, aber Conrad könnte ihren Sinn noch ändern. Wenn das geschieht …«, die Lippen des Königs zuckten, »… dann ist das Schicksal des Heiligen Landes von größerer Bedeutung als das Band zwischen Lehnsherr und Vasall.«

Das ist allerdings die pragmatischste Möglichkeit, dachte ich.

Nach einem kurzen, aber unangenehmen Treffen mit FitzAldelm in der Kirche, in der wir verabredet waren, um unsere Eide abzulegen, wartete ich an der Herberge auf Joanna, bis die Sonne tief am rosaroten Himmel stand. Meine Geliebte erschien nicht. Beim Abendessen in der Zitadelle warf sie mir einen bedauernden Blick zu, den ich so auffasste, dass etwas sie daran gehindert hatte, die Festung zu verlassen.

Zu meiner Erleichterung wurde mir das später von einer ihrer

Damen bestätigt, die mich auf dem Gang zum Abtritt abpasste. Berengaria habe auf der Gesellschaft der Königin bestanden, sagte sie, und morgen könne es genauso sein. Ich solle mich nicht sorgen.

Ich hätte die Dame küssen können, obwohl sie eine unansehnliche alte Jungfer war, so froh war ich. Ich bat sie, Joanna auszurichten, ich würde abwarten, bis sie mir wieder Nachricht sandte, und verbrachte den restlichen Abend in ausgezeichneter Stimmung.

Am kommenden Tag ersuchte Richard um eine Unterredung mit dem französischen König. Vorgeblich sollte es dabei um die Aufteilung der sarazenischen Gefangenen gehen, die nach dem Fall Akkons genommen worden waren. Mir vertraute er aber an, in Wirklichkeit wolle er Philippe dazu bringen, den Eid zu erneuern, den er geschworen hatte: keine Übergriffe auf Richards Besitzungen zu gestatten, solange dieser im Heiligen Land weilte.

»Wird er ihn leisten, Sire?«, fragte ich. »Er bricht doch gewiss auch mit der Absicht auf, ein Stachel in Eurem Fleische zu sein und Euer Reich zu bedrohen.«

»Als wüsste ich das nicht«, stimmte Richard zu. »Bei Gottes Beinen, auf die eine oder andere Art werde ich ihm ein Versprechen abringen.«

Sein Temperament ging mit dem König durch, und er erklärte, dass sich das ganze Haus auf dem Ritterhof einzufinden hätte, um zu trainieren. Einige Männer – wie FitzAldelm und de Gunesse – murrten, dass es dazu zu heiß sei und die hohen Mauern aus dem Hof einen Glutofen machten. Richard brüllte, dass wir auf der Straße nach Jerusalem womöglich jeden Tag in der heißen Sonne kämpfen müssten. Er hatte recht, aber nicht einmal ich war sonderlich begeistert. Ich hatte mich daran gewöhnt, Hemd und Hose aus Baumwolle zu tragen, einem Stoff, der wunderbar luftig war und den Sarazene und Poulain gleichermaßen schätzten. Ich hatte keinerlei Wunsch, die üblichen dicken Sachen aus warmer Wolle anzulegen.

Rhys war höchst erheitert über mein Murren, als er mir in den Harnisch half. »Du wirst weich«, verkündete er.

Ich stieß ihm die Faust gegen die Brust, und nicht etwa sanft, und befahl ihm, sich selbst auch zu rüsten. »Hol de Drune her, der dort untätig im Schatten steht. Es ist nur gerecht, dass ihr beide auch ein wenig ins Schwitzen kommt.«

Er murmelte finster vor sich hin und rächte sich ein wenig, indem er mich mein Panzerhemd allein anlegen ließ, eine schwierige Aufgabe, wenn man keine Hilfe hat.

Richard verübelte FitzAldelm seine Bemerkungen noch und wählte ihn als seinen Übungsgegner aus. Gebannt zögerte ich den Beginn meiner Übungen mit Thorne hinaus, der sich uns angeschlossen hatte. FitzAldelm, der ein tüchtiger Schwertkämpfer war, hatte nie alles gegeben, wenn er dem König gegenüberstand. Diese Art hatte Richard von jeher vergrätzt, denn er verlangte, dass wir uns vor ihm niemals zurückhielten. Zweimal entwaffnete er FitzAldelm, zweimal verkündete er, dass er nicht gegen einen Grünschnabel kämpfen wollte, bevor er einen neuen Waffengang begann. »Stellt Euch vor, ich wäre Saladin oder einer seiner Emire!«, rief der König.

Beim dritten Mal gab sich mein Feind größere Mühe, trieb Richard ein paar Schritt zurück und ließ Hiebe auf den Dreieckschild des Königs prasseln. Er schlug jedoch nicht nach Richards Rüstung oder versuchte ihn zu entwaffnen, und es dauerte nicht lange, bis der König den Gegenangriff begann. Ein Hagel von kräftigen Schlägen gipfelte in einem mächtigen Abwärtshieb auf FitzAldelms Schild, der dessen Brust und Bauch entblößte, und ein Aufwärtsstreich hätte ihm das Panzerhemd darüber zerfetzt, hätte der König es darauf angelegt.

»Ich ergebe mich!«, rief FitzAldelm aus seinem Helm.

»So schnell?«, bellte Richard. »Beim Himmel, wo ist Euer Kampfgeist geblieben, Robert?«

Ich konnte FitzAldelms Antwort nicht verstehen, weil sie zu

gedämpft war, aber Richard hörte sie. Wütend rief er, dass er nur Männer brauche, die hier sein *wollten*, die gegen die Sarazenen kämpfen und Jerusalem für alle Christen zurückerobern *wollten*. Er schickte FitzAldelm fort und rief nach einem neuen Übungsgegner.

Als mein Feind am Rand des Hofes den Helm abnahm, war sein Gesicht scharlachrot vor Demütigung. Meine Genugtuung, zu beobachten, wie FitzAldelm zurechtgestutzt wurde, war so überbordend, dass ich es deutlich zeigte, um zu sehen, welche Wirkung es auf ihn hatte. Erst danach kamen mir die möglichen Folgen in den Sinn. FitzAldelms Groll auf Richard musste sich verzehnfacht haben. Ich sagte zu Rhys und de Drune, dass wir ihn nun umso mehr im Auge behalten müssten. Rhys erwähnte erneut eine dunkle Gasse, und erneut lehnte ich es ab.

Weitere Überraschungen zeigten sich später. Als sich die Haustruppen im Schatten erholten und Becher mit perlendem Sorbet tranken, offenbarte der König, dass er eine Gruppe vertrauenswürdiger Männer aussenden würde, um die Nachricht von Philippes Rückkehr in sein Reich zu schaffen. Er könne nicht untätig dasitzen. Richard teilte sodann dem schockierten FitzAldelm mit, dass er die Gruppe anführen würde.

Ich traute meinen Ohren kaum, und ich verbarg auch nicht meine Freude. Schon bald könnten Joanna und ich uns ohne Angst treffen. In meiner Selbstsucht dachte ich überhaupt nicht darüber nach, welchen Schaden FitzAldelm anrichten konnte.

»Die Mission ist wichtig«, sagte Richard. »Jeder Baron in der Normandie, im Anjou und in Aquitanien muss von dem Augenblick an auf der Hut sein, in dem der capetingische Hund Paris erreicht. Was immer er morgen schwören mag, trauen kann man ihm nicht. Ihr seid aus anderem Holz geschnitzt, Robert. Mir fallen nur wenige Männer ein, die dieser Aufgabe würdig wären.«

Ich hätte ein Vermögen dafür gegeben, wenn dem König in diesem Moment die Schuppen von den Augen gefallen wären.

»Schickt mich nicht fort, Sire. Lasst mich an Eurer Seite«, bat FitzAldelm, doch als Richard den Kopf schüttelte, erhob er nur wenig Einwände.

Der Mistkerl freut sich, dachte ich. Der Befehl diente seinen Zwecken, und wenn es ablief, wie Richard es beabsichtigte, würden sich FitzAldelm und seine Gruppe Philippe auf dem Rückweg nach Frankreich anschließen. Die beiden Männer konnten die ganze Reise lang Ränke gegen den König schmieden. Ich konnte mir vorstellen, dass FitzAldelm vor Philippe auch seinen Bund mit dem böswilligen Prinzen John offenbarte.

Aus Furcht vor den Konsequenzen fragte ich mich erneut, ob ich zum König gehen und ihm alles mitteilen sollte. Tat ich es aber vor FitzAldelms Aufbruch, riskierte ich, dass er meine nächtlichen Zusammenkünfte mit Joanna verriet. Ich würde die Beschuldigung natürlich abstreiten, aber dennoch würde Richard Feuer spucken wie ein Vulkan. Er würde mich und Joanna ins Gebet nehmen, und einer von uns konnte unbeabsichtigt die Wahrheit offenbaren.

Ich entschied, dass ich dem König noch nichts sagen könnte. Und wegen des Versprechens, das Joanna mir abgenommen hatte, konnte ich FitzAldelm auch nicht ermorden lassen. Das bedeutete, ihm war es freigestellt, auf dem ganzen Rückweg nach England seine Intrigen zu spinnen und seine Heimtücke zu üben.

Als ich mich an diesem Abend bedrückt und besorgt schlafen legte, kreisten mir endlos finstere Möglichkeiten durch den Kopf. Nur eines war kristallklar. Ich konnte Richard von FitzAldelms Bund mit dem französischen König berichten, *nachdem* er aufgebrochen war.

Diese Möglichkeit war nicht ohne Gefahr. Richard würde wissen wollen, weshalb ich nicht das Wort ergriffen hatte, solange FitzAldelm noch hier war, um vernommen zu werden. Zu Recht würde er mir vorwerfen, dass ich versuchte, den Ruf eines Mannes zu vernichten, der nicht da sei, um sich zu verteidigen. Handelte ich so, riskierte ich, das Vertrauen des Königs zu verlieren. Dass mein Feind mit Philippe im Bund stand, konnte vielleicht nie bewiesen werden, und vor allem, wenn Richard jemals FitzAldelm wiedersah und ihm sein Vergehen auf den Kopf zusagte, würde dieser meine Affäre mit Joanna aufdecken.

Mir blieb noch eine andere Wahl, eine verlockende Möglichkeit. Ich leugnete sie ab, solange ich konnte. Alle drei Stunden läuteten die Kirchenglocken, woran ich merkte, wie sich die Nacht dahinschleppte, und ich gestand mir ein, dass ich auch so tun könnte, als wüsste ich nichts von der Verstrickung meines Feindes mit Philippe. Selbst Joanna brauchte von dieser Einzelheit nichts zu erfahren.

FitzAldelm ist nicht Philippe Capet, versicherte ich mir, und auch nicht Richards Bruder John. Er ist ein Ritter mittleren Ranges und wird schon bald weit fort sein. In absehbarer Zukunft kehrt er nicht zurück. Für den König bedeutet er keine Gefahr.

Allein den Gedanken zu hegen erschien mir wie Verrat, und ich schob ihn beiseite. Immer wieder schlich er sich jedoch in meine Gedanken, lockte mit Einfachheit und Sicherheit. Schwitzend rollte ich mich auf meinem Strohsack hin und her und suchte verzweifelt nach einem Ausweg aus meinem Dilemma.

Am Ende entschied ich mich erschöpft und mit geschwollenen Augen für den Weg des Feiglings.

Ich würde schweigen, und FitzAldelm würde dem König keinen Schaden antun.

Immer wieder versicherte ich es mir, auch wenn das Schuldgefühl mich zerfraß.

KAPITEL XXI

Drei Tage später, am 13. Juli, erhielt Richard in aller Öffentlichkeit das erwünschte Versprechen von Philippe, aber die Unaufrichtigkeit war dem französischen König schon anzumerken, als er die Worte aussprach.

Richard konnte wenig dazu sagen. Den anderen Monarchen der Lüge zu bezichtigen, nachdem er einen heiligen Eid auf eine Reliquie geschworen hatte, würde jede Aussicht auf Frieden endgültig zerschmettern. Vorsichtig wie er war, vergrößerte Richard jedoch die Gruppe, die in sein Reich ziehen sollte, von sechs Mann auf ein Dutzend. Je schneller seine Warnung sich verbreitete, begründete es der König, desto weniger Schaden könnte Philippe anrichten.

De Gunesse gehörte zu den Männern, die FitzAldelm zusätzlich zugeteilt worden waren, und für mich bedeutete dies eine weitere gute Neuigkeit. Das Gleiche galt für den Umstand, dass FitzAldelm von Rhys nicht mehr in der Nähe des französischen Königs gesehen worden war. Ich versicherte mir, meine Entscheidung, Richard nichts zu sagen, sei gut gewesen. Aber um keinen Deut besänftigte es mein Schuldgefühl und meine Scham.

Die beiden Könige teilten die gefangenen Sarazenen auf, und jeder nahm die Hälfte der Wichtigeren unter ihnen. Karakusch ging an Philippe, Maschtub an Richard. Der französische König gewährte sodann mit großartiger Geste Conrad seinen Anteil an Akkons Reichtümern, einschließlich der Gefangenen. Während ein selbstgefälliger Conrad sich verneigte und seinen Dank darbot, murmelte Richard mir zu, dass er am besten nicht mit dem Gedanken spiele, die Sarazenen nach Tyrus zu schicken.

Doch genau das tat der verschlagene Italiener. Am 3. August

schiffte er sich mit Philippe ein und nahm jeden einzelnen von ihnen mit – ohne Richard ein Wort gesagt zu haben. FitzAldelm, de Gunesse und die anderen folgten an Bord ihres eigenen Schiffes, und ich frohlockte, als ich sie auslaufen sah.

Der König war aufgebracht über Conrads hinterlistiges Benehmen. In den Verhandlungen mit Saphadin, die erst am Tag zuvor wieder begonnen hatten, war es mehrfach um die Gefangenen gegangen, die beim Fall von Akkon gemacht worden waren. Da es in der Stadt von türkischen Spionen nur so wimmelte, lag es nahe, dass Saladin bereits wusste, dass die Hälfte der Gefangenen in Tyrus waren und nicht in Akkon.

»Ihre Freiheit wird seine wichtigste Forderung sein.« Der König stapfte auf dem Hof der Zitadelle auf und ab. »Eine Forderung, der ich nicht nachgeben könnte, selbst wenn ich es wünschte. Conrad soll in der Hölle schmoren!«

Er rief Bischof Hubert von Salisbury und Graf Robert de Dreux zu sich und entsandte sie nach Tyrus. Sie sollten Conrad befehlen, die Sarazenen auf der Stelle zurückzubringen.

Zu Richards Glück nahm Saladin jedoch seine Bedingungen an, ohne die Gefangenen zu erwähnen. Am 11. August, einunddreißig Tage nach dem Fall Akkons, würde das Heilige Kreuz gebracht werden, dazu Saladins christliche Gefangenen und die Hälfte des vereinbarten Lösegelds, eine Summe von einhunderttausend Dinar.

Alles schien gut zu gehen. Der König misstraute zwar Saladins Absichten – je länger sich die Verhandlungen hinzogen, desto später konnten wir uns in Marsch setzen –, aber er betonte auch, dass der Sultan ein Ehrenmann sei. »Er hat Zeit bis zum Elften«, sagte Richard und erteilte im gleichen Atemzug den Befehl, die zerlegten Belagerungsmaschinen auf die Schiffe zu verladen, die im Hafen warteten. Weitere Vorbereitungen für den bevorstehenden Heerzug verliefen zügig, und ich tat meinen Teil, zügelte meine Ungeduld, nach Süden zu marschieren.

Jeder Schmied in der Stadt war beauftragt, Bolzen für die Armbrüste der Soldaten anzufertigen. Heu und Hafer für die Pferde, Proviant für die Soldaten – Kekse und Mehl, Wein und Fleisch – wurden in großen Mengen eingekauft. Schreiber vervielfältigten Karten, auf denen Straßen, Brunnen und Siedlungen längs der Küste eingezeichnet waren, damit jeder Kapitän über eine verfügte. Truppeneinheiten wurden am frühen Morgen gedrillt, wenn die Hitze noch erträglich war. Wir Ritter übten uns ebenfalls, ritten in Formation und machten massierte Sturmangriffe, zogen uns gemeinsam zurück, ohne die Reihen aufzulösen. Immer wieder exerzierten wir es durch, und Richard führte uns, sooft er konnte. Disziplin sei alles, sagte er gern. Disziplin.

Der König hatte so viel zu verrichten, dass er von Sonnenaufgang bis Einbruch der Nacht jede Stunde hätte arbeiten können und dennoch nicht alles beendet gewesen wäre, aber selbst er räumte ein, dass der heißeste Teil des Tages für jeden Mann zu viel sei. Wir müssten uns Akkon so sehr zunutze machen, wie wir nur konnten, denn auf dem Marsch nach Süden wären die Bedingungen brutal. An jedem Nachmittag würde jedermann ruhen müssen, ganz wie es die Einheimischen hielten. Der Brauch wurde sofort eingeführt und erwies sich bei allen vom einfachen Fußsoldaten bis hin zu uns Rittern als äußerst beliebt.

Ich war höchst amüsiert, herauszufinden, dass es Berengaria war, die die Arbeitspause vorgeschlagen hatte, und zwar auf Joannas Anregung hin. Wenn die Königin schwanger werden wollte, erläuterte Joanna, musste sie bei jeder Gelegenheit bei Richard liegen. Statt also jeden Nachmittag zu ruhen, sagte ich spitzzüngig, strenge er sich auf ganz andere Weise an. Ganz wie wir, versetzte sie lächelnd. Ich freute mich für den König und war dankbar, denn seine »Ruhepausen« gestatteten Joanna und mir, uns in der Herberge zu treffen.

Am 11. August im Jahr des Herrn 1191 wurde ich von dem klagenden Ruf des Muezzins geweckt. Trotz seines gottlosen Ursprungs war es ein Laut, den ich mittlerweile mochte. Ich erhob mich von meinem Strohsack, stieg über Rhys, der am unteren Ende meines Lagers noch schlief, und öffnete das hölzerne Gitter, das das Fenster verschloss. Ich sah ein Viereck aus blauem Himmel. Helles Sonnenlicht fiel herein.

Die Stimme des Muezzins war nun klar zu hören, und ich stand gebannt da, imstande, die Worte so deutlich zu verstehen wie noch nie. *»Hai ala-as-salah! Allahu-akbar! La ilaha illa'alah!«*

»Verfluchte Heiden.« Rhys' Stimme war schlaftrunken.

Ich lächelte. Er teilte mein Gefallen an dem muslimischen Gebetsruf nicht. »Es ist trotzdem ein zeitiger Ruf. Steh auf. Muss ich dich erinnern, dass wir heute Vormittag Saphadin treffen?«

Murrend zog Rhys sich Hemd und Hose über.

Kaum war ich ebenfalls angezogen, gingen wir zu einem Badehaus gleich vor der Zitadelle, die ganz für den Gebrauch durch den König beschlagnahmt worden war. Das morgendliche Bad war zu unserem täglichen Ritual geworden, selbst Rhys gab zu, dass es eine sehr zivilisierte Sache sei. In einem geheizten Raum nackt zu schwitzen und sich dann in ein Becken mit kaltem Wasser zu werfen war für mich noch neu, aber es erfrischte gewaltig. Auch die Massagen hinterher, ausgeführt von kräftigen Sarazenen mit schwieligen Händen, schüchterten mich nicht mehr so sehr ein wie zu Anfang, aber an diesem Morgen fehlte mir dazu die Zeit.

Mit rosigen Wangen und sauber geschrubbter Haut gingen wir zum Frühstück ins Refektorium. Dort aß Rhys genau wie immer doppelt so viel wie ich. Ich scherzte ständig, dass er noch im Wachsen sei und den knurrenden Magen nie voll bekomme. Entweder das, fügte de Drune dann derb hinzu, oder er habe einen Bandwurm wie den, den sie gesehen hatten, wie er am Boden eines Latrinengrabens entlangkroch.

Am Tisch gesellten sich de Béthune und de Chauvigny zu uns, und kurz darauf auch Thorne. Wir verschlangen frisches Brot, das in Scheiben geschnitten und mit Honig bestrichen wurde, und eine köstliche Auswahl an Obst: Feigen, Granatäpfel, Johannisbrot und Paradiesfeigen.

»Heute ist der große Tag«, sagte de Chauvigny.

»Glaubt Ihr, Saladin erfüllt unsere Bedingungen?«, fragte ich.

»Das Wahre Kreuz Christi, fünfzehnhundert unserer Männer und einhunderttausend Dinar«, sagte de Béthune.

»Ich wäre angenehm überrascht, wenn er es täte.« De Chauvigny schälte eine Paradiesfeige und steckte sich ein Stück in den Mund. »Woher sollte er aber das Geld haben? Denkt einmal darüber nach. Unsere Kundschafter haben keine Kamelzüge entdeckt, die von Norden oder Süden gekommen wären, von Bagdad, Damaskus oder Ägypten.«

»Seit die Belagerung zu Ende ging, sind auch keine sarazenischen Schiffe mehr eingetroffen«, sagte ich.

»Ganz genau. Solange Saladin in seinem Lager keinen gewaltigen Hort versteckt hat, was unwahrscheinlich ist, besitzt er das Geld nicht.«

Gegen seine Überlegungen ließ sich schwer etwas einwenden, sagte ich mir unzufrieden. »Was bedeutet, er spielt auf Zeit.«

»Wie vor neun Tagen, als Ihr Saphadin gesprochen habt«, sagte Thorne, der von uns jede Einzelheit erfahren hatte.

»Richtig«, sagte de Chauvigny.

»Er könnte alle Gefangenen verlangen, die während des Falls der Stadt gemacht wurden, obwohl er genau weiß, dass Conrad die Hälfte von ihnen nach Tyrus mitgenommen hat«, sagte ich.

Vor einigen Tagen waren Bischof Hubert und Graf de Dreux mit leeren Händen zurückgekehrt. Conrads absurde Gegenforderung an Richard hatte darin bestanden, dass sie das Wahre Kreuz Christi zwischen sich aufteilten. Der König hatte den letzten Rest seiner Geduld verloren. Er hatte Herzog Hugues von Burgund mit der strengen Anweisung nach Tyrus geschickt, nicht ohne die Gefangenen zurückzukehren.

»Sie treffen in ein bis zwei Tagen hier ein«, sagte de Chauvigny. »Wenn Saladin kein falsches Spiel treibt, kann er bis dahin warten. Sollte er aber etwas vorhaben …«

»Richard wird sich solche Winkelzüge nicht mehr lange gefallen lassen«, erklärte ich. »Er weiß, was im Lager gemunkelt wird: dass die Franzosen unzufrieden sind, weil er den Befehl zum Abmarsch noch nicht erteilt hat, und dass Guy sich bei seinen Anhängern beklagt.«

»Unseren Männern ist das gleichgültig«, sagte Thorne. »Sie sind zu sehr mit trinken und herumhuren beschäftigt.«

Wir lachten leise, denn er hatte recht. Akkon galt seit Langem als Sündenpfuhl voller Schenken und Bordelle. Nach dem Ende der Belagerung war schnell der Wein wieder geflossen, und scharenweise waren die Huren in die Stadt gezogen, Gott allein wusste, woher. Beide Gewerbe hatten nun zu allen Tag- und Nachtstunden Hochbetrieb.

De Chauvigny klatschte in die Hände. »Genug geredet von Wein und angemalten Frauen. Wichtigeres erwartet unsere Aufmerksamkeit. Lasst uns zum Treffpunkt gehen.«

Alles erhob sich vom Tisch, gespannt, was Saphadin zu sagen hatte.

Erhitzt, staubig und schweißbedeckt, aber vor allem verärgert und enttäuscht kehrten wir nach Akkon zurück. Saphadin, der bislang so freundlich und zuvorkommend gewesen war, hatte sich hochmütig und distanziert gegeben. Zu alldem hatte er weder das Wahre Kreuz Christi noch die vereinbarten sechzehnhundert christlichen Gefangenen oder die erste Rate von hunderttausend Dinar mitgebracht. Uns war von ihm ein neues Angebot Saladins unterbreitet worden: Unsere Bedingungen würden erfüllt, wenn wir zuvor alle unsere Gefangenen freiließen. Dazu gab es eine Anzahl komplizierterer Varianten, von denen die absurdeste vorsah, dass der Sultan christliche Geiseln erhielt, die mit ihrem Leben für das Leben der Sarazenen in unserem Gewahrsam bürgen sollten.

Unsere Neuigkeiten versetzten Richard in blinden Zorn. Er ergriff eine große Schmuckvase und knallte sie auf den Boden, dass glasierte Scherben durch den ganzen Saal spritzten.

Doch bald beruhigte er sich wieder, und seine Wut wich kalter Vernunft. Saladins Bedingungen würde er nicht zustimmen, sagte der König, aber er konnte unseren Feind auch nicht zwingen, seinen Teil der Vereinbarung einzuhalten. Wir würden abwarten, bis der Herzog von Burgund mit Conrads Gefangenen zurückkehrte. Saladin wusste von ihnen, denn wir waren während des Treffens damit konfrontiert worden. Wir würden sehen, was er dann zu sagen hatte.

Herzog Hugues erreichte Akkon am folgenden Tag. Die sarazenischen Gefangenen hatte er bei sich, aber der tückische Conrad de Montferrat hatte sich entschieden, in Tyrus zu bleiben. Wie gut für ihn, kommentierte Richard es mit einem gefährlichen Lachen. Auf der Stelle ging eine Nachricht an Saladin, und am folgenden Morgen wurden die Verhandlungen wieder aufgenommen.

Sie erbrachten kein Ergebnis, weil Saladin über seinen Bruder Saphadin weiterhin verlangte, dass wir alle Gefangenen freiließen, bevor er sich auch nur von einem einzigen Christen oder Dinar trennte.

De Chauvigny wies dieses Ansinnen rundheraus ab und verlangte, dass Saladin die Vereinbarung einhielt, die mehr als einen Monat zuvor getroffen worden war. Höflich entgegnete Saphadin, dass dies nicht möglich sei.

In der folgenden Woche trafen wir ihn noch zweimal. Unsere Beziehung hatte viel von ihrer vorherigen Wärme zurückerlangt – wir brachten Saphadin Wein, er schenkte uns wieder Eimer voll Schnee und frisches Obst –, aber keine Seite gab nach. Die Kluft zwischen unseren Standpunkten blieb tief und unüberbrückbar.

Als die Sommerhitze mit jedem Tag stärker wurde, geriet abseits unserer Waffenstillstandsverhandlungen die Situation immer mehr aus den Fugen. In Akkon und im Heerlager machte das Gerücht die Runde, Saladin hätte seine christlichen Gefangenen vergiften lassen. Wütende französische Soldaten rotteten sich zusammen und jagten in der Stadt Sarazenen.

Unsere Reiter brandschatzten unweit vom feindlichen Lager und wurden von Mamelucken überfallen. Unweigerlich kam es zu Scharmützeln. Beim ersten Mal konnten sich unsere Männer den Weg freikämpfen, beim zweiten Mal mussten hundert Ritter in Marsch gesetzt werden, damit sie nicht getötet wurden.

Etwas musste unternommen werden, und Richard wusste es.

»Es wird unangenehm werden, Rufus«, sagte er zu mir, als wir eines Abends einen Becher Wein leerten. »Aber das Heer muss nach Süden marschieren. Zögern wir es noch länger hinaus, werden die Herbstregen jede Straße in einen Sumpf verwandeln.«

Er legte mir seinen Plan dar, und ich verzagte.

Aber ich sprach mich nicht dagegen aus.

Am 18. August erhob ich mich überhitzt und gereizt. Mein Schlaf war unruhig gewesen. Albträume voller Gemetzel hatten mich heimgesucht. Schweigend kleidete ich mich an.

Rhys bemerkte meine finstere Stimmung und sagte nichts. Er hatte seine Zustimmung bekundet, als Richard seine Entscheidung vor dem Heer bekannt gab. De Drune war der gleichen Ansicht, ebenso de Chauvigny, de Béthune und Thorne. Einige waren mehr dafür – ein Beispiel war Rhys –, während andere die gleiche Zurückhaltung zu empfinden schienen wie ich. Bezeichnenderweise hatte kein einziger Mann dem gnadenlosen, aber pragmatischen Vorschlag des Königs widersprochen.

Rhys wartete auf mich.

Ich brach das Schweigen. »Hast du noch immer vor, dich freiwillig zu melden?«

»Ja.«

»Warum?«

Rhys war während der langen, brutalen Belagerungsmonate nicht vor Akkon gewesen.

Er zuckte mit den Schultern. »Eine Aufgabe, die erledigt werden will. Ich werde sie gut machen.«

Ich konnte dagegen nichts einwenden.

»Was ist mit dir?«, fragte er.

»Ich nehme ebenfalls teil.«

Nun wirkte er verdutzt. »Warum?«

»Weil es mir falsch vorkäme, wenn de Drune und du dabei wärt und ich nicht.« Meinen wahren Beweggrund behielt ich für mich. Selbst gegenüber Rhys wollte ich meine Beichte bei Erzbischof Walter nicht erwähnen, auch nicht die Buße, die er mir auferlegt hatte: *Du darfst keinerlei Zurückhaltung üben*. Das waren seine Worte.

Nachdem wir das Badehaus aufgesucht hatten, schickte ich Rhys allein zum Refektorium, denn ich verspürte keinen Appetit. Statt etwas zu essen, kehrte ich in unser Zimmer zurück und schärfte mein Schwert, bis ich mir damit die Härchen vom Arm schneiden konnte. Nachdem das erledigt war, versuchte ich zu schlafen.

Eine kurze Zeit verstrich, und noch immer lag ich auf dem Strohsack und starrte unglücklich an die Decke. Die Aufgabe, die vor uns lag, war abstoßend und kam mir wie Unrecht vor, auch wenn die Geistlichkeit ihren Segen dafür erteilt hatte. Schließlich gab ich jede Hoffnung auf Ruhe auf und lauschte auf die Laute, die durch das offene Fenster hereindrangen.

Frauenstimmen drangen vom baumgesäumten Hof, wo Berengaria gern mit Joanna, Beatrice und ihren Damen frühstückte. Wie sehr ich mir wünschte, bei ihnen sitzen und so unschuldig sein zu können wie sie.

Ich lauschte weiter in die Ferne. Wagenräder knarrten auf

einem Weg außerhalb der Zitadelle. Ein Esel schrie, als er von seinem fluchenden Herrn geschlagen wurde. Kinder schrien fröhlich beim Spiel.

Wiederum näher hörte ich Hufschlag auf dem Ritterhof, wo einer meiner Kameraden seinen Destrier antrieb. An einem Kirchturm läuteten die Glocken zur Terz. Der Knecht eines Wirts ging die Straße entlang und rief aus, dass sein Herr gerade ein Fass Wein angeschlagen habe. Jeder, der davon kosten wolle, möge ihn probieren. Dann folgte eine Wegbeschreibung zu der Schenke.

Entspannt von der Alltäglichkeit fiel ich in einen tiefen, traumlosen Schlaf.

Eine Hand rüttelte mich an der Schulter.

»Es ist Zeit.« Die Stimme gehörte Rhys.

Ich fand langsam ins Bewusstsein, fast als stiege ich vom Boden eines tiefen schwarzen Teichs auf. Ich öffnete die Augen und schaute hoch. Rhys stand über mir. Er trug bereits Gambeson und Brünne. Ich hörte den vertrauten und doch fremdartigen Ruf des Muezzins und bemerkte, wie heiß und stickig es im Zimmer war. Die Realität brach über mich hinein. Die Sext, Mittag, war vorüber.

»Der Bote von Saladin?«, fragte ich und hoffte gegen alle Aussichten.

»Er ist nicht gekommen. Der König hat befohlen, die Gefangenen aus ihren Verliesen zu holen. Die Männer sollen sich sammeln. Wir brechen auf, sobald alle bereit sind.«

Ich stählte mein Herz, stand auf und wappnete mich.

Der Nachmittag war brütend heiß, heißer denn je in unserer Zeit im Heiligen Land. Die Sonne beherrschte den Himmel, eine Scheibe weißglühender Boshaftigkeit, deren blendendes Licht mir in den Augen schmerzte. Die Luft war dick und suppig vor Wärme und ließ sich kaum atmen. Wir hatten die Zitadelle gerade verlassen, da war ich schon von Kopf bis Fuß in Schweiß gebadet. Ich stieg auf Pommers und begriff, dass in dieser infernalischen Hitze zu reiten und gegen die Sarazenen zu kämpfen außerordentlich schwer sein würde, viel schwieriger, als ich es mir vorgestellt hatte.

Zwei Drittel der Armee marschierten und ritten hinaus in die Backofenglut auf der knochentrockenen Ebene östlich von Akkon, der Rest wartete in Bereitschaft ein kurzes Stück von den Mauern entfernt. Saladin hatte stets Kundschafter unterwegs, daher würde ihm unsere Bewegung nicht lange verborgen bleiben. Glaubte er, dass der König zur Schlacht antrat, setzte er vielleicht sein Heer in Marsch. Wenn sich solch eine Gelegenheit bot, sagte der König, würde er sie mit beiden Händen ergreifen, daher unsere Zurschaustellung von Stärke.

Guy de Lusignans Turkopolen-Reiterei, mehrere Hundert leichtbewaffnete Plänkler, bildeten die Vorhut. Der Rest von uns folgte in Blöcken, Ritter zwischen Einheiten von Fußsoldaten.

Ich war mit Richard und dem Rest der Hausritter in der Nähe des Zentrums der Kolonne. Hinter uns kamen in langen Reihen, am Hals einer an den anderen gebunden, unsere sarazenischen Gefangenen, zweitausendsechshundert Männer. Sie gingen mit gesenktem Kopf und sprachen wenig.

Ich fragte mich mit einem Gefühl von Übelkeit, ob sie etwa ahnten, was geschehen würde.

Richard ließ uns mitten auf der Ebene anhalten. Die Wahl der nicht weit vom feindlichen Lager entfernten Stelle war mit Bedacht geschehen. Hier hatten wir uns viele Male mit Saphadin getroffen. Saladin konnte genauso wenig ignorieren, was hier geschah, wie er die Existenz seiner Nase im Gesicht abzustreiten vermochte. Vermutlich wusste er bereits von unserem Kommen. Weniger als eine Viertelmeile entfernt, durch die schimmernden Hitzewellen sichtbar, sah ich die zuschauenden Mamelucken.

Ruhig befahl Richard, in Schlachtlinie Aufstellung zu nehmen. Alles musste für einen möglichen sarazenischen Gegenschlag bereit sein. Boten ritten hin und her und übermittelten seine Befehle. Abteilungen von Rittern ließen ihre Pferde hinter die Soldaten zurückfallen, die ihre Armbrüste spannten. Alles geschah wie immer, als wäre es nichts Besonderes. Solange ich nicht zu den Gefangenen schaute, gab es keinen Hinweis auf den Schrecken, der bevorstand. Unweigerlich jedoch wurde mein Blick in ihre Richtung gezogen. Ich wünschte, ich wäre mit Joanna in der Herberge, dass der Tag vorüber wäre, dass ich mich nicht freiwillig gemeldet hätte.

»Bereit?«

Rhys war mit den anderen Knappen geritten. Er wirkte unerschütterlich, und ich sagte mir, dass es feige von mir gewesen wäre, mich ihm nicht anzuschließen. Aber wenn Gott meine Feigheit gesehen hätte, wären meine Beichte des Mordes an Henry umsonst und seine Vergebung dahin gewesen. Dieser Gedanke war es, der meine Zunge bewegte, Rhys zu antworten.

»Ja«, sagte ich.

Ich stieg von Pommers und gab die Zügel an Philip, der nicht teilnehmen würde. Meinen Schild und meinen Helm, die ich nicht brauchen würde, ließ ich bei den anderen.

Wir sammelten uns mit den anderen Freiwilligen. De Drune hatte noch geschwollenere Augen als sonst und war halb betrunken. Ich sagte nichts. Viele Männer waren in ähnlicher Verfassung. So stumpfte man sich gegen das Grauen ab. Sosehr es mir einleuchtete, ich hatte keinen Tropfen getrunken. Ich wollte, dass mein rechter Arm ruhig und sicher war.

Fünfzehnhundert zählten wir. Die Hälfte davon hatte unter Guys Befehl an der Belagerung von Akkon teilgenommen, Männer, die gekämpft und geblutet hatten, gelitten, zugeschaut, wie unzählige Kameraden und Freunde an Seuchen und durch die Hand des Feindes starben. Ein weiteres Viertel waren Ordensritter, Templer und Johanniter, die ihre Kameraden rächen wollten, die Saladin nach der Schlacht von Hattin ermorden ließ. Die restlichen waren Männer Richards, die meisten Soldaten, aber gut zwanzig oder mehr Ritter wie ich.

Wir bildeten einen lockeren Kreis um die Gefangenen, die uns verängstigt anstarrten. Sie hatten sich zu Gruppen zusammengeschart, begriffen, dass etwas Merkwürdiges vorging.

Ich wandte den Blick von den angstverzerrten Gesichtern ab und befeuchtete mir die trockenen Lippen mit der Zunge. Es war die einzig praktikable Lösung, versicherte ich mir.

Wir warteten auf den König. Die Sonne brannte mir auf den Kopf. Unter meinem Panzerhemd und dem Gambeson schwitzte ich wie ein Mann, der sich zu lange in einem türkischen Badehaus aufgehalten hat. Mit Sehnsucht dachte ich an meinen Wasserschlauch, der an meinem Sattel hing.

Endlich lenkte Richard, zufrieden, dass sein Heer bereit war, seinen Destrier vor uns.

Ich sah ihm in die Augen.

Er winkte mir.

Gewahr, dass jeder zusah, ging ich zu ihm und drehte mich zur Seite, damit ich nicht auf die Gefangenen schauen musste. »Sire?«

»Das wird ein blutiges Werk.«

Ich nickte. »Jawohl, Sire.«

»Ich kann in Eurem Gesicht sehen, dass Ihr nicht wünscht, Euch zu beteiligen, Ferdia.« Während ich noch die Durchschaubarkeit meiner Gefühle verfluchte, die mich wieder verraten hatte, fuhr er fort: »Wenn Ihr Euch zurückzieht, wird es Euch nicht als Unehre angerechnet. Darauf habt Ihr mein Wort.«

Ich war ernstlich in Versuchung, doch als ich schwankte, kamen mir wieder Walters Worte in den Sinn. Ich sah Henrys angsterfülltes Gesicht vor mir, als ich ihm die Kehle durchschnitt. Ich biss die Zähne zusammen. »Ich werde meine Pflicht erfüllen, Sire.«

Er hielt kurz meinen Blick und nickte. »So sei es.«

Wir hatten keine Zeit mehr zu verlieren. »Bringen wir es hinter uns!«, rief der König. »Fangt mit Gottes Segen an!«

Rufe erklangen, ermutigende und angstvolle, unsere und ihre. Ich zog meine Klinge und hörte, wie Rhys es mir gleichtat. Wir tauschten einen merkwürdigen Blick, ähnlich dem, den wir in Henrys Haus gewechselt hatten, als Rhys ihn mühevoll festhielt und ich kurz zögerte. Dann wandten wir uns den Gefangenen zu und näherten uns ihnen.

Die Sarazenen wimmelten umher wie ängstliches Vieh auf dem Hof eines Schlachthauses. Sie schrien ihr Entsetzen in den Himmel, herzzerreißende Laute, die ich unmöglich ausblenden konnte, sosehr ich es auch versuchte. Sie wichen vor unserem Ansturm zurück, drängten sich aneinander, als könnten sie dadurch das Unausweichliche abwenden. Mit gleichbleibenden Schritten näherten wir uns. Hohn und Beleidigungen hagelte es, als die Männer, die lange Monate vor Akkon gekämpft hatten, ihre Macht genossen, während andere damit ihren Blutdurst anfachten.

Ich versuchte, nur auf Beine und Füße der Türken zu sehen, vermochte aber nicht zu verhindern, dass mein Blick sich hob. Jedes Gesicht war vor Angst und Schrecken verzerrt, und mein Magen drohte sich zu entleeren. Walters Worte, Gedanken an Buße, bedeuteten mir jetzt nichts mehr. Wären Rhys und de Drune nicht links und rechts neben mir gewesen, ich hätte auf der Stelle kehrtgemacht. Doch unwillens, meine Kameraden im Stich zu lassen, hielt ich Schritt. Die Türken drängten sich zusammen wie gefangene Fische in einem prallen Netz. Schwächere wurden niedergetrampelt. Niemand versuchte, ihnen aufzuhelfen.

Eine Speerlänge von der Masse gefesselter Gefangener blieben wir stehen. Auf solch kurze Entfernung ließ sich die Tragweite und schiere Barbarei unserer Pflicht nicht mehr übersehen. Aus den Augenwinkeln beobachtete ich, wie ein Mann sich abrupt umdrehte und davonging. Ein anderer folgte. Ich schaute nicht hin, wollte nicht wissen, wer sie waren. Obwohl ich wieder in meiner Entscheidung schwankte, konnte ich nicht weggehen. Rhys und de Drune standen ruhig da. Bereit. Entschlossen.

Fünf Herzschläge dehnten sich zu zehn. Gebete an den Gott der Heiden wurden immer lauter. *La ilaha illa'llah.* Es gibt keinen Gott außer Gott. *La ilaha illa'llah.*

Ich frage mich allmählich, ob niemand den Mumm hatte, kaltblütigen Mord zu begehen, als ich vom anderen Ende der Sarazenenmenge einen lauten Schrei hörte. Worte waren nicht zu verstehen, aber der Klang war vertraut. Ich hatte selbst schon solche Schreie ausgestoßen. Es war das Brüllen eines Mannes, der sich in den Kampf stürzt, ein urtümlicher Schrei aus den Tiefen der Seele, eine Mischung aus Furcht und Mut, die ineinanderflossen.

Zu beiden Seiten bemerkte ich Bewegung. Männer traten auf die Sarazenen zu, die Schwerter zum Hieb erhoben. Rhys rückte vor, und de Drune ebenfalls. Ich biss die Zähne zusammen und schloss mich ihnen an.

Ich stellte den Stiefel auf die Brust des Sarazenen in mittlerem Alter und zog an meiner Klinge, die sich zwischen zwei Rippen verkeilt hatte. Mit einem feuchten Schmatzen kam sie frei. Der Mann kippte nach hinten und starrte zum Himmel. Aus seinen braunen Augen war das Licht bereits erloschen. Ich suchte nach einem anderen Opfer. Viele konnten es nicht mehr sein. Als ich das letzte Mal hingesehen hatte, war unser Kreis auf vielleicht ein Fünftel seines ursprünglichen Umfangs geschmolzen. Ein Teppich aus aufgeschlitzten, zerhackten, verstümmelten Leichen lag hinter uns. Eine widerliche Suppe aus Blut und Ausscheidungen tränkte den Boden unter unseren Füßen. Wer noch lebte, zitterte vor uns.

Gezählt hatte ich die Türken nicht, die unter meiner Klinge fielen, aber das Herz war mir schwer von dem Wissen, dass es viele gewesen waren. Rhys, de Drune und ich hatten eine Schneise der Vernichtung durch die wehrlosen Gefangenen geschlagen. Meine Hände und mein Gesicht waren rot bespritzt, und das weiße

Kreuz auf meinem Surcot ließ sich nicht mehr erkennen. Mein Schwert war klebrig vom Blut. Ich hatte längst den Versuch aufgegeben, meine Stiefel sauber zu halten.

Müde, als hätte ich den ganzen Tag lang gekämpft, die Kehle voller Staub, ließ ich meine Schwertspitze auf dem blutgetränkten Boden ruhen. Der nächste lebende Sarazene fasste es als Zeichen auf. Er war ein Mann mit schmalem Gesicht, etwa in meinem Alter, und hob die gefalteten Hände zu einer flehenden Gebärde, sprach auf Arabisch auf mich ein. Ich verstand ihn weder, noch scherte mich, was er sprach. Gleich, dachte ich, bringe ich dich um.

»Verschont mich, ich bitte Euch!«

Nicht mein nächstes Opfer hatte Französisch gesprochen, sondern jemand zu seiner Rechten. Ich sah hin. Rhys, den Arm mitten im Schwertstoß, erstarrte, hatte einen Jüngling mit glatten Wangen vor sich. Sein Arm bebte, dann fasste er sich.

»Rhys, halte ein!« Ich weiß nicht, wieso ich es rief.

Sein Schwertarm regte sich nicht. Sein Blick, kalt wie der eines Wolfs, begegnete dem meinen.

»Er spricht Französisch«, sagte ich.

»Richtig, richtig!«, schrie der Jüngling. »Tötet mich nicht, Herr, ich bitte Euch! Ich bin kein Krieger, nur ein einfacher Schreiber!«

Es ist seltsam, wie eine gemeinsame Sprache binnen eines Augenblicks die Absichten eines Mannes verändern kann. Seine Worte klangen wahr, und Mitleid regte sich in mir. »Rhys, tu es nicht.« Er gab keine Antwort, und ich fügte hinzu: »Er ist ein junger Bursche, kein Soldat.«

Eine Spur von Vernunft kehrte zurück. Rhys' wilde Miene beruhigte sich ein wenig. Er nickte, als ich ihm befahl, die Fesseln des Sarazenen zu zerschneiden.

Der Jüngling fiel auf die Knie, stammelte seinen Dank, und huschte auf allen vieren näher, um mir die Arme um die Beine zu schlingen.

Benommen sah ich mich um. Schwerter wurden weiter gehoben und fuhren herab, Stimmen verstummten mitten im Schrei, aber das Töten war beinahe vorüber. De Drune wischte sein Schwert am Hemd eines Toten sauber. Rhys wühlte schon in einem Geldbeutel, dem er einer anderen Leiche vom Gürtel geschnitten hatte.

»Ich danke Euch, Herr«, rief der junge Sarazene und presste meine Beine.

Als ich ihm unbeholfen auf die Schulter klopfte, bemerkte ich, dass meine Fingernägel rotgerändert waren vom Blut. Statt Erhabenheit zu empfinden, weil ich Gottes Werk verrichtet und einen Teil meiner Buße abgeleistet hatte, ergriff mich Ekel. Ich bezwang ihn durch schiere Willenskraft und befahl dem Jüngling, sich zu erheben. Er gehorchte. Die Zähne klapperten ihm vor Angst, und er hielt den Blick auf den Boden gesenkt.

»Wie kommt es, dass du Französisch sprichst?«, fragte ich.

Seine Antwort kam zunächst stockend, aber als er begriff, dass ich ihn nicht ermorden würde, wo er stand, wurde die Stimme des Jünglings kräftiger. Sein Vater habe als Gutsverwalter im Dienst eines Poulains gestanden. Er sei als Freund des Sohnes dieses Herrn aufgewachsen, und der eine habe Französisch gelernt, der andere Arabisch. Als er in den Stimmbruch kam, wurde vereinbart, dass er in die Fußstapfen seines Vaters treten und dessen Arbeit als Gutsverwalter übernehmen sollte, wenn jener zu alt wurde. Alle vier waren in Akkon gewesen, als Saladin es eroberte. Der Poulain und sein Sohn waren in den Kämpfen getötet worden. Als Muslime hatten der Jüngling und sein Vater überlebt.

Das Gewissen plagte mich. Ich sah mich nach jemandem mit ähnlichen Zügen um. »Ist er hier?«

»Durch Gottes Gnade ist er es nicht, Herr.« Ein Schatten zog über sein Gesicht. »Die Seuche hat meinen Vater vor einem Jahr dahingerafft. Er starb in meinen Armen.«

»Das ist immerhin etwas.« Ich dachte an meine Eltern, die von dieser Welt geschieden waren, ohne dass jemand aus der Familie in der Nähe war. »Wie heißt du?«

»Abu al-Majd, Herr. Werdet Ihr mich jetzt töten?«

Erneut schlug ich ihm auf die Schulter. »Nicht, wenn du mir etwas schwörst.«

»Dass ich ein Christ werde?«

»Nein«, sagte ich lächelnd. Ihm solch einen Schwur abzunehmen hatte wenig Sinn, denn Sarazenen, die aus der Gefangenschaft entkamen, kehrten in kürzester Zeit wieder zu ihrem Glauben zurück. »Du wirst schwören, mir treu zu sein, mir gut zu dienen und niemals fortzulaufen.«

»Ich lege gern solch einen Schwur ab.«

Zufrieden nickte ich.

Mit einer leichten Bewegung seines Kinns wies Abu auf mehrere Soldaten, die ihn boshaft anstarrten, und sagte: »Sie wollen mich erschlagen, Herr.«

»Niemand wird dir ein Haar krümmen. Du stehst unter meinem Schutz.«

»Und Malik Rik?« Seine Stimme bebte, als er den Namen aussprach.

Mein Blick folgte dem seinen über die Leichenhaufen zu Richard, der auf Fauvel saß und zusah. In meinem Wunsch, gnädig zu sein, hatte ich ihn vergessen.

»Ich rede mit dem König«, sagte ich mit größerer Zuversicht, als ich empfand.

An diesem Tag erhielt ich keine Gelegenheit, mein Anliegen vorzubringen. Ein Bote alarmierte Richard, dass Saladin und sein Heer anrückten, und der König galoppierte davon, um seine Truppen anzuführen. Ein grimmiger Kampf war entbrannt, als die Sarazenen, verzweifelt bemüht, ihre Glaubensgenossen zu retten, immer wieder gegen unsere Linien anstürmten. Bald waren alle Ritter in der vordersten Reihe eingesetzt. Ich ließ den verängstigten Abu in der Obhut von Rhys zurück. Nicht viel später war ich in zwei Sturmangriffen mitgeritten, beide vom König angeführt. Wir zerschmetterten die Mamelucken und schlugen sie in die Flucht. Hätte Richard nicht gebrüllt und geschrien, bis er die Stimme verlor, wir wären ihnen Hals über Kopf hinterhergejagt, und das, nachdem er es uns ein Dutzend Mal erklärt hatte.

»Das wollen sie nur«, sagte der König, als wir unsere erschöpften Destrier zurück zu den eigenen Linien lenkten. »Seht. Sie haben sich bereits neu formiert.«

Ich drehte mich im Sattel um, zuerst in die eine und dann die andere Richtung. Anders konnte ich nicht sehen, was hinter mir war, denn der Sehschlitz meines Helms engte mein Sichtfeld ein. Scharen von Mamelucken hatten sich gesammelt und folgten uns. Ich wurde an Richards Bild erinnert, einen Schwarm Stechfliegen, den ein geschwungener Arm teilt. Er findet sich rasch wieder zusammen und greift erneut an. Der König hatte nur in einer Hinsicht geirrt, sagte ich mir: Mamelucken waren erheblich tödlicher als Bremsen.

Wellen von ihnen galoppierten uns hinterher und schossen in der Hoffnung, unsere Destrier niederzustrecken, Pfeile hoch in die Luft. Zum Glück hatten wir sie so weit zurückgedrängt, dass die meisten Ritter genügend Zeit hatten, unsere Linien zu erreichen. Eine Handvoll Schlachtrosse wurden getötet, ihre Reiter aber von Kameraden gerettet. Die Mamelucken hüteten sich vor den Armbrüsten der Soldaten und zügelten ihre Pferde, als sie in Reichweite kamen. Wie wir ihre Pfeile verabscheuten, so hatten sie Respekt vor unseren Bolzen mit den Stahlspitzen.

Als ich sicher hinter den Soldaten war, nahm ich einen großen Zug aus meinem Wasserschlauch. Er befeuchtete mir nur den Mund, und ich hatte noch immer einen rasenden Durst. Ich hielt mich zurück und trank nicht mehr. Wir konnten noch Stunden auf dem Schlachtfeld stehen. Ich wies mit dem Kinn auf die Reihen der wachsamen Mamelucken. »Werden sie wieder angreifen, Sire?«

»Das nehme ich an. Saladin hofft vermutlich nach wie vor, dass einige Gefangene noch leben. Nachdem wir unsere Pflicht erledigt haben, besteht jedoch kein Grund für uns, hier zu verweilen. Wir ziehen uns geordnet zur Stadt zurück und überlassen es den Türken, nach den Kadavern zu sehen, die wir ihnen hinterlassen.«

Der König unterschätzte Saladins Zorn, wie wir in den folgenden Stunden erkennen sollten. Welle um Welle von Mamelucken ritt zum Angriff, ließ dichte Pfeilwolken auf die Soldaten niederregnen und verhinderte einen leichten Rückzug. Schon bald musste Richard verärgert den Befehl geben, die Stellung zu halten.

Auf die Angriffe der Mamelucken folgten Attacken schwerer Reiterei, die oft drohten, unsere Linie zu durchbrechen. Jedes Mal wurden sie von uns Rittern zurückgeschlagen, wenn wir als gepanzerte Masse vorpreschten und die Reiter zurückdrängten.

Weil die Sarazenen es besser wussten, als sich zum Kampf zu stellen, erlitten die Feinde bei jedem Angriff nur wenige Verluste, und die Bedrohung unserer Soldaten war nur vorübergehend. Wir empfanden es als zermürbend. Immer wieder hatten sich die Sarazenen schon neu formiert, wenn wir zu unseren Stellungen zurückgekehrt waren. Sobald sie bereit waren, ließen sie ihre infernalischen Trommeln und Zimbeln erklingen, und die Mamelucken oder die schwere Reiterei führten einen weiteren Angriff aus. Dieser wurde von den Rittern zurückgeschlagen, die sich dann zurückziehen mussten, wollten sie nicht Gefahr laufen, umzingelt und getötet zu werden.

Vor und zurück wogte die Schlacht. Beide Seiten kämpften bis aufs Äußerste, keine wollte auch nur einen Zoll nachgeben – nicht, bis die Sonne am westlichen Horizont versunken war und das Licht so rasch vom Himmel schwand, dass die Angriffe und Gegenangriffe ein Ende finden mussten.

Der König verweilte auf dem Schlachtfeld, bis nur noch die Nachhut, eine Mischung aus Reitern und Rittern, deren Destrier nicht gefallen waren, dort war. Ich gehörte dazu, genauso wie Rhys und de Drune. Thorne, der nur knapp von einem sarazenischen Pfeil verfehlt worden war, als er kurz den Helm abnahm, blieb ebenfalls.

In pechschwarzer Nacht erreichten wir die von Fackeln erhellten Mauern Akkons, wo Posten auf unsere Ankunft warteten. Ich war froh über die Dunkelheit, die uns Schutz bot, uns den Abzug vom Kampfplatz ermöglicht hatte und das entsetzliche Schlachthaus verbarg, das wir zurückließen.

Erschöpftes Schweigen hüllte uns ein. Köpfe wurden gesenkt, Schultern sackten herab. Schnarchen war von denen zu hören, die der Schlaf im Sattel übermannt hatte. Viele Destrier waren so ausgelaugt, dass ihre Reiter neben ihnen herlaufen mussten, aber Richard saß auf einem seiner Runtzide. Pommers mit seinem treuen, tapferen Herzen trug mich noch immer auf dem Rücken. Ich ließ ihn so langsam dahintrotten, wie er es wünschte.

Tief in Gedanken sagte ich mir, dass meine Buße nun gewiss geleistet sei. Ich hatte die Absolution für den Mord an Henry erlangt.

Zu meinem Entsetzen erwies sich meine Hoffnung, die ich so lange gehegt hatte, nämlich dass dieser Moment mir vollständige Erleichterung bringen würde, als falsch. Ich hatte heute wenigstens sechs unbewaffnete sarazenische Kriegsgefangene niedergehauen, Männer, die mit Seilen aneinandergefesselt gewesen waren. Dass sie Heiden waren, die in der Hölle erwartet wurden, änderte nichts daran, dass mir ihre Gesichter noch lange vor Augen stehen würden.

Joanna so spät noch zu besuchen und meine Sorgen bei ihr zu vergessen war unmöglich. Nachdem ich das meiste Blut abgewaschen hatte, ging ich daher mit Rhys, de Drune und Thorne in eine nahe Schenke und trank viel mehr Wein, als mir guttat.

KAPITEL XXII

Früh am nächsten Morgen wachte ich mit einem widerlichen Geschmack im Mund und dröhnendem Schädel auf. Zu meinem Erstaunen stellte ich fest, dass Abu mich betrachtete. Ich hatte undeutlich Bewegung und eine kniende Gestalt bemerkt, als vor Sonnenaufgang der Ruf zum Gebet zum Fenster hereingedrungen war, aber was es bedeutete, begriff ich erst, als ich mich aufsetzte.

»Du bist nicht weggelaufen«, krächzte ich.

»Ich habe Euch mein Wort gegeben, Herr. Ich bin nun an Euch gebunden.« Er neigte den Kopf. »Ich muss Euch erneut danken, dass Ihr mich verschont habt.«

Ich nickte und wusste dabei genau, dass ich ihn unverzüglich vor den König bringen musste.

Rhys war der Welt noch verloren. Wenig überraschend, wenn man bedachte, dass er zweimal so viel getrunken hatte wie ich. Das hielt Abu nicht davon ab, ihn anzusehen. Er fürchtete noch immer, mein Knappe könnte ihm etwas antun. Das war etwas, das noch angesprochen werden musste.

Ich stieß Rhys mit dem Fuß an. Er grunzte, wachte aber nicht auf. Ich wiederholte den Stoß fester. »Auf mit dir, Rhys. Die Sonne steht hoch am Himmel.«

Er ächzte und zog sich das Hemd, das er als Kissen benutzte, über den Kopf. »Er hat einen Kater«, erklärte ich. »Ihm geht es schlecht von dem Wein, den er gestern Abend getrunken hat.«

Abu sah verwundert aus.

Eine weitere Erläuterung erschien mir zu mühsam. »Ich gehe ins Badehaus. Möchtest du mitkommen?«

»Ja«, antwortete er. Seine Überraschung war klarer Verwunderung gewichen.

Amüsiert fragte ich: »Du glaubst, dass Christen sich niemals waschen?«

»Dem Geruch nach gilt das für viele.«

Sein Vorwurf ließ sich unmöglich abstreiten, und ich lachte leise. »Nun, dieser Christ wäscht sich, und für Rhys gilt das Gleiche.« Ich knurrte ihn an. »Auf, du fauler Hund!«

Gewaschen und sauber, die Haare angenehm feucht, fühlte ich mich wieder wie ein Mensch und kehrte mit Rhys und Abu zur Zitadelle zurück. Die beiden ignorierten einander, ein Zustand, der mir gut passte. Als wir die Zitadelle durch das Haupttor verließen, hatten wir viele seltsame Blicke geerntet. Es wiederholte sich bei unserer Rückkehr. Die Posten ließen uns passieren, ohne uns anzuhalten, aber ihre Augen, denen ich nichts befehlen konnte, ruhten lange auf Abu, während wir vorübergingen.

Er spürte es. Das Entsetzen stand ihm in sein braunes Gesicht geschrieben. In seiner Vorstellung hätte man ihn verprügelt oder sogar kurzerhand erschlagen, wäre er allein gewesen.

»Fürchte dich nicht«, sagte ich. »Wir gehen nun zum König.«

Abu sah mich verängstigt an.

Ich gab vor, es nicht zu bemerken, und hoffte, dass ich keinen ernsthaften Fehler beging.

Rhys war griesgrämig. Er hatte rote Augen und heftige Kopfschmerzen. Ihm schien es gleichgültig zu sein, wie es ausging. Ich schickte ihn weg. »Geh und füll dir den Bauch mit etwas zu essen.«

Er schlurfte davon. Ganz klar war er erleichtert, dass er sich nicht vor Richard zu zeigen brauchte.

Die Wächter vor dem königlichen Quartier waren genauso wenig erfreut, einen Sarazenen zu sehen, wie ihre Kameraden am Haupttor. Ich musste sie mit erhobener Stimme erinnern, wer ich war und wie hoch ich in der Gunst des Königs stand, bevor sie uns einließen. Selbst dann ging ihr Vertrauen nicht sehr weit. Trotz meiner Proteste begleiteten uns zwei von ihnen.

Wir fanden den König beim Frühstück mit Berengaria, Beatrice und Joanna. Glück erfüllte mich, und das lag nicht nur daran, dass mir das Herz aufging, weil ich Letztere sah. Die Gegenwart der drei Frauen bedeutete, dass ich eine reelle Aussicht hatte, Richards Zorn zu entgehen, weil ich Abu das Leben geschenkt hatte.

Der König sah uns kommen. Er lehnte sich vom Tisch zurück und fuhr sich mit den Fingern durch den Bart. Sein Gesicht war ausdruckslos, aber seine Augen erinnerten an die eines Falken, scharf, wild und grausam.

Nun bemerkte uns auch Berengaria.

Joanna, die mit dem Rücken zur Tür saß, erblickte uns zuletzt. Entzücken überfiel mich bei der Freude, die ihr ins Gesicht trat. Sie schenkte mir ein flüchtiges Lächeln, das nur ich sehen konnte.

»Rufus. Für einen Besuch ist es früh, und dann noch mit einem fremden Begleiter.« Der Tonfall des Königs war nicht herzlich, aber auch nicht eisig.

»Ich bitte um Verzeihung, Sire.« Ich kniete nieder, und zu meiner Erleichterung tat Abu mir es gleich. Ich hatte ihm gesagt, er möge mich nachahmen.

»Erhebt Euch.«

Ich gehorchte und begegnete dabei seinem einschüchternden Blick.

»Wer ist dieser Sarazene, und was macht er hier?« Richard biss ein Stück Feige ab und begann zu kauen.

Ich packte den Stier bei den Hörnern. »Er ist einer der Gefangenen, Sire.«

Er hob eine königliche Augenbraue. »Einer der Adligen, die wir um Lösegeld festhalten?«

»Nein, Sire.«

»Nein?«

Mit Nerven, die so gespannt waren wie eine Armbrustsehne, antwortete ich: »Ich habe ihn verschont, Sire. Er ist jung und kein Krieger. Er spricht außerdem fließend Französisch. Ich dachte, er kann uns als Dolmetscher nützlich sein.«

Richard starrte Abu an, der sich unter seinem Blick wand. »Stimmt das?«, fragte er. »Du sprichst Französisch?«

»Jawohl, Herr«, sagte Abu. »Ich bin mit dem Sohn eines adligen Poulains aufgewachsen. Französisch ist mir genauso vertraut wie meine Muttersprache.«

Joanna lächelte, als sie ihn hörte, und sagte etwas zu Berengaria, die beeindruckt wirkte. Meine Liebste war auf Sizilien zur Frau geworden. Sie hatte sarazenische Dienerinnen gehabt, von denen ihr viele teuer gewesen waren. Einige begleiteten sie noch jetzt. Allerdings waren zwei in Saladins Lager bei Tell al-Ayyadiyya geflohen und hatten damit ihre wahre Natur offenbart. Trotz allem war wenigstens für mich deutlich, dass sie Abu als menschliches Wesen betrachtete und nicht als einen Heiden, der den Tod verdient hatte.

Bei Richard konnte ich mir nicht so sicher sein. Seine Miene war undurchschaubar. Ich sah Abu beruhigend an.

»Falls ich einen Fehler begangen habe, bitte ich um Verzeihung, Sire«, sagte ich demütig.

»*Falls* Ihr einen Fehler begangen habt?« Richard lachte bellend. »Bei Gottes Beinen! Das *habt* Ihr, Rufus. Ich habe befohlen, dass die Sarazenen, die wir von Akkon hergebracht hatten, bis auf den letzten Mann sterben sollten, und doch steht dieser hier lebend vor mir.« Die letzten Wörter brachte er hart und tonlos hervor.

Abus Gesicht nahm einen teigigen Grauton an.

Mein Herz pochte schneller, aber der König schäumte nicht über vor Wut. Ich glaubte sogar, in seiner Stimme einen Hauch von Belustigung zu bemerken.

»Dutzende reicherer Türken bleiben in Gefangenschaft, Sire. Sie sind nützlich wegen der Lösegelder, die wir von ihren Familien erhalten werden. Dieser junge Mann – Abu al-Majd – ist nicht reich, aber sein Wert als Dolmetscher ist größer, wage ich zu behaupten, als der von vielen, die noch im Verlies der Zitadelle sitzen.«

Der König gab keine Antwort, sein Gesicht war noch immer nicht zu deuten. Meine Hoffnung sank. Ein Wink von ihm, und die Wächter würden Abu aus dem Raum zerren und ihn auf der Stelle töten.

»Reicht dir das Blutvergießen von gestern noch nicht, Richard?«, wandte sich Joanna an ihn. »Dieser Sarazene ist ein Bursche, der sich gut auszudrücken vermag, und du hast nur wenige Männer, die Arabisch sprechen.«

Ich schöpfte neue Hoffnung. Die Königin flüsterte Richard zu, lenkte ihn ab, und ich hauchte Joanna ein Dankeschön zu.

Der Blick des Königs kehrte zu mir zurück. »Wer kann denn sagen, dass der Junge nicht bei der ersten Gelegenheit wegläuft?«

»Er hat bei seinem Gott geschworen, dass er es nicht tut, Sire.«

»Und Ihr glaubt ihm?«

»Jawohl, Sire. Wenn Ihr Gnade gewährt, werde ich für ihn verantwortlich sein.«

Richard schnaubte, aber es war kein Laut des Ärgers. »Na gut. Behaltet ihn. Sorgt dafür, dass er in der Nähe ist, wenn ich einen Dolmetscher brauche.«

»Jawohl, Sire. Ich danke Euch.« Ich warf Abu einen Blick zu, der ihn beschwor, mein Vertrauen nicht zu enttäuschen, und war gerührt von seinen Dankestränen. Ich verbeugte mich tief vor dem König, vor der Königin und vor Joanna. Wieder machte Abu es mir nach. »Mit Eurer Erlaubnis, Sire.«

Richard hob eine Hand. »Seid binnen einer Stunde wieder bei mir. Wir brechen morgen auf. Der Marsch auf Jerusalem kann nicht mehr warten.«

»Jawohl, Sire!« Aufgeregt, wie ich war – wie lange warteten wir schon darauf –, konnte ich nicht anders, ich blickte Joanna wieder an. Aus Gründen der Sicherheit würde sie mit Berengaria in Akkon bleiben. Ich riskierte alles. *Heute Nachmittag?*, hauchte ich.

Ihr winziges Nicken erfüllte mich mit großer Freude, und durch Gottes Gnade sprachen der König und seine Frau miteinander und sahen es nicht.

»Warum hat er gestern befohlen, uns alle zu töten?«, fragte Abu mich leise, als wir auf dem Weg zur Tür waren.

»Immer wieder hat Saladin die Übereinkunft gebrochen, die getroffen wurde, als Akkon fiel. Er hat unseren Abmarsch nach Süden um Wochen hinausgezögert, und er hätte damit weitergemacht, hätte der König nicht gehandelt.«

»Mussten die Kriegsgefangenen denn erschlagen werden?« Er sah mich tadelnd an.

Abwehrend sagte ich: »Wir konnten sie nicht zurücklassen, nicht einmal, wenn es genügend Vorräte gegeben hätte. Die Garnison ist klein, und die beiden Königinnen müssen auch in der Stadt bleiben. Dem König blieb keine andere Wahl, als zu tun, was er tun ließ.«

»Ein muslimischer Fürst hätte uns zu Sklaven gemacht.«

»Wie barbarisch!«

»Und Tausende von unbewaffneten Männern niederzumetzeln ist das nicht?«

Ich starrte ihn an, verdutzt, dass mich ein Jüngling, der mir sein Leben schuldete, auf dem falschen Fuß erwischte. »Ich gebe zu, Sklaverei wäre ein besseres Schicksal, aber sie wird weder in England noch Frankreich praktiziert. Vermutlich ist dem König nicht einmal der Gedanke daran gekommen.«

»Das ist sehr schade.« Abus Stimme war belegt von Trauer.

»Das ist es«, musste ich zugeben. Vor meinen Augen standen deutlich die Männer, die ich erschlagen hatte.

»Das war heute Morgen sehr mutig von dir, Ferdia.« Joanna schmiegte sich an mich. Wir hatten späten Nachmittag, und wir lagen umschlungen nackt auf dem Bett in unserem Herbergszimmer. »Ihn auf seinem eigenen Terrain herauszufordern! Wusstest du, dass die Königin und ich zugegen sein würden?«

Ich küsste sie auf die Stirn. »Ich habe es gehofft.«

»Und wären wir nicht dort gewesen?«

»Dann wäre es vielleicht schwieriger geworden, ihn zu überzeugen.«

»Keinerlei Aussicht hättest du gehabt, du Schurke.« Sie richtete sich auf einem Ellbogen auf und betrachtete mich mit gespieltem Ärger. »Gib es zu.«

»Wärest du nicht dort gewesen, mein Herz, ich wäre gescheitert.« Nur zu gern widersprach ich ihr nicht.

Zufrieden wie eine Katze mit einem Schälchen Sahne setzte sie sich rittlings auf mich. Ihre Haare fielen mir auf die Wangen, und sie beugte sich näher und nahm mich in sich auf. »Du bist ein guter Mann, Ferdia«, flüsterte sie, »mit einem freundlichen Herzen.«

Ich versuchte nicht an das zu denken, was ich am vergangenen Nachmittag getan hatte, und lächelte dankend.

Sie sah mir meinen Schmerz an. »War es schlimm?«

»Entsetzlich.«

Zärtlich küsste sie mich auf die Wangen, erst die eine, dann die andere. »Ich habe gestern Morgen versucht, Richard davon abzubringen, und sagte ihm, mein verstorbener Mann Guillaume hätte die Gefangenen in die Sklaverei verkauft. Der Erlös hätte ihm die hunderttausend Dinar eingebracht, die Saladin hätte zahlen müssen, aber Richard wollte nichts davon hören.«

Ich fand es beunruhigend zu erfahren, dass der König von einer anderen Möglichkeit als Blutvergießen gewusst hatte. »Hat er sich wegen der Verzögerung geweigert – wie lange es gedauert hätte, sie zu verkaufen?«, fragte ich.

Ein trauriges Nicken.

»Die Entscheidung war brutal, aber pragmatisch.« Um mich selbst zu überzeugen, fügte ich hinzu: »Wenn der Abmarsch des

Heeres noch viel länger hinausgezögert wird, läuft es Gefahr, den Winter über in Akkon festzusitzen.«

»Eine Zeit, die wir zusammen verbringen könnten.«

Ich hob die Hand und liebkoste ihr Gesicht. »Daran habe ich oft gedacht.«

Erneut las sie meine Gefühle. »Aber …«

»Ein halbes Jahr Verzögerung würde dem Heer durch Schwelgerei, Krankheit und Fahnenflucht schaden, meine Liebste. Dem Heerzug des Königs könnte es einen tödlichen Stoß versetzen. Stell dir vor, er könnte Jerusalem deswegen nicht zurückerobern.«

Sie erhob keinen Einwand. Stattdessen machte sie Dinge mit mir, die so gut wie alles aus meinen Gedanken vertrieben.

Danach jedoch kehrte mein Schuldgefühl rasch zurück. Ich schob es so gut beiseite, wie ich konnte, und sagte mir immer wieder, dass ich nur Gottes Werk verrichtet hatte.

Es half – ein wenig.

Donnerstag, der 22. August, begann schön und klar wie alle Sommertage vor ihm. Mein Herz war schwer, als ich mich erhob, denn am vergangenen Abend hatte ich Lebewohl zu Joanna gesagt. Gott allein wusste, wann wir uns wiedersehen würden, falls wir uns überhaupt je wieder begegnen sollten. Auf der Straße nach Süden würden wir täglich gegen die Sarazenen kämpfen, und meine Aussicht, unversehrt zu bleiben, war unsicher.

Ich hatte keine Zeit, liebeskrank zu werden, deshalb schob ich meine Gedanken an Joanna sanft in die hinterste Kammer meines Geistes und schloss die Tür vor ihnen.

Von diesem Moment an würde der Krieg meine Geliebte sein, und Hitze, Staub und Durst wären seine schrecklichen Gefährten.

Hatte ich auf einen schnellen Beginn des Marsches gehofft, einen Sieg über Saladin, der mit zähem Kampf errungen wurde, so wurde ich enttäuscht. Am ersten Tag entfernte sich das noch nicht vollständig zusammengezogene Heer um zwei erbärmliche Meilen von der Stadt. Von allen Kontingenten waren allein die Ritterorden in ganzer Stärke losmarschiert. Der Grund bestand weder in schwierigem Gelände oder Angriffen der Sarazenen, sondern in der Faulheit der Männer. Nachdem sie sich fast sechs Wochen lang dem Vergnügen hatten hingeben können, lockten die Hurenhäuser und Schenken innerhalb der Mauern sie weit mehr als die brennend heiße, wasserlose Straße nach Süden.

Richard war nicht erfreut, aber er brach nicht in einen seiner lautstarken Wutanfälle aus. Er habe dieses Widerstreben erwartet, vertraute er mir an, und es eingeplant.

Gruppen von Soldaten, jede von einem Ritter angeführt, stellten jedes Viertel Akkons auf den Kopf. Offiziere wurden vor ihren Männern zurechtgestutzt und der Befehl erteilt, dass sich jeder am nächsten Tag dem Heer anzuschließen hatte. Von Wäscherinnen abgesehen, durften uns keine Frauen begleiten. Wer diese Anweisungen nicht befolgte, dem drohten strenge Strafen.

Eine meiner Pflichten lernte ich schnell zu hassen: unter der sengenden Sonne auf meinem Runtzid zu sitzen, während die abgesessenen Soldaten betrunkene Männer aus den Bordellen und Kaschemmen zerrten und auf die Gassen stießen.

Ich hielt ihnen mit mürrischem Gesicht und missgünstigem Ton eine Standpauke. Waren es Waliser, sprach Rhys für mich. Gelegentlich befahl ich, ein aufsässiges oder freches Exemplar zu prügeln. Und die ganze Zeit war Joanna nur wenige Straßen entfernt und dennoch genauso außerhalb meiner Reichweite wie die unbarmherzige Sonne am Himmel.

Der zweite Tag war nicht besser. Wir überquerten den Fluss Belus, aber Hunderte und Aberhunderte von Männern blieben in Akkon. Geduldig, gelassen und gemessen befahl der König, wiederum zwei Meilen von der Stelle, an der wir die vorherige Nacht geschlafen hatten, das Lager aufzubauen. Erneut ritten wir in die Stadt zurück und trieben murrende Soldaten zum Tor hinaus.

Einmal, dicht an der Zitadelle, hätte ich schwören können, Joannas melodisches Lachen zu hören. Mein Herz sehnte sich nach seinem Klang, und eine finstere Stimmung überkam mich. Als bald darauf ein französischer Soldat mir eine gemurmelte Beleidigung hinterherschickte, schlug ich ihm so hart in den Magen, dass er am Boden zusammenbrach und für eine Zeit lang reglos dalag, während wir zwei Tavernen und ein Hurenhaus räumten. Endlich, mit manchem hasserfüllten Blick, schleppten seine Kameraden den immer noch Bewusstlosen davon. Ich schenkte ihnen keine Beachtung. Ich war wütend, dass ich Joanna nicht sehen konnte, verärgert über meinen Verlust der Selbstbeherrschung und das Schneckentempo, in dem es mit unserem Auftrag voranging.

Als am 24. August die Sonne unterging, war Richard zufrieden, dass sich genügend Männer dem Heer angeschlossen hatten. Fast zwanzigtausend zählten wir nun, wenn jede Gruppe und Nationalität eingerechnet wurde. Die Nachzügler, die noch übrig waren, seien der Bodensatz des Heeres, sagte er. In unseren Reihen bräuchten wir zurzeit keine solchen Feiglinge.

Am späten Abend, als die grimmige Hitze ein wenig nachließ, rief er einen Heeresrat aller Adligen und hohen Offiziere ein. Er wurde unter freiem Himmel abgehalten, unter einem wunderbaren Himmel, an dem unzählige Sterne glitzerten. Ein leichter Wind von der nahen See liebkoste unsere Gesichter und hielt die Mücken fern, und der König begann zu schwärmen. Selten nur hatte ich ihn so begeistert und leidenschaftlich erlebt. Das ist sein Moment, seine Stunde, dachte ich, und mein eigener Eifer wurde angefacht. Fast drei Jahre waren verstrichen, seit wir bei Tours das Kreuz genommen hatten. Die Hindernisse und Verzögerungen auf seinem Weg hatten oft von Gott gesandt gewirkt, so schwierig, wie sie zu überwinden waren.

Erst Streit und dann offener Krieg mit seinem Vater. Das verworrene Geflecht von Bünden und Zerwürfnissen mit Philippe Capet. Richards Krönung und die Schwierigkeiten, die damit einhergingen, dass er sein Reich ordnen wollte. Sizilien, Messina,

Tancrède und wieder Philippe. Zypern und die Heimtücke von Isaakios Komnenos. Die Krankheit, die den König mehrfach niedergeworfen hatte. Und dann endlich Akkon und die Belagerung. Die langwierigen Verhandlungen mit Saladin, die Arglist des Sultans und das Massaker an den Kriegsgefangenen.

Eine lange, gewundene Straße war es, dachte ich, und ihr Ende ist noch lange nicht in Sicht. Aber hier und jetzt, mit einem vollständigen Heer, das bei uns lagerte, und einem Ring von entschlossenen, erwartungsvollen Gesichtern, die auf jede Bewegung Richards achteten, kam es mir vor, als hätte unser Kriegszug endlich begonnen.

»Am Morgen marschieren wir nach Süden auf Jerusalem.« Richards Augen glänzten im Fackellicht. »Jerusalem!«

»Jerusalem!«, riefen wir.

Lächelnd verkündete Richard, dass es zwei mögliche Routen gebe. Die eine, hundertfünfzig Meilen weit, führte landeinwärts nach Nazareth, dann südlich zum Berg Tabor, vorbei am Jakobsbrunnen und Ramla. »Das ist nicht der Weg, den wir wählen werden, Messires. Ich habe mich mit jenen beraten, die das Land kennen.« Er nickte in die Richtung von Garnier de Nablus, dem Großmeister des Johanniterordens, Guy de Lusignan und Onfroy de Toron. Abu wurde nicht erwähnt, obwohl der König sich auch dessen Beschreibungen angehört hatte. »Auf der landeinwärtigen Route«, fuhr Richard fort, »wären wir gezwungen, hauptsächlich durch Täler zu marschieren, während die Sarazenen auf den Höhen säßen. Wir wären ständig Angriffen ausgesetzt, unsere Nachschublinien wären in die Länge gezogen und ebenfalls verwundbar. Die Reise würde Monate dauern – falls wir sie überhaupt je abschließen würden.«

Niemand erhob Einwände gegen seine Entscheidung. Die Ähnlichkeit zu den Hörnern von Hattin war offensichtlich. Gebannt lauschten wir, während der König seinen Vorschlag darlegte.

»Die Küstenstraße ist bei Weitem unsere beste Wahl, Messires. Auf ihr sind es rund achtzig Meilen von hier bis Joppa. Wir hätten das Meer auf der rechten Flanke und wären dort vor den Sarazenen geschützt, was uns sehr zugutekäme. Die Flotte könnte zudem neben uns herfahren, Vorräte an Wasser und Nahrung befördern, Ausrüstung und schweres Gerät wie die Belagerungsmaschinen. Saladin wird besorgt sein, denn für ihn ist nicht klar ersichtlich, ob unser Ziel Jerusalem ist oder Ägypten. Erst wenn wir bei Joppa landeinwärts abbiegen, kann der Sultan erkennen, dass die Heilige Stadt unser Ziel ist.«

»Wie weit ist Joppa von Jerusalem entfernt, Sire?«, fragte Henri de Blois.

»Etwa fünfunddreißig Meilen«, antwortete Richard. »Nicht weit, nicht alles Sand, wie ich einst glaubte, aber täuscht Euch nicht: Diese fünfunddreißig Meilen werden der anstrengendste Teil unseres Marsches sein. Wir werden wohl keinen Brunnen finden, der nicht vergiftet ist, der Feind lauert auf jedem Hügel und in jedem Waldstück, die Hitze ist sogar noch schlimmer als hier, und wir werden wie nie zuvor auf die Probe gestellt werden.«

Er war keineswegs eingeschüchtert, sondern höchst überschwänglich. Seine brennende Leidenschaft, die schiere Kraft seiner Persönlichkeit, sie wirkten ansteckend. Ich konnte spüren, wie die Sonne mir die Haut verbrannte, während ich mit ihm ritt, sah die Sarazenen vor unserem Ansturm zurückweichen, konnte mir meine Freude vorstellen, wenn die hohen Mauern von Jerusalem zum ersten Mal in Sicht kamen, und meine Ehrfurcht, wenn ich in der Grabeskirche auf die Knie sank. Als ich in die Gesichter ringsum blickte, sah ich, dass die anderen ebenso mitgerissen wurden wie ich.

»In meinem Überschwang habe ich nicht erwähnt, was zuerst kommen muss. Achtzig Meilen liegen zwischen uns und Joppa. Es wird nicht nur eine heiße, staubige und schwierige Reise sein.« Richard winkte zu den Hügeln im Osten. »Saladin und sein Heer warten dort draußen, geduldig wie Katzen vor einem Mauseloch. Seine Mamelucken haben uns an den vergangenen beiden Tagen beobachtet. Er weiß genau, wo wir sind und welche Route wir morgen früh einschlagen. Die Frage ist nicht, *ob* die verfluchten Heiden angreifen, sondern *wann.*«

Ein erwartungsvolles Raunen folgte. Das Bellen eines Schakals brach es, ein schriller Laut, bei dem sich mir die Härchen an den Armen aufstellten.

»Wie lautet Euer Plan, Sire?«, fragte ich.

Richards Augen funkelten im Sternenlicht, und er erläuterte es uns.

VIERTER TEIL

AUGUST 1191 – OKTOBER 1192

KAPITEL XXIII

Am 25. August brachen wir nicht lange nach Sonnenaufgang nach Süden auf. Voraus zog eine Vorhut aus mehreren Hundert Mann. Richard kam als Nächster und ritt an der Spitze vor den Hausrittern und weiteren hundert Rittern. Wie stolz wir aufbrachen, ganz guter Dinge. Wie schnell unsere Gespräche erstarben, als die Temperatur stieg und Schweiß jeden Mann unter der schweren Last aus Panzerhemd und Ringbeinlingen bedeckte. Ohne unsere Surcots, sagte ich halb scherzend zum König, wären wir in unseren Hüllen aus Stahl bei lebendigem Leibe gar geschmort worden.

Ein kurzes Stück hinter uns, von normannischen Rittern beschützt, folgte der Wagen mit der Standarte des Königs. Ein Dutzend Pferde zog den vierrädrigen Koloss aus einer eisenverkleideten Holzplattform, auf der eine hohe Stange ähnlich dem Mast eines Schiffes befestigt war. Ebenfalls von Eisen ummantelt, trug die senkrechte Stange an ihrer Spitze die königliche Standarte, die einen einzelnen goldenen angevinischen Löwen auf karmesinrotem Hintergrund zeigte. Das Feldzeichen hing hoch genug, um aus großer Entfernung erkannt zu werden, und solange der Staub es gestattete, sah ein großer Teil der Armee die Standarte und wusste, dass Richard lebte und das Kommando führte.

Der Heerwurm war in drei Kolonnen aufgeteilt. Links von uns marschierten die Fußsoldaten in enger Formation. Ihre Speere und Armbrüste bildeten unsere Verteidigung gegen die Sarazenen. In der Mitte kamen die Ritter, Steigbügel an Steigbügel, die Pferde Nüster an Schweif. Am dichtesten zum Ufer hin, mit der Flotte zur Rechten und sicher vor einem Angriff, marschierte eine zweite Kolonne Fußvolk. Tagsüber würden sich die Soldaten in dieser

Kolonne mit denen auf der linken Flanke abwechseln, damit sichergestellt war, dass kein Mann länger als notwendig der Gefahr ausgesetzt wurde. Die Nachhut, deren Aufgabe darin bestand, den Tross zu sichern, wurde heute vom Herzog von Burgund befehligt. Richard hatte dem empfindlichen Herzog Hugues die Ehre in der Hoffnung gewährt, dass es ihr Verhältnis verbesserte.

Auf eigene Bitte marschierte Rhys mit de Drune in der linken Kolonne, nahe am Feind. Ich wusste, dass er in den ersten Gliedern und daher ein Stück vor uns ging, aber durch den Staub und die dichten Reihen der Soldaten konnte ich ihn nicht erkennen.

Vielleicht eine Stunde war seit unserem Aufbruch verstrichen, und die Sarazenen hatten noch nicht angegriffen. Zu Hunderten waren jenseits der Fußsoldaten bereits Mamelucken und schwere Reiterei in Sicht. Sie ritten durch die dornigen Büsche und niedrigen Bäume auf einer Route, die grob parallel zu unserem Weg verlief. Von weiter weg drang unheilverkündender Trommelschlag heran, der Klang von Zimbeln und anderen Instrumenten, ein infernalischer Lärm, der mich an Dämonen und ewiges Höllenfeuer denken ließ.

»Lange dauert es nicht mehr«, sagte Richard, als lese er meine Gedanken.

Wir hatten beide recht und unrecht zugleich. Die Türken griffen an, aber nicht so wie erwartet. Rotten von Mamelucken hielten im leichten Galopp auf den Kolonnenabschnitt links von uns zu und schossen einen Pfeilregen auf die Männer, zogen sich aber zurück, ohne den Angriff auszuweiten. Dennoch konnte ich den Blick nicht von dem Drama abwenden, das sich entfaltete. Wir Ritter waren außerhalb der Reichweite der gegnerischen Bogen und saßen hoch auf unseren Destriern, sahen also gut, was vorging – solange die Staubwolken nicht alles vor uns verschleierten.

Zuerst kam der donnernde Hufschlag, begleitet vom Lärm der Trommeln und Zimbeln, danach kamen die Mamelucken, eine lockere Reihe nach der anderen. Pfeile stiegen auf, sobald sie in Reichweite unserer Soldaten kamen, und flogen weiterhin, während die Mamelucken die Kolonne entlangritten, bis sie ausbrachen und in der Sicherheit der Bäume verschwanden. Die Mamelucken waren genauso tüchtig und geschickt, wie man es uns gesagt hatte. Sie vermochten im Galopp zu schießen, und ihre gut ausgebildeten Pferde gehorchten ihren Befehlen, ohne dass sie Zügel brauchten. Der Anblick war Ehrfurcht gebietend, aber wir wurden nicht so unnachgiebig behelligt, wie wir es erwartet hatten. Lange Zeiten vergingen, in denen die Mamelucken außer Sicht blieben und die Soldaten unbehindert marschieren konnten.

Vielleicht wollte der Feind unsere Entschlossenheit prüfen oder uns vor dem Großangriff zermürben, sagte Richard. Er schickte Boten die Linie entlang, aber jeder meldete das Gleiche: dass keine ernsthaften Angriffe unternommen wurden. Auch sein Befehl, dass niemand zurückschießen sollte, bevor er es gestattete, wurde eingehalten.

Eine zweite sengend heiße Stunde verging. Wir hatten nun ungefähr zweieinhalb Meilen zurückgelegt, und noch immer belästigte uns der Feind nur, statt es auf unsere Vernichtung anzulegen.

Unter den Fußsoldaten hatte es Verluste gegeben, aber nicht viele. Die dicken Gambesons der Männer waren in der Hitze zwar eine schwere Bürde, aber gegen Pfeile schützten sie gut.

Richard war tief in Gedanken geritten und gelangte zu dem Schluss, dass der Hammer nicht auf uns fallen würde, auf die Kolonnenspitze. Darüber hatte ich mich ebenfalls gewundert, und doch schien der Feind auch andere Abschnitte der Kolonne nicht zu bestürmen. Selbst hinten, wo Herzog Hugues und seine Ritter den Wagenzug beschützten, hatten sich die Sarazenen zurückgehalten.

»Was für ein Spiel treibt Saladin, Sire?«, fragte ich gereizt. Alles in mir brannte.

»Er bemüht sich, uns zu erschöpfen. Uns zu zermürben, uns die Kraft auszusaugen. Ein schwerer Angriff steht bevor – es ist undenkbar, dass er sich heute zurückhält, am ersten Tag unseres Marsches.«

»Er ist ein verschlagener Teufel, Sire.« Voll Sehnsucht dachte ich an den grauen, verregneten Himmel über Irland, den ich als Junge so sehr verabscheut hatte.

»Das ist er, Rufus.« Richard wischte sich Schweiß vom Gesicht. »Deshalb müssen wir geduldig sein wie die Spinne, die im Netz auf eine Fliege wartet.«

Das Handwerk einer Spinne ist weitaus leichter als die Prüfungen, denen unser Heer unterzogen wird, dachte ich düster. Pfeilwolken des Feindes. Unerträgliche Hitze. Unsäglicher Durst.

Die kraftraubenden Bedingungen machten es schwierig, das Verstreichen der Zeit zu messen. Ohne Kirchenglocken, die den Tag unterteilten, mussten wir uns auf den Stand der Sonne am Himmel verlassen. Eine weitere Stunde schleppte sich dahin, so langsam, wie Mörtel abbindet. Wir ritten weiter, unsere Destrier trotteten unbeirrt über den knochentrockenen Boden. Staubwolken umgaben uns, deckten uns von Kopf bis Fuß ein, drangen uns in Mund und Nase.

Die Mamelucken kamen und gingen, ganz wie Stechfliegen. Ihre Musiker, die wir nie sahen, belästigten unsere Ohren ohne Unterlass mit ihren misstönenden Instrumenten. Glied um Glied tauschten die Männer am Meeresufer den Platz mit denen, die unter Saladins Aufmerksamkeiten zu leiden hatten.

In einer Kampfpause hielten wir, um unsere Pferde zu tränken und ihnen eine kurze Erholung von unserer Last zu gönnen. Rhys hatte die kluge Idee gehabt, einen Schuster einen doppelwandigen Trog aus geöltem Leder nähen zu lassen, halb so groß wie eine typische Tränke aus Stein. Als der König ihn sah, hatte er befohlen, für jeweils zwei Ritter einen davon anfertigen zu lassen. Ich teilte den meinen mit Richard und trug ihn hinten an den Sattel geschnallt, zusammen mit den dünnen Holzleisten, die genau hineinpassten und mit denen wir ihn aufspannten. Eilig baute ich ihn auf und goss den halben Inhalt eines überzähligen Wasserschlauchs in das rechteckige, kastenartige Gebilde. Der arme Pommers war so durstig, dass er mich fast überrannt hätte, um an das blutwarme Nass zu gelangen, wenn mein Destrier nicht von Richard am Zügel festgehalten worden wäre.

»Fauvel hätte als Erster saufen sollen, Sire.« Über Pommers' Hals hinweg sah ich den König an.

Er lachte. »Ihr habt die Tränke gefüllt, nicht ich.«

Wahrlich, wir hielten in dieser Hölle zusammen.

Philip, der mit den anderen Knappen am hinteren Ende unserer Schar ritt, eilte herbei, um zu schauen, ob der König etwas benötigte. Er brachte Brot, Käse, Oliven und Wein, aber Richard lehnte alles ab. Wie eine Glucke drängte Philip ihm die Speisen auf und holte sogar mit Nüssen bestreutes Gebäck aus dem besten Laden von Akkon hervor. Frisch war es nicht mehr und ein wenig zerdrückt, der Honig quoll an den Seiten hervor.

»Zum Essen ist es zu heiß.« Der König winkte ab.

Philip sah mich an. »Rufus?«

Ich schüttelte den Kopf. An Essen dachte ich im Moment zuletzt. Ich zeigte auf die Kolonne der Fußsoldaten, die ebenfalls angehalten hatte. »Schau, ob du Rhys bei ihnen findest. Sag ihm, das Gebäck ist vom König. Er wird es komplett verspeisen, oder ich will ein Sarazene sein.«

Amüsiert befahl Richard, dass Philip genau das tun möge. Den Rest des Essens sollte er unter den Soldaten verteilen. »Wenigstens der Wein wird getrunken«, sagte er.

Wir wollten gerade wieder auf unsere Destrier steigen, als ich einen näher kommenden Reiter entdeckte. Er preschte zu uns, tief über den Hals des Pferdes gebeugt, und spornte es alle paar Schritte an. Welche Nachricht er auch brachte, sie musste wichtig sein.

»Sire«, sagte ich.

Er schaute hin. Lächelte grimmig. »Saladin hat seinen Zug gemacht.«

Der Ritter hieß John FitzLucas. Er war einer der Boten des Königs, jung, eifrig, und trug einen üblen Sonnenbrand im Gesicht. Er war ganz ans Ende des Heerwurms geschickt worden, eine undankbare Aufgabe, bei der er ständig durch den Staub reiten musste, den unsere Schritte aufwirbelten. FitzLucas hatte es bereits zweimal klaglos hinter sich gebracht und beide Male keine wichtigen Neuigkeiten melden können.

Diesmal ist es anders, sagte ich mir. Der König hat recht, was Saladin angeht.

»Sire!«, rief FitzLucas aus fünfzig Schritten Entfernung. »Sire!«

Richard sprang in den Sattel, bevor der Bote uns erreicht hatte, und erteilte uns den Befehl aufzusteigen. Ich legte die geleerte Ledertränke wieder zusammen, befestigte sie hinter meinem Sattel und holte meine Lanze. Sie war lang, unhandlich und bislang nichts weiter als totes Gewicht gewesen, das ich mitschleppen musste. Jetzt konnte ich sie vielleicht endlich zur Anwendung bringen.

»Was gibt es Neues, John?«, rief der König.

FitzLucas trieb sein Pferd zum Trab an und ließ es schließlich im Schritt gehen. Er war von Kopf bis Fuß mit Staub bedeckt, und als er zu sprechen versuchte, drang nur ein Krächzen hervor.

Der König lenkte seinen Destrier nach vorn, und als FitzLucas den Helm abgenommen hatte, bot Richard ihm seinen Wasserschlauch an. Erst nachdem FitzLucas mehrere Schlucke getrunken hatte, erlaubte er ihm zu sprechen.

»Meinen Dank, Sire.« FitzLucas neigte den Kopf. »Die Sarazenen haben den Tross an einer Engstelle des Weges überfallen, wo die Wagen hintereinander fahren müssen. Sie richteten ein fürchterliches Gemetzel an.«

»Wo ist der Herzog von Burgund?«, wollte Richard wissen.

»Er und seine Ritter hetzten hinter den Sarazenen her, Sire. Sie waren nirgendwo zu sehen, als ich losritt, um Euch den Überfall zu melden.«

»Bei Gottes Beinen, ich wusste, dass dieser Tor nicht auf mich hört!«, brüllte Richard. »Seid Ihr bereit, Rufus?«

»Jawohl, Sire.« Ich nestelte bereits an dem Riemen, mit dem mein Helm am Sattelbogen hing.

Der König winkte seinem Trompeter, und als das Signal geblasen war, rief er: »Saladin greift an! Wir reiten zum Tross!«

Wir formierten uns mit Richard in der vordersten Reihe, ich neben ihm. Auf seiner anderen Seite ritten de Chauvigny und de Béthune. Rechts von mir waren FitzLucas, Thorne und mehrere andere. Ein Dutzend Reiter breit war unsere Formation. So heiß es auch sein mochte, so müde und verschwitzt wir waren, nichts konnte unseren Eifer und die Anspannung mindern, mit denen wir die zum Himmel zeigenden Lanzen umfassten. Unsere Destrier spürten unsere Aufregung und scharrten mit den Hufen, stießen gegeneinander.

»Folgt mir!« Richard gab Fauvel die Sporen und trabte los.

Ich gehorchte. Unter dem Helm war der Lärm ringsum auf ein angenehmeres Maß gedämpft. Das war das einzig Gute, was ich sagen konnte. Das Gewicht war brutal, und mein eingepferchter Kopf fühlte sich an, als wäre er in ein türkisches Badehaus gestoßen worden. Ich konnte nur sehen, was direkt vor Pommers lag. Richard spürte ich dicht neben meiner linken Hand, und ich hörte Fauvels donnernde Hufe. Genauso gewahrte ich FitzLucas zu meiner Rechten.

Wegen der Nähe beider Ritter empfand ich keine Furcht, sondern vielmehr ein wildes Hochgefühl. Das war es, wofür wir uns geübt hatten. Das war es, was unsere Destrier kannten. Gott helfe den Sarazenen, wenn wir eintreffen, dachte ich.

Wir trabten durch den alles umschließenden Staub. Soldaten waren nun rechts und jubelten, als wir vorbeieilten. Zu unserer Linken sah ich eine Reihe von Rittern nach der anderen. Von ihnen erhielten wir manchen ernsten Gruß, den wir aber nicht erwiderten, so entschlossen waren wir. Die königliche Standarte blieb hinter uns zurück, dann die Templer, darauf die Ritter und Barone aus dem Anjou und dem Poitou und schließlich die Johanniter.

Richard zügelte seinen Destrier zum Schritt, und wir taten es ihm gleich. So verzweifelt die Lage beim Tross auch sein mochte, wenn unsere Pferde bei unserer Ankunft erschöpft waren, konnten wir nicht von Nutzen sein. Ich sah nach links. Wir waren auf Höhe der Ritter aus der Bretagne. Bis zum Tross war es nicht mehr weit.

»Hört Ihr das?«, fragte der König.

Ich spitzte die Ohren und glaubte, das Geklirr von Waffen und die Schreie Verwundeter auszumachen. »Jawohl, Sire«, antwortete ich.

»Fluch den Heiden. Fluch Hugues, weil er ein halsstarriger, hochmütiger Tor ist!«

Trotz Richards Wut und offensichtlicher Ungeduld ließen wir unsere Destrier noch eine Weile im Schritt gehen. Erst als ihr Atem gleichmäßig ging und ihre Nüstern nicht mehr gebläht waren, erteilte Richard den Befehl, wieder anzutraben. Wir kamen voran, und bald klang der Kampflärm laut in unseren Ohren. Ich hörte, wie ein Hauptmann seinen Männern zurief, sie sollten bleiben, wo sie waren, und die Stellung halten, bis sie andere Befehle erhielten. Ich versuchte, etwas zu erkennen, aber der Staub war einem wogenden Seenebel gewichen.

»Folgt mir!«, rief Richard auf einmal.

Wir gingen mühelos in leichten Galopp über. Graue Schwaden verschleierten mir die Sicht, das Trommeln der Hufe füllte meine Ohren. Pommers donnerte unter mir über den Boden. Seine Bewegungen ließen die Lanze in meiner rechten Hand wippen. Trotz des Nebels und des Windes war mir heiß, unfassbar heiß, aber ich achtete nicht darauf. Erregung hatte jeden Teil meines Seins ergriffen. Über drei Jahre lag es zurück, dass ich das Kreuz genommen hatte, und nun ritt ich mit dem König in die Schlacht. Meinem Herrn. Meinem Waffenbruder.

Der Luftstrom von der See riss den Nebel mit sich fort und öffnete uns den Blick nach links. Bäume wuchsen bis ans Ufer und verengten den Weg, ganz wie FitzLucas gesagt hatte. Von der Kolonne Soldaten, die rechts von uns sein sollte, sahen wir keine Spur. Die Mittelkolonne, die hier aus Wagen und Nichtkämpfern zu Fuß bestand, hatte sich aufgelöst. Karren lagen auf der Seite, die oben liegenden Räder drehten sich träge oder standen still. Die Maultiere waren an den Deichseln abgeschlachtet worden. Noch mehr standen in Richtung zum Meer oder bewegten sich sogar dahin, angetrieben von ihren panischen Kutschern und von Dutzenden und Aberdutzenden sarazenischen Reitern verfolgt, Mamelucken wie schwerer Reiterei. Überall lagen Menschen in verräterischen roten Lachen am Boden: Fuhrleute, Städter, Wäscherinnen, Glückssucher, hin und wieder ein Soldat oder ein Türke. Die Verwundeten, von denen es ebenfalls viele gab, brüllten und schrien zum Himmel und riefen Gott um Hilfe an.

Der Herr ließ sich nirgendwo sehen.

Aber Richard war eingetroffen.

Der heulende, mordende Feind ahnte nichts.

Der König erteilte keinen Befehl. Er legte nur die Lanze ein und stürmte los. Fauvel schoss vor wie ein Blitz. Ich folgte ihm, wollte auf keinen Fall zurückgelassen werden. Der Donner der galoppierenden Hufe verriet mir, dass jeder Mann des Hauses bei uns war.

Mit kalter, beherrschter Wut kamen wir über die ahnungslosen Türken. Ich sah, wie Richard den Ersten fällte. Seine Lanze traf ihn mit solcher Kraft, dass der Reiter aus dem Sattel gefegt wurde, ganz und gar durchbohrt. Der König ließ die nutzlos gewordene Lanze fallen und zog sein Schwert. Er bellte einen Kriegsruf und galoppierte weiter.

Ich ritt ein kurzes Stück hinter ihm, denn Richard hatte mich in seinem Eifer abgehängt, und suchte mir mein eigenes Ziel, einen sarazenischen Reiter mit spitzem Helm. Er starrte noch entsetzt auf seinen vom König getöteten Kameraden, als meine Lanze ihn traf. Gott möge mir vergeben, aber es war ein guter Stoß. Er stieg in die Luft wie ein Stück Fleisch auf einem Spieß, und ich öffnete die Hand und ließ Lanze und Leiche in den Schmutz fallen.

Während ich mit der rechten Hand mein Schwert zog, sah ich mich nach Richard um. Vom Kampfrausch beherrscht, wartete er auf niemanden. Furcht durchfuhr mich. Der Vorteil lag bei uns, aber das machte einen einzelnen Ritter nicht unverwundbar. Ich spornte Pommers an, eifrig bestrebt, den König zu finden. Ein Mameluck rechts von mir zielte mit seinem Bogen, und mein Magen verkrampfte sich. Ich war ein leichtes Ziel, und er war zu weit entfernt, um ihn zu erreichen, bevor er schoss.

Ich zog an den Zügeln. Pommers, tapfer wie er war, bog auf engstem Raum ab und stürmte auf den Mamelucken zu. Furcht ergriff den Mann, und er schoss zu früh. Der Pfeil zischte an mir vorbei, dicht, aber er verfehlte mich. Ich brüllte erleichtert und schlug dem Mann den Arm an der Schulter ab. Ein Ausdruck gelähmter Fassungslosigkeit verzerrte sein braunes Gesicht. Im nächsten Moment traf ihn der Schmerz. Ich zog Pommers herum, ohne auf seine Schreie und das spritzende Blut zu achten, und stürmte in die Richtung, in die Richard geritten war.

Ich fällte einen türkischen Reiter und umritt einen Wagen, der umgekippt war. Von seinen vier Maultieren standen noch zwei, eines war tot, und das letzte hatte ein gebrochenes Vorderbein. Der leblose Fuhrmann lag halb unter den Seitenplanken. Pfeile schwirrten und zischten ringsum durch die Luft, aber sie waren schlecht gezielt, und die erschrockenen Mamelucken, die sie abschossen, waren nicht darauf vorbereitet, die Stellung zu halten.

Thorne erschien, das Schwert rot von der Spitze bis zum Heft. Wir grüßten einander. Ich brüllte, ob er den König gesehen hätte, und er wies mit der Waffe Richtung Meer. Ohne uns absprechen zu müssen, schlugen wir beide den Weg dorthin ein.

Drei türkische Reiter kamen auf uns zu. Wir stürmten ihnen Steigbügel an Steigbügel entgegen. Sie waren aus härterem Holz geschnitzt als die meisten und brachen nicht aus. Zwei hielten Speere, einer ein gekrümmtes Schwert. Der Abstand wurde schnell geringer. Ich suchte mir den Mann aus, der ganz links ritt. Wir trafen zusammen, und sofort machte sich das größere Gewicht unserer Destrier bemerkbar. Das Pferd meines Gegners wurde zurückgedrängt und stolperte. Der Reiter mühte sich noch immer, im Sattel zu bleiben, als meine Klinge ihm den halben Kopf abtrennte.

Ich sah nach rechts. Thorne hatte seinem Feind die Speerspitze abgehackt und drang nun auf ihn ein, während der Mann, nur noch mit einem hölzernen Stab bewaffnet, verzweifelt versuchte, sein Schwert zu ziehen. Er scheiterte. Thorne durchbohrte ihn.

Der dritte Mameluck riss sein Pferd herum und ritt davon, als wäre ihm der Teufel auf den Fersen.

Ein Lachen grollte in meiner trockenen Kehle.

»Seht, der König!«, rief Thorne. »Am Strand!«

Erneut schlugen wir den Weg zu Richard ein. Er war noch immer allein, aber dem Herrn sei gedankt, ihm war kein Schaden geschehen. Leichen lagen auf seinem Weg verstreut, reiterlose Pferde trotteten hierhin und dorthin. In der kurzen Zeit, die wir brauchten, um ihn zu erreichen, tötete er einen weiteren Sarazenen und vertrieb vier andere, die einen großen Wagen mit hohen Seitenwänden angegriffen hatten.

Wir hatten das Meerufer erreicht. Die Schiffe der Vorhut waren zu sehen, aber zu weit draußen, um zu helfen. Zahlreiche Wagen waren von ihren verängstigten Fuhrleuten ins Wasser gelenkt worden, aber auch das hatte sie nicht vor den blutdürstigen Sarazenen gerettet. Nicht alle waren jedoch angegriffen worden. Ein kurzes Stück nach links hatte eine Reihe von Rittern eine Verteidigungslinie um einige Fuhrwerke gebildet. Ich konnte die Zeichen auf ihren Schilden nicht erkennen.

Richard hatte uns entdeckt. Er ritt näher und wies auf die Ritter, die ich gesehen hatte. »Wenigstens einige Franzosen haben getan, was ich von ihnen erbeten habe. Eine Mark Silber darauf, dass Herzog Hugues nicht unter ihnen ist.«

»Diese Wette nehme ich nicht an, Sire.«

Mit der Hand beschattete Thorne seine Augen vor der Sonne. Er sah aufmerksam hinüber. »Ich glaube, des Barres ist dort, Sire.«

Richard sagte nichts. Unvermindert war die Abneigung, die er des Barres entgegenbrachte. Seit Sizilien hatten sie kein Wort miteinander gewechselt. Es war ein trauriger Zustand, denn der Ritter war ein liebenswerter Mensch und zweimal mehr Mann als die meisten seiner Kameraden.

Ich zählte die Wagen hinter den französischen Rittern. Es waren wenigstens ein Dutzend, und es handelte sich um die großen Fuhrwerke mit den schweren Achsen, die Mehl oder Korn transportierten. »Seht, wie viele Wagen sie gerettet haben, Sire!«, rief ich und fügte hinzu: »Falls es wirklich des Barres ist, hat er ein tapferes Werk verrichtet.«

»Es ist des Barres, ich bin mir sicher«, sagte Thorne.

Ich erkannte nun das Zeichen auf dem Schild des Anführers, zwei schwarze waagerechte Balken, getrennt von einem weißen. »Thorne hat recht, Sire.«

»Benehmt Euch nicht wie zwei nörgelnde Weiber«, sagte Richard, aber ein belustigter Unterton lag in seiner Stimme. »Wenn es wirklich des Barres sein sollte, werde ich die Dinge mit ihm später richten. Wir haben noch Sarazenen zu verjagen.« Er wies auf zwei unserer Ritter, die irgendwie vom Rest getrennt worden waren. Ein Trupp Mamelucken umkreiste sie und ließ Pfeile auf sie herabregnen. Zwei trafen, und ein Destrier stolperte.

Erneut preschte Richard los.

Es war gut, dass er die beiden gesehen hatte, denn der eine erwies sich als de Chauvigny und der andere als de Béthune. Die Mamelucken flohen, lange, bevor wir sie erreichten. Richard blieb, bis er sich vergewissert hatte, dass keiner der beiden verletzt war und de Béthune den Destrier eines gefallenen Ritters bestiegen hatte. Dann zog er ungefähr zwanzig Hausritter zusammen und befahl uns, die Verfolgung wieder aufzunehmen. Diesmal führte unser Weg landeinwärts.

Die Sarazenen hatten schwere Verluste erlitten und ergriffen vor uns die Flucht.

So belebend war die Verfolgungsjagd vorbei an den Überresten des Wagenzugs ins zerklüftete Land, dass viele von uns weitergeritten wären. Wie ich zu Thorne sagte, als wir innehielten, um uns die ausgedörrten Kehlen anzufeuchten, sie hätten die verfluchten Heiden bis zu ihrem Lager gehetzt und dort versucht, Saladin gefangen zu nehmen. Und das wäre, da waren wir uns einig, keine gute Idee gewesen, denn die Übermacht der Sarazenen dort hätte uns bis zum letzten Mann aufgerieben.

Trotzdem bedurfte es mehrerer Befehle Richards, die ich und andere um ihn weitergaben, damit alle unsere Kampfgefährten die Pferde zügelten. Mittlerweile hatten wir beinahe die Hügel erreicht, in denen sich die Hauptmacht des Feindes verbergen musste. Als er sah, dass seinem Befehl Folge geleistet wurde, machte der König kehrt und ritt allein zum Strand zurück. Er wollte keinen Geleitschutz.

Thorne und ich waren zu beschäftigt, hin und her zu reiten und die Hausritter zu sammeln, als dass wir lange darüber nachdachten. Jedem, der sich über den Befehl erregte, die Verfolgung abzubrechen, erläuterte ich, dass nur ein Teil der feindlichen Truppen angegriffen hätte. Vernichtend geschlagen sei der Gegner hier nicht, und die Kraft unserer Streitrosse müsse bewahrt werden für den Moment, in dem sich tatsächlich die Gelegenheit zu einem überwältigenden Sieg bot.

Niemand stellte meine Autorität infrage.

Als ein belustigter de Béthune mir kurz darauf gratulierte, war ich recht überrascht.

»Wahrlich, Rufus, Ihr seid nun ein Anführer«, sagte de Béthune. Er hatte den Helm abgenommen und wischte sich mit der Polsterkappe das purpurn angelaufene, schweißüberströmte Gesicht ab. »Kommt die Stunde, kommt der Mann.«

Ein wenig verlegen wiegelte ich ab: »Ich habe nur den Befehl des Königs befolgt.«

»Das habt Ihr, aber Euer Tonfall ließ keinerlei Widerspruch zu. Das habt Ihr gut gemacht.«

Erfreut, denn ich schätzte de Béthune sehr, murmelte ich meinen Dank.

Am Fluss Kischon schlugen wir unser Lager auf, und dank Abu fanden wir dort große Zisternen, die mit Trinkwasser gefüllt waren. Das Gras und die Erde in der Nähe waren auf großer Fläche plattgedrückt. Das verriet uns, dass Saladins Heer wenigstens eine Nacht lang an dieser Stelle kampiert hatte. Rhys, der wie de Drune beim Kampf unversehrt geblieben war, verkündete, es sei seltsam, unsere Zelte dort aufzubauen, wo unsere Feinde übernachtet hatten, und unser Haupt zur Ruhe zu betten, wo sie womöglich erst in der Nacht zuvor geschlafen hatten. Ich empfand genauso.

Bevor Richard auch nur die Rüstung ablegte, ließ er den Herzog von Burgund suchen. Hugues traf ein, ebenfalls noch gewappnet und deutlich verärgert über den Ruf. Der König tadelte ihn scharf für sein Versagen beim Schutz des Trosses. Dutzende Männer seien erschlagen worden, viele Wagen zerstört. Niemals wieder würde Hugues solche Verantwortung übertragen werden.

Richard ließ dem Herzog keine Gelegenheit, sich zu rechtfertigen, sondern hieß ihn, ihm aus den Augen zu gehen.

Hugues' Gesicht verriet zutiefst gekränkten Stolz. Die Standpauke hatte er zwar verdient, aber seine Miene ließ für das Zusammenwirken in der Zukunft nichts Gutes ahnen. Wie schade, dachte ich, dass Henri von der Champagne nicht Anführer des französischen Kontingents war.

Meine Ahnung, wohin Richard allein geritten war, erwies sich später als richtig. Des Barres kam in das Zelt des Königs. Er war der einzige französische Ritter, der mit uns zu Abend aß, und seine Gegenwart war umso auffälliger, als jedem noch die Behandlung gegenwärtig war, die Richard dem Herzog von Burgund hatte angedeihen lassen.

Der König begrüßte des Barres herzlich, und sie tauschten den Friedenskuss. Er wurde eingeladen, sich zu Richards Rechten zu setzen, und sie redeten viel miteinander, während wir ein leichtes Mahl aus Brot, Käse und Oliven verzehrten.

Die erbarmungslose Hitze hatte zur Folge, dass trotz der Anstrengungen des Tages nur wenige Männer wirklich hungrig waren. Von unserem Durst konnte man nicht das Gleiche behaupten. Im Hochgefühl über die Art, in der wir die Sarazenen vertrieben hatten, tranken wir Wein, als wäre er Nektar, das sagenhafte Getränk der Götter, die von den heidnischen Griechen verehrt worden waren. Zu unserem Glück hatte der König befohlen, ihn gut zu verdünnen, sonst wären es uns allen am nächsten Tag fürchterlich gegangen.

Nahm die Dunkelheit auch die Gefahr durch die Türken, so blieben wir doch nicht unbehelligt. Niemals habe ich so viele große Spinnen gesehen – Abu nannte sie Taranteln. Ganze Schwärme der Geschöpfe mit ihren behaarten Beinen erschienen, als die Nacht voranschritt, und krochen in die Zelte, unter Decken, in leere Stiefel und Schuhe. Ihr Biss war furchtbar schmerzhaft, den Schreien und Flüchen der Betroffenen nach zu urteilen.

Sie waren nicht die einzigen teuflischen Geschöpfe, die wir sahen. Dazu gab es zahlreiche ebenfalls achtbeinige Geschöpfe mit einem langen, gebogenen Schwanz, an dessen Ende sich ein gezackter Stachel befand. Die Skorpione, wie sie genannt wurden, waren unterschiedlich groß, einige nicht länger als der Finger eines Kindes, während andere die Hand eines Mannes füllen konnten. Mit ihrem Stich spritzten sie ein schmerzhaftes Gift, das laut Abu Kinder und kranke oder geschwächte Erwachsene töten konnte.

Abus Kenntnisse erstreckten sich über weit mehr als die Fauna des Heiligen Landes. Während wir das Zelt durchsuchten, beantwortete er meine endlosen Fragen. Er kannte die Geografie und wusste, wo das beste Wasser zu finden war – die Zisternen am Kischon bewiesen es. Dennoch waren es seine Sprachkenntnisse, weswegen Richard ihn am späten Abend zu sich rufen ließ, lange nachdem wir mit der Jagd auf Taranteln und Skorpione fertig waren. Neugierig begleitete ich ihn.

Der König hatte beschlossen, die Gefangenen, die am Tag gemacht worden waren, selbst zu verhören. Kaum dass wir vor ihn getreten waren, wurde mir seine Absicht klar, und ich empfand Mitleid für Abu, der noch nicht ahnte, was ihm bevorstand. Keiner der Gefangenen war bereit zu reden, und Richard vergeudete keine Zeit. Der am unwichtigsten erscheinende Sarazene wurde nach vorn gezerrt und vor den Augen der anderen hingerichtet. Auf Geheiß des Königs, der eine steinerne Miene zeigte, erklärte Abu den Übrigen, dass ihr Schicksal weitaus schlimmer sein würde, wenn sie Richards Fragen nicht beantworteten. Gehorchten sie aber, würde ihr Leben verschont. Richards Vorgehen war brutal, aber auch wirksam, denn die Gefangenen ließen sich kaum noch zum Schweigen bringen. Viel fanden wir nicht heraus – keiner der Türken hatte einen hohen Rang inne –, nur dass Saladin beabsichtigte, unseren Heerwurm so sehr zu bedrängen wie nur möglich.

Ich konnte Abu so oft zuflüstern, dass ihm keine Gefahr drohe, wie ich wollte, der arme Bursche zitterte die ganze Zeit vor Angst und hörte auch nicht damit auf, als wir wieder in der Sicherheit meines Zelts waren. Ich bot ihm Wein an, aber als guter Muslim lehnte er ihn ab. Ich ließ ihn sich setzen und versicherte ihm erneut, dass er unter meinem Schutz stehe, dass sein Wohlergehen in meinen Händen liege. Die Ironie blieb mir nicht verborgen, dass mir einer der verfluchten Heiden teuer sein sollte, während ich zusah, wie andere kurzerhand umgebracht wurden. Aber damit war ich nicht allein. De Drune konnte Abu gut leiden. Gleiches galt für Thorne. Selbst Rhys schätzte schließlich seine Freundlichkeit und entspannte Art. Wenigstens einmal hatte ich beim Einschlafen gehört, wie sie sich vor dem Zelt angeregt unterhielten.

Lange brauchte ich nicht, um zu entscheiden, dass ich Abu freilassen würde, wenn die Zeit gekommen war, das Heilige Land zu verlassen. Am Morgen nach Richards Verhör der Gefangenen sagte ich ihm das, und er war wieder so gerührt, dass ihm die Tränen in die Augen schossen. Er küsste meine Hand, obwohl es mir sichtlich unangenehm war, und versicherte mir, ich sei ein freundlicher und großzügiger Mann.

»Jihad fi sabil Allah«, wiederholte er mehrmals.

»Was bedeutet das?«, fragte ich.

»Ihr wandelt auf dem Weg Gottes, Herr.«

Unbehaglich sagte ich: »Ich bin nicht deines Glaubens.«

Er lächelte. »Nein, Herr, aber in Euch ist Güte. Ihr versucht das Richtige zu tun, Gott sei gepriesen.«

Ich dachte an Henry, dem ich die Kehle durchgeschnitten hatte, um meine Haut zu retten, und sagte mir: Nicht immer. Als ich bemerkte, dass Abu mich noch immer ansah, brachte ich ein steifes Nicken zustande. »Auch du hast ein freundliches Herz.«

Erfreut verbeugte er sich leicht vor mir. »Ich tue nur, was Gott mir befiehlt.«

Mich verblüffte, wie ähnlich sein Glaube zumindest in mancher Hinsicht dem meinen war. Und doch führten sein Volk, das verfluchte Geschlecht, und meines, die Christenheit, einen bitteren Krieg gegeneinander, dessen Ausgang nach wie vor in keiner Weise sicher war.

KAPITEL XXIV

Am nächsten Tag, dem 26. August, ließ Richard das Heer nur bis Cayphas marschieren, ein kurzes Stück, denn ihm war klar, welche Strapazen die Soldaten erduldeten. Derart langsam voranzukommen sei entmutigend, gestand er mir, aber wegen der extremen Bedingungen wage er es nicht, die Männer anzutreiben. »Nun ist es Zeit für Zurückhaltung. Eine übereilte Entscheidung kann das Ende der Armee bedeuten, und dazu darf es nicht kommen. Saladin zu besiegen und Jerusalem einzunehmen ist alles, was zählt. In Cayphas warten wir auf alle, die während des Marsches zurückgefallen sind, und den Hauptteil der Flotte. Danach werden wir ausgeruht, frisch proviantiert und mit gefüllten Wasserschläuchen weiterziehen.«

Die beiden Tage schenkten uns nicht nur willkommene Erholung, sondern auch eine Gelegenheit für Soldaten wie Ritter, entbehrliche Ausrüstung loszuwerden. Die Fußsoldaten hatten auf dem Marsch besonders gelitten, denn sie trugen nicht nur Proviant und Wasser, sondern ihre ganze weltliche Habe auf dem Rücken.

»Wenn es weder gegessen oder getrunken werden kann«, sagte Thorne weise, »ist es auf diesem Marsch überflüssig.«

»Was ist mit Waffen und Rüstung?« De Drune fiel immer eine unbequeme Frage ein. »Wollt Ihr mit bloßen Händen gegen die Sarazenen kämpfen und vor allem Jerusalem erobern?«

Thorne sah ihn verärgert an. »Unsere Ausrüstung brauchen wir natürlich, das steht außer Frage. Ich meinte alles, was darüber hinausgeht. Spiegel, Tand, persönliche Gegenstände und so weiter.«

Ich dachte an die Haarlocke, die ich Joanna vor unserem Abschied abgeschwatzt hatte. Wie das Haarband, das Alienor mir vor vielen Jahren geschenkt hatte, bis ich es traurigerweise verlor, war die Locke mein wertvollster Besitz. Leicht wie eine Feder schmiegte sie sich in ihrem Beutelchen aus Leder stets an meine Brust. Selbst wenn die goldenen Strähnen aus Blei und hundertmal schwerer gewesen wären, ihre Last wäre mir nicht zu viel gewesen. Ich stellte mir vor, wie ich Joanna in den Armen hielt, sie küsste und …

Ich verbannte die Gedanken aus meinem Kopf, bevor sie unerträglich wurden.

Am 28. August setzten wir den Marsch fort. Um der schlimmsten Hitze auszuweichen, brachen wir Stunden vor Sonnenaufgang auf und wollten zur Sext, wenn die Sonne am höchsten stand, das Lager aufschlagen. Die Formation war beinahe die gleiche wie zuvor, zwei Kolonnen Fußvolk mit den Rittern in der Mitte, aber einen Unterschied gab es. Wie auch an den meisten Tagen, die folgten, bildeten die Ordensritter die Vorhut und Nachhut. In ihrer Disziplin stünden sie niemandem nach, verkündete Richard, und niemand kenne den Feind so gut wie sie.

Saladins Heer hatte beim Überfall auf den Tross einen Rückschlag erlitten, aber seine Entschlossenheit war nicht vermindert. Mameluckische Kundschafter waren nie weit von unseren Kolonnen entfernt, nicht einmal bei Nacht, und so war unser Aufbruch jeden Morgen sofort bekannt. Die Angriffe begannen fast augenblicklich. Sie setzten sich den Tag hindurch fort und wechselten in ihrer Stärke von schwach, aber lästig bis hin zu massierten, Verderben bringenden Bemühungen, und allen mussten wir uns ausdauernd und verbissen widersetzen, sonst spürte der Feind eine Schwäche und setzte zum Todesstoß an.

Während wir vorankamen, stiegen unsere Verluste. Von der Backofenhitze unter ihren Gambesons in den Wahnsinn getrieben, kleideten sich einige Soldaten bis aufs Hemd aus. Unweigerlich wurden sie von wohlgezielten Mameluckenpfeilen getroffen.

Die Mehrheit unserer Verluste waren jedoch auf die brutale, erbarmungslose Macht zurückzuführen, die die Sonne war. Wenn mir als dummem Jungen jemand erzählt hätte, Männer könnten von der Hitze erschöpft tot umfallen, hätte ich ihm ins Gesicht gelacht.

An jenem Tag sah ich es wenigstens zwanzigmal geschehen.

Die erbärmlichen Gestalten, die der Hitze erlagen, erhielten eine hastige Bestattung durch Kameraden, die verzweifelt bedacht waren, nicht der Gnade der Sarazenen ausgeliefert zurückzubleiben, dann wurden ihre Gräber verlassen. Sie blieben ohne Stein, kein Priester sprach ein Wort an ihnen. Namenlose Gräber mitten auf kahlem Ödland waren sie. Ein armseliges Ende für Männer, die ihr Leben gegeben haben, um Jerusalem von den Sarazenen zurückzuerobern, dachte ich.

Unsere Reise durch die Region war nicht immer grauenvoll. Im hohen Gras und den Dornenbüschen, die den Boden in Meeresnähe bedeckten, gab es so viel Tierleben – Rebhühner, Hasen und gelegentlich sogar eine Gazelle. Auf unseren Pferden sitzend, konnten wir Ritter keine Beute machen, aber das Fußvolk, besonders die Kolonne an der Strandseite, jagte viel mit Speer und Bogen. Etliche konnten sich auf einen Festschmaus am Abend freuen.

Ein weiterer Vorteil für uns waren die steilen Hügel zu unserer Linken, die die Sarazenen daran hinderten, uns mit der gleichen Mühelosigkeit wie auf flacherem Terrain anzugreifen. Die Straße, der wir folgten, war nach Abus Worten ein alter römischer Heerweg, der aber schon seit langer Zeit verfiel. Nachdem wir den Fuß des Berges Karmel umgangen hatten, zogen wir weiter nach Kafarnaum, das vom Feind zerstört worden war, und zur von den Templern errichteten Burg Destroit. Dort hielten wir an, über alle Maßen müde, und schlugen unser Lager auf.

Als die Dunkelheit hereinbrach, erlitten wir einen neuerlichen Überfall der gefürchteten Taranteln und Skorpione. Zum Teil war es Abu zu verdanken, dass die Männer nun eine wirksame Abschreckung gegen die Krabbeltiere kannten: Lärm. Jeden Abend erhob sich nun schrecklicher Krach über unserem Lager und hielt für eine Ewigkeit an. Solch ein Aneinanderschlagen von Helmen und Kopfbedeckungen, von Fässern und Sätteln und schwerem Tuch, Schilden und runden Bucklern, Kesseln und Töpfen und Pfannen – kurz gesagt allem, was uns in die Hände fiel – wurde in der ganzen Christenheit noch nie vernommen.

Wenn endlich Stille einkehrte und die Männer ans Schlafengehen dachten, wurde die Ruhe von einem nächtlichen Ritual unterbrochen. »*Sanctum Sepulcrum adjuva!* Heiliges Grab, helfe!« Dabei handelte es sich um den Ruf eines Bettelmönchs, den die meisten kannten, einen Mann, dessen Verstand unter der Sonne längst geronnen war, dessen Eifer aber ansteckend wirkte. Tausende von Stimmen nahmen den Ruf auf, bis unser ganzes Lager ein einziger Chor war, der die gleiche Zeile anstimmte. Dreimal erhob sie sich, und wenn jemand hinsah, war es möglich, im Licht der Lagerfeuer Männer zu sehen, die ihre Hände gen Himmel reckten, während ihnen die Tränen frommer Inbrunst die Wangen hinabrannen.

Abu starrte uns in solchen Momenten voller Unverständnis an, und Rhys sagte dann gern, dass die Sarazenen sich in ihren Zelten totlachten.

Ich nickte dann, lächelte zustimmend und legte mir die Hände vor die brennenden Augen, hoffte, dass der Lärm bald nachließ, damit ich ein wenig dringend benötigte Ruhe bekam.

Zwei Nächte und zwei Tage lang erholte sich das Heer bei Destroit. Unser gut verteidigtes Lager mit seinem tiefen Graben und dem Erdwall, das jederzeit von dreimal so vielen Posten bewacht wurde wie üblich, griffen die Sarazenen nicht an. Nachschub erreichte uns von der Flotte, dazu Männer, die rasch als die »Faulpelze« bekannt wurden, Soldaten, die es geschafft hatten zu vermeiden, mit der Armee aus Akkon abzumarschieren, aber seither aus Herbergen und Bordellen gezerrt worden waren. Die Verwundeten und mancher, der von der Hitze und dem Wassermangel marschunfähig war, wurden an Bord der Schiffe gebracht.

Von Destroit nach Merla, unserem nächsten Ziel, waren es dreizehn Meilen. Ich kannte die Ortschaft bereits, denn nach einer Nacht Erholung hatte Richard unbedingt das Gelände auskundschaften wollen, während die Truppen im Lager blieben. Ein eierschindender Ritt war das gewesen, der eigentlich niemals hätte unternommen werden dürfen, denn wir riskierten dabei, in einen tödlichen Hinterhalt zu geraten. Der Vorstoß verlief jedoch ohne irgendwelche Schwierigkeiten. Wir führten ihn sehr spät am Tag durch, um der Aufmerksamkeit der Sarazenen zu entgehen. Der König und ich waren mit zweihundert Rittern zurückgekehrt, ohne dass es einen einzigen Verletzten gab. Von Mamelucken beobachtet wurden wir schon, aber sie gestatteten uns, ungehindert an ihnen vorbeizureiten. Sie hätten Angst vor uns, verkündete Richard zufrieden. Ob er recht hatte oder ob Saladin etwas plante, konnten wir unmöglich wissen, aber sein Frohlocken beruhigte meine Nerven.

Nach nur wenigen Stunden Rast bei Merla kehrten wir um und erreichten Destroit am 13. August, als die Sonne über den Horizont stieg. Während die Wächter des Lagers uns zujubelten, nahm ich ihren Hauptmann zur Seite und wies ihn an zu verbreiten, was Richard getan hatte. Das würde die Moral stärken, sagte ich. Ich fand, dass alles willkommen war, was die Männer in dieser rauen Welt sengender Hitze und raschen Todes, gebackener Erde und Blut aufmunterte.

Als Garnier de Nablus von Richards Vorstoß erfuhr, trat er vor den König und sagte, solche Risiken seien unnötig und gefährdeten den Heerzug gegen Saladin. Eher erheitert als verärgert schlug sich Richard auf den Schenkel und erwiderte de Nablus, sein Leben sei nie in Gefahr gewesen.

Obwohl wir unversehrt davongekommen waren, sprach der

König nicht die Wahrheit. Wir wussten es alle, aber seine Furchtlosigkeit und sein Wagemut inspirierten uns. Er wirkte unverwundbar, was unsere Zuversicht stärkte und uns glauben machte, am Ende werde der Sieg uns gehören. Seine Erklärung gegen de Nablus, dass wir zusammen mit den Poulains die Vorhut anführen würden, erfreute uns. Zustimmende Rufe erhoben sich in den rasch heller werdenden Morgen.

De Nablus sah die Leidenschaft in unseren Gesichtern und schüttelte resigniert den Kopf. »Möge Gott wie stets seine schützende Hand über Euch halten, Sire«, sagte er und ging davon.

Richards Selbstvertrauen und Arroganz hatten jedoch Grenzen. Bevor die Armee abmarschierte, beichtete er bei Bischof Hubert von Salisbury und bat danach öffentlich Gott um seinen Segen für das Vorhaben des Tages. Hubert gewährte ihm willig Absolution, was gewöhnlichen Männern den Mut stärkte und verwirrte Menschen wie den singenden Mönch in Ekstase versetzte. Neue Rufe von *Sanctum Sepulchrum adjuva!* stiegen auf, während das Heer aus dem Lager marschierte.

Die Etappe des Tages, unsere bisher längste, war brutal und erheblich schlimmer als die davor. Der niemals endende Klang der verfluchten sarazenischen Trommeln, Zimbeln, Hörner, Rasseln und Flöten – dank Abu konnte ich die verschiedenen Instrumente mittlerweile unterscheiden – war unerträglich.

Die Angriffe der Sarazenen kamen regelmäßig und beängstigend. Ihre Pfeile flogen in solcher Zahl, dass sie den Himmel verdunkelten. Unser Tempo, das ohnehin nie schnell war, verlangsamte sich zu dem eines hinkenden Graubarts. Die Temperatur, die sich in der Nacht kaum abgesenkt hatte, stieg, während die endlosen Stunden verstrichen, und zur Sext war es heißer als am Vortag.

Männer fielen wie die Fliegen zu beiden Seiten der Kolonnen um, nicht durch Pfeile, sondern wegen der Hitze. Eine Anzahl von Rittern war bewusstlos von ihren Pferden gefallen. Sie mussten im Sattel festgebunden werden und ritten nun wie nickende

Leichen. Ich selbst hatte einen hämmernden Kopfschmerz, der nicht vom Wein kam, und fühlte mich, als würde ich in meiner Rüstung langsam weich gekocht.

Richard litt ebenfalls. Sein sonnengebräuntes Gesicht war schweißbedeckt, und er redete nur, wenn man ihn ansprach – aber er behielt die Lage immer unter Kontrolle. Er entschied, dass zu viele Männer zusammenbrachen, und befahl einen Halt. Den am schlimmsten Betroffenen wurde zum Meer geholfen, und mit Booten wurden sie zur Flotte übergesetzt.

Danach befahl der König, dass das Heer jede Viertelmeile eine Rast einlegen sollte. Selbst vor einer Woche in Akkon wäre diese Entscheidung albern erschienen, aber jetzt traf sie auf überwältigende Zustimmung.

Wir Ritter waren nicht weniger dankbar als die Fußsoldaten. Um die Kraft unserer Destrier zu schonen, stiegen wir während der Marschpausen ab. Abu hatte mich gebeten, auf seinem Maultier bei mir reiten zu dürfen. Er fürchtete sich, beim Tross zu reiten, wegen der Angriffe der Sarazenen, aber auch, weil die Fuhrleute ihn als einen verhassten Heiden verabscheuten. Er nutzte die Gelegenheit, mir zu sagen, was er vom gewöhnlichen Fußvolk hielt.

»Ich habe Männer gesehen, denen zehn Pfeile im Gambeson steckten, Herr.« *Gambeson* sprach er falsch aus, was mich zum Lächeln brachte. Normalerweise wiederholte er Wörter, mit denen er Schwierigkeiten hatte, bis er mit der Aussprache zufrieden war. »Trotzdem rücken sie weiter vor, ohne die Reihen zu verlassen. Ich kann nicht anders, ich muss die wunderbare Duldsamkeit bewundern, die diese Männer unter Beweis stellen. Sie ertragen die mühseligste Anstrengung, ohne irgendeinen Anteil in der Regelung der Dinge zu haben oder irgendwelchen persönlichen Vorteil zu erlangen.«

»Ihnen bleibt kaum eine andere Wahl, als weiterzumachen«, stellte ich trocken fest. »Wer zu lange stehen bleibt, den trifft ein Sarazenenpfeil. Das, oder Erschöpfung und Durst.«

Seine Zähne blitzten weiß auf. »Ihr sprecht die Wahrheit, Herr, aber sie sind so entschlossen.«

»Beherzt sind sie, aber auch die Führerschaft des Königs treibt sie an«, sagte ich stolz. Ich war nicht der Einzige, der auf Richard schaute, wenn mein Kampfgeist in der Gluthitze ins Wanken geriet.

»Malik Rik ist ein wahrer Anführer.« Die Bewunderung in Abus Stimme war unüberhörbar. »Aber er geht viele Risiken ein. Euer Ritt nach Merla hätte leicht in der Katastrophe enden können.«

Ich suchte nach einer Drohung in Abus Worten oder seinem Gesichtsausdruck. Ich entdeckte jedoch nichts. Er ist kein verschlagener Mensch, entschied ich. »Das hätte er«, gab ich zu. »Aber Risiken zu vermeiden liegt nicht in seiner Natur.«

»Ihr macht Euch keine Sorgen um ihn?«

Ich zuckte hilflos mit den Schultern. »Doch, aber ich kann ihn nicht davon abhalten, so zu handeln, wie er handelt. Ich kann nichts weiter tun, als ihn zu begleiten, damit ich da bin, wenn die Gefahr zuschlägt.« Ich empfand Befangenheit, als ich es aussprach.

»Ihr würdet Euer Leben für Malik Rik geben, Herr?«

»Ohne nachzudenken. So wie es die überwiegende Mehrheit seines Heeres täte.« Ich schmückte die Wahrheit ein wenig aus. Eine Ausnahme bildeten die tückischen Franzosen und vermutlich auch die meisten Poulains.

Abu sagte nichts.

»Wenn du ein Soldat wärst, würdest du dein Leben für Saladin geben?«

Er zögerte kein bisschen. »Das würde ich nicht.«

»Und seine Männer?«

»Einige schon, Herr, daran zweifle ich nicht – seine Leibwache und die besten seiner schweren Reiter. Einige Mamelucken vielleicht ebenfalls. Aber der Rest nicht. Sie sind ausgehobene Soldaten, sie haben sich ihm nicht freiwillig angeschlossen. Das ist einer der wenigen Vorteile, die Euer König gegenüber Salah al-Din besitzt.«

Ich sah ihn aufgebracht an. »*Wenige* Vorteile? Wir haben Tausende Ritter und disziplinierte Fußsoldaten. Eine riesige Flotte und Belagerungsmaschinen, die die Mauern jeder Stadt einreißen können. Saladin hat nichts dergleichen.«

»Nein, Herr. Aber er hat sie.« Abu wies auf die Sonne. »Er hat auch die Nadelstichtaktik der Mamelucken – sie stürmen vor, schießen Pfeile und ziehen sich schnell zurück. Das ist zermürbend und wirksam, besonders wenn Eure Ritter unachtsam hinterherhetzen und aus dem Rückzug eine Attacke wird. Er kann Eurem Heer auch das Wasser entziehen. Sobald der Sultan feststellt, dass Malik Rik vorhat, von der Stadt an, die Ihr Askalon nennt, landeinwärts zu marschieren, wird Salah al-Din jeden Brunnen auf der Straße nach Jerusalem vergiften lassen. Wie wollt Ihr dann marschieren, auch wenn es nur fünfunddreißig Meilen sind?«

Wir starrten einander an, ich zitternd vor Wut, er ruhig wie ein in Stein gehauenes Bildnis.

Ich entschied mich, ihn nicht zu verprügeln. Abu hatte immer die Wahrheit gesprochen. Das Wetter war uns ein brutaler Feind, und die Mamelucken bildeten jedes Mal, wenn sie angriffen, eine tödliche Bedrohung. Der König hatte sich für unsere Route als das kleinere zweier Übel entschieden, aber was uns nach Askalon bevorstand, mochte sich als unüberwindbar erweisen.

»Richard wird Saladin vorher schlagen«, sagte ich herablassend. »Der Weg nach Jerusalem steht uns dann offen. Dessen bin ich mir sicher.«

»Jawohl, Herr.« Abus Blick verschloss sich. Seine Miene wurde undeutbar.

Ich bedrängte ihn nicht weiter. Es hatte keinen Sinn.

Das Gespräch hinterließ mich jedoch in Unruhe, und während sich der Tag dahinschleppte, gelangte ich zu dem Schluss, dass es umso besser für uns wäre, je früher wir Saladin zur Schlacht stellten.

Wie der König sagte, musste es zu unseren Bedingungen geschehen.

Noch am selben Tag ging Richard ein weiteres kalkuliertes Risiko ein. Ein konzentrierter sarazenischer Angriff hatte unseren Marsch zum Stillstand gebracht. Kurze Ausfälle von Rittergruppen hatten sich als wirkungslos erwiesen. Der König entschied, das gesamte, etwa vierhundert Mann starke Kontingent der Poulains nach vorn zu bringen. Uns Hausritter hieß er zurückzubleiben, erschöpft, wie wir nach dem Ritt nach Merla und zurück waren.

Ich protestierte energisch und war damit nicht allein. Unsere Einwände erwiesen sich jedoch als vergeblich.

Schon ritten sie los. Kaum war der Feind nahe genug, als der König mit aller Geschwindigkeit, zu der Fauvel fähig war, lospreschte. Die Mamelucken brachen ihren Angriff ab, wie er es erwartet hatte. Lachend verfolgte Richard sie ein Stück, bevor er nach links und rechts sah. Zu seiner Überraschung und Wut fand er sich allein. Drückeberger, die sie waren, oder wahrscheinlich eher aus Angst vor dem Feind hatten die Poulains ihre Pferde schon längst gezügelt.

Ungerührt setzte der König den Angriff allein fort und verfolgte die Türken eine halbe Meile weit ins Hinterland. Als Richard mir nach seiner Rückkehr davon erzählte, wechselte er zwischen Gelächter über die bizarre Situation und Wut über die Rückgratlosigkeit der Poulains.

Ich andererseits verzehrte mich vor Sorge. »Ihr hättet gefangen genommen werden können, Sire, oder getötet.«

»Gefangen genommen wurde ich beinahe.« Er krümmte die sonnenrissigen Lippen. »Wäre Fauvel nicht so geschwind gewesen, säße ich jetzt als Gefangener in Saladins Zelt.«

»Bitte, Sire«, sagte ich. »Ihr dürft so etwas nicht wieder tun.«

Seine Augen funkelten. »Ich *darf* es nicht, Rufus?«

Ich neigte den Kopf, fuhr aber fort: »Ich spreche aus Loyalität und Sorge, Sire. Würdet Ihr erschlagen, würde dieses Heer zerfallen. Das Gleiche würde geschehen, wenn Ihr in Gefangenschaft gerietet.«

Er gab einen Laut purer Erbitterung von sich.

Ich zögerte. »Es wäre eine Katastrophe, Sire.«

»Bei Gottes Beinen, werde ich für immer mit wohlgemeintem Rat geplagt sein?«

Ich senkte den Blick. Ich musste vor seinem überschäumenden Zorn auf der Hut sein und wartete ab.

»Was Ihr sagt, ist aller Wahrscheinlichkeit nach richtig«, räumte er nach einer Weile ein. »Zufrieden, Rufus?« Er scherzte nur halb.

»Ich versuche sicherzustellen, dass Ihr unversehrt und in Freiheit bleibt, Sire, mehr nicht.«

»Das weiß ich.« Er schlug mir hart auf den Oberarm wie ein älterer Bruder. »Ich bin Euch dankbar dafür.«

Um mich zu vergewissern, riskierte ich eine Frage. »Also reitet Ihr nicht wieder allein gegen den Feind an, Sire?«

Er lachte. »Nein, das werde ich nicht tun.«

Dankbar entspannte ich mich. Vorschnell, wie ich gleich darauf herausfand.

»Die Poulains werden nie wieder mit mir reiten. An meiner Seite sollen die Hausritter sein, wenn ich wieder gegen die Türken anstürme, was, Rufus?«

»Wenn Ihr führt, folge ich, Sire.«

Wieder bekam ich einen Schlag und ein frohes Lächeln.

Ich erwiderte es, weil ich mir sagte, dass ich es hätte besser wissen sollen. Den König davon abhalten zu wollen, in die Schlacht zu ziehen, in sein natürliches Element, war vergeblich. Leichter wäre es, das Rote Meer zu teilen wie einst Mose.

Am Nachmittag erreichten wir den Bach der Krokodile, der so genannt wurde, weil dort offenbar vor einiger Zeit zwei Ritter verschlungen worden waren. Ich empfand leichte Enttäuschung, weil ich kein einziges der Furcht einflößenden schuppigen Tiere zu sehen bekam, aber die gemeinen Soldaten waren erleichtert. Zu Hunderten zogen sie sich bis auf die Unterkleider aus und warfen sich mit jubelnden Rufen ins trübe, blutwarme Wasser.

Der Marsch wäre nicht so schrecklich, entschied ich, wenn die Soldaten ihn jeden Tag so beenden könnten.

An diesem Abend gab es eine weitere angenehme Ablenkung, als ich mit Abu als Führer Caesarea besuchte, eine ehemalige Römerstadt nicht weit entfernt vom Bach der Krokodile an der Küste. Noch nie hatte ich ein Aquädukt gesehen, einen Circus, in dem vor langer Zeit Pferderennen stattgefunden hatten, oder auch nur ein Schwimmbecken unter freiem Himmel am Meeresufer, das für einen längst toten König errichtet worden war. Während Rhys im Schatten eines uralten, noch intakten Lagerhauses unweit der Rennbahn faulenzte, streifte ich mit Abu begeistert durch die unglaublichen Ruinen.

Meine Begeisterung und wortreichen Schilderungen waren dergestalt, dass am nächsten Tag, dem 31. August, Richard die Aufsicht über das Entladen des Nachschubs von den Schiffen anderen überließ und sich Caesarea selbst ansah. Auch er war beeindruckt. Besonders faszinierte ihn der Circus. Als mehrere Hausritter ein Rennen vorschlugen, gab er sofort die Erlaubnis. Der Anblick unserer vier Kameraden – Thorne war einer von ihnen –, die die lange schmale Bahn entlanggaloppierten und um die scharfe Kurve am Ende bogen, bevor sie wieder auf uns zudonnerten und herumschwangen, um die Runde zu schließen, sollte lange eine meiner liebsten Erinnerungen an das Heilige Land bleiben.

Vorteilhaft dafür war, dass Thorne als Erster durchs Ziel ging und mir fünfzig Silberpennys einbrachte, die ein mürrischer de Drune zahlen musste. Er hatte auf de Béthune gesetzt, eine klügere Wahl als die meine, wenn man dessen leichten Körperbau und seinen schnellen Runtzid ansah. Die Katastrophe schlug jedoch zu, als de Béthunes Ross bei der letzten Kurve stolperte und nicht in der Lage war, dem die Faust schwenkenden, triumphierenden Thorne den Vorsprung wieder abzujagen.

Die raue Wirklichkeit kehrte am 1. September zurück, als wir unseren Marsch fortsetzten. Das Heer brach das Lager lange vor Morgengrauen ab und kroch nach Süden. Als die Stunden vergingen und die boshafte Sonne am wolkenlosen Himmel hochstieg, kletterte die Temperatur auf Höhen, an die ich mich niemals gewöhnen könnte. Stets hing der Gestank nach ungewaschenen Leibern, Pferdemist und menschlichen Ausscheidungen in der staubdurchsetzten Luft. Von dem schrecklichen Lärm ihrer Musikinstrumente angekündigt, begannen morgens die Angriffe der Sarazenen und setzten sich während des ganzen Tagesmarsches fort. Unsere Soldaten starben in großer Zahl an Pfeil, Hitze oder Durst. Die Verluste an Pferden, auf die die Sarazenen viele Pfeile zielten, waren entsetzlich, und das galt besonders für die Ordensritter. Ungeachtet der Gefahr, die von den nahen Mamelucken drohte, rissen die unterernährten Männer mit der Schnelligkeit ausgehungerter Wölfe den Kadavern das Fleisch von den Knochen.

Immer wieder erbat der Großmeister an der Nachhut um Erlaubnis, Vergeltungsangriffe gegen die Sarazenen zu führen. Jedes Mal lehnte der König ab. Wenn es eine Gelegenheit gab, was nur selten vorkam, befahl Richard einen Angriff und führte ihn selbst. Die Atempausen von dem Geplänkel mit den stets wachsamen, stechfliegenartigen Sarazenen, die wir dadurch erhielten, waren nur kurz, wie ich leider sagen muss.

An diesem Tag legten wir nur drei Meilen zurück. Mein Gehirn kochte in der sengenden Hitze, und ich konnte an nichts anderes mehr denken, als den König vor Gefahren zu schützen und das Gleiche für mich und Pommers zu tun.

Dieser und der nächste Tag verschmolzen miteinander. Hinterher standen mir jedoch einige Ereignisse in Erinnerung. Wie wir an einem Gewässer lagerten, das den unangenehmen Namen Bach der Toten trug. Wie ich das Vergnügen hatte zuzusehen, als de Chauvigny einen gewaltigen türkischen Emir im Zweikampf tötete, ein Vieh von einem Menschen, dessen Lanze doppelt so dick war wie die eines gewöhnlichen Mannes. Ich schwöre, dass der Boden erbebte, als er von seinem Pferd stürzte. Als er starb, jubelten wir, aber die Sarazenen riefen heulend seinen Namen: »Ayas Estoi!«

Am dritten Septembertag war es, glaube ich, dass das unpassierbare Gelände am Meer uns zwang, landeinwärts abzubiegen und nach einer Straße zu suchen, die der Küste folgte. Auf der Hut vor Überfällen ließ der König uns in so enger Formation reiten und marschieren, dass kaum Raum zum Atmen blieb, geschweige denn, um eine Waffe zu schwingen. Ein Apfel oder eine Pflaume, die man auf unsere Reihen warf, hätten immer jemanden getroffen.

Die Sarazenen überfielen uns dennoch, und wir hatten es schwer mit ihnen. Um den Druck auf uns zu mindern, führte Richard einen Sturmangriff gegen den Feind und wurde von einem Pfeil in der Seite verwundet. Ich war es, der Fauvel bei den Zügeln packte und seinen Kopf herumzog, damit er Pommers in die Sicherheit folgte.

Lob sei Gott dem Herrn und allen Heiligen, der König war nicht schwer verwundet. Der Pfeil hatte Panzerhemd und Gambeson durchbohrt, aber darunter nur eine oberflächliche Wunde verursacht.

»Am schmerzhaftesten ist der Essig des Arztes«, verkündete der König mit einer Stimme, die gehört werden sollte.

Die nächststehenden Soldaten, für die seine Bemerkung gedacht war, jubelten. »*Cœur de Lion!* Löwenherz!« Der Ruf verbreitete sich über die Kolonne und war trotz des furchtbaren Lärms, den die niemals schweigenden verfluchten Instrumente der Sarazenen verursachten, deutlich zu hören.

Richard erhob sich lächelnd, um die Ovationen entgegenzunehmen. Der Arzt stolperte mit und wickelte ihm einen Leinenverband um die Leibesmitte. »Ihr müsst jetzt ruhen, Sire«, sagte er.

Der König lachte. »Dafür ist noch Zeit, wenn ich tot bin.«

Der Arzt erbleichte, eine wirkliche Leistung in der Backofenhitze. »Bitte, Sire, denkt nicht einmal an so etwas.«

»Ich scherze!«, rief Richard. »Ich gehe nirgendwohin – es sei denn, es wäre Jerusalem!«

»Jerusalem!«, riefen die Soldaten. »Jerusalem!«

Zum Glück betraf der Proviantmangel nicht uns Hausritter, denn wir wurden vom König verpflegt. Die gemeinen Soldaten waren jedoch in großer Not, und verzweifelte Zeiten führen zu verzweifelten Maßnahmen. Für Reiter, deren Pferde kurz vor dem Verenden standen, war es normal geworden, die Tiere zu schlachten und das frische Fleisch an die Männer zu verkaufen. De Drune zufolge war Pferdefleisch sehr geschmackvoll und gewann sehr, wenn man es mit Speck zusammen briet. Ich kam nicht in Versuchung, davon zu kosten.

Am Abend gab es Unruhe, weil die skrupelloseren Reiter, die Fleisch anzubieten hatten, die Preise erhöhten. Die empörten hungerleidenden Soldaten drohten den Verkäufern, stahlen Fleisch und prügelten sich untereinander darum. Solcher Aufruhr war schrecklich für die Moral, und als Richard davon hörte, handelte er sofort. Er ließ bekannt geben, dass jeder Reiter, der sein totes Pferd ohne Gegenleistung abgab, ein neues Reittier aus dem Bestand des Königs erhalten sollte.

Als er den Frieden wiederhergestellt hatte, wandte er sich dem Brief zu, der gerade von einem Mamelucken überbracht worden war. Der Mann hatte den weißen Stab des Herolds getragen, als er ins Lager ritt. Das Schreiben war eine Antwort auf Richards Botschaft, die er früher am Tag zu Saladin gesandt hatte und in der er um ein Treffen bat, um Friedensverhandlungen zu führen. Dabei handelte es sich um nichts weiter als eine List, um die Angriffe des Feindes hinauszuzögern, bis wir das nächste Hindernis hinter uns gebracht hätten, den dichten Wald von Arsur. Dem König zufolge war es den Versuch wert.

In einem Hemd mit kurzen Ärmeln saß er auf einem dreibeinigen Hocker vor seinem Zelt und trank Granatapfelsaft. Woher die Frucht wie durch ein Wunder gekommen war, konnte ich nicht sagen. Ich war nur dankbar, dass Philip mir etwas davon anbot. Der Saft schmeckte besser als jeder Wein.

»Saladin stimmt einem Treffen zu. Stattfinden soll es übermorgen.« Richard wies auf das Pergament, das zu seinen Füßen lag. »Wie ich erbeten habe, wird er seinen Bruder senden.«

Als Saphadin erwähnt wurde, den ich mochte, erwachte mein Interesse. »Was sonst steht darin, Sire?«

»Nichts weiter. Saladin ist ein wortkarger Mensch.« Richard trank seinen Becher aus, und Philip trat näher, um ihn nachzufüllen.

»Glaubt er wirklich, Ihr wollt über Frieden verhandeln, Sire?«, erkundigte sich de Béthune.

»Ich bezweifle es«, antwortete Richard trocken. »Aber er ist neugierig, und ein Aufschub kommt vielleicht auch ihm zupass.«

Ich dachte nicht gern daran, welchen Grund Saladin haben konnte: Verstärkung. Abu schien sicher zu sein, dass er mehr Männer aus Ägypten erhalten würde. »Darf ich zu der Abordnung gehören, Sire?«

»Ich sehe Euren Eifer, Rufus! Ihr sollt gehen. Nehmt den Sarazenen mit, den Ihr gerettet habt. Onfroy de Toron soll für mich dolmetschen, aber es schadet nicht, zwei Ohren mehr zu haben, die Arabisch verstehen.«

Überrascht und erfreut fragte ich: »Werdet Ihr gehen, Sire?«

»Nach all den Geschichten über Saphadin, die ich von Euch und den anderen gehört habe, werde ich mir die Gelegenheit nicht entgehen lassen.«

»Vergesst nicht de Chauvigny und mich, Sire«, sagte de Béthune.

»Also gut«, sagte Richard. »Sechs von uns sollen es sein.«

Ein Tag wohlverdienter Erholung folgte. Am 4. September lag die Mehrheit unserer Männer im Schatten und schlief wie die Toten. Ich wälzte mich viel herum, mir war heiß, und ich war in Schweiß gebadet. Lass es nicht das Viertagefieber sein, betete ich in meinen lichten Augenblicken. Rhys machte sich solche Sorgen um mich, dass er Ralph Besace holte. Der Arzt redete vom Aderlass, aber zum Glück hatte ich genügend Verstand übrig, um die Prozedur abzulehnen.

»Es ist Hitzeerschöpfung«, gab ich krächzend meiner größten Hoffnung Ausdruck, »mehr nicht.«

Besace schnalzte mit der Zunge und erhob Einwände, aber Rhys hatte gesehen, dass ich klar im Kopf war, und schickte ihn fort. Für den Rest des Tages saß mein Knappe an meiner Bettstatt wie eine Mutter bei ihrem kranken Kind, wischte mir die Stirn und gab mir regelmäßig Fruchtsaft zu trinken. Am späten Nachmittag hatte ich mich zum Glück schon wieder erholt und war sogar so hungrig, dass ich ein wenig Brot und Käse aß.

Der König, der seine Anordnungen für den kommenden Morgen erteilt hatte, wusste nichts von meiner Bettlägerigkeit. Froh, dass ich mich von selbst erholt hatte, erwähnte ich sie mit keinem Wort, als wir uns am Abend versammelten, um gemeinsam zu speisen. Es wurde viel über Saladin und Saphadin gesprochen, und Richard hatte seine Meinung gegenüber dem Vortag geändert. Das Wasser des Salzbachs, an dem wir gelagert hatten, eignete sich kaum zum Trinken. Proviant war weiterhin knapp. Wir konnten nirgendwo bleiben, während ein Friedensabkommen ausgehandelt wurde, selbst wenn wir es wollten, und Rückzug stand außer Frage. Unser Marsch musste weitergehen, sagte Richard, und Verhandlungen seien daher sinnlos.

Ich schlug ihm vor, das Treffen mit Saphadin abzusagen, aber der König schüttelte erheitert den Kopf. »Wenn sonst nichts, werden wir wenigstens etwas Spaß haben«, verkündete er.

Für etwas, das derart zum Scheitern verurteilt war, begann das Treffen am frühen Morgen des fünften Septembertages recht gut. Am Anfang stand der Austausch von Liebenswürdigkeiten zwischen Richard und Saladins Bruder, die sowohl von Onfroy de Toron als auch Saphadins Dolmetscher übersetzt wurden.

Trotz der Sprachbarriere und der Absicht des Königs, keinen Zoll weit nachzugeben, schienen sich beide Männer zu mögen. Richard schenkte Saphadin ein prächtiges Schwert und stellte in Aussicht, einen von Saphadins Söhnen zum Ritter zu schlagen, sollte die Gelegenheit sich bieten. Im Gegenzug schenkte Saphadin dem König eine gekrümmte Klinge, wie die Türken sie führten. Heft und Scheide waren mit Blattgold verziert und mit kostbaren Steinen besetzt. Er schlug vor, gemeinsam auf die Beizjagd zu gehen, sobald das Wetter abkühlte.

Nach den Liebenswürdigkeiten und Geschenken eröffnete Richard die Verhandlung. »Ich bin gekommen, um Frieden zu suchen«, sagte er anscheinend ernsthaft.

Onfroy de Toron übersetzte, Saphadins Dolmetscher ebenfalls. Saphadins Antwort fiel überaus höflich aus. »Wenn Ihr Frieden wünscht und es mir erlauben wollt, als Euer Fürsprecher vor den Sultan zu treten, müsstet Ihr mir die Bedingungen darlegen, die Ihr im Sinn habt.«

Richard kam gleich zur Sache. »Die Grundlage für den Friedensvertrag sei Folgendes: Ihr müsst uns alle eroberten Gebiete zurückgeben und Euch in Euer eigenes Land zurückziehen.«

Der Dolmetscher hatte kaum zu Ende gesprochen, als Saphadin ein lautes, höhnisches Lachen ausstieß. Seine Antwort fiel kurz aus.

Onfroy übersetzte. »Ist das alles?«

»Das ist alles«, sagte Richard, als hätte er nur darum gebeten, ungehindert nach Akkon zurückkehren zu dürfen.

Saphadin machte eine abschätzige Gebärde, als er die Antwort hörte. Seine Entgegnung über Onfroy lautete: »Diese Bedingungen sind unannehmbar.«

»Solltet Ihr Euch nicht mit Eurem Bruder beraten, bevor Ihr eine endgültige Antwort gebt?«

»Ich kenne seinen Willen. Er würde solchen Bedingungen niemals zustimmen.«

Beide Männer kreuzten die Blicke. Von ihrer bisherigen Zuneigung füreinander war nichts mehr zu spüren. »Seid Ihr sicher, dass Salah al-Din …«, Richard sprach den Namen passabel aus, »… meine Bedingungen ablehnen wird?«

Onfroy horchte auf Saphadins Antwort. »Er ist sich in seinem ganzen Leben noch nie so sicher gewesen, Sire.«

»Mir scheint, dann haben wir nicht mehr viel zu bereden«, sagte Richard.

Saphadins Augen glitzerten vor sardonischer Belustigung, während sein Dolmetscher ihm des Königs Worte übersetzte. »Nichts, würde ich meinen«, lautete seine Antwort. »Am besten reitet Ihr wieder zu Eurem Heer, sonst lässt man Euch noch allein zurück.«

Richard lachte leise. »Ihr wisst, dass meine Soldaten schon vor Stunden abmarschiert sind.«

»Selbstverständlich. Was bewies, dass Ihr nie wirklich die Absicht verfolgt habt, Frieden zu schließen.«

»Das Gleiche könnte ich über Euren Bruder sagen. Ich würde behaupten, er wollte die Schlacht hinauszögern, bis seine lange erwarteten Verstärkungen ihn erreichen.«

Als er die Übersetzung hörte, verbeugte sich Saphadin spöttisch und nicht sehr tief.

Richard zog die Lippen von seinen Zähnen zurück, aber ein Lächeln zeigte er nicht. Anspannung knisterte in der bereits heißen Luft, und sie ließ nicht nach, bis wir außer Sicht Saphadins davongeritten waren.

»Wir werden eine Schlacht schlagen, und das bald«, verkündete Richard. Seine Augen leuchteten vor Begeisterung.

KAPITEL XXV

Am späten Nachmittag erreichten wir den südlichen Rand des Waldes von Arsur. Wir hatten den ganzen Tag gebraucht, um ihn zu durchqueren, eine höllische Reise, die jeden einzelnen Mann im Heer nervös gemacht hatte. Am Morgen war ein Gerücht aufgekommen, dessen Ursprung niemand kannte. Die Sarazenen planten, so hieß es, die knochentrockenen Bäume in Brand zu stecken, während wir zwischen ihnen waren. Wenig überraschend hatte sich die Geschichte unter den Männern genauso schnell ausgebreitet wie die Flammen, die uns alle vielleicht verzehren würden. So real erschien die Gefahr, dass selbst Richard betroffen war. Als er davon hörte, entdeckte ich in seiner Miene eine Unsicherheit, wie sie ihn nur selten erfasste. Er berief einen kurzen Rat mit seinen Befehlshabern ein.

Am Ende entschieden sie sich aber, unseren Marsch fortzusetzen. Wie Richard sagte, befanden wir uns zwischen Hammer und Amboss und hatten kaum eine andere Wahl, als weiterzumarschieren. Das Gerücht sei vermutlich nur ein Gerücht, sagte er, nichts als heiße Luft. Wir sollten auf Gott vertrauen und zu dem Fluss namens Rochetaillé marschieren, oder, wie Abu ihn nannte, Nahr al-Falik, den Ort des gespaltenen Felsens.

Vom Feind sahen wir so gut wie keine Spur, was uns allgemein erleichterte. Nach den ständigen Nadelstichen auf dem Marsch an allen Tagen zuvor war es unausweichlich, dass manche diese willkommene Atempause als göttliche Fügung betrachteten.

Ich konnte die Rufe von *Sanctum Sepulchrum adjuva!* nicht mehr hören, die in monotoner Regelmäßigkeit in die Lüfte stiegen, aber als wir aus dem Wald ins brennende Sonnenlicht traten, sandte ich ein Dankesgebet gen Himmel. Die Dornen und das dichte Gestrüpp waren angenehmer und vor allem weniger tödlich gewesen als die verfluchten schwarzen Schwärme türkischer Pfeile.

Wir kampierten nahe am Fluss, dankbar auch für den weiten, unpassierbaren Sumpf, der unsere linke Flanke schützte. Am nächsten Tag, dem 6. September, legten wir eine Ruhepause ein. Nachmittags meldeten die Kundschafter, dass sich die feindliche Heerschar näherte. Zwischen den Staubwolken, die über der weiten Ebene jenseits des Sumpfes waberten, sahen wir näher kommende Reiterabteilungen und Fußvolkkolonnen. Sie setzten ihren Vormarsch nicht fort, sondern schienen ihr Lager aufzuschlagen. Dennoch verbreitete sich die Nachricht von ihrer Ankunft rasch unter unseren Soldaten, und eine nervöse Anspannung gesellte sich zu der Erschöpfung durch die Hitze, die uns allen zu schaffen machte.

Während der Abend verging, hieß es, zwei unserer Kundschafter, Poulains, seien vom Feind gefangen genommen worden. Von Guy ersucht, Fürsprache einzulegen – einer der beiden war ein enger Freund von ihm –, schickte Richard einen Herold ins Lager der Sarazenen, der Gefangene in unserer Hand zum Tausch anbot. Die Kunde, die wir empfingen, war brutal. Die beiden Männer waren vor Saladin geführt worden, der sich nicht die Mühe machte, sie zu befragen, sondern auf der Stelle enthaupten ließ. Der Herold hatte ihre Leichen gesehen, die den wilden Tieren vorgeworfen wurden, als wären sie Aas.

Der König begann die Beratung, die er einberufen hatte, damit, dass er das Schicksal der beiden Unglücklichen bekannt gab. Ganz wie von Richard erwartet, reagierten alle entrüstet. Geschickt wartete er ab, bis sich der Lärm legte, und bestätigte den Anwesenden von ganzem Herzen, dass ihr Zorn gerechtfertigt sei.

»Aber sengende Wut ist nicht das Werkzeug, mit dem wir die

verfluchten Heiden morgen besiegen werden, sollte es zu einem Kampf kommen, Messires. Wir müssen eiskalt sein in unserer Entschlossenheit und genau wissen, was wir tun. Weichen wir von unserem Plan nur um eine Winzigkeit ab, droht uns der Untergang.«

Richard schritt vor uns auf und ab, und rastlose, bedrohliche Energie strömte ihm aus jeder Pore.

»Die Schlacht darf nur aufgenommen werden, wenn die Umstände passend sind. Sonst endet unser Marsch bei Arsur.«

In das Schweigen, das nun einsetzte, drang das Summen der Mücken, die wie immer nach unserem Blut gierten. Ich konnte den Gebetsruf im feindlichen Lager vernehmen, so dicht lag es an unseren Linien.

»*Hai ala-as-salah! Allahu-akbar! La ilaha illa'alah!* Eilt zum Gebet! Gott ist der Größte! Es gibt keinen Gott außer Gott!« Trotz der Hitze bekam ich Gänsehaut auf den Armen, als ich das hypnotische Auf- und Abschwellen hörte. Ich suchte Zuflucht in meinem Becher verdünnten Weins und musterte die Männer ringsum.

Jeder von Wichtigkeit war hier. Die Großmeister der Ritterorden und ihre Marschälle. Guy de Lusignan und seine Brüder, dazu die Poulain-Barone, die ihnen folgten. Herzog Hugues von Burgund, der junge Henri de Blois, der tapfere Guillaume des Barres, der Bischof von Beauvais, füllig wie eh und je, und sein stiernackiger Kumpan Dreux de Mello. Ein Dutzend anderer bekannter französischer Adliger. Barone und Bischöfe aus dem ganzen Reich Richards, aus England, der Normandie, aus Maine, dem Anjou, der Bretagne und aus Aquitanien. Alle Ritter seines Hauses.

»Das Heer bricht bei Sonnenaufgang auf«, sagte Richard. »Sechs Meilen sind es bis Arsur, elf weitere von dort nach Joppa. Können wir ungehindert marschieren, könnten wir die erste Ortschaft gegen Mittag erreichen. Damit das geschieht, wäre aber wohl ein Wunder nötig.« Er wies über den Fluss. »Die Ebene dort setzt sich linker Hand der Straße nach Arsur fort und ist ein ideales Gelände für Reiter. Südlich davon sind Felsen an der Küste, die uns zwingen, uns vom Meer zu entfernen, und die Gefahr steigern, dass wir von beiden Seiten angegriffen werden. Saladin wird sich diese Gelegenheit nicht entgehen lassen. Erwartet vom frühen Morgen an schwere Attacken. Ich bin der Ansicht, dass alles, was wir bisher erduldet haben, im Vergleich zu dem, was uns bevorsteht, verblassen wird.«

Grimmige Gesichter. Stirnrunzeln. In einigen Gesichtern entdeckte ich Angst, die rasch verborgen wurde, aber die Mehrheit wirkte entschlossen.

»Was ist Euer Plan, Sire?«, fragte Henri de Blois, einer von jenen, die am eifrigsten erschienen.

»Die Wagen sollen rechts vom Heer fahren, auf einer Flanke vom Meer geschützt. Das Heer selbst wird fünf Bataillone bilden, von denen jedes Abteilungen zu Fuß und zu Pferd haben soll. Das Fußvolk marschiert am dichtesten zum Feind. In der Vorhut reiten die Templer. Als Nächstes kommen die Bretonen und Angeviner, König Guy und seine Poulains bilden das dritte Bataillon. Die Engländer und Normannen schützen die Standarte im vierten Bataillon, und die Johanniter im fünften Bataillon bilden die Nachhut. Mit ihnen wird eine starke Abteilung von Armbrustschützen marschieren, denn es kann gut sein, dass der Hammerschlag in unserem Rücken fällt. Neffe, Ihr sollt die linke Flanke befehligen, die Fußsoldaten, die den Sarazenen am nächsten marschieren.«

Henri de Blois lächelte dankbar über diese Ehre, und Richard fuhr fort: »Herzog Hugues von Burgund und ich führen jeweils eine Abteilung Ritter die Linie hinauf und hinunter und dienen als Schutz dort, wo wir gebracht werden.« Der Tonfall des Königs wurde unnachgiebig. Unerbittlich. »Wie ich schon gesagt habe, ist eine enge Marschordnung entscheidend. Ich will, dass unsere Pferde Nüster an Schwanz stehen, jeder Mann Steigbügel an Steigbügel mit seinen beiden Nachbarn.«

»Leichte Beute für Sarazenenpfeile«, sagte eine französische Stimme, aber nicht so laut, dass Richard es hörte.

»Ganz egal, wie sehr sie uns provozieren und wie schwer unsere Verluste sind, wir müssen unbedingt die Disziplin aufrechterhalten«, fuhr der König grimmig fort. »Wir erhalten vielleicht eine oder zwei Gelegenheiten zu einem wirksamen Gegenangriff. Allein *ich* entscheide, ob und wann das der Fall ist, niemand sonst. Mein Befehl kommt von zwei Trompeten an der Spitze, in der Mitte und am Ende unserer Kolonne. Solange sie nicht erschallen, *bleibt Ihr auf Eurer Position!*«

»Was ist mit den Destriern, Sire?«, fragte de Nablus. »Verlieren wir zu viele von ihnen durch sarazenische Pfeile, sind wir niemandem mehr von Nutzen.«

»Mein Entschluss ist gefasst, Großmeister«, antwortete Richard kurz angebunden. »Haltet Eure Position, bis Ihr die Trompeten hört.«

»Wie Ihr wünscht, Sire.« Trotz seiner Zustimmung sah de Nablus nicht sonderlich zufrieden drein.

Genauso wenig wie einige seiner Männer. Zwei von ihnen kannte ich mit Namen, William Borrel und Baldwin Carew, aber ich achtete nicht auf sie, weil de Béthune mir etwas ins Ohr flüsterte.

Nach einer Segnung durch die Bischöfe wünschte Richard uns eine gute Nacht, und zu Lauten nervöser Erheiterung befahl er uns, so viel zu schlafen, wie wir konnten.

Ich lag im Mief meines Zelts stundenlang wach und starrte mit offenen Augen in die Finsternis, während sich meine Gedanken überschlugen.

Ich bin sicher, ich war nicht der Einzige.

Ich erwachte schweißgebadet und wünschte, ich hätte unter dem Sternenzelt genächtigt. Dann fiel mir ein, wie ich es eines Nachts versucht hatte, nur um von Mücken bei lebendigem Leib fast aufgefressen zu werden, und danach hatte ich spüren müssen, wie die zahllosen Stiche unter der Rüstung furchtbar juckten. Ich überlegte es mir anders. Im Zelt war es noch immer pechschwarz, und ich sah kein Licht zwischen den Bahnen. Rhys, der meistens vor mir aufwachte, schnarchte noch. Ich legte mich zurück und versuchte wieder einzuschlafen.

Die Hoffnung war vergeblich. Im Geiste malte ich mir schon aus, wie der Tag verlaufen würde, und mein Herz schlug immer schneller. Ich kletterte über Rhys, band die Zeltklappe auf und schob mich hinaus. Die Luft war angenehm und herrlich frisch. Ich labte mich an dem Gefühl auf meiner nackten Haut und wünschte bei Christus am Kreuze, es würde den ganzen Tag lang so bleiben. In solch milden Temperaturen könnte ich ewig gegen die Sarazenen kämpfen.

Über uns verblassten die Sterne. Am östlichen Horizont zeigte sich erster Lichtschein. Der Sonnenaufgang war etwa eine Stunde entfernt. Eine gute Zeit, um aufzustehen, entschied ich. Durch die Zeltreihen suchte ich mir einen Weg zum nächsten Latrinengraben. Schon auf fünfzig Schritten Entfernung drang mir sein Gestank in die Nase. Männer hockten dort bereits, und den entsetzlichen Geräuschen nach zu urteilen ging es ihren Gedärmen gar nicht gut. Erleichtert, dass ich nur meine Blase entleeren musste, suchte ich mir ein ruhiges Plätzchen und machte mich ans Werk.

Als ich ins Zelt zurückkehrte, rührte sich Rhys.

»Ausgeruht?«, fragte ich.

Er sah mich erstaunt an. »Ja, wieso nicht?«

»Die meisten Männer schlafen vor einer Schlacht nicht wie die Murmeltiere«, antwortete ich etwas gereizt.

»Also bist du nicht erholt.«

Statt ihn anzufahren, sagte ich: »Gehen wir zum Fluss, bevor das ganze Heer dort steht.«

Wir füllten nicht nur unsere Wasserschläuche und tranken uns satt, sondern tauchten uns auch kurz ein – eine Wohltat vor der

Gluthitze des Tages. Erfrischt ließen wir uns auf dem Rückweg zum Zelt von der Luft trocknen. Rhys, immer ein guter Esser, verschlang ein üppiges Frühstück aus Brot, Käse und trockenem Pferdefleisch. Ich speiste maßvoll und nur, weil ich ohne Nahrung nicht die Kraft gehabt hätte, um gut zu kämpfen.

Ich zog mich an und wappnete mich selbst. Rhys half nur, wenn es nötig war. Wir sprachen kein Wort. Heute ginge er mit de Drune zur Nachhut, vermutlich eine der gefährlichsten Stellen im ganzen Heerwurm. Er wirkte gleichmütig, während ich mich fragte, ob ich ihn jemals wiedersehen würde. Bei einem geringeren Mann hätte ich seinen Gleichmut für ein Zeichen mangelnden Verstands halten können, dafür, dass er die Gefahr nicht begriff, doch Rhys' Geist war messerscharf.

Am Ende konnte ich meine Frage nicht mehr zurückhalten. »Bist du besorgt?«

»Wegen heute?«

Ich gab ihm eine Kopfnuss. »Nein, wegen der Missernte in Striguil!«

Ein schiefes Grinsen. »Das wird schon.«

»Wie kannst du das wissen?«

»Der Tod hätte mich an dem Tag vor Akkon holen müssen, als ich den Schießwettstreit mit dem Sarazenen Grair austrug.«

»Für einen Mann gibt es mehr als ein mögliches Ende«, entgegnete ich und dachte an die Gelegenheiten, bei denen ich im Laufe der Jahre hätte sterben müssen.

Er streckte das Kinn vor, wie er es immer tat, wenn er sich entschieden hatte. »Wenn Grair mich nicht töten konnte, schafft es kein dreckiger Türke.«

Ich glaubte zwar nicht, dass sein knappes Entkommen vor Akkon seine Überlebensaussichten verbesserte, aber wenn es ihm Zuversicht schenkte, würde ich nicht daran rühren.

»Und du?«, fragte er.

»Ich fürchte mich«, gab ich zu. »Aber das ist nichts Neues.«

»Du wirst trotzdem kämpfen.«

»Aber natürlich. Wie ein Löwe.«

»So wie ich.«

»Das weiß ich sicher.«

Er zog seinen Gürtel um ein Loch enger und rückte den Sitz seines Dolchs und des Köchers für die Armbrustbolzen zurecht. »Du hast deine Art, ich habe meine. Jetzt sattle ich Pommers für dich, und dann wecke ich de Drune, diesen Langschläfer. Der wird noch tief und fest schnarchen, wenn du mich fragst.«

»Um Pommers kümmere ich mich selbst. Wecke du de Drune.«

Wir würden uns nicht wiedersehen, bevor die Schlacht vorüber wäre. Wenn überhaupt, sagte der Teufel in meinem Kopf. Die Möglichkeit bestand, dass am Abend wenigstens einer von uns mit Pfeilen gespickt im heißen Sand lag. Wehmut erfüllte mich bei dem Gedanken, dass ich niemals Cairlinn oder Joanna wiedersehen sollte. Genauso große Traurigkeit empfand ich bei der Vorstellung, dass Rhys sterben könnte.

Ich streckte ihm die Hand hin. »Bis später.«

Rhys ergriff sie, und wir schüttelten uns fest die Hände. »Bis später«, sagte er. »Gott sei mit dir.«

»Und mit dir.« Ich ging davon, damit er nicht sah, wie meine Rührung mir das Gesicht verzog.

Auf dem Weg zu Richards Zelt kam ich an den französischen Zeltreihen vorbei. Der beleibte Bischof von Beauvais segnete die versammelten Ritter. Er hielt sie an, Gottes Rache auf die verfluchten Horden des Bösen zu üben und die Beschnittenen zu fällen wie die Sense das Korn. Türken, Beduinen, Perser und verderbte schwarze Männer aus dem wilden Sudan, sie alle müssten erschlagen werden. »Lasst Euren Lanzen oder Euren Schwertern keinen Feind lebend entkommen!« Speichel flog ihm von den Lippen, so ingrimmig war er, der fette Kapaun.

Ich war versucht, stehen zu bleiben und ihn aufzufordern, sich dem Kampf anzuschließen. Einen Beutel Silber hätte ich gegeben, nur um zu beobachten, wie seine Hängebacken bei dem Vorschlag erbleichten. Ich besann mich jedoch eines Besseren und ging weiter.

Der König war in guter Stimmung, als ich ihn fand. Er trug bereits Harnisch und Surcot und prüfte Fauvels Zaumzeug und Sattel, während ein unfroh dreinblickender Philip danebenstand. Mein Freund war nicht in schlechter Stimmung, weil Richard sich selbst um den Hengst kümmerte, sondern weil der König ihm nicht gestattete, mit dem Haus zu reiten. »Als wäre ich noch nie im Kampf gewesen«, murrte er zu mir in empörtem Ton. »Ich habe mich vor Akkon bewährt!«

»Dass es zu einer ausgewachsenen Schlacht kommt, ist gar nicht sicher, weißt du.«

Er schaute mich an. »Mag sein, aber noch nie sah es so sehr danach aus.«

Mein schwaches Argument noch zu verteidigen war sinnlos, deshalb schwieg ich.

Er lag mir noch ein wenig in den Ohren, bis er mich schließlich bat – nein, anflehte –, in seinem Namen mit dem König zu sprechen.

Ich schwankte, hin- und hergerissen zwischen meiner Treue zu einem teuren Freund und dem Wunsch, den König nicht durch Nebensächlichkeiten abzulenken. Am Ende jedoch sagte ich mir, dass Philip nie um etwas bat. Ich versprach ihm, dass ich schauen würde, was ich tun konnte.

Philip wollte meine Hand gar nicht loslassen, so dankbar war er mir.

Ich entschied mich, es nicht aufzuschieben. Ich ließ Pommers in Philips Obhut zurück und ging zu Fauvel hinüber. Richard hatte jede Schnalle und jeden Riemen geprüft, strich dem Hengst den Kopf und murmelte ihm ins Ohr.

»Möge er Euch heute gut tragen, Sire«, sprach ich den König an.

Er lächelte. »Bereit für die Schlacht, sollte es dazu kommen?«

»Das bin ich, Sire.«

»Sie steht schon lange bevor, und wenn ich auch lieber an einer Stätte kämpfen würde, die ich ausgesucht habe, werde ich der Konfrontation nicht ausweichen. Schlagen wir Saladin auf der Ebene, wird Jerusalem fallen.«

»Gott gebe, dass es so kommt, Sire.«

Er streichelte Fauvel liebevoll und ließ den Blick über die ringsum versammelten Ritter wandern. Viele waren aufgesessen oder stiegen gerade in den Sattel. Er rief in die Runde, dass wir alle bereit sein sollten, bald loszureiten.

Nun musste ich das Wort ergreifen. »Sire, ich habe eine Bitte an Euch.«

»Dass Ihr an meiner rechten Seite reiten sollt? Das war ohnehin meine Absicht.«

Ich neigte dankend den Kopf. »Ich fühle mich geehrt, Sire. Es ist jedoch etwas anderes.«

»Was denn? Sprecht! Die Zeit ist knapp.«

»Es geht um Philip, Sire. Er wünscht sich von Herzen, mit dem Haus zu reiten.«

Richard runzelte die Stirn. »Bei Euch ist er damit auch gewesen? Ich habe nein zu ihm gesagt.«

»Er ist ein tüchtiger Schwertkämpfer, Sire, und brauchbar an der Lanze. Alt genug, um ein Ritter zu sein, ist er auch.«

»Bei Gottes Beinen, mit seiner traurigen Miene und Eurem Genörgel finde ich keinen Frieden. Also gut. Er soll mit uns kommen, aber von den vorderen Reihen hält er sich fern, sagt ihm das. Ich möchte nicht, dass er den Helden spielt.«

»Jawohl, Sire.« Lächelnd ging ich zu Philip, um es ihm auszurichten. Er hatte uns aus der Nähe beobachtet und so getan, als poliere er einen letzten Fleck an Richards Helm weg.

Er zog mich in eine wilde Umarmung. »Rufus, ich kann dir gar nicht genug danken!«

»Dank mir dadurch, dass du am Leben bleibst«, sagte ich mürrisch und hoffte dabei, dass ich nicht das Falsche getan hatte.

Nicht lange danach ritten wir los und folgten der Staubwolke, die die Templer, Bretonen und Angeviner hinterlassen hatten. Der Morgen war wunderschön, keine einzige Wolke stand am Himmel, und die Sonne spähte gerade über die Hügel im Osten.

Bereits jetzt war es furchtbar heiß. Bei diesem Wetter den ganzen Tag lang gegen die Sarazenen zu kämpfen würde eine Herkulestat sein. Ich wollte beim König bleiben, aber er hatte mit einem Boten nach dem anderen zu tun, die herangaloppierten und Fragen von Hauptleuten und anderen Offizieren längs der Kolonne brachten. Ich fiel unbemerkt zurück bis zu Philip in der hintersten Reihe.

Wir sprachen über die alten Zeiten, als Richard noch Herzog von Aquitanien gewesen war. Viel Erwähnung fanden die jungen Damen, um die wir geworben, und die Nächte, die wir durchgezecht hatten. Philip sprach immer wieder von Juvette, seiner Angebeteten, und von Alienor und Beatrice, die mir teuer gewesen waren. Ich konnte nur an Joanna denken. Am Ende konnte ich mein Geheimnis nicht mehr für mich behalten. Ich zog Philip ins Vertrauen.

»Kein Wort davon darfst du irgendjemandem sagen, hörst du?« Ich drohte ihm mit dem Finger. »Dein Leben wäre sonst nicht mehr lebenswert.«

»Ich schwöre es.« Er strahlte von einem Ohr zum anderen. »Und keine Geringere als Königin Joanna! Ich dachte, ich würde dich kennen, Rufus, aber du hast ganz verborgene Seiten.«

»Ich liebe sie.« Meine Gefühle, die ich seit Akkon bezwungen hatte, stiegen in mir hoch. »Und sie liebt mich. Ich würde alles tun, um sie zur Frau zu nehmen, aber …« Meine Stimme versiegte.

Den Grund brauchte ich ihm nicht zu erklären. Joannas Wert

als Braut war unermesslich. Ich konnte ein noch so geschätzter Hausritter sein, aber ein starkes Bündnis mit einem anderen Königshaus konnte ich nicht anbieten. Das aber wäre die wichtigste Eigenschaft, auf die Richard achten würde, wenn er sich die Zeit nahm, ihr einen neuen Gemahl zu suchen.

»Das tut mir leid, Rufus.« Philip sah mich ernst an.

»Und mir erst.« Ich wandte mich ihm zu und fragte ihn, weshalb er sich nicht stärker um eine von Joannas oder Berengarias Damen bemüht hatte. Er lachte und offenbarte mir, dass er es durchaus getan hatte.

»Wärst du nicht so oft weg gewesen – jetzt weiß ich, wieso –, hätte ich Zeit gefunden, dir von meinem Erfolg zu berichten.« Er hielt kurz inne. »Meinem begrenzten Erfolg.«

»Du Halunke!«, rief ich erfreut. »Wie heißt sie?«

Die Zeit verstrich schneller, während wir angenehm miteinander plauderten. Selbst die Hitze fiel uns nicht so sehr auf. Der König führte uns in beständigem Schritt, etwas schneller als das Marschtempo, zwischen den Reihen der Fußsoldaten und Ritter hindurch, am zweiten Bataillon vorbei zum ersten, den Templern. Ich sah zu, wie er sich mit dem Großmeister Robert de Sablé besprach. Beide wiesen an Stellen zu unserer linken Hand. Zweifellos erörterten sie, von wo der Feind angreifen konnte.

Nachdem das erledigt war, befahl uns Richard, von unseren Destriern zu steigen. Schatten gab es wenig bis gar keinen, und unseren Schlachtrössern tat es gut, wenn sie auch nur kurze Zeit nicht geritten wurden. Kurz darauf führte der König uns im rechten Winkel durch die Reihen der vorbeireitenden Ritter auf die andere Flanke der Kolonne, die dem Meer zugewandt war. Ein leichter Wind war hier zu spüren, eine angenehme Erholung, aber vom Feind sahen wir nichts.

So verging der erste Teil des Vormittags. Wir ritten am ganzen Heer entlang und legten hin und wieder kurze Rasten ein. Ein selbstgefälliger Mann oder ein Tor hätte vielleicht in seiner Wachsamkeit nachgelassen, doch wir wussten es besser: Saladin *würde* angreifen.

Vielleicht drei Stunden waren verstrichen, seit wir das Lager abgebrochen hatten. Ich nehme an, es war um die Terz, als ich zum ersten Mal das altbekannte schreckliche Lärmen der feindlichen Musikinstrumente hörte. Jeder Musikant in Saladins Heer schien in das Getöse eingefallen zu sein. Ich hörte Trompeten, Hörner, Flöten, Trommeln, Rasseln und Zimbeln, die sich zu einem misstönenden Krach vereinten, der mir in den Ohren schmerzte. Mit ihm kam ein fürchterlicher Schwall aus Geschrei, Gebell und Geheul. Falls dem eine Melodie zugrunde liege, sagte ich zu Philip, sei der Tonkünstler dem Irrsinn verfallen.

Ich sagte ihm, er möge gut kämpfen. Ich nahm seine Hand und verkündete, dass wir am Abend einen Becher Wein trinken und uns unsere Erlebnisse erzählen würden. Er grinste mich entschlossen an und stimmte mir zu.

Ich kehrte zum König zurück.

»Ha! Rufus! Sie kommen, die verfluchten Hunde!«, rief er. »Was für einen Lärm sie machen! Ich glaube, selbst Gott der Herr donnert nicht so laut.«

Ich zeigte auf die wogenden Staubwolken in unserem Rücken, alles, was wir von unserer Position aus von der Bewegung des Feindes erkennen konnten. »Sie greifen die Nachhut an, Sire, ganz wie Ihr angenommen habt.«

»Richtig. Jetzt zeigt sich der Mut der Johanniter.«

Wir standen parallel zum dritten Bataillon, das von Guy de Lusignan geführt wurde, und warfen viele Blicke über die Schulter, während hinter uns der Kampf tobte. Ich wollte nach hinten reiten und eingreifen, aber es kam schon eine neue Gefahr. Über die Ebene zu unserer Linken ritten dicht geschlossene Reihen von Türken, Tausende von ihnen. Banner und Wimpel flatterten an ihren Lanzen, und unter den Hufen ihrer Pferde bebte der Boden.

Ich nahm einen Schluck Wasser, um mir den Mund zu befeuchten, und setzte den Helm auf. Richard und alle anderen taten das Gleiche. Nun geht es los, dachte ich. Die große Schlacht gegen Saladin ist gekommen, und dem Sieger fällt alles zu.

Immer näher kamen die Türken. Auch sie schrien und kreischten, und sie hatten ihre eigenen verrückten Musikanten dabei.

Die Offiziere der Fußsoldaten brüllten Befehle. Zu Hunderten wurden Armbrüste gespannt. Der Marschtritt verlangsamte sich, aber wie vom König befohlen hielten die Männer nicht an.

Die ersten Pfeile zuckten über den Himmel, schwarze Geschosse, die mir eine Gänsehaut machten. Ich streichelte Pommers den Hals und sagte ihm, er sei ein guter Junge und kein feindlicher Pfeil würde ihn verletzen. Ich log natürlich das Blaue vom Himmel herunter. Zwischen den Fußsoldaten und Guy de Lusignans Rittern eingezwängt, waren wir durchaus in Reichweite der Pfeile.

Sie stürzten vom Himmel und fuhren zwischen die Fußsoldaten. Im nächsten Moment steckten sie in Gambesons, ragten von den Schilden und sprossen aus der Erde wie gefiederte Teufelssaat. Schreie ertönten, aber zu meiner Erleichterung waren die meisten Beleidigungen, die den Türken galten, und keine Schmerzenslaute.

Immer näher stürmte der Feind, Mamelucken, die wie die Dämonen brüllten und kreischten. Jesus Christus, dachte ich, sind das großartige Reiter mit überragend gut ausgebildeten Tieren. Um vom Pferderücken mit dem Bogen zu schießen, benötigte man beide Hände und musste also die Zügel loslassen, während man inmitten einer dichten Horde seiner Kameraden auf den Feind zupreschte.

Eine Pfeilsalve nach der anderen flog, bis ihr Surren uns in den Ohren klang wie das Brummen schwärmender Hornissen und ihr Schatten den Himmel verdunkelte. Soldaten schrien, Pferde brachen zusammen, traten mit den Hufen in die Luft. Ich hörte den Befehl: »Erste Reihe, *schießt!*«, und im nächsten Moment war das

Tschik der Armbrustabzüge zu hören. Gutes Gelingen, dachte ich und knurrte zufrieden, als Dutzende von Pferden stürzten und ihre Reiter mitrissen. Zahllose Mamelucken gingen zu Boden, so groß war die Gewalt der Bolzen, die ihr teuflisches, verfluchtes Dasein beendeten. Die vorderste Reihe der Mamelucken war verschwunden, als hätte eine gewaltige, unsichtbare Faust sie getroffen.

Heiße Luft peitschte durch den Sehschlitz in meinen Helm, und ich verdrehte den Kopf, um rechts neben mich nach unten zu sehen. Ein Pfeil steckte noch zitternd in der rissigen Erde. Er hatte mich um zwei Fingerbreit verfehlt, Pommers um die gleiche Entfernung.

»Zweite Reihe, *schießt!*«

Tschik, tschik, tschik. Hunderte Bolzen folgen. Der Tod schnitt eine weitere Schneise in die türkische Formation. Mehr große Löcher klafften in ihren Reihen. Sättel wurden geleert, Pferde von den Hufen gerissen. Für unseren Feind war es zu viel. Ohne mit dem Jaulen und Bellen, wilden Hunden gleich, innezuhalten, machten die, die es noch konnten, unter dem Spiel der geisteskranken Musikanten in ihrem Rücken in vollem Lauf kehrt und ritten davon.

Ein rauer Jubel stieg von den Fußsoldaten auf, und ein Mann schrie: *»Sanctum Sepulchrum adjuva!«*

Selbst ich hatte in diesem Moment nichts gegen den Ruf.

Einige Dutzend Fußsoldaten waren verwundet worden, vier getötet, und die Hausritter hatten acht Pferde verloren. Schreckliche Verluste waren es kaum, aber entmutigend, nicht zuletzt, weil wir uns kaum um die Verwundeten gekümmert und Bestattungstrupps für die Gefallenen abgestellt hatten, als die Sarazenen schon wieder zurückkehrten. Richard hatte uns gewarnt, dass wir diesmal vielleicht in den Sturmangriff gingen, wenn sich die Gelegenheit bot.

Wie sich erwies, griffen wir nicht an, denn die Mamelucken

wurden durch Fußvolk unterstützt. Geschmeidige, schnell laufende Männer waren es, schwarz wie Ruß und mit Bogen und Armbrüsten bewaffnet. Ihr gemeinsamer Angriff war so heftig, dass es zum Nahkampf kam. Unsere Soldaten konnten nicht schnell genug spannen und schießen, während der Feind immer näher kam, und Abschnitte brachen aus und stürmten mit Speer und Schild dem Feind entgegen. Ein blutiger Kampf entbrannte und wogte hin und her, mal gewann die eine Seite die Oberhand, mal die andere.

Wir Ritter riskierten, unsere eigenen Soldaten zu verletzen, wenn wir vorrückten, aber Richard erkannte, wie zerbrechlich das Gleichgewicht war, und führte uns leicht schräg nach rechts. Dort hatte er eine Lücke in den sarazenischen Reihen entdeckt. Befehle wurden weitergegeben, und die Fußsoldaten rückten auseinander, damit wir zwischen ihnen hindurchreiten konnten.

Als wir auf der anderen Seite hervorkamen, brachte der König uns in eine schmale Linie und galoppierte sofort los. Wir legten die Lanzen ein und preschten in die Öffnung, die Richard erkannt hatte. Die wenigen Türken in unserem Weg reagierten panisch und flohen. Wir ritten sie nieder und donnerten weiter. Links und rechts von uns waren nun Hunderte und Aberhunderte feindlicher Fußsoldaten, ausnahmslos Schwarze, die vordrängten, um unsere Männer zu erreichen. Köpfe drehten sich in unsere Richtung, Münder wurden vor Entsetzen aufgerissen, aber es gab noch keine Reaktion. Noch nicht.

Etwa hundert Schritte weit führte uns Richard hinein, verlangsamte unseren Schwung, schwenkte nach rechts, ordnete die Reihen neu und stürmte aus einer Entfernung von vielleicht dreißig Schritten der gegnerischen Formation in die Seite.

Wir trieben sie auseinander, wie man mit einem Stampfen des Fußes dünnes Eis zerbricht. Jede Lanze spießte einen schwarzen Mann auf. Die kampferprobten Destrier zertrampelten die am Boden liegenden Feinde. Schwerter blitzten, wenn sie herunterzuckten, um Arme und Köpfe abzutrennen. Einmal war ich mit einem Gegner beschäftigt und konnte nicht herumgreifen, um an meine Klinge zu gelangen, und ich trat sogar einem Feind ins Gesicht. Vom Gewicht meines Ringbeinlings beschwert, schlug mein Stiefel ihm jeden einzelnen Zahn aus, und sich überschlagend verschwand er aus meiner Sicht.

Wir drängten vorwärts, während der Feind heulend floh und starb. Nach links und nach rechts haute ich, bis mein rechter Arm bis an den Ellbogen mit Blut und anderem bedeckt war und meine Muskeln nach Erholung schrien. Erstaunt bemerkte ich eine Öffnung vor mir. Instinktiv ging Pommers langsam, und als der rote Nebel vor meinen Augen verschwand und die Vernunft wiederkehrte, begriff ich, dass wir vollends durch die schwarzen Männer hindurchgestoßen waren. Zur Seite hin wurde noch gekämpft, aber das war eine andere Gruppe von Türken, die an einem entfernten Abschnitt der Kolonne eine Attacke gegen die Fußsoldaten ritten.

»Zu mir!« Die Stimme gehörte Richard. »Zu mir!«

Wir scharten uns um ihn. Ich bemerkte de Béthunes Wappen, dann das de Chauvignys, und war erleichtert. Thorne war ebenfalls bei uns. Wir waren nicht mehr so viele wie zu Beginn des Sturmangriffs, aber unsere Verluste waren leicht, bedachte man, dass wir eine gesamte Einheit des Feindes niedergeritten hatten, bis nur noch zermalmtes Fleisch von ihr übrig blieb. Dicht an dicht bedeckten Gefallene den Boden, über den wir gedonnert waren, die meisten reglos, nur wenige zuckten noch. Schmerzensschreie und unverständliche Sätze in der barbarischen Sprache, welche die Schwarzen benutzten, drangen in der sengend heißen, windstillen Luft zu uns.

»Wir kehren zum Heer zurück«, verkündete Richard laut.

Einige Ritter starrten auf den nächsten Feind und dachten ohne Zweifel, dass wir uns doch nur auf sie stürzen mussten, um zum zweiten Mal die gleiche Vernichtung wie vorhin zu verursachen, aber nicht eine einzige Stimme erhob sich gegen seine Autorität.

Wir zogen uns geordnet zurück und wurden von frenetischem Jubel der sonnenverbrannten, schwitzenden Fußsoldaten begrüßt. Auf ein Wort von Richard salutierten wir vor ihnen mit dem Schwert, eine Anerkennung ihres Mutes und ihrer Standhaftigkeit vor der wilden, überwältigenden Attacke.

Wir nahmen die Helme ab und tranken noch gierig Wasser aus unseren Schläuchen, als ein Johanniter die Linie entlanggeprescht kam und dem König eine Botschaft von de Nablus brachte. Die Nachhut erlitt einen heftigen, andauernden Angriff der verfluchten Heiden. Der Großmeister flehte um die Erlaubnis, mit seinen Rittern einen Gegenangriff führen und den Druck von den bedrängten Truppen nehmen zu dürfen.

Mit jäher Sorge dachte ich an Rhys und de Drune, die mitten in dem Sturm waren, und hoffte, sie überstanden ihn unversehrt. Ich konnte jedoch nichts für sie tun, denn ich wusste bereits, wie die Antwort des Königs lauten würde.

»Richtet dem Großmeister aus, er möge sich gedulden. Seine Männer müssen weiterhin dicht zusammenstehen.«

Der König hatte den Helm ebenfalls abgesetzt. Auch mit gerötetem Gesicht und Haaren, die vom Schweiß klebten, strahlte er Führerschaft und Königtum aus. »Ein Angriff erfolgt erst, wenn ich den Befehl dazu erteile.«

Der Johanniter sah ihn entsetzt an, wagte aber nicht, dem König zu widersprechen. Er neigte den Kopf, und mit einem raschen »Sire« wendete er sein Pferd und ritt zurück zum Ende der Kolonne.

Die Fußsoldaten wehrten einen neuen Angriff der Mamelucken ab. Von den furchterregenden schwarzen Kriegern war nichts mehr zu sehen. Das war immerhin eine Erleichterung, aber der nächste Pfeilhagel, der auf uns hinabregnete, war genauso schwer zu ertragen wie die vorherigen.

Erneut verursachten die Armbrustsalven entsetzliche Verluste beim Feind, und erneut zogen sich die Mamelucken zurück. Diesmal setzten wir ihnen nicht nach. Unter diesen unerträglichen Bedingungen konnte man einen Destrier nicht zu oft zum Galopp antreiben. Die Mamelucken verschwanden in das wabernde Hitzeflimmern, das über der ganzen Ebene lag.

Erneut traf ein Johanniter ein und überbrachte de Nablus' Ersuchen, seine Ritter gegen die Sarazenen führen zu dürfen. Wiederum lehnte der König es ab. Die Zeit sei noch nicht reif, sagte er zu mir.

Nachricht erreichte uns von Kämpfen an der Seeseite, hin zur Mitte der Kolonne. Mamelucken, die sich im Schutz der Nacht dorthin geschlichen haben mussten, brachen aus den Waldstücken hervor und stürzten sich wild auf die Fußsoldaten. Herzog Hugues und seine Ritter waren unterwegs, um zu helfen, den Angriff zurückzuschlagen. Wir bewegten uns weiter auf und ab, bereit zu reagieren, sobald sich der Feind an unserer Seite zeigte.

Bis zur Sext, der Mittagsstunde, war es noch lange hin, und ich hatte schon einen Wasserschlauch geleert. Trotzdem war ich furchtbar durstig und sehnte mich danach, den zweiten Schlauch anzubrechen. Mit Mühe hielt ich mich davon ab. Viele Stunden Tageslicht lagen vor mir, und der Kampf schien bald weiterzugehen.

Ich baute jedoch meinen Ledertrog auf und tränkte Fauvel und Pommers. Auch die Tiere waren ausgedörrt und hätten weit mehr gesoffen, als ich ihnen gab. Sie wieherten leise über dem leeren Trog und schüttelten die Köpfe. Offenkundig wollten sie mehr Wasser. Mir tat es im Herzen weh. Ich versprach beiden, dass sie sich am Abend satt saufen könnten, und hoffte, dass sie mich verstanden.

Langsam stieg die Sonne höher. Mit gnadenloser Wucht traf uns ihre Hitze. Männer brachen vom Sonnenstich zusammen, vor Erschöpfung, unter ihren Wunden. Die Reiter schwächerer Pferde mussten absteigen und zu Fuß gehen, sonst wären ihnen die Tiere unter ihnen niedergestürzt. In Wolken umschwirrten uns die Fliegen. Auf diese trostlose Weise ging unser Marsch weiter, langsam und schleppend. Wir Hausritter folgten dem König hierhin und dorthin, stürmten über kurze Entfernungen, um die Türken zurückzutreiben und den armen Fußsoldaten eine Erholung von den ständig niedergehenden Pfeilwolken zu verschaffen.

Von der Vorhut kam die Meldung, dass wir uns Arsur näherten, aber das Heer brauchte noch Stunden, um ganz in die relative Sicherheit der dortigen Festung zu gelangen. Die feindlichen Angriffe gingen weiter und wurden mit größeren Verbänden geführt. Ob wir unser Ziel überhaupt erreichen konnten, stand keineswegs fest.

Ich hörte, wie ein Soldat sagte, dass wir umzingelt seien wie eine Schafherde von den Wölfen, dass wir nichts sehen könnten als den Himmel über uns und unsere tückischen Feinde auf allen Seiten. Dagegen ließ sich kaum etwas anführen. Unser Schicksal und der Ausgang der Schlacht hingen in der Schwebe.

Beim nächsten Mal kam de Nablus persönlich, begleitet von zwei Serjeants zu seinem Schutz. Richard hieß ihn willkommen und hörte zu, während der geplagt aussehende Großmeister seinen Fall vorbrachte.

»Die Lage ist verzweifelt, Sire. Wir werden auf schändliche und unehrenhafte Art bedrängt. Die hintersten Reihen der Fußsoldaten müssen rückwärts marschieren, damit sie den Feind kommen sehen und sich gegen ihn verteidigen können. Ich weiß nicht, wie lange sie es noch ertragen.«

Vor meinem geistigen Auge sah ich Rhys und de Drune, wie sie Seite an Seite schritten, den Rücken nach vorn gewandt, die Armbrüste auf die endlosen Wellen feindlicher Reiter und Fußsoldaten gerichtet, die auf sie zustürmten. Gnädiger Jesus, betete ich, behüte sie.

»So viele Pfeile fallen, dass alle Ritter Gefahr laufen, ihr Pferd zu verlieren. Einige verfluchte Heiden sind abgesessen, um besser zielen zu können, während andere mit schweren Keulen auf uns zustürmen. Lass uns angreifen, Sire!«, flehte de Nablus. »Man hält uns für feige! Solche Schande wurde noch nie erduldet, und noch nie wurde unser Heer derart von den Heiden bedrängt. Wenn wir es weiter hinauszögern, uns zu wehren, zögern wir womöglich zu lange.«

Richard war nicht in Stimmung, jemandem die Hand zu halten oder sein Mitgefühl zu bekunden. »Der Befehl zum Angriff kommt, sobald ich die Zeit für reif halte. Horcht auf die Trompeter, Großmeister, und erduldet die Nadelstiche des Feindes«, sagte er kurz angebunden. »Niemand kann überall zugleich sein.«

De Nablus bat und argumentierte, ohne etwas zu erreichen. Starrsinnig blieb Richard bei seiner Entscheidung.

Der Großmeister musste sich den Wünschen des Königs fügen und kehrte enttäuscht und ärgerlich zu seinen Rittern zurück.

»Glaubt Ihr, sie werden standhalten, Sire?« Die Sorge nagte an mir.

»Ich hoffe es, Rufus. Ich glaube es fest!«

Sein forscher Ton überzeugte mich nicht völlig. Wir waren nicht Herr über die Johanniter. Wir mussten uns auf ihre Disziplin und ihr Durchhaltevermögen verlassen, für die Ritterorden berühmt waren. Und man muss es ihnen lassen, die Johanniter befolgten Richards Befehle noch fast eine ganze Stunde lang.

Zu dieser Zeit stand der König kurz davor, die Schlacht zu eröffnen und einen umfassenden Sturmangriff aller Ritter zu befehlen. Die Türken attackierten nunmehr nicht nur die Nachhut, sondern auch das Zentrum der Kolonne. Lasst sie auch noch die Spitze angreifen, sagte Richard, und Saladin hat sein gesamtes Heer in den Kampf geworfen. Nicht zurückzuschlagen bedeutete, die Niederlage herauszufordern, aber ein mächtiger Angriff mit tausend Rittern und ihren Destriern an einem Punkt hätte die feindlichen Kräfte zerschmettert.

Dann kam es zur Katastrophe. Ein Bote auf einem Pferd mit Schaum vor dem Maul meldete, dass zwei Johanniter zwei Türken hinterhergeritten seien, die sie verhöhnt hatten.

»*Wer?*« Richards Stimme war giftig vor Zorn.

»William Borrel und Baldwin Carew, Sire.«

Die Namen weckten in mir eine Erinnerung. Mir fiel ein, wie unzufrieden beide mit den Befehlen des Königs zuvor gewesen waren.

»Und die übrigen Johanniter?«, fragte Richard.

»Alle sind sie losgestürmt, Sire.« Bebend fügte der Bote hinzu: »Henri de Blois ist ebenfalls losgeritten und mit ihm die französischen Ritter.«

»Bei Gottes Beinen, das ist unser Untergang!« Richard brüllte nach dem Trompeter und befahl ihm, zum Angriff zu blasen. Er wandte sich uns zu und rief: »Zu mir! Wir reiten zur Position der Johanniter, so geschwind es geht! Dex aie!«

Wir ritten, und mein Herz platzte schier vor Stolz, dass mehr als hundert Ritter mir folgten. Überwältigende Hitze schloss mich ein. In meinen Augen brannte der Schweiß. Ich blinzelte ihn fort, so gut ich konnte. Das schwere Gewicht meines Helms drückte mir auf den Schädel. Trompetenklang und Hufdonner füllten meine Ohren. Trocken wie ein Stück Zunder klebte mir die Zunge am Gaumen. Gleich vor mir hob und senkte sich Pommers' Kopf im Galopp, und ein kleines Stück davor sah ich den König. Staubwolken verdeckten alles und begrenzten die Sichtweite auf dreißig oder vierzig Fuß.

Wir ritten an der Kolonne entlang, und die Fußsoldaten, die uns durch den wirbelnden Staub erblickten, jubelten uns zu, bis ihnen die Stimmen versagten. Jeden Einzelnen von uns verlangte es, den Feind zu finden und ihn zu Tausenden zu töten. Die Sicht war schlecht – man konnte Freund kaum von Feind unterscheiden, bis man dicht heran war –, aber das brachte unsere Entschlossenheit nicht ins Wanken. Ich dachte von uns als Racheengeln, von Gott entsandt, um die verderbten Heiden zu vernichten, die sein Heiliges Land besudelten.

Als ich sah, wie der König die Lanze einlegte, tat ich es ihm gleich. In die Achselhöhle geschmiegt, den Schaft fest in der Faust, hielt ich die Spitze der Waffe über Pommers' rechtem Ohr, bereit, sie auf den Feind zu richten. Ohne Vorwarnung preschten wir aus dem alles umfassenden Staub hinaus und sahen zu unserer Rechten Hunderte feindlicher Reiter und Johanniter in grimmigem Kampf. Links von uns schossen Mamelucken zu Fuß Pfeile auf bedrängte Gruppen von Fußsoldaten. Sie waren abgesessen, um ihre Bogen besser einsetzen zu können.

Richard hielt sofort auf diese Feinde zu, hart und schnell.

Die meisten Türken sahen uns nicht kommen. Wir prallten in ihre Reihen wie ein vom Hammer getriebener Keil, der einen Baumstamm spaltet. Wir fällten sie in Trauben, spießten sie mit unseren Lanzen auf, zerhackten, verstümmelten und töteten sie mit unseren blutdurstigen Schwertern oder zertrampelten sie unter den eisenbeschlagenen Hufen unserer Schlachtrösser. Von Panik erfüllt, heulten sie vor Angst, riefen ihren Gott um Hilfe an und taten alles, außer zu kämpfen, was uns das Gemetzel noch erleichterte.

Ich lenkte Pommers hierher und dorthin, trennte einem Türken den erhobenen Arm ab, während er sich noch aufrappelte, und enthauptete einen anderen, der sich mit einem Streitkolben auf mich stürzte. Zusammen mit dem König preschte ich auf eine Gruppe von sechs oder acht Feinden zu. Wie Hühner, die aus einem Gehege fliehen, stoben sie in alle Richtungen auseinander. Die letzten beiden waren zu langsam. Richard tötete den einen, ich den anderen. Der Feind war so zahlreich, dass es keinen Sinn hatte, die Übrigen zu verfolgen, und so kamen wir einem Ritter zu Hilfe, der allein gegen drei Türken kämpfte.

Ich spaltete dem einen den Schädel, und der König trieb einem anderen das Schwert in den Rücken, dass es vorn zwischen den Rippen wieder hervortrat. Der bedrängte Ritter hatte es nur noch mit dem letzten Türken zu tun und trennte ihm die rechte Hand ab, und als der entsetzte Mann auf das Blut starrte, das aus dem Stumpf spritzte, stieß er ihm die Klinge in die Brust.

»Ich danke Euch, Sire!«, rief der Ritter – es war Thorne.

Richard grüßte ihn mit der Klinge und betrachtete einen Moment lang die Lage. Die abgesessenen Mamelucken hatten die Flucht ergriffen und gestatteten unseren Fußsoldaten, wieder vorzustoßen. Der König stürmte davon, drehte Fauvel zur Hauptmacht des Feindes, die mit den zum Stehen gekommenen Johannitern im Kampf stand. »Dex aie!«, brüllte er.

»Kommt mit!«, rief ich Thorne zu, trieb Pommers die Fersen in die Seiten und folgte Richard. Links und rechts von mir spürte ich Reiter, sie sich uns anschlossen – weitere Ritter des Hauses. Wohin sie ritten, würde der Rest auch reiten, sagte ich mir in völligem Vertrauen auf die Disziplin und Ausbildung, welche die Grundlage unserer Existenz bildeten.

Wir galoppierten dem König hinterher und schlugen einen Haufen von wenigstens fünfzig Türken, der uns im Weg stand, in die Flucht. Ganz vom Kampfrausch beherrscht, nahmen wir sodann den Sturmangriff wieder auf, mit dem wir die bedrängten Johanniter entlasten wollten. Mitten zwischen sie hinein ritten wir, zwischen ihnen hindurch, um die verfluchten Heiden anzugreifen.

Staub und Hitze. Schweiß und Blut. Männerschreie und das Klirren von Schwert auf Schwert. Ständige Bewegung. Pommers galoppierte, verbog sich, wich aus, trampelte mit den Hufen. Mein rechter Arm hob sich und fiel, stieß und schlug. Mein linker Arm mit dem Schild schützte mich, meine linke Hand fest an den Zügeln lenkte das Schlachtross. Diese Dinge bildeten meine ganze Existenz. Ich hatte keine Zeit zum Denken, ich konnte nicht überlegen, was als Nächstes kam. Meine einzigen Ziele waren, den König zu schützen und Türken zu töten.

Unser blitzartiger Angriff aus dem verschleiernden Staub und den Reihen der Johanniter traf die Mamelucken völlig unvorbereitet. Leichte Reiterei hat ohnehin nie große Aussichten gegen schwere, und die immense Wucht, mit der wir auf sie prallten, zerschmetterte den Feind wie scharfkantige Klippen ein Ruderboot im Wintersturm. Jeder Rest einer Formation löste sich völlig auf. Die Disziplin verließ die Heiden, jede Kampfeslust verging ihnen. Alles, was blieb, war der Urinstinkt zu überleben.

Sie ergriffen die Flucht, ohne auf die Verwundeten oder die Kameraden zu achten, deren Pferde zusammengebrochen waren, schon gar nicht auf die Toten, die dicht wie gemähtes Korn auf der harten Erde lagen. Sie ritten Männer nieder, die bittend die Hände gehoben hatten, und schlugen ihre Kameraden zu Boden, wenn sie den Weg versperrten. Wir hetzten ihnen nach, wild, eifrig, ohne auf die Hitze zu achten und den Schweiß, der an uns hinablief. Niemals hatte ich die Blutgier so stark in den Adern gespürt. Denke ich im Nachhinein daran zurück, schäme ich mich, aber in diesen Momenten frohlockte ich, als ich einen Feind nach dem anderen fällte. In einer Welt, die nur aus Klinge und Blut bestand, wäre ich bis nach Jerusalem geritten, hätte der König nicht Halt befohlen.

Ich war dicht bei ihm, so wie während des ganzen Kampfes. Thorne war dort, de Béthune, de Chauvigny und ein Dutzend andere. Mir hob es das Herz, so viele von denen zu erkennen, die ich enge Kameraden nannte, und als sich mein Atem beruhigte und der Verstand wiederkehrte, sah ich uns zum ersten Mal richtig. Der Surcot jedes einzelnen Mannes konnte nicht mehr als solcher bezeichnet werden, so verschmutzt und bespritzt waren sie mit Blut, Staub und Eingeweiden. Der Rest von uns, vom Helm bis zu den Stiefeln, sah wenig anders aus.

Gott helfe mir, aber es fühlte sich wunderbar an.

»Genug.« Richards Stimme war ein raues Krächzen. »Diese Feinde sind besiegt, Christus sei Dank, aber wir werden woanders gebraucht. Saladin wird Männer ausgesandt haben, um noch andere Abschnitte der Kolonne anzugreifen. Bevor wir aufbrechen, soll jeder zweite Mann den Helm abnehmen und etwas trinken. Wenn er fertig ist, tun die Übrigen das Gleiche.«

Thorne wurde mit einem anderen ausgesandt, um den Befehl des Königs an die Johanniter und die Ritter unter Henri de Blois zu übermitteln. Erneut ritten wir los, in gemächlicherem Tempo diesmal. Wir begaben uns ans Ende des Heeres und trafen unterwegs Gruppen aus Bretonen, Angevinern und Poitevinern. Sie waren uns nachgestürmt und hatten sich an unserer Rammbockattacke auf den Feind beteiligt. Nun sammelten sie sich hinter dem König und schlossen sich uns zu Dutzenden und Aberdutzenden an.

Als wir das vierte Bataillon erreichten, das der englischen und normannischen Ritter, befahl Richard ihnen, uns zu folgen. Wir waren nun eine große Masse von Rittern, mehr als achthundert an der Zahl, und ritten in Reihen, die fünfzehn bis zwanzig Köpfe zählten, mit dem König und mir ganz vorn, dem Haus hinter uns.

Ich fühlte mich unbesiegbar. Ich empfand keinen Hunger und keinen Durst. Meine schweißgeröteten Augen waren klar, und mein rechter Arm fühlte sich so frisch an, als hätte ich gerade erst das Schwert gezogen. Pommers, das wunderbare Tier, das er war, zeigte kein bisschen Müdigkeit, sondern schritt so elegant aus, als paradierten wir vor Königin Berengaria.

Ein zweites Mal verbarg uns der Staub, und wir überraschten die Türken, die auf Saladins Geheiß das Zentrum der Kolonne angriffen. Rasch stellten wir uns zu einer viel breiteren Linie auf und stürmten los. Hufe trommelten über den Boden. Noch mehr Staub stieg in die Luft. Richard brüllte etwas, aber ich konnte es nicht verstehen. Mit dem Schwert zeigte er auf den Feind und trieb Fauvel zu noch größerem Tempo an. Der prächtige Hengst schoss vor, schneller als ein Armbrustbolzen.

Jeder Ritter sah es. Jeder Ritter gab dem eigenen Destrier gnadenlos die Sporen, sowohl um die eigene Kampfeslust zu zeigen als auch, um zu verhindern, dass der König, allein auf sich gestellt, umzingelt wurde.

Ich erinnere mich, wie ich einen Kriegsruf ausstieß, einen unartikulierten, tierhaften Laut, der Tod verhieß. In dem Durcheinander nahm ihn niemand wahr, aber ich schwöre, er hätte jedem den Inhalt seiner Eingeweide in Wasser verwandelt. Pommers spürte meine Verzweiflung, spannte jeden Muskel in seinem starken Leib an und schloss zu Fauvel auf.

Seite an Seite mit Richard, meinem Schlachtenbruder, prallten wir auf den Feind.

Erneut zerschmetterten wir die türkischen Linien. Erneut töteten wir Unzählige von ihnen. Das Sonnenlicht strahlte auf unseren Schwertern. Blut spritzte, sprühte, wurde gierig von der ausgedörrten Erde aufgesaugt. Funken flogen von Helmen, von eisernen Klingen getroffen. Köpfe rollten von den Schultern. Waffen entfielen abgetrennten Händen. Gedärme, heiß und dampfend, quollen aus zerhauenen Bäuchen. Pferde stiegen auf die Hinterhand und stürzten oder wurden von der Wucht eines Schlachtrosses im vollen Lauf, schwer wie ein Pferdewagen, einfach umgeworfen. Nicht ein Mann unter den Sarazenen konnte vor uns bestehen, so überwältigend war unsere Stärke, unsere Lust am Töten, unsere, ich wage es zu sagen, gottgegebene Kraft.

Diesmal ging die Verfolgung viel länger. Wir hetzten den Feind bis an den Fuß der Hügel, aus denen er gekommen war. Alle wären wir noch weitergeritten, aber die Türken waren in die Flucht geschlagen, und Richard wollte nicht unnötig Männer verlieren.

Er zügelte Fauvel, nahm den Helm ab und leerte einen ganzen Wasserschlauch. »Bei Gottes Beinen, das war der süßeste Trank, der mich je gelabt hat«, sagte er lachend.

Wir alle lachten, denn das Wasser aus dem geölten Leder, das in der Sonne brühwarm geworden war, schmeckte mehr als widerwärtig. Dann aber folgten wir seinem Vorbild, und nie hatte ich ein Getränk so sehr genossen. Wir tränkten auch die Destrier aus unseren Ledertrögen, und ich umschlang Pommers' breiten Hals und sagte ihm, er sei das beste Pferd, das ein Mann sich wünschen könne, besser sogar als Fauvel. Letzteres flüsterte ich für den Fall, dass der König mich hörte und gekränkt war.

Nach einer kurzen Erholungspause führte Richard uns zur Kolonne zurück. Den Helm ließ er am Sattelbogen baumeln, das Schwert hatte er griffbereit auf den Schoß gelegt. Mit steifem Rücken ritt er aufrecht vor uns her. Fröhlich begrüßte er jeden Edlen, den er sah, lobte laut die Fußsoldaten, die über das Schlachtfeld gingen, die feindlichen Verwundeten erlösten und sich nahmen, was sie finden konnten.

»Richard! Cœur de Lion!«, jubelten sie, machten Ehrenbezeigungen, rannten neben seinem Pferd her, um seine Füße zu küssen oder seine Hand zu drücken. »Richard! Cœur de Lion!«

»Sie glauben, wir hätten gewonnen«, sagte der König mit seltsamem Unterton zu mir.

»Aber das haben wir, Sire!«, rief ich schockiert. »Ihr habt gewonnen.«

»Nicht so, wie wir es nötig hätten, Rufus.« Er wies auf den Boden, über den wir ritten und der mit Leichen und Pferdekadavern bedeckt war, so weit das Auge reichte. »Das ist leider nur ein kleiner Teil von Saladins Heer. Denkt an die Größe des Lagers, das wir vom Rochetaillé aus gesehen haben. Der Feind ist besiegt, das stimmt durchaus, aber geschlagen ist er nicht.«

»Wären diese beiden Johanniter nicht gewesen …«, sagte ich bitter.

»Allerdings, Rufus.« Und zum ersten Mal hörte ich Müdigkeit in des Königs Stimme.

»Werdet Ihr sie bestrafen, Sire?«

Er lachte. »Welchen Sinn hätte das? Die Schande soll reichen, dass sie uns durch ihren Jähzorn und ihre Disziplinlosigkeit den umfassenden Sieg gekostet haben.«

Er ist verschlagen, dachte ich. Dieses Wissen ist eine härtere Strafe als alles, was er verhängen könnte.

Trotz der Niederlage, die wir den Türken zugefügt hatten, waren die Kämpfe des Tages noch nicht vorüber. Der Hauptteil der Armee hatte Arsur erreicht und schlug das Lager auf, als eine überraschende Attacke die äußerste Nachhut traf. Sie erfolgte so dicht bei den Zeltreihen, dass wir die Rufe und Schreie der Kämpfenden hören konnten.

Richard, der noch im Harnisch war, sprang aufs Pferd und befahl allen Umstehenden, ihm zu folgen. Fünfzehn Ritter waren wir außer dem König, und wir ritten, um gegen die Heiden zu kämpfen, ohne dass wir wussten, wie viele es waren.

Kein einziger Mann zögerte.

»Gott und das Heilige Grab, helft uns!«, rief Richard auf dem Weg zum Tor des Lagers. »Die Türken sind nahe!«

Fußsoldaten sprangen auf, packten ihre Armbrüste und Speere. Ritter riefen nach ihren Streitrossen. Guillaume des Barres kam zu uns geritten und rief dabei seinen Landsleuten zu, ihm zu folgen. Ich blickte über meine Schulter und empfand Stolz, als eine riesige Schar Männer uns zu Fuß und im Sattel folgte.

Ob es der Lärm war, mit dem wir uns näherten – unsere Pferde donnerten über den staubigen Boden, die Soldaten brüllten und schrien, die Trompeten schmetterten –, oder die Erinnerung an die schmachvolle Niederlage, die sie gerade erst erlitten hatten, weiß ich nicht, aber die Türken brachen ihren Angriff auf die Nachhut sofort ab. Wir brauchten sie nicht einmal in die Flucht zu schlagen, stattdessen jagten wir den Feind erneut und bedrängten ihn bis an den Rand des Waldes von Arsur.

Ein glorreiches Ende für einen glorreichen Tag.

Nur viel später, als der König fragte, wo Philip sei, und ich es nicht wusste, traf mich eine erste Ahnung, was der schlimmste Verlust des heutigen Tages sein mochte, tief ins Mark.

Nirgendwo war eine Spur von ihm. Zuletzt hatte ich ihn vor Stunden gesehen, bei einem unserer Sturmangriffe, aber die Wirren der Schlacht hatten uns voneinander getrennt.

Richard erging es genauso. Beunruhigend war, dass seither niemand mehr Philip zu Gesicht bekommen hatte. Die Dunkelheit war eingebrochen, und so konnten wir uns nicht auf die Suche nach ihm machen.

Obwohl ich erschöpft war, machte ich in jener Nacht kaum ein Auge zu. Vor dem ersten Licht streifte ich einen Gambeson über und sattelte meinen Runtzid. Pommers wagte ich nicht zu reiten, so ausgelaugt von der Schlacht, wie er war. Richard fing mich ab, bevor ich mit Rhys, Thorne und einem Dutzend anderen aus dem Haus aufbrach – er wäre mit uns geritten, gab aber unserer Bitte nach, die Gefahr zu meiden, so gering sie auch sei, in einer kleinen Gruppe über das Schlachtfeld zu reiten. Wir wollten auch die Leiche von Jacques d'Avesnes suchen, eines flämischen Adligen, der dem König treu war und ebenfalls vermisst wurde. De Drune begleitete uns – er ließ nichts anderes zu – und hockte unbeholfen auf einem Maultier, das er sich von einem Fuhrmann hatte leihen können.

Beinahe den ganzen Tag lang waren wir unterwegs, kochten wieder in der Ofenhitze und schwitzten ohne Rüstung kaum weniger. Unsere Gesichter bedeckten wir mit feuchten Lappen, die ein wenig gegen den Gestank halfen, denn die Kadaver der Pferde und die Leichen der Männer, die über das meilenweite Schlachtfeld verstreut lagen, faulten bereits. Bäuche waren angeschwollen, Fleisch wurde schwarz, Zungen und Augen wurden Beute der unzähligen Geier und anderer Aasvögel. Wir sahen keine lebendigen Heiden, was eine Gnade war.

Jacques d'Avesnes fanden wir als Ersten. Drei seiner Verwandten waren bei ihm, und sie lagen in einem Ring aus fünfzehn oder mehr toten Türken. Sie hatten ihr Leben teuer verkauft, was ein schlechtes Licht auf Graf Robert de Dreux warf, der während des

Kampfes in ihrer Nähe gewesen war und hinterher behauptet hatte, Jacques und seine Verwandten wären schnell niedergemacht worden. Wir stießen eine Lanze mit einem Wimpel in den Boden, damit wir sie wiederfanden, und setzten unsere Suche nach Philip fort.

Rhys war es, der ihn entdeckte. Philip lag neben seinem Destrier – das Tier hatte dem König gehört. Philips Ringpanzer war an zahlreichen Stellen durchschlagen und ein Arm wohl vom Streitkolben eines Türken zermalmt. Schuldgefühl überkam mich, denn ich hatte den König gebeten, ihm zu erlauben, mit uns zu reiten, und ich war nicht bei Philip gewesen, als er mich am dringendsten gebraucht hatte. Fünf tote Sarazenen lagen bei ihm, der Beweis, dass Philip wie ein Held aus alter Zeit gefochten hatte, bevor die Übermacht zu überwältigend wurde.

Gemeinsam hätten wir vielleicht standgehalten, dachte ich bitter, auch wenn ich genau wusste, dass meine oberste Pflicht stets darin bestand, beim König zu bleiben.

»Er hat gut gekämpft.« Rhys' Stimme war ungewöhnlich belegt.

»Ja.« Ich konnte kaum sprechen. Philip war der Erste gewesen, der mir die Hand zur Freundschaft gereicht hatte, als ich in Richards Dienste trat. Ein ganzes Jahrzehnt lang waren unsere Lebensfäden ineinander verflochten gewesen, wie es nur bei Waffenbrüdern vorkommt. Nun war er tot, und ich war nicht bei ihm gewesen.

Selbst de Drune, der nur selten eine Regung zeigte, war von Trauer gezeichnet. Ich ertappte ihn, wie er sich die Augen abtupfte, als er glaubte, dass niemand ihn beobachtete. Andere Ritter des Hauses waren nicht weniger getroffen. Philip war beliebt gewesen.

Thorne blieb am ruhigsten, vielleicht deshalb, weil er Philip am kürzesten von allen gekannt hatte. Er war es, der den armen Burschen in ein Leichentuch aus Linnen hüllte – wir waren so geistesgegenwärtig gewesen, davon mehrere mitzubringen –, und er legte ihn über den Sattel eines Ersatzpferdes. Meine Tränen flossen, als Philips schlaffer Leichnam an Händen und Füßen zusammengebunden wurde, damit er nicht herunterfiel, wenn wir ritten.

Wie ein Blitzschlag traf mich die Endgültigkeit seines Todes. Als er noch zwischen den Feinden lag, die er erschlagen hatte, war es mir möglich gewesen, ihn vor mir zu sehen, wie er tapfer kämpfte, allein, ohne nachzugeben, bis ihn die letzte Kraft verließ. Nun konnte ich nicht mehr leugnen, dass mein, von Rhys abgesehen, ältester Freund für immer fort war.

Dieser Schlag fiel umso furchtbarer aus, weil ich – eingedenk Philips üblicher Rolle – nicht damit gerechnet hatte.

KAPITEL XXVI

Außerhalb von Joppa, Mitte Oktober 1191

Der Tag war warm und angenehm, und so unglaublich es auch erschien, ich hatte es mir im Schatten üppig grüner Weinreben, an denen saftige schwarze Trauben hingen, gemütlich gemacht. Mein Bauch war mit einem guten Mittagessen aus Brot, Oliven, Käse, Feigen und Trauben gefüllt, das ich mit dem hiesigen Wein hinuntergespült hatte, und schläfrig war ich zufrieden, mit halbem Ohr dem Gespräch meiner Freunde zuzuhören. Hin und wieder dachte ich mit Trauer an Philip, der mit Jacques d'Avesnes und seinen Verwandten auf dem Schlachtfeld begraben lag, und bat Gott, für ihn zu sorgen. Sein Grab hatte ich bereits mehrmals aufgesucht.

Rhys saß mit de Drune und Thorne nicht weit von mir. Auch Abu war dabei und sah gebannt zu, wie die drei würfelten und tratschten.

»Eine Drei und eine Eins. Du bist dran, Thorne.« Rhys klang angewidert.

»Wann kehrt der König aus Akkon zurück?«, fragte de Drune.

Ich spitzte die Ohren, denn Joanna würde ihn begleiten. Bei dem Gedanken erwärmte sich mein Herz.

»Jeden Tag. Er wird nicht lange brauchen, um die übrigen Drückeberger aus den Bordellen und Tavernen einzusammeln«, sagte Thorne. »Zwei Dreien.«

»Guy de Lusignan hat sich als genauso nichtsnutzig erwiesen wie damals bei Hattin«, stellte Rhys fest.

Richard hatte Guy vor einigen Tagen ausgesandt, um die Drückeberger zu holen. Guy war auf ganzer Linie gescheitert, und der König hatte sich selbst nach Akkon begeben. Er wollte auch herausfinden, was Conrad de Montferrat vorhatte, denn ihn hatten Gerüchte erreicht, dass sich der verschlagene Italiener in Geheimverhandlungen mit Saladin befinde.

»Der König wird nicht versagen, aber wenn die Drückeberger hier sind, werden sie schon bald so weitermachen wie bisher. In Joppa gibt es fast so viele Huren wie in Akkon«, sagte Thorne, und die anderen lachten leise. In den vergangenen Tagen waren sehr viele solcher Frauen in der Hoffnung auf gute Geschäfte in die Stadt gekommen. »Würfle schon, de Drune«, drängte Thorne. »Wir haben nicht den ganzen Tag Zeit.«

Seit unserem Sieg bei Arsur war viel geschehen und vieles nicht. Von der Anstrengung der Schlacht gegen Saladin ausgelaugt, hatte das Heer drei Tage gerastet, bevor es weiter nach Joppa marschiert war. Wir hatten die Stadt schwer beschädigt vorgefunden – der Versuch des Feindes, sie für uns nutzlos zu machen –, und Richard hatte befohlen, das Lager in einem Ölbaumhain vor den Mauern aufzuschlagen.

Sonnenverbrannt, ausgedörrt, erschöpft und in Trauer um unsere Gefallenen, hatten wir zu unserer Freude Haine aus Mandel-, Granatapfel- und Feigenbäumen vorgefunden, dazu Weinreben wie die, in deren Schatten ich mich rekelte. Die Flotte war am selben Nachmittag mit dem dringend benötigten Korn und Dörrfleisch eingelaufen. Nachdem der Proviant entladen worden war, hatten wir eine Woche lang nichts anderes getan, als zu essen, zu trinken und zu schlafen.

Ein erfreuter Ruf.

»Zwei Fünfen«, sagte Rhys mit offenkundigem Unwillen.

»Ich weiß nicht, wie du das immer schaffst.« Thorne klang kein bisschen froher.

»Her mit eurem Geld«, befahl de Drune.

Münzen klimperten.

»Noch eine Runde?«, fragte de Drune.

Die anderen stimmten zu, aber mit wenig Begeisterung. Ich

lächelte vor mich hin. De Drune hatte ein Händchen dafür, die meisten Spiele zu gewinnen.

»Wir sollten marschieren«, sagte Rhys unvermittelt. »Nicht im Schatten hocken und würfeln.«

Thorne schnaubte. »Ich bin gern in Joppa.«

»Ich auch«, fügte de Drune hinzu.

»Rhys hat recht«, sagte ich. »Habt Ihr vergessen, wozu wir hier sind?«

»Ich dachte, Ihr würdet schlafen«, sagte de Drune.

Ich ignorierte ihn. »Das Heer hätte in dem Moment, in dem wir uns erholt hatten, nach Süden marschieren sollen.«

Ich verfiel ins Brüten über das, was geschehen war. Richard hatte entschieden, dass vor der Eroberung Jerusalems erst Askalon genommen werden musste, das Tor nach Ägypten. Kurz nach unserer Ankunft hatte er Gerüchte vernommen, die Befestigungen der Stadt würden auf Saladins Befehl niedergerissen, und hatte Geoffroy de Lusignan zu Schiff die Küste hinuntergesandt. Ein würdiger Ritter namens William de l'Etang, der gerade erst zu Ruhm gekommen war, begleitete ihn. Bei ihrer Rückkehr hatten sie das Gerücht bestätigt, und der König verlangte, sich sofort nach Askalon in Marsch zu setzen.

»Bewegt Euch schnell, und wir erobern die Stadt, ehe alle ihre Verteidigungsanlagen zerstört sind. An der Hauptstrecke nach Ägypten gelegen, haben wir dann unseren Fuß an Saladins Kehle«, hatte Richard gerufen, aber die Streitigkeiten zwischen den Kontingenten waren sofort wieder aufgeflammt.

Angeführt von den Franzosen hatte eine Mehrheit der Anführer erklärt, Jerusalem sei unser Ziel, nicht Askalon. »Weshalb sich mit einem gottverlassenen Kastell in der Wüste abmühen?«, hatte Hugues von Burgund empört aufgeschrien.

Richards Argumente, dass Saladins größte Angst sei, dass die Armee auf Askalon marschieren könnte, und wir die Nachschublinien unmöglich sichern könnten, sobald wir landeinwärts vorstießen, fielen auf taube Ohren. Der König hatte gespürt, dass die Einheit der Koalition auf dem Spiel stand, und sich der Abstimmung gefügt, aber nur mit großem Widerstreben. Er hatte sich sofort an die Arbeit gemacht und den Wiederaufbau der Wehranlagen überwacht, die von Saladin zerstört worden waren.

Nicht alles war harte Arbeit ohne Vergnügen gewesen. Die Beizjagd und das gewöhnliche Waidwerk bildeten die Hauptvergnügungen für den König und seine Hausritter. Solche Ausflüge waren jedoch nicht ohne Gefahr. Zwei Wochen zuvor hatte das Verhängnis zugeschlagen, als Richards Gruppe Meilen vom Lager entfernt von Sarazenen überfallen wurde. Ohne das schnelle Handeln eines Ritters namens Guillaume de Preaux, der ausrief, er sei Malik Rik, und deshalb gefangen genommen wurde, hätte Richard dieses Schicksal erlitten. Wäre ich dort gewesen, hätte ich das Gleiche getan, aber tief in meinem Innern war ich froh, nicht Saladins Gefangener zu sein.

Was mich anging, hatte ich Pflichten – Patrouillen, die Aufsicht über das Entladen von Nachschub und so weiter –, aber einen gehörigen Teil des Tages nahm die Freizeit ein. Das war der Grund, weshalb ich in einem Weinberg lag, auch wenn es unsere Sache nicht voranbrachte.

»Ich bin froh, dass wir hiergeblieben sind«, verkündete de Drune. »Hier ist es höchst angenehm.«

Ich stützte mich auf einen Ellbogen und schnaubte. »Weil Ihr so viel saufen konntet, oder wegen der Huren?«

»Beides«, antwortete Rhys und duckte sich unter einem Hieb de Drunes weg, welcher, wie ich bemerkte, weder den einen noch den anderen Vorwurf abstritt.

»Als hättest du dir keine Kostproben genommen«, sagte Thorne zu Rhys.

»Ha!«, rief mein Knappe. »Und was ist mit dir?«

»Was wagst du es, mit einem gegürteten Ritter so zu sprechen, du Grünschnabel!«, rief Thorne aus.

»Sagte ich etwa nicht die Wahrheit, Messire?« Rhys betonte besonders das letzte Wort.

Thorne, der aus seinem Weinschlauch getrunken hatte, verspritzte den Wein in alle Richtungen.

Rhys' Miene blieb unbewegt, aber ich merkte ihm an, dass er ein Auflachen unterdrückte.

Mir entschlüpfte ein Lachen, aber nicht nur wegen Thornes Hustenanfall. Rhys' Fähigkeit, mit Leuten vertraut zu sein, die gesellschaftlich über ihm standen, erstaunte mich immer wieder.

Abu interessierte sich nicht für das Wortgefecht. »Wann werden wir Saphadin wiedersehen, Herr?«, fragte er.

Saladin und Richard hatten wieder Fühlung aufgenommen, aber nichts Wesentliches war vereinbart worden.

»Bald«, sagte ich. »Der König möchte zunächst mit seiner Gemahlin, der Königin, wiedervereint sein.« Ich achtete nicht auf das Blinzeln und die Rippenstöße, die Rhys und de Drune tauschten, und dachte verlangend an Joanna.

»Beim ersten Treffen ist nicht viel geschehen, was?« Thorne wandte sich direkt an Abu.

»Geredet wurde viel«, sagte Abu. »Beide Seiten redeten viel und sagten wenig.«

Die Wahrheit war enttäuschend, aber das hielt niemanden davon ab zu lachen. Ich merkte an, dass beide Seiten Spielchen trieben. Saladin wollte hinauszögern, dass Richard Jerusalem oder Askalon angriff, denn sobald der Winter kam – der nicht weit entfernt war –, müsste er die Feindseligkeiten bis zum Frühjahr ruhen lassen. Der König andererseits wollte Saladin überzeugen, dass er vorhatte, in Ägypten einzumarschieren. Damit hoffte er Saladin großzügige Bedingungen abzuringen, um die Invasion zu verhindern.

Für Richard war es ein Umschwung, dass er eine Verhandlungslösung suchte, aber mehrere Gründe hatten ihn dazu gebracht. Vorherrschend darunter war unser harter Marsch von

Akkon nach Joppa. Ein weiterer waren die fünfzehn Monate, die verstrichen waren, seit wir Chinon verlassen hatten, ohne dass ein Ende des Heerzugs in Sicht gewesen wäre. Der König machte sich zunehmend Sorgen um sein Königreich und die Gefahr, die Philippe Capet und sein eigener Bruder John für das Reich bedeuteten. Seit Monaten war keine Nachricht aus England eingetroffen, aber das bedeutete nichts. Wie der König sagte, hatte sein Bruder John nie zur Untätigkeit geneigt.

»Wir Franken und die Muslime bluten aus«, hatte er zu mir gesagt, Worte, die er nach seiner Rückkehr aus Akkon Saladin schreiben wollte. »Das Land liegt in Ruinen, und auf beiden Seiten sind zu viele Güter und zu viele Leben geopfert worden. Es wird Zeit, damit aufzuhören. Die strittigen Punkte sind Jerusalem, das wahre Kreuz und das Land. Kommen wir darüber zu einer Einigung, dann habe ich mein Ziel erreicht. Dann können wir nach Hause, Rufus.«

Nach Hause, dachte ich. Er vielleicht. Aber ich noch nicht. Ich hörte es wie den Widerklang eines alten Liedes in meinem Kopf, der schwächer geworden war, auch wenn ich das nicht zugeben wollte. Nach Cairlinn zurückzukehren war mein Ziel gewesen seit dem Tag vor zwölf Jahren, an dem ich bei Striguil an Land ging. Zuzugeben, dass ich wenig Grund hatte, dorthin zurückzukehren, denn meine Familie war tot, schien gleichbedeutend damit, zu leugnen, was ich war, ein stolzer Ire. Doch wenn ich mir vorstellte, an einem rauchenden Feuer in der Halle von Cairlinn zu sitzen, während vom Meer Wind und Regen kamen, was gut die Hälfte des Jahres der Fall war, ging mir nicht mehr das Herz über.

Die wenigen Kameraden in Irland, die die brutalen englischen Angriffe auf die Ländereien meiner Familie überlebt hatten – was geschehen war, als ich schon als Geisel in Wales weilte –, wären längst gewöhnt, unter dem Joch der Eroberer zu leben.

Herr gebrochener Männer wäre ich, dachte ich, Herrscher über ein kleines Stück Ödland, um das sich von jeher Leinster und Ulster zankten. Ich schalt mich, den Gedanken auch nur zu denken, so verräterisch erschien er mir, und doch konnte ich seine Wahrheit nicht bestreiten.

Als Richards treuer Gefolgsmann genoss ich Reichtum, Stellung und Respekt. Nur wenige standen so hoch in der Gunst des Königs. Ich hatte außerdem die Liebe seiner Schwester Joanna, und es bestand kein Grund, weshalb es nicht noch eine Weile so weitergehen sollte. Verließ ich sein Haus jedoch, erhielt ich den Titel, den Richard mir versprochen hatte: Ich wurde Herr von Cairlinn und der Reichtümer, die es mir einbrachte. Alles andere wäre für mich verloren.

Ich war mir nicht sicher, ob ich dafür diesen Preis zahlen wollte.

Der König kehrte an diesem Abend mit einer gewaltigen Flotte zurück. Er hatte Conrad nicht auf seine Seite ziehen können, der es noch immer ablehnte, sich in irgendeiner Weise am Heerzug zu beteiligen. Davon abgesehen, hatte er seinen kurzen Aufenthalt in Akkon gut genutzt. Mit Schmeicheleien waren Hunderte Drückeberger zurück ins Heer gelockt worden, und außerdem hatte Richard eine neue Einigung mit den Genuesern erzielt. Sollte sein Plan, in Ägypten einzufallen, jemals Wirklichkeit werden, brauchte er mehr Schiffe, als ihm während des Vormarschs auf Joppa zur Verfügung gestanden hatten. In dem Bestreben, so viel aus den Möglichkeiten zu machen, die sich ihnen eröffneten, hatten sich die Genueser ihm angeschlossen.

Mir behagten weder die neuen Fahrzeuge noch der italienische Singsang ihrer Besatzungen. Ich war froh, den König wiederzusehen, aber der einzige Mensch, für den ich mich wirklich interessierte, war Joanna. Mir fiel es schwerer denn je, meine Gefühle zu verbergen, als sie mit Berengaria von Bord ging. Richard schritt den beiden Frauen auf der Laufplanke voran und half ihnen mit ausgestreckter Hand auf den Kai.

Sie war eine Erscheinung. Ihr blondes Haar schimmerte im Licht der sinkenden Sonne, und ihre goldene Haut war noch gebräunter als zuvor. Sie lachte über etwas, das der König gesagt hatte, und sah mich zuerst nicht, der ich mitten in der Begrüßungsabordnung stand. Mir stockte der Atem. Ich fühlte mich wie ein liebeskranker Jüngling, dem seine Leidenschaft die Stimme verschlug.

Befangen sah ich zu Berengaria, die aufrichtig erfreut wirkte, mit Richard wiedervereint zu sein. Mit Gottes Segen, dachte ich, erwartete sie nach den stillen Monaten, die uns bevorstanden, ein Kind.

Der König grüßte uns. Im Chor hießen wir ihn willkommen.

Mein Auge lag unaufhaltsam auf Joanna. Ich vermochte nicht zu verhindern, dass meine Lippen sich zu einem Lächeln verzogen.

Sie entdeckte mich, aber sie verzog keine Miene. Sie neigte leicht das Kinn, und das war alles. Augenblicklich packte mich die Sorge, und ich konnte mir noch so oft sagen, dass sie sich verhielt, wie ich mich hätte verhalten sollen. Sie hatte ihr ganzes Leben bei Hofe verbracht und war eine Expertin im Verbergen ihrer Gefühle.

Ich brannte darauf, sie allein zu sehen. Auf dem Ritt ins Lager überschlugen sich meine Gedanken mit den Möglichkeiten, eine Gelegenheit dazu herbeizuführen. Joanna würde beim König wohnen, in der jüngst neu bedachten und teilweise wiederaufgebauten Zitadelle innerhalb von Joppas Mauern. In ihr Gemach zu gelangen würde sich als wahrhaft schwierig erweisen.

Wie sich zeigte, vergingen etliche trostlose Tage, ohne dass sich auch nur eine einzige Gelegenheit bot. Eines Morgens konnte ich einige Worte mit Joanna wechseln, als sie den König auf eine Beizjagd begleitete. Es genügte, um mich zu vergewissern, dass ich ihr noch immer teuer war, und ihr meine unsterbliche

Liebe zu schwören, aber für ein richtiges Gespräch waren zu viele Menschen anwesend. Körperlicher Kontakt, nach dem ich mich sehnte, stand völlig außer Frage.

Richard, der tun und lassen konnte, was er wollte, verbrachte weniger Zeit mit Berengaria, als ich angenommen hätte. Er stand früh auf und machte sich tagsüber kaum für sie frei. Ich sagte mir, dass es unerheblich sei, solange sie nur jede Nacht beieinanderlagen, aber mir fiel auf, dass er recht kühl mit ihr umging. Ich glaube, er bemerkte gar nicht die Sehnsucht in ihrem Blick, als er sich verabschiedete. Die Verhandlungen mit Saladin schienen ihn viel mehr zu beschäftigen als der Zeitvertreib mit seiner jungen Frau.

Am siebzehnten Oktobertag sandte Saladin seinen Sekretär Ibn an-Nahlal statt Saphadin zum König. An dieses Treffen sollte ich mich noch lange erinnern, so unerfreulich war es.

Ibn an-Nahlal war ein kleiner, plumper Sarazene mit schwarzem Bart. Er gab sich ernst und konzentriert, wie es die Art von Schreibern und Gelehrten ist, und sprach ein wenig Französisch, benötigte aber einen Dolmetscher.

Richard empfing ihn in der reparierten, neu eingerichteten Wohnhalle, die kleiner war als in der Zitadelle von Akkon, aber ähnlich hoch in der Wand angebrachte Fenster und einen Fliesenboden hatte. Auf einem niedrigen Podium an dem einen Ende standen mehrere Stühle mit hohen Lehnen. Die dicken Wände hielten viel Hitze ab, und ich trug keine Rüstung, aber trotzdem war die Luft wärmer, als ich es gern hatte.

Die Versammlung war nicht groß. Außer dem König nahm Onfroy de Toron teil. Auf Richards Bitte hatte ich Abu mitgebracht. De Chauvigny und de Béthune vervollständigten unsere Abordnung. Ibn an-Nahlal hatte nur seinen Dolmetscher. Seinem Begleitschutz aus Mamelucken war der Eintritt verwehrt worden.

Nach kurzen gegenseitigen Vorstellungen und Liebenswürdigkeiten begann der König. Er wiederholte die Empfindungen, die er mir gegenüber geäußert hatte, was den schrecklichen Verlust von Leben auf beiden Seiten anging, und die entsetzlichen Folgen des Krieges für Outremer. Ibn an-Nahlal rieb sich den Bart, stimmte von ganzem Herzen zu und fragte, ob Richard etwas vorzuschlagen habe.

»Das habe ich«, sagte der König. »Jerusalem ist für uns ein Ort der Anbetung, den wir nicht aufgeben könnten, selbst wenn nur noch ein Einziger von uns übrig wäre. Das Land von hier bis jenseits des Jordanstroms muss uns überantwortet werden. Das Wahre Kreuz, das für Euch nur ein wertloses Stück Holz ist, ist für uns von gewaltiger Bedeutung. Wenn Ihr es zurückgebt, können wir Frieden schließen und uns von diesen endlosen Strapazen erholen.«

Der Dolmetscher tat sein Werk, worauf ein langes Schweigen folgte, bei dem sich Ibn an-Nahlal immer wieder den Bart rieb.

Richards Ungeduld verriet nur sein rechter Fuß, der hin und wieder zuckte.

Er hat viel verlangt, dachte ich, womöglich mehr, als Saladin zu gewähren geneigt ist.

Endlich antwortete Ibn an-Nahlal über seinen Dolmetscher. »Ich kenne Salah al-Dins Willen nicht zur Gänze, Sire, aber ich bin mir sicher, dass seine Antwort in etwa wie folgt lauten würde. Jerusalem gehört uns genauso sehr wie Euch. Tatsächlich ist es uns sogar noch heiliger als Euch, denn es ist der Ort, an dem unser Prophet zum Himmel aufstieg, und der Ort, an dem sich unsere Gemeinschaft am Jüngsten Tag versammeln wird. Glaubt niemals, dass wir es abtreten können. Das Land gehörte außerdem ursprünglich uns, während Ihr Neuankömmlinge seid und es nur deshalb an Euch bringen konntet, weil die Muslime, die damals dort lebten, schwach waren.«

Sein letzter Satz bezog sich auf den Krieg vor einem Jahrhundert, nach dessen Ende die Christen den Sarazenen Jerusalem abgenommen und das Königreich errichtet hatten.

Richards Gesicht war eine unbewegte Maske, nachdem Onfroy übersetzt und Abu seine Worte bestätigt hatte.

Überrascht haben kann es ihn nicht, dachte ich, aber erfreut ist er auch nicht.

»Und das Kreuz?«, fragte der König.

»Sein Besitz ist ein guter Trumpf in unserer Hand, Sire, und es kann nicht preisgegeben werden, es sei denn gegen einen Gegenstand von ähnlich herausragender Bedeutung für den Islam.« Ibn an-Nahlals Gelassenheit schien anzudeuten, dass Richard nichts von solchem Wert besitze.

Ich zermarterte mir das Hirn, aber mir fielen keine heiligen Schätze ein, die in Akkon oder hier in Joppa erbeutet worden wären.

Erneut setzte Schweigen ein. Nun war es der König, der tief in Gedanken versank.

Er spielt auf Zeit, dachte ich, aber ich hatte mich geirrt.

»Fragt Saladin, ob die Hand meiner Schwester kostbar genug wäre. Was, wenn sie seinen Bruder Saphadin heiraten würde? Gemeinsam könnten sie das Land beherrschen, mit Jerusalem als seiner Hauptstadt.«

Ibn an-Nahlal kniff die Augen zusammen, als der Dolmetscher ihm leise übersetzte.

Ich starrte Richard an und barst beinahe vor Schock und Wut. Der Magen drehte sich mir um bei dem Gedanken, dass Joanna gezwungen werden sollte, gegen ihren Willen Saphadin zu heiraten, jemanden aus dem verfluchten Volk, einen Mann, der alt genug war, um ihr Vater zu sein. Allein unter Heiden wäre ihr Dasein eine unbeschreibliche Tortur, die bis an das Ende ihrer Tage anhielte. Solch ein Schicksal hätte ich meinem schlimmsten Feind nicht gewünscht, und schon gar nicht der Frau, die ich liebte.

Richard jedoch hatte nur Augen für Saladins Sekretär. »Nun?«, fragte der König.

Ibn an-Nahlal antwortete, und der Dolmetscher fragte: »Ist Euer Angebot ernst gemeint, Sire?«

»Das ist es.« Richard sprach leise, aber überzeugt.

Ibn an-Nahlal war ein geborener Unterhändler. Sein Gesicht gab nicht preis, ob er dem König glaubte oder nicht. »In diesem Fall, Sire, werde ich Salah al-Din Euren Vorschlag unterbreiten. Er wird ihn mit größtem Interesse vernehmen.«

Sie vereinbarten, sich am kommenden oder darauf folgenden Tag erneut zu treffen, und Ibn an-Nahlal verabschiedete sich.

Er war kaum zur Tür hinaus, als ich mich dem König zuwandte. Ich beherrschte mich, so sehr ich konnte, was bedeutete, nicht sehr. »Wollt Ihr wirklich Königin Joanna mit Saphadin vermählen, Sire?«

Richard war damit beschäftigt, seine Fingernägel mit dem Dolch zu säubern, und sah mir nicht ins Gesicht. »Wenn ich dadurch Frieden mit Saladin schließen kann, nun, sicher.«

Mir war bewusst, dass Abu mich warnend ansah, aber ich vermochte genauso wenig still zu bleiben, wie ich die Flut daran hindern konnte, dass sie umschlug. Ich verbiss mir den lautstarken Protest, den ich einlegen wollte, und sagte in ruhigem Ton: »Das wäre nicht gerecht, Sire, irgendeine Frau so zu behandeln, besonders nicht eine Königin.«

Richard senkte den Dolch auf seinen Schoß und musterte mich. Sein Gesicht war hart und kalt. »Trügen mich meine Ohren?«

Panikerfüllt – entsetzt von der Vorstellung, dass Joanna solch ein Schicksal erdulden sollte, beeilte ich mich, etwas Glaubhaftes zu sagen. »Eure Schwester ist eine fromme Christin, Sire, und trotz all seiner Tugenden ist Saphadin ein abscheulicher Sarazene. Euer Angebot würde sie dazu verurteilen, ihr ganzes Leben unter den Heiden zu verbringen, beim verfluchten Volk. Sie könnte Gott nicht mehr verehren, verlöre Freunde und Familie. Solch ein Schicksal wäre schlimmer als der Tod. Werft sie in eine Kerkerzelle, Sire – das wäre gütiger!«

Richard richtete sich zu ganzer Größe auf und überragte mich um mehrere Zoll. Sein Gesicht, das zuerst Verblüffung und ein wenig Verärgerung gezeigt hatte, rötete sich nun vor Wut. Mit dem Dolch in seiner rechten Hand zeigte er auf mich. »Wie könnt Ihr es wagen, so mit Eurem König zu reden?«

Ich war nicht willens nachzugeben, aber mir war nur allzu klar, dass meine nächsten Worte meinen Hals auf den Block des Scharfrichters bringen konnten. Ich presste die Lippen zusammen. Wir verschränkten unsere Blicke. Keiner von uns war bereit, wegzusehen. Wie hasste ich ihn in diesem Moment, seinen unfasslichen Hochmut, die Selbstverständlichkeit, mit der er annahm, dass sein Wille den meinen außer Kraft setzte.

»Ist der König da?«, erklang Berengarias Stimme am Eingang.

Ein Wächter murmelte eine Antwort, und mit einem Knarren öffnete sich die Tür nach innen. Sonnenlicht und Hitze drängten in den Raum.

»Königin Berengaria und Königin Joanna, Sire«, verkündete der Hauptmann.

»Bei Gottes Beinen, ist mir denn nie Ruhe vergönnt?«, murmelte Richard vor sich hin. Er bedachte mich mit einem mörderischen Blick, der verhieß: *Mit dir befasse ich mich später*, glättete sein Gesicht und rief: »Welch unerwartetes Vergnügen!« Jeder außer ihm verbeugte sich, als die Damen hereinkamen. Joanna war strahlend schön in ihrem himmelblauen Kleid, das die Pracht ihrer Haare betonte. Berengaria, sie sei gesegnet, wirkte hausbacken neben ihr.

Letztere ergriff als Erste das Wort. »War das Saladins Gesandter, den ich aufbrechen sah?«

»Das war er.« Beiläufig wechselte Richard das Thema. »Welchem Umstand verdanke ich das Vergnügen?«

»Hast du Gemeinsamkeiten gefunden, Bruder?«, fragte Joanna.

»Im Prinzip«, antwortete der König.

»Bedeutet das, es gibt Frieden?« Ihre Augen strahlten. »Sag, dass es so ist!«

»Wir haben noch sehr viel zu besprechen.« Richard winkte ab. »Berengaria, lasst uns auf den beschatteten Gartenwegen spazieren gehen. Mädchen, kommst du mit?«

»Pfui, Richard!«, schalt Joanna. »Denkst du so gering von deinen Frauen? Sprich!«

Der König sah ein wenig angespannt drein. »So ist es nicht, Mädchen.«

»Wie dann?«

Er antwortete nicht, sondern ging zu Berengaria und nahm ihren Arm. »Gehen wir«, sagte er.

Joannas enttäuschter Blick suchte meine Augen, und der letzte Rest meiner Beherrschung schwand dahin. Ich brachte es nicht übers Herz zu schweigen. »Wenn Saladin einwilligt, Madame, will der König Euch mit dessen Bruder Saphadin vermählen«, sagte ich.

Sie erbleichte und schlug die Hand vor den Mund.

Richard fuhr herum und starrte mich an. Ich schwöre, könnten Blicke töten, wäre ich tot zusammengebrochen.

»Richard?«, fragte Joanna.

Seine Kiefer mahlten, aber er sagte nichts.

»Gemahl?«, fragte Berengaria. »Kann das wirklich Euer Plan sein?«

»Sag es mir!« Das Entsetzen war von Joanna gewichen. Nun zeigte sie stählerne Härte.

»Das war nur ein Vorschlag.« Richard sah sie an, und unglaublicherweise – denn ich hatte es noch nie zuvor gesehen – lag Schuldgefühl in seinen Augen. »Ich hätte ohne deine Einwilligung niemals die nächsten Schritte eingeleitet, Mädchen.«

»Das sagst du jetzt!«, schrie Joanna. »Wann hättest du mich denn eingeweiht – am Tag der Hochzeit?« Enttäuschung und Wut verzerrten ihr schönes Gesicht, und sie eilte zur Tür.

Berengaria folgte ihr, ohne auf die Bitte des Königs zu hören, sie möge bleiben.

Ich ging ebenfalls. Meine Absicht war nicht, mit Joanna zu sprechen – sie benötigte zunächst den Trost einer anderen Frau –, sondern Richard zu verlassen, dessen Gegenwart ich im Moment nicht ertragen konnte. Abu eilte entsetzt hinter mir her.

»Rufus!«, brüllte der König.

Ich beachtete ihn nicht.

»Rufus, kommt zurück!«

Ich war fast an der Tür. Die Wachtposten hatten die Augen aufgerissen. Solch eine Szene hatten sie noch nie erlebt. Einer wollte mir in den Weg treten. Ich schnauzte ihn mit solcher Bosheit an, dass er fast stürzte in einer Hast, mir Platz zu machen.

Richard hätte den Männern befehlen können, mich zu ergreifen, aber das tat er nicht.

Auf dem ganzen Weg zum Haupttor hörte ich seine wütende Stimme.

Der Tag verstrich. Der König bestellte mich nicht zu sich. Von Joanna kam keine Botschaft. Ich brütete in meinem Zelt und ereiferte mich gegenüber Rhys, dem einzigen Menschen, dem ich mich anvertrauen konnte, über die bodenlose Ungerechtigkeit von allem. Er hörte mir voll Mitgefühl zu, aber eine Lösung hatte auch er nicht zur Hand. Ich war dem König gegenüber machtlos, das wussten wir beide.

Am folgenden Morgen hörte ich, dass Richard ein prächtiges Pferd als Geschenk an Saphadin schickte. Für meine Hoffnungen, er könnte es sich überlegen und von seinem schändlichen Angebot abrücken, bedeutete das nichts Gutes. Ich hatte noch immer keine Unterredung mit dem König. Ich erledigte meine Pflichten und versuchte, mir Möglichkeiten zu überlegen, wie ich Richard übertrumpfen und Joanna insgeheim sehen konnte, scheiterte aber.

Der König und Saphadin trafen sich am Tag danach persönlich. Erneut dolmetschte Onfroy de Toron. De Chauvigny und de Béthune begleiteten ihn, aber ich wurde nicht hinzugebeten, und Abu genauso wenig. Ich kam mir vor wie ein Tier im Käfig, während in der Wohnhalle das Treffen stattfand. Ich ergriff die erste Gelegenheit, hinterher mit de Béthune zu sprechen. Seinem unzufriedenen Gesicht nach brachte er keine guten Neuigkeiten.

»Hat er sein Angebot zurückgenommen?«, fragte ich.

De Béthune schüttelte den Kopf.

»Dieser Hund.«

»Leise!« De Béthune sah links und rechts in den Korridor. »Es ist gefährlich, so etwas zu sagen.«

Ich schnaubte. »Berichtet mir alles.«

»Es war durchaus simpel. Richard hat Saphadin die Hand Königin Joannas zur Ehe angeboten, und er wirkte zutiefst geschmeichelt. Er hat auf der Stelle zugestimmt und um weitere Einzelheiten gebeten.«

Ich knirschte mit den Zähnen. »Fahrt fort.«

»Joannas Mitgift umfasst die Küstenstädte und die Ländereien, die der König seit seiner Ankunft erobert hat. Saladin wiederum wird Saphadin alles Land westlich des Jordans übereignen. Die Dörfer auf diesen Landen sollen den Johannitern gehören, die Burgen Joanna und Saphadin. Das Paar wird in Jerusalem residieren, das für die Besuche von Christen sicher und offen sein wird. Das Heilige Kreuz wird zurückgegeben und die Gefangenen beider Seiten freigelassen. Zuletzt wird der König Outremer verlassen und nach England zurückkehren.«

»Ist es Richard ernst damit?« Ich konnte kaum fassen, was ich hörte.

»Ich kann mir nicht vorstellen, dass dem so ist. In der ganzen Christenheit gäbe es einen Aufschrei, hörte man, dass eine christliche Königin einen Sarazenen heiratet, selbst wenn es ihr eigener Wille ist.«

»Warum schlägt er es dann überhaupt vor?«, rief ich verbittert.

»Er treibt ein Spiel mit Saladin. Das Heer ist noch nicht abmarschbereit, wie Ihr wisst, und der König möchte die Verteidigungsanlagen von Joppa stärken und die Pisaner und Genueser ordnen für den Fall, dass sich eine Gelegenheit bietet, Ägypten anzugreifen.«

»Seine Schwester so zu benutzen ist niederträchtig«, sagte ich, aber die Andeutung, das Angebot des Königs sei nicht aufrichtig, ließ mich meinen Ausbruch vor zwei Tagen allmählich bereuen. »Was hat Saphadin gesagt?«

»Dass die Bedingungen nicht unannehmbar seien, Saladin aber zustimmen müsste. Als er aufbrach, versprach er, bis morgen eine Antwort zu geben.«

»Und wenn Saladin zustimmt?«

»Das werden wir sehen, aber ich kann mir nicht vorstellen, dass der König die Heirat zulässt. Er hat es nicht zugegeben – er spricht mit niemandem darüber –, aber de Chauvigny sieht es genauso wie ich.«

Das war eine bessere Neuigkeit als erhofft. Ob eine Aussicht auf Versöhnung mit dem König bestand, dessen war ich mir nicht sicher.

»De Chauvigny und ich sind uns einig, Rufus. Königin Joanna mit einem Sarazenen zu verheiraten ist eine barbarische Idee und unannehmbar. Der Gedanke scheint Euch jedoch erheblich stärker abgestoßen zu haben als uns. An dieser Angelegenheit ist mehr, als ins Auge fällt.« De Béthune maß mich mit einem forschenden Blick.

In meiner irren Verzweiflung hatte ich nicht überlegt, wie andere mein Handeln auffassen könnten. Ich starrte ihn wortlos an.

»Ich habe gesehen, wie Ihr sie auf Sizilien betrachtet habt, Rufus.«

»Ihr durchschaut mich«, sagte ich mit belegter Stimme. »Es geht um die Königin. Ich liebe sie.«

»Empfindet sie das Gleiche für Euch?«

Aus dem Nichts erschien auf dem sturmzerwühlten Ozean, in dem ich ertrank, ein Rundholz und bot mir Halt. Ich stieß es weg und vertraute darauf, dass de Béthune der aufrechte Freund war, für den ich ihn hielt. »So ist es«, flüsterte ich.

»Du lieber Gott! Vermutet der König etwas?« De Béthune schüttelte den Kopf. »Nein, das kann er nicht, sonst ließe er Euch enthaupten. Ihr folgt einem gefährlichen Weg, Rufus.«

Ich brachte ein Lächeln hervor. »Den Pfeil der Liebe kümmert es nicht, wen er trifft.«

»Das ist wahr.« Er nickte erheitert. »Nun, von mir wird Richard es nicht erfahren, darauf habt Ihr mein Wort.«

Ich murmelte meinen Dank.

»Ich werde versuchen, den Zorn des Königs auf Euch zu beschwichtigen, aber ich warne Euch, leicht wird das nicht. Man braucht Euren Namen nur zu erwähnen, und er steigert sich in Rage.« De Béthune ergriff meine Hand und ging.

Untröstlich, unfähig, eine Lösung für die Krise zu entdecken, die mein Ausbruch verursacht hatte, legte ich die Rüstung an, ging zum Stall und sattelte Pommers. Auf dem freien Gelände vor den Mauern war es leicht, jemanden zu finden, gegen den ich antreten konnte, dort übten sich stets Ritter im Kampf.

Ich würde meinen Unmut an dem auslassen, wer immer meine Herausforderung annahm.

Die Glocken einer wiederaufgebauten Kirche läuteten zur Komplet. Ein willkommener Laut, denn wenn mir die heulenden Muezzins auch gefielen, kam es mir natürlicher, christlicher vor.

Ich saß vor meinem Zelt in der Dunkelheit. Einen Mantel brauchte man nicht, aber zu meinen Füßen brannte ein kleines Feuer. In der Nacht wurde es allmählich kalt. Hunderte anderer Zelte umgaben mich. Musik und Gesang waren zu hören, und irgendwo rechts von mir stritten sich Betrunkene.

Rhys war mit de Drune fortgegangen, um irgendwo Wein aufzutreiben, und hatte den widerstrebenden Abu mitgeschleift. Thorne, de Béthune, de Chauvigny und ein halbes Dutzend andere Hausritter zogen durch die besten Tavernen der Stadt. Ich war müde von meinem Kräftemessen mit einem halben Dutzend Rittern und pflegte etliche blaue Flecken, daher hatte ich die Einladung, sie zu begleiten, abgelehnt. Ich war allein und damit zufrieden. Ich hatte einen Weinschlauch auf meinem Schoß und beabsichtigte, ihn zu leeren, bevor ich unter meine Decke kroch.

Finstere Gedanken erfüllten mich. Sollte der König sein Angebot an Saladin nicht halten, was de Béthune zufolge zu erwarten stand, hatte ich unsere alte Freundschaft für nichts und wieder nichts zerstört. Für mich war es nur schwer vorzustellen, dass ich Hausritter bleiben konnte, wenn es so weiterging. Vielleicht müsste ich sogar das Heilige Land verlassen und mich zu irgendeinem Ziel einschiffen, das ich noch nicht kannte.

Immer wieder verfluchte ich mich, dass ich den Mund aufreißen musste und nicht den Verstand besessen hatte, um zu erahnen, dass Richards Angebot nur einen Schachzug in dem Spiel darstellte, das er mit Saladin spielte. Sobald ich an Joanna dachte, wurde meine Not noch größer. Jede Aussicht, sie heimlich zu besuchen, war noch kleiner geworden.

Meine Stimmung verschlechterte sich immer mehr. Ich trank große Schlucke Wein aus meinem Schlauch. Der Rausch würde mir vorübergehende Erlösung schenken, und am nächsten Morgen müsste ich dafür bezahlen, aber das hinderte mich nicht. Ich wollte vergessen, und seien es nur wenige Stunden.

»Man hüte sich vor Männern, die allein trinken.«

Erschrocken sprang ich einen Fuß hoch in die Luft. Diese leise Frauenstimme kannte ich nur zu gut. »Joanna?«, fragte ich bebend. Ich gab mir größte Mühe, leise zu sprechen.

Sie trat in den matten Schein meines Feuers und legte die Kapuze ihres Umhangs über die Schultern. Eine göttliche Erscheinung war sie auch im schlichten Kleid einer Dienerin. Sie lächelte. »Ich sagte mir, dass es für dich zu schwierig sein müsste, ungehindert zu meinem Gemach zu kommen.«

Ich sprang auf und weidete mich an ihrem Anblick. »Bist du allein?«

Sie drehte den Kopf, und ich entdeckte zwei Gestalten in den Schatten, aus denen sie gekommen war. »Ich wünsche, allein zu sein. Kehrt in die Zitadelle zurück«, sagte sie. Eine der beiden Frauen wollte etwas einwenden, und Joanna schnitt ihr das Wort ab. »Ich bin hier sicher, und ich werde nicht unbegleitet zurückkehren. Fort mit euch!«

Die beiden verbeugten sich und gingen davon.

Ich war nervös. Wir hatten lange Monate getrennt verbracht, und sie war so wunderschön. Schweigend starrte ich sie an.

»Freust du dich nicht, mich zu sehen?«, fragte sie.

Der Damm brach. »Bei Gott und allen Heiligen, ich bin überglücklich! Zu wissen, dass du so nahe bist, hat mir jede Stunde seit deiner Ankunft zur Qual gemacht.« Mehr als alles wollte ich sie berühren, aber ich zögerte. Sie war eine Königin, ich nur ein Ritter.

Sie streckte die Hand nach mir aus, zog mich an sich und küsste mich anhaltend.

Als wir uns trennten, blieben unsere Gesichter nahe beieinander, und sie sagte mit kehliger Stimme: »Wie sehr habe ich dich vermisst, Ferdia Ó Catháin.«

»Und ich Euch, Madame«, sagte ich und küsste sie wieder.

Wir zogen uns in mein Zelt zurück, wo einige Zeit lang nur wenig gesprochen wurde.

Wir lagen auf meinem Leinenlaken, dicht aneinandergeschmiegt wie Liebende, die sich nicht trennen wollen, nachdem sie des anderen Körper genossen haben. Unsere Hände wanderten, streichelten, berührten, machten uns wieder miteinander vertraut. Wir küssten uns. Wir lachten. Neckten uns. Schliefen ein wenig. Paarten uns wieder. Tranken Wein. Joanna nannte ihn »annehmbar«. Ich versicherte ihr, dass es der beste sei, den man finden könne. Der Quartiermeister des Königs habe alles andere aufgekauft.

Sie verzog das Gesicht, und bevor sie noch einen Schluck nahm, sagte sie: »Wenn das so ist, muss er genügen.«

Die Erwähnung des Königs hatte meine Unruhe geweckt. Mit Joanna wieder zusammen zu sein fachte meine Entschlossenheit an, dass Saphadin sie niemals bekommen sollte.

»Hast du mit Richard über sein Angebot an Saladin gesprochen?«, fragte ich.

Sie sah mir in die Augen. »Mehrmals.«

»Und ...?«

»Hinter der List meines Bruders steckt mehr, als es scheint. Er hat mich al-Adil angeboten ...«, sie sprach den Namen des Mannes, den ich stets nur Saphadin nannte, mühelos aus, »... um einen Keil zwischen die Brüder zu treiben. Saladin ist acht Jahre älter, und es geht ihm nicht gut. Sein ältester Sohn ist erst einundzwanzig und zeigt nicht die Befähigung zum Anführer, wie Saphadin sie besitzt. Richards Plan war es, Saphadin zu betören mit der Vorstellung, er könne mich heiraten und König werden. Das wiederum könnte ihn verleiten, Pläne zu hegen, Saladin die Macht zu entreißen. Wenn Zwist das sarazenische Lager spaltet, stärkt es unsere Sache.«

»Selbst wenn er nicht vorhat, sein Angebot einzuhalten, ist es ein übermäßig komplizierter Trug ohne Aussicht auf Erfolg«, murrte ich.

»Das habe ich auch gedacht.« Eine Falte teilte ihre makellose Stirn. »Als würde ich jemals zu einem Harem gehören! Glaub mir, Richard ist sich meines Missvergnügens deutlich bewusst. Das Gleiche gilt für jeden in der Zitadelle, sagt eine meiner Damen. Unser Streit hätte die Mauern von Jericho zum Einsturz gebracht, behauptete sie.« Joanna wirkte recht zufrieden mit sich.

Ich lachte leise, froh, dass Richard im Willensstreit mit einer Frau unterliegen sollte.

»Ich bin überrascht, dass du nicht davon gehört hast. Wenn es sein muss, kann ich keifen wie ein alter Drache.«

»Unglaublich bei solch einer Schönheit.« Mit dem Finger fuhr ich ihren Kiefer entlang und wunderte mich wie stets, dass sie mich liebte. Mich.

Sie streichelte mein Gesicht. »Ach, Ferdia. Was soll ich nur mit dir anfangen?«

Heirate mich. Ich biss mir in die Wange, damit ich die Worte nicht laut aussprach. Im nächsten Moment schmeckte ich warmes Kupfer. Ich muss das Gesicht verzogen haben, denn sie fragte mich, ob etwas mit mir sei.

Ich schüttelte den Kopf und dachte: Ich darf es nicht wieder erwähnen. Sie mag die Kraft haben, Richard wegen seines vermeintlichen Abkommens mit Saphadin zurechtzustutzen, aber sie kann sich ihm nicht ewig widersetzen. Er ist der König. Er ist es, der entscheidet, wen sie heiratet. Genieße das Glück mit ihr, das du jetzt hast, denn mehr wird dir nicht vergönnt sein. Wenn der Tag kommt, an dem es zu Ende geht, kann nichts, was du zu tun vermagst, es abwenden.

»Also wird Saphadin dich nicht bekommen?«, fragte ich.

»Niemals!« Ihre Nasenflügel blähten sich. »Ich nahm Richard mit in die Kapelle der Zitadelle und ließ es ihn dort auf heilige Reliquien schwören.«

Bei dieser Vorstellung schnaubte ich belustigt, aber ich machte mir nach wie vor Gedanken um den Bruch zwischen mir und dem König. »Hat er etwas über mich gesagt? Er muss noch immer wütend sein.«

»Er sagte, dass du ein starrsinniger Ire mit mehr Mut als Verstand bist. Da war noch etwas, über deine Dickköpfigkeit und deine unerträgliche Frechheit.«

»Was hast du gesagt?«

»Ich habe mit seiner Haltung sympathisiert, das ist alles. Ich habe nichts verraten.«

Ich seufzte. Ich hatte Richard vor Augen, wie er sich über mich erregte, keine Vernunft sehen wollte, geschweige denn geneigt war, eine Brücke zu schlagen.

Sie krümmte die Lippen. »Er beruhigt sich schon wieder, Ferdia.«

»Woher willst du das wissen?«

»Ich werde nicht ruhen, bis er es tut. Außerdem kenne ich meinen Bruder. Wenn er etwas Falsches getan hat – und dass er es getan hat, weiß er –, sorgt er dafür, dass es ins Lot kommt.«

»Ich hoffe es sehr, Madame«, sagte ich und zog sie an mich.

KAPITEL XXVII

Casel Moien, November 1191

Dichte graue Wolken hingen über dem Land und drohten mit Regen. Wir hatten den Gedenktag des Heiligen Leonhard von Limoges, den sechsten des Monats, und ich hatte mich wegen der herbstlichen Kühle in meinen Mantel gehüllt.
Ein kurzes Stück entfernt sah sich Richard den Wiederaufbau von Casel Moien an, einer kleinen Festung, die mehrere Meilen von Joppa und der Küste entfernt lag.
Drei Wochen waren verstrichen, und wir waren nicht tiefer landeinwärts vorgestoßen. Außerdem hatten der König und ich entgegen Joannas Hoffnung den Riss in unserer Freundschaft noch nicht wieder in Ordnung gebracht.

Ich gehörte seinem Haus weiterhin an. Ich teilte nach wie vor Pflichten mit den anderen Rittern, aber weder erhielt ich direkt Befehle von ihm, noch verbrachte ich Zeit in seiner Nähe wie de Béthune und de Chauvigny in diesem Moment. Wenn unsere Blicke sich trafen, schaute der König weg, und er sprach nicht mit mir, es sei denn, es war unumgänglich. Die Bürde war schwer zu tragen, wie ich oft zu Joanna sagte, wenn wir uns in der Nacht trafen. Sie gab mir stets die gleiche sanfte Antwort: dass ich ihm Zeit lassen müsse. »Er ist ein stolzer Mann, Ferdia. Ihm fällt es nicht leicht, zuzugeben, dass er im Unrecht war.«

Ich nahm sie beim Wort, denn es gab nur wenig, was ich an der Situation ändern konnte.

Der König war in ein Gespräch mit dem Steinmetz Arthur aus Wells in Somerset vertieft, der ein knorriges Gesicht hatte und als Soldat diente. Erst in Arsur und dann Joppa war er gerufen worden, um bei der Reparatur der Schäden zu helfen, die Saladins

Männer angerichtet hatten. Auch bei Casel Moien wurde er gebraucht. Das Kastell war nur klein, aber da es am Pilgerpfad nach Jerusalem stand, war es ein wichtiges Bollwerk gegen sarazenische Angriffe. Richard hatte verkündet, dass Casel Moien und Casel des Plains – Abu nannte es indigniert Yazur –, welches zwei Meilen entfernt lag, wiederaufgebaut werden sollten, bevor das Heer seinen Marsch nach Osten fortsetzte. Das ergab zwar Sinn, aber es war frustrierend.

Auf ganz typische Weise hatte sich der König mit der Steinmetzkunst beschäftigt. Er sprach über Spalttechniken, über die besten Methoden, Steinplatten anzuheben, und andere Dinge, die mich zutiefst langweilten. Ich war froh, nicht zugegen zu sein, als er mit Arthur laut über das schnellste Verfahren diskutierte, um die großen Löcher in den Wehrmauern des Kastells zu stopfen. Lieber würfelte ich mit Thorne und benutzte dazu einen großen behauenen Granitblock als Spielbrett.

Den Templer, der auf uns zupreschte, sah ich als Erster. Er galoppierte die Straße entlang, die Hufe seines Pferdes spritzten Schlamm und Kiesel in alle Richtungen. Wie er sich über den Nacken seines Destriers beugte, konnte nur eines bedeuten.

»Schwierigkeiten«, sagte ich und empfand den Kitzel von Furcht und Vorfreude zugleich. Am Morgen waren hundert Knappen und Fußsoldaten, von fünfzig Templern geschützt, aufgebrochen, um Gras und anderes Futter für die Pferde und Zugtiere zu finden – in genau die Richtung, aus der nun der Reiter kam.

Thorne nahm die Würfel auf und hob den Kopf. »Wo?«

»Der Templer dort, seht doch.« Ich dachte an Rhys und de Drune und war froh, dass sie im Lager weilten.

Thorne ließ sich nicht davon abbringen, ein paar Münzen zu gewinnen. Er sah nur kurz hin und würfelte. »Zwei Sechsen! Ich habe gewonnen!«

Ich achtete nicht auf ihn, sondern trat mit erhobener Hand vor, damit der Templer mich sah. »Der König ist hier!«, rief ich.

Er jagte auf mich zu und ritt langsamer, als er sich den Steinblöcken näherte, die überall herumlagen.

»Was gibt es Neues?«, fragte ich und bot mich an, die Zügel seines Destriers zu nehmen, der von schaumigem Schweiß bedeckt war.

»Ein Hinterhalt! Horden von Mamelucken kamen aus dem Nichts und umzingelten uns.« Er glitt vom Sattel und eilte zu Richard.

Thorne und ich waren nah genug, um den dramatischen Bericht des Templers mit anzuhören. Die Knappen und Soldaten hatten sich weit verteilt, um nach Gras zu suchen. Die Templer konnten darum nicht jeden einzelnen von ihnen bewachen. Einige Zeit lang geschah nichts Beunruhigendes, aber in der Nähe des Dorfes Bombrac griffen vier Trupps gut ausgebildete Türken überraschend an. Mehrere Knappen und Soldaten wurden getötet, bevor die Templer eingreifen konnten. Wegen der überwältigenden Anzahl von Feinden sahen sie sich bald gezwungen, abzusitzen und zu Fuß zu kämpfen.

»Wie viele Mamelucken, würdet Ihr sagen?«, fragte der König.

»Sechs- bis achthundert, Sire, vielleicht sogar mehr. Wir bitten um jeden Beistand, den Ihr leisten könnt.«

Mein Herz machte einen Satz. Das war genau das, wofür ich lebte.

»André«, sagte der König zu de Chauvigny. »Nehmt alle Hausritter mit, die Ihr rasch zusammenziehen könnt, und reitet auf der Stelle dorthin. De Béthune, Ihr begleitet ihn.« Sein Blick schweifte über die in der Nähe Stehenden. Er blieb auf mir haften, und meine Hoffnung blühte auf.

Er sagte kein Wort.

Die Missachtung verwundete mich wie ein Messerstich. Wütend sah ich Thorne an, der mit den Schultern zuckte, als wollte er sagen: *Was will man da machen?*

De Béthune, das treue Herz, handelte. »Rufus ist hier, Sire, und Thorne. Sollen sie nicht auch mitkommen?«

»Vorerst können sie hierbleiben.«

De Béthune schien protestieren zu wollen, aber Richard sah ihn nur an, und er gab nach.

»Und Ihr, Sire?«, fragte de Chauvigny.

»Ich werde Euch den Earl von Leicester und den Grafen de Pol hinterhersenden – sie sind nicht weit von hier. Ich folge, sollte ich benötigt werden. Nun reitet, sonst verursachen die Heiden ein Blutbad!«

»Wieso ist der König so zu Euch?«, raunte Thorne mir zu, während de Béthune und de Chauvigny nach ihren Knappen rufend davoneilten und der Templer ihnen folgte. »Zwischen Euch sollte kein Streit mehr sein.«

Die Verhandlungen mit Saladin gingen trotz unseres Vormarschs nach Osten weiter, doch Richard hatte das Angebot der Hand Joannas zurückgezogen.

»Ich weiß es nicht.« Ich kämpfte gegen die Bitterkeit an.

»Ihr seid einer seiner besten Männer. Wenn er es seinem Gesicht heimzahlen will, schneidet er sich die eigene Nase ab«, sagte Thorne.

Dass er zu mir stand, heiterte mich auf, und ich drückte seine Schulter.

Umgehend erinnerte Thorne mich, dass ich ihm noch einen Silberpenny für unser letztes unterbrochenes Würfelspiel schuldete. Ich bot ihm doppelt oder nichts an. Er akzeptierte und verlor. Unbeirrt forderte er mich zu einem weiteren Spiel heraus. Auf diese Weise konnten wir uns, wenigstens zum Teil, von dem Trubel ablenken, mit dem de Chauvigny, de Béthune, der Templer und zwanzig andere sich sammelten und im Galopp davonstürmten.

Bemerkenswert war, wie der König dem Steinmetz Arthur weniger Aufmerksamkeit schenkte und sein Blick oft in unsere Richtung schweifte. Kurz darauf gab es neue Aufregung und mehr

Lärm, als der Earl von Leicester, ein kühner Streiter, und der Graf de Pol, ein erregbarer, redseliger Mensch, mit ihren großen Gefolgen davongaloppierten.

Ich konnte mich kaum auf die Würfel konzentrieren. Meine Gedanken waren bei dem, was sich auf der Straße nach Bombrac zutragen mochte. Immer wieder verlor ich gegen Thorne. Am Ende konnte ich es nicht mehr ertragen. Ich gab ihm seinen Gewinn.

»Ich werde mich rüsten.«

Thorne verkündete auf der Stelle den Wunsch, es mir gleichzutun. »Besser bereit als nicht«, sagte er, als wir uns gegenseitig halfen, die Harnische anzulegen.

Als wir an die Stelle zurückkehrten, wo wir gestanden hatten, lachte ich auf. »Seht den König!«

Thorne gluckste.

Richard hatte eindeutig seinem neuen Knappen, einem Jüngling von etwa fünfzehn Jahren, befohlen, sein Zeug zu holen. Ohne das Gespräch mit Arthur zu unterbrechen, legte er den Gambeson an. Sein schwerer Ringpanzer lag auf einem Steinklotz in der Nähe, und sein Knappe stand mit Schwert, Gürtel und Dolch daneben.

Wie sich erwies, hatten wir das Richtige getan. Der Flaschenzug hatte nur zwei neue Steinblöcke zur Bresche in der Mauer gehoben, als ein flämischer Ritter namens Guillaume de Caieux angeritten kam, als wären ihm alle Dämonen aus der Hölle auf den Fersen. Der erste Angriff, so berichtete er, sei eine List gewesen. Zuerst seien de Chauvigny und de Béthune in die Falle geritten, dann seien auch der Earl von Leicester und der Graf de Pol umzingelt worden.

»Viertausend türkische Reiter müssen auf dem Schlachtfeld stehen, Sire«, sagte de Caieux. »Unsere Kameraden sehen sich der Vernichtung gegenüber.«

Sein dramatischer Auftritt hatte die Arbeiten an den Wehrmauern zum Stillstand gebracht. Jetzt, nach seinen untergangsträchtigen Worten, murmelten die Männer Gebete. Wie ein böses Vorzeichen fauchte ein Nordwind um die Ecke des halb wiederaufgebauten Torhauses.

»Reiten wir.« Richard schritt auf seinen Destrier zu.

De Caieux folgte ihm eilig.

Ich stieß Thorne an und ging zu Pommers.

»Ist das klug?«, fragte Thorne, schloss sich mir aber an.

»Ich habe keinen Befehl vernommen, der uns verbietet, mit dem König zu reiten. Und Ihr?«

Thorne lächelte, während er seinen Helm über den Kopf hob und aufsetzte. Gedämpft sagte er: »Wahrlich, das habe ich nicht.«

Wir brachen sofort auf und ritten schnell und hart in Dreierreihen. Wir waren keine fünfzig. Der König wusste wie wir alle, dass jeder Augenblick Verzögerung das Schicksal unserer Waffenbrüder besiegeln konnte. Sollte es eine Reaktion geben, musste sie sofort erfolgen. Die Tausenden von Rittern im Hauptlager waren zwar nah, aber trotzdem zu fern.

An unser eigenes Schicksal dachten wir nicht, oder zumindest nicht, bis wir uns der Schlacht näherten, die an der ungepflasterten Straße nach Bombrac ausgefochten wurde. Richard ließ anhalten, um besser betrachten zu können, was dort vorging.

Leicht ließ es sich nicht feststellen, zu groß war die Verwirrung. Ich erkannte kleine Kreise aus Männern zu Fuß – die Knappen und Soldaten und bei ihnen die abgesessenen Templer –, welche von allen Seiten von Mameluckenscharen angegriffen wurden. Einen Pfeilhagel nach dem anderen schossen die feindlichen Reiter ab, während sie wie die Teufel heulend ihre Opfer umkreisten. Aufgesessene Ritter – angeführt von de Chauvigny, dem Earl von Leicester und dem Grafen de Pol – stürmten gegen dichtere Trupps von Mamelucken, die jedoch flohen und sich in Gruppen von zweien und dreien aufteilten, damit sie nicht gestellt werden konnten. Sobald die Ritter ihre Pferde zügelten und sich zurückzogen, scharten sich die Mamelucken wieder zusammen und griffen sie von hinten an.

»Zwanzig zu eins, schätzte der Templer?«, fragte Thorne grimmig. »Ich würde auf dreißig zu eins wetten.«

Gegen seine Schätzung ließ sich nichts anführen. Diese Schlacht war bereits verloren, unsere Kameraden zum Untergang verurteilt. Begeben wir uns in diesen Mahlstrom, dachte ich, und wir haben keine Aussichten zu überleben.

Mit dieser Einschätzung war ich nicht allein. Auch wenn ich den Mund hielt – ich wollte nicht ängstlich erscheinen –, riet Stimme für Stimme, Ritter für Ritter dem König, den Angriff nicht fortzusetzen. Die Lage sei aussichtslos, sagten sie. Zu gefährlich. Es sei das Risiko nicht wert.

De Caieux war es, der am wortgewandtesten appellierte. »Wir halten es nicht für sicher, solch eine große Streitmacht mit so wenigen Rittern anzugreifen, Sire. Vielleicht glaubt Ihr, Ihr solltet es riskieren, aber Ihr werdet dem feindlichen Angriff nicht standhalten. Weniger Schaden entstünde, Sire, wenn die Umzingelten allein untergingen, statt den Türken zu gestatten, Euch mit ihnen zu verschlingen, denn dann würde die Hoffnung der Christenheit erlöschen und ihre Zuversicht zunichtegemacht.«

Richard hörte schweigend zu. Als de Caieux fertig war, sagte er: »Ich kann genauso wenig von diesem Feld davonreiten, wie ich den leibhaftigen Satan anbeten könnte.«

»Aber, Sire …«, begann de Caieux.

»Ich habe diese Männer dorthin geschickt.« Richard legte die Lanze ein. »Wenn sie ohne mich sterben sollen, würde ich nicht mehr wollen, dass man mich König nennt.«

Mir gingen seine Worte zu Herzen, und meine Liebe zu ihm, meine Achtung vor seiner Treue und Furchtlosigkeit schwollen in meiner Brust aufs Neue an. Ich werde an deiner Seite sterben, dachte ich und machte mich für den bevorstehenden Sturmritt bereit. Als er fragte, wer mit ihm käme, meldete ich mich als Erster.

»Ich bin mit Euch, Sire!« Ich salutierte ihm mit der Lanze.

»Rufus!« Er lachte. »Reitet mit mir, Ihr und jeder Mann, der mir folgen will!«

Lauter Jubel erhob sich, und dann griffen wir an, Knie an Knie, ein Destrier im Wettlauf mit den anderen.

Es war reiner Wahnsinn. Wir hätten sterben müssen, wir alle, von den Mamelucken ausgelöscht. Sie platzten schier vor Zuversicht, johlten und verhöhnten uns, als wir auf sie zuritten.

Wir trafen sie mit der Gewalt einer biblischen Flut und schlugen ein großes Loch in ihre Reihen. Von Lanzen durchbohrt, wurden Mamelucken wie Puppen durch die Luft gewirbelt. Pferde torkelten, gingen zu Boden und warfen ihre Reiter ab. Unsere Destrier zertrampelten sie unterschiedslos.

Schon zückten wir die Schwerter und schlugen frische Schneisen durch die Feinde, von denen nur wenige einen Treffer landen konnten. Arme wurden abgetrennt, und Köpfe auch. Ich sah, wie ein Bein, den Fuß noch im Schuh, in den Sand fiel. Blut schoss in Bögen durch die Luft, spritzte, sprühte, klatschte. Immer wieder hörte ich den König rufen: »Dex aie!«, und ich nahm den Schlachtruf auf.

Wir hörten Schreie, Gurgeln, Kreischen, Gebete, Laute, die ich für Bitten um Gnade hielt, und über allem das Klirren der Waffen. Von Schwertern, die auf Schilde prallten. Von Klingen, die von Ringpanzer abglitten. Von Streitkolben, die Helme trafen.

Der Tod herrschte über alles, und wir waren seine Könige.

Immer tiefer drangen wir zwischen die Mamelucken vor, töteten, verstümmelten, säten Panik.

Sie konnten uns nicht standhalten, so zahlreich sie auch sein mochten.

Wir waren gekommen, um zu töten, und niemand konnte uns aufhalten.

Wie ein Schwarm Vögel, der, von einem inneren Impuls geleitet, die Richtung ändert, wandten sich die Mamelucken um und flohen. Ich hörte keinen Befehl zum Rückzug, kein Signal. Den einen Moment war ich noch von Feinden umgeben, und gleich darauf sah ich nur noch die Rücken der Männer und die Hinterteile ihrer Pferde.

Ich blinzelte Schweiß weg, und der Abstand zwischen mir und den nächsten Mamelucken hatte sich verdoppelt. Noch ein Blinzeln, und hundert Schritt trennten sie von uns. In meine Erleichterung und mein Triumphgefühl mischte sich ein starker Drang, hinter ihnen herzuhetzen und meine Klinge aufs Neue mit ihrem Blut zu besudeln.

»Flieht!« Richard war dicht neben mir, zu meiner Linken. »Flieht, ihr Lästerer!«

»Sieg, Sire!«, rief ich. »Ihr habt es geschafft!«

Er drehte den Helm mit dem rotem Federbusch. »Wir haben es geschafft, Rufus«, sagte er. »Wir.«

Mit stolzgeschwellter Brust salutierte ich ihm, indem ich die Klinge hob. Seine Anerkennung bedeutete mir mehr als unser Sieg entgegen allen Aussichten.

Völlig unerwartet sagte er: »Ich würde niemals etwas tun, das meiner Schwester schadet.«

»Ich habe es begriffen, Sire.« Diese Worte, entschied ich, kämen einer Entschuldigung näher als alles, womit ich sonst rechnen durfte.

Meine Freundschaft zu Richard war wiederhergestellt, einfach so. Ob er einen Verdacht hegte, was Joanna und mich betraf, wusste ich nicht, aber kein Wort wurde gesprochen. Alles war gut auf der Welt, und ich versicherte mir, dass die Tage, die auf den Kampf an der Straße nach Bombrac folgten, vielleicht nicht glorreich sein würden, aber ohne Verdruss.

Falls Gott gehört hatte, wie ich darum betete, verlachte er mich.

Am siebten Novembertag fing der Regen an und hörte nicht wieder auf. Dichte graue Wolken trieben so tief über dem Boden, dass sie wie Leichentücher erschienen. Sie regneten und hagelten auf das Heer und durchtränkten die Männer. Bei einigen Gelegenheiten hielten sie es für angebracht, Schnee auf uns niederfallen zu lassen.

Sturmböen trafen uns bei Tag und zerrten nachts an unseren Zelten. Die ohnehin schlammigen Straßen verwandelten sich in Morast, auf dem kein Wagen fahren konnte, es sei denn, ein Dutzend starke Männer wuchteten ihn von einem schmatzenden Matschloch zum nächsten. Wir hatten Glück, wenn der Heerwurm an einem Tag zwei Meilen weit kam. Oft war es weniger.

Als die letzte Novemberwoche anbrach, waren die Verhandlungen mit Saladin festgefahren und wurden durch eine unausgesprochene beiderseitige Übereinkunft nicht wieder aufgenommen. Der feindliche Anführer hatte sein Winterquartier in Jerusalem bezogen, und wir hatten Ramla erreicht, das auf weniger als halbem Wege zur Davidstadt lag. Das Heer sollte hier mehr als einen Monat lagern. Es erschien sogar denkbar, dass wir hier den Frühling abwarten würden. Die schlimmen Bedingungen wurden nicht besser, und auch die Wolkenbrüche hörten nicht auf. Der Regen und die endlose Nässe machten Mensch und Tier krank, ließen Kleidung und Nahrungsmittel schimmeln und Waffen und Rüstungen rosten. Sogar das Pökelfleisch faulte in seinen Fässern. Trotzdem blieb die Moral der Truppe gut. Die Priester, die das Heer begleiteten, sprachen laut und wortgewaltig von den Belohnungen, die binnen weniger Wochen unser wären, in Jerusalem. Die Kunde verbreitete sich bis Joppa, und die Lahmen und Kranken, die dort lagen, kamen allmählich auf Wagen in unser Lager und erwarteten, schon bald an den heiligen Schreinen beten zu können.

Die Heilige Stadt sei keine fünfundzwanzig Meilen von unserem Lager entfernt, hörte ich oft Männer sagen und hinzufügen, dass unser Ziel fast in unserer Reichweite liege. Ich konnte den

Refrain »Nur ein Wochenmarsch, mehr nicht!« bald nicht mehr hören. Wie es schien, konnten viele nicht sehen, was vor ihrer Nase lag: die Straßen unpassierbar tief verschlammt, der knappe Nachschub an Nahrung für Mensch und Tier und anderen Gütern und das entsetzliche Wetter, das sich auf Monate nicht bessern würde.

Jede Beratung zwischen Richard, seinen Befehlshabern und den Großmeistern der Ritterorden gelangte zu dem gleichen Schluss. Selbst wenn wir die hohen Mauern von Jerusalem erreichten, hätten wir nicht genügend Männer, um die Stadt einzuschließen. Mit jedem Versuch einer Belagerung hätten wir die Niederlage riskiert, beigebracht entweder von der Hand der Türken oder durch Seuchen und Hunger.

In dem unwahrscheinlichen Fall, dass wir die Heilige Stadt einnehmen konnten, spielten wir ebenfalls mit dem Fehlschlag. Wenigstens die Hälfte des Heeres hätte sein Versprechen Gott gegenüber erfüllt und würde auf der Stelle in die Heimat zurückkehren. Auf einen Streich wäre die Garnison gefährlich schwach, und die Stadt stünde in ernster Gefahr, vor der ersten sarazenischen Streitmacht zu fallen, die vor ihre Tore zog.

Obwohl die meisten Männer es noch nicht erkannt hatten, waren Richard und seine engsten Berater zu der grimmigen Erkenntnis gelangt, dass wir uns am besten zur Küste zurückzogen und dort Askalon wiederaufbauten. Saladins wichtigste Nachschublinie zu unterbrechen würde uns eine lebenswichtige Atempause verschaffen und erlauben, drängende Botschaften in jedes Königreich der Christenheit zu senden. Tausende Männer mehr mussten das Kreuz nehmen. Erst nach ihrem Eintreffen wäre ein Angriff auf Jerusalem durchführbar.

Die Franzosen und andere Kontingente ließen sich jedoch nicht umstimmen, und Stillstand setzte ein. Wir marschierten nicht nach Osten, zogen uns nicht nach Westen zurück, sondern blieben nass, frierend und elend in Ramla.

Die albtraumhaften Bedingungen machten Erkundungen, Überfällen und Scharmützeln jedoch kein Ende. Auf einen Vorstoß folgte der Gegenstoß, auf einen Hinterhalt der Überraschungsangriff.

Fünf Tage vor Weihnachten geriet der Earl von Leicester bei einem verbissenen kleinen Handgemenge in Gefangenschaft, das zufällig für unsere Ritter siegreich ausging und nach nur wenigen kurzen Stunden zu seiner Befreiung aus der Hand der Sarazenen führte. De Chauvigny erlitt während dieses Kampfes einen gebrochenen Arm, wurde aber zum Glück nicht erschlagen, wie es mehreren anderen erging.

Die Spannungen flauten ab, nachdem die Neuigkeit eintraf, dass Saladin sein Heer bis zum Frühjahr aufgelöst habe. Zwei Tage vor Weihnachten befahl Richard seinen Hof acht Meilen nach Süden nach Toron des Chevaliers – Abu nannte es al-Latrun – und der dortigen zerstörten Templerburg.

Unser schmutziges, von Ratten befallenes Lager war kein Ort für Edelfrauen – Berengaria und Joanna waren noch bei uns –, und Richard entschied daher, die Festivitäten der Weihnachtszeit zu etwas Besonderem zu machen. Ein prächtiges Festmahl wurde vorbereitet, so prächtig, wie es sich in Zelten bereiten ließ, bei denen der Regen ununterbrochen auf die Leinwand trommelte.

Das Essen war gut, und der Wein floss in Strömen. Mir gelang es in jener Nacht sogar, ungesehen in Joannas Zelt zu schleichen, etwas, das sich durch den schmatzenden Schlamm und die verstärkten Wachtposten, die überall durchs Lager streiften, als schwierig erwies.

Von Feuerschalen gewärmt, lagen wir nackt auf ihrem Bett. Stundenlang lachten und sprachen wir leise miteinander. Wir taten auch andere Dinge, die gleichermaßen vergnüglich und des Erinnerns wert waren, und schworen uns dabei unsterbliche Liebe.

Allzu kurz sind solche Momente im Leben. Allzu bald kehrt die kalte Wirklichkeit zurück.

Mehrere Tage nach Weihnachten nutzte das Heer die Gelegenheit, die trockenes Wetter bot, und marschierte nach Bait Nuba, nur zwölf Meilen von Jerusalem entfernt. Die Stimmung war gut, und wilde Erwartungen machten die Runde, dass wir bis Mitte Januar die Sarazenen aus der Heiligen Stadt vertrieben hätten. Ich hörte sogar Behauptungen, dass der Feind fliehen würde, wenn wir massiert angriffen, und uns so erlaubte, im Triumphzug in Jerusalem einzuziehen.

Wir taten jedoch nichts dergleichen. Das Wetter wurde noch schlimmer. Sturmwind kreischte von den Bergen herunter, zerriss Zeltbahnen und verursachte Erdrutsche, die den Rand unseres Lagers bedrohten. Wolkenbrüche machten den Schlamm knietief und manchmal noch schlimmer. Die Geschichten von Männern, die ertranken, waren nur Geschichten, aber oft mussten Wagen aufgegeben werden, weil sie zu tief im Matsch steckten. Ich nehme an, wir konnten von Glück reden, dass ihre bedauernswerten Maultiere dann geschlachtet und verspeist werden konnten.

Am elften Januartag im Jahre unseres Herrn 1192 hatte Richard genug erduldet. Da Berengaria und Joanna sicher in Joppa waren – sie und ich hatten uns bittersüß voneinander verabschiedet –, konnte er sich mit meiner Hilfe ganz auf einen Rückzug an die Küste vorbereiten.

Die Franzosen, das wusste jeder, würden des Königs Entscheidung nicht gut aufnehmen. Es war sogar möglich, dass das Heer zerbrach.

Am Nachmittag wartete ich mit Richard in seinem Zelt auf die Anführer der unterschiedlichen Kontingente. Die Vorkammer war mit Teppichen ausgelegt, und ein halbes Dutzend Feuerschalen gaben ihr Bestes, um ein wenig Wärme zu schaffen, aber heulender Wind von draußen fand jeden Riss und jede Lücke. Kalter Luftzug strich mir um die Füße und über den Nacken, und ich war froh, dass ich mein dickstes Wollhemd trug.

De Béthune war ebenfalls anwesend, während de Chauvigny

nach Rom unterwegs war, wo er so viel wie möglich über John herausfinden sollte. Wie der König sagte, war es besser als nichts, wenn man wenigstens wusste, was in der Heimat vor sich ging.

Richard stapfte auf und ab und dachte laut: »Das ist ein trauriger Tag, Rufus.« Er sah mir ins Gesicht. »Ja, ich hasse den Gedanken an Rückzug. Aber eine Rückkehr ist vielleicht besser.«

»Nach so langer Zeit, Sire, erscheint er mir falsch.«

»Wenn wir bleiben, wird es nur viel schlimmer. Ihr habt gehört, was Ralph Besace sagte. Cholera und Durchfall werden grassieren, wenn der Winter weitergeht. Hunderte, wenn nicht gar Tausende werden allein an diesen Seuchen sterben, ganz zu schweigen von denen, die dem Hunger und anderen Leiden zum Opfer fallen. Wir haben auch nicht genug Futter für die Pferde und Maultiere. Bei ihnen hätten wir ebenfalls ernste Verluste.«

»Jawohl, Sire.« Ich seufzte. Ohne unsere Destrier hatten wir keinerlei Aussicht, die Sarazenen zu besiegen.

»Sobald das Frühjahr kommt, treffen Saladins Männer wohlgenährt und zufrieden ein, nachdem sie Monate vor dem Feuer verbracht haben. Sie würden uns beiseitefegen, als wären wir Kleinholz.«

Sein Argument war stark, und er trug in der Beratung, die bald darauf abgehalten wurde, den Sieg davon. Hilfreich war, dass sowohl de Nablus als auch de Sablé die gleiche Ansicht vertraten, und Guy de Lusignan ebenfalls. Dreimal hörten die Versammelten, dass die Rückkehr an die Küste die vernünftigste Entscheidung sei, dass wir mit einer Belagerung alles riskierten und unsere Nachschublinien bereits jetzt überdehnt und löchrig seien. Nur die Franzosen, die in der Überzeugung in die Beratung gekommen waren, dass Jerusalem vielleicht doch noch eingenommen werden könnte, erhoben weiterhin Einwände.

Richard war gut vorbereitet. Er befahl, eine Karte der Heiligen Stadt zu zeichnen, und bewies über jeden Zweifel hinaus, dass die Stärke des Heeres nicht ausreichte, um die Stadt vollständig einzuschließen. »Wenn wir sie nicht einmal einschließen können, Messires«, argumentierte der König wortgewandt, »kann dieses Lumpenpack ausbrechen, wo es ihm gefällt, und genauso gelangen Nahrung und Material in die Stadt.«

Henri de Blois hatte genickt, während der König sprach, und war der Erste, der aus der Formation der Franzosen ausscherte. Er brachte des Barres auf seine Seite, der wiederum Herzog Hugues von Burgund überzeugte, dass Richards Plan Sinn ergab. Danach gaben auch die Übrigen nach, aber mit wenig Überzeugung.

Ich wünschte, ich könnte sagen, dass die gemeinen Soldaten die Neuigkeiten besser aufgenommen hätten. Als der Befehl, Bait Nuba zu verlassen, sich im Lager verbreitete, erhob sich ein Jammern und Wehklagen, wie es noch nie zu hören war. Eine tiefe Mutlosigkeit senkte sich herab. Ich sah Männer, die sich verzweifelt in den Schlamm warfen und verkündeten, es sei der schlimmste Tag in ihrem Leben. Bis lange nach Einbruch der Dunkelheit war der wiederkehrende Ruf *»Sanctum Sepulcrum adjuva!«* laut und regelmäßig im Lager zu vernehmen.

Obwohl der König erhalten hatte, was er wollte, war er am Abend trübselig gestimmt. Er wirkte verzehrt von Trauer und Anstrengung, wie ich ihn noch nie gesehen hatte. Zusammen mit de Béthune blieb ich stundenlang bei ihm. Wir saßen um eine Feuerschale, tranken viel zu viel Wein und schworen einander, dass wir bei der ersten Gelegenheit zurückkehren und Jerusalem einnehmen würden.

»Wenn mein verfluchter Bruder John uns nicht daran hindert«, sagte der König am Ende.

Ich sah ihn glasig an. »Sire?«

»Seit Monaten kein Wort von Longchamp.«

»Das könnte eine gute Sache sein, Sire«, wagte ich vorzubringen.

Ein müdes Lächeln. »Ihr kennt meinen Bruder John nicht so gut wie ich. Er ruht niemals, der Welpe, lässt nie nach im Intrigieren und Ränkeschmieden. Das Winterwetter und die Gefahr für die Schifffahrt sind der Grund, weshalb mich keine Briefe erreichen, das ist alles.«

De Béthune, der zuerst Richards Vater Henry gedient und dabei viel Zeit mit John verbracht hatte, wirkte nicht im Geringsten überrascht.

Der König starrte so lange in die Glut, dass ich mich schon fragte, ob er wieder krank wurde. Auf jede Frage, die ihm gestellt wurde, kam nur ein knappes Ja oder Nein.

Endlich bat de Béthune um die Erlaubnis, zu Bett zu gehen. Ich blieb mit Richard allein. Schweigend saßen wir einige Zeit zusammen. Ich wusste nicht, wie ich Rat oder Trost spenden sollte – ich war kein Staatsmann, kein Politiker. Ich hätte John schon vor Jahren enthauptet, und dennoch war es keine Lösung, denn damit wäre als einziger Erbe ein kleiner Junge geblieben, Richards Neffe Arthur. Die Gefahr, die das für sein Königreich bedeutet hätte, wäre größer gewesen, als den verschlagenen John mit seiner Verräterei am Leben zu lassen.

Endlich brach der König das Schweigen. »Es wäre ein schmähliches Ende des Heerzugs, müsste ich das Heilige Land wegen meines Bruders verlassen, was?«

»Gewiss wird es nicht dazu kommen, Sire«, versicherte ich.

»Das hoffe ich«, sagte Richard, aber seine Worte hatten einen hohlen Klang.

KAPITEL XXVIII

Askalon, April 1192

An sie geschmiegt lag ich in Joannas Bett. Ihr Kopf ruhte auf meiner Schulter, ihr langes goldenes Haar breitete sich über uns aus wie eine Decke. Nacht war es, und obwohl ich noch nicht lange in ihrem Zelt weilte, hatten wir unsere Leidenschaft schon befriedigt. Zusammen zu sein war noch immer neu für uns und hatte seinen Glanz kein bisschen verloren. Drei Monate lang hatten wir uns furchtbar selten gesehen.

Sie war nicht beim Heer gewesen, als wir uns durch Schlamm und Regen von Beit Nuba nach Ramla schleppten. Dort hatten uns alle Franzosen verlassen, nur nicht Henri de Blois mit seinen Mannen und zu unserem Erstaunen auch nicht Herzog Hugues von Burgund. Ich hatte Joanna auch nicht zu Gesicht bekommen, als wir nach Askalon weitermarschierten, denn wir hatten Joppa umgangen, um die Küste schneller zu erreichen. Mitte Februar sahen wir uns für wenige Tage wieder, als der König seine Reise nach Norden unterbrach, um sich mit Conrad de Montferrat zu treffen, aber danach war ich ihr bis Ende März nicht mehr begegnet.

Naheliegend hatten wir ungeachtet der Gefahren seitdem fast jede Nacht miteinander verbracht. Ich sage Nacht, aber lange vor der Morgendämmerung zwang Joanna mich – unter zahlreichen Küssen –, ihr Gemach zu verlassen.

Wunderbar war es, aber es konnte nicht ewig so weitergehen.

Bald schon würde das Heer sich wieder in Bewegung setzen. Unsere Arbeit der vergangenen drei Monate, der Wiederaufbau Askalons, war fast abgeschlossen. Wir mussten uns erneut den schwierigen Fragen zuwenden, die wir auf die Seite gestellt hatten, darunter Saladin und Jerusalem.

Jüngst waren die Verhandlungen wieder aufgenommen worden, aber schon jetzt ließ sich absehen, dass keine Einigung erzielt werden würde. Einmal mehr drohte Krieg, und wegen der Rivalitäten und Machtkämpfe in unseren Reihen waren unsere Kräfte schwächer als vor einem halben Jahr.

Ich atmete langsam aus.

»Das war ein großer Seufzer.« Joanna strich mir mit der Hand über die Brust, eine sanfte, besitzergreifende Bewegung. »Was hast du, mein Herz?«

Ich lachte leise. »Womit soll ich anfangen?«

»Mit dem Anfang?« In ihrer Stimme lag ein neckender Unterton, aber ihre Anteilnahme war aufrichtig.

»Nichts, was wir nicht schon besprochen hätten.«

»Wenn du dich sorgst, solltest du dir Luft machen.«

Ich drückte sie an mich. »Die Pisaner. Die Genueser. Conrad de Montferrat. Herzog Hugues von Burgund. Guy de Lusignan – ich könnte endlos weitermachen.«

Sie richtete sich auf einen Ellbogen auf, um mich im honiggelben Kerzenschein besser ansehen zu können. »Akkon hat nun Frieden. Richard hat die Pisaner und Genueser gezwungen, die Waffen niederzulegen.«

Die Feindschaft zwischen beiden Gruppen lauerte stets dicht unter der Oberfläche. Joanna bezog sich auf die letzte Runde an Feindseligkeiten, die im Februar ausgebrochen waren. Uns hatte die Nachricht erreicht, dass die Genueser auf Conrad zugegangen seien, und der Halunke war ihnen rasch zu Hilfe geeilt. Herzog Hugues hatte sich ihm angeschlossen, und eine neue Belagerung der Stadt begann, in welcher die Pisaner saßen, während die Genueser, Conrad und Hugues vor den Toren standen. Richard war, wie ich mich erinnerte, bereits auf dem Weg zu einem Treffen mit Conrad gewesen und hatte einen Umweg über Akkon eingelegt. Aus Furcht vor seinem Zorn hatten sich Conrad und Hugues nach Tyrus zurückgezogen.

»Mach dir keine Gedanken um Akkon.« Mit dem Zeigefinger zog sie an meinem Kinn, sodass ich sie anblickte.

»Vermutlich hast du recht.«

»Was Conrad de Montferrat und Herzog Hugues angeht, so sind sie lästige Männer, das will ich nicht bestreiten, schon gar nicht, seit sie sich verbündet haben.«

Ich nickte und dachte daran, wie ich mit dem König zu einem Treffen mit Conrad nach Casel Imbert nördlich von Akkon geritten war, nachdem er in der Stadt den alten Zustand wiederhergestellt hatte. »Er ist ein verschlagener Hund. Die Unterredung mit Richard war eine Übung in Vergeblichkeit.«

»Wenn ich mich recht entsinne, hat Conrad es rundheraus abgelehnt, sich uns anzuschließen, und die beiden hatten einen bitteren Streit.«

»Richtig.« Ihr Gebrüll klang mir noch in den Ohren.

»Als ihr nach Akkon zurückgekehrt seid, hat Richard dem Rat befohlen, ihm keine weiteren Einkünfte auszuzahlen«, sagte Joanna. »In Anbetracht der leeren Truhen im Königreich war es mehr eine symbolische Geste als alles andere, aber sie sollte sich als verhängnisvoll erweisen.«

Ich nickte. »Er verbündete sich mit Herzog Hugues, der jeden französischen Ritter aus dem Heer des Königs abberief. Siebenhundert Ritter mit ihren Knappen, Fußsoldaten und Armbrustschützen. Mehr als tausend Mann.«

»Ein entsetzlicher Schlag, aber Herzog Hugues hat nun seinen Zug gemacht. In Tyrus kann er kaum noch mehr unternehmen.«

»Conrad hingegen …«

»Ja, er ist von einem anderen Naturell. Rücksichtslos, manipulativ und beliebt.«

»Hinterlistig ist er auch. Vergiss nicht seine Versuche, einen Bund mit Saladin zu schmieden.«

Den Spionen des Königs zufolge war der Bund nur deswegen nicht zustande gekommen, weil Saladin verlangt hatte, dass Conrad vorher gegen Richard ins Feld zog. Diese Bedingung zu erfüllen wäre einem Selbstmord gleichgekommen, und das politische Bündnis hatte sich vorerst zerschlagen.

»So wenig vertrauenswürdig er sein mag, Conrad wäre trotzdem ein besserer König als Guy de Lusignan.«

»Das ist wahr, mein Herz. Das ist ja die Krux daran.« Ich küsste ihr die Hand.

Von den militärischen Schwierigkeiten abgesehen, war das Königtum das unangenehmste Dilemma, mit dem sich Richard konfrontiert sah. Seit Zypern hatte er Guy den Rücken gestärkt. Damals war es eine selbstverständliche Entscheidung gewesen, aber unsere Zeit im Heiligen Land hatte eine unangenehme Wahrheit ans Licht gebracht.

»Guy wird immer der Mann sein, der die Schlacht von Hattin verloren hat. Wenn die Poulains, die Templer und Johanniter kein Vertrauen zu ihm haben, kann er niemals wirkungsvoll herrschen. Darum wird das Königreich Jerusalem von dem Moment an, in dem Richard aufbricht, in großer Gefahr schweben. Dass sein gutes Werk an Saladin verloren geht, könnte nur eine Frage von Monaten sein.« Joanna lächelte. »Es ist einfach, Ferdia. Conrad muss König von Jerusalem werden.«

»Aber Richard hat sein Wort gegeben …«

Erneut unterbrach sie mich sanft. »Das hat er, doch jeder Mann hat seinen Preis, einschließlich Guy.«

»Du hast recht«, gab ich zu.

»Habe ich das nicht immer?«

Ich kitzelte sie und brachte sie auf höchst unkönigliche Weise zum Lachen. »Was ist Guys Preis?«, fragte ich.

»Zypern.«

»Der König hat die Insel an die Templer verkauft.« Ich erinnerte mich an das Geschäft und auch daran, dass sie bisher erst vierzigtausend Bezants gezahlt hatten. Weitere sechzigtausend standen aus. Zuletzt hatten sie der Bevölkerung eine hohe Steuer auferlegt – in der Absicht, den Rest des Geldes zu erheben – und damit einen Aufstand verursacht. Ich ahnte den Gedankengang des Königs und lachte leise. »Aber Zypern ist den Templern zu mühselig. Sie haben im Heiligen Land genug zu tun. Wenn Guy ihnen erstattet, was sie dem König gezahlt haben, können sie die Verantwortung an ihn abtreten …«

»… und verschaffen Guy de Lusignan ein Inselkönigreich«, vollendete Joanna meinen Satz. »Ich halte das für eine bessere, um nicht zu sagen sicherere Aussicht, als Herrscher eines gerade eben gehaltenen Gebiets zu sein, das von Feinden im Norden, Osten und Süden bedroht wird.«

»Es war deine Idee!«, rief ich überrascht aus.

Sie machte ein spitzbübisches Gesicht. »Sagen wir, ich habe die Saat in Richards Gedanken gelegt.«

Ich kitzelte sie erneut. »Wann wolltest du es mir sagen?«

Ein koketter Blick. »Frauen handeln anders als Männer. Du weißt es jetzt. Reicht das nicht?« Sie schmiegte sich an mich.

Sie ist mir immer einen Schritt voraus oder auch drei, dachte ich, während ich in ihren Augen versank.

Bevor mich alle Vernunft verließ, rief ich mir ins Gedächtnis, dass wir nicht über John gesprochen hatten, einen weiteren Stachel in Richards Fleisch. Vielleicht ist es so besser, überlegte ich. Ich war mir sicher, dass Joanna sich auf Richards Seite stellen würde, aber klug wäre es nicht, wenn ich John kritisierte, ihren leiblichen Bruder.

Die Schachzüge des Königs mussten warten. In die kommende Woche fiel Ostern, und in Askalon wurde das Fest groß gefeiert. Zu den bemerkenswerteren Ereignissen gehörte ein Ritterschlag. Als Teil der Verhandlungen hatte Richard es als angemessen erachtet, einen von Saladins Söhnen in den Ritterstand zu erheben. Die Bischöfe runzelten darüber die Stirn, aber keiner wagte es, dagegen Einwände zu erheben.

Kaum war Ostern vorüber, führte er einen Erkundungstrupp Richtung Süden nach Gaza, das von den Sarazenen im Jahr zuvor zerstört worden war, und nach Darum an der Küste, das noch vom Feind gehalten wurde. Ich war bei ihm, als wir die Heiden bei Darum überraschten und zufällig zwölfhundert Christen befreiten, die vor Akkon und anderswo in Gefangenschaft geraten waren. Die Festung blieb zwar in sarazenischer Hand, aber wir kehrten in Hochstimmung am Nachmittag des 15. April nach Askalon zurück.

Ich hatte nur eines im Sinn: Joanna wiederzusehen. Doch meine Pläne wurden rasch durchkreuzt.

Kaum waren wir ins Lager geritten, als ein Knappe auf uns zukam. Er gehörte zu Thorne, ein schwerfälliger, aber verlässlicher Bursche, dessen Namen ich immer wieder vergaß. »Ein Bote ist eingetroffen, Sire, aus England«, sagte er, während er neben Fauvel herlief.

Auf der Stelle gehörte ihm Richards Aufmerksamkeit, als wäre er ein Falke hoch in den Lüften, der eine Maus entdeckt hat. »Wer?«

»Der Prior von Herford ist es, Sire«, antwortete der Knappe, ein großer Kerl von vielleicht achtzehn Jahren. »Er bringt einen Brief vom Kanzler William Longchamp.«

Richard zog die Füße aus den Steigbügeln und schwang sich von Fauvel. Die Zügel warf er dem verblüfften Knappen zu. »Sorg dafür, dass er gefüttert und getränkt wird«, befahl der König.

Ich sprang von Pommers und reichte ebenfalls dem Knappen meine Zügel. »Und dieses edle Tier.«

Während der Knappe mit offenem Mund hinter mir stehen blieb, eilte ich dem König nach, der sich mit Riesenschritten seinem Zelt näherte.

Robert, der Prior von Hereford, erwartete uns. Er war ein kleiner Mann mit vorquellenden Augen und selbstherrlichem Gebaren, aber dennoch verbeugte er sich tief vor Richard.

»Willkommen im Heiligen Land«, sagte der König.

»Meinen Dank, Sire, ich …«

Richard war nicht in Stimmung für Nettigkeiten. »Ihr bringt einen Brief von Longchamp?«

»Jawohl, Sire.« Robert reichte ihm ein zusammengerolltes und mit Wachs versiegeltes Pergament.

Gewöhnlich las der Sekretär dem König die Briefe laut vor, aber nicht heute. Richard las die Botschaft selbst. Stumm bewegten sich dabei seine Lippen.

De Béthune trat mit dem Earl von Leicester ein, ein weiterer Mann, dem Richard vertraute. Bischof Hubert von Salisbury, der beim König ebenfalls hoch in der Gunst stand, folgte den beiden dichtauf.

Endlich hatte der König zu Ende gelesen. Er ließ das Pergament sich zusammenrollen. »Bringt Ihr noch weitere Briefe?«, fragte er Prior Robert.

»Einen von Eurer Frau Mutter, Königin Alienor, Sire.« Er eilte zu Richard.

Wieder herrschte Schweigen, während der König den Inhalt des zweiten Schreibens in sich aufnahm.

Er gelangte zum Ende und sagte noch immer nichts. Sein Gesicht hätte aus Stein gemeißelt sein können, so undeutbar war seine Miene.

Ich warf de Béthune einen Blick zu, der genau so beunruhigt wirkte, wie ich mich fühlte. Ich ertrug es nicht länger. »Was gibt es Neues, Sire?«

Zu meinem Erstaunen lachte er. »Da gibt es so vieles, ich weiß nicht, wo ich beginnen soll.«

De Béthune und ich tauschten noch einen Blick. Bischof Hubert flüsterte dem Earl von Leicester etwas ins Ohr.

»Im September begann es«, sagte Richard. »In der Woche nach der Schlacht von Arsur entschied mein Halbbruder Geoff, nach England zu fahren. Als Longchamp die Neuigkeit erfuhr, benachrichtigte er seinen Schwager, den Constable von Dover, der Geoff umgehend festnahm, weil er seinen Eid gebrochen hatte. Obwohl er Erzbischof war, wurde er durch die Straßen zur Burg geschleift, dass ihm der Kopf von den Pflastersteinen abprallte, und dort eingekerkert.« Er fuhr fort: »Das war dumm von Longchamp, denn damit hatte er sich jeden Priester und jeden Bischof in ganz England zum Feind gemacht. Als er Geoff eine Woche später wieder freiließ, war der Schaden schon angerichtet. Longchamp war ohne Freunde, von allen verabscheut. Er floh aus London und versuchte in die Normandie überzusetzen, wurde aber gefangen und mehrere Tage festgehalten. Obwohl man ihn bald befreite, war John schon eifrig dabei, Stimmung gegen ihn zu machen. Mein Bruder erachtete es auch als angebracht, ein Heer auszuheben, Windsor zu seinem Stützpunkt zu machen und auf die Hauptstadt zu marschieren.«

So viel zur Familientreue, dachte ich. Mordgedanken gegen John gingen mir durch den Kopf. Ich fragte mich auch, was FitzAldelm trieb, der mittlerweile die Normandie erreicht haben dürfte. Welche Teufeleien hatte er vor? Er konnte sogar schon nach England übergesetzt haben.

»Am siebten Oktobertag wurde eine Versammlung in der Sankt-Pauls-Kathedrale in London einberufen«, fuhr der König fort. »Dort enthoben John und Erzbischof Walter meinen Kanzler Longchamp seines Amtes. John schien die Macht für sich beanspruchen zu wollen, aber bevor er es tun konnte, offenbarte Walter die Autorität, die ich ihm verliehen hatte und die ihm gestattete, die Herrschaft über das Königreich zu übernehmen. Geschlagen musste John sich mit dem Posten des *Summus Rector* begnügen.« Richard lächelte schmal und nicht im Mindesten freundlich. »Damit hat er das Amt des Regenten ohne die dazugehörige Macht. Longchamp zufolge hat er vor Wut getobt und ließ sich nur besänftigen, als die Anwesenden schworen, dass er König werden sollte, falls ich stürbe, bevor ich nach England zurückkehre.«

»Was ist aus Longchamp geworden, Sire?«, fragte de Béthune.

»Er ist nach Flandern gelangt und hat den Papst benachrichtigt und sich über seine Misshandlung beschwert. Die Antwort aus Rom kam rasch. Longchamp bleibt päpstlicher Legat, während Erzbischof Walter, vier Justiziare und zwei andere Bischöfe exkommuniziert wurden. Geoff hat sich eifrig in York betätigt, mit de Puiset gestritten und ihn sodann exkommuniziert, und bald darauf auch John, weil dieser Weihnachten mit de Puiset verbracht hat.« Richard gab einen Laut der Entrüstung von sich. »Wenn das so weitergeht, gibt es bald keinen einzigen Christen mehr in England.«

Sogar Prior Robert lachte darüber.

Meine Abneigung gegen John hatte zur Folge, dass es mir nicht schwerfiel, Longchamps Brief zu glauben, aber Bischof Hubert musste überzeugt werden.

»Könnte Longchamp nicht übertreiben, Sire, um Eure Brüder als Übeltäter darzustellen und seine Stellung zu festigen?«

»Vorsichtig zu sein zahlt sich aus«, sagte Richard zu Hubert, »aber der Brief meiner Mutter bestätigt, was Longchamp schildert, mehr oder weniger buchstabengetreu.«

Prior Robert lächelte.

Richard sah ihn hart an. »Seid nicht so selbstgefällig. Man sagt von Euch, dass Ihr Euch gern in Dinge einmischt, die Euch nichts angehen. Ich hege den Verdacht, Ihr habt meine Mutter aus Euren eigenen Gründen benachrichtigt, dass Ihr ins Heilige Land reisen werdet. *Ihr* wart es doch, der an *sie* herangetreten ist, habe ich recht?«

Robert erbleichte und murmelte: »Jawohl, Sire.«

Richard schnaubte.

»Der Eigennutz des Priors hat sich also zu Eurem Vorteil ausgewirkt, Sire«, sagte Bischof Hubert.

»So scheint es«, räumte der König ein.

Die Hoffnung kehrte in Roberts Miene zurück. Er wirkte höchst enttäuscht, als Richard ihn entließ.

»Ohne den Brief meiner Mutter«, sagte Richard, »hätte ich gezögert zu glauben, wie schnell der Heimtücker Philippe auf John zutritt und mit welcher Schnelligkeit mein lieber Bruder darauf einging.«

Ich knirschte mit den Zähnen. Richards Neigung, in jemandem nur das Gute zu sehen, selbst wenn das Schlechte offenbar war, erstaunte mich immer wieder. Diesen Charaktermakel teilte er mit seinem verstorbenen Vater.

»Was hat Philippe Eurem Bruder offeriert, Sire?«, fragte Bischof Hubert.

»Die Hand seiner Schwester Alys …«, Richard verzog das Gesicht, »… und dazu all meine Ländereien auf dem Kontinent: die Normandie, die Bretagne, das Anjou, Maine und Aquitanien.«

»John ist bereits verheiratet, Sire«, sagte Bischof Hubert mit großer Missbilligung.

»Davon lässt er sich nicht abhalten! Er wollte im Februar nach Frankreich reisen und sich mit Philippe treffen, als, *merci a Dieu*, meine Mutter aus der Normandie eintraf und ihn aufhielt.«

»Wie hat sie ihn gezwungen, in England zu bleiben, Sire?«, fragte ich.

»Sie sagte dem Kleinen, dass er bei seiner Rückkehr weder Burgen noch Ländereien hätte, sollte er abreisen«, antwortete Richard mit Genugtuung.

Wie schön es gewesen wäre, diesem Gespräch beizuwohnen, dachte ich belustigt. Wie der hochnäsige Prinz von seiner alten Mutter zusammengestaucht wurde.

»Ach, Königin Alienor«, sagte Bischof Hubert. »Was für eine Frau!«

»Sie ist uns allen ein Vorbild«, sagte der König sehr bewegt.

»Also ist das Königreich sicher, Sire«, stellte der Earl of Leicester fest.

»Für den Moment, obwohl Philippes Hoffnung, in die Normandie einzufallen, weiterhin besteht und John noch immer unzufrieden ist. Er wird neue Ränke schmieden, und dank seines verräterischen Geraunes über mein bevorstehendes Ende während dieses Feldzugs besitzt er eine ausreichende Unterstützung bei den Baronen. Erzbischof Walter, meine Mutter, William Marshal und die anderen Justiziare werden die Dinge regeln, aber sie warnt mich, dass ich im Heiligen Land nicht säumen soll. *Dein Reich ist in Gefahr – täusche Dich nicht darüber hinweg.* Mit diesen Worten endete ihr Brief.« Richard schritt auf und ab, der eingesperrte Löwe, der ungeduldig darauf wartete, handeln zu können.

»Wenn Ihr nur mit Saladin allein zu tun hättet, Sire«, platzte es aus mir heraus. Alles wandte sich mir zu und starrte mich an, was mich befangen machte. Ich errötete wie ein schüchterner Jüngling.

»Ihr spiegelt meine eigenen Gedanken wider, Rufus«, lachte der König. »Ein simples Gefecht zwischen Saladin und mir, meinem Heer und seinem – wie verlockend das klingt. Sehr zu meinem Verdruss scheint es jedoch bestimmt zu sein, dass es dazu nie kommen wird.« Er schwenkte die Briefe. »Hier ist der Beweis, dass ich schon bald gezwungen sein könnte, diese Gestade zu verlassen. Dadurch wird die Ernennung des neuen Königs von Jerusalem noch wichtiger. Sobald ich aufbreche, steht gewiss ein Großangriff der Türken bevor.«

»Und Guy ist nicht der geeignete Mann, Sire?«, fragte de Béthune.

»Das ist er nicht.« Richard legte seine Absicht dar, Guy die Insel Zypern anzubieten.

»Eine kluge Entscheidung, Sire«, sagte Bischof Hubert. »Vorausgesetzt, dass Conrad der neue König sein soll, Sire, was sind Eure Pläne?« Bischof Hubert stellte die Frage, die uns allen durch den Kopf ging.

»So ungern ich es auch zugebe, ich muss nach England aufbrechen, und zwar lieber früher als später. Ich sehe keine andere Möglichkeit.« Richard setzte sein Hin- und Herschreiten fort, aber seine ruhelose Miene war einem gehetzten Ausdruck gewichen, den man bei ihm nur selten sah.

Eine kalte Wahrheit blieb unausgesprochen. Conrad hin oder her, die Poulains und die Ritterorden würden sicherlich binnen Jahresfrist besiegt werden, sobald Richard mit seinem großen Heer abgezogen war.

De Béthune erwähnte diskret den Umstand, und der König offenbarte, dass dreihundert Ritter und zweitausend Soldaten bleiben und aus dem königlichen Schatz bezahlt werden sollten. Ob diese Anzahl von Kämpfern die Zukunft des Heiligen Landes sichern konnte, ließ sich unmöglich sagen, aber selbst ihre Kosten waren eine schwere Last. Wie Richard noch mehr tun sollte, war nicht zu erkennen.

Bald darauf bat der König uns zu gehen. Er will allein sein, dachte ich, und seine Möglichkeiten durchdenken. Ich sah mir über die Schulter zum Eingang. Er saß auf einem Hocker, den Rücken gekrümmt, und starrte in die Ferne.

Seine Haltung war unglücklich, die eines Mannes, der das Gefühl hat, dass er trotz allem, was er unternommen hat, am Rand der Niederlage steht.

KAPITEL XXIX

Richards Plan trug Früchte. Am 16. April wurde Conrad zum neuen König von Jerusalem ernannt. Die einzigen ablehnenden Stimmen gehörten den de Lusignans und Onfroy de Toron, der einen Groll auf ihn hegte. Niemand schenkte ihnen Beachtung. Henri de Blois, der Graf der Champagne, dem sowohl der König als auch die Franzosen vertrauten, wurde mit der guten Botschaft nach Tyrus entsandt. Conrad, so berichtete er nach seiner Rückkehr, war so überwältigt, als er sie hörte, dass er auf die Knie sank, Gott dankte und den Herrn bat, ihm nur dann zu gestatten, den Thron zu besteigen, wenn er ihn für würdig hielt.

Endlich hatte Richard alle Poulains hinter sich, denn Renaud von Sidon und Balian d'Ibelin, Conrads wichtigste Anhänger, würden ihre Ritter und Soldaten mit dem neuen König nach Süden führen. Möglich war sogar, dass Herzog Hugues die Franzosen wieder zurückbrachte. Erleichtert verkündete Richard, dass sie vereint eine ausgezeichnete Aussicht auf Sieg über Saladin hätten. Ich wollte es hoffen.

Eine Phase schönen sonnigen Wetters begleitete uns seit Ostern, gnädig ohne die sengende Hitze der Monate, die uns bevorstanden. Conrad sollte in der kommenden Woche gekrönt werden, und gleich danach würden er und seine Verbündeten zu uns in See gehen. Die Vorbereitungen für einen neuen Vorstoß nach Süden begannen. Der König war entschlossen, Darum einzunehmen, die Festung, die er zuvor erfolglos angegriffen hatte. Baute er sie und Gaza wieder auf, beherrschten mit Askalon die Christen durch drei Burgen die Straße nach Ägypten. Richard rechnete damit, dass Saladin an den Verhandlungstisch zurückkehrte, wäre sein wichtigster Nachschubweg erst unterbrochen und hätte er keinerlei Wahl, als den Forderungen des Königs nachzugeben.

So viel wir zu tun hatten, wir fanden auch Zeit für Muße. Einer meiner liebsten Zerstreuungen war es, im umgebenden Land mit den Falken des Königs auf die Jagd zu gehen – Richard liebte diese Beschäftigung sehr. Außerdem ritt ich gern auf Pommers an den Strand. Nachts vertrieb ich mir die Zeit mit Joanna.

Die Freundschaft, die sich zwischen Rhys und Abu langsam entwickelt hatte, gedieh. Die beiden steckten ständig zusammen, doch sosehr er es auch versuchte, Rhys gelang es nicht, Abu zum Weintrinken zu verleiten. De Drune zechte jede Tag- und Nachtstunde, wenn er es konnte, und das war oft. Thorne begleitete ihn meist.

Wenn wir uns trafen, hatte ich viel Spott zu erdulden, weil ich mich ihnen nicht anschloss, worauf ich wenig zu erwidern hatte. Unweigerlich führte es dazu, dass sie versuchten, mich zu verhören, um den Namen der Dame zu erfahren, der ich den Hof machte. Meine regelmäßige Abwesenheit fiel auf, und es wurde viel geredet. Mein Widerstand jedoch war unbeirrbar, meine Lippen blieben versiegelt. Beiden Männern vertraute ich mein Leben an, aber nicht solch ein Geheimnis, und schon gar nicht, wenn sie getrunken hatten. Ich fühlte mich schlecht, weil ich ihnen nicht vertraute wie Rhys, aber meine Affäre mit Joanna musste unbedingt geheim bleiben.

Und das blieb sie. Einige kurze Wochen lang lebte ich in Glückseligkeit.

Am letzten Apriltag kehrte André de Chauvigny auf einem Schiff aus Rom zurück, was uns alle aufmunterte. De Béthune und ich saßen mit Richard vor dessen großem Zelt, als de Chauvigny eintraf. Die Neuigkeiten um Philippe Capets Winkelzüge, die er brachte, waren weniger willkommen.

»Vom Augenblick seines Aufbruchs, Sire, hat der französische

König ein Netz aus Lügen und Täuschungen um Euch gesponnen, Sire«, offenbarte de Chauvigny. »Er wäre gezwungen worden, das Heilige Land gegen seinen Willen zu verlassen, Ihr wäret ein Ungeheuer und heimtückischer Undankbarer, ein Mann, der sich mit Saladin zu üblen Zwecken treffe.«

»In wessen Ohren hat er sein Gift geträufelt?«, wollte Richard wissen.

»Am wichtigsten waren der römische Kaiser Heinrich und Papst Coelestin.«

Richard wirkte ein wenig überrascht. »Der Kaiser wäre doch misstrauisch gewesen wegen Philippes Umgang mit Tancrède.«

»Das mag sein, Sire, doch er wurde hinreichend besänftigt, um ein Bündnis mit Philippe einzugehen.«

Richard verzog das Gesicht. »Und der Papst?«

»Als er hörte, wie Ihr Philippe gezwungen haben sollt, das Heilige Land zu verlassen, Sire, sah er es als passend an, ihn und seine Gefolgsleute von allen Eiden zu entbinden, die sie schworen, nachdem sie das Kreuz genommen hatten.«

Richard reckte wütend die Fäuste zum Himmel. »Nun wird Philippe behaupten, er sei nicht mehr an seinen Schwur gebunden, nicht in meine Ländereien einzufallen! Und was das noch gültige päpstliche Gebot angeht, das Christen verbietet, den Besitz jedes Herrn zu schädigen, der noch gegen die Sarazenen kämpft oder auf dem Heimweg ist …« Er gab einen lauten Ton der Abscheu von sich.

Wir sahen einander an und warteten.

»Ich sehe drei Möglichkeiten«, sagte der König. »Die erste wäre, sofort nach England zurückzukehren und Philippes Ränken und meinem aufsässigen Bruder Einhalt zu gebieten. Die zweite, zu bleiben, bis die Kämpfe dieses Jahres vorüber sind, in der Hoffnung, dass Jerusalem eingenommen wird. Die dritte besteht darin, noch länger zu bleiben und dadurch die Stabilität dieses Königreichs zu sichern. Angesichts der Briefe von Longchamp und meiner Mutter halte ich dies für die riskanteste Möglichkeit.« Er warf uns einen fragenden Blick zu, was bei ihm nicht oft vorkam.

Ich schlug die Vorsicht in den Wind. »Wenn Conrad und, so Gott will, Graf Hugues ihre Kräfte nach Süden bringen, Sire, erhaltet Ihr eine günstige Gelegenheit, Saladin zu stellen, entweder bei Jerusalem oder bei Darum. Brecht Ihr vorher auf, werdet Ihr es immer bereuen.«

Richard warf den Kopf in den Nacken und lachte, ein Lachen aus vollem Hals, das ihn am ganzen Körper erbeben ließ. »Ihr kennt mich gut, Rufus! Mir fallen nur wenig schlimmere Dinge ein, als in einem halben Jahr hören zu müssen, dass Conrad und Hugues ihr Heer zum Sieg führen, ohne dass ich an dem Ruhm teilhaben kann.« Er sah die anderen an.

»Ihr sagt es selbst, Sire, die dritte Möglichkeit ist höchst gefährlich«, meinte de Chauvigny. »Meiner Ansicht nach bleibt Euch damit nur die zweite Möglichkeit.«

De Béthune und ich stimmten ihm zu.

Richard war zufrieden. »Ihr bestätigt mir meine Überlegungen. So sei es also. Ich werde bis Anfang oder Mitte September bleiben, was noch Zeit für eine Seereise nach England lässt. John bekommt eine Kopfnuss, Geoff ebenso, und Berengaria wird ein Weihnachtsfest feiern, wie sie es noch nie erlebt hat.«

Mit dieser optimistischen Aussicht ging die Beratung zu Ende.

Der nächste Tag war der 1. Mai, ein prächtiger Tag mit blauem Himmel und milden Temperaturen. Der König hatte beschlossen, auf die Jagd zu gehen, und wurde von Berengaria und Joanna überredet, seine Falken zu nehmen, statt Wildschweine zu hetzen, seine bevorzugte Beute. Ich fiel nach außen hin in Richards stilles Murren ein, aber insgeheim war ich froh, denn nun konnte ich Zeit mit meiner Geliebten in der Öffentlichkeit verbringen, ohne die Entdeckung fürchten zu müssen.

Lärm und Aufregung herrschten an den Pferdeleinen, während wir unsere Vorbereitungen trafen. Runtzide und Zelter stampften mit den Hufen. Knappen prüften ein letztes Mal Sättel und Zügel. Rhys war ebenfalls dort und bereitete mein Pferd vor und für sich mein Ersatztier. Die Falkner trugen ihre Vögel mit Kappe und Leine auf den polstergeschützten Armen. Jäger standen mit angeleinten, winselnden Windhunden bereit. Eine Abteilung Templer in voller Rüstung wartete neben ihren Destriern, Schutz vor einem türkischen Überraschungsangriff. Richard hätte sie nicht mitgenommen, aber die Königin und Joanna bestanden darauf. Zu oft war es zu Zwischenfällen gekommen.

Ich sprach mit de Béthune und de Chauvigny. Wir wetteten, welcher Falke des Königs die erste Beute schlug, als Rhys mich ansprach.

»Herr. Ein Reiter.«

Sein Tonfall veranlasste mich hinzusehen. Ein Mann ritt aus Richtung Küste auf uns zu, als hinge sein Leben davon ab. Mein Magen zog sich zusammen. Welche Nachrichten er auch brachte, sie würden nicht gut sein. Ich schritt sofort zum König.

Richard erging sich gerade über den Falken, den er jüngst gekauft hatte. Berengaria und Joanna hörten zu, Erstere mit weit weniger Interesse als Letztere. Joanna bemerkte mich trotzdem und schenkte mir einen liebevollen Blick.

»Verzeiht, Sire, aber ein Bote trifft ein«, sagte ich.

Nun hörte er den Hufschlag selbst, und Neugierde trat in sein Gesicht. »Hoffen wir, dass es nicht noch mehr Neuigkeiten über John sind«, sagte er in einem halb scherzenden, halb ernsten Ton zu Joanna.

Der Reiter kam näher, und ich bemerkte überrascht: »Das ist der Graf der Champagne, Sire.«

»Mein Neffe reitet, als wäre der Teufel persönlich hinter ihm her.« Der König runzelte die Stirn.

Henri preschte heran und zügelte sein Pferd vor uns.

»Sire, entsetzliche Neuigkeiten. Conrad de Montferrat ist tot! Ermordet!«

Richard fluchte lästerlich. Die Königin schrie bestürzt auf. Joanna legte ihr mit entsetzter Miene einen Arm um die Schultern. Schock erfasste mich. Ich hatte Conrad kein bisschen leiden können, aber sein Tod bedrohte die Existenz des Königreichs Jerusalem.

»Berichtet«, befahl der König.

Henri stieg ab, verneigte sich rasch vor Richard und den Damen und berichtete: »Es geschah vor beinahe drei Tagen, Sire, am frühen Abend des achtundzwanzigsten Apriltags. Conrad wollte mit seiner Gemahlin Isabella speisen, aber sie brauchte so lange für ihr Bad, dass er beschloss, seinen Freund, den Bischof von Beauvais, zu besuchen, in der Hoffnung, dort essen zu können.«

Völlige Stille war eingetreten. Jeder in Hörweite lauschte auf seine Worte.

»Der Bischof hatte jedoch bereits gegessen«, fuhr Henri fort. »Er drängte Conrad, trotzdem zu bleiben, seine Diener würden ihm eine Mahlzeit zubereiten. Conrad entschied sich jedoch, nach Hause zurückzukehren. Isabella wäre bald fertig, sagte er, und sie könnten gemeinsam speisen wie geplant. Er und die beiden Ritter, die ihn zu seinem Schutz begleiteten, brachen auf. In der Nähe des Zollhauses wurden sie von zwei Männern angesprochen, die wie Mönche gekleidet waren. Sie zogen versteckte Dolche, griffen Conrad an und stachen ihm mehrfach in den Bauch. Er fiel, tödlich verwundet, von seinem Pferd.«

»Du lieber Gott«, hörte ich Joanna sagen.

»Und die Mörder?«, wollte Richard wissen.

»Einer wurde getötet, von Conrads Rittern an Ort und Stelle enthauptet, Sire. Der andere floh in eine nahe Kirche, wurde aber gefasst und verhört. Er gestand, ein Assassine zu sein.«

Entsetzen breitete sich aus. Wie die meisten hatte ich von den Assassinen gehört, kannte aber nur wenige Einzelheiten. Sie waren eine geheimnisvolle sarazenische Sekte, deren Mitglieder in den hohen Bergen nordwestlich von Outremer lebten und für ihre Fähigkeit berühmt waren, jeden, der ihnen im Weg stand, zu ermorden. Auch gegen Bezahlung. Zu erfahren, dass sie sich in christliche Politik einmischten, war gelinde ausgedrückt alarmierend und beunruhigend.

»Das ist höchst seltsam«, sagte Richard. »Wieso sollte der Alte vom Berg Conrads Tod wollen?«

»Der Alte vom Berg?«, fragte Joanna.

»Rashid ed-Din Sinan, Madame«, warf Abu ein. »Der Anführer der Assassinen, ein Mann, der für seine Rücksichtslosigkeit bekannt ist.«

Ich fürchtete schon, dass Richard über den Einwurf verärgert wäre, aber er nickte Abu zu.

»Nun, welchen Grund hätte er?«, fragte der König erneut.

»Möglich wäre es, Onkel«, sagte Henri. »Im vergangenen Jahr hat Conrad vor Tyrus ein Schiff aufgebracht. Die Fracht gehörte den Assassinen. Conrad behielt sie und ließ die Männer des Alten ertränken. Das könnte die Rache sein.«

»Der Thron ist noch warm von Guys Hintern, und schon ist der Nachfolger tot.« Richard schüttelte fassungslos den Kopf und wiederholte die Gebärde, als Henri berichtete, wie Herzog Hugues am nächsten Tag versucht hatte, Tyrus einzunehmen.

»Nur Isabellas Voraussicht verhütete das. Sie hatte die Tore der Zitadelle vor ihm verriegeln lassen. Hugues verlangte ihre Kapitulation. Ihre Antwort lautete, sie würde sich nur Euch ergeben, Onkel, oder dem rechtmäßigen König von Jerusalem.«

»Noch immer nur ein Mädchen, aber Rückgrat hat sie«, sagte Richard anerkennend.

»Onkel, das ist noch nicht alles«, fuhr Henri in entschuldigendem Ton fort. »Der Bischof von Beauvais und Herzog Hugues behaupten beide, der zweite Assassine habe unter der Folter ausgesagt, dass Ihr für Conrads Tod gezahlt hättet.«

Richard schnaubte ungläubig. »Ihr scherzt.«

»Leider nein, Onkel. Sie verbreiten die Geschichte überall.«

»Wenn ich einen Mann tot sehen will, töte ich ihn selbst oder lasse es meinen Scharfrichter tun«, sagte Richard kalt. »Bei Christus am Kreuze, ich sende doch keine mörderischen Sarazenen aus, damit sie verstohlen mein Werk verrichten. Was nutzt es mir überhaupt, dass Conrad tot ist? Jeder Narr muss doch erkennen, dass mir sein Tod nicht dient!«

»Das weiß ich, Onkel«, sagte Henri. »Wir alle hier wissen das.«

»Ich kann schon hören, wie Philippe die Geschichte ausspinnt«, sagte Richard.

Aus irgendeinem Grund dachte ich an Herzog Leopold und seinen Zorn darüber, dass seine Standarte von den Mauern Akkons hinuntergeworfen worden war. Auch er würde es genießen, die Unwahrheit nach Möglichkeit zu verbreiten.

»Wegen der Lüge könnt Ihr jetzt gar nichts unternehmen, Richard. Ihr könnt jedoch dafür sorgen, dass unverzüglich ein neuer König ausgewählt wird.« Berengaria hatte die Stimme gesenkt, damit nur die Nahestehenden sie verstanden.

»Sie hat recht, Bruder.« Joanna blickte zu Henri.

Richard erkannte ihre Absicht und lachte leise. »Weise Frauen seid ihr beide. Neffe, kommt.«

Mir gelang es, an Joannas Seite zu gehen, als der König und Henri davongingen, die Köpfe zusammengesteckt. Ringsum herrschte solche Aufregung, dass niemand bemerkte, wie ich ihr ins Ohr flüsterte: »Conrads Leiche ist noch warm, und du möchtest Isabella wieder verheiraten?«

»Allein kann sie nicht herrschen. Ein Mann muss auf dem Thron sitzen – das brauchen die Poulains, das braucht das Königreich. Isabellas Wünsche sind in dieser Hinsicht unerheblich.« In Joannas Augen stand Traurigkeit. »Das ist, was ich dir immer gesagt habe.«

Stumm sah ich sie an. Der Schmerz war, als würde eine Klinge in meinem Fleisch umgedreht. Mein könnte sie niemals sein. Ihr war es von jeher bestimmt gewesen, einen anderen Mann zu heiraten.

Ich antwortete nichts – ich vermochte es nicht. Gleich darauf kehrte sie mit Berengaria zu ihrem Zelt zurück. Richard ließ mich gleich darauf zu sich rufen. Auf dem Weg fühlte ich mich tiefer betrübt als je in meinem Leben. Mir war es gleich, wer König von Jerusalem wurde oder ob Saladin ganz Outremer eroberte.

Alles erschien mir vergeblich.

Keine Woche später heirateten Henri de Blois und Isabella von Jerusalem. Er war eine populäre Wahl. Seit er vor unserer Ankunft ein Jahr lang die Belagerung von Akkon befehligt hatte, respektierten ihn die Poulains, und die Franzosen mochten ihn, weil er einer der Ihren war. Mit einem gnadenlosen Streich, der auf Isabellas Wünsche keinerlei Rücksicht nahm, und keine zwei Wochen nach Conrads Ermordung hatte das Königreich wieder einen Herrscher. Selbst ich konnte trotz meiner fortbestehenden Niedergeschlagenheit erkennen, dass das eine gute Sache war.

Richard rief Henri und die Franzosen zu sich nach Süden, damit sie ihm bei seinem Angriff auf Darum zur Seite standen, aber so ungeduldig, wie er darauf brannte, die Belagerung zu beginnen, brach er auf, bevor sie eintrafen.

Wir nahmen die Stadt am 22. Mai ein. Sie erreichten uns einen Tag später. Richard gab die Herrschaft über Darum sofort an Henri weiter und besiegelte damit seine Autorität als neuer König.

Bis zum neunundzwanzigsten Tag des Monats war noch nicht entschieden, wohin das Heer als Nächstes marschieren sollte: nach Osten gen Jerusalem oder nach Süden auf Ägypten.

Langsam kehrten wir nach Askalon zurück. Das Heer lagerte dicht bei einer Festung, die Casel de Figues genannt wurde, Kastell der Feigen, und ein weiterer Bote kam zum König. Jean d'Alençon war der Erzdiakon von Lisieux und ehemaliger Vizekanzler von England. Er war ein Mann, dem Richard vertraute und der mit uns vor zwei Jahren von Vézelay nach Lyons gezogen war. Er brachte höchst beunruhigende Nachrichten.

Die Fehde zwischen des Königs Halbbruder Geoffrey und de Puiset war noch immer nicht beigelegt. Geoffrey weigerte sich auch, Königin Alienors Rat anzunehmen. John hatte außer Windsor auch die Burg Wallingford eingenommen. Er verbreitete das Gerücht, der König sei tot, und suchte Verbündete unter den Baronen. Philippe und er standen weiterhin miteinander im Bund. Boten reisten regelmäßig zwischen ihren Höfen. Der Versuch des französischen Königs, in die Normandie einzufallen, war fehlgeschlagen, aber nur wegen der Unwilligkeit seiner Barone, in das Land eines Mannes einzumarschieren, der das Kreuz genommen hatte. Es stand zu erwarten, dass er früher oder später einen neuen Versuch unternehmen würde.

Jean d'Alençon brachte darüber hinaus Briefe von Königin Alienor, William Marshal und dem Kronrat. In allen stand Ähnliches, aber der Brief seiner Mutter fasste es am besten zusammen. Wenn er sich nicht um den »abscheulichen Verrat« kümmere, bestehe »die Gefahr, dass England sehr bald Eurer Autorität entzogen wird«. Sie fügte hinzu, dass Richard zum frühestmöglichen Zeitpunkt zurückkehren sollte.

Die Neuigkeiten versetzten den König in eine traurige, niedergeschlagene Stimmung, wie ich ihn kaum je erlebt hatte. Die nächsten beiden Tage zog er sich in sein Zelt zurück und empfing niemanden außer Berengaria oder Bischof Hubert und ganz selten Joanna.

Bei ihrem ersten Besuch war Joanna so besorgt, dass sie Ralph Besace rufen lief, und hinterher erzählte sie mir, dass Richard so indisponiert, ja sogar verwirrt gewirkt habe, dass sie sich fragte, ob sein Quartanfieber zurückgekehrt sei. Zu unserer großen Erleichterung verkündete der Arzt, dass des Königs Gesundheit gut sei, und verschrieb ihm einen Aufguss, der seine Melancholie vertreiben sollte.

Diese Nachricht brachte mir einige Erleichterung, aber mich belastete weiterhin, dass ich Richard nicht sehen durfte. Im Lager hatte ich wenig zu tun und kein Interesse an der Jagd oder einem Patrouillenritt – so etwas hatte ich schon hundertmal gemacht. Jeden Tag drehte ich darum Däumchen und wartete ungeduldig, bis es dunkel wurde und ich mich zu Joanna ins Zelt schleichen konnte. Einer unausgesprochenen Vereinbarung zufolge hatten wir nicht über unsere Zukunft gesprochen, stattdessen versuchten wir, jeden gemeinsamen Augenblick zu genießen.

Am Abend des letzten Maitages schärfte ich mein Schwert, während Rhys mürrisch zusah – er fand, das sei seine Aufgabe –, als de Drune um die Ecke meines Zelts kam. Er hatte den wiegenden Schritt und den verschlagenen Gesichtsausdruck, den ich gut kannte. Sie bedeuteten, dass er etwas Interessantes zu erzählen hatte.

Ich legte Schwert und Wetzstein weg. »De Drune.«

»Rufus.« Er schaute Rhys an. »Solltest du nicht die Waffe deines Herrn schärfen, statt rumzustehen, während er sich damit abmüht?«

Rhys war seine Scherze gewöhnt, aber er konnte nicht anders, als den Soldaten anzufunkeln.

De Drune gluckste. Er hatte sein Ziel erreicht.

Er wollte außerdem, dass ich ihn fragte, ob er Neuigkeiten habe, daher tat ich nichts dergleichen und nahm wieder mein Schwert.

Meine List wirkte Wunder. De Drune begann irgendwelches müßige Geplauder, darunter eine Erzählung von seiner letzten Sauferei mit Thorne, und ich grunzte oder gab gar keine Antwort. Auch Rhys, der sich noch über ihn ärgerte, hielt den Mund. Lange dauerte es nicht, und der redselige de Drune gab nach.

»Im französischen Teil des Lagers geht was vor«, verkündete er.

Ich tat so, als hätte ich ihn nicht gehört.

Er versuchte es erneut. »Ich sagte, die Franzosen planen etwas.«

»Ach ja?« Ich tat gelangweilt, während ich an der Klinge entlangschaute, um mich zu vergewissern, dass ich keine Scharte übersehen hatte.

»Beim Feuer der Hölle, Rufus, ist dir das denn egal?« Endlich hörte ich eine Spur von Gereiztheit.

Hinter ihm grinste Rhys – er wusste, was ich tat.

Mit großen Augen sah ich de Drune an. »Was ist mir egal?«

Er stieß einen üblen Fluch aus.

»Was ist denn nur los mit dir?«, fragte ich und konnte nicht mehr an mich halten. Ich brüllte vor Heiterkeit, bis mir die Tränen in die Augen schossen. Rhys fiel ein, während de Drune uns mit einem Gesicht wie aus saurer Milch anglotzte.

»Fertig?«, fragte er, als wir uns wieder in der Gewalt hatten.

Das löste einen neuen Lachanfall bei uns aus.

Sein Gesicht verfinsterte sich.

»Das ist genau das, was du mit uns machst«, sagte ich und kicherte noch immer. Er grunzte nur wenig besänftigt, und ich fuhr fort: »Du hast Neuigkeiten. Spuck es aus.«

»Hugues von Burgund hat einen Rat einberufen. Sie sammeln sich alle an seinem Zelt.«

»Alle?«

»Nicht nur die Franzosen und die Poulains. Ich habe auch viele Normannen, Engländer, Poitevins und Männer aus Maine und dem Anjou gesehen.«

»Und Richard weiß nichts davon«, sagte ich.

»So sieht es aus. Deshalb sage ich es dir«, antwortete er mürrisch.

»So indirekt wie nur möglich«, gab ich zurück, aber ich hob die Hand und berührte seinen Arm. »Gut gemacht. Ich gehe hin und schaue, was Hugues nun wieder vorhat. Du und Rhys sollten auch mitkommen.«

Solch einen verschlagenen Zug hatten die Franzosen während unserer ganzen Zeit in Outremer noch nicht unternommen. Herzog Hugues hatte die Stimmung der Armee gespürt, die durch das warme, trockene Wetter und unsere Eroberung Darums beschwingt war, und gehandelt, während der König Gesellschaft mied. Von den obersten Befehlshabern fehlten nur die Großmeister der Ritterorden, Henri de Blois und Richard.

Hugues schlug vor, dass das Heer ohne Verzögerung auf Jerusalem marschieren sollte, gleichgültig, ob der König blieb oder nach England zurückkehrte, und erhielt kaum einen Einwand. Seinen tückischsten Zug sparte sich der Herzog allerdings für den Schluss auf. Ich sah weder, wie er den Befehl erteilte, noch die Boten, die von ihm wegschlichen. Aber als ich später am Abend hörte, dass die Soldaten vom Abmarsch unterrichtet worden waren, gab es für mich keinen Zweifel mehr daran, dass er dafür verantwortlich war. Eine allgemeine Euphorie stellte sich ein. Die Soldaten tranken, sangen und tanzten bis in die Nacht.

Von dem Rat ging ich direkt zum Zelt des Königs, wo ich den Wachen schmeichelte und drohte, bis sie nachgaben und mich einließen. Richard reagierte mit tiefster Verstimmung.

»Das Einzige, was sich geändert hat, seit wir im Dezember vor Jerusalems Toren standen, ist das Wetter«, sagte er. »Wir haben noch immer nicht genügend Männer, um die Stadt einzuschließen, und unsere Nachschublinien wären zum Zerreißen gespannt.«

»Diese Umstände hat Herzog Hugues nicht erwähnt, Sire.«

»Natürlich nicht, dieser Bauernfänger.« Richard schlug mit der Faust auf den Tisch. »Selbst wenn sie wie durch ein Wunder Jerusalem einnehmen sollten, werden sie innerhalb eines Jahres kaum noch genügend Männer sein, um eine Garnison zu stellen. Saladin braucht nur ans Tor zu klopfen und einzutreten. Warum sollte ich mein Königreich opfern, indem ich einem Ziel Vorschub leiste, das mit Sicherheit scheitern wird?«

Zu meiner Freude hatte unser kurzes Treffen die Stimmung des Königs gebessert, und danach wurde ich wenigstens einmal am Tag in sein Zelt gerufen. Der Rat, den Herzog Hugues einberufen hatte, hatte seine Unentschlossenheit jedoch nicht vertrieben. Sie lastete noch mehrere Tage auf ihm, während das Heer Askalon erreichte und Vorbereitungen für den Marsch auf Jerusalem getroffen wurden. Er redete, ich hörte ihm zu und hoffte, dass es ihm half, eine Entscheidung zu fällen.

Bräche er auf, sagte Richard, wäre er kein bisschen besser als Philippe: ein Drückeberger, ein Eidbrecher. Außerdem ließe er Henri de Blois im Stich, dem er gerade erst zum Thron von Jerusalem verholfen hatte. Nicht zuletzt bestand die beträchtliche Gefahr, dass sein Aufbruch die Armee zerfallen ließe – und dennoch war das Risiko, wenn er blieb, entsetzlich hoch. Ein Angriff auf Jerusalem endete möglicherweise in der Katastrophe. Derweil richtete John in England verheerenden Schaden an und verschwor sich mit Philippe, der fest entschlossen war, in die Normandie einzufallen.

Mehr als einmal hörte ich den König murmeln: »Soll ich meinen Thron aufgeben, um den Henris zu retten?«

Er steckte in einer teuflischen Zwickmühle.

Einige Tage später fand Richard aus seinem finsteren Brüten heraus. Er hatte sich entschlossen, bis Ostern des kommenden Jahres im Heiligen Land zu bleiben. Er wirkte ausgelaugt und hager, aber seine Stimmung war gut.

»Mein Gewissen erlaubt mir nicht, aufzubrechen, ohne dass ich einen weiteren Versuch unternommen habe, diesen verfluchten Krieg zu gewinnen«, sagte er zu mir.

Die Verlautbarung, dass er bei der Armee bleiben würde, wurde allgemein mit Begeisterung aufgenommen. Ich hatte meine Zweifel, ob Herzog Hugues wirklich so empfand, doch im Moment war es egal.

In guter Stimmung brachen wir am 6. Juni nach Jerusalem auf. Nur fünf Tage später hatten wir Bait Nuba erreicht, eine Strecke, für die wir im vorhergehenden Winter zwei Monate benötigt hatten. Von den Sarazenen war nichts zu sehen. Wir verloren nur zwei Männer durch Schlangenbisse. Dennoch kehrte Henri de Blois nach Akkon zurück, um an Verstärkung zu holen, was dort entbehrt oder aus den Herbergen und Bordellen gezerrt werden konnte.

Ich war einen Tag darauf bei Richard, als wir einen türkischen Trupp überfielen, der einen Hinterhalt legen wollte. Unsere Abteilung, dreißig Hausritter, erschlugen viele und vertrieben den Rest der Heiden von der Quelle von Emmaus. Bis zu den Felsspitzen, die einen Verteidigungsgürtel um Jerusalem bildeten, verfolgten wir sie. Auf dem Gipfel eines Hügels eröffnete sich uns ein unglaublicher Ausblick, und instinktiv zügelten wir alle unsere Pferde.

»Lieber Gott«, hörte ich Thorne sagen.

Zu meinem Erstaunen erblickte ich in der Ferne eine Stadt, die von einer hohen Mauer umgeben wurde. Kein Zweifel konnte bestehen, was wir sahen und wo wir waren.

»Wir sind auf Montjoie«, sagte ich.

»Dem Berg, von dem aus die ersten Christen vor hundert Jahren die Heilige Stadt erblickten«, murmelte Richard in ehrerbietigem Ton. »Dort liegt sie, keine fünf Meilen entfernt.«

Mein Herz schlug schneller, und ich stellte mir vor, wie wir die Stadt einnahmen und die Grabeskirche sahen, den heiligsten aller christlichen Schreine. Ich hätte mein Äußerstes getan, um Erzbischof Walters Buße zu erfüllen, würde die heilige Stätte besuchen und dort um Vergebung für den Mord an Henry beten, und mein Verbrechen wäre mir vollständig verziehen.

Um ganz von der Sünde reingewaschen zu werden, musst du bereuen, ihn getötet zu haben, sagte der kleine Teufel in meinem Kopf. Und das tust du nicht.

Ich verfluchte den Teufel und sagte mir, dass kein Christ mehr tun könnte, um für seine Sünden zu büßen.

»Ein wundervoller Anblick, nicht wahr?« Richard klang nachdenklich. »Ich frage mich, ob wir jemals noch näher herankommen werden.«

In meinem Elend gefangen, fiel mir keine Antwort ein.

KAPITEL XXX

Akkon, spät im Juli 1192

Am Nachmittag, wenn es am wärmsten war, kam die Sonnenhitze nicht nur vom Himmel, sondern von jedem Gebäude und sogar von den Pflastersteinen auf der Straße. Früher hätte ich die Backofenhitze verabscheut, doch hier in Akkon war mir der Nachmittag zu meiner liebsten Tageszeit geworden, denn nachmittags traf ich mich mit Joanna in unserer Herberge im genuesischen Viertel. Während ich auf einem Schemel in unserem Zimmer saß und auf sie wartete, hielt Rhys wie stets draußen Wache.

Fast sechs Wochen waren vergangen, seit Richard und ich auf dem Montjoie gestanden hatten. Ich seufzte, als ich mich erinnerte, denn es war unser einziger Blick auf Jerusalem gewesen, und es erschien nicht sehr wahrscheinlich, dass die Gelegenheit wiederkehrte. Die Buße, die ich bislang geleistet hatte, müsste daher ausreichen.

Die Verhandlungen mit Saladin waren wieder eröffnet worden, und der Besitz der Heiligen Stadt stand nicht zur Debatte. Christen wurde vielleicht erlaubt, sie zu besuchen, aber sie bliebe in der Hand der Türken.

Ich verfiel ins Brüten. Das Ende unserer Hoffnung war bald nach dem neunundzwanzigsten Junitag gekommen, als Henri de Blois – nun der ungekrönte König von Jerusalem – mit seinen Verstärkungen Beit Nuba erreichte. Bei dem Heeresrat, der am nächsten Tag abgehalten wurde, verlangte Richard, dass eine Entscheidung über das beste weitere Vorgehen getroffen werde. Gewählt werden musste zwischen zwei Möglichkeiten: dem Versuch, die Heilige Stadt einzunehmen, oder der Aufgabe dieses Vorhabens zugunsten eines Angriffs auf Ägypten. Zwanzig Männer hatten abgestimmt: fünf Poulains, fünf Templer, fünf Johanniter und fünf Franzosen. Da die Mehrheit große Erfahrung in der Wüstenkriegsführung besaßen, hatte das Ergebnis von vornherein festgestanden: Fünfzehn zu fünf stimmten sie für einen Abzug von Jerusalem, und letztere fünf waren ausnahmslos Franzosen.

Nach dem Heeresrat hatten sich Hugues und seine Gefolgsleute von der Armee getrennt. Den Franzosen war allein die Einnahme Jerusalems wichtig. Für sie fiel es nicht ins Gewicht, dass sowohl ein Angriff auf Ägypten als auch die Eroberung von Baruth – Richards neuester Plan – Saladin erheblich schwächen und damit die Erfolgsaussichten für einen Angriff auf die Heilige Stadt vergrößern würde. Trotz seiner Abspaltung waren Hugues und sein Kontingent mit uns von Beit Nuba nach Joppa und weiter nach Akkon gezogen. Er, der Bischof von Beauvais und seine hohen Adligen waren nun nur wenige Straßen von der Herberge entfernt einquartiert, während der Großteil seiner Soldaten vor den Mauern lagerte – getrennt vom Rest des Heeres.

Ein leises Klopfen. Ich tappte zur Tür und öffnete sie. Joanna stand vor mir. Ihre Wangen waren leicht von der Wärme gerötet. In meinen Augen sah sie göttlich aus. Ich verbeugte mich tief, als wäre ich bei Hofe, und bat sie herein.

Wir umarmten uns, küssten uns. Mehr wäre geschehen, viel mehr, wären wir nicht von Geschrei auf der Straße abgelenkt worden.

»Saladin!« Die Stimme war nun klarer. »Saladin hat Joppa eingenommen!«

Verblüfft sahen wir einander an. Ich warf einen Blick durch die Läden, aber die Menschen drängten sich draußen zu dicht, als dass ich erkennen konnte, wer gesprochen hatte.

Aufgeregt donnerte Rhys gleich darauf die Treppe hoch. Er brachte ein wenig zusätzliche Auskunft – dass unser Feind die Stadt überraschend angegriffen hatte. Zahlenmäßig unterlegen und mit geringer Aussicht, durchzuhalten, hatte die Garnison einen flehentlichen Hilferuf an Richard in Akkon gesandt.

Ich wandte mich Joanna zu. »Vergib mir, Geliebte, aber ich muss zum König.«

»Natürlich.« Sie drückte mir einen Kuss auf die Lippen, ohne auf den verlegenen Rhys zu achten, und schob mich zur Tür. »Geh.«

Bevor die Sonne unterging, liefen wir von Akkons Hafen aus, mit fünfzehn Schiffen – so vielen, wie wir in so kurzer Zeit klarbekamen. An Bord waren pisanische und genuesische Soldaten zu Hunderten, mit grimmigen Augen. Ihre Feindschaft hatten sie vorerst beiseitegestellt. Dazu kamen die englischen und angevinischen Ritter. Leider führten wir kein einziges Runtzid und keinen einzigen Destrier mit uns: Um Pferde einzuschiffen, war die Zeit zu knapp gewesen. Rhys begleitete mich, und de Drune hatte sich ebenfalls an Bord geschlichen. Henri de Blois, der neue König, ritt auf der Straße an der Spitze einer großen Streitmacht aus Templern und Johannitern.

Richard stand am Bug, suchte mit eifrigem Blick den Horizont ab, als könnte er Saladin am Strand erspähen. Ein auffrischender Wind zerrte an uns und ließ das königliche Banner am Großmast knallen. Ich stand neben dem König, zufrieden, dass wir wieder in den Krieg zogen.

Politik und Verhandlungen, Bündnisse, die heute geschlossen und morgen aufgelöst wurden, sie ließen mich kalt. Ich verabscheute die andauernden belanglosen Reibereien mit den Franzosen, die Doppelzüngigkeit von Männern wie dem nun toten Conrad de Montferrat und den Umstand, dass ich FitzAldelm bei unserem nächsten Zusammentreffen nicht einfach zum Kampf auf Leben und Tod herausfordern konnte. Ich zog das Schwarz-Weiß des Krieges vor, die blutwarme Schlichtheit der Verhältnisse. Der König und ich auf der einen Seite, der Feind – Saladin – auf der anderen.

Ein leises Lachen. Ich drehte den Kopf. »Sire?«

»Noch während Saladin und ich um Frieden verhandelten, planten wir beide einen Angriff. Ich auf Baruth, er auf Joppa. Ironisch, was?«

»Ganz recht, Sire. Gehen die Verhandlungen weiter, wenn wir seine Truppen aus der Stadt vertrieben haben?« Wie der König wollte ich an eine Niederlage nicht denken.

Wieder lachte er leise. »Zweifellos. Mittlerweile muss Saladin des Krieges genauso müde sein wie ich. Wir sollten früher oder später zu einer Übereinkunft gelangen.«

»Werdet Ihr ihm Askalon überlassen, Sire?«

Während der jüngsten Gespräche war Askalon der Zankapfel gewesen. Über alle anderen Fragen hatten sich die beiden Herrscher geeinigt: Den Christen wurde erlaubt, Jerusalem zu besuchen und den Küstenstreifen von Tyrus bis Joppa zu behalten. Saladin behielt Jerusalem und die Burgen im Landesinnern, während das Land zwischen dort und dem Meer geteilt wurde. Askalon jedoch war für Richard ein Schritt zu viel. Saladin wollte, dass die Festung geschleift wurde. Der König hatte sich geweigert, dies auch nur in Betracht zu ziehen. Allein Saladins Verlangen nach Askalon hatte ihn veranlasst, die dortige Garnison zu verstärken.

»Das werde ich nicht.« Richard streckte das Kinn vor, wie es seine Gewohnheit war, wenn er eine Entscheidung getroffen hatte, von der er nicht abrücken würde. »Ein Vermögen hat es gekostet, die Festung wiederaufzubauen, und sie wurde erst vor einem Monat fertiggestellt!«

Ich stach mitten ins Hornissennest. »Wie werdet Ihr dann eine Einigung mit Saladin erzielen, Sire?«

Statt einer scharfen Antwort erhielt ich einen wehmütigen Blick. »Wenn ich ehrlich sein soll: Ich weiß es nicht.« Sehr leise, damit kein Matrose in der Nähe ihn hörte, fuhr er fort: »Ich brauche den Frieden. Sollte Askalon der Preis für eine Einigung sein, die mir die Rückkehr nach England gestattet, *werde* ich es erwägen.«

Ihm gefiel diese Entscheidung kein bisschen besser als mir, aber ich hatte genug von diesem heißen und unfreundlichen Land. Das Reich des Königs befand sich in erheblicher Gefahr, und wir mussten bald aufbrechen. Können wir Saladin nicht in der Schlacht schlagen, dachte ich, bietet uns ein Friedensvertrag den besten Ausweg.

Auf dem Meer betrug der Abstand zwischen Akkon und Joppa sechzig und noch einige Meilen. Die Fahrt hätte ereignislos verlaufen sollen und nicht länger als eine Nacht und einen Tag dauern dürfen. Unsere Flotte wurde jedoch von widrigen Winden getroffen, die vom Berg Karmel herbeiwehten. Der Sturm suchte uns für drei volle Tage und Nächte heim und trieb uns auseinander. Erst spät am Abend des letzten Julitags kamen die Befestigungen Joppas in Sicht. Nur sieben Schiffe gingen vor Anker, um auf die Morgendämmerung zu warten, und jeder Mann an Bord hoffte, dass wir rechtzeitig gekommen waren.

Ein neuer Tag brach an, der erste im August, und brachte uns wenig Anzeichen dafür. An der Küste drängten sich türkische Soldaten, in der Stadt wimmelte es von ihnen. Als sie uns entdeckten, sandten sie uns Wolken von Pfeilen, aber wir waren außer Schussweite und lachten unsere Verachtung heraus.

Trotz unserer Schmähungen sah es nicht gut aus. Richard nahm an, dass aller christlicher Widerstand beendet sei, und stapfte vor Wut schäumend herum und verfluchte das Wetter, das uns aufgehalten hatte. »Sieben Schiffe«, sagte er. »Wie viele Ritter und Soldaten sind das?«

De Béthune rechnete rasch. »Vielleicht sechzig Ritter, Sire, und fünfmal so viele Soldaten.«

Richard gab einen Laut des Unwillens von sich. »Das reicht nicht aus, um die Stadt zu nehmen.« Selbst er erkannte, dass die

Gefahr zu groß war, als dass wir einen Angriff riskieren durften, und so blieben wir sicher vor Anker, eine Viertelmeile vor der Küste, und warteten auf die anderen Schiffe. Die Zeit verstrich. Die Sonne stieg in den Himmel. Wir aßen trockenes Brot und Käse und übten uns in ablenkendem Geplauder. Der Ausguck an der Mastspitze gab keinen Ton von sich, ließ den ersehnten Ruf *Segel in Sicht!* nicht hören.

»Sie kommen nicht«, sagte Richard ruhelos, ungeduldig. »Und bis Henri auf der Straße eintrifft, haben sich die Hunde gut verschanzt. Dann ist es wieder genauso wie im vergangenen Sommer, als wir von Zypern kamen!«

Ich war zu der gleichen Ansicht gelangt. Befand sich Joppa in sarazenischer Hand, war das christliche Gebiet geteilt und seine Sicherheit gefährdet. Wir *müssen* die Stadt um jeden Preis zurückgewinnen.

»Bei Christus am Kreuze, schaut«, sagte Thorne.

Mein Blick folgte seinem ausgestreckten Arm zu einer Stelle an den Zitadellenwänden. Eine Gestalt stand am äußersten Rand der Wehrgänge, und noch während wir zusahen, sprang sie. Mit den Füßen voran landete sie im Meer. Das Platschen drang durch die heiße, reglose Luft zu uns. Ein Kopf tanzte im Wasser, und der Mann begann, auf die rot bemalte königliche Galeere mit dem Drachen an ihrem Bug, der sie leicht als Richards Schiff erkennbar machte, zuzuschwimmen.

Den ganzen Weg über jubelten wir dem Schwimmer zu. Mit einem Seil zogen wir ihn an Bord und erkannten ihn an seinem Gewand als Priester. Erstaunt, denn Geistliche legten nur selten solchen Mut an den Tag, gratulierten wir ihm von Herzen.

Der Priester kniete vor dem König nieder. »Sire, ich bringe durchaus gute Nachrichten. Die äußeren Mauern und die Stadt sind in Saladins Hand, aber eine Gruppe unerschrockener Christen kämpft weiter. Guter König, die, die Euch hier erwarten, sie sind verloren, wenn Ihr und Gott Euch nicht gnädig zeigt.«

»Was?«, rief Richard aus. »Einige leben noch, mein Freund? Wo sind sie?«

»In der Zitadelle, mein Herr König, wo sie auf ihren Tod warten.«

Richard rief nach dem Kapitän und erteilte den Befehl, so schnell wie möglich ans Ufer zu rudern und den Befehl an die anderen Schiffe weiterzugeben. »Wappnet Euch«, sagte er zu uns und strahlte dabei vor Freude.

Da wir einen Kampf erwartet hatten, trugen wir schon unsere Brünnen. Ich wollte gerade meine Panzerbeinlinge anlegen, aber als der König es bemerkte, forderte er mich auf, sie wegzulassen. »Belastet Euch auch nicht mit Eurem Helm. Der Strand ist nahe, und wir können keinen Augenblick innehalten, um jemandem zu helfen, der versinkt, Rufus.«

Ich nickte mit klopfendem Herzen.

Schnell und unbeirrt durchschnitt die Galeere das Wasser. Die Ruderer beteten, während sie die Riemen zogen. Als die Türken uns kommen sahen, schrien und brüllten sie. Trommeln und Zimbeln begannen zu spielen, jenes schreckliche Getöse, das so sehr an Arsur erinnerte.

Richard stapfte auf und ab, eine Dänenaxt in der Faust, und rief Befehle. Sobald wir in Reichweite kamen, sollten die Soldaten ihre Armbrüste abschießen und auf die Stelle zielen, an der das Schiff an Land ginge. »Schießt und spannt wieder. Spannt und schießt, so schnell ihr nur könnt!«, rief er. »Ihr werdet uns den Weg bahnen. Ich gehe als Erster, und meine Ritter folgen mir, dann kommt ihr Soldaten. Gott ist mit uns!«

»Gott und Löwenherz!«, schrie de Drune.

Wir brüllten noch, als der Bug über Sand scharrte, das Schiff langsamer wurde und zur Ruhe kam. Im fieberhaften *Tschik* der Armbrustabzüge hielt ich Richards Dreieckschild, während er auf die Bordwand stieg. Ich reichte ihm die Wehr hoch. »Seid vorsichtig, Sire.«

Er lachte auf und sprang.

Rhys gab mir meinen Schild. Er trug seinen Gambeson und hatte die Absicht, mir in den Kampf zu folgen. Ich balancierte, erspähte den König hüfttief im Wasser, wie er an Land watete. Dutzende toter Türken lagen vor ihm im Sand, Opfer der Armbrüste, aber unzählige mehr warteten auf ihn.

Auf uns, dachte ich und sprang selbst.

Das Meer fühlte sich angenehm warm an meinen Beinen an, und rasch holte ich den König ein. »Mit Euch, Sire!«, brüllte ich.

»Dex aie!«, rief Richard laut und stolz. Sonnenlicht funkelte auf dem Kopf seiner Axt.

Ich hörte nur undeutlich Platschen hinter mir, denn meine ganze Aufmerksamkeit gehörte dem Feind vor uns. Wir waren Hunderte zu eins in der Unterzahl. Was wir taten, war reine Torheit, aber als ich auf den Riesen mit der rotgoldenen Mähne neben mir blickte, empfand ich keine Angst. Statt seinen Schritt zu verlangsamen, rannte Richard schwerfällig los, als wir aus dem seichten Wasser kamen.

Ich setzte ihm nach.

Bei uns müssen andere Männer gewesen sein, denn hinterher berichtete mir de Drune, dass de Chauvigny und de Béthune dicht hinter Rhys folgten, ebenso zwei andere Ritter, Geoffroy de Bois und Pierre de Praux, während weitere von Bord sprangen. Mir aber kam es vor, als griffen wir beide allein das gesamte sarazenische Heer an.

Ich bin mir nicht sicher, ob Furcht oder freudige Erregung in mir vorherrschten, als wir uns dem Feind näherten. Uns gegenüber stand eine dichte Reihe nach der anderen mit spitzen Helmen und langen Schilden, Ringpanzerhemden und Lamellenpanzern. Bewaffnet mit Speer und Bogen, Streitkolben und krummem Schwert waren sie Legende. Nie hatte ich solch einer überwältigenden Übermacht gegenübergestanden, nie solche Freude empfunden. Richard und ich würden gemeinsam unserem Schicksal gegenübertreten, dachte ich, und so viele verfluchte Heiden töten, bevor sie uns niederhauten. Ich würde an der Seite des Königs sterben, Joannas Namen auf den Lippen.

Ein besseres Schicksal konnte ich mir nicht vorstellen.

»Dex aie!«, rief Richard wieder.

Grenzenloses Erstaunen ergriff mich, denn statt sich zum Kampf zu stellen, ergriffen die vordersten Türken die Flucht. Mit furchtverzerrten Gesichtern heulten sie in ihrer Sprache, dann stießen und drängten sie, auf nichts anderes bedacht, als unseren blutdurstigen Klingen zu entkommen.

Wir erreichten sie. Richards Axt fuhr im Bogen nieder und spaltete den Kopf eines Türken in zwei Hälften. Mein Schwert schlug einen Arm ab. Erneut hob und senkte sich das Beil des Königs, und ein weiterer Feind starb. Ich stach einem Sarazenen in den Rücken und ergötzte mich an seinem Tod. Weiter drängten wir, töteten, wen wir wollten. Niemand versuchte gegen uns zu kämpfen, so ansteckend war die Panik, die den Feind erfasst hatte. Vor Angst schreiend, trampelten sie rücksichtslos ihre Kameraden nieder, warfen Schwerter und Schilde weg, waren kein Heer mehr, sondern nur ein von Grausen gepackter Haufen.

Wir wenige haben sie in die Flucht geschlagen, dachte ich, und mein Blut zischte vor Stolz.

Nach kurzem Lauf hielt Richard inne, um Atem zu schöpfen und die Männer zu sammeln, die in der Nähe waren. Etwas über sechzig Ritter zählten wir nun, dazu fast dreihundert pisanische und genuesische Soldaten. »Mehr als genug«, sagte der König grinsend zu uns.

Unter seiner zuversichtlichen Führung errichteten wir aus Strandgut rasch eine grobschlächtige Palisade: Fässer, Balken und Planken, Trümmer eines zerschmetterten Lastkahns. Schräg zwischen uns und der Hauptmacht der Sarazenen in den Sand getrieben, würde sie uns bei einem Gegenangriff einen gewissen Schutz bieten.

Kaum war es geschehen, stießen wir nach Joppa vor. Die meisten Sarazenen innerhalb der Mauern wussten noch nichts von unserer Ankunft, so schnell war unser Angriff erfolgt. Wie Racheengel fielen wir über sie her, und noch eine lange Weile hallten Schreie in den Gassen wider, während Blut die Rinnsteine entlangfloss und auf dem Pflaster Pfützen bildete.

Als die Verteidiger der Zitadelle begriffen, dass wir ihnen zu Hilfe kamen, machten sie einen Ausfall und fielen dem Feind in den Rücken. Nach kurzer Zeit gab es keinen einzigen lebendigen Türken mehr innerhalb der Stadtmauern.

Richard ließ uns gerade lange genug ausruhen, damit wir unseren Durst stillen konnten, dann führte er unsere gesamte Streitmacht über die Ebene geradewegs auf Saladins Lager zu. Unser Nahen war der letzte Schlag für die ohnehin verängstigten Sarazenen. Zu Fuß und auf Pferderücken ergriffen sie die Flucht, gaben ihre Zelte, ihr Material, ihre Vorräte, ihre Waffen und ihre Beute auf. In solch blinder Panik flohen sie, dass Töpfe mit blubbernden Speisen über den Kochfeuern zurückblieben. Wir hetzten sie – zu Fuß – eine Meile und weiter, bis der König uns, noch immer lachend, anhalten ließ.

»Ich glaube, sie haben ihre Lektion gelernt«, verkündete er und setzte sich einen Weinschlauch an den Hals, den er im feindlichen Lager ergriffen hatte. Mehrmals hüpfte sein Adamsapfel auf und ab, dann sah er den Schlauch mit neuem Respekt an. »Bei Gottes Beinen, der schmeckt gut! Hier, Rufus!«

Der Schlauch flog durch die Luft auf mich zu.

Ich salutierte dem König, trank und reichte den Wein an Thorne weiter. Er nahm einen Schluck und gab ihn de Béthune.

Wir sind eine Schar von Brüdern, dachte ich voll grimmigem Stolz. Verbunden durch Freundschaft und Blut.

Und dies war unsere große Stunde.

Saladin mochte ein höflicher Feind sein, aber er konnte auch Gnadenlosigkeit an den Tag legen, und seine Männer waren grausam. Bei unserer Rückkehr in die Stadt stellten wir fest, dass die Türken alle Schweine, die sie nur finden konnten, abgeschlachtet – denn Schwein galt den Muslimen als unreines Fleisch – und ihre Kadaver in den Abfallgruben gestapelt hatten. Als kalkulierte Beleidigungen hatten sie die Leichen erschlagener Verteidiger auf die verwesenden Schweine geworfen. Entrüstet befahl Richard, die Christen anständig zu begraben, während die toten Sarazenen an ihrer Stelle in die Abfallgruben geworfen wurden, damit sie zusammen mit den Tieren verrotteten, die sie so sehr verabscheuten.

Wir errichteten ein Lager vor den Mauern. Trotz unserer Bitten war Richard unwillig, sich innerhalb Joppas zu verschanzen. »Soll Saladin kommen und mich finden«, erklärte er.

In den nächsten drei Tagen schufteten wir, ob König, Ritter oder gemeiner Soldat, und reparierten die zerstörten Verteidigungsanlagen. Von Sonnenaufgang bis Sonnenuntergang arbeiteten wir, von Steinstaub bedeckt, von der Sonne verbrannt, mit aufgesprungenen und blutenden Fingerspitzen.

Henri de Blois traf zu unserer Überraschung mit einem Teil seiner Streitmacht zu Schiff ein. Wie es schien, hatten die Sarazenen ihm bei Caesarea den Weg nach Süden verlegt und ihn gezwungen, auf den Wasserweg auszuweichen. Wie Richard legte auch er Hand an beim Wiederaufbau der Mauern. Die Soldaten liebten beide hohen Herren dafür.

Da beide Seiten eine Atempause benötigten, wurden die Verhandlungen wieder eröffnet. Sie machten keine großen Fortschritte. Richard deutete bald gegenüber Saladin an, dass er keinen Grund hätte, den Winter hier zu verbringen, wenn ein Friede innerhalb von sechs Tagen ausgehandelt würde, bei dem er im Besitz von Askalon bliebe. Dann könnte er in sein eigenes Land zurückkehren.

Die Verhandlungen endeten bald. Saladin antwortete scharf,

dass es für ihn unmöglich wäre, auf den Besitz von Askalon zu verzichten, und Richard in Outremer überwintern müsste, denn täte er es nicht, würde Saladin alles zurückerobern, was der König gewonnen habe.

Am vierten Augusttag sahen die Befestigungen allmählich so aus, als könnten sie einer Belagerung standhalten, welche sich anzukündigen schien. Wie Schakale das Aas umkreisen, krochen die Türken aus den Bergen herbei, in die wir sie vertrieben hatten. Tausende und Abertausende kampierten bald ungefähr eine Meile von unserer Lagerstätte entfernt. Wir befanden uns beängstigend in der Unterzahl. Die acht vermissten Schiffe waren noch nicht eingetroffen, genauso wenig der Rest von Graf Henris Streitmacht.

Was Pferde anging, so war die Stadt geplündert. Wir hatten nur fünfzehn Tiere finden können. Solch eine Ansammlung schlapper, halb verhungerter Mähren hatte man noch nicht gesehen, aber sie waren alles, was wir hatten. Richard befahl, für jedes Tier eine gepolsterte Schabracke anzufertigen, damit sie wenigstens ein wenig vor sarazenischen Pfeilen geschützt waren.

Ich erinnerte mich, wie ich den König an diesen Tagen bat – ihn anflehte –, das Lager zu verlassen und sich in den relativen Schutz der Stadtmauern zu begeben.

»Das werde ich nicht tun«, sagte er mit funkelnden Augen. »Ich bin der Herr dieser Stätte, nicht Saladin, dieser Bastard.«

»Das seid Ihr, Sire, aber …«

Er schnitt mir das Wort ab. »Verschwendet nicht Euren Atem, Rufus.«

Verärgert über seinen Starrsinn, seinen Hang zu unnötigen Risiken, presste ich die Lippen zusammen und entschied, die Dinge in die eigenen Hände zu nehmen. Ich suchte Rhys und de Drune und sagte ihnen, dass wir zusätzlich zu den Leibwachen des Königs Wache halten würden für den Fall, dass die Heiden einen Nachtangriff versuchten. Rhys lachte und sagte, dazu wären sie zu feige. Arroganz gehöre zu den Fehlern, die einem Mann in der Schlacht den Tod brächten, erwiderte ich. Wir würden es tun, ob es ihm gefiel oder nicht.

Rhys murrte vor sich hin, aber als die Sonne unterging, meldete er sich für die erste Wache. Ich sagte zu ihm, dass ich stolz sei, ihn zum Kameraden zu haben, und der letzte Rest seiner trüben Stimmung verflüchtigte sich. Er nippte an seinem Wein – verwässert sei er, betonte er – und sagte, er werde sich an die Kämpfe im Heiligen Land bis ans Ende seiner Tage erinnern. Ich nahm seine Hand und versicherte ihm, dass es bei mir ganz genauso sei.

De Drune löste Rhys nach ein paar Stunden ab, als die Kirchenglocken zur Matutin schlugen. Zu den Laudes weckte er mich aus tiefem Schlaf und meldete, dass vom feindlichen Lager kein Laut zu hören gewesen sei. Mit müden Augen überließ er die Wache mir. Ich stand leise auf und rüstete mich mit Gambeson und Panzerhemd. Rhys schnarchte am Fußende meiner Decke. Er rührte sich nicht, als ich Armbrust und Köcher nahm.

Den dunklen Osthimmel schmückten eine Million Sterne, als ich zum Zelt des Königs schritt. Die Wächter dort bemerkten mich erst, als ich in tödlicher Entfernung war. Ich wies sie mit ein paar leisen Worten zurecht und ließ sie kerzengerade aufgerichtet und überallhin starrend stehen. Das Gleiche tat ich an der Palisade und warnte die unglücklichen Soldaten dort, dass ich ihnen die Ohren und Nasen abschneiden ließe, wenn ich sie noch einmal beim Dösen erwischte. Ich blieb stehen, spannte die Armbrust und legte einen Bolzen auf, dann schlich ich um das Ende der Palisade und zum feindlichen Lager. Ich wartete und lauschte, hörte aber nur das gespenstische Kreischen eines Nachtvogels.

Fünfzig Schritt ging ich, dann einhundert. Ich kniete nieder und spähte in die Dunkelheit. Die Armbrust ruhte auf meinem Oberschenkel. Lange Zeit blieb ich dort, bis ich mich vergewissert hatte, dass die Türken wie unsere Männer schliefen, und kehrte zur Palisade zurück.

Ich blieb an ihrem seewärtigen Ende, weil es dem Zelt des Königs näher war.

Stunden vergingen. Ich schritt umher, genoss die gesegnete Kühle und das sanfte Plätschern der Wellen am Strand. Die Sterne verblassten, und der Osthimmel wurde langsam heller. Es war so friedlich und still, dass ich in meiner Wachsamkeit nachließ, das muss ich zugeben. Schon eine Weile hatte ich nicht nach den Posten gesehen, und mein Kopf neigte vielleicht schon dazu, mir auf die Brust zu sinken, als ich hinter mir Schritte hörte und mit erhobener Armbrust herumfuhr.

»Wer da?«, zischte ich, den Zeigefinger am Abzug.

»Nicht schießen«, sagte jemand mit italienischem Akzent. Aus dem Dunkel kam ein genuesischer Soldat mit verschlafenem Gesicht. »Ich geh pissen, ja?«

»Gut«, sagte ich. Ich hatte ein schlechtes Gewissen, weil ich beinahe einen der Unseren erschossen hatte.

Er ging ums Ende der Palisade davon, streckte sich und gähnte dabei. Ich sah ihm nach und hielt nach Bewegungen Ausschau. Ich entdeckte nichts, genau wie während meiner ganzen Wache. Ich bin übermäßig misstrauisch, entschied ich. Saladin ist nicht ganz der Fuchs, für den ich ihn gehalten habe.

Der genuesische Soldat kehrte zurück. Er grinste und entblößte seine faulen Zähne. »Ihr suchen Türken ganze Nacht?«

»Nicht ganz«, sagte ich und spürte die Last der Stunden, die ich gewacht hatte. Es wurde Zeit, unter meine Decke zu kriechen und noch etwas auszuruhen, bevor das Lager zum Leben erwachte.

»Ihr guter Mann.« Er verdrehte sich und stach mit dem Zeigefinger nach Saladins Lager. »Türken böse …« Er unterbrach sich.

Ich war unversehens hellwach, spähte an ihm vorbei und fragte: »Was habt Ihr gesehen?«

Er deutete. »Sonne geblitzt, irgendwas da draußen.«

Meine Eingeweide überschlugen sich zweimal wie ein Gaukler, ich schwöre es. Von links nach rechts und wieder zurück musterte ich die dornigen Büsche und den welligen Boden mit grimmigem Blick. Da sah ich es, etwa eine halbe Meile entfernt, ein helles Blitzen, und noch eins: Sonne auf Metall. Dort draußen waren Reiter, entschied ich, und sie gehörten nicht zu uns.

»Ihr habt scharfe Augen«, sagte ich zu dem Genueser. »Die Türken, das verfluchte Volk, sie kommen. Versteht Ihr?«

Er nickte nervös, aber entschlossen.

»Geht und weckt Eure Kameraden. Ja, weckt jeden – so laut Ihr könnt!«

»Ja. Und Ihr?«

Ich grinste. »Nun, ich tue das Gleiche, und während ich dabei bin, wecke ich den König.«

Er lachte, der tapfere Hundesohn, und wir rannten das erste Stück zusammen. Auf Französisch und auf Italienisch schlugen wir Alarm. Unser Duett klang seltsam, aber es wirkte. Männer stolperten aus ihren Zelten und riefen Fragen. Der Feind komme, antwortete ich, in welcher Zahl, wisse ich nicht. Meine Kehle wurde rau, weil ich dauernd rief: »Zu den Waffen!«

Richard hatte den Tumult vernommen. Ich fand ihn vor seinem Zelt in nichts als seinem Unterzeug. In der Hand hielt er seine Dänenaxt. Unrasiert, wie er war, erinnerte er mit seinem falkenartigen Gesicht an einen Gott aus alter Zeit. Das, oder an einen Wikingerkrieger im Blutrausch.

Einen, den ich gern an meiner Seite hatte, dachte ich mit einem Aufwallen starker Zuneigung.

»Was gibt es Neues, Rufus?«, fragte er.

Ich schilderte, was der genuesische Soldat und ich gesehen hatten.

»Saladin, dieser Halunke!« Richard sprang auf und erteilte Befehle, während sein Knappe ihm noch half, Gambeson und Panzerhemd anzulegen. Alle Soldaten, die kampfbereit waren, sollten sich auf der Stelle an die Palisade begeben. Die fünfzehn Pferde, die wir hatten, sollten gesattelt und außer Bogenschussweite bereitgehalten werden. Sobald genügend Männer bereitstanden, würden wir eine Linie vor der Palisade bilden, die Ritter zuvorderst, die Soldaten mit ihren Armbrüsten dahinter.

»Gott sei mit uns, Rufus«, sagte der König. »Jetzt geht hinaus. Ich folge Euch bald.«

»Jawohl, Sire!« Ich brauchte nur meinen Schild und eilte zum Zelt, wo ich Rhys angezogen und bewaffnet vorfand. De Drune war bei ihm. Ich nahm den Schild und befahl ihnen, mir zu folgen.

Als wir hinausgingen, sahen wir zum ersten Mal den Umfang des türkischen »Überraschungsangriffs«. In dichter Formation stellten sich Hunderte von feindlichen Reitern eine Drittelmeile vor der Palisade auf. Aus unbekannten Gründen rückten sie nicht augenblicklich vor.

Das war gut so, denn wir waren die Einzigen, die ihnen gegenüberstanden.

Trotzdem sträubten sich mir die Härchen in meinem Nacken.

»Maria Mutter Gottes«, sagte de Drune.

Rhys war so bleich im Gesicht wie eine Leiche, aber er sagte kein Wort. Stattdessen spannte er die Armbrust und legte einen Bolzen ein. Er hob die Waffe an die Schulter und senkte sie wieder. »Noch sind die Hunde nicht in Reichweite.«

»Unser Glück«, sagte ich mit Nachdruck.

Zwei Ritter kamen in Sicht, de Béthune und Thorne. Ich war noch niemals froher gewesen, sie zu sehen.

»Fünf von uns gegen den ganzen Haufen, was?« Thorne schnaubte. »Ein Kinderspiel!«

Ein raues Lachen kam mir über die Lippen. »Ein paar müssen wir dem König übrig lassen, sonst wird er sich ärgern.«

»Es sind genug für alle da.« De Drune spannte die Armbrust.

Mit breitem Grinsen im Gesicht kamen zehn Soldaten herbei, unter ihnen der Genueser, der mich gewarnt hatte. Sie waren die ersten Tropfen der Flut. Die Nächsten waren fünf weitere Ritter, dann zwanzig Fußsoldaten, dann eine wahre Flut von Rittern, unter denen einige nicht einmal vollständig gekleidet oder gerüstet waren. Ich sah zahlreiche Männer, die nur Hemden trugen. Ich lächelte vor mich hin, denn es spielte keine Rolle, ob ein Armbrustschütze einen nackten Hintern hatte oder nicht.

Der König erschien, und wir stießen einen lauten Ruf aus. Er lächelte und befahl, uns im Halbkreis aufzustellen, die Palisade im Rücken. Ritter und Soldaten mit Speeren bildeten die vorderste Reihe – ich stand in ihr, Thorne zur einen, de Béthune auf der anderen Seite. Wir knieten und verschränkten die Schilde, dann stießen wir die Schäfte unserer Lanzen in die Erde, dass sie schräg zum Feind aufragten. Die Spitzen bildeten ein furchterregendes Hindernis. Hinter uns standen die übrigen Soldaten in Paaren. Einer würde schießen, der andere nachladen, befahl Richard. Er schritt hinter uns auf und ab und brüllte, dass wir nichts weiter zu tun brauchten, als standzuhalten.

»Sie werden an uns brechen wie die Wellen an den Felsen!«, rief er. »Lasst sie nur kommen!«

»Löwenherz!«, brüllte de Drune.

Immer wieder riefen wir seinen Namen und schöpften Mut aus seinem Selbstvertrauen und seiner Entschlossenheit. Irgendwie würden wir der überwältigenden Flutwelle standhalten.

Nach dem Verlust ihres Überraschungsvorteils und angesichts der Bedrohung durch unseren »Igelpanzer« hatten die Sarazenen es nicht eilig. Sie brachten ihre Pferde auf hundert Schritt heran und hielten.

Richard spürte die Versuchung. »Noch nicht schießen!«

Kein einziger Bolzen flog.

Die türkischen Offiziere und Hauptleute hielten ihren Männern eine Rede und zeigten auf uns. Endlich trieben sie ihre Tiere an. Rufe und an- und abschwellende Schreie erhoben sich.

»Es sind so viele«, sagte eine bebende Stimme – einer der Fußsoldaten.

Himmel, dachte ich. Genau das haben wir gebraucht. Angst breitet sich schneller aus als Feuer in einem Heuschober.

»Weiß ich«, sagte de Drune in humorigem Ton. »Und ausnahmsweise stehen die Ritter mal vor uns statt umgekehrt. Das solltest du auskosten.«

Nervöses Lachen brandete auf und brach die Anspannung.

Ich leckte mir die trockenen Lippen und wünschte, ich hätte noch etwas getrunken.

»Neunzig Schritte«, sagte der König. »Noch nicht schießen!«

Die Mamelucken warteten ebenfalls ab, bis sie dicht heran waren. Einige hoben die Bogen. »Sire«, sagte ich.

Achtzig Schritte.

Wie es so oft der Fall war, hatte er es schon bemerkt. »Schießt!«, rief er. »Schießt!«

Den Kopf hinter dem Schild gedeckt, spähte ich an meiner nach vorn weisenden Lanze entlang. Aberdutzende Bolzen verdunkelten den Himmel und überwanden in einem Augenzwinkern den Abstand zum Feind. Mit einem Mal klafften Lücken in der vordersten Reihe der Sarazenen, wo Mann und Tier von der schrecklichen Gewalt der Geschosse zu Boden geworfen wurden.

Fünfzig Schritte.

Hinter mir tauschten die Soldaten ihre Armbrüste gegen geladene. Sie zielten und schossen wieder. Weitere Türken und Pferde fielen, aber jetzt schossen sie ebenfalls. Pfeilwolken stiegen im Bogen in die Luft und senkten sich mit tödlicher Geschwindigkeit. Ich sah zu Boden, sorgsam bedacht, keinen Schaft ins Auge zu bekommen, wie es König Harold bei Hastings ergangen war.

Vierzig Schritte.

Einige Schmerzensschreie waren zu hören, aber den feindlichen Pfeilen fehlte die Kraft, unsere Panzerhemden und Gambesons zu durchschlagen. Nur die Unglücklichen, die an Hand oder Fuß getroffen wurden, erlitten Verletzungen. Erneut schossen unsere Soldaten einen Bolzen nach dem anderen.

Dreißig Schritte.

Die Türken galoppierten näher, ritten Schenkel an Schenkel. Von den gnadenlosen Armbrustsalven wurden sie in großer Zahl zu Boden gestreckt, Mann und Tier gleichermaßen.

Zwanzig Schritte.

Als sie uns erreichten, waren sie eine unordentliche Linie, angeschlagen und entmutigt. Sie waren nicht bereit, gegen unsere Lanzen zu stürmen, sondern zerrten an den Zügeln und schwenkten die Pferde zur Seite. Wir stachen nach jedem, der in Reichweite kam, leichte Beute, und die Fußsoldaten schossen ihnen auf zehn Schritten in die Seite. Dutzende der Hunde starben und noch mehr von ihren Pferden. Kein einziger Türke gelangte an den Schildwall.

Sie brachen aus und ritten davon, während wir vor Verachtung johlten und ihnen schimpfliche Schmähungen hinterherbrüllten.

Ohne Pause, gelassen und mit gemessenen Bewegungen betätigten die Soldaten weiter ihre Armbrüste. Sie schossen den fliehenden Mamelucken in den Rücken und töteten ihre Reittiere.

Richard gebot ihnen aufzuhören, als der Feind außer Reichweite war. Er befahl Gruppen von Soldaten auf das leichenübersäte Schlachtfeld, halb als Schutz gegen die Türken, halb dazu, jeden Bolzen aufzuheben, der zu finden war. Unsere wenigen Verwundeten wurden versorgt, und er befahl, dass wir alle trinken sollten. Der König war bester Stimmung, klopfte den Soldaten auf den Rücken und pries einzelne Ritter.

»Ich schwöre, wenn er uns befehlen würde, jetzt gegen die Sarazenen zu stürmen, wir würden es tun.« Thorne strahlte von einem Ohr zum anderen.

»Mit fünfzehn Pferden?« De Béthune wirkte ungläubig.

»Ich würde es nicht für unmöglich halten«, sagte ich glucksend.

Eine frische Abteilung Mamelucken, mindestens tausend Mann stark, stürmte kurz darauf auf uns zu. Wieder forderten unsere Armbrüste einen grauenhaften Zoll, und erneut wollten sich die Pferde der Türken nicht unseren emporgereckten Lanzenspitzen nähern. Wieder fegten sie vor unserer Linie entlang und zogen sich zurück, hinterließen eine furchtbare Zahl von toten und verwundeten Männern und Tieren. Die Abteilungen, die Armbrustbolzen einsammelten, eilten wieder hinaus, aber sie waren noch nicht weit gekommen, als die Heiden Anstalten machten, wieder auf uns einzudringen. Ein desorganisierter, leicht panischer Rückzug zu unserer Stellung folgte.

Beleidigungen aus den Mündern ihrer eigenen Kameraden prasselten auf die fliehenden Soldaten nieder. Wer zu langsam war. Wessen Genitalien beim Rennen hin und her schlackerten. Wer einen Gang hatte wie ein altes Weib.

Alles brüllte vor Lachen, Richard am lautesten von allen.

Verärgert erreichten uns die Soldaten, deren verschwitzte Gesichter rot waren von der Anstrengung. Nun waren sie an der Reihe. Sie verfluchten uns, Ritter und ihresgleichen, und wünschten uns in die Hölle und wieder zurück.

Wir lachten noch lauter.

Und dann kamen die Mamelucken näher, und wir wandten uns wieder unserer Aufgabe zu. Unter meinen Füßen zitterte der Boden. In der Luft bebten der Donner von Hufen und die schrecklichen Kriegsrufe. Auch dieser Sturmangriff scheiterte. Das Gleiche galt für den nächsten und den danach. Dann hörte ich auf zu zählen.

Vier furchtbare Stunden lang widerstand der Igel den Türken – wir wussten grob, wie spät es war, weil aus Joppa der Schlag der Kirchenglocken herbeidrang, der nicht zu der blutigen Schlacht passen wollte.

Wir hatten Verluste erlitten. Ein Mann konnte nur soundso oft unter einer Wolke aus herabschießenden Pfeilen stehen und nicht verletzt werden, aber unsere Zahl war nicht sehr gesunken. Schmerzlich unter den Verlusten war Thorne, der das große Pech hatte, einen türkischen Pfeil in den Mund zu bekommen. Der Schaft flog aus großer Entfernung heran, weshalb er ihn nicht kommen sah, und traf ihn, als er mit mir sprach. Von den Lippen bis zum Nacken durchbohrt, erstickte Thorne an seinem eigenen Blut, während wir verzweifelt versuchten, den Pfeil zu entfernen.

Rhys erlitt eine Fleischwunde. Ein Pfeil glitt von seiner Schädelkuppe ab und versenkte sich in den Gambeson, der seine Schulter schützte. Er blutete sich und de Drune voll, der direkt neben ihm stand, aber er verließ seine Stellung nicht. Erst als de Drune ihn anbrüllte, weil er es nicht mochte, vollgeblutet zu werden, bequemte sich Rhys zum Feldscher. Er kehrte mit einer hübschen Reihe von Fäden in seinen Haaren zurück und musste unseren Spott, dass er keinen Helm getragen hatte, mit seiner gewohnten Verdrießlichkeit ertragen.

Nach einer besonders heftigen Attacke der Mamelucken, die von den Armbrustsalven wieder gebrochen worden war, beschloss Richard, dass die Zeit zum Gegenangriff gekommen war. Er rief de Chauvigny und mich aus der vordersten Reihe. Der arme de Béthune hatte eine leichte Wunde an einer Hand, wollte aber nicht zurückgelassen werden. Die fünfzehn Pferde waren vor die Palisade geführt worden. Wir betrachteten sie mit unguten Gefühlen. Die Rippen standen hervor, sie hatten Buckel, waren spatkrank, sahen Destriern in keiner Weise ähnlich. Zwei wurden gleich als zu schwach für die Anstrengungen ausgesondert, die wir ihnen abverlangen würden, womit dreizehn übrig blieben.

Richard nahm sich unverzagt das beste Tier, einen stämmigen Fuchs, und sagte uns, wir sollten uns einigen, wer welches Tier bekam. Henri de Blois wählte als Nächster, dann Robert, der Earl von Leicester. André de Chauvigny suchte sich eines aus, und de Béthune. Dann folgten Bartholomew de Mortimer und Ralph de

Mauléon, die vom Kämpfen nie genug bekamen. Henry Teuton, der stolz des Königs Banner trug, bekam eine halbwegs anständige Mähre, auch meine sah nicht völlig abgewrackt aus. Henry de Sacey musste mit dem übelsten Gaul von allen vorliebnehmen, während Guillaume de l'Etang ein eindeutig erschöpftes Pferd erhielt, und das Reittier von Gerard de Furnival, des kühnsten Ritters von allen, lahmte. Hugues de Neville, ein Soldat, ritt mit uns, weil er in Richards Gunst stand, aber auf einem Pferd, das alt genug aussah, um Großvater der anderen zu sein.

»Seht Ihr sie?« Der König zeigte auf die gebrochenen Reste der Mamelucken, die sich zu der Hauptmacht ihrer Kameraden zurückzogen. »Sie sehen nicht einmal zu uns. Wir haben den Vorteil.«

»Den Vorteil, Onkel?« Graf Henri klang ein wenig spöttisch. »Wir sind dreizehn, und sie zu Tausenden.«

»Sie sind aber geschlagen, Neffe, und das macht den Unterschied aus.« Richard gab seinem Pferd die Sporen und ritt los. »Wir bilden einen Keil, wie einst Alexander es mit seinen Gefährten tat.« Ganz außer Frage stand, dass er die Spitze übernehmen würde, die gefährlichste Position innerhalb der Formation.

Wir reihen uns hinter ihm ein. Ich nahm eine der beiden Positionen hinter ihm, ohne zu fragen, ob jemand anderer hier reiten wollte. Wenn jemand meinen Platz will, kann er ja versuchen, ihn sich zu nehmen, entschied ich grimmig. Wir schwebten in ernster Todesgefahr, und das bedeutete, dass ich beim König sein *musste.*

De Chauvigny ritt neben mir, und darüber war ich froh. Der Earl von Leicester begnügte sich mit dem Platz hinter uns, und de Blois und de Béthune vervollständigten die dritte Reihe.

Auf ein Zeichen von Richard legten wir die Lanzen ein und trieben die Pferde an. Bis zum Feind war es nicht weit, weniger als eine halbe Meile. Wir bildeten einen winzigen Keil, der über die blutgetränkte Erde stürmte, nicht vergleichbar mit den Hunderten von Gefährten Alexanders, die mit dem Mann geritten waren, den sie den Großen nannten, aber bei Christus, mich scherten die Aussichten nicht, denen wir entgegensahen.

Ich ritt mit Richard, mehr zählte nicht.

Vielleicht die halbe Entfernung hatten wir hinter uns gebracht, bis die Türken uns bemerkten. Wie sie reagierten, war wahrlich bemerkenswert. Sie unternahmen keinen Gegenangriff. Keine Pfeilsalven stachen auf uns nieder. Kein Offizier versuchte, die Männer zum Kampf zu bewegen. Keine tapferen Mamelucken wappneten sich, um einzeln gegen uns zu reiten.

Stattdessen zogen sie sich weiter zurück, sahen uns über ihre Schultern hinweg an, stierten wie Schwachköpfe. Weil wir galoppierten und sie nicht, verkleinerte sich der Abstand zwischen uns mit jedem verstreichenden Augenblick.

Erneut ertönte des Königs Schlachtruf.

Im Chor brüllten wir ihn.

Und wir trafen sie, wir dreizehn, wie die Hämmer der Hölle.

Meine Lanze bohrte sich einem Türken in die Seite. Ihre Spitze zerfetzte den einen Arm, durchdrang die Brust und fuhr durch den anderen Arm. Aus dem Sattel gerissen, stieg er hoch, tot, bevor er begriff, wie ihm geschah. Ich ließ die Lanze fahren, die viel zu schwer geworden war, hielt Ausschau nach dem König und riss mein Schwert aus der Scheide.

Richard war fünfundzwanzig Schritte oder mehr voraus. Auch er führte keine Lanze mehr und hieb mit seiner Klinge um sich. Ich sah, wie er einem Mamelucken den Schädel von der Decke bis zu den Zähnen spaltete, und mit dem Rückhandschwung dieses Streichs schlug er einem anderen Feind die Hand ab. Er machte nicht den Eindruck, als brauche er Hilfe, aber ich setzte ihm dennoch hinterher.

Tief drangen wir in die türkische Formation ein. Wir schonten weder Mann noch Tier, denn ein niedergestrecktes Pferd bedeutete einen Gegner weniger, der uns gegenüberstand. Pfeile, aus kurzer Entfernung geschossen, umsirrten uns, glitten von unseren

Panzerhemden ab und bohrten sich in die Schabracken unserer Pferde, aber wie durch ein Wunder töteten sie trotz ihrer Vielzahl keinen Einzigen von uns.

Das Pferd des Earls von Leicester geriet ins Taumeln. Er verlor das Gleichgewicht und stürzte aus dem Sattel. Wie verfluchte Schmeißfliegen sahen die nächsten Mamelucken seine Not, und blitzartig wurde aus Flucht Angriff. Zu Fuß, allein, stand er einem Dutzend Feinden gegenüber. Richard verdrehte sich immer wieder auf dem Pferderücken, um zu sehen, wo die anderen waren, und bemerkte die heikle Lage des Earls. Er riss seinen Fuchs herum, preschte heran wie ein Dämon und griff in den Kampf ein. Licht tanzte auf seiner Schwertklinge oder den Teilen, die nicht gerötet waren, und er tötete und verstümmelte und tötete wieder.

Mit de Neville gesellte ich mich zu ihm, und gemeinsam trieben wir die Mamelucken zurück. Der Earl von Leicester blieb wie durch ein Wunder unversehrt. Ihm gelang es, die Zügel eines reiterlosen Türkenpferdes zu ergreifen, und schwang sich auf dessen Rücken.

Lachend sagte uns der König, es sei Zeit, zu unseren eigenen Linien zurückzukehren, sonst würden die armen Mähren unter uns zusammenbrechen. Wir lachten unter unseren Helmen, denn mit keinem Wort erwähnte er die Mameluckenhorde, die sich weniger als hundert Schritte entfernt zusammenscharte.

Ohne einen Blick zurück führte er uns vom Schlachtfeld.

Besorgt, dass wir von hinten getroffen werden könnten, vermochte ich es nicht zu vermeiden, über die Schulter zum Feind zu blicken. Sie waren uns hundert zu eins überlegen, tausend zu eins, und mit einem Sturmangriff hätten sie uns in den Staub gestampft.

Aber sie saßen nur auf ihren Pferden und sahen uns hinterher.

Der Glockenschlag verriet uns, dass weitere drei Stunden verstrichen waren. Wir erduldeten mehrere weitere Angriffe – sie kamen nun weniger regelmäßig –, und noch immer gelang es den Verfluchten nicht, unsere Formation zu brechen. Ein Bote brachte Nachricht von der Küste. Panik hatte die Schiffsbesatzungen erfasst, und sie standen im Begriff, in See zu stechen. Richard ritt in vollem Tempo zum Hafen und stellte die Ordnung wieder her, wie nur er es konnte. Auf jedem Fahrzeug ließ er fünf Wächter zurück und führte die drückebergerischen Seeleute zur Palisade, damit sie mit uns gegen die Sarazenen kämpften.

Ein weiterer Sturmangriff brandete heran. Vor der vordersten Reihe lag nun ein grausiger Schutzwall aus toten Pferden und Männern, der bewirkte, dass unsere Feinde selbst dann nicht mehr versuchen konnten, uns niederzureiten, wenn sie dazu bereit gewesen wären. Hinter der blutigen Masse standen die Fußsoldaten und schossen gnadenlos Armbrustbolzen auf die Mamelucken und ihre Reitpferde.

Tschik, Stille, Schreie. *Tschik*, Stille, Schreie. Diese Geräusche sollten nächtelang meine Träume beherrschen. Nie zuvor und auch nicht danach habe ich je die Erbarmungslosigkeit der Armbrust mit solcher Deutlichkeit vor Augen gehabt wie an jenem brutalen Tag im August. Sie ist eine schlichte Waffe, ein Stück Holz, so dick wie der Unterarm eines Mannes, ein Stück gekrümmter Stahl im rechten Winkel dazu, eine dicke Sehne, ein Haken und ein Abzugshebel. Trotzdem ist sie überaus tödlich.

Am Himmel sank – endlich – die Sonne, als ein weiterer türkischer Angriff erfolgte. Grimmig und mit großer Macht geführt, gefährdete er uns wie nur wenige der vorherigen Anstrengungen. Vielleicht handelte es sich um den Versuch der Mamelucken, ihren Stolz zu retten, oder um die Verzweiflungstat von Männern, die von ihren Befehlshabern bedroht worden waren. Unser Vorrat an Bolzen war im Laufe des Tages zusammengeschmolzen, und während dieses Angriffs gingen sie uns aus. Mit einem Mal waren unsere Speerkämpfer in der vordersten Reihe eines von zwei Dingen, die einzig zwischen uns und dem Untergang standen.

Das andere war die makabre Barriere aus Menschenleichen und Pferdekadavern vor unseren Männern.

Unsere Feinde waren so erschöpft wie wir. Obwohl unseren Soldaten die Armbrustbolzen fehlten, konnten sich die Türken ihre zahlenmäßige Überlegenheit nicht zunutze machen. Sie johlten und brüllten nicht mehr, sie brachen den Angriff ab und ritten davon. Rauer Jubel stieg von unserer Stellung auf.

Ich stand mit dem Dutzend der anderen zusammen, die ebenfalls Pferde hatten, legte den Kopf auf den Hals meines Tieres und schloss die Augen. Gott sei Dank, es war vorbei. Wir hatten gesiegt, aber denkbar knapp.

»Wappnet Euch!« Richards Stimme klang angestrengt, aber laut war sie noch immer.

Ich hob verwundert den Kopf.

Er saß auf seinem Fuchs, die Schultern zurückgenommen, den Kopf vom Helm entblößt, damit wir ihn alle sehen und hören konnten. »Noch ein Angriff, Messires!«

Ich sah de Béthune an, der grinste, als wollte er antworten: *Was hast du denn gedacht, was er jetzt tut?*

»Noch ein Sturmangriff, und die Türken fliehen vom Schlachtfeld, sage ich Euch.«

Wir haben es einmal geschafft, dachte ich. Wir schaffen es wieder. Ich überhörte die leise Stimme in meinem Kopf, die mich erinnern wollte, dass ein Mann den Teufel nicht oft herausfordern und unbeschadet davonkommen kann.

Richards Blick ging zu Henri, dann zum Earl von Leicester. Weiter wanderte er, verharrte auf jedem Einzelnen von uns dreizehn. Wir nickten, senkten das Kinn, murmelten zustimmend. Als mein Blick dem seinen begegnete, lächelte er. Überwältigt bekam ich eine Gänsehaut auf den Armen und erwiderte das Lächeln.

»Von diesem Tag bis ans Ende der Welt, Messires«, sagte der König, »soll man sich an uns erinnern, uns wenige, uns Glückliche, uns Waffenbrüder. Denn wer heute mit mir sein Blut vergießt, soll mein Bruder sein. Das schwöre ich, und Christus sei mein Zeuge.«

Ich rief: »Ich bin mit dir, Cœur de Lion!«

»Und ich auch!« – »Ich bin dabei!« – »Cœur de Lion!« Unsere Stimmen stiegen in den strahlend blauen Himmel auf.

Wie preschten los. Dreizehn Mann gegen zehntausend. Ein rot geflecktes Stück Boden vor den Mauern Joppas in dem sonnenversengten Land, das man Outremer nannte, war unser Schlachtfeld. Durch die Gluthitze, durch Luft so dick wie Suppe, ritten wir, dachten nicht an unsere Sicherheit, sondern sonnten uns in der Glorie des Augenblicks und folgten Löwenherz.

Wir hätten sterben müssen, niedergeschossen wie tollwütige Hunde, in Stücke gehauen wie Fleisch auf dem Hackklotz.

Stattdessen schlugen wir nach kurzem, aber grimmigem Kampf ein ganzes Heer in die Flucht.

Kein Einziger von uns wurde getötet oder auch nur verwundet. Es war unvergleichlich. Ein Gottesgeschenk. Manch einer hätte es ein Wunder genannt, und in späteren Jahren hörte ich, wie man so davon sprach. Ich sagte dann stets, dass Gott zwar auf unserer Seite gestanden habe, aber gesiegt hätten wir wegen Richard, und nur wegen ihm.

Am Ende war offensichtlich, dass die Sarazenen genug hatten. Wir mussten unsere erschöpften Pferde zügeln, als sie sich zurückzogen, aber der Feind unternahm keinen Versuch, uns anzugreifen, obwohl wir nun eine Meile oder mehr von unseren Soldaten entfernt waren.

Der König war aber noch nicht fertig. Er befahl uns unter Androhung des Todes zu bleiben, wo wir waren, und ritt geradewegs auf die Türken zu. Er hatte eine Lanze, die er irgendwo vom Boden aufgehoben hatte, aber war allein.

Mir klopfte das Herz bis zum Hals. Ich betete: O Herr, lass ihn jetzt nicht erschlagen werden, o Herr, ich bitte dich!

Den Schaft der Lanze auf den Steigbügel gestützt, die Spitze zum Himmel gerichtet, ritt Richard vor dem Feind auf und ab. Ein Mann. Auf einem schweißbedeckten Pferd. Tausende Heiden beobachteten ihn.

»Gibt es bei euch einen Mann, der gegen mich kämpfen will?«, rief er auf Französisch und versuchte es mit Arabisch. »Kämpft mit mir!«

Kein einziger Reiter ritt ihm entgegen.

Kein einziger Pfeil wurde auf ihn abgeschossen.

»Jesus Christus.« De Béthunes Stimme bebte vor Ehrfurcht. »Solch einen unglaublichen Anblick werdet Ihr und ich nie wieder erleben.«

Ich war so ausgelaugt, ich konnte nur bejahend krächzen. Mein Herz aber sang.

Aus solchen Dingen entstehen Legenden.

KAPITEL XXXI

Nur für eine kurze Zeit können Männer über sich selbst hinauswachsen und wie die großen Helden aus Geschichte und Legende kämpfen: wie Achill, Alexander von Makedonien oder Judas Makkabäus. Die Weißglut der Unverwundbarkeit in der Schlacht brennt genauso, wie sie schützt. Wie zum Beweis dafür erkrankte Richard wenige Tage nach unserem Sieg über die Türken schwer.

Ihn befiel das gleiche verwünschte Viertagefieber, das ihn schon in Italien, Sizilien, Zypern und Akkon ans Bett gefesselt hatte. Dass es wieder auftrat, war keine besondere Überraschung. Die Schlacht hatte Richards Kräfte verbraucht, ihn ausgezehrt zurückgelassen, grau vor Erschöpfung, und unser Lager grenzte an das Schlachtfeld mit seinen Tausenden stinkenden, verwesenden Leichen und Kadavern, dicken Fliegenschwärmen und Aasvögeln.

Er war nicht allein erkrankt. Auch unter den einfachen Soldaten war die Seuche ausgebrochen. Rhys lag darnieder, und de Drune ebenfalls. Ich musste mich um sie kümmern und so oft den König besuchen, wie ich konnte. Es waren erbärmliche Tage.

Richard weckte unser aller Sorge, denn seine Krankheit war schwer. Er war nur manchmal bei Bewusstsein und erlitt einen Anfall von Fieber und Schüttelfrost nach dem anderen. Ralph de Besace war in Akkon, und ein hiesiger Arzt, der gute Empfehlungen vorzuweisen hatte, kümmerte sich um ihn. Wir Hausritter zogen Lose und wechselten uns an Richards Seite ab, wischten ihm die schweißbedeckte Stirn und flößten ihm Wasser und Medizin ein. Er hatte schreckliche Albträume, und wenn er halb wach war, kamen auch Visionen. In allen von ihnen verfluchte er Philippe Capet und seinen Bruder John gleichermaßen. Saladin wurde kaum erwähnt. Manchmal rief er nach seiner Mutter oder nach Joanna, und ein- oder zweimal auch nach mir oder de Chauvigny. Zu meinem Bedauern muss ich sagen, dass ihm Berengarias Name nie über die Lippen kam.

Hin und wieder war er so weit bei sich, dass er über die Lage in Kenntnis gesetzt werden und einige Befehle geben konnte. Saladins Heer hatte sich der Stadt erneut genähert, und Richard kommandierte Henri de Blois nach Caesarea ab, um die Franzosen zu holen, die ihn auf seinem Zug zu uns begleitet hatten und aufgrund ihrer Trägheit noch immer dort waren. Sie weigerten sich zu kommen, von einigen wenigen tapferen Seelen abgesehen. Die einzige gute Nachricht, die Henri brachte, bestand darin, dass Hugues von Burgund erkrankt war und nach Akkon zurückkehren musste.

Als Saladin eine Nachricht sandte, er komme, um Joppa zu erobern und Richard gefangen zu nehmen, sollte dieser es wagen, in der Stadt zu verweilen, fiel die Antwort des Königs knapp aus. »Ich werde hier auf Euch warten, und solange ich auf meinen Beinen stehen oder mich auf den Knien halten kann, werde ich keinen Fußbreit vor Euch zurückweichen.«

Trotz seiner kühnen Worte hätte sich Richard auch mit einem Knüppel nicht einmal einen Dreijährigen vom Leib halten können, und wir wussten es alle.

Wochen nach der Schlacht schien sich unsere Not immer mehr zu verschlimmern. Der König blieb sehr krank. Im Lager ging das Gerücht um, er liege im Sterben. Die Seuche tötete jeden Tag Dutzende von Männern. Wir waren den feindlichen Kräften um Joppa zahlenmäßig um ein Mehrfaches unterlegen. So gut wie kein Entsatz war auf Richards Hilferuf eingetroffen, und selbst die Templer und Johanniter gehorchten nicht seinem Befehl, die Garnison hier oder in Askalon zu verstärken.

Eines glühend heißen Nachmittags saß ich am Krankenlager des Königs und betrachtete ihn tief in Gedanken im Schlaf. Obwohl er einen ruhigen Eindruck machte, boten die folgenschweren Auswirkungen, die das Quartanfieber auf ihn hatte, einen bestürzenden Anblick. Seine Haarmähne war verfilzt und klebte vom Schweiß an seinem Schädel. Ein ungesunder graugelber Ton färbte seine Haut, und unter seinen Augen lagen tiefe Ringe. Seine Wangen waren eingefallen, als verhungerte er, und der Arm, der auf der Decke ruhte, sah geschrumpft und verkümmert aus. Falls er sich erholte – nachdem er sich erholt hat, verbesserte ich mich inbrünstig –, würde es Monate dauern, bis er seine volle Kraft zurückerlangte.

Inzwischen drehten wir die Däumchen, während die Wölfe – Mamelucken – um unser Lager strichen. Auch wenn es dem Feind längst nicht gut ging – Abu hatte viel mit sarazenischen Kaufleuten gesprochen, die mit beiden Seiten handelten –, befand sich Joppa in beträchtlicher Gefahr, erneut zu fallen. Dabei würden wir in Gefangenschaft geraten oder fallen.

Die Verhandlungen mit Saladin gingen weiter, aber herzlos; Askalon blieb der große Stolperstein. Und was die verfluchten Franzosen anging, die in keiner Weise helfen wollten – man sollte den fetten Bischof von Beauvais vor mich bringen, der sie anführte, solange Hugues von Burgund darniederlag, und ich hätte ihm mit Vergnügen den schwabbeligen Hals umgedreht.

Ich merkte, wie ich wild an einem Daumennagel kaute. Worüber ich nachgedacht hatte, waren nur die Probleme, die Richard hier in Outremer hatte. In der Heimat war auch nicht alles gut. Ich stellte mir vor, wie sich der schlangenäugige John mit Philippe Capet traf und Ränke mit ihm schmiedete, FitzAldelm an seiner Seite.

»Ferdia.« Ein Flüstern.

Aus meinen Gedanken gerissen, sah ich den König an. Seine Augen standen offen und waren Gott sei Dank klar. »Ihr seid erwacht, Sire!«

Ein wehmütiges Lächeln. »So scheint es. Welchen Tag haben wir?«

Ich musste einen Moment lang nachdenken. »Den siebenundzwanzigsten im August, Sire.«

»Mehr als drei Wochen habe ich hier gelegen?« Resignation tränkte seine Stimme.

»Das ist richtig, Sire.«

»Ich kann mich an kaum etwas erinnern.« Er leckte sich die Lippen.

Ich setzte ihm den Becher, den ich griffbereit hatte, an den Mund. »Etwas Fruchtsaft, Sire?«

»Aus den Birnen und Pfirsichen, die Saladin geschickt hat?«

»Ganz recht, Sire. Der Schnee ist geschmolzen, aber der Saft ist noch kühl. Eine neue Lieferung soll morgen kommen, habe ich gehört.«

Er nahm mehrere kleine Schlucke, lehnte sich zurück und schloss die Augen. »Das ist köstlich. Saladin mag ein sturer Hund sein, aber höflich ist er.«

»In der Tat, Sire.« Er hatte recht. Alle paar Tage trafen die Körbe ein, obwohl der Schnee vom Berg Hebron stammte, der weit im Nordosten lag.

»Sein Bruder Saphadin ebenso.« Richard sah mich an. »Geht es den Arabern gut?« Während einer Kampfpause hatte Saladins Bruder zwei prächtige Pferde an Richard gesandt, ein Anerkenntnis seiner Tapferkeit.

»Sehr gut, Sire. Ihr werdet sie bald reiten können.« Ich hoffte, meine Lüge klang überzeugend.

»Eine Weile wird es dauern, denn in Wahrheit bin ich so schwach wie ein neugeborenes Kätzchen. Bei Gottes Beinen, aber diese Krankheit ist schwer abzuschütteln.« Er legte sich zurück.

Ein wenig Zeit verstrich. Ich glaubte schon, er wäre wieder eingeschlafen, aber dann sprach er weiter.

»Die Templer und die Johanniter, sind sie eingetroffen?«

Er fieberte noch, wurde mir klar, oder zumindest war er nicht völlig bei Verstand. Wochen lag es zurück, dass die Großmeister eine Botschaft gesendet hatten. Sie würden keine Festung besetzen, solange Richard nicht auch dort war. Da der König nach Akkon musste, um zu genesen, waren damit Joppa und Askalon ausgeschlossen. »Nein, Sire. Sie werden nicht kommen«, sagte ich vorsichtig.

»Und Hugues von Burgund, dieser Heimtücker – ist er noch krank?«

»Heute Morgen kam die Nachricht aus Akkon, Sire. Er ist tot.« Kein Verlust, dachte ich.

Richard hob den Kopf vom Kissen. Seine Augen leuchteten. »Wirklich?«

Ich nickte.

»Immerhin eine gute Neuigkeit.« Er wirkte gekräftigt. »Steht Saladins Heer noch immer nahe?«

»So ist es, Sire.«

»Und unsere Stärke?«

Ich wollte ihn nicht belügen – ich schuldete ihm die Wahrheit. »Nicht gut, Sire. Die Seuche grassiert im Lager.« Ich dachte an Rhys und de Drune und dankte Gott, dass sie auf dem Weg der Besserung waren.

Er seufzte tief. »Wie ist es dazu gekommen?«

»Das weiß ich nicht, Sire.« Mir ging dieselbe Frage nicht aus dem Kopf. Unser Sieg war so umfassend gewesen, und nun starrten wir der Niederlage ins Gesicht.

»Ich muss Frieden haben, sonst kann ich dieses Land niemals verlassen. Wie lauten Saladins Bedingungen?«

Mich bedrückte sein resignierter Tonfall. »Sie sind mehr oder weniger gleich geblieben, Sire. Erinnert Ihr Euch …«

»Ja, ich erinnere mich. Sie sind annehmbar, bis auf die letzte. Er besteht darauf, dass Askalon geschleift wird.«

»Jawohl, Sire.« Dieser Forderung musst du nachgeben, dachte ich, sonst sterben wir hier vielleicht alle.

»Gott vergebe mir, ich habe nicht die Kraft …« Ihm versagte die Stimme.

Er klang jämmerlich. Mich verlangte es, seine Hand zu umschließen, aber das stand mir nicht zu. Ich wagte zu sagen: »In der Aufgabe von Askalon liegt keine Schande, Sire. Nach unserem Aufbruch kann es ohnehin nicht lange gehalten werden. Die Poulains und die Ritterorden haben nicht genügend Männer dazu. Wenn Ihr es nicht an Saladin übergebt, wird er es sich trotzdem nehmen.«

Schweigen senkte sich herab. Nachdem ich meinen Teil gesagt hatte, hielt ich den Mund. Richard musste allein entscheiden.

Er war so lange still, dass ich wieder glaubte, der Schlaf habe ihn übermannt. Als er sprach, war seine Stimme jedoch klar und deutlich. Entschlossen. »Lasst Onfroy de Toron zu mir bringen.« Onfroy hatte während der sporadischen Verhandlungen mit dem Feind als Vertreter des Königs gedient. »Ich möchte«, fuhr Richard fort, »dass Saphadin die Botschaft erhält. Er ist meiner Position am besten zugänglich gewesen. Onfroy soll ihm die bestmöglichen Bedingungen abhandeln.«

»Jawohl, Sire.« Ich war erstaunt. Kein Ultimatum. Keine Erklärung, dass Askalon in christlicher Hand bleiben müsse. Stattdessen richtete er über Saladins Bruder die Bitte an seinen Gegner, seine Bedingungen zu nennen. Hoffnung erfüllte mein Herz.

Vielleicht war Frieden nicht unmöglich.

Und so erwies es sich. Saphadin hieß Onfroy de Toron willkommen und erklärte sich bereit, Richards Wunsch zu erfüllen. Kein Tag verging, bis das Angebot Saladins eintraf. Die Befestigungen Askalons mussten geschleift und durften wenigstens drei Jahre lang nicht wiederaufgebaut werden, aber Richard würden die gewaltigen Summen ersetzt, die er für ihren Bau ausgegeben hatte. Der Küstenstreifen von Tyrus bis Joppa sollte in christlicher Hand bleiben. Pilger durften Jerusalem ohne Behinderung besuchen, christlichen Kaufleuten wurde erlaubt, dort Handel zu treiben. Die Bedingungen wären bis zum Osterfest in drei Jahren gültig, dem Jahr des Herrn 1196. Vom Wahren Kreuz war nicht die Rede, und der König sprach es nicht an.

Genauso wenig ich oder Henri de Blois, de Chauvigny oder ein anderer, der anwesend war, als die Bedingungen überbracht wurden. Ein weiteres Hindernis war das Letzte, was irgendjemand wollte.

Richard wandte sich an Onfroy. »Sagt Saladin, dass ich annehme.«

Grimmiges, erleichtertes Lächeln wurde überall ringsum getauscht. Nicht nur schien der König auf dem Weg der Besserung zu sein, wir hatten auch Frieden.

Wir konnten endlich das Heilige Land verlassen.

Das Friedensabkommen wurde einige Tage später geschlossen, am 2. September. Richards Kräfte waren so weit zurückgekehrt, dass er sich von seinem Krankenbett erheben und durchs Lager reiten konnte, was den Soldaten großen Mut einflößte. Bald darauf brachen viele nach Jerusalem auf, sehnsüchtig, ihre Pilgerfahrt zu beenden.

Drei große Gruppen zogen in die Heilige Stadt. De Chauvigny führte eine davon, Bischof Hubert von Salisbury eine andere.

Ich wäre auch gern gegangen. In der Grabeskirche hätte ich um Vergebung für den Mord an Henry bitten können. Ich blieb jedoch bei Richard, der verkündet hatte, dass er die Stadt nicht betreten würde, solange sie in sarazenischer Hand war. Mein Grund war nicht derselbe, doch das behauptete ich jedes Mal, wenn jemand mich danach fragte. Absolution im heiligsten Schrein der Christenheit zu erbitten, wenn ich im Grunde meines Herzen nicht bereute, Henry ermordet zu haben, wäre ein Schritt zu viel gewesen. Daher blieb ich beim König und versicherte mir, dass wir – wie Richard sagte – ins Heilige Land zurückkehren würden, sobald der Friedensvertrag ausgelaufen war.

Eines Tages würden wir Saladin endgültig besiegen.

EPILOG

Akkon, Ende September 1192

Der neunundzwanzigste Tag des Monats begann hell und sonnig. Ein schwacher Wind strich aus Südosten von Jerusalem heran. Für eine lange Seereise sei er ein gutes Omen, sagten die Männer. Ich hoffte, dass es stimmte. Heute lief der Großteil der Flotte nach Marseille aus. Mein Freund André de Chauvigny kommandierte sie, und die Königinnen Berengaria und Joanna waren seiner Obhut anvertraut.

Ich hatte Herzeleid und wenig geschlafen, war bis auf die Knochen müde. In den langen Stunden der Dunkelheit hatte ich mich hin und her geworfen, allein. Meine Hoffnung auf eine letzte Nacht mit Joanna hatte sich nicht erfüllt. Zu viele Menschen seien in der Nähe, hatte sie entschieden, und der König komme andauernd mit einer Frage zu diesem oder einer Bitte zu jenem in ihre Gemächer. Unser letztes Zusammensein war daher zwei Nächte zuvor gewesen. Obwohl es von Traurigkeit geprägt war und mehr als einmal auch von Tränen, würde ich die Erinnerung bis an den Tag meines Todes hoch schätzen.

»Denke an mich, Ferdia«, hatte Joanna gesagt. »Wie ich an dich denken werde.«

»Wir werden einander wiedersehen«, hatte ich eingewendet. »Wir können …«

Mit einem Finger an meinen Lippen hatte sie mir Schweigen geboten. »Sag die Worte nicht. Wir wissen nicht, was die Zukunft bringt«, hatte sie gemurmelt und sich vorgebeugt, um mich zu küssen.

Herr Jesus, dachte ich, schenk mir die Kraft, diesen Morgen zu überstehen. Vor die Wahl gestellt, wäre ich lieber wieder gegen die Türken vor Joppa angerannt, ich und nur zwölf Kameraden. Diese Möglichkeit hatte ich jedoch nicht, daher ging ich mit Rhys ins Badehaus und machte mich dann so gut bereit, wie ich konnte.

Die festgelegte Stunde kam viel zu schnell. Ich hatte mir große Mühe mit meinem Äußeren gegeben und trug ein dreifach gefärbtes dunkelblaues flämisches Hemd, mein bestes, und eine neue Hose. Meinen Gürtel und meine Schuhe hatte Rhys poliert, bis das Leder glänzte. Ich putzte mich natürlich nur für Joanna so heraus, die uns verließ.

Von Trauer überwältigt, aber mit reglosem Gesicht, das ich mit Mühe beibehielt, begleitete ich den König in seinem Gefolge zum Hafen, wo sich die Menschen versammelt hatten, um den beiden Königinnen Lebewohl zu sagen.

Joannas Blick hatte mich gestreift, während ich bei den anderen Hausrittern stand. Meine Fassade hatte Risse bekommen, und ein Lächeln war mir ins Gesicht getreten, aber sie hatte es in keiner Weise erwidert. Das traf mich, obwohl ich wusste, dass es nichts zu bedeuten hatte.

Die arme Berengaria war untröstlich und versicherte dem König immer wieder in ihrem akzentbehafteten Französisch, dass sie ihn begleiten wollte. Unwohl, wie ihm nur selten war, tätschelte Richard ihr die Hand und erklärte ihr, dass er im Heiligen Land noch viele Dinge zu erledigen habe. Als sie einwandte, dass seine Kapitäne sich darum kümmern könnten, erwiderte er, dass die Ehre von ihm verlange, wenigstens eines zum Abschluss zu bringen, bevor er aufbreche.

»Guillaume de Preaux hat sich freiwillig in Gefangenschaft begeben, Geliebte, auf dass ich frei bleibe«, sagte er. »Ich kann das Heilige Land nicht verlassen, bevor er frei ist. Das werde ich nicht tun. Die Verhandlungen verlaufen vielversprechend, aber bevor ich ihn nicht mit eigenen Augen in Freiheit sehe, kann ich nicht abreisen.«

Als sie seine Entschlossenheit sah, bat Berengaria ihn, bleiben zu dürfen, bis der König zum Aufbruch bereit sei. Eine Woche mehr oder weniger falle nicht ins Gewicht. Auch dabei zeigte sich Richard unnachgiebig. Es sei bereits zu spät im Jahr, um das griechische Meer zu durchqueren. Mit jeden Tag Verzögerung riskiere man starken Wind und Stürme. Ihre Sicherheit und die Joannas sei wichtiger, als die Überfahrt als Paar hinter sich zu bringen.

Mit dem Blick auf Joanna wollte ich mich an Berengarias Seite stellen und den König bitten, ihrem Wunsch zu entsprechen. Ich tat jedoch nichts dergleichen und verschloss mein Herz, so gut ich konnte. Ich hatte auch einiges zu erledigen. So musste Abu freigelassen werden.

Als Berengaria sich beruhigt hatte, küsste Richard sie liebevoll, fast geistesabwesend, und versicherte ihr, dass sie am Neujahrstag wieder vereint wären. Er befahl sie in den Schutz von de Chauvigny, der sich verbeugte und schwor, die Königin mit seinem Leben zu schützen. Richard wandte sich Joanna zu und öffnete die Arme. Sie verlor ihre Beherrschung und warf sich auf ihn, schluchzend wie ein kleines Mädchen.

»Ach, Mädchen, Mädchen.« Richards Stimme war ungewöhnlich bewegt, und er zog sie eng an sich.

»Richard.« Ihre Stimme schwankte.

Mich verzehrten Eifersucht und Sorge. Ich hätte alles gegeben, um mit ihm den Platz zu tauschen, das Recht zu besitzen, sie in der Öffentlichkeit zu umarmen.

»Wir werden einander bald wiedersehen.« Der König strich ihr übers Haar.

Sie zog sich zurück und hob das schöne, tränenüberströmte Gesicht zu ihm. »Schwörst du es?«

»Ich schwöre es.« Seine Stimme klang aufrichtig.

Sie nickte. Dann, als unerwartete und ach so sehr willkommene Ergänzung, richtete sie ihre Augen auf mich. »Und Ihr, Sir

Rufus – schwört Ihr, über Euren Herrn, den König, zu wachen und ihn zu schützen, bis er sicher in sein Reich zurückgekehrt ist?«

Hinter ihren Worten und ihrem Blick stand mehr, viel mehr.

»Ich schwöre es, Madame«, sagte ich laut. »Ich werde ihn mit meinem Leben beschützen.«

»Ich danke Euch.«

Ihr strahlendes Lächeln erhellte die finstersten Winkel in meinem Herzen. Die Kraft, die ich daraus schöpfte, hielt mich aufrecht, als die Königinnen die Stufen zu einem großen Ruderboot hinabstiegen und damit zu ihrem Schiff gebracht wurden.

De Chauvigny ging als Letzter. Er tauschte einige letzte Worte mit dem König und wünschte danach mir und de Béthune Lebewohl. Er beugte sich näher, als wir uns die Hände schüttelten, und sagte: »Joanna wird nichts geschehen, Ihr habt mein Wort.« Ich nickte ihm dankbar zu, froh, dass ich ihn am Ende ins Vertrauen gezogen hatte.

Berengaria sah zurück und hob eine Hand. Einen Augenblick später tat Joanna es ihr nach.

Richard winkte. Ich stand hinter ihm, und so sah er nicht, dass ich das Gleiche tat.

Wir standen lange schweigend dort und sahen zu, wie die Schiffe die Anker lichteten. Endlich bewegten sie sich, jedes von mehreren rudergetriebenen Leichtern gezogen, langsam zur Hafenausfahrt. Erst wenn sie das offene Meer erreichten, würden sie Segel setzen.

Ich war überrascht zu spüren, wie mir eine Last von den Schultern fiel, als das königliche Schiff um die Hafenmauer bog. Joanna war fort. So Gott wollte, würde ich sie in der Normandie oder in England wiedersehen, aber bis dahin galt meine einzige Pflicht dem König.

Ich war nicht völlig überrascht, in seinem Gesicht die gleiche Erleichterung zu entdecken, als er sich umdrehte. Er klopfte mir auf die Schulter. »Zehn Tage vielleicht, Rufus, und wir treten die gleiche Reise an. An ihrem Ende erwarten uns der Schurke Philippe und mein verschlagener kleiner Bruder.« Er lachte leise, denn der Kämpfer in ihm freute sich schon auf das Ringen, das ihm bevorstand.

»Ich werde Euch auf Schritt und Tritt begleiten, Sire«, sagte ich.

ANMERKUNGEN DES AUTORS

In den Anmerkungen zu *Lionheart – Im Dienste des Löwen* schrieb ich einen Satz, der mich seither ein wenig verfolgt. Ich erklärte, mein Verlag habe von mir verlangt, mich auf eine nichtrömische Epoche zu verlegen, ein Detail, das einige Leser so aufgefasst haben, als wäre ich dazu gezwungen worden, während ich mich mit Händen und Füßen dagegen wehrte. Nichts könnte weiter von der Wahrheit entfernt sein! Die römische Kultur wird in meinem Herzen immer einen ganz besonderen Platz innehaben, aber ich wollte schon seit *Ewigkeiten* über andere Zivilisationen und andere geschichtliche Epochen schreiben. Ich habe so viele Ideen für so viele Romane, dass ich sie wahrscheinlich niemals alle verfassen kann. Lassen Sie sich außerdem sagen, dass schon vor *Lionheart* Romane von mir vorlagen, die in einer nichtrömischen Epoche angesiedelt waren: Zum Beispiel sollte die Trilogie *Adler von Rom* ursprünglich eine Serie über den Hundertjährigen Krieg sein. Mein Verlag entschied dann, dass es vielleicht keine gute Idee wäre, und ich war auf Rom festgelegt. Mein gegenwärtiger Verlag Orion sah es anders, als ich zu ihm wechselte, daher die Hinwendung zum Mittelalter.

In mancher Hinsicht schrieb sich das vorliegende Buch beinahe selbst. Über den dritten Kreuzzug gibt es so viele zeitgenössische Berichte, drei aus christlicher und zwei aus muslimischer Sicht, dass ich immer wieder auf noch unglaublichere, faszinierende Fakten stieß, die ich in die Handlung einbauen konnte. Und trotz meiner größten Anstrengungen waren es am Ende weitaus mehr, als meinem Lektor gefiel. Handlung ist alles, und der Handlungsbogen darf nicht durch allzu viele Details verlangsamt werden, ganz egal, wie sehr es mich fasziniert! Bevor ich das Skalpell meiner Überarbeitung an diesem Roman ansetzte, war er um mehr als fünfzehn Prozent länger als jetzt. Was übrig bleibt, ist voll mit historischen Tatsachen. Im Grunde ist die ganze Geschichte wahr bis auf den Umstand, dass Rufus und Rhys darin vorkommen. Ebenso einige Einzelheiten, aber nicht alle. Richard hat wirklich Englands Schränke geplündert, um seinen Kreuzzug zu finanzieren. Er hielt eine Beratung über Alys Capets Zukunft ab und traf sich mit König Sancho von Navarra, um die Eheschließung mit Berengaria vorzubereiten. Er reiste von Vézelay nach Marseille, verhängte für Fehlverhalten an Bord seiner Schiffe drakonische Strafen, fuhr in gemächlichem Tempo nach Italien, wurde dort schwer krank (ebenso zu mehreren Gelegenheiten während des Kreuzzugs), riskierte sein Leben, um einen Falken zu retten, und lief großspurig in den Hafen von Messina ein. Der mittelalterliche Autor al-Jahiz beschrieb Mamelucken wie ich.

Richards Schwierigkeiten mit Tancrède, die Befreiung seiner Schwester Joanna, die Einnahme von Messina, die Tjost mit Guillaume des Barres und die Zusammenstöße mit Philippe Capet haben sich alle ereignet. Er legte sich nackt vor einen Kirchenaltar und betete um Vergebung für seine Sünden, er bat seine Mutter, Berengaria als Tugendwächterin nach Sizilien zu begleiten, und dann nahm er seine zukünftige Braut und Joanna mit auf den Kreuzzug. Seine Treffen und Zusammenstöße mit Isaakios Komnenos, der blitzartige Heerzug zur Eroberung von Zypern und seine Hochzeit sind allesamt dokumentiert. Das Gleiche gilt für den Hengst Fauvel, den Richard im Heiligen Land ritt, das Gefecht gegen das sarazenische Schiff vor der Küste, die Ankunft des Königs vor Akkon und die detaillierten Ereignisse, die zur Einnahme der Stadt führten. Akkon und seine Zitadelle beschrieb ich so, wie ich die Bauwerke vorfand, die noch immer stehen. Sie werden auf das frühe dreizehnte Jahrhundert datiert. Wie Sie vielleicht erraten haben, handelte es sich bei den Paradiesfeigen um Bananen. Rufus' Nahtoderfahrung auf dem Abtritt widerfuhr einem namenlosen Ritter während der Belagerung – ich konnte nicht anders, ich musste die Episode verwenden! Die Gefangenen, die in Akkon gemacht wurden, sind massakriert worden – nur die Männer, aber keine Frauen und Kinder, wie einige Quellen behaupten. Dieses Blutbad wird von mancher Seite als Richards finsterste Tat eingestuft, aber ich halte es für eine pragmatische Entscheidung, die wohl die meisten christlichen Kriegsherren jener Zeit getroffen hätten.

Der brutale Marsch entlang der Küste nach Süden spielte sich ab, wie ich es schildere, bis hin zu dem Nebel, der die Sicht auf den Schluss der Kolonne verschleierte, der Beschreibung, dass von Pfeilen gespickte Soldaten wie Igel aussahen, dem Umstand, dass Männer vor Hitzeerschöpfung tot zusammenbrachen, den Rufen von *Sanctum Sepulchrum adjuva*, dem Verkauf von Pferdefleisch und Richards Versöhnung mit des Barres. Die Namen von Ortschaften entsprechen den Originalen, und das Gleiche gilt für die unzähligen Nebenfiguren und die Schimpfwörter der Christen für die Sarazenen. Die Daten sind die, die von den mittelalterlichen Chronisten festgehalten wurden. Selbst wörtliche Rede stammt manchmal direkt aus den Quellen. Die Stätte von Richards größtem Sieg wurde damals Arsur genannt, nicht Arsuf wie heute. Baruth heißt heute Beirut, Joppa ist das moderne Jaffa. Den zerlegbaren Wassertrog habe ich erfunden, weil mir nicht einfallen wollte, wie die Ritter ihre Pferde auf dem Marsch sonst getränkt haben sollen. Die Schlacht von Arsur war Richards größer »Wenn-nur-Moment«. Dass es ihm nicht gelang, einen entscheidenden Sieg über Saladin zu erzielen – was zum Teil den beiden hitzköpfigen Johannitern zu verdanken war, die die Linien durchbrachen –, brachte in den kommenden zwölf Monaten den Heerzug zum Stillstand, ganz wie ich es beschreibe, und führte zu dem Friedensabkommen, das den Krieg beendete und Richard gestattete, den Heimweg anzutreten. Die unglaubliche Geschichte, wie er im

Juli 1192 nach Joppa fährt, um es zu entsetzen, und der Priester zu seinem Schiff hinausschwimmt, woraufhin der König mit nur wenigen Männern an Land stürmt und eine überwältigende Übermacht angreift, all das ist wahr. Das Gleiche gilt für den kaum glaubhaften Bericht der Schlacht vor Joppa ein paar Tage darauf, als einige seiner Männer unter der Gürtellinie nackt kämpften und er mit einem Dutzend Waffengefährten gegen Saladins gesamte Streitmacht anstürmte. Rufus' unglaublicher Lanzentreffer während dieses Kampfes ist eine wortwörtliche Wiedergabe eines Berichts, wie ein Sarazene von einem Ritter getötet wird, den ein Kamerad verfasst hat. Wir wissen, dass Richard vor dem sarazenischen Heer auf und ab geritten ist und einen Einzelkampf gegen jeden Mann in den Reihen verlangt hat, weil sowohl christliche als auch muslimische Historiker den Vorfall schildern. Die Szene schreit nach Hollywood, aber erfunden ist sie nicht!

Obwohl das eigentliche Ziel, Jerusalem zu erobern, nicht erreicht wurde, war der Dritte Kreuzzug insofern erfolgreich, als er dafür sorgte, dass das christliche Königreich im Heiligen Land noch ein weiteres Jahrhundert Bestand hatte. Erst 1291 wurde Akkon wieder von den Sarazenen eingenommen. Dieses Buch heißt zwar *Lionheart – Der Kreuzritter*, aber der Begriff des Kreuzritters war im 12. Jahrhundert noch nicht in Gebrauch. Vor allem sprach man davon, »das Kreuz zu nehmen«. Erwähnenswert ist, dass die englischen Kreuzritter ein weißes Kreuz auf ihren Surcots trugen, die Franzosen ein rotes und die Flamen ein grünes. Ich hoffe, Sie können die Verwendung eines roten Kreuzes auf dem englischen Original-Titelbild verzeihen!

Während Richards Stärken uns aus den Einzelheiten seiner Schlacht geradezu anspringen – er war ein überragender Anführer, ein charismatischer Feldherr und ein unvergleichlicher Kämpfer –, hoffe ich doch sehr, dass mein Roman auch seine anderen Seiten offenbart. Von einem starken Moralempfinden erfüllt, war er sowohl humorvoll und von großer Freundlichkeit als auch hochmütig und grausam. Gebildet, ein Freund der Literatur und der Musik, war er zu diplomatischen Höchstleistungen fähig – obwohl das Angebot, die Hand seiner Schwester Joanna zu vergeben, nicht aufrichtig gemeint war, stellte es etwas dar, das niemand seiner Standesgenossen auch nur in Erwägung gezogen hätte. Bemerkenswert war Richard zudem in der Hinsicht, dass er den Sarazenen Respekt erwies und nicht nur mit ihnen verhandelte, sondern einen Sohn Saladins zum Ritter schlug und mit mehr als einem muslimischen Edelmann Freundschaft schloss.

Viele von Ihnen werden wissen, dass Richard auf dem Rückweg nach England Herzog Leopold von Österreich und Heinrich, Kaiser des Heiligen Römischen Reiches, in die Hände fiel. Über ein Jahr lang saß er in Gefangenschaft, während sein Bruder John und der französische König Philippe Capet ihr Unwesen trieben. In allen Einzelheiten geschildert werden diese Ereignisse in dritten Band, der im Englischen den Arbeitstitel *Lionheart: King* trägt und in Großbritannien im Mai/Juni 2022 in die Buchläden kommen sollte, in anderen englischsprachigen Ländern kurz darauf. Falls Sie die *Lionheart*-Romane in einer Fremdsprache lesen sollten, müssen Sie vermutlich bis Ende 2022 oder sogar bis 2023 auf den letzten Band der Trilogie warten. Halten Sie Ausschau nach meiner Kurzgeschichtensammlung, die im Laufe des Jahres 2021 unter dem Titel *Sands of the Arena and Other Tales* erscheinen wird.

Wer meine Bücher kennt, weiß, dass ich mir alle Mühe gebe, historische Ereignisse so gut wiederzugeben wie möglich, und zeitgenössische Berichte und Sachbücher zu jedem Thema unter der Sonne heranziehe. Während ich *Lionheart – Der Kreuzritter* verfasste, zog ich zeitgenössische oder nahezu zeitgenössische mittelalterliche Darstellungen von Roger of Howden, Gerald of Wales und Ralph of Diss zurate, dazu die muslimischen Autoren Behâ ed-Din, Usama ibn Munqidh und Ibn Dschubair.

Eine unvollständige Liste der Literatur, die ich beim Verfassen dieses Romans einsah, umfasst *The History of the Holy War (Am-*

broise's Estoire de la Guerre Sainte), übersetzt von Marianne Ailes, *The Crusades: The War for the Holy Land* von Thomas Asbridge, *The Crusaders in the Holy Land* von Meron Benvenisti, *Richard the Lionheart* von Antony Bridge, *The Travels of Ibn Jubayr*, übersetzt von Roland Broadhurst, *The Canterbury Tales* von Geoffrey Chaucer, *William Marshal* von David Crouch, *The Conquest of Jerusalem and the Third Crusade: Sources in Translation* von Peter W. Edbury, *The Kingdom of Cyrus and the Crusades 1191–1374* von Peter W. Edbury, *The Life of Saladin* von Behâ ed-Din, *Deeds Done Beyond the Sea: Essays on William of Tyre, Cyrus and the Military Orders presented to Peter Edbury*, hrsg. von Susan B. Edgington und Helen J. Nicholson, *Life in a Medieval City, Life in a Medieval Village* and *Life in a Medieval Castle* von J. und F. Gies, *Richard Löwenherz* von John Gillingham, *The Normans* von Gravett und Nicolle, *Food and Feast in Medieval England* von P. W. Hammond, *Knight* von R. Jones, *Crusader Castles* von Hugh Kennedy, *The Medieval Kitchen* von H. Klemettila, *Medieval Warfare* von H. W. Koch, *Daily Life in the Medieval Islamic World* von James E. Lindsay, *Saladin: The Politics of the Holy war* von Malcolm Cameron Lyons und D.E.P. Jackson, *Lionheart and Lackland* von Frank McLynn, *Medicine in the Crusades* von Piers D. Mitchell (an dieser Stelle muss ich Dr. Mitchell für seine Hilfe danken), *The Book of Contemplation / Islam and the Crusades* von Usama Ibn Munqidh, übersetzt von Paul Michael Cobb, *Saladin: In His Time* von P. H. Newby, *The Chronicle of the Third Crusade (The Itinerarium Peregrinorum et Gesta Regis Ricardi)*, übersetzt von Helen J. Nicholson, *The World of the Crusaders* von Joshua Prawer, *The Annals of Roger de Hoveden,* übersetzt von Henry T. Riley, *Crusading Warfare, 1097–1193* von R. C. Smail, *Henry* II and *King John*, beide von W. L. Warren, *Eleanor of Aquitaine: Lord and Lady*, hrsg. von Bonnie Wheeler und John C. Parsons, verschiedene Osprey-Bücher und Artikel im Magazin *Medieval Warfare*.

Ich stehe in der Schuld von Dr. Michael Staunton an der

School of History in University College Dublin, Ireland, für die Großzügigkeit und die Zeit, die er mir gewidmet hat. Als Spezialist für das 12. Jahrhundert und das angevinische Herrscherhaus hat er freundlich meine Fragen beantwortet, die während des Verfassens dieses Romans aufgetaucht sind. Er hat auch den gesamten Text gelesen und auf Widersprüche und Fehler durchgesehen. *Go raibh mile maith agat* ein zweites Mal, *a Mhtchedl.* Im Januar 2020 bin ich nach Israel gereist und hatte das Glück, die atemberaubende Stadt aus dem 13. Jahrhundert zu sehen, die unter dem Zentrum des alten Akkon liegt. Danach fuhr ich die Küste entlang, folgte Richards Marschroute, besuchte das römische Caesarea, die mittelalterliche Burg von Arsuf und den ungefähren Schauplatz der größten Schlacht gegen Saladin. Aufregende archäologische Befunde von Ende 2020 deuten darauf hin, dass die genaue Stätte des Schlachtfelds gefunden sein könnte. Zuletzt reiste ich nach Jerusalem, einer Stadt, die Richard nur aus der Ferne erblickt hat. Ich hatte auch das Privileg, die atemberaubend beeindruckende Festung Masada aus römischer Zeit zu besuchen, ein Wunsch, den ich seit fast vierzig Jahren gehegt hatte.

Ich schreibe nicht nur Romane. Sehen Sie sich meine neuen, auf Kickstarter finanzierten digitalen Kurzgeschichten an, *The March* (eine Fortsetzung der *Vergessenen Legion*, die enthüllt, was aus Brennus wurde), *Eagles in the Wilderness* und *Eagles in the East* (beide mit Centurio Tullius aus der *Adler*-Trilogie). Außerdem gibt es *Centurio of the First*, eine unabhängige Story. Bis auf die letztgenannte sind alle in *Sands of the Arena* enthalten. Sie besitzen keinen E-Book-Reader? Laden Sie sich einfach bei Amazon die kostenlose Kindle-App herunter, und Sie können die Geschichten auf einem Smartphone, einem Tablet oder einem Computer lesen. Wenn Sie Pompeji und Herculaneum mit mir als Reiseführer besuchen wollen, googeln Sie bitte nach Andante Tours (tinyurl.com/yc4uze8j). Falls Ihnen Radtouren mit einem historischen Element gefallen, sehen Sie sich doch *Bike Odyssey* (bikeodyssey.cc) und *Ride and Seek Bicycle Adventures* (rideandseek.com) an. Beide Firmen veranstalten epische Fahrten (zu den Themen Hannibal, Löwenherz, Venezianer, Napoleon, Julius Cäsar), bei denen ich als Historienführer beteiligt bin.

Ich unterstütze die NGOs *Combat Stress*, die britischen Veteranen mit PTBS hilft, und *Medecins sans Frontieres (MSF)*, die weltweit medizinisches Personal in Katastrophen- und Kriegsgebiete entsendet. Um für diese guten Sachen Geld zu sammeln, tue ich exzentrische Dinge, zum Beispiel, in vollem römischen Harnisch den Hadrianswall entlangzumarschieren. 2014 bin ich so mit zwei Autorenkollegen 210 Kilometer weit durch Italien gezogen, bis hin zum Kolosseum in Rom. Die Dokumentation darüber wird von Sir Ian McKellen erzählt – von Gandalf! »Romani Walk« finden Sie auf YouTube: tinyurl.com/h4n8h6g – wenn Ihnen das Video gefällt, erzählen Sie es bitte weiter.

Ich unterstütze auch *Park in the Past*, eine gemeinnützige Organisation, die plant, bei Chester in Nordwestengland ein römisches Feldlager zu bauen. Die Website ist: parkinthepast.org.uk. Ich danke allen, die bisher für das Projekt gespendet haben. Drei Leser, die ich auf diesem Weg »gewonnen« habe, erscheinen im vorliegenden Roman: Philip, Rufus' Freund, beruht auf dem wunderbaren Bruce Philipps, mit dem ich wirklich gern ein Glas Bier trinken würde. Richard West ist der Mann hinter Richard de Drune, und Richard Thorne beruht auf – Richard Thorne! Ich danke euch allen drei. Der Name von FitzAldelms Terrier – P'tit – lautet übersetzt »klein«, *small* auf Englisch, und so heißt zufälligerweise auch unser Familienhund.

Jeder Autor braucht einen guten Lektor, und in dieser Hinsicht bin ich gesegnet. Francesca Pathak bei Orion Publishing, vielen Dank für Ihre Anregung und Ihre Unterstützung in diesem merkwürdigen Jahr 2020. Ich stehe in der Schuld meiner Verleger im Ausland, besonders Aranzazu Sumalla und dem Team von Ediciones B in Spanien – *gracias!* – und Magdalena Madej-

Reputakowska und dem Team bei Znak in Polen – *dziękuję ci!* Danke dir, Charlie Viney, meinem fantastischen Agenten, und Chris Vick, Masseurin extraordinaire. In diesem sorgenschweren Jahr, in dem man mit weitaus mehr klarzukommen hat als COVID-19, sind Freunde und Familie *wichtiger* denn je. Aufrichtigen Dank an meine Mutter und meinen Vater, an meinen Bruder Stephen, an Killian, Shane, Colm, Camilla, Will und Kelly, Philip und Anna, Matt, Nick und Sophie, Jamie und Jo, Andrew und Jane. Ihr sollt wissen, dass ich immer für eine Unterhaltung oder ein Bier zu haben bin, solltet ihr es brauchen. Und nun zu Ihnen, meinen wunderbaren Lesern. Ich bin nun seit zwölf Jahren im Hauptberuf Schriftsteller, und das verdanke ich Ihnen! Ich liebe Ihre E-Mails und die Kommentare und Nachrichten auf Facebook, Twitter und Instagram. Halten Sie die Augen auf nach signierten Büchern und Goodies, die ich mithilfe dieser Medien verschenke und für einen guten Zweck versteigere. Regelmäßig (alle zwei bis drei Wochen) gebe ich auf Zoom *Blades and Banter* (für diesen Namen bedanke ich mich bei Simon Scarrow!), wo ich oft andere Autoren interviewe oder mit ihnen plaudere. Schicken Sie mir eine E-Mail oder kontaktieren Sie mich über Social Media, um in den Schildwall einzutreten, oder gehen Sie auf Eventbrite.co.uk, suchen Sie dort nach »Ben Kane«, und klicken Sie auf den Follow-Button, damit Sie über alle neuen Veranstaltungen informiert werden.

Wenn Sie nach der Lektüre meiner Bücher eine kurze Besprechung auf Websites wie Amazon, Goodreads, Waterstones.com oder iTunes (oder allen!) hinterlassen, hilft mir das sehr. Es war noch nie so wichtig wie heute. Der Markt für historische Romane schrumpft im Moment leider, und die Zeiten sind viel härter als bei meinen ersten Veröffentlichungen. Ein Autor lebt und stirbt durch seine Besprechungen, und nur ein paar Minuten Ihrer Zeit unterstützen mich mehr, als Sie ahnen. Vielen Dank im Voraus.

Zuletzt, aber vor allem möchte ich meinen Kindern Ferdia

und Pippa danken, die ich mehr liebe, als ich sagen kann. Ich bin wahrhaft gesegnet, dass ihr mein Leben bereichert. Yah!

Kontaktaufnahme ist möglich über

E-Mail: ben@benkane.net

Facebook: facebook.com/benkanebooks

Twitter: @BenKaneAuthor

Instagram: benkanewrites

Soundcloud (podcasts): soundcloud.com/user-803260618

Und meine Website: benkane.net

YouTube (dort finden Sie kurze Dokumentarvideos): tinyurl.com/y7chqhgo